Der fremde Wille

Markus C.
Schulte von Drach

Der fremde Wille

Thriller

Kiepenheuer & Witsch

FSC
Mix
Produktgruppe aus vorbildlich bewirtschafteten Wäldern und anderen kontrollierten Herkünften
Zert.-Nr. SGS-COC-1940
www.fsc.org
© 1996 Forest Stewardship Council
Verlag Kiepenheuer & Witsch, FSC-DEU-0096

1. Auflage 2009

Umschlaggestaltung: Rudolf Linn, Köln
Umschlagmotiv: © GYNEX/Fotolia.com
Autorenfoto: © Bettina Fürst-Fastré
Gesetzt aus der Aldus
Satz: Pinkuin Satz und Datentechnik, Berlin
Druck und Bindearbeiten: GGP Media GmbH, Pößneck
ISBN 978-3-462-04114-9

Für Christian
und Andrian

Alles, was geschieht, vom Größten bis zum Kleinsten, geschieht notwendig.
Quidquid fit necessario fit.

Arthur Schopenhauer,
Freiheit des Willens, 1839

Erzeugt die Krankheit das Verbrechen, oder ist das Verbrechen selbst irgendwie seiner besonderen Natur nach immer von einer Art Krankheit begleitet?

Fjodor M. Dostojewski,
Schuld und Sühne, 1866

A leaf was riven from at tree,
»I meant to fall to earth«, said he.
The west wind, rising, made him veer.
»Eastward«, said he, »I now shall steer.«
The east wind rose with greater force.
Said he: »Twere wise to change my course.«
With equal power they contend.
He said: »My judgment I suspend.«
Down died the wind; the leaf, elate,
Cried: »I've decided to fall straight.«
»First thoughts are best?« That's not the moral;
Just choose your own and we'll not quarrel.
Howe'er your choice may chance to fall,
You'll have no hand in it at all.

Ambrose Bierce,
The Devil's Dictionary, 1911

30. April, Republik Kongo

Sadlair wischte sich mit seinem T-Shirt den Schweiß von der Stirn. Nach wenigen Sekunden bildeten sich dort neue Tropfen. Er machte einen vorsichtigen Schritt zur Seite. Unter seinen Füßen bröckelten Steinchen aus dem Felssims und fielen in den Dunst unter ihm. Er sah nach oben. Fünf Meter höher erschien Boonstras Gesicht über dem Rand der Klippe. Sadlair gab ihm ein Zeichen. Das Seil, am dem er hing, wurde nachgelassen. Er glitt an der senkrechten Wand hinab. Dann fand sein rechter Fuß wieder Halt.

»Wartet einen Augenblick.« Mit der Rechten hielt er sich am Seil fest und nahm die Baseballkappe ab. Er wischte sich erneut über die Stirn. Der provisorische Klettergurt aus Seilen drückte im Schritt.

Unter ihm schien ein Tal zu liegen, eingeschlossen von steilen Klippen. Das konnte bedeuten, dass es sich um ein isoliertes Gebiet handelte. Wer einmal da unten war, kam so leicht nicht mehr hinaus. Eine verborgene Welt mitten im afrikanischen Dschungel.

Nicht weit weg von diesem Tal, am Lac Télé, erzählten die Einheimischen immer wieder von einem Tier, das einem kleinen vierbeinigen Dinosaurier ähneln sollte, Mokélé-mbèmbé, eine Art Mini-Brontosaurier. Völlig ausgeschlossen war das nicht. Vor mehr als hundert Jahren hatten Erzählungen der Bambuti-Pygmäen über eine kleine Giraffe zum Okapi geführt. 1860 erfuhren Europäer erstmals von Affenmonstern in den Virunga-Bergen im Kongo – 1902 wurden dort die Berggorillas entdeckt. Und nachdem Wissenschaftler Geschichten von Drachen auf den Sunda-Inseln gehört hatten, entdeckten sie 1912 den Komodowaran. Andere Tiere waren sogar erst in den letzten Jahren entdeckt worden: der Himalaya-Elefant 1992, der Spindelbock 1993 und …

»Wie sieht es aus?«

Sadlair blickte hinauf. Von Boonstra war nur noch der blonde Schopf zu sehen.

»Gut«, rief er. »Weiter!«

Er hängte sich in das Seil und stemmte die Stiefel gegen den Felsen. So ging es viel besser. Unter seinem Fuß brach wieder ein Stück Felsen aus der Wand. Er verlor den Halt und krachte mit der Seite gegen den Berg.

»Alles klar da unten?«, rief Boonstra.

»Meinst du, ich schreie hier zum Spaß?«

»Leck mich!« Der Kopf des Studenten verschwand. Dafür tauchte das Gesicht von Gaines auf. »Wir überlegen gerade, ob wir nicht einfach das Seil kappen sollen.«

Sadlair ignorierte Gaines. »Nachlassen.« Diese Studenten waren echte Witzbolde. Was hatte Henry David Thoreau gesagt? Nicht in der Gesellschaft wirst du das Heil finden, sondern in der Natur. Super. In der Natur war er, aber leider in Gesellschaft.

Nach zwei Metern landete er auf einem Vorsprung, bedeckt von einer dicken Moosschicht. Unter seinen Stiefeln quoll Wasser aus dem grünen Polster und floss über die Kante hinab. Sadlair schaute über die Schulter ins Tal. Konturen von Baumkronen schälten sich aus dem Nebel.

Sie hatten das ganze Tal auf vielleicht 25 Quadratkilometer geschätzt. Es schien kreisrund zu sein. Debbie hatte es zufällig entdeckt. Debbie. Sadlair sprach alle Mitglieder der Expedition mit Nachnamen an – bis auf den Chef und Debbie. Den Chef riefen alle Chef oder nach seinen Initialen EyTee. Und die einzige Frau im Team nannten alle Debbie. Sie war blond, also hatte Sadlair an Blondie gedacht, die Band von Deborah »Debbie« Harris. Die anderen hatten den Spitznamen einfach übernommen.

Debbie hatte auch die Vermutung aufgestellt, es könnte sich um einen Meteoritenkrater handeln. Wenn es ein Einschlag gewesen war, dann musste ein Riesenbrocken auf die Erde geprallt sein. Auch Lac Télé war vermutlich ein Meteoritenkrater. Vielleicht war ja ein Teil desselben Himmelskörpers hier heruntergekommen.

Den Ausflug zum Lac Télé hatten sie nur zum Spaß unternommen. Eigentlich waren sie im Kongo, um Schimpansen zu studieren. Die Tiere im Goualougo-Dreieck im Norden von Kongo-Brazzaville waren erst vor einigen Jahren entdeckt worden und hatten noch kaum Erfahrungen mit Menschen. Deshalb zeigten sie keine Scheu und ließen sich besonders gut beobachten. Es gab hier ein 380 Quadratkilometer großes Studiengebiet für Wissenschaftler, in dem mindestens zwölf Gruppen von Schimpansen lebten.

Leider waren ihre Tiere in einen Konflikt mit benachbarten Artgenossen geraten – was interessant war. Dann hatten sie sich verzogen – was eine Katastrophe war. Die Zeit, die den Studenten im Kongo noch blieb, reichte nicht, um Studien mit anderen Schimpansen zu beginnen.

EyTee hatte schließlich eine kleine Dinosaurier-Safari in die Likouala-aux-Herbes-Sümpfe um den Lac Télé vorgeschlagen. Der See lag nicht weit entfernt im Südosten ihres Forschungsgebiets.

Sadlair war nie ganz sicher gewesen, wie ernst man diese Sache mit dem Mokélé-mbèmbé nehmen sollte. Die ersten Berichte von einem mysteriösen großen Tier, das in der Gegend um den See und auch im See selbst leben sollte, gingen angeblich bis ins 18. Jahrhundert zurück. Marcellin Agnagna, ein kongolesischer Wissenschaftler, behauptete, er hätte 1982 ein riesiges Tier im Lac Télé gesehen. Roy Mackal von der University of Chicago sammelte seit 1980 Berichte von Einheimischen, die er als Beleg für die Existenz eines Dinosauriers betrachtete. Mehr als 20 Expeditionen hatten seitdem stattgefunden. Die Ergebnisse: seltsame Fußabdrücke, Tonaufnahmen von mysteriösen Rufen, Berichte über unbekannte große Tiere – aber kein einziges Foto, keine einzige bestätigte Sichtung. Es gab ein Video japanischer Forscher, auf dem etwas im See zu sehen war. Etwas, das auch ein Python sein konnte. Die einheimischen Pygmäen beschrieben Mokélé-mbèmbé mal als Dinosaurier, mal als Rhinozeros.

Also waren die frustrierten Schimpansenforscher auf dem Goualougo-Fluss Richtung Süden gefahren. Dann hatte sie ein Lastwagen einer Holzfirma auf den schmalen Straßen, die wie feine, rote Linien den Regenwald durchschnitten, nach Osten mitgenommen. Auf diese Weise waren sie bis an die Grenze des

Schutzgebietes um den Lac Télé gekommen. Von hier hatten sie sich zu Fuß aufgemacht in einen der größten Sumpf- und Regenwälder der Erde: 140 000 Quadratkilometer Wildnis. Der letzte fast unberührte Dschungel Afrikas. Eine Plackerei. Und völlig sinnlos. Es gab nichts zu sehen, das sie im Goualougo-Dreieck nicht auch schon gesehen hatten. Bis sie auf dieses Tal gestoßen waren.

Endlich konnte er den Boden sehen. Sadlair drückte sich noch vier, fünf Mal von der Wand ab, dann hatte er wieder Erde unter den Füßen.

»Unten!«, schrie er, löste das Seil vom Körper und sah sich um. Der Dunst und die dichte Vegetation beschränkten die Sicht auf vielleicht 15 Meter. Er stand bis zu den Knien in schmalblättrigen Pflanzen, Stauden mit intensiv violett gefärbten Blüten. Ein süßlicher Duft stieg von den Fruchtständen auf. An der Steilwand vor ihm kondensierte der Nebel zu kleinen Strömen von Wasser. Sadlair holte ein Tuch aus der Tasche, befeuchtete es und schob es unter seine Kappe. Eine Tsetsefliege ließ sich auf seinem Unterschenkel nieder. Er schlug danach und wischte sich dann die Hand an der feuchten Wand ab. Missmutig blickte er auf die grünbraunen Streifen, die an seinen Fingern zurückblieben. Er wünschte sich zurück nach Hause, zu seinem Schreibtisch und Computer. Er kramte das Mückenspray aus der Gürteltasche und begann, sich neu einzusprühen.

Einige Meter von der Klippe entfernt begann der Wald. Zu seiner Linken konnte Sadlair eine Lücke im Grün erkennen. Ein Pfad, der mitten in den Dschungel hineinführte. Gab es hier unten Waldelefanten?

Von oben rieselten Steinchen. Sadlair schaute hoch. Ein Bündel aus Rucksäcken senkte sich herab. Sadlair löste das Seil und stellte die Rucksäcke auf die großen Findlinge, die am Fuße der Felswand lagen. Dann beobachtete er, wie sich Boonstra abseilte. Debbie, EyTee und der Pygmäe Youngi würden auch nach unten kommen. Gaines und Baya, der zweite einheimische Führer, blieben oben zurück, damit das Seil nicht verloren ging.

Boonstra erreichte den Boden erheblich schneller als Sadlair zuvor. Er zog Luft durch die Nase. »Interessanter Duft.«

Dann ließ sich Debbie hinab. Innerhalb der nächsten 20 Minuten folgten die anderen. Boonstra kletterte trotz seines leichten Übergewichts elegant ein kurzes Stück an der Wand hoch und befestigte das Ende des Strickes dort mit einem Stein. Er sprang mit einem Satz herunter und sank bis zu den Knöcheln ein. Es gab zwei schmatzende Geräusche, als er die Füße aus dem feuchten Boden löste. Dann griff er nach seinem Rucksack. »Feucht hier«, sagte er.

»Also, wo geht es lang?« Debbie wedelte sich mit der Hand einige hartnäckige Mücken aus dem Gesicht. EyTee zupfte ein Tuch aus seiner Weste, wischte über die beschlagenen Gläser seiner Brille und blickte sich um. Dann wuchtete er sich den Rucksack auf die breiten Schultern. »Wenn es da schon einen Pfad gibt.«

»Waldelefanten?« Debbie hatte offenbar den gleichen Gedanken wie Sadlair. »Mokélé-mbèmbé?«, fragte Boonstra grinsend. Sie folgten EyTee.

Sadlair machte die Nachhut. Er blickte sich um. Der Pfad führte in Richtung Südwesten und orientierte sich offenbar an den Lücken zwischen den mindestens 20 Meter hohen Bäumen. Links und rechts stand häufig Wasser in flachen Schlammlöchern. Der Weg lag etwas höher und war abgesehen vom glitschigen Laub einigermaßen trocken. Kein Lüftchen regte sich. Es war schwül. Die Äste der von Flechten überzogenen Stämme verzweigten sich in großer Höhe. Trotzdem war der Wald hier unten nicht licht. Armdicke, von Ameisen bedeckte Lianen schlängelten sich zwischen den Bäumen bis zum Boden herab. Sadlair schaute immer wieder prüfend nach oben, aus Furcht, sie könnten eine Waldkobra aufgescheucht haben. Ein kleiner Vogel blickte mit schräg gelegtem Kopf neugierig auf ihn herab. Er sah aus, als hätte er sich eine Haube aus blau und grün schimmernden Eisenplättchen über Kopf und Schultern gestülpt. Ringsumher wuchsen mannshohe Stauden mit dunklen, blaugrün glänzenden Blättern. Dazwischen ragten immer wieder bis zu fünf Meter hohe, stabförmige Blütenstände über einem einzelnen riesigen Blatt auf. Hüfthohe Blumen glitzerten feucht in den Sonnenstrahlen, die durch das Blätterdach fielen. Sadlair versuchte, sich an die Namen der Pflanzen zu erinnern. Er kam nicht drauf. Aber schließlich war er Zoologe, nicht Botaniker. Für seine Doktorarbeit hatte er diese Infos sowieso schon längst im Computer.

Hin und wieder hörte er Vögel rufen. Bei einigen klang es wie ein Quicken, bei anderen wie ein metallisches Hämmern.

Die Waldelefanten mussten den Pfad regelmäßig benutzen, sonst wäre er längst zugewachsen, überlegte Sadlair. Hätten auch andere Tiere den Weg anlegen können? Wieder einmal dachte er an große Raubkatzen. Schließlich gab es im zentralafrikanischen Dschungel Leoparden.

Mehrmals mussten sie flache Bäche durchqueren, und einmal einen kleinen Fluss, der sie zwang, die Rucksäcke auf den Köpfen zu tragen. Nervös schaute sich Sadlair nach Wasserschlangen und Krokodilen um.

Nach drei Stunden Fußmarsch änderte sich die Landschaft. Sie befanden sich plötzlich nicht mehr im Dschungel, sondern in Sekundärwald aus niedrigen, schlanken Bäumen und Sträuchern. Jemand hatte den Wald gerodet. Nun holte sich die Natur das verlorene Terrain zurück. Die Wissenschaftler traten hinaus auf eine Lichtung. Vom Waldrand her fiel der Boden sanft ab. In der Mitte der Senke bildeten zehn kleine, rechteckige Lehmhütten einen Kreis. Durch das Tal und das Dorf führte ein Bachbett. EyTee hielt die Expeditionsmitglieder zurück. »Wartet. Wir wollen niemanden erschrecken.«

»Das sieht nicht aus, als würde da noch jemand wohnen«, sagte Debbie. Aus keiner Hütte kam Rauch. Die Gebäude waren verfallen. Aus den ursprünglich mit Palmblättern gedeckten Dächern ragten kahle Holzsparren. Ein Strauch wuchs aus einem der Fenster. Langsam näherten sich die Forscher der kleinen Siedlung. Nur Youngi blieb zurück. Der Weg fächerte sich in der Mitte des Dorfes auf und verband die Hütten miteinander. Vor den Türen lagen vergammelte Laubmatten. Hier wohnte schon lange niemand mehr. Sadlair stolperte über eine Kürbisflasche. Als er die Blätter, die als Stöpsel dienten, löste, krabbelte ein Käfer heraus. Er ging um eine der Hütten herum. Etwas Gestreiftes fegte an ihm vorbei. Erschrocken sprang er zu Seite. Das Tier rannte auf kurzen Beinen in den Wald.

»Hirschferkel«, hörte er Debbies Stimme hinter sich. Sadlair nickte und hoffte, dass sie nicht gesehen hatte, wie er zusammengezuckt war.

Die Sonne verschwand bereits hinter den Bäumen, es wurde schnell finster. Sie beschlossen, im Dorf zu übernachten. Über dem Wald stieg laut schreiend ein Schwarm schwarzer Vögel auf, als Sadlair zu Youngi zurückkehrte. Der Pygmäe weigerte sich, die kleine Siedlung zu betreten. Er wollte am Waldrand übernachten. Sadlair half ihm, das Abendessen zu bereiten, während die anderen die Zelte in zwei der Hütten aufbauten, die noch gut erhalten wirkten. Den Rest des Dorfes wollten sie sich am nächsten Tag anschauen.

Als die Sonne untergegangen war und zwischen den Bäumen die ersten Glühwürmchen auftauchten, zogen sie sich zurück. Eine Weile ließ EyTee eine Sturmlampe brennen. Es dauerte nicht lange, dann war der Lichtkreis der Lampe erfüllt vom Flügelschlag Hunderter kleiner weißer Motten, die bizarre Schattenspiele auf den Boden warfen. Schließlich löschte EyTee das Licht, und es wurde so ruhig, wie es im Dschungel werden konnte.

Der abendliche Chor der Zikaden und Frösche wurde immer wieder durch das laute Schreien einer Eule unterbrochen, die ganz in der Nähe in einem der Sträucher sitzen musste. Sadlairs Fuß tat weh. Vor einigen Tagen hatte er sich mit dem Messer die Eier eines Sandflohs unter einem Fußnagel entfernt. Seitdem trug er wieder seine Stiefel. Wenn man davon las oder Bilder im Fernseher sah, wirkte der Dschungel unheimlich, exotisch, geheimnisvoll, gefährlich. Hielt man sich darin auf, war er unheimlich, geheimnisvoll, gefährlich – aber vor allem banal. Ordinär. Einfach die Umgebung, in der man eben war. Blutegel, vor denen man sich daheim im Wohnzimmer schon beim Gedanken ekelte, saßen bald zwischen den Zehen (wenn man, wie es üblich war, nur Sandalen trug). Und dann verwandelten sich diese Tiere schnell in ein gewöhnliches Problem. Wie die Mücken. Mücken! Die waren hier wirklich ein Problem. Nicht nur, weil einige Malaria übertrugen. Man musste sich ständig einsprühen, wollte man nicht leer gesaugt werden. Und Bienen. Einige kamen in der Dämmerung und krabbelten unter die Kleidung. Andere, winzig klein, stürzten sich in dichten Schwärmen auf die Menschen und landeten in Ohren, Augen und Nasenlöchern. Der Dschungel war einfach nur anstrengend.

Im schwachen Licht einer Taschenlampe machte Sadlair sich noch Notizen. Plötzlich bemerkte er die Stille. Insekten, Vögel, Affen – alles, was sonst keine Ruhe geben mochte, schwieg. Lautes Donnergrollen erschütterte unvermittelt die Luft. Dann begann es über ihm zu rauschen. Regen prasselte auf das Dorf herab. Sadlair war froh, dass sie das Dach der Hütte mit den herumliegenden Palmenblättern noch notdürftig geflickt hatten. Sie würden trocken bleiben. Er dachte an Youngi, den die Zeltplane nicht so gut vor dem Regen schützen würde.

Nach einer halben Stunde zog das Unwetter nach Südosten in Richtung Lac Télé weiter. Insekten und Vögel nahmen ihr nächtliches Konzert wieder auf, untermalt vom Rhythmus der Wassertropfen, die wie ein Echo des Regens vom Dach fielen, und dem Knacken und Knistern von nassem Holz.

Die Luft war kühl und klar. Langsam schob sich der Duft der feuchten Erde in die Hütte und in Sadlairs Zelt. Doch da war noch etwas anderes. Der Geruch von nassem Fell. Langsam zog Sadlair den Reißverschluss auf, mit dem das Moskitonetz seines Zeltes verschlossen war, und schaute vorsichtig heraus. Auch Boonstra hatte sein Zelt geöffnet.

»Wir haben Besuch«, flüsterte er. Ein Knacken von draußen brachte ihn zum Schweigen. Etwas war auf einen Ast getreten. Ein Schnüffeln war zu hören. Aus der Nachbarhütte, in der EyTee und Debbie ihre Zelte aufgeschlagen hatten, ertönte ein lautes Rumpeln, gefolgt von einem unterdrückten Fluch. Dann hörte Sadlair nur noch, wie sich etwas in Richtung Nordosten entfernte. Das Tier schien denselben Pfad zu nutzen, über den sie hergekommen waren. »Hat jemand eine Ahnung, was das war?«, hörte er EyTee leise fragen.

»Ein Schimpanse.« Debbie gab die Kürbisflasche, an der sie gerochen hatte, an Sadlair weiter. Er gab ihr recht. Gestern hatte er die Flasche mitten auf dem Weg liegen gelassen. Jetzt war Debbie in der Tür der Hütte darüber gestolpert.

»Die Tiere sind hier genauso zutraulich wie im Goualoungo-Dreieck«, sagte Boonstra und gähnte die blasse Morgensonne an. »Dann haben sie mit den früheren Dorfbewohnern keine schlechten Erfahrungen gemacht. Oder die sind schon lange weg.«

»Wie lange dauert es eigentlich, bis so ein Sekundärwald entsteht?«, fragte Debbie. Niemand antwortete.

»Meint ihr, die früheren Bewohner sind noch irgendwo im Tal?«, fragte Sadlair.

EyTee kratzte sich am Handgelenk, wo sich ein Mückenstich entzündet hatte. »Warum hätten sie dann das Dorf aufgeben sollen?«

»Also, ich würde mich hier gern noch mal umschauen.« Sadlair drehte sich zu den anderen.

»Klar. Spielen wir Anthropologen«, stimmte EyTee zu.

Die Hütten, in denen sie übernachtet hatten, waren völlig leer gewesen. Auch in den nächsten fanden sie nichts als Schlafstellen, über die Ameisen krabbelten, und leere Gefäße. Sadlair trat durch die niedrige Türöffnung in die fünfte Hütte und stieß auf eine Wiege. Darin lag ein winziges Skelett.

Sie standen eine Weile schweigend um das Kinderbettchen herum.

»Wieso haben sie ein Kind zurückgelassen?«, fragte Debbie, die als Erste die Sprache wiederfand.

»Vielleicht hatte es eine ansteckende Krankheit«, sagte Boonstra leise. »Sie wollten es nicht mehr anfassen.«

Debbie schüttelte ungläubig den Kopf.

»Das würde immerhin erklären, warum das Dorf verlassen ist«, verteidigte Boonstra seine Idee.

EyTee musste sich mit seinen fast zwei Metern Körpergröße in der niedrigen Hütte ducken. Er ging in die Hocke und beugte sich über die kleinen Knochen. »Vielleicht. Aber seltsam ist es doch.«

Sadlair begann vorsichtig, die nächste Hütte zu untersuchen. Ein Teil der Dachkonstruktion war herabgestürzt. Er räumte eine Schicht Palmblätter beiseite. Hätte er nicht bereits das Skelett des Babys gesehen, hätte er das, was vor ihm lag, für einen trockenen, grauen Ast gehalten. Jetzt erkannte er einen Knochen, der zwischen den Blättern hervorragte.

Gemeinsam mit Boonstra schaffte er das Holz und die restlichen Blätter beiseite.

Darunter fanden sie das Skelett eines etwa 1,30 Meter großen Menschen.

»Wenn wir davon ausgehen, dass es sich hier um ein Pygmäendorf handelt, dann war das hier ein Erwachsener«, sagte EyTee. »Eine Frau.« Er deutete auf den Beckenknochen.

»Ich weiß nicht, ob die an einer ansteckenden Krankheit gestorben ist«, sagte Boonstra und deutete auf den linken Arm der Toten. Sadlair sah, was er meinte. »Die Unterarmknochen sind gebrochen. Außerdem liegt das Skelett hier einfach auf dem Boden an der Wand, während die Pygmäen eine Kranke doch sicher auf eine Art Lager oder in eine Hängematte gelegt hätten.«

Niemand sagte etwas, bis wieder Debbie als Erste sprach.

»Ich finde das ziemlich unheimlich.«

Sie suchten das Dorf weiter ab. Im Schatten der niedrigen Bäume am südöstlichen Rand der Lichtung entdeckten sie zwei Dutzend grüne Grabhügel.

»Seltsam. Die sind ganz verschieden groß und alle nicht besonders alt. Sonst würden darauf junge Bäume wachsen«, sagte Debbie.

»Du meinst, die sind alle fast gleichzeitig gestorben? Und die Frau und das Baby waren die letzten Überlebenden?«, fragte Sadlair.

»Aber warum liegt sie nun mit gebrochenem Arm in einer anderen Hütte als das Kind?« Debbie schüttelte den Kopf.

Schließlich kamen sie zu der Stelle, wo Youngi übernachtet hatte. Das Zelt war da, von dem Pygmäen keine Spur. Verwirrt schauten sie sich um.

»Meint ihr, er hat sich verlaufen?«, fragte Debbie.

EyTee schüttelte den Kopf. »Kann ich mir nicht vorstellen.«

In der Baumkrone über ihnen rief ein Zwergbartvogel. Es war einer der wenigen Vögel, die Sadlair erkannte. Die Tiere sangen nicht, sondern gaben ein typisches Ticken von sich. Sadlair legte den Kopf in den Nacken und schaute nach oben. »Na, hast du gesehen, was hier passiert ist?«, fragte er leise. Debbie sah ihn skeptisch von der Seite an. Er senkte den Blick. Das Laub unter seinen Füßen war dunkel und feucht. Dunkler als das übrige Laub. Und es wimmelte dort von besonders vielen Ameisen. Er bückte sich, tupfte auf eines der glänzenden Blätter und betrachtete seine Fingerkuppe. Sie war braunrot. Aber nicht so wie die Erde.

»Schaut mal her.« Er hielt den anderen seinen Finger unter die Nase.

»Blut?«, entfuhr es Boonstra.

»Und es kann erst nach dem Regen gestern Nacht hierhergekommen sein.«

»Augenblick. Ihr denkt doch wohl nicht ... Das kann doch von sonst wo herstammen«, protestierte EyTee, aber er klang so unsicher, wie Sadlair sich fühlte. »Irgendein Tier, das ein anderes Tier hier getötet hat.«

»Gibt es hier Krokodile?«, fragte Boonstra. Er starrte in das dämmrige Gewirr aus Baumstämmen, Stelzenwurzeln, Stauden, Blumen und Lianen um sie herum.

»Doch nicht in diesen flachen Schlammlöchern«, sagte Sadlair. Er stützte sich auf den Oberschenkeln ab und seufzte. »Aber es gibt hier Pythons.«

»Youngi lässt sich doch nicht von einem Python fressen«, sagte Boonstra empört.

»Leute«, rief Debbie. »Was machen wir denn jetzt?«

»Das klärt sich sicher auf«, sagte EyTee. »Ich meine, es gibt ja nicht viele Möglichkeiten.«

»Vielleicht ist er zu Gaines und Baya zurück«, schlug Boonstra vor.

»Wieso das denn?«, fragte Debbie.

Boonstra zuckte mit den Achseln. »Dass er in den Dschungel hineingerannt ist, ist doch genauso unwahrscheinlich, oder nicht?«

EyTee blickte in die Runde. »Ich würde vorschlagen, einer von uns geht den Weg zurück zu Gaines, und wir anderen suchen in Gottes Namen hier den Wald ab. Irgendwo muss er ja stecken.«

»Aber bis zu Gaines sind es sechs Stunden hin und zurück«, sagte Boonstra.

»Hast du eine bessere Idee?« EyTee setzte sich auf einen umgestürzten Baum. Dann zog er seine Pfeife aus einem Plastikbeutel, stopfte sie und rauchte, während sein Team verwirrt um ihn herumstand.

»Ich gehe zurück zu Gaines«, sagte Sadlair schließlich.

EyTee nickte. »Okay.« Er blickte sich um. »Und wir suchen hier weiter.«

Gegen Mittag kam Sadlair zu der Steilwand, wo sie hinabgestiegen waren. Das Seil hing noch dort. Allerdings war der Stein heruntergefallen, mit dem Boonstra es fixiert hatte. Das Ende baumelte kurz über dem Boden. Youngi war also tatsächlich hier gewesen und hinaufgeklettert. Den oberen Rand der Klippe konnte Sadlair durch den Dunst nicht erkennen.

»Hey, Gaines«, rief er. Ein Schwarm schwarzer Haubenperlhühner flog gackernd aus den Bäumen hinter ihm auf. Oben blieb es ruhig.

Ein riesiger, purpurner Schmetterling schwebte über den Blumen um seine Stiefel und senkte den Rüssel in die Blütenkelche. Er musste hinaufklettern, wenn er sichergehen wollte, dass Youngi zurückgekehrt war. In Filmen sah das so einfach aus. Aber ohne Sicherung und gezwungen, sich allein auf die Kraft und Ausdauer seiner Arme und Hände zu verlassen, war der Aufstieg mühsam. Immer wieder ruhte sich Sadlair auf den Vorsprüngen aus. Und immer wieder rief er Gaines' Namen. Aber er bekam keine Antwort.

Endlich hatte er die obere Kante erreicht. Eine helfende Hand wäre jetzt gut gewesen.

»Gaines«, rief er erneut. Wieder flogen Vögel kreischend aus einer Baumkrone auf. Dann eben nicht, dachte Sadlair und wuchtete sich nach oben. Er blieb einen Augenblick liegen, um Luft zu holen. Als er sich aufrappelte, erwartete er, das Zelt von Gaines und Baya zu sehen. Aber da war nichts. Verwirrt schaute er sich um. Der Boden senkte sich von der Klippe weg sanft hinunter in den Sumpfwald. Zwischen den Bäumen zu seiner Linken entdeckte er schließlich das Zelt. Es lag flach auf dem Boden. Sadlair hob die Plane an. Gaines' Rucksack und Bayas Machete befanden sich darin.

Sadlair legte die Hände trichterförmig an den Mund und brüllte noch einmal Gaines' Namen. Sollte er suchen? Aber wo? Er setzte sich auf die Zeltplane. Waren die zwei überfallen worden? Hier herrschte kein Bürgerkrieg. Einheimische, die sich an Besuchern hätten bereichern wollen, gab es auch nicht.

Sadlair verstand es nicht. Sollte er warten, bis Gaines und Baya wieder auftauchten? *Wenn* sie wieder auftauchten. Was denn sonst, dachte er. Natürlich werden sie zurückkommen.

Er wartete eine Stunde und kämpfte mit einem Schwarm Stechfliegen. Eine Affenfamilie traf sich in den nahen Bäumen und beschimpfte ihn aus sicherer Entfernung. Sadlair beobachtete die Grauwangenmangaben eine Weile. Es blieb ihm wohl nichts übrig, als zu den anderen zurückzukehren. Er überprüfte den Knoten, mit dem das Seil am Baum befestigt war. Dann stapfte er zum Rand des Kraters. Der Nebel zog sich langsam ins Tal zurück.

Zum zweiten Mal stieg Sadlair in den Krater hinab. Auf halber Höhe blieb er auf einem der Vorsprünge stehen und legte eine Pause ein. Er blickte hinunter ins Tal. Etwa zehn Meter von der Stelle entfernt, wo das Seil über dem Boden baumelte, lag etwas zwischen den Sträuchern. Die Farbe erinnerte ihn an etwas. Natürlich. Gaines' khakifarbene Weste, über die er sich wegen der Safari-Anmutung immer lustig gemacht hatte.

Sobald Sadlair den Boden erreicht hatte, kämpfte er sich durch die kniehohen, dichten Blumen hinüber zu den Sträuchern.

Und dort lag nicht nur Gaines' Weste.

Ameisen krabbelten über Gaines' Augen, in seine Nasenlöcher und in seine Ohren. Sadlair beugte sich über ihn. Seine Hände zitterten, als er Wangen und Hemd berührte. Gaines musste hinuntergestürzt sein. Er lag auf einem Steinbrocken, der ihm das Genick gebrochen hatte. Sicher war er sofort tot gewesen. Sadlair blieb eine Weile hocken und versuchte zu begreifen, was passiert war. Dann wandte er sich ab, setzte sich auf einen der Findlinge am Fuße der Klippe und stützte den Kopf in die Hände. Warum war Gaines hinabgestürzt? Was hatte er am Rand der Klippe zu suchen gehabt? Und wo war der zweite Führer, Baya?

Sadlair sprang auf. »Baya«, brüllte Sadlair. »Baya.« Die Wand warf seine Schreie zurück, das Echo verklang dumpf in der dichten

Vegetation. Er hörte die Verzweiflung in der eigenen Stimme und verstummte. Auch der Wald um ihn herum war still geworden.

Er blickte wieder zu Gaines. Insekten schwirrten um die Leiche. Sadlair zwang sich, erneut hinüberzugehen. Er schloss dem Toten die Augen und versuchte, einen Zipfel der Weste über Gaines' Gesicht zu legen. Aber der steife Stoff rutschte immer wieder herunter. Ein Schweißtropfen fiel von Sadlairs Kinn auf die Lippen des Toten. Sadlair hielt inne und wischte mit seinem großen Stofftaschentuch über den Mund der Leiche. Er schaute ratlos auf das Tuch in seiner Hand und bedeckte schließlich damit das Gesicht.

Vom Wald klang ein scharfes Knacken herüber. Sadlair sprang auf. »Baya?«

Es blieb still. Er machte einige Schritte in Richtung Wald. Doch dann setzte er sich erneut auf den Stein und versuchte, sich zu beruhigen. Nachzudenken. Eines war klar: Die Expedition war vorbei. Er sollte zu den anderen zurückkehren. Wie in Trance schlich er hinüber zum Pfad. Vom Waldrand aus blickte er noch einmal zurück. Von hier war Gaines nicht mehr zu sehen. Voller Schuldgefühle machte er sich auf den Weg.

Als Sadlair nach etwa drei Stunden die Stelle erreichte, wo Youngi übernachtet hatte, war von seinen Kollegen nichts zu sehen.

»EyTee!«, brüllte er in den Wald hinein. »Boonstra! Debbie!«

Wieso waren die nicht hier? Er wollte nicht allein sein. Er musste ihnen von Gaines erzählen. »Wo seid ihr, verdammt noch mal?«

Wütend warf er seine Baseballkappe auf den Boden. Dann schüttelte er den Kopf. Unterwegs hatte er ständig das Bild von Gaines' Gesicht und den Ameisen darauf vor Augen gehabt. Mehrmals wäre er beinahe umgekehrt, um sich zu vergewissern, dass er sich das nicht eingebildet hatte. Und er hatte gehofft, es würde besser, wenn er wieder mit den anderen zusammen wäre. Er musste irgendetwas tun. Sich mit etwas beschäftigen. Er nahm eine Blechtasse und den Gaskocher aus Youngis Rucksack und kochte einen Kaffee.

Vielleicht hätte er …

In der Ferne hörte er einen Schlag. Jemand bahnte sich mit einer Machete einen Weg durch den Dschungel. Sadlair sprang auf und ging dem Geräusch entgegen. Debbie tauchte auf, gefolgt von EyTee und Boonstra. Die beiden Männer zerrten etwas Schweres hinter sich her. Dann sah Sadlair Youngis Kopf, der leblos von einer Seite zur anderen baumelte. Sie legten ihn erschöpft am Zeltplatz ab. Sadlair blickte auf Youngis Leichnam hinunter. »Was ist passiert?«, fragte er leise.

EyTee nahm seinen breitkrempigen Hut ab und fuhr sich mit der Hand durch die Haare. »Wir haben ihn einige Hundert Meter von hier, im Sumpf, gefunden«, antwortete er ebenso leise.

»Wir müssen uns ihn genauer ansehen«, sagte Boonstra. Der junge Student wirkte wie um Jahre gealtert. Vorsichtig drehten sie den Toten auf den Rücken. Nasser, rötlicher Lehm bedeckte den Pygmäen. Seine Kleidung war zerrissen, sein Körper mit Wunden übersät. Erst Gaines, dachte Sadlair, nun Youngi. Was passierte hier?

»Meint ihr, das war ein Leopard?«, fragte Debbie.

»Was denn sonst?«, fragte Boonstra. Er rieb sich die Nase.

»Gaines«, begann Sadlair. Er stockte.

Nach und nach lösten sich die Blicke, die auf den toten Körper am Boden gerichtet waren. Alle sahen jetzt zu Sadlair.

»Was ist mit Gaines?«, frage Boonstra.

»Er …« Sadlair holte Luft. »Gaines ist auch tot.«

Niemand sagte etwas.

»Er ist offenbar die Klippe runtergestürzt.« Plötzlich wurde Sadlair bewusst, dass er noch immer seine Tasse mit Kaffee in den Händen hielt. Er ging einen Schritt zur Seite und kippte die Flüssigkeit in den Wald.

»Und was ist mit Baya?«, fragte Debbie.

Sadlair schüttelte den Kopf. »Er war nicht da.«

»Du bist zu ihnen raufgeklettert?«, fragte EyTee.

Sadlair nickte. »Das Zelt war zusammengefallen. Die Rucksäcke waren noch drin. Ich habe gewartet. Aber dann bin ich irgendwann wieder runtergeklettert. Und dabei habe ich ihn entdeckt. Gaines meine ich.«

»Was hast du gemacht?« Debbie sah ihn aus verweinten Augen an.

»Was meinst du wohl? Ich bin hierhergekommen.« Sadlair hob

seine Baseballkappe auf. »Ich hatte keine Ahnung, was ich tun sollte.«

EyTee hob die Hände. »Schon gut. Das überlegen wir jetzt zusammen.«

»Wie lange dauert es noch, bis es dunkel wird?«, fragte Boonstra.

Die Sonne war bereits hinter dem Waldrand verschwunden. EyTee blickte auf die Uhr. »Nicht lange genug, um unsere Sachen hier zu packen und das Tal zu verlassen.«

»Verdammt, was machen wir denn jetzt?« Debbies Stimme zitterte. In ihren Augen standen immer noch Tränen.

»Wir … keine Ahnung«, stotterte EyTee. »Am besten, wir kehren in das Dorf zurück, in die Hütten. Und dann rufen wir über das Satellitentelefon Hilfe.«

»Hier bringt etwas Leute um.« Boonstra ging zu Youngi hinüber und zeigte auf den Toten, als hätte er ihn gerade erst entdeckt. Auf seinen Wangen hatten sich rote Flecken gebildet. »Irgendwas bringt hier Menschen um.«

Gleich fällt er in Ohnmacht, dachte Sadlair.

»Ich denke, die beste Idee ist wirklich, wir übernachten hier. Morgen sehen wir dann weiter.« EyTee war bemüht, ruhig zu klingen, aber alle hörten die Unsicherheit in seiner Stimme.

»Und was machen wir mit Youngi?«, fragte Debbie. Sadlair richtete sich auf. »Boonstra«, forderte er den Studenten auf. »Hilf mir, ihn in die Zeltplane zu wickeln. Wir nehmen ihn mit ins Dorf. Vielleicht lässt sich morgen ein Hubschrauber organisieren, der ihn und Gaines abholt.«

»Und uns«, rief Boonstra. »Ich bleibe keinen Tag länger in diesem Dschungel.«

Sadlair nickte.

In der am besten erhaltenen Hütte wollten sie übernachten. Das Dach und alle Löcher besserten sie aus, so gut es ging. Die Tür verrammelten sie mit einigen Dachsparren aus der Nachbarhütte. Dann hatten sie zwei Zelte aufgebaut. Jetzt saßen sie auf kurzen Holzbalken auf dem Boden. An der Decke hing die Sturmlampe, um die Mücken und Motten flatterten. Boonstra kam aus einem der Zelte und trat in den Lichtkegel. »Bargh organisiert einen

Hubschrauber. Aber er konnte nicht sagen, bis wann. Er muss die Armee um Hilfe bitten.«

Er blickte sich in der Hütte um. »Ein Leopard kommt hier sicher nicht rein?«

»Wir sind hier drin sicher.« Wie um seine Behauptung zu betonen, klopfte EyTee seine Pfeife aus und zog sich in sein Zelt zurück. Boonstra blickte ihm nervös hinterher. »Ich glaube, ich bleibe wach und passe auf.«

»Mach das, wenn du meinst«, sagte Sadlair. »Ich gehe auch schlafen.« Debbie schloss sich ihm an.

Es war Debbie, die Sadlair weckte. Ihr Mund war so dicht an seinem Ohr, dass er ihren Atem auf der Haut spürte. »Tut mir leid«, sagte sie. »Bitte wach auf.«

»Ich bin wach.« Er drehte sich auf den Rücken. »Was ist denn los?«

»Ich muss mal«, antwortete Debbie. »Ich habe versucht, es aufzuschieben, aber es geht einfach nicht mehr. Und ich will ganz bestimmt nicht allein rausgehen«, flüsterte sie. Die Sturmlampe brannte noch. Sadlair richtete sich auf und tastete nach seiner Taschenlampe, während Debbie den Reißverschluss des Moskitonetzes öffnete und hinausschlüpfte. Auf dem Boden vor dem Zelt lag Boonstra und schlief. Seine Hände und sein Gesicht waren völlig zerstochen, ebenso seine Knöchel zwischen Socken und Hose. Sadlair nahm sein Mückenspray und trug es vorsichtig auf die Haut des Studenten auf. Der Student schnaubte, schlief aber weiter. Unterdessen hatte Debbie die Dachsparren vor der Tür beiseitegeräumt und verließ die Hütte. Sadlair folgte ihr. Der Mond stand über der Lichtung und tauchte alles in ein silbrig-blaugraues Licht. Ein feiner Nebelschleier lag auf dem Gras und dämpfte das Zirpen der Zikaden. Debbie ging um die nächste Hütte und bat Sadlair, an der Ecke zu warten.

Hinter einer Hütte hörte Sadlair ein leises Kratzen. Es war nicht die Hütte, hinter der Debbie verschwunden war. Er schaute angestrengt hinüber. Es war die Hütte, in der sie Youngis Leiche abgelegt hatten. Ein Knirschen ließ ihn herumfahren. Debbie war zurück.

»Ich …«, begann die Studentin, aber er hob den Finger an den Mund. Erneut war ein leises Kratzen zu hören. Sadlair schaltete die Taschenlampe an, richtete den Strahl jedoch auf den Boden. Etwas schnüffelte an der Rückseite der Hütte. Langsam folgte Sadlair dem Geräusch. Vor ihm stand ein Tier, schwarzgefleckt und -gestreift. Es hatte kurze Beine, einen dicken Schwanz und war nicht größer als ein Hund. Eine Zibetkatze. Sie fuhr zusammen und rannte davon. Erleichtert drehte Sadlair sich um.

Der Lichtkegel seiner Lampe fiel zufällig auf die niedrigen Sträucher neben der Hütte. Zwei helle Lichtpunkte strahlten aus einem Gewirr der Äste und Blätter zurück. Dann glitt etwas Großes nahezu geräuschlos an Sadlair vorbei, jagte mit eleganten Sprüngen durch den Nebel und verschwand im Wald.

Sadlairs Herz hatte kurz ausgesetzt, jetzt stieß er erleichtert die Luft aus, während Debbie stocksteif dem Schatten hinterherstarrte.

»Was war das?«, flüsterte sie.

»Ein Leopard.« Dankbar tätschelte Sadlair die Lampe in seiner Hand.

»Dann wissen wir jetzt, wer Youngi getötet hat?«

Vermutlich wussten sie das jetzt. Die Frage, warum der Leopard den Pygmäen gerissen, dann seine Beute aber einfach liegen gelassen hatte, verkniff er sich.

»Ein Leopard.« EyTee schaute nachdenklich in die Wolken, die sich vor der morgendlichen Sonne zusammenballten. »Wir müssen uns also ab der Dämmerung in der Hütte verschanzen. Aber am Tage brauchen wir keine Angst zu haben.«

Sadlair nickte. Die nächtliche Begegnung war nach dem grauenhaften Fund von Youngis Leiche, der Nachricht von Gaines' Tod und Bayas Verschwinden etwas … Handfestes. Youngi war nicht mehr das Opfer einer nicht fassbaren Bedrohung, sondern eines Wesens aus Fleisch und Blut – mit Angst vor Taschenlampen.

Boonstra kam mit dem Satellitentelefon in der Hand herüber. »Bargh hat einen Hubschrauber. Er hofft, dass der uns alle aufnehmen kann. Aber vor morgen Mittag sollen wir nicht mit ihm rechnen.«

»Wir müssen also noch einmal übernachten«, stellte Debbie fest.

»Wir sollten Gaines hierherholen«, schlug Sadlair vor. »Hier kann der Hubschrauber landen.«

Die Stelle, wo Gaines gelegen hatte, war deutlich zu erkennen. Die vom Gewicht des Körpers niedergedrückten Pflanzen richteten sich langsam wieder auf, ihre Blätter zeigten hier und dort rötliche Flecken. Gaines war fort. Aber noch bevor Sadlair etwas sagen konnte, hatte Boonstra den Toten entdeckt. Etwa 15 Meter entfernt hatte sich eine Wolke aus Insekten gebildet. Boonstra ging hinüber.

»Mein Gott«, sagte er. »Etwas hat ihn angefressen.« Er drehte sich zur Seite und übergab sich.

EyTee näherte sich langsam dem Toten. »Uns bleibt nichts anderes übrig, als ihn zu bergen.« Er trat einige Schritte zurück und blickte hinauf zum Klippenrand. »Wir sollten Gaines' Sachen holen und ihn in seine Zeltplane wickeln. Das ist wohl das Beste«, sagte er zu sich selbst. Dann rief er nach Boonstra.

»Wie sieht es mit deinen Kletterkünsten aus?«, fragte er und deutete auf das Seil. Boonstra kam herüber. »Was soll ich denn da oben?«

»Hol die Sachen von Gaines und Baya. Wir wickeln Gaines in die Zeltplane.«

Der Student nickte, packte das Seil und zog sich zügig Hand um Hand hinauf.

Sadlair schaute ihm zu und rieb sich die Bartstoppeln, die seit vier Tagen ungehindert aus seinen Wangen sprossen. Boonstra verschwand über den Rand der Klippe.

»Irgendeine Spur von Baya?«, rief EyTee hinauf.

»Nein«, tönte es von oben. Die Rucksäcke und die Zeltplane flogen herab. Dann hing Boonstra schon wieder am Seil und beeilte sich, zurückzukehren.

»Debbie, Boonstra, kommt«, forderte Sadlair die Studenten auf. Er vermied es, einen genauen Blick auf Gaines zu werfen. Er wollte nicht sehen, was die Tiere in der Nacht getan hatten. Deshalb warf er, sobald er sich der Leiche genähert hatte, die Zeltplane darüber. Dann schob er zusammen mit Boonstra und Debbie die Plane unter den Körper und verschnürte ihn mit den Riemen.

Gaines Leiche stank bereits nach Verwesung. Sadlair atmete durch den Mund, griff nach einem Zipfel der Plane und zog Gaines zum Pfad hinüber.

EyTee betrachtete das Bündel mit zusammengepressten Lippen.

»Ich schlage vor, wir binden ein Band um seinen Körper und ziehen ihn hinter uns her. Dann müssen wir ihn nicht tragen«, sagte Sadlair.

EyTee nahm seine Pfeife und begann, sie mit zitternden Fingern zu stopfen. Als er den Tabak anzündete, roch es nach Kirschen. Der Duft mischte sich mit dem Geruch der Blüten und der Verwesung. Sadlair wusste nicht, ob man auch von Gerüchen träumen konnte. Aber dieser Geruch war eine Mischung für Albträume.

Boonstra holte ein Taschenmesser heraus, löste die Nylonseile von Gaines' Zelt und verknüpfte sie zu einem Seil. Gaines' Füße schauten aus der aufgerollten Zeltplane heraus. Boonstra band das Seil darum. Dann sprang er auf, um sich erneut zu übergeben. EyTee knotete Schlaufen in das andere Seilende, sodass zwei Personen gleichzeitig daran ziehen konnten.

»Kann es losgehen?«, fragte Sadlair.

EyTee blickte ihn durch eine Rauchwolke seiner Pfeife nachdenklich an. »Das wird eine ziemliche Plackerei, sagte er heiser. »Lass uns noch ausruhen.«

Eine Stunde später waren sie unterwegs. Es war mühselig, Gaines' Leiche zu schleppen. Sie wechselten sich ab, aber bis zum Nachmittag hatten sie erst die Hälfte des Weges geschafft.

Boonstra stöhnte. »Kommen wir überhaupt an, bevor die Sonne untergeht?«

Debbie schaute ihn erschrocken an. EyTee blickte auf seine Uhr. »Ja, wenn wir uns beeilen«, sagte er. Sadlair marschierte am Anfang des »Leichenzugs«, wie er die Kolonne insgeheim nannte. Als EyTee nach ihm rief, kehrte er um und übernahm zusammen mit ihm das »Geschirr«. Gaines' rechte Hand war aus der Plane gerutscht. Die toten Finger krümmten sich, als würden sie versuchen, sich am Boden festzuhalten. Fliegen surrten um die Plane herum, Dutzende hatten sich auf der toten Hand niedergelassen. Als EyTee und Sadlair an der Leiche zogen, flogen die Insekten auf und schwebten hinter Gaines her wie eine lebendige Fahne.

Eine Stunde später wechselten sich die beiden wieder mit Debbie und Boonstra ab. EyTee blickte auf die Uhr. Es war der dritte Blick innerhalb der letzten zwanzig Minuten, schätzte Sadlair. Es würde nicht mehr lange dauern bis zur Dämmerung.

»Noch eine Viertelstunde.« Sadlair versuchte, optimistisch zu klingen.

EyTee kratzte sich am Hals. »Und genauso lange bleibt es auch noch hell.«

Der Weg wand sich in etlichen Kurven durch die Stauden und Baumstämme. Sadlair und EyTee bemerkten nicht, dass die beiden Studenten mit der Leiche immer mehr zurückblieben. Fast 50 Meter lagen schon zwischen ihnen. Jetzt wurde es schnell finster. Sie erreichten gerade Youngis Zeltplatz, als sie einen Schrei hörten.

»Das war Debbie«, rief EyTee und rannte los. Sadlair sah ihm entsetzt hinterher. Dann folgte er ihm.

»Debbie! Pass auf! Da ... Renn doch!« Boonstras Stimme überschlug sich.

Dann hörte er Debbie schreien. »Was soll denn das! Geh weg! Heeee ...«

Ihre Stimme brach abrupt ab.

»Debbie!« Wieder brüllte Boonstra verzweifelt. Dann standen Sadlair und EyTee vor der Zeltplane mit Gaines' Leiche. Boonstras Baseballmütze lag auf dem Weg. Ein großer, gelb gestreifter Schmetterling saß darauf und schlug langsam mit den Flügeln.

EyTee zeigte auf etwas in einer der Schlammpfützen, das Sadlair für ein großes Stück Holz gehalten hatte. Aber es war kein Holz.

Debbie lag auf dem Rücken, an einen umgestürzten Baumstamm gelehnt, Arme und Beine von sich gestreckt, halb im Wasser. Sadlair griff nach ihrem Arm. Die Studentin öffnete die Augen und schreckte vor ihm zurück. »Debbie, ich bin es«, sagte Sadlair. Sie stand auf und zeigte in den Dschungel hinein, ohne ein Wort herauszubringen.

»Saaaaadlair!« Boonstras Stimme klang aus der Ferne herüber. Er musste in Richtung Süden in den Wald gelaufen sein. Ohne nachzudenken, rannten Sadlair und EyTee los. Wasser und roter Schlamm spritzten um ihre Füße. Nach wenigen Metern geriet Sadlair in ein Dickicht von Stauden. Die dünnen Äste peitschten ihm schmerzhaft ins Gesicht und brachten ihn zur Besinnung. So geht das nicht, dachte er. Neben ihm drang EyTee durch das Unterholz.

»He«, schrie er. »So haben wir uns in einer Sekunde verlaufen.«

EyTee blieb stehen und blickte ihn mit rot unterlaufenen Augen an. Er sah aus wie ein Stier, der jemanden auf die Hörner nehmen wollte. Dann schnaubte er und richtete sich auf. »Verdammt«, fauchte er. »Was sollen wir machen?«

»Debbie«, rief Sadlair.

Als sie antwortete, fand Sadlair die Orientierung wieder. Sie liefen zurück. Debbie stand am ganzen Leibe zitternd bei der Leiche von Gaines. Wieder wollte sie etwas sagen, brachte jedoch keinen Ton heraus.

»Sadlair!« Sie hörten Boonstras Stimme nur noch leise.

»Maaaaaa ...«

Sadlair ballte in hilfloser Wut die Fäuste. Plötzlich verwandelten sich die Rufe in eine Reihe kurzer, abgehackter Schreie. Dann war es still.

Inzwischen war es so dunkel, dass sie vielleicht noch zehn Meter weit in den Wald hineinsehen konnten. Der Pfad dagegen lag deutlich vor ihnen.

Sadlair war in die Hocke gegangen, die Fingerspitzen am Boden. Langsam richtete er sich auf. »Wir sollten sehen, dass wir ins Dorf kommen«, flüsterte er.

EyTee fasste Debbie unter den Arm und sie gingen los. Sie kamen bis zur kleinen Lichtung.

Sadlair hätte nicht sagen können, wie groß das Wesen war. Er hätte nicht sagen können, ob es tatsächlich ein Leopard war. Aber es nahm offenbar den direkten Weg durch den Dschungel auf sie zu.

»Schnell«, schrie er. »Zur Hütte.«

Sie rannten los. Sadlair spürte, wie der kleine Beutel, den er sich auf den Rücken geschnallt hatte, von einem Schulterblatt zum anderen hüpfte. Darin befand sich die Taschenlampe. Die Lampe, mit der er den Leoparden verjagt hatte.

Sie hatten die große Lichtung fast erreicht.

Sadlair spürte die Nähe des Wesens. Ungelenk versuchte er den Rucksack abzunehmen, ohne dabei an Tempo zu verlieren. Als er den Beutel endlich in den Händen hielt, hatten sie das Dorf fast erreicht.

Es waren nur noch wenige Meter.

Ein heftiger Stoß brachte Sadlair aus dem Gleichgewicht. Er stolperte und landete auf Händen und Knien. Etwas drückte ihn zu Boden. Die Luft entwich aus seiner Lunge. Er hörte es knacken. Waren das seine Rippen? Dann flog ein Schatten über ihn weg. Er blickte auf. Debbie und EyTee hatten die Hütte fast erreicht. EyTee wollte nach der Tür greifen, als der Schatten ihn erreichte. Sadlair hörte Schreie. Debbie. Der Schatten ließ von EyTee ab und sprang sie an.

Sadlair war wieder auf den Füßen, die Taschenlampe in der Hand.

»Heeeeee, du Arschloch«, brüllte er. In dem Moment, als das Wesen sich zu ihm drehte, schaltete er die Taschenlampe an. EyTee nutzte die Gelegenheit und öffnete die Tür.

Nun stand das Wesen in voller Größe vor Sadlair. Das, dachte er, ist eindeutig kein Leopard. Debbie und EyTee krochen vorsichtig in die Hütte. Und, dachte Sadlair, dieser Gegner lässt sich nicht von einer Lampe verjagen. Plötzlich war die Angst verflogen. Er war nur noch wütend.

»Du Arschloch.« Schwarze Augen starrten ihn an. Dann holte Sadlair mit der Lampe aus und schlug sie gegen den Schädel des Wesens. Es taumelte ein Stück zur Seite – und dann ging die Lampe aus.

Sadlair wusste nicht, wo sich die Hütte befand. Da war der Mond. Langsam gewöhnten sich seine Augen wieder an die Dunkelheit. Er sah die Tür. Und davor stand das Wesen.

Das ist gar nicht gut, dachte Sadlair, das war es dann wohl. Er richtete sich zur vollen Größe auf, trommelte sich auf die schmerzende Brust, wie er es bei Gorillas gesehen hatte, und brüllte seine Wut und Verzweiflung hinaus. Das Wesen rannte ihn um und sprang auf seine Brust. Wieder knackte es, und ein scharfer Schmerz durchfuhr ihn. Ein kurzer Blitz, dann verlor er die Besinnung.

6. Juni, München

Er hätte nicht die Abkürzung durch den Englischen Garten nehmen sollen. Nicht um diese Uhrzeit, nicht durch diesen Teil der Anlage. Und nicht bei diesem Wetter. Es war still. Und es war dunkel. Nur hin und wieder sah man den Mond, rund und hell zwischen den grauen Wolkenschleiern. Er tauchte den Nebel, der aus den Wiesen stieg, in blasses, bläuliches Licht. Kein Stern war zu sehen. Aber auf dieser Strecke brauchte er bis nach Hause erheblich weniger Zeit. Zeit, die darüber entscheiden konnte, ob seine Frau seine Lügen glauben würde.

Der Wind wehte den Verkehrslärm vom Isarring herüber. Er nahm die Brücke über den Oberstjägermeisterbach. Es raschelte in den Büschen. Nur ein kleines Tier. In der Ferne konnte er die Lichter der Studentenstadt sehen. Noch etwa dreihundert Meter bis zur Osterwaldstraße mit ihren hellen Laternen. Hier dagegen wurde es noch finsterer.

Seine Frau war nicht besonders eifersüchtig. Er selbst war da schlimmer. Aber sie würde sich Sorgen machen und zu Recht wissen wollen, wo er so lange geblieben war. Die Wahrheit konnte er ihr schlecht sagen. Obwohl … er wusste nicht, wie sie reagieren würde, wenn herauskam, dass er sie betrog. Vielleicht wäre sie ganz ruhig. Würde sich über ihn lustig machen und die Sache vergessen. Oder – und das schien ihm wahrscheinlicher – sie würde die Koffer packen und ihn verlassen. Oder seine Koffer packen und vor die Tür stellen. Verdammter Mist. Wieso hatte er nicht früher auf die Uhr geschaut? Der Wind fuhr ihm unter die Trainingsjacke. Er zog die Ärmel über die Handgelenke und schloss den Reißverschluss.

Etwas streifte seinen Kopf. Er erschrak. Es hatte sich angefühlt, als würde jemand nach ihm greifen. Nur ein tief hängender Ast. Die Blätter waren feucht. Er fühlte nasse Streifen auf der Wange. Noch etwa 150 Meter trennten ihn von der Stelle, wo der Weg in die Schwedenstraße mündete.

War da ein Tier, das sich in den Büschen bewegt hatte? Er lauschte angestrengt in die Finsternis. Nichts. Er ging langsam weiter. Nach einigen Schritten hörte er erneut ein Geräusch, diesmal direkt vor ihm. Ein leises Zischen. Eine Katze? Erneut blieb er stehen, den Kopf zwischen die Schultern gezogen, und horchte. Nach einer halben Minute kam er zu dem Schluss, dass er sich getäuscht hatte.

Mit lautem Krachen brach es durch das Unterholz. Er fuhr zusammen und ging in die Hocke. Doch der Schatten verschwand sofort wieder im Nebel. Er hatte es keuchen gehört.

Sein Herz schlug ihm bis zum Hals. Da war ein leises Röcheln. Er konnte sich nicht bewegen. Nach einer Weile wurden die Konturen der Sträucher schärfer, er sah einzelne Zweige. Etwas funkelte dort. Er bekämpfte seine Angst und ging hinüber. Aus dem Gras drang Feuchtigkeit in seine Schuhe. Um den kleinen, hellen Punkt am Boden erkannte er eine Hand. Ein schmaler Ring an einem Finger spiegelte das Licht der fernen Straßenlaternen wider.

Sein Magen füllte sich mit kaltem Glas. Jemand lag unter dem Strauch. Der Körper einer Frau. Ihre Kleidung war nur noch Fetzen. Er drehte sich zur Seite und übergab sich in die Büsche.

Blaues Licht, der nasse Asphalt schimmerte kalt. Fünf Streifenwagen standen dort, wo der Spazierweg durch den Englischen Garten in die Schwedenstraße mündete, außerdem eine Ambulanz und der Tatortbus, mit dem die Spurensicherung gekommen war.

Thomas Born ließ den Wagen ausrollen und zog die Handbremse an. Es hatte während der Fahrt erneut angefangen zu nieseln. Der Kriminalbeamte schlug den Kragen seiner Jeansjacke hoch und knöpfte sie zu.

»Habe ich schon gesagt, dass ich Bereitschaftsdienst hasse?«, fragte Bernd Adam vom Beifahrersitz und gähnte. Der Kriminaloberkommissar stieg aus und schlug die Autotür zu.

»Dreimal in der letzten Viertelstunde«, antwortete Born leise und schwang sich vom Fahrersitz. Ein Streifenpolizist zog ein Absperrband quer über den Spazierweg.

»Guten Morgen«, begrüßte er die zwei Beamten von der Mordkommission. »Wir haben eine weibliche Leiche.«

Born verzog das Gesicht. Ein guter Morgen mit einer Leiche?

»Sie ist offenbar überfallen worden und aufgrund einer schweren Halsverletzung verblutet«, fuhr der Streifenbeamte fort. »Der Erkennungsdienst ist schon da.« Der junge Beamte kratzte sich unter seiner Mütze. »Wir waren als Erste da und haben nichts angerührt.«

»Ist das für Sie das erste Mal, dass Sie den Erstzugriffsbeamten spielen?«, knurrte Adam ihn an. »Erstens kann eine Leiche nicht an einer Halsverletzung verbluten. Eine Leiche ist nämlich schon tot. Zweitens haben Sie natürlich nichts angerührt.« Er schaute den Streifenbeamten scharf an. »Oder vielleicht doch?«

Der junge Kollege stand verdutzt im Regen und warf Born einen scheuen Blick zu. Born nickte lächelnd. »Scheißwetter, was? War ein Notarzt bei der Leiche?«

»Ja. Er hat nur einen Blick auf die Tote geworfen, den Puls gemessen und sie für tot erklärt.«

Aus der Parkanlage kam ein älterer Kollege.

»Scheißwetter, was?« Der Polizist strich sich über den Kaiser-Wilhelm-Bart und stellte sich als Außendienstleiter West vor. Demnach war er einer der drei für die Einsätze der Funkwagen in ganz München verantwortlichen Beamten. Die zwei weiteren Bereiche waren Mitte und Ost. Der Mann fummelte an einem Funkgerät herum, aus dem laute Störgeräusche krachten. Dann reichte er den Kriminalbeamten den vorläufigen Totenschein, den der Arzt bereits ausgefüllt hatte. »Zehn Erstzugriffsbeamte sind schon im Einsatz. Wir haben weiträumig abgesperrt und begonnen, die nähere Umgebung zu überprüfen.«

»Ist der Leichenschauer schon da?«, fragte Born.

»Die Kollegen vom Kriminaldauerdienst haben das Gerichtsmedizinische Institut angerufen. Ein Professor Alfieri ist offenbar unterwegs.«

Früher war bei unklaren Todesursachen oder Mordfällen lediglich ein Arzt als Leichenschauer gerufen worden. Inzwischen kam grundsätzlich ein Mediziner des Bereitschaftsdienstes am Gerichtsmedizinischen Institut der Ludwig-Maximilians-Universität an einen Tatort. Aber dass gleich ein Professor kam, klang ungewöhnlich, dachte Born.

»Wer ist die Tote?«, fragte er.

»Regine Schmidt«, antwortete der Außendienstleiter. »Laut Ausweis 38 Jahre alt. Wohnt in der Heimstättenstraße beim Nordfriedhof.« Ihr älterer Kollege sah zu einem Hubschrauber auf, der im Süden in niedriger Höhe den Park überflog. »Den habe ich auch angefordert. Vielleicht spüren die mit ihren Wärmekameras ja den Täter auf.«

»Wer hat sie gefunden?«, mischte sich Adam wieder ein.

»Der Mann heißt Klaus Bogner. War auf dem Weg nach Hause. Er ist dort hinten beim Notarzt und lässt sich aufpäppeln. Das ist aber auch ein scheußlicher Anblick.«

Born blickte zurück zur Schwedenstraße. Neben der Ambulanz gab ein junger Bursche in einer roten Jacke mit gelben Reflektorstreifen einem etwa 40-jährigen Mann im Trainingsanzug gerade eine Spritze. Der Mann zuckte nicht einmal zusammen.

»Sollten wir nicht eine Einsatzhundertschaft anfordern, die die Gegend hier absucht?«, fragte Adam.

»Schon passiert. Und hier kommt der KDD.« Der Außendienstleiter wirkte erleichtert, als sich ein dunkelhäutiger Mann in einer grünen Regenjacke zu ihnen gesellte.

Born wies in Richtung des Notarztwagens. »Ihr habt euch den Zeugen schon angesehen?« Der Kollege vom Kriminaldauerdienst nickte.

»Und hat er was gesagt?«, fragte Adam.

»Dass er hier um die Ecke wohnt und im Park gelaufen ist. Das Opfer hat noch gelebt, als er sie gefunden hat. Jedenfalls will er sie noch röcheln gehört haben. Er hat die Kollegen in der Einsatzzentrale dann mit dem Handy alarmiert.« Der Polizist zückte einen Notizblock. »Das war um 22:23 Uhr. Als wir ankamen, war die Frau eindeutig tot. Und das Gleiche hatten die Erstzugriffsbeamten und der Notarzt zuvor auch schon festgestellt.«

»Kommt er als Täter in Frage?«

»Bei den Verletzungen, die das Opfer davongetragen hat, müsste der Täter voller Blut sein. Aber der Mann da hat keinen einzigen Tropfen Blut an der Kleidung oder den Händen. Der Kerl hat uns mehr Antworten gegeben, als wir Fragen gestellt haben. Er kam offensichtlich von einem Schäferstündchen mit seiner Geliebten.«

»Und wenn er sich vor der Meldung zu Hause umgezogen hat?«

Der Beamte vom KDD zuckte mit den Achseln. »Da müsst ihr seine Frau fragen. Wir haben bei ihr angerufen, um ihr zu erklären, wo ihr Mann bleibt. Klang nicht so, als hätte sie ihn gerade dabei beobachtet, wie er blutige Kleider in die Waschmaschine stopft.« Der Kollege räusperte sich.

»Was gibt's noch?«, fragte Born, während Adam in den Himmel starrte und Regentropfen in seinen offenen Mund fallen ließ.

»Also, dieser Bogner behauptet, er hätte den Mörder aufgescheucht. Der Täter sei *fauchend weggerannt*. Seine Worte, nicht meine.«

Born sah den Kollegen überrascht an. »Fauchend?« Er schüttelte den Kopf. »Also wirklich. Und sonst?«

»Wir haben einen Fährtenhund kommen lassen.« Der Kollege zeigte in Richtung Park. »Ihr bekommt dann morgen unseren Bericht«, kündigte er an und verabschiedete sich. Ein weiteres Auto hielt kurz vor der Brücke. Born sah, wie Elisabeth Geyer ausstieg. Die Kriminalhauptkommissarin öffnete einen Regenschirm und kam herüber.

Während Adam Geyer kurz informierte, schaute Born irritiert auf den Bauch der Kollegin. Elli Geyer trug eine dieser Hosen, bei denen der Schneider am Bund zehn Zentimeter Stoff gespart hatte; dazu unter der Jacke ein Top, das den Bauchnabel freiließ. Eine für die Tatortarbeit ziemlich unpassende Kleidung. Besonders bei diesem Wetter. Außerdem, dachte Born, musste Geyer ein ausgeprägtes Selbstbewusstsein oder eine völlig falsche Selbstwahrnehmung haben, wenn sie mit ihren 80 Kilo solche Sachen trug. Er kannte Geyer noch nicht lange genug, um zu entscheiden, was von beidem zutraf.

Er hielt das Absperrband für die beiden Kollegen hoch und folgte ihnen dann in den Park. Links und rechts vom Weg standen

Bäume, unter denen sich einige Sträucher ins Gras duckten. Etwa 30 Meter weiter kreuzte einer der vielen schmalen Fußwege, die sich durch den Park schlängelten, den Ernst-Penzoldt-Weg. Dort schnitten Taschenlampen Lichtschneisen in die neblige Dunkelheit. Drei Männer in weißen Schutzanzügen bauten zwischen den Sträuchern, wo offenbar die Leiche lag, ein Zelt auf, ein weiterer hantierte an einem großen Scheinwerfer. Die Beamten von der Mordkommission hielten Abstand, um die Kollegen vom Erkennungsdienst nicht zu stören. Geyer winkte dem Leiter des Teams zu. Der große, hagere Mann unterbrach seine Arbeit und kam herüber.

»Warum muss ausgerechnet ich heute Kapitalbereitschaft haben?«, fluchte er und reichte den drei Neuankömmlingen die Hand. »Ich fürchte, ihr werdet diesmal richtig Spaß haben. Ich habe gleich zwei zusätzliche Kollegen alarmiert und den Tatortbus genommen, als ich die Schilderung des KDD gehört habe.« Er machte eine ausholende Geste. »Ist auch ein ziemlich weiträumiger Tatort, nicht wahr?«

Born überlegte, wie der Mann vom Erkennungsdienst hieß, konnte sich aber nicht daran erinnern, ob er ihm schon begegnet war oder nicht.

»Mein lieber Schwan«, sagte Geyer.

Born erinnerte sich. Schwan. So hieß der Mann tatsächlich.

»Der Täter muss viel Blut abgekriegt haben«, erklärte Schwan. »Vielleicht hat er eine Spur hinterlassen, die uns zu ihm führt wie die Steinchen Hänsel und Gretel aus dem Wald hinaus.«

»Hatte der Kollege vom KDD nicht was von einem Fährtenhund gesagt?«, fragte Born.

»Der ist dort drüben.« Der Außendienstleiter wies in die Richtung, wo sich der Weg nach Norden hin im Dunkeln verlor.

»Und der versucht grad, die Blutspur zu verfolgen, die der Täter hinterlassen haben muss?«

»Richtig.«

»Welcher Staatsanwalt ist Jourbeamter?«, fragte Adam.

»Winnie Puh«, sagte Geyer.

Adam nickte. »Immerhin etwas. Kommt er her?«

»Er bleibt in der Nähe des Telefons. Wir sollen uns melden,

wenn wir ihn brauchen«, antwortete Geyer. »Das Gleiche gilt übrigens für den Chef.« Sie schüttelte sich. »Eigentlich müsste Hans ja hier draußen sein, nicht ich.«

Ein Blitzlicht tauchte die Tote in ein grelles, blauweißes Licht, sodass Born die Leiche zum ersten Mal sah. Einer der Erkennungsdienstler stand zwischen den Büschen und fotografierte den Fundort von allen Seiten.

Die Kriminalbeamten näherten sich dem Opfer auf mehrere Meter – vorsichtig, um keine Spuren zu zerstören. Erst wenn die Kollegen vom Erkennungsdienst ihre Arbeit um die Leiche herum abgeschlossen hatten, würden sie das Opfer genauer betrachten können. Doch auch vom Weg aus konnte man einiges erkennen. Born richtete seine Taschenlampe auf das Opfer.

Die Frau lag auf dem Bauch, Arme und Beine von sich gestreckt. Born war erleichtert. Von hier aus konnte er ihren entblößten Unterleib kaum erkennen. Zumindest vorerst würde er ihre Intimsphäre nicht verletzen. Klar, sie war tot. Sie war ein Job. Schwerverletzte gingen ihm näher als die Toten. Schmerz und Leid rührten an. Der Tod verwandelte Menschen in Objekte. Aber er hatte noch immer den Anspruch, die Würde der Toten zu wahren.

Die blanken schwarzen Augen der Leiche glitzerten im Licht der Taschenlampe. Die Kleidung hing zerrissen am Körper der Frau. Jemand hatte versucht, ihr Rock, Jacke, Hemd und Unterwäsche mit Gewalt auszuziehen.

Plötzlich wurde Born von gleißendem Licht geblendet. Die Leute von der Spurensicherung hatten ihre Schweinwerfer eingeschaltet. Ein Summen erfüllte die Luft. Als er sich an die Helligkeit gewöhnt hatte, betrachtete er konzentriert den Tatort. Das Laub unter dem Oberkörper des Opfers war dunkler als in der Umgebung und glitzerte feucht. Eine Blutlache.

Born bückte sich und fuhr erschrocken zurück. Die Kehle der Frau war weit aufgerissen, der Hals zerfetzt. Er wandte den Blick ab und schüttelte sich. Er hatte schon häufig die Folgen von Gewaltverbrechen gesehen, aber das hier …

»Das ist extrem.« Geyer schlang fröstelnd die Arme um ihren

Oberkörper und trat einige Schritte von der Leiche zurück. »Unglaublich. Das ist ja wie in einem Horrorfilm.«

Born stimmte ihr zu. »Was war denn das für eine Waffe?«, fragte er.

»Eine Säge?«, vermutete Geyer heiser.

Born schaute sie überrascht an.

»Also, bei so einer Wunde?«, erklärte die Ermittlerin.

»Das ist wirklich extrem.« Born schüttelte sich erneut.

»In so einer Nacht muss man mit allem rechnen.« Geyer wies hinauf in den Nachthimmel, wo der Vollmond zwischen den Wolken aufgetaucht war.

Adam war ein Stück um die Leiche herumgegangen. »Eine Säge ist etwas zu groß, um sie in einer Jackentasche herumzutragen«, sagte er und knöpfte seinen Mantel mit fahrigen Fingern zu.

»Es muss ja keine Kettensäge gewesen sein«, verteidigte Geyer ihre Vermutung. Adam zog skeptisch die Augenbrauen hoch. Das Flutlicht hatte ihn voll erfasst. Seine Wangen wirkten noch eingefallener als sonst.

»Okay«, sagte Geyer betont langsam. »Zeit für erste Spekulationen: Für eine Beziehungstat ist das ein ungewöhnlicher Ort.«

»Vielleicht waren ja Drogen im Spiel«, warf Adam ein. »Bei so viel Gewalt …«

»Schon klar. Natürlich überprüfen wir zuerst ihren Mann und alle Männer in der engeren Verwandtschaft oder Bekanntschaft. Bester Freund des Mannes, Freund der Mutter. Aber das hier war bestimmt nicht der böse Onkel.«

»Ein Raubmord war das auch nicht«, sagte Born. »Und über eine Vergewaltigung, nach der der Täter das Opfer umbringt, geht es weit hinaus.«

Geyer ging jetzt ebenfalls um die Leiche herum. »Klar. Ein normaler Vergewaltiger hat doch eher ein Messer dabei als eine … Säge.«

Ein normaler Vergewaltiger, dachte Born. Man musste diesen Job schon eine Weile machen, damit einem so etwas über die Lippen kam.

Adam rieb sich nachdenklich das Kinn. »Wir wissen noch gar nicht, ob sie vergewaltigt wurde.«

»Wahrscheinlich ist das Ganze unter den Bäumen passiert«, sagte Born. »Da, wo sie liegt. Nicht auf der Wiese oder dem Weg. Zu wenig Deckung.«

Der Wind fuhr in die Bäume. Regenwasser prasselte von den Blättern auf die Ermittler nieder. Born zog den Kopf ein.

»War das eine spontane Tat oder geplant?«, dachte Geyer laut nach. »Eine Säge würde gegen eine spontane Tat sprechen. So etwas hat in der Nacht hier im Park doch niemand zufällig dabei.«

»Ein Landschaftspfleger?«, fragte Born. Ihm war schwindelig.

»Ein Psychopath«, antwortete Geyer.

Adam sah Geyer grimmig an. »Wenn es eine Säge war.«

»Warten wir erst mal auf den Gerichtsmediziner«, schlug Born vor.

»Bin schon da.« Ein älterer Mann war lautlos herangetreten und begann, Schutzkleidung und Handschuhe anzulegen. Sein schulterlanges, graues Haar zwang er mithilfe eines Haarnetzes unter die Kapuze seines Overalls. Der Mediziner wurde von einem zweiten Arzt begleitet, der sich allerdings im Hintergrund hielt. Professor Victor Alfieri begann, die Leiche systematisch zu untersuchen. Er holte drei Thermometer aus seinem Koffer und führte eines in den After der Leiche ein. Das zweite steckte er in den Boden, das dritte befestigte er am Zeltdach. Dann begann er, den Schädel, die Kiefer- und Nackenmuskulatur abzutasten, überprüfte Mund, Nase, Ohren und leuchtete der Toten mit einer starken Taschenlampe in die Augen. Dabei bemühte er sich, den Zustand der Kleidung der Leiche nicht zu verändern.

»Und?«, fragte Geyer nach wenigen Minuten. »Todesursache ist Verbluten, oder? Was meinen Sie zur Mordwaffe?«

Alfieri antwortete nicht gleich. Er inspizierte die Wunde am Hals der Frau, fasste nach dem rechten Arm des Opfers und stieß überrascht die Luft aus. Mit gerunzelter Stirn wandte er sich an die Kriminalbeamten.

»Die Drosselvene und die Luftröhre sind zerrissen. Und die Wunde reicht offenbar bis zur linken äußeren Kopfschlagader«, erklärte er. »Zur Waffe möchte ich mich noch nicht festlegen. Da kann ich nur vorsichtig einen Verdacht äußern.« Alfieri schüttelte den Kopf und deutete auf die Arme der Leiche. »Aber solche Wunden habe ich erst einmal gesehen. In einer Fachzeitschrift.«

Die Ermittler beugten sich vor, konnten jedoch nichts erkennen.

»Und?«, fragte Geyer.

»Zähne«, sagte Alfieri leise.

»Wie bitte?«, fragten Adam und Born gleichzeitig.

Der Gerichtsmediziner blickte auf. »Die Wunden hier«, er wies erneut auf die Arme und Hände des Opfers, »sehen aus wie Bissspuren. Und die Wunde am Hals könnte ebenfalls von Zähnen stammen. Von Reißbissen.«

»Das meinen Sie nicht ernst, oder?«, fragte Adam. Alfieri antwortete nicht.

»Heißt das, wir haben es mit einem Tier zu tun?«, fragte Born.

Der Mediziner wiegte nachdenklich den Kopf. »Nicht unbedingt.«

Die Ermittler wechselten fassunglose Blicke. »Das wäre allerdings noch besser als eine Säge«, meinte Geyer schließlich heiser.

Adam rieb sich die Stirn und holte dann eine Schachtel Zigaretten aus der Tasche.

»Nicht hier«, rief einer der Kollegen vom Erkennungsdienst. Irritiert schaute Adam auf. Dann nickte er und steckte die Zigaretten wieder weg.

Born kniff die Augen zusammen. Was für ein Anfängerfehler. Adam war offenbar schockiert. Genauso wie er. Eine Zigarette hätte er jetzt auch gern geraucht.

»Wow«, sagte Geyer schließlich und schlug Born auf die Schulter. »Da hast du ja gleich einen richtig spektakulären Fall an der Backe.« Born hob die Schultern und nickte. Die Mitglieder der Mordkommissionen übernahmen jeweils der Reihe nach die Rolle des verantwortlichen Sachbearbeiters für die Ermittlungen in den auflaufenden Fällen. Dieses Verbrechen – und dass es sich um ein Verbrechen handelte, war wohl klar – würde sein erster Fall in München sein.

Laute Stimmen klangen von der Absperrung herüber. Ein junger Mann, der offenbar zum Tatort wollte, diskutierte dort mit einem

Streifenbeamten. Plötzlich hielt er etwas über den Kopf. Ein Blitzlicht erhellte die Umgebung. Ein verdammter Reporter. Woher wusste der schon, dass es hier etwas zu sehen gab? Der Außendienstleiter hastete hinüber. »Wo bleibt denn der Kollege von der Pressestelle«, fluchte er leise.

»Was ist mit dem Todeszeitpunkt?«, fragte Adam den Gerichtsmediziner.

»Helfen Sie mir mal«, forderte Alfieri einen der Erkennungsdienstler auf. Gemeinsam hoben sie die Leiche an und drehten sie vorsichtig auf die Seite.

»Fast keine Totenflecken«, erklärte Alfieri. »Die Totenstarre hat noch nicht eingesetzt, Kiefer- und Nackenmuskulatur sind noch weich.« Er entfernte das Leichenthermometer und warf einen Blick auf die Skala.

»Die Körpertemperatur ist noch nicht gesunken.« Er führte das Thermometer erneut ein. Born wusste, dass sich Totenflecken frühestens nach 20 Minuten in den tiefstliegenden Hautstellen bildeten und erst nach ein bis zwei Stunden deutlich zu sehen waren. Und der Rigor mortis, die Totenstarre, begann in der Regel nach zwei Stunden im Kiefer- und Nackenbereich. Die Körpertemperatur fiel normalerweise nach Einsetzen des Todes pro Stunde um ein halbes bis ein Grad. Das bedeutete, die Frau …

»Sie hat vor einer halben Stunde noch gelebt«, unterbrach Alfieri seine Gedanken und richtete sich auf. Er nahm eine Todesbescheinigung aus seinem Koffer und begann zu schreiben.

»Der Mann, der sie gefunden hat, behauptet, er hätte die Frau noch atmen gehört. Das war vor …«, Born blickte auf die Uhr, »40 Minuten.«

Der Außendienstleiter kehrte zu ihnen zurück und fuchtelte aufgeregt mit den Armen. »Der Fährtenhund …« Er blieb außer Atem vor den Kriminalbeamten stehen. »Oben beim Aumeister …« Er nahm seine Mütze ab und strich sich fahrig durch das Haar. Dann blickte er müde in den dunklen Park hinein.

»Wir haben noch eine Leiche.«

7. Juni, München

Erster Kriminalhauptkommissar Hans Bauer, stellvertretender Leiter des Kommissariats 11 des Kriminalfachdezernats 1 im Münchner Polizeipräsidium und Leiter der Mordkommission 4, betrachtete die Fotos auf seinem Schreibtisch. Und er hatte dabei zwei Gedanken. Der eine war: Gut, dass ich mir das nicht selbst anschauen musste. Und der andere: Ich hätte gestern Abend dabei sein sollen, anstatt mich zu Hause mit Bildern aus einem verlorenen Leben zu quälen.

Die Hochglanzfotos reflektierten die Morgensonne. Bauer drückte die Fingerknöchel gegen die Schläfen. Dann kramte er eine Packung Paracetamol aus seiner Schreibtischschublade, drückte sich drei Tabletten in die Hand und sah sich um. Auf der Fensterbank stand eine Flasche mit einem Schluck abgestandenem Mineralwasser. Gerade genug, um die Tabletten hinunterzuwürgen. Dann wandte er sich erneut den Bildern auf seinem Schreibtisch zu.

Die Aufnahmen in seinen Händen zeigten eine Reihe kalt ausgeleuchteter Ausschnitte: klaffende Wunden, zerrissenes graues Fleisch, durchnummeriert wie Gegenstände in einer Lagerhalle.

Der Polizeifotograf hatte die Kamera mit dem kühlen Blick des Experten ausschließlich auf Motive gerichtet, die direkt mit dem Verbrechen zusammenhingen. Die Aufnahmen waren nicht zu vergleichen mit Bildern von Tatorten in Spielfilmen. Auch wenn die Regie noch so sehr um eine realistische Darstellung bemüht war – Leichen, Wunden, Blutspuren, Kampfspuren, Waffen mussten im Film so arrangiert sein, dass sich die Szene auf einer Kinoleinwand zeigen ließ und für den Zuschauer eine Bedeutung hatte. Die Blickwinkel, die der Kollege eingenommen hatte, sollten dagegen keine interessanten Perspektiven bieten, sondern die Spuren einfach in größtmöglicher Klarheit wiedergeben. Ein Dokumentarfilm über Polizeifotografen, dachte Bauer, könnte den Titel tragen: Das objektive Objektiv.

Nach all den Jahren, die er in der Mordkommission gearbeitet hatte, rauschte ihm bei dem Anblick kein Adrenalin mehr durch die Adern. Das Dezernat war jedes Jahr mit etwa 80 Todesermittlungen beschäftigt. Trotzdem hatte er sich nicht an die Bilder der Opfer gewöhnt. Er war nicht abgestumpft. Aber man musste sich, wie der Polizeifotograf, mit kühlem Blick auf die Fakten konzentrieren – egal, ob es sich dabei um die Marke einer Zigarettenkippe handelte oder um die Frage, wie tief ein Messer in den Leib eines zuckenden, blutenden Opfers getrieben worden war und ob dieses Opfer vielleicht auch noch Kinder hinterließ. Oder gar ein Kind gewesen war. Man durfte diese Dinge nicht zu sehr an sich herankommen lassen. Wer in der Mordkommission anfing, musste eine Art psychische Mauer, einen Schutzwall, aufbauen. Wem das nicht gelang, der war fehl am Platz. Manche Kollegen entwickelten dabei einen Humor, den Außenstehende als gefühllos empfanden. Dabei war das Gegenteil der Fall. Je sensibler man war, desto dicker musste der Schutzwall sein. Und zugleich war das Bedürfnis zu helfen besonders stark, gerade weil man die Opfer gesehen hatte.

Bauer hielt sich eines der Fotos dicht vor die Augen. Seine Sehkraft ließ langsam nach. Er sollte endlich zum Augenarzt gehen. Klar, er sollte auch mal wieder Sport treiben, zur Darmkrebsfrüherkennung gehen, sich die Prostata untersuchen lassen. Er sollte abnehmen, weniger trinken, vielleicht sollte er sich die inzwischen völlig ergrauten Haare färben … er sollte so vieles. Vielleicht sollte er aber auch einfach nur aufhören, seine ganze belanglose Existenz so wichtig zu nehmen.

Er konzentrierte sich auf das Opfer. Die Frau auf dem Foto lag auf dem Bauch, die Arme von sich gestreckt. Jacke, Bluse und Hose hingen teils noch an ihrem Körper. Das linke Bein stand unnatürlich zur Seite weg. Ein lebender Mensch hätte das nicht lange ausgehalten. Allein der Anblick tat weh.

Bauer versuchte das Label auf der Jacke der Toten zu identifizieren. Auf diese Weise lenkte er sich wenigstens für einige Sekunden vom Opfer selbst ab. Das war seine Strategie, sich kleine Pausen zu gönnen. Dann wandte er sich wieder den Wunden zu. Die Todesursache war offensichtlich: ein Riss in der Kehle. Bauer legte den Abzug wieder auf den Tisch. Mit der Bildseite nach unten. Er nahm das nächste Foto. Es war offensichtlich in einem Studio aufgenommen worden. Das Gesicht einer jungen Frau. Sie lächelte schüchtern, als wäre es ihr nicht recht, fotografiert zu werden. Bauer lächelte zurück.

Die Frau hatte starke Jochbeine, einen ausgeprägten Kiefer. Sie sah der Toten ähnlich. Bauer bezweifelte, dass er sie anhand der Tatortbilder auf der Straße wiedererkannt hätte. Er legte auch dieses Bild auf den Tisch und lehnte sich zurück. Er hatte Menschen gesehen, die mit Messern, einem Hammer oder einem Baseballschläger übel zugerichtet worden waren. Tatsächlich war das nicht so selten. Wut war eines der häufigsten Motive für Totschlag – und meistens hatten die Ermittler es damit zu tun, und nicht mit dem kaltblütigen Mord, dem gezielten Stich ins Herz oder einem Schuss zwischen die Augen.

Aber die zwei Morde im Englischen Garten … wenn Victor Alfieri recht hatte, dann war dies hier eine Steigerung zu allem, was er bislang gesehen hatte. Jemand hatte mal gesagt, die Spirale der Gewalt würde sich immer weiter drehen. Wo würde das alles hinführen? War das hier das Zeichen für eine weitere Umdrehung der Spirale der Gewalt? Er schüttelte den Kopf und blickte auf die Uhr. Kurz vor halb acht. Es war Zeit für die Besprechung mit den Kollegen.

»Das erste Opfer ist Carolyn Wagner, 20 Jahre alt. Verheiratet. Wohnhaft in der Grasmeierstraße, Studentenstadt. Hat bis 21 Uhr in den Fernsehstudios des Bayerischen Rundfunks in Freimann gearbeitet. Sie wollte von der Sondermeierstraße aus durch den Englischen Garten nach Hause gehen. Hinter dem Aumeister-Biergarten ist sie bereits auf den ersten Metern des Weges überfallen und in die Büsche gezerrt worden.«

Thomas Born machte eine Pause und ließ den Blick durch den Raum schweifen. Die meisten Mitglieder der fünf Mordkommissionen des Kommissariats 11 hatten sich zur morgendlichen Besprechung versammelt, sodass die knapp 40 Stühle fast alle besetzt waren. An seinen Vorgesetzten, Kriminalhauptkommissar Hans Bauer und dem Kommissariatsleiter Kriminaloberrat Thomas Stark, blieb Borns Blick hängen. Jemand seufzte. Oberstaatsanwalt Winfried Hauser, der Born gegenübersaß, tupfte sich mit einem Taschentuch den Schweiß von der Stirn. Es war warm. Selbst bei Stark und Bauer baumelte der Krawattenknoten tief unter dem weit geöffneten Kragen. Born war sich sicher, dass es nicht die Hitze allein war, die allen zu schaffen machte.

»Der Mörder hat versucht, ihr die Kleider vom Leib zu reißen, was ihm aber nur teilweise gelungen ist«, fuhr er fort. »Das Opfer wurde im Bereich des Oberkörpers, vor allem an den Ober- und Unterarmen, wiederholt verletzt. Schließlich hat der Mörder sie am Hals erwischt.« Der Polizist deutete an eine Stelle rechts von seinem Kehlkopf.

»Er reißt ihr die rechte Halsschlagader und die innere Halsvene auf und verletzt die Luftröhre, sie verblutet, während er vergeblich versucht, sie zu vergewaltigen.«

Hauser seufzte erneut. »Könnten wir vielleicht die Fenster öffnen?«, fragte er. Elli Geyer riss die zwei Fenster auf. Leise drangen die Geräusche der Innenstadt zu ihnen herein.

»Das zweite Opfer: Regine Schmidt«, fuhr Born fort. »Wohnhaft in der Heimstättenstraße in der Nähe des Nordfriedhofs. 38 Jahre alt. Unverheiratet, aber in einer festen Beziehung. Ein Sohn, 16 Jahre, aus ihrer ersten Ehe. Lebt beim Vater. Frau Schmidt arbeitete als Putzfrau. Sie hat die Tennisanlage an der Gyslingstraße in der Nähe des Isarrings mitten im Englischen Garten gegen 21:40 Uhr verlassen und ist über einen der Fußwege durch den Park Richtung Norden gegangen. Kurz bevor sie gegen 22 Uhr über den Ernst-Penzoldt-Weg wieder aus der Grünanlage herauskommt, zerrt sie jemand ins Gebüsch und ermordet sie auf die gleiche Weise wie das erste Opfer. Sie verblutet ebenfalls aufgrund einer Verletzung der rechten Halsschlagader. Allerdings gelingt es dem Täter diesmal, die Frau zu entkleiden und zu vergewaltigen.«

Er nahm einen Schluck aus der Kaffeetasse und atmete dann

konzentriert einige Male ein und aus. Er war aufgeregt. Und er hoffte, dass niemand es bemerken würde. Er stützte die Ellbogen auf die Lehnen des Bürostuhls.

»Der erste Fährtenhund hat gestern Nacht die Spur zwischen den Tatorten verfolgt. Der Mörder hat den Weg östlich vom Schwabinger Bach benutzt, das ist eine Strecke von etwa 1400 Metern. Am Biergarten vom Aumeister hat er die Fährte verloren. Der zweite Hund, den die Kollegen uns geschickt haben, hat es nicht geschafft, die Spur vom zweiten Tatort aus aufzunehmen. Er ist immer wieder zur Leiche zurück. Der Leiter der Einsatzzentrale hat dann den Mantrailing-Hund aus Nürnberg bestellt und es richtig dringend gemacht. Der war deshalb heute in der Früh sogar schon da.«

Born trat an einen großen Stadtplan, den er hinter sich an die Magnetwand geheftet hatte, und deutete auf einen Bereich im Westen des Englischen Gartens.

»Das Problem ist nur, dass wir eigentlich etwas vom Täter gebraucht hätten, um den Mantrailing-Hund auf seine Spur zu bringen. Haben wir aber nicht. Der Kollege hat es deshalb mit einem Trick versucht. Er hat dem Hund eine Tüte mit Blut von Regine Schmidt über die Nase gestülpt und ist dann in einem großen Kreis um den Tatort marschiert. Mitten auf der Rumford-Wiese hat der Hund dann eine Fährte aufgenommen.«

Born rieb sich die Augen und gähnte. Niemand nahm Anstoß daran. Es war eine lange Nacht gewesen. Nicht nur für die Kripobeamten. Auch die Leute vom Erkennungsdienst hatten etliche Überstunden gemacht.

»Der Täter ist demnach über die Rumford-Wiese weiter in den Park hinein und hat den Oberstjägermeisterbach, der mitten durch den Englischen Garten fließt, durchquert«, fuhr er fort. »Vorhin hat der Nürnberger Kollege uns Bescheid gegeben, dass der Hund auf der östlichen Seite des Baches seine Spur noch einmal aufnehmen konnte. Bei der Vogelinsel ist der Täter dann wieder in den Bach und offenbar im Wasser weitergelaufen. Da hat der Hund die Fährte verloren. Der Kollege hat mit ihm 200 Meter bachaufwärts und -abwärts gesucht, aber irgendwann konnte der Hund nicht mehr. Normalerweise sind die Tiere ja nicht länger als eine Viertelstunde im vollen Einsatz. Der war platt, meinte der Kollege. Das war's.«

»Dieser Kerl hat offenbar Karl May gelesen«, hörte er Adam flüstern.

»Ach ja, und der Hubschrauber hatte auch keinen Erfolg«, schloss Born seinen Bericht.

»Könnte man den Hund später noch einmal einsetzen?«, fragte Hauser.

Born schüttelte den Kopf. »Das hat keinen Zweck. Der Täter hat sich offenbar über eine lange Strecke im Bachbett fortbewegt. Der Hund müsste in zwei Richtungen auf beiden Seiten des Bachlaufes suchen. Das ist einfach zu viel. Außerdem hält sich die Fährte für den Mantrailer schon ohne Wind nur für etwa 30 Stunden. Und heute Morgen hatten wir eine kräftige Brise. Das heißt, die Fährte ist mit Sicherheit verblasen.«

»Wir haben schon überlegt, ob wir die private Mantrailing-Hundestaffel aus München anfordern«, warf Adam ein. »Aber die dürfen keine Verbrecher verfolgen. Die können nur nach vermissten Personen suchen.« Er blickte zu Hauser hinüber. »Da können noch nicht einmal Sie etwas machen, was?«

Hauser schüttelte den Kopf und scharrte mit den Füßen auf dem grauen Teppichboden. »Das ist versicherungsrechtlich ausgeschlossen.«

»Und was ist mit unseren Leichenhunden?«, fragte Geyer.

»Das habe ich die Kollegen von der Hundestaffel auch gefragt«, sagte Born. »Die verfolgen keine Spuren, sondern melden nur, ob an einem bestimmten Ort Körperflüssigkeiten vorhanden sind. Und die beiden Münchner Leichenhunde müssten ja ebenfalls die Bäche über lange Strecken ablaufen. Und wenn sie dann Blut entdecken, müsste man sie dazu bringen, an einer anderen Stelle, wo der Täter vielleicht eine Spur hinterlassen haben könnte, erneut zu suchen. Wie gesagt, die verfolgen eigentlich keine Spuren. Die Kollegen haben da keine großen Hoffnungen.«

»Puh. Warum müssen diese Frauen im Dunkeln auch unbedingt noch durch den Park gehen?«, fragte Hauser und schüttelte den Kopf. Der Staatsanwalt hatte inzwischen ebenfalls seine Anzugjacke ausgezogen und die Krawatte abgelegt. Er stieß erneut einen der langen Seufzer aus, denen er seinen Spitznamen Winnie Puh verdankte.

»Und wie wurden die Frauen getötet?«, fragte Hauser. »Das, was ich bislang weiß, will ich gar nicht glauben.«

Victor Alfieri stand auf und legte einen Stapel Fotos vor Hauser auf den Tisch. »Ich muss Sie enttäuschen, Herr Staatsanwalt«, begann er. »Glauben Sie, was Sie gehört haben. Wir haben eine Nachtschicht eingelegt und bereits begonnen, die Toten zu untersuchen.«

Born erinnerte sich ungern daran. Er war bei der äußeren Untersuchung der Leichen dabei gewesen, während Adam und Geyer die Angehörigen befragt hatten. Vor seinem inneren Auge tauchte wieder das Bild auf, wie Alfieri die zahlreichen Wunden der Opfer sondiert und unter die Lupe genommen und dabei immer wieder den Kopf geschüttelt hatte. Zum Glück hatten die Mediziner die Öffnung der Leichen auf heute verschoben. Born hasste es, Zeuge zu sein, wenn Menschen ausgenommen wurden wie tote Fische. Zu seiner Erleichterung hatte Adam sich bereit erklärt, den eigentlichen Obduktionen beizuwohnen.

»Alles deutet darauf hin, dass der Täter die beiden Frauen tatsächlich totgebissen hat«, fuhr Alfieri fort. »Ich zeige Ihnen das gern, wenn Sie bei der Obduktion dabei sein wollen.« Erneut stöhnte Hauser auf.

»Die Spuren an den Armen und Händen sowie im Brustbereich lassen keine andere Interpretation zu«, erklärte Alfieri weiter. »Es handelt sich in erster Linie um sogenannte Reißbisse, die zu offenen Wunden geführt haben. Diese Bisswunden sind eigentlich eher selten. Wenn Sie mal kurz schauen wollen.«

Er zog eine der Aufnahmen aus dem Stapel Fotos auf dem Tisch und hielt sie dem Staatsanwalt hin. Der warf einen kurzen Blick darauf und gab sie dann weiter. Als das Foto schließlich vor Born auf dem Tisch lag, sah er, dass es sich um eine Aufnahme vom gesäuberten Oberarm eines der Opfer handelte. Die Haut über dem Bizeps war an mehreren Stellen aufgerissen.

»Die Wunden bestehen aus Rissen, die die Schneide- und Eckzähne im Oberkiefer des Täters verursacht haben, sowie Abschürfungen und kleineren Wunden, die von den Zähnen des

Unterkiefers herrühren«, erklärte Alfieri. »Aus der Form von Reißbissen lässt sich leider nicht so gut auf ein bestimmtes Gebiss schließen wie bei bogen- oder ringförmigen Bisswunden, die man häufiger findet. Die geben mehr Aufschluss über eine besondere Zahnstellung, anhand derer man einen Täter identifizieren könnte. Wobei auch diese Spuren ziemlich unsichere Hinweise wären.«

»Wieso?«, fragte Hauser. Bisswunden kannte er nur aus Kriminal- und Vampirgeschichten.

»Na, stellen Sie sich mal vor, welche Spuren ein Gebiss auf einer Haut hinterlässt, wenn der Täter zum Beispiel in den Oberarmmuskel beißt, während der Arm angewinkelt ist …« Alfieri tippte sich auf den Oberarm. »Und dann finden Sie die Leiche mit ausgestrecktem Arm. Dann liegen die Hautwunden weiter auseinander, als die Zähne im Gebiss tatsächlich zueinander stehen.« Er zeigte mit der Fingerspitze auf die Millimeterskala neben den Zahnabdrücken auf dem Foto.

»Da wir normalerweise nicht genau wissen, in welcher Lage der Körper und die Gliedmaßen sich beim Zubeißen des Täters befanden, können Bisswunden immer nur ein Hinweis auf einen bestimmten Täter sein. Sie ermöglichen aber keine eindeutige Identifizierung.«

Alfieri legte dem Staatsanwalt ein weiteres Foto vor, auf dem die rechte Hand eines Opfers zu sehen war.

»Lediglich hier und hier ist es zu Hautunterblutungen sowie zu Abschürfungen und zu kleinen Blutungen gekommen. Alle anderen Bisse helfen uns nicht weiter. Wir vermuten, dass der Täter zugebissen hat …« Alfieri drückte seine Zähne in den Unterarm und nuschelte in seinen Jackenärmel. »Und dann hat er den Kopf zur Seite gerissen, sodass die Schneidezähne des Oberkiefers Risse verursacht haben.« Er ließ den Arm wieder sinken. »Über die Stellung der einzelnen Zähne untereinander lässt sich deshalb kaum etwas sagen.«

Hauser zog ein Tuch aus der Hosentasche und tupfte sich den Schweiß von der Stirn, während Alfieri ihm ein drittes und ein viertes Foto vorlegte. Es zeigte den Halsbereich bei beiden Opfern.

»Den Frauen wurde die Kehle auf der rechten Seite tief aufgerissen«, fuhr Alfieri fort. »Ansonsten gibt es am Körper der beiden Frauen nur einige Prellungen und Abschürfungen, die sie sich beim Kampf mit dem Täter geholt haben. Und beim zweiten Opfer finden sich im Genitalbereich Spuren einer Vergewaltigung.«

»Mein Gott«, flüsterte Bauer deutlich hörbar, »wir werden einen Haufen Probleme kriegen, wenn wir den Fall hier nicht ganz schnell aufklären.« Kommissariatsleiter Stark kniff die Augen zusammen.

Hauser sprang auf und begann auf und ab zu gehen. »Wenn das die Presse erfährt … Ich sehe schon die Schlagzeilen vor mir: Bestie im Englischen Garten.«

»Münchner Monster ermordet Mädchen«, schlug Alfieri vor und nestelte an seiner Krawatte.

»Bestialischer Kannibalen-Mord«, steuerte Geyer bei.

Hauser bedachte sie mit bösen Blicken durch seine Nickelbrille. »Das darf doch nicht wahr sein«, rief er und tupfte sich mit dem Taschentuch den Schweiß weg, der ihm in den Hemdkragen geronnen war.

»Müssen wir das mit den Bissen der Presse denn verraten?«, fragte Born. »Es reicht doch vielleicht, wenn wir nur sagen, dass die Opfer am Hals schwer verletzt wurden.«

Der Gedanke gefiel Bauer. Hauser wirkte erleichtert. »Um die Ermittlungen nicht zu gefährden, können wir Ihnen leider keine Auskunft geben über …«, dachte der Staatsanwalt laut über mögliche Formulierungen einer Presseerklärung nach.

»Wir haben aber noch etwas«, erklärte Alfieri. Der Staatsanwalt setzte sich wieder und nickte dem Mediziner zu.

»Speichel aus den Bisswunden. Und beim zweiten Opfer haben wir Spermien entdeckt. Wir haben also DNA des Täters.«

Hauser schaute ihn dankbar an. »Wunderbar! Wunderbar! Vielleicht klären wir diesen Mord genauso schnell auf wie den an Moshammer, was?«

Der bizarre Münchner Modezar, der nachts häufig Männer von der Straße weg zu Sexspielchen zu sich nach Hause eingeladen hatte, war vor einigen Jahren in seiner Wohnung von einem Stricher erwürgt worden. Dessen DNA-Profil hatten die Ermittler innerhalb kürzester Zeit in ihren Datenbanken entdeckt und den Fall blitzschnell geklärt.

»Jedenfalls wird gerade ein genetisches Profil erstellt und mit den DNA-Fingerprints der Schwerkriminellen verglichen, die in der Gen-Datenbank des Bundeskriminalamtes in Wiesbaden gespeichert sind.«

Geyer meldete sich zu Wort. »Wir haben außerdem die Heads-Zentrale gebeten, zu prüfen, ob sich einer der vorbestraften Sexualverbrecher in letzter Zeit auffällig verhalten hat. Bewährungshilfe, Kreisverwaltungsreferat, Jugendamt und Ihre zuständigen Kollegen von der Staatsanwaltschaft sind informiert.«

»Was wissen wir bisher über das Umfeld der Opfer?«, fragte Bauer.

»Der Mann des ersten Opfers, Helmut Wagner, ist auf Dienstreise«, fuhr Geyer fort. »Er vertritt eine deutsche Möbelfirma. Wir haben ihn telefonisch in Hongkong erreicht und gebeten, nach Hause zu kommen.«

»Hongkong? Damit ist er wohl aus dem Schneider«, stellte Hauser fest.

»Ja. Den Freund von Regine Schmidt, Karl Klusmann, haben wir gestern Nacht noch zu Hause besucht. Er war zu einer Vernehmung nicht in der Lage. Aber es gibt bislang nichts, das ihn mit den Tatorten in Verbindung bringt«, erklärte Geyer. »Er hat uns in seine Wohnung gelassen, und dort hätten wir sicher Blutspuren gefunden, wenn er der Täter wäre. Viel Zeit hatte er nicht, um Spuren zu beseitigen.«

»Und er war ganz sicher nicht frisch geduscht«, warf Adam ein.

»Vielleicht hat er eine Art Schutzanzug getragen, der seinen ganzen Körper bedeckt hat«, gab Alfieri zu bedenken.

»Sie meinen, es war einer vom Erkennungsdienst?« Geyer grinste und warf ihre zu einem Pferdeschwanz zusammengebundenen Haare über die Schulter.

»Das ist nicht lustig«, sagte Schwan und drohte Geyer mit dem erhobenen Zeigefinger.

»Bitte, Leute!« Hauser war ebenfalls nicht nach Späßen zumute. »Was hätte der Freund von Regine Schmidt aber mit Carolyn Wagner zu tun? Die hätte er dann ja noch vor seiner Freundin überfallen?«

»Eine Verwechslung?«

»Augenblick«, sagte Bauer. »Warten wir doch einfach ab, was die DNA-Analyse bringt. Der Partner von Frau Schmidt hat uns eine Probe überlassen.«

»Richtig«, bestätigte Staatsanwalt Hauser. »Gehen wir erst mal davon aus, dass er nichts mit den Morden zu tun hat. Was ist mit dem Exmann und dem Sohn von Frau Schmidt?«

»Müssen wir noch überprüfen. Die leben allerdings in Hamburg«, antwortete Born.

»Gibt es sonst noch irgendwelche Spuren vom Tatort?«, fragte Bauer.

»Es gibt jede Menge Spuren«, antwortete Schwan. »Aber die meisten davon werden natürlich nichts mit unseren Fällen zu tun haben. Zigarettenkippen, Verpackungen, Bierflaschen. Der übliche Müll halt. Um die Tennisanlage bei der Schwedenstraße herum, beim Aumeister ... na, ihr könnt es euch denken. Außerdem ist die Einsatzhundertschaft derzeit vor Ort und sucht die Umgebung noch einmal bei Tageslicht ab. Das werden ganze Lastwagenfuhren. Außerdem haben wir bereits jetzt Abdrücke von einem Dutzend verschiedener Schuhe ... Wird alles noch ausgewertet. Wir haben schon einen großen Teil der Spuren ins Kriminaltechnische Institut geschafft, vor allem alles, was Fingerabdrücke hergeben könnte.«

Das KTI, die Abteilung II des Bayerischen Landeskriminalamts in der Maillingstraße, gehörte eigentlich nicht zur Polizei. Die etwa 90 Wissenschaftler und ihre Mitarbeiter waren eigenständig und unabhängig. Da die Fachleute allerdings extrem viel zu tun hatten, beschränkte sich die Mordkommission bei der Zusammenarbeit auf einzelne Spezialbereiche wie die Überprüfung von Fingerabdrücken. Die Speichel- und Blutproben für DNA-Analysen wurden dagegen inzwischen ans Rechtsmedizinische Institut der Uni geschickt.

Kommissariatsleiter Stark wandte sich an Bauer. »Ihr stellt die Arbeit an allen anderen Fällen hintenan oder übergebt sie gleich an die Kollegen«, sagte er. »Ihr seid hiermit für eine Woche von allen anderen Aufgaben befreit. Das gilt für alle sechs Beamten der Vierten, also auch für die Kollegin Mann und den Kollegen Haaf.« Er seufzte. »Wir müssen diesen Irren so schnell wie möglich erwischen.«

»Okay. Dann lassen wir die Presseabteilung mal eine Mitteilung verfassen, in der wir die Bevölkerung bitten, uns Hinweise zu geben, ob jemandem gestern Nacht im Englischen Garten oder in der Nähe ein Mann aufgefallen ist. Ein Mann, der nach 22:20 Uhr voller Blut gewesen sein muss«, fasste Hauser zusammen und seufzte. »Erfolgreiches Schaffen, meine Damen, meine Herren.«

In der Nacht war Karl Klusmann, der Freund von Regine Schmidt, nicht in der Verfassung gewesen, den Ermittlern zu helfen. Jetzt standen Bauer und Born vor seiner Wohnungstür. Bauer drehte sich zu seinem Kollegen um, die Hände tief in den Manteltaschen vergraben. »Warum sie?«, fragte er. »Wer tut denn so etwas? Sie war doch so ein guter Mensch. Sie hat das nicht verdient. Der Mörder soll in der Hölle schmoren. Die Todesstrafe ist noch zu gut für ihn.«

Irritiert hob Born die Augenbrauen. Bauer zog eine Grimasse. Dann nickte er in Richtung Tür. Born wurde klar, dass sein Chef nur durchgespielt hatte, womit sie es jetzt zu tun bekommen würden. Er drückte auf den Klingelknopf.

Nach einer Weile öffnete eine vielleicht 30-jährige Frau. Sie stellte sich als Klusmanns Schwester vor. Hinter ihr tauchte ein älterer Herr in einem schwarzen Anzug auf, in dem Born den Pfarrer der katholischen Gemeinde vermutete.

Klusmann saß im Wohnzimmer, mehrere kleine Gläser vor sich auf dem Tisch, daneben eine Flasche Cognac. Seine Schwester setzte sich zu ihm und schenkte sich und ihm ein. Dann blickte sie die Polizisten fragend an.

»Herr Klusmann, wir wissen, dass das jetzt sehr schwer für Sie sein muss«, begann Bauer. Er beugte sich zu dem Mann vor und legte ihm sacht die Hand auf die Schulter. »Aber es wäre sehr wichtig, dass Sie uns noch einige Fragen beantworten.« Born hatte seinen Chef noch nie so reden gehört. Ehrliches Mitgefühl sprach aus seiner Stimme. Klusmann blickte auf. Der Bauarbeiter war sicher 1,90 Meter groß und hatte das Kreuz eines Ringers. Bauer begann, ihm die üblichen Fragen zu stellen. Klusmann antwortete einsilbig. Nichts sprach dafür, dass er log, und alles sprach dagegen, dass es im privaten Umfeld von Regine Schmidt Probleme gegeben hatte, die in einem Mord hätten eskalieren können. Born kam zu der Überzeugung, dass die Frau wirklich nur zur falschen Zeit am falschen Ort gewesen war.

»Wer tut nur so etwas?« Es war nicht Klusmann, der die von Bauer prophezeite Frage stellte, sondern seine Schwester.

»Wir tun alles, um das herauszufinden«, sagte Bauer.

»Ich meine, warum macht jemand so etwas?«, fuhr die Frau fort. »Das ist doch krank.«

»Vielleicht erfahren wir das, wenn wir den Täter …«

»Regine hat doch niemandem etwas getan.« Der Frau traten die Tränen in die Augen. »Wenn Sie ihn haben, dann sollte man mit ihm das machen, was er mit Regine gemacht hat«, verlangte sie mit heiserer Stimme. Der Pfarrer hob die Hand, aber die Frau achtete nicht auf ihn. »Mit so jemandem muss man … muss man …« Sie brach ab und sackte in sich zusammen. Dann begann sie, die Hand ihres Bruders zu streicheln. Bauer nickte Born zu. Die Ermittler verabschiedeten sich. Der Pfarrer schloss hinter ihnen die Tür.

»Gut, dass er uns nicht erklärt hat, warum Gott diese Dinge zulässt.« Bauer schaute über die Schulter zurück auf das Haus.

»Der Pfarrer?« Born klappte den Kragen seiner Jacke hoch. »Na ja, das ist doch eine gute Frage.«

»Er hätte dann gesagt, dass wir geprüft werden, aber im Glauben nicht nachlassen dürfen.« Bauer ging um das Auto herum und stieg auf der Fahrerseite ein. »Wenn der Tod geliebter Menschen eine göttliche Prüfung für die Überlebenden sein soll, dann frage ich mich, nach welchen Kriterien Gott entscheidet. Wer wird geprüft und darf weiterleben, und wer muss zur Prüfung der anderen dran glauben?« Er schüttelte den Kopf. »Opfert Gott tatsächlich Menschen, um zu testen, ob andere Menschen ihm auch die angemessene Ehrerbietung entgegenbringen?«

Bauer schaute zu Born hinüber. »Ich hoffe, ich verletze nicht deine religiösen Gefühle, aber ich glaube, die Theologen scheitern bei dem Versuch, Leben und Tod einen Sinn zu geben, genauso wie jeder andere.« Er blickte in den Rückspiegel und gab Gas.

»Allerdings wirken sie sehr überzeugt davon, die richtige Antwort gefunden zu haben«, sagte Born. »Und sie spenden damit Trost.«

»Klappt das bei dir?«

Born zuckte die Achseln. »Manchmal würde ich mir wünschen, es wäre so.« Bauer sah ihn forschend an.

»Auf eine Frage hätte ich allerdings auch gerne eine Antwort«, fuhr Born fort. »Warum tut jemand so etwas?«

Die Beamten der Mordkommission 4 hatten ihre Büros im dritten Stock des Polizeipräsidiums direkt neben der Liebfrauenkirche. Der größte Teil des imposanten Gebäudekomplexes war ein grün gestrichener Altbau mit von Simsen und Erkern durchbrochener Fassade, gekrönt von einem Uhrenturm. Das sogenannte Posteck allerdings, in dem die MK 4 untergebracht war, war nach der Zerstörung im Krieg als schlichtes Bürogebäude wiederaufgebaut worden. Immerhin hockten die Beamten in großzügigen Einzelbüros mit Verbindungstüren. Lediglich Born und Geyer teilten sich ein Büro.

Dort saß Born die nächsten Stunden, um die Sexualstraftäter zu überprüfen, deren Namen auf der Liste der Heads-Zentrale standen. Es war eine lange Liste. Er lernte eine Menge Perverse und ihre Anwälte und Bewährungshelfer kennen. Seine Kollegen Elli Geyer, Bernd Adam sowie Klaus Haaf und Iris Mann hörten sich unterdessen im Bekannten- und Verwandtenkreis der Opfer um oder wühlten sich durch die Dokumente, die die Erkennungsdienstler aus den Wohnungen der Opfer mitgenommen hatten: Unterlagen über Finanzen, Versicherungen, private Korrespondenz. Vielleicht stießen sie ja auf jenes eine, kleine Detail, das ein völlig neues Licht auf einen Fall warf. Zum Beispiel auf ungewöhnliche Zahlungen oder Rechnungen, die auf eine Geliebte des Mannes oder der Frau deuteten oder auf Beziehungen zur organisierten Kriminalität. Aber viel Hoffnung hatte Born nicht.

Als Born aus der Kantine zurückkam, hatten auch Adam, Geyer und die übrigen Kollegen sich wieder eingestellt. Bauer rief sie im Aufenthaltsraum zusammen. Die Fachleute vom Rechtsmedizinischen Institut der Universität hatten in Rekordzeit ein DNA-Profil aus den Blut- und Speichelproben von den beiden Tatorten erstellt. Demnach war die DNA aus dem Speichel, den Schwan und seine Leute in den Wunden der beiden Opfer gefunden hatten, identisch. Beide Frauen waren definitiv vom selben Täter umgebracht worden.

»Keine Überraschung«, erklärte Bauer, »aber jetzt sind wir sicher.«

Nach Dienstschluss fuhr Born in seine Drei-Zimmer-Wohnung in der Nähe des Ostbahnhofs in Haidhausen. Kurz bevor er das Büro verlassen hatte, waren noch schlechte Nachrichten vom Bundeskriminalamt gekommen: Das DNA-Profil tauchte in der Datenbank in Wiesbaden nicht auf. Der Täter war nicht als Schwerkrimineller aktenkundig, oder man hatte seinen DNA-Fingerprint noch nicht gespeichert. Und vom Dezernat 53 im LKA, zuständig für Fingerabdrücke, gab es nichts Neues. Die Kollegen vom Erkennungsdienst hatten von Dutzenden Objekten wie Flaschen und Trinkdosen Abdrücke genommen und damit das »Automatisierte Fingerabdruck-Identifizierungssystem« gefüttert. Bislang hatte Afis keine Übereinstimmung mit archivierten Abdrücken gemeldet. Eine schnelle Lösung wie im Moshammer-Fall würde es diesmal nicht geben.

Durch die Fenster seiner Wohnung fiel die Neonbeleuchtung einer Gaststätte und tauchte die Zimmer in ein dämmriges Rot und Blau. Born verzichtete darauf, das Licht einzuschalten. In der Dunkelheit fiel es nicht so auf, dass sämtliche Wände noch kahl und weiß waren.

Er holte sich eine Flasche Bier aus dem Kühlschrank in der Küche. Dann ließ er sich auf die Couch fallen. Mit dem Fuß zog er einen Umzugskarton heran, auf dem das Telefon stand, und wählte die Nummer von Diana Teegen. Er rief sie jeden Abend an. Oder besser, er versuchte es. Wie immer, wenn seine Exfreundin seine Stimme hörte, legte sie auf, ohne etwas zu sagen. Er wählte erneut. Besetzt. Sie musste den Hörer neben das Telefon gelegt haben.

Er konnte es noch immer nicht fassen. Er hatte es einfach nicht verdient, wie ein Stalker behandelt zu werden. Überhaupt hatte er es nicht verdient, so behandelt zu werden. Er setzte das halb leere Bier ab und stand wieder auf. Er konnte einfach keine Ruhe finden. Er verließ die Wohnung, lief die Gravelottestraße ein Stück hinunter bis zu seinem Auto, setzte sich hinein und war nach zweimaligem Abbiegen ein Teil des abendlichen Großstadtverkehrs.

Wegen Diana war er nach München gekommen. Er war so lange mit ihr zusammen gewesen, dass er schon nicht mehr genau wusste, wie viele Jahre die Beziehung tatsächlich gedauert hatte. Sechs oder sieben. Die letzten zwei allerdings in verschiedenen Städten: sie in München, wo sie eine gut bezahlte Stelle bei einer großen Versicherung angenommen hatte, er in Heidelberg, wo beide herkamen. Vor einigen Wochen hatte er sie besucht und einen Tisch in der Pizzeria in der Nähe ihrer Wohnung reserviert. Es sollte ein besonderer Abend werden. Er hatte vor längerer Zeit die Versetzung in die bayerische Landeshauptstadt beantragt – mit Erfolg. Er hatte sogar schon eine Wohnung für sie beide gefunden. Um sie mit diesen Nachrichten zu überraschen, war er nach München gekommen.

»Bitte nicht!« Mit diesen zwei Worten verwandelte sie sein Herz in einen Eisblock. Dann hatte sie angefangen zu weinen. Er hatte versucht, sie in den Arm zu nehmen. Doch sie rückte von ihm weg. Und dann hatte sie ihm erklärt, sie hätte sich in einen anderen verliebt.

Es durfte einfach nicht vorbei sein. Sie waren schon so lange zusammen, hatten so viel zusammen erlebt. Dann hatte er schließlich begriffen, dass sie mit ihm fertig war. Er war zornig geworden. Sie hätte ihm viel früher und deutlicher zeigen müssen, dass etwas nicht stimmte in ihrer Beziehung. Aber sie erklärte ihm, sie hätte es selbst erst gemerkt, dass etwas nicht stimmte, als sie sich in ihren Arbeitskollegen verliebt hatte. Und er, Born, hätte ihr schließlich sagen müssen, dass er nach München ziehen wollte.

Jetzt war er also selbst schuld?

Er hatte das Restaurant verlassen und war die halbe Nacht zurück nach Heidelberg gefahren. Dann hatte er Diana angerufen und John Watts durch den Hörer singen lassen:

Baby, we went through so much together,
it'll be all right.
Why can't you take it anymore?

Doch als Born den Hörer wieder ans Ohr gehalten hatte, war dort nur das Freizeichen zu hören gewesen. Am nächsten Abend hatte Born wieder bei Diana angerufen – und sie hatte ihm erbarmungslos erklärt, er sollte sie in Ruhe lassen. Sie hätte sich entschieden. Es sei ihr Leben. Ihn ginge das alles nichts mehr an.

Aber es war doch ihr gemeinsames Leben – und damit auch sein Leben –, über das sie ohne Vorwarnung, ohne Gnade entschieden hatte. Irgendwann bemerkte er, dass er in einen Hörer brüllte, aus dem schon längst keine Antwort mehr kam. Bis heute hatte sie weder auf seine Anrufe reagiert, noch auf seine SMS-Botschaften oder E-Mails.

Born bog in die Straße ein, in der Diana wohnte, und suchte sich einen Parkplatz. Der Wagen wirbelte Wassertropfen von der nassen Straße, die sich im Licht der Scheinwerfer in Hunderte Glühwürmchen verwandelten.

Unter der Platane, wo er früher immer geparkt hatte, stand ein BMW Z3. Born kam der Gedanke, der Wagen könnte Dianas neuem Freund gehören, und war versucht, ihn zu rammen. Er entdeckte eine Parklücke auf der anderen Straßenseite. Dann beobachtete er Dianas Wohnzimmerfenster. Hinter den Gardinen brannte Licht. Hin und wieder tauchten Schatten auf. War dieser Typ jetzt da oben, saß auf dem Sofa, auf dem er so oft gesessen hatte, trank den Whisky, den Born aus Schottland mitgebracht hatte …?

Nach einer Stunde ging das Licht aus. Nach einer weiteren Viertelstunde startete Born den Wagen und fuhr zurück in seine eigene, viel zu große Wohnung. Zurück zu den unausgepackten Umzugskartons. Zurück zu seiner halb leeren Flasche Bier.

8. Juni, München

Hans Bauer holte die Zeitung aus dem Briefkasten. Die Sonne ließ die Wolken in einem Tempo verdunsten, dass man zuschauen konnte. Die Luft war noch klar und frisch. Das würde sich schnell ändern, dachte Bauer. Schon bald würde der Tag runzlig, hässlich und schließlich alt werden, er würde Nachrichten von Mord, Totschlag, Katastrophen, Armut und politischen Fehlentscheidungen bringen, und am Ende würde nur noch die Hoffnung bleiben, dass der nächste nicht ganz so schlimm wäre, nicht ganz so rasch vergehen und das eigene Alter nicht ganz so schnell voranschreiten würde. Ein Teil eines alten Gedichtes fiel ihm ein:

Wer wusste je das Leben recht zu fassen,
Wer hat die Hälfte nicht davon verloren
Im Traum, im Fieber, im Gespräch mit Toren,
In Liebesqual, im leeren Zeitverprassen?

Eine wichtige Frage, dachte Bauer, ist natürlich: Wer sind die Toren? Rauben sie mir meine Zeit, oder bin ich selbst einer der Idioten?

Der Kaffee war ihm zu stark geraten. Er goss viel Milch dazu.

Die Zeitung machte mit dem Mord im Englischen Garten auf. Das Blatt brachte sogar die Schlagzeile, die Geyer am Tag zuvor eingefallen war. Bestialischer Kannibalen-Mord im Englischen Garten. Offenbar hatte jemand einem der Journalisten gesteckt, dass der Mörder den Opfern die Kehlen mit den Zähnen zerrissen hatte. Überrascht sah Hans Bauer, dass nicht nur er, sondern auch Elli Geyer zitiert wurde mit der Aufforderung an die Leser, sich zu melden, wenn jemand etwas Auffälliges bemerkt hatte – insbesondere einen Mann mit Blutspuren an Kleidung oder Händen.

Und dann war da noch dieses Bild. Eine Schwarz-Weiß-Aufnahme. Ein Stück des Ernst-Penzoldt-Weges war zu sehen, durch die Bäume schimmerten die Tennisfelder, die zur Sportanlage an der Osterwaldstraße gehörten. Am Rand des Bildes, in der Zeitung mit einem großen roten Kreis markiert, war zwischen den Bäumen ein verschwommener Schatten zu sehen, der vage an einen ausgestreckten Arm erinnerte. »Ist dieses Phantom der Kannibale?«, fragte die Bildunterschrift. Die Überwachungskamera, mit der das Bild aufgenommen worden war, hatte die Uhrzeit eingeblendet. Es kam ungefähr hin.

Er rief Winfried Hauser an. Er würde ihm nicht erklären müssen, dass er dafür nicht verantwortlich war. Das wusste Hauser. Sie kannten sich schon lange. Hauser hatte bei der Staatsanwaltschaft erstmals ein Ermittlungsverfahren in einer Mordsache geleitet, als Bauer gerade zur Mordkommission gewechselt war. Hauser war fast zehn Jahre älter, doch sie hatten sich auf Anhieb verstanden. Beide interessierten sich für klassische Musik. Sie besuchten gemeinsam Konzerte und trafen sich schließlich auch privat. Seine Frau hatte sich ebenfalls gut mit dem Staatsanwalt verstanden – und er mochte Hausers Frau Judith. Sie spielte Querflöte, und Bauer hatte sie hin und wieder auf dem Klavier begleitet.

Ohne es je auszusprechen, waren Hauser und er übereingekommen, sich nicht das Du anzubieten. Eine gewisse professionelle Distanz musste gewahrt bleiben. Nach der Geburt der Zwillinge hatten sie sich nicht mehr so häufig getroffen.

Hauser meldete sich mit müder Stimme. Der Staatsanwalt hatte den Zeitungsbericht bereits gelesen und war genauso sauer wie Bauer. Er würde zur Besprechung ins Kommissariat 11 kommen. Dann machte Bauer sich auf den Weg ins Büro.

Um Viertel nach sieben versammelten sich die Beamten der Mordkommission 4 in Bauers Büro. Kurz darauf riss Staatsanwalt Hauser die Tür auf, marschierte mit großen Schritten in den Raum und knallte einen Stapel Zeitungen auf Bauers Schreibtisch.

»Okay, Leute«, begann Bauer. »Das hier ist nicht in Ordnung.« Er klopfte mit den Knöcheln auf die Zeitungen. »Wer hat der Presse das mit den Zähnen gesteckt?«, fragte er und starrte in die Runde. Sein Blick blieb an Geyer haften. Sie nickte. »Ich bin noch vor der

Besprechung gestern angerufen worden und wollte den Reporter nicht vor den Kopf stoßen.« Geyer schaute von Bauer zu Hauser hinüber. »Wir sollen uns doch bemühen, die Presse für uns einzunehmen. Ihre Worte.« Sie reckte Hauser ihr Kinn kampfbereit entgegen. »Nach dem Gespräch mit Ihnen war es schon zu spät.«

Hauser blickte sie böse an. Dann nickte er schicksalsergeben. »Jedenfalls haben wir nun die Bescherung.«

Bauer hielt die Zeitung mit dem Foto der Überwachungskamera hoch. »Wieso haben die diese Aufnahme und wir nicht, verdammt noch mal?«

»Weil wir die Kamera nicht gesehen haben«, erklärte Geyer kleinlaut. »Wir haben angefangen, die Aufnahmen aller uns bekannten Überwachungsanlagen zu sammeln, aber die hier muss privat …«

»Na, das habe ich mir schon gedacht. Aber jetzt seht bloß zu, dass ihr diesen Film oder diese Festplatte, oder worauf immer die ihre Aufnahmen speichern, bekommt.«

»Schon so gut wie passiert«, versprach Geyer.

»Okay«, sagte Bauer. »Alle raus. Macht euch an die Arbeit.«

Hauser blieb zurück. »Wie geht es Ihnen eigentlich?«, fragte der Staatsanwalt, als die Bürotür ins Schloss gefallen war. Bauer schaute ihn überrascht an. »Gut. Und Ihnen?«

»Mir? Ach, mir geht es gut. Aber …«

»Ich weiß schon.«

»Vielleicht gehen wir mal wieder ein Bier zusammen trinken? Oder wollen Sie uns nicht mal wieder besuchen? Meine Frau würde sich …« Hauser brach ab, als Bauer aufstand, zu seinem grauen Regal hinüberging und einen der dunklen Aktenordner hervorzog.

Hauser schwieg eine Weile. Dann nickte er ergeben. »Na dann. Bis später.«

Bauer schob erleichtert den Ordner ins Regal zurück. Dann setzte er sich hinter seinen Schreibtisch, drehte sich zum Fenster und blickte hinaus. Kondensstreifen zerschnitten den strahlend blauen Himmel in Rauten und Dreiecke. Was konnte man von München erkennen, wenn man aus dem Fenster eines der Passagierflugzeuge sah? Er konnte sich nicht daran erinnern. Vermutlich eine Mischung mehr oder weniger stark strukturierter Gebilde, die sich von natürlich entstandenen Formen unterschieden. Der Mensch als Spezies hinterließ deutliche Spuren auf der Erde – die Gebilde von Menschenhand waren mehr als nur Tand. Aber was blieb vom Menschen als Individuum? Welche Spuren hinterließen Carolyn Wagner und Regine Schmidt in der Geschichte dieses Planeten? In einigen Jahren würden sie vergessen sein, egal, ob er und seine Leute ihren Mörder fanden oder nicht. Wozu also die Mühe?

Weil wir mit jedem Menschen, den wir retten, eine ganze Welt retten, hatte Cynthia Collins ihm vor langer Zeit erklärt. Cynthia, dachte Bauer, ich bräuchte dich jetzt hier.

Als Born und seine Kollegen in ihre Büros zurückkehrten, klingelte Geyers Telefon. Sie hob ab.

»Was? Nein. Wimmel ihn ab. Das ist mit Sicherheit nur ein Spinner.« Sie knallte den Hörer auf. »Jemand behauptet, er hätte im Park gestern Nacht eine riesige Katze gesehen, und vermutet, die hätte die Frauen angefallen.« Sie schüttelte den Kopf. Nun klingelte Adams Telefon. Er ging in sein Büro hinüber, lauschte kurz in den Hörer, bedankte sich und legte wieder auf. »Der hier hat die Theorie aufgestellt, dass sein Nachbar der Mörder gewesen sein könnte«, sagte er. »Der hat einen Rottweiler und guckt immer so komisch.«

»Vielleicht ist es Zeit für Teddi.« Geyer reichte Born die Zeitung mit dem Foto der Überwachungskamera. »Fahr doch zu diesen Schmierfinken und hol den Film. Und sag ihnen, dass sie in großen Schwierigkeiten stecken.«

»Klar«, sagte Born. »Wer ist Teddi?«

»T.d.I. Das Telefon des Irrsinns«, antwortete Geyer. »So nennen wir unsere Hinweis-Hotline. Und die werden wir bestimmt jetzt brauchen.«

»Bei uns wurde dann der BASKE aktiv: Bekloppte auf sämtlichen Kanälen.«

»Auch nicht schlecht«, meinte Geyer. »Klingt für mich allerdings eher nach einem Synonym für Fernseher.«

Born verließ das Polizeipräsidium durch die dunkle Hofeinfahrt zur Löwengrube und nahm eines der zivilen Dienstfahrzeuge, die vor dem Gebäude parkten. Er schaltete das Navigationssystem ein und kämpfte sich durch die Münchner Innenstadt. Wie so oft spielte er mit dem Gedanken, das Blaulicht einzuschalten und den Stau rechts liegen zu lassen. Aber er widerstand der Versuchung. Die Büros der Zeitung befanden sich im zweiten Stock eines großen Gebäudekomplexes am Mittleren Ring. Born fragte sich zum Zimmer des Redakteurs durch, dessen Name über dem Artikel mit dem Foto gestanden hatte. Die Tür war offen. Er trat ein, ohne zu klopfen, hielt dem Mann hinter dem Schreibtisch seinen Dienstausweis unter die Nase und hoffte, ihn ein wenig einzuschüchtern. Offenbar vergeblich. Der Kerl grinste ihn unverschämt an.

»Das Video?«, fragte er.

Born nickte. »Sie haben …«

»Ach, kommen Sie«, unterbrach ihn der Journalist. »Wenn Sie an meiner Stelle gewesen wären … die Polizei ignoriert die Überwachungskamera, ich frage bei den Leuten nach, sie überlassen mir das Video … was hätten Sie denn gemacht?«

Born schätzte ihn auf 25 Jahre. Der Mann redete offenbar genauso schnell, wie er schrieb. Born fragte ihn, woher die Aufnahme stammte.

Einer der Bewohner des Hauses in der Schwedenstraße hatte Überwachungskameras installiert, nachdem in das Haus eingebrochen und mehrere Keller ausgeräumt worden waren. Der Journalist hatte die Kameras entdeckt und dem Besitzer die Festplatte seines Rekorders einfach abgekauft.

»Wir hätten Ihnen das Material jetzt geschickt, nachdem wir es exklusiv hatten«, erklärte der Reporter. »Wie praktisch, dass Sie es selbst abholen. Sie werden übrigens feststellen, dass wir das einzige Bild, das was taugt, gedruckt haben.«

Er schob ein dickes Kuvert über den Tisch. Born steckte es ein.

»Das überlassen Sie getrost …«

»Klar. Haben die Partner der Opfer eigentlich Alibis?«

»Sieht so aus. Aber …«

»Darf ich Sie zitieren?« Der Mann wandte sich seinem Computer zu und begann zu tippen.

»NEIN!«

Gut, dann schreibe ich, aus gut informierten Kreisen verlautete, dass …«

»He. Sie sind bereits in Schwierigkeiten. Rufen Sie unsere Pressestelle an und holen Sie sich dort Ihre Informationen.«

»Ach, kommen Sie, was ich weiß, das weiß ich. Ist doch egal, woher, oder? Wenn es sich noch dazu bestätigen wird, dann muss ich das doch bringen. Bevor es die Kollegen tun.«

»Aber wir überprüfen das Alibi noch. Wir können noch nicht hundertprozentig ausschließen, dass der Ehemann von …«

»Wunderbar. War einer der Ehemänner der Mörder? Für die Polizei gehört er in den Kreis der Verdächtigen.« Der Journalist begann erneut zu schreiben. Born brachte sich selbst immer tiefer in Schwierigkeiten, statt den Journalisten unter Druck zu setzen. Auf dem Regal hinter dem Reporter begann ein Faxgerät zu rattern. Der Redakteur zog das Blatt heraus.

»Das kommt von Ihren Kollegen. Pressemitteilung.« Er las weiter und verzog das Gesicht. »Euer Mann ist gar kein Kannibale, sondern verhält sich eher wie ein Raubtier, was? Aber jetzt haben Ihre Leute alle Informationen, die Sie mir gerade gegeben haben, offiziell verkündet. Dreck. Können Sie mir nicht noch ein paar Details geben? Wurden die Frauen brutal vergewaltigt?«

Grußlos verließ Born das Büro.

Bauer erkannte an der Durchwahlnummer im Display seines Telefons, dass Elli Geyer ihn sprechen wollte. Er war noch immer sauer auf sie.

»Was gibt es denn?«, schnauzte er sie an.

»Wir haben jetzt die Aufnahmen von der Überwachungskamera. Willst du mitgucken?« Geyer ließ sich von seinem unfreundlichen Ton nicht beeindrucken – und Bauer war froh darüber. Er musste sich besser beherrschen. Als er im Büro seiner Kollegen ankam, hatten Born und Geyer auf einem der Computer bereits eine Software installiert, mit der man das Video abspielen konnte.

Die Kamera hatte ein Bild pro Sekunde aufgenommen. Die Festplatte konnte auf diese Weise über mehrere Tage Aufnahmen speichern. Die drei Ermittler ließen den Film laufen und spulten vor, bis sie die Stelle erreicht hatten, die etwa zum Zeitpunkt des Mordes aufgenommen worden sein musste. Unterdessen klärte Born seinen Chef auf, woher das Material stammte.

Die Kamera hatte innerhalb von 20 Sekunden einen Winkel von etwa 160 Grad abgedeckt. Als sie um 22:11 Uhr direkt auf den Ernst-Penzoldt-Fußweg im Englischen Garten ausgerichtet war, tauchte ein Schatten zwischen den Bäumen auf. Die Kamera war weiter nach links gewandert, hatte ihn verloren, dann war sie umgekehrt. Auf dem Rückweg war der Schatten verschwunden. Die Ermittler sahen nur noch den leeren Parkeingang, bis schließlich ein Streifenwagen der Polizei ins Bild fuhr und anhielt. Geyer stoppte das Video.

»Tja, das hilft uns nicht weiter.« Enttäuscht kehrte sie an ihren Schreibtisch zurück, um den Sterbefallbericht für Carolyn Wagner fertigzustellen.

Bauer blickte nachdenklich auf den dunklen Bildschirm. Dann rieb er sich die Augen. »Ich weiß nicht«, sagte er. »Irgendwie habe ich ein komisches Gefühl. Lass uns die Szene noch einmal anschauen.«

Born spulte erneut zurück. Er ließ die Bilder eine Weile vor- und zurücklaufen. Aber da war nichts bis auf dieses verschwommene Etwas. Ein Phantom hatte die Zeitung es genannt. Da war etwas dran. Schließlich wandte Born sich an Bauer – oder vielmehr, er wollte es tun, aber in der halben Drehung hielt er inne. Aus den Augenwinkeln war es deutlicher zu sehen gewesen. Als er sich erneut auf die Bilder konzentrierte, war es wieder verschwunden.

»Das ist seltsam«, sagte er. Bauer schaute ihn an. Noch einmal spulte Born zurück, ließ den Film wieder laufen und schaute am Bildschirm vorbei. Da war es. Auf die Aufnahme mit dem Arm folgte ein Bild, wo im Dunkel eine Gestalt zu erkennen war. Aber es sah nicht aus wie die Silhouette eines Menschen.

Bauer rief Geyer, und zu dritt starrten sie mit zusammengekniffenen Augen auf den Bildschirm.

»Ich sehe da nichts«, sagte Geyer. Aber Bauer stimmte Born zu.

»Lass das von einem Fachmann überprüfen«, sagte er. »Am besten, du fährst zum KTI. Die Physiker dort können dir sicher weiterhelfen. Und wenn du persönlich auftauchst, dann dauert die Analyse vielleicht keine sechs Monate.«

Diesmal verließ Born das Präsidium durch den Haupteingang. Im Schatten der zwei steinernen Löwen, die das schmiedeeiserne Tor bewachten, holte er seinen Stadtplan aus der Tasche. Diesmal würde er mit der U-Bahn fahren.

Das Landeskriminalamt hatte etwas von einem Gefängnis. Die Einfahrt im Süden versperrte ein hohes Metalltor. Überall waren Videokameras, die das gemütliche Treiben der Anwohner beobachteten. Born ging zum Haupteingang. Er wurde die Treppe hinauf in den ersten Stock geschickt, passierte einen Gang mit weißen Wänden und Fotos abgebrannter Häuser. An einer Tür hing ein Zettel, auf den jemand seltsamerweise mit bunten Farbstiften »DNA-Zone« geschrieben hatte. Die Sachgruppe SG 202 Physik verteilte sich auf einige Büros und Labors im hinteren Bereich. Er fragte sich durch und stand schließlich vor dem Büro eines Videotechnikers.

Hinter der Tür war es finster. Seine Augen gewöhnten sich an die Dunkelheit, und Born stellte fest, dass es sich um ein Labor handelte, vollgestopft mit technischen Geräten, Computer, Fernseher, Videorekorder, ein Filmprojektor für 8-mm-Filme. Ein CD-Player spielte leise Rockmusik.

Eine Schreibtischlampe ging an und tauchte das Gesicht eines jungen Mannes in helles Licht. Der Techniker drehte die Musik ab. »Was kann ich für Sie tun?«

Born hielt ihm die Festplatte hin. »Ich bilde mir ein, auf einigen Bildern auf dieser Platte etwas zu sehen«, erklärte er. »Aber nur sehr undeutlich. Es ist mir seltsamerweise erst aufgefallen, als ich am Bildschirm vorbeigeschaut habe.«

»Das ist gar nicht so seltsam.« Der junge Mann durchquerte den Raum. »Das hängt mit dem Aufbau unserer Augen zusammen. In der Mitte der Netzhaut sitzen zapfenförmige Lichtrezeptoren, mit denen wir Farbe wahrnehmen. Die sind nicht so lichtempfindlich. Am Rand liegen die Stäbchen, die lichtempfindlicher sind, aber dafür keine Farbe erkennen. Deshalb ist eine Katze für uns nachts immer grau – aber immerhin können wir sie erkennen. Manchmal nehmen wir etwas nur aus den Augenwinkeln wahr, weil es unsere Stäbchen reizt. Wenn wir dann direkt draufschauen, verschwindet es. Nämlich dann, wenn der Reiz für die Zapfen zu schwach ist.«

»Dann sollte man sich im Dunkeln also auf die Augenwinkel konzentrieren?«

»Wenn Sie das schaffen.«

Der Techniker hatte die Festplatte an einen Computer angeschlossen.

Born nannte ihm Datum und Uhrzeit, um die es ging. Wieder sah er den Schatten unter den Bäumen auftauchen.

»Jetzt. Hier sieht man so etwas wie einen Arm …« Die Aufnahme lief weiter. »Jetzt ist er weg. Aber dafür taucht hier etwas anderes auf.«

Der Mann vom KTI startete das Video erneut und ließ es Bild für Bild laufen.

»Wirklich nicht besonders gut zu sehen«, sagte er. »Ich überspiele die Aufnahme direkt auf den Rechner, dann können wir besser damit arbeiten«, erklärte er.

Am Computer öffnete er die Datei mit einer speziellen Software und suchte erneut die zwei Bilder, auf denen Born etwas zu sehen glaubte.

»Ich mache mal Kopien von diesen Bildern, dann können wir die Aufnahmen nebeneinanderstellen.« Er klickte mit der Maus auf den Bildschirm. Sekunden später waren die einzelnen Aufnahmen, die sie interessierten, verkleinert nebeneinander zu sehen.

»Hier ist der Arm.« Born zeigte auf das betreffende Bild. »Und hier irgendwo ist dieser Schatten.«

»Ich glaube, ich weiß, was Sie meinen.« Er öffnete einige Menüs und bearbeitete die Bilder. Plötzlich traten die einzelnen Äste im Gewirr der Sträucher deutlicher hervor. Auch die mysteriöse Silhouette war etwas besser zu sehen.

»Viel schärfer bekommt man das nicht. Dafür ist die Aufnahme zu grobkörnig. Wenn ich die Auflösung noch weiter erhöhe, bekomme ich auch bloß vier kleine graue Pixel, wo jetzt ein großer ist. Oder der Computer rechnet uns Zwischenschattierungen hinein, die das Bild vielleicht verfälschen.«

»Vielleicht legen Sie mal das Bild daneben, das dieselbe Perspektive der Kamera eine Runde zuvor zeigt«, schlug Born vor. »Dazwischen liegen vierzig Sekunden. Viel dürfte sich da vom Licht her nicht verändert haben. Wir müssten also vierzig Bilder zurück.«

Der junge Mann suchte das ältere Bild und zog es auf dem Monitor groß. Tatsächlich fehlte der Schatten hier. Der Techniker legte die Aufnahmen übereinander. Alle Flächen, die auf beiden Bildern zu sehen waren, erschienen nun dunkler. Dadurch trat der Schatten, den nur die zweite Aufnahme zeigte, deutlicher hervor.

»Was ist denn das?«, fragte der Mann vom KTI. »Ein großer Hund oder was?«

»Schaut euch das mal an.« Born wedelte mit dem Bild, das der Spezialist vom KTI ihm ausgedruckt hatte. Es war eine Vergrößerung der herausgefilterten Silhouette in den Sträuchern.

»Was zum Teufel soll das sein? Ein Bär?«, fragte Geyer. Außer ihr und Adam waren auch Bauer, Iris Mann und Klaus Haaf ins Büro gekommen.

»Ein Affe«, vermutete Adam.

»Der Mörder«, sagte Born. »Vermutlich.«

Er zeigte den überraschten Kollegen eine dritte Aufnahme, die die gesamte Szene mit der herausgearbeiteten Silhouette zeigte.

»Manchmal können die wirklich zaubern, die vom KTI«, stellte Geyer fest.

»Augenblick«, warf Bauer ein. »Regine Schmidt wurde von keinem Tier vergewaltigt, sondern von einem Menschen. Das beweist das Sperma.«

»Vielleicht hatte der Mörder einen großen Hund dabei?«, überlegte Geyer. »Er lässt die Frau von seinem Hund umbringen und vergewaltigt sie danach.«

»Victor Alfieri hat die Bisswunden doch untersucht und ist zu dem Schluss gekommen, dass da ein Mensch zugebissen hat«, warf Adam ein.

»Da wusste er noch nichts von dieser … Gestalt. Alfieri ist gut. Aber nicht unfehlbar.«

»Hat das Labor denn die Wunden auf etwas anderes als menschliche DNA hin untersucht?«, fragte Born.

»Dafür gab es keinen Grund«, meinte Bauer. »Elli«, begann er, brach aber ab, als er sah, dass Geyer bereits den Telefonhörer in der Hand hatte. Während sie mit dem Gerichtsmediziner telefonierte, winkte sie Born zu und zeigte auf das Faxgerät. Born legte die Fotokopie in das Gerät und tippte die Nummer des Instituts für Rechtsmedizin ein. Kurz darauf war die Stimme des Gerichtsmediziners über den Lautsprecher des Telefons zu hören.

»Keine Ahnung, was das sein soll«, sagte Alfieri. »Ist auf dem Fax auch nicht so gut zu erkennen. Könnte ein Tier oder ein Mensch sein. Ein ziemlich großes Tier. Haben wir einen Zirkus in der Stadt? Vielleicht ist denen ein Löwe oder ein Bär entlaufen?«

»Das müssten wir überprüfen«, sagte Bauer skeptisch.

»Hauser zuliebe sollten wir vielleicht auch dieser Spur nachgehen«, sagte Adam.

»Können Sie sich denn vorstellen, dass die Bisswunden an den Opfern auch von einem Tier stammen?«, fragte Geyer. »Dass ein Mensch und ein Tier zusammen diese Frauen umgebracht haben?«

»Nein«, antwortete Alfieri. »Schon wegen der kleinen Eckzähne. Es hat ja einen Grund, dass die bei uns nicht Reißzähne heißen wie bei anderen Tieren.«

Aber Geyer wollte auf Nummer sicher gehen. »Vielleicht sollten die Wunden nochmals auf Fremd-DNA getestet werden. Und wie sieht es mit Tierhaaren an den Opfern oder ihrer Kleidung aus?«

»An den Leichen haben wir nichts dergleichen gefunden«, sagte Alfieri. »Die Kollegen vom Erkennungsdienst haben meines Wissens einige Haare an das KTI geschickt, die sie an der Kleidung gefunden haben.«

»Augenblick«, rief Klaus Haaf und verließ den Raum. Nach einer Sekunde war er wieder da und wedelte mit einem dünnen Stapel Papiere.

»Das hat ein Bote vorhin gebracht«, sagte er. »Gutachten vom KTI.«

»Was, jetzt schon?«, staunte Geyer.

Bauer nickte. »Stark hat richtig Druck gemacht und Denning auch.« Josef Denning war der Polizeipräsident persönlich. »Ein Fall, bei dem ein Mörder seine Opfer im Englischen Garten mit den Zähnen umbringt, sorgt offenbar für Aufregung bis in die höchsten Ränge«, erklärte Bauer. Die Kriminaltechniker beeilten sich wirklich. Born hatte gehört, dass man sonst bis zu einem halben Jahr oder länger auf die Untersuchungsergebnisse warten musste. Schließlich hatten die Fachleute jedes Jahr etwa 90 000 Spuren zu untersuchen und zwischen 30 000 und 40 000 Gutachten zu erstellen.

Was Haaf in der Hand hielt, waren die ersten Erkenntnisse der Sachgruppe 204, Mikrospuren/Biologie des Kriminaltechnischen Instituts. Die Fachleute hatten Haare an der Kleidung des Opfers Carolyn Wagner als Katzenhaare identifiziert.

»Eines der Opfer besaß tatsächlich eine Katze«, warf Born ein.

»Bislang haben sie das nur mit dem Mikroskop überprüft«, sagte Haaf und blätterte in den Unterlagen. »Die Überprüfung des DNA-Profils durch Sachgruppe 203, Serologie/Medizin, steht noch aus. Eine weitere Probe hat Sporen einer weitverbreiteten Art von Farnen enthalten, die auch im Englischen Garten vorkommen. Eine genauere Analyse ist bei Bedarf möglich. Eine Analyse des Drecks im Profil der Schuhe der Opfer hat in beiden Fällen keine besonderen Informationen erbracht.« Haaf kratzte sich grinsend am Kinn. »Die für München übliche Mischung aus Autoreifenabrieb, Hundescheiße und Kastanienpollen.«

»Also, die Bisswunden stammen jedenfalls nicht von einem Miezekätzchen«, war Alfieri durch das Telefon zu hören. »Und sonst gab es nur Haare von den Opfern selbst und vom Täter.«

»Wir haben Haare vom Täter?« Hans Bauer war überrascht und verärgert. »Wieso hat mir niemand etwas davon gesagt?«

»In der Unterwäsche von Carolyn Wagner«, erklärte Alfieri. »Ich habe vorhin mit Schwan gesprochen, deshalb weiß ich das. Schwan sagt euch sicher demnächst Bescheid. Der Täter ist jedenfalls dunkelblond und trägt die Haare relativ lang.«

Bauer schüttelte verärgert den Kopf. »So etwas will ich sofort wissen«, sagte er.

»Ist es vorstellbar, dass wir auf dem Foto ein Tier sehen, das den Mörder begleitet hat?«, fragte Born.

»So wie bei der Bestie vom Gévaudan?«, fragte Alfieri.

»Was für eine Bestie?«

»Es gab im 18. Jahrhundert in der Auvergne eine Mordserie, der mehr als 100 Kinder, Jugendliche und Frauen zum Opfer gefallen sind. Die Augenzeugen berichteten damals von einer Art riesigem Wolf oder Hund. Das Tier ist dann tatsächlich auch erlegt worden. Was es genau war, ist noch immer nicht geklärt. Den Beschreibungen nach war es möglicherweise ein Mischling aus Hund und Wolf. Und es gibt den Verdacht, dass das Tier gezielt zum Töten von Menschen abgerichtet worden war. Und zwar ausgerechnet von dem Jäger, der es dann schließlich erlegt hat.«

»Aber unsere Opfer sind von einem Menschen getötet worden. Das ist doch eindeutig, dachte ich«, sagte Bauer.

»Sicher«, bestätigte Alfieri. »Wenn auf dem Bild ein Tier zu sehen ist, dann hat es den Täter nur begleitet, die Frauen aber nicht angegriffen.«

»Vielleicht hat er es benutzt, um die Opfer einzuschüchtern?«, überlegte Geyer.

»Hat der Erkennungsdienst denn Tierspuren entdeckt?«

»Sie haben uns jedenfalls nichts in dieser Art gemeldet«, sagte Bauer. »Aber offenbar behalten sie ja einiges für sich«, fügte er verärgert hinzu.

Geyer legte den Hörer auf.

»Wir sollten also überprüfen, ob unter den Verdächtigen ein Hundebesitzer ist«, fasste Bauer zusammen.

»Entschuldigung, Chef«, warf Geyer ein. »Welche Verdächtigen?«

Bauer warf ihr einen frostigen Blick zu.

Adam ging zur Tür. »Noch jemand einen Schluck?«, fragte er. Bauer, Born und Mann nickten.

»Kaffee? Ja. Das Zeug da? Nein«, antwortete Geyer.

»Dann hol dir doch die dünne Brühe aus dem Automaten, du Heulsuse.«

Adam verschwand. Geyer beugte sich zu Born hinüber und hob die Augenbrauen. »Kennst du die Story, wie Alfieri damals die Kindsmörderin überführt hat?«

Born schüttelte den Kopf. Er kannte noch überhaupt keine Geschichten aus der Münchner Polizeiszene.

»Alle waren überzeugt, dass dieses kleine Mädchen am plötzlichen Kindstod gestorben war. Aber Alfieri!«

Sie zeigte mit dem Daumen in Richtung Telefon. »Der weiß, wo er hinsehen muss. Der hat entdeckt, dass dieses gerissene Miststück ihrer Kleinen eine Stricknadel durch die hintere Fontanelle gejagt hat. Das ist da, wo die Schädelknochen erst später zusammenwachsen. Die winzige Wunde war nur zu sehen, wenn man wirklich ganz genau hinschaute.«

Bauer hatte sich an Geyers Schreibtisch gesetzt und Schwans Nummer gewählt. Als der sich meldete, schaltete er das Telefon auf Lautsprecher. »Wieso muss ich von Alfieri hören, dass ihr Haare vom Täter gefunden habt?«, fuhr er den Kollegen vom Erkennungsdienst an.

»Entschuldigung«, wehrte sich Schwan. »Der Bericht ist schon unterwegs.«

»Ich werde nicht gern von Dritten mit Neuigkeiten überrascht.«

»Aber ihr wisst doch schon, dass wir DNA sichergestellt haben, dafür brauchen wir die Haare nicht. Und die Analyse ist vorhin erst fertig geworden. Ich habe es auch nur erfahren, weil ich selbst beim KTI angerufen habe.«

Bauer trommelte mit den Fingern ungeduldig einen komplizierten Rhythmus auf die Schreibtischplatte, während er sich über das Telefon beugte.

»Und?«, fragte er gedehnt.

»Die Ergebnisse der Untersuchung auf Drogen schickt mir das KTI gleich mit. Das ging doch richtig fix. Die haben offenbar die Nacht über gearbeitet.«

»Schwan! Was kam raus?«

»Nichts. Alles negativ. Bis auf Nikotin.«

»Na großartig.«

»Etwas habe ich noch für euch – aber das ist im Augenblick dann auch alles: Am Reißverschluss von Carolyn Wagners Hose haben wir blaue Stofffasern gefunden, die zu einer Jeansjacke oder -hose gehören. Stonewashed. Außerdem haben wir etliche Schuhabdrücke gefunden. Im Englischen Garten natürlich kein großes Wunder.« Es krachte im Lautsprecher.

»Was machst du da?«, fragte Bauer irritiert.

»Was? Entschuldigung. Ich esse einen Apfel.«

Wie Schwan ihnen erklärte, hatten die Erkennungsdienstler zwischen den Tatorten einen deutlichen Abdruck von einem Sportschuh gefunden, den sie zwischen den Blutspuren wiederentdeckt hatten, die der Täter auf der Flucht hinterlassen hatte. Der Mörder hatte offenbar Schuhgröße 43. Der Abdruck war relativ tief. Schwans Team hatte getestet, welches Gewicht den Schuh in die feuchte Erde gedrückt haben dürfte. Der Besitzer des Schuhs wog zwischen 70 und 80 Kilogramm.

»Das ist ja schon etwas«, meinte Geyer. »Wir suchen jedenfalls keinen Zwerg.«

»Wie groß bist du?«, fragte Bauer und fixierte Born mit einem abschätzenden Blick. »Eins achtzig, würde ich schätzen.« Born nickte überrascht.

»Und du bringst etwa 70 Kilo auf die Waage, oder?«

»71 Kilo, als ich mich zuletzt gewogen habe«, antwortete Born. »Ist aber schon eine Weile her. Und ich lege langsam zu.« Er klopfte sich auf die Bauchmuskeln, auf die er immer noch stolz war.

Geyer lachte. »Ach Hans. Sind wir schon so verzweifelt, dass wir eigene Mitarbeiter als Verdächtige präsentieren müssen? Aber klar, Tom hatte eine Gelegenheit, er kennt sich mit Polizeiarbeit gut aus …«

Bauer schüttelte unwillig den Kopf. »Elli, wenn du wenigstens XXL tragen könntest, würde ich mich an dich wenden. Aber du bist für das, was ich vorhabe, einfach zu dick.«

Die Kriminalbeamtin lachte, zupfte die schicke Bluse über ihrem ausladenden Busen zurecht und strich sich kokett über die Haare. »Was hast du denn vor? Es gibt Männer, die wiegen Frauen mit Gold auf. Jedes Kilo ist wertvoll.«

»Aber dort, wo Männer das tun, lassen sie Frauen nicht bei der Kriminalpolizei arbeiten«, rief Adam dazwischen. Er saß im Nachbarraum und hörte durch die Verbindungstür hindurch zu. »Was übrigens sehr vernünftig ist.«

Bauer wandte sich erneut an Born. »Ich denke, wenn uns dieses Foto irgendetwas sagen soll, müssen wir überprüfen, ob es nun einen Menschen zeigt oder nicht.«

»Und deshalb müssen wir testen, ob sich ein Mensch dort so hingehockt haben könnte, dass diese Silhouette entstanden ist«, führte Born den Gedanken seines Chefs zu Ende. Bauer nickte.

»Von uns allen kommst du dem mutmaßlichen Täter vom Körperbau am nächsten.« Bauer strich sich über den Bauch, der sich deutlich unter seinem Hemd abzeichnete. »Ich bin kleiner als du – und damit vermutlich auch kleiner als der Täter. Also darfst du für uns posieren.«

Er holte sich das Telefonbuch.

»Wenn es mit dir nicht klappt, dann stellen wir eine Orgelpfeifentruppe von Kollegen zusammen, mit denen wir das durchexerzieren«, sagte er und verließ das Büro.

Geyer hob die Augenbrauen. »Es sieht so aus, als würde sich der Chef jetzt wirklich richtig und höchstpersönlich dahinterklemmen«, sagte sie zu Born. »Dieser Fall schlägt ihm wirklich auf den Magen.« Dann kratzte sie sich nachdenklich am Hals. »Oder er braucht Ablenkung.«

Born wartete darauf, dass sie fortfuhr. »Von was?«, fragte er dann.

Aber sie schwieg und vertiefte sich in die Papiere auf ihrem Schreibtisch.

Polizeiarbeit besteht zum großen Teil darin, bis zum Stumpfsinn Akten über alle verfügbaren Fakten anzulegen. Es ging schließlich nicht nur um die Aufklärung eines Verbrechens, sondern auch darum, alle gewonnenen Erkenntnisse so festzuhalten, dass sie vor Gericht strafrechtlich verwertbar waren. Alles musste penibel genau und korrekt nach Vorschrift ablaufen, damit man einen Täter nach der Überführung nicht aufgrund von Verfahrensfehlern wieder laufen lassen musste. Allein der Todesermittlungsbericht füllte mehrere Ordner mit Informationen über den Ablauf des Polizeieinsatzes, die Situation am Tatort, das Wetter, den Leichenbefund, die Maßnahmen und Ergebnisse der Spurensicherung, den Verbleib der Leiche, die Nachlasssicherung, die Ergebnisse der Durchsuchungen von Wohnungen der Opfer und Verdächtigen. Die Befragungen der Nachbarn der Opfer, der Arbeitskollegen und Freunde, der Bekannten und Verwandten wurden protokolliert und füllten weitere Ordner. Das hieß, nachdem die Beamten sich die Schuhsohlen durchgelaufen hatten, um Informationen zu sammeln, scheuerten sie sich die Ellenbogen wund, während sie alles akribisch genau festhielten.

Born, Adam und Geyer nahmen sich nun alles, was bislang zusammengetragen worden war, noch einmal vor, während die übrigen Kollegen sich erneut daran machten, Freunde und Bekannte der Toten zu befragen, von denen sie einige ins Präsidium gebeten hatten.

Sie unterbrachen ihre Arbeit nur, um sich etwas zu essen oder Kaffee zu besorgen. Und Born holte immer wieder sein auf lautlos gestelltes Handy aus der Tasche, um es auf eingegangene Nachrichten zu überprüfen.

Er wusste, dass es völlig sinnlos war, aber irgendwie hoffte er noch immer, eine SMS-Nachricht von Diana zu bekommen. Etwas wie: *Es tut mir leid. Liebe nur dich. Komm heute Abend vorbei*. Er konnte diese Frau, mit der er ein Viertel seines Lebens geteilt hatte, nicht einfach gehen lassen. Und dafür, dass sie offenbar überhaupt kein Problem damit hatte, die letzten Jahre auf den Müll zu werfen und ihn zu verlassen, und dass sie ihnen überhaupt keine Chance mehr gab, hasste er sie. Und er liebte sie noch immer.

Ein abendlicher Regenschauer hatte die Stadt abgekühlt. Hans Bauer fror, während er vor dem Haus am Rande des Englischen Gartens darauf wartete, dass der Besitzer der Überwachungskamera endlich öffnete. Er zog sich den Kragen seines Mantels enger um den Hals. Born stöberte bereits in den Sträuchern herum, wo sie die Gestalt auf dem Videoband entdeckt hatten. Bauer konnte sehen, dass der junge Mann behutsam in das nicht sehr dichte Gestrüpp eindrang. Die Stelle war vom Erkennungsdienst noch einmal intensiv untersucht worden. Gefunden hatten die Kollegen nichts.

Der Türsummer erklang. Bauer drückte die Tür auf und stieg die Stufen hinauf ins oberste Stockwerk, direkt unter dem Flachdach.

»Es tut mir sehr leid, was da passiert ist«, erklärte der ältere Mann, als er den Polizisten in seine Wohnung ließ. »Mein Sohn hat sich offenbar nichts dabei gedacht, die Aufnahme an diesen Reporter zu verkaufen. Der denkt sich leider häufig nichts bei dem, was er tut.« Er seufzte. »Kinder.«

Bauer spürte ein Ziehen im Bauch. Seine Gesichtszüge erstarrten. Dann rieb er sich müde die Augen und nickte verständnisvoll. »Ich hoffe, die haben wenigstens einen ordentlichen Preis gezahlt«, sagte er lächelnd. Der Mann hob die Hände und ließ sie wieder fallen. »Na ja.«

Bauer folge ihm in ein aufgeräumtes Wohnzimmer. Eine ältere Frau kam aus der Küche und begrüßte ihn freundlich. Dann verschwand sie wieder. Bauer ließ sich auf Geheiß des Mannes vor einem Bildschirm nieder. Der Alte hatte den Computer bereits vorbereitet. Bauer konnte Born sehen, der auf dem Fußweg stand und in die Kamera blickte, sein Funkgerät in der Hand. Bauer hielt ihre eigene Aufnahme mit der Silhouette neben den Monitor, sodass der Mann die Kamera so ausrichten konnte, dass die Perspektive stimmte. Dann regelte er die Empfindlichkeit der Kamera etwas herunter, bis Bauer fast keinen Unterschied mehr ausmachen konnte zwischen dem Livebild und dem Ausdruck. Eine leichte Brise bewegte die Zweige hinter Born, doch damit würden sie leben müssen.

»Du bist dran«, sprach Bauer in sein Funkgerät. Der junge Polizist schlug sich erneut in die Büsche.

»Etwas mehr nach rechts, näher zum Weg«, dirigierte ihn sein Chef. »Stopp. Ungefähr da muss unser … Ding gewesen sein. Jetzt geh mal in die Hocke.« Born folgte seinen Anweisungen. Einige Passanten waren stehen geblieben und schauten zu, wie er verschiedene Stellungen einnahm. Erleichtert sah Bauer, wie die Zuschauer sich schließlich gelangweilt davonmachten.

»Bleib so, Thomas. Das sieht ganz gut aus«, sagte er schließlich. Der Alte ließ die Kamera ein einzelnes Foto machen. Dann ging Bauer zu Born hinunter und machte mit einer Spiegelreflexkamera selbst mehrere Fotos. Gemeinsam mit Born betrachtete er die Aufnahme und verglich sie mit dem Foto vom 6. Juni. Die Übereinstimmung war nicht perfekt, aber gut genug, um zu beweisen, dass die Silhouette, die sie auf den Bildern entdeckt hatten, von einem Menschen stammte. Von einem Menschen, der in den Büschen hockte, den Oberkörper vorgebeugt auf die Fingerknöchel stützte und den Hintern so weit angehoben hatte, dass sein Rücken fast waagerecht ausgerichtet war. Der Nacken war gebeugt, sodass das Gesicht von den Oberarmen verdeckt wurde. Es sah ein wenig wie ein Sprinter direkt vor dem Start aus.

Oder wie ein Raubtier auf dem Sprung.

Auch in dieser Nacht fuhr Born am Haus seiner Exfreundin vorbei. Wieder stand der Z3 vor ihrer Tür, den er inzwischen mit ihrem neuen Typen assoziierte. Während er auf die dunklen Fenster ihrer Wohnung starrte, kam ihm die Welt ungeheuer still vor. Trotz des Verkehrs, der Musik, die aus einer Wohnung in der Nähe drang, der leisen Stimmen, die der Wind von einem Biergarten herüberwehte. Die Welt steht still, weil sie sich für mich immer um uns gedreht hatte, dachte er. Was ihm jetzt alles fehlte! Ihre Haare, die die Haut in seiner Armbeuge hinter ihrem Kopf kitzelten, wenn sie auf dem Sofa saßen und sich alte Jack-Arnold-Filme anschauten. Ihr Blick, wenn sie auf die Ellbogen gestützt auf dem Bett lag und zusah, wie er sich auszog. Ihre hochgezogenen Augenbrauen, wenn sie voller Inbrunst davon sprach, wie sinnvoll ein höherer Spritpreis wäre. Die weiche Haut am Hals über ihren Schlüsselbeinen …

Jemand klopfte an seine Scheibe. Er blickte auf und in Dianas Gesicht. Überrascht ließ er die Scheibe herunter.

»Hau ab oder ich rufe deine Kollegen und beschwere mich wegen Belästigung.«

In ihrer Stimme lag tiefe Verachtung. Das Gefühl der Erniedrigung war überwältigend. Diesem Menschen hatte er sein Leben, seine Seele anvertraut. Und nun trat sie ihn und seine Gefühle in den Dreck. Er öffnete die Tür und stieg aus. Sie wich einen Schritt zurück, aber nicht schnell genug. Er packte sie am Kragen und zog sie ganz dicht zu sich heran.

»Du verdammtes …« Ihm fiel keine Beleidigung ein, die seinen Gefühlen angemessen gewesen wäre. Dann stieß er sie heftig von sich. Sie taumelte gegen einen Laternenpfahl, stürzte auf den Bürgersteig und blieb auf ihrem Hintern sitzen. Fassungslos starrte sie ihn an. Er wollte sie treten. Doch er tat es nicht, sondern rammte den Fuß stattdessen gegen eine Mülltonne. Der schwarze Behälter kippte um und verteilte seinen Inhalt auf den Bürgersteig und seine Exfreundin. Diana saß noch immer zwischen dem Müll und hielt sich ihren Ellbogen, als er mit dem Auto aus der Parklücke setzte und nach Hause fuhr.

Sie hatten beide gegeben, und sie hatten beide genommen – aber am Ende fand sich alles in ihrer Hand wieder. Es hieß, eine zerbrochene Beziehung zu verarbeiten dauerte halb so lang wie die Beziehung selbst. Na gut, dachte er, dann sehen wir in drei oder vier Jahren weiter.

Hans Bauer stand vor der Haustür, hinter der ihn eine leere Wohnung erwartete. Er wusste, dass sie leer war. Und doch hörte er durch die geschlossene Haustür das Geschrei seiner Kinder. So wie es früher jeden Abend gewesen war. Er dachte daran, wie er tief Luft geholt und die Tür geöffnet hatte.

Er tritt durch die Tür in den Lärm.

Die Kleinen sind im Wohnzimmer. Sie brüllen beide aus vollem Hals ihre Verzweiflung in die Welt. Er zieht Mantel und Schuhe aus und geht hinüber. Die Zwillinge liegen auf dem Wohnzimmerteppich. Der Erstgeborene, Paul, der seit zwei Wochen versucht zu krabbeln, hat sich rückwärts unter den Schrank geschoben und kommt nicht mehr weiter. Sein wenige Minuten jüngerer Bruder Mark liegt auf dem Rücken wie ein Käfer, sämtliches Spielzeug außer Reichweite. Als die Kleinen ihn bemerken, schreien sie noch lauter. Bauer zieht Paul unter dem Schrank hervor und drückt ihn an sich, dann hebt er Mark auf. Mit beiden setzt er sich müde auf die Couch, hält sie fest, versucht, sie zu beruhigen. Aber das funktioniert nicht. Es funktioniert fast nie. Er redet leise auf sie ein, streichelt sie. Ihr Geschrei lässt nicht nach. Der Kosmos implodiert in Zeitlupe, zieht sich zusammen zu einem winzigen Raum, gefüllt mit drei verzweifelten Menschen. Schweiß auf sei-

ner Stirn. Die Kinder sind so laut, wütend, fordernd. Seine Nähe allein, seine Arme, die sie festhalten, seine Liebe, seine Stimme, sein Streicheln – es reicht nicht. Es reicht nie. Er konzentriert sich, denkt nach: Hunger, eine volle Windel, Müdigkeit – es gibt eine Reihe von möglichen Ursachen für ihr Schreien, gegen die man etwas tun kann. Die Windeln sind nicht voll. Okay. Er streichelt die Babys mit der Fingerspitze sacht zwischen den Augen. Wenn sie müde sind, schließen sie jetzt kurz die Augen. Aber dieser Lackmustest auf Müdigkeit funktioniert nur, wenn die Kleinen sich nicht schon eingeschrien haben. Hunger? Er trägt die beiden in die Küche und setzt sie in ihre Stühlchen. Beide schreien weiter, Mark legt dabei den Kopf in den Nacken, während Paul versucht, im Kinderstuhl aufzustehen. Bauer holt einen Brei vom Wandregal, setzt Paul zurück und beginnt die Kleinen zu füttern. Mark beruhigt sich, fängt jedoch wieder an zu quengeln, als der zweite Löffel Brei statt zu ihm zu seinem Bruder geht. Der macht seinen Mund nicht weit genug auf. Das meiste rinnt an seinem Kinn herab, von wo er es mit der Hand über das Gesicht verschmiert. In dem Augenblick, als der nächste Löffel sich auf Marks Mund zubewegt, reißt dieser die Fäuste hoch. Brei spritzt über den Tisch und in Marks Gesicht. Der nächste Löffel erreicht sein Ziel. Aber Paul geht es nicht schnell genug. Er hat bereits ein Knie auf dem Stuhl, versucht, auf den Tisch zu klettern. Mark reibt sich den verspritzten Brei in die Augen. Also ist er doch müde. Mein Gott, ich bin auch müde, denkt Bauer. Mark beginnt wieder, aus vollem Hals zu schreien, während sein Vater sich um seinen Bruder kümmert. Paul dreht sich mit einem Ruck und fegt seine Schale vom Tisch. Klirrend zerschellt das Glas auf dem Küchenboden. Bauer sackt zusammen.

Er schlägt mit der Faust auf den Tisch. »Bitte! Bitte, bitte hört auf. Seid doch endlich mal ruhig«, brüllt er. Erschrocken fahren die Babys zusammen. Still starren sie ihn mit großen Augen an. Und beginnen, noch lauter zu brüllen. Er springt auf, rennt aus der Küche, wirft die Tür hinter sich zu und kommt erst im Schlafzimmer wieder zum Stehen. Seine Frau liegt auf dem Bett. Er macht das Licht an. Aus roten, verweinten Augen sieht sie ihn an. »Bitte komm und hilf mir«, sagt er. »Ich schaffe das einfach nicht.« Er weiß, dass sie nicht am Rande, sondern bereits jenseits der Erschöpfung ist. Aber sie nickt und steht auf. Sie schlurft in die Küche, setzt sich zu den Kleinen und beginnt, ihr Schreien ignorierend, sie automatisch zu füttern. Nach einer Weile beruhigen sich die Babys. Er gesellt sich wieder zu ihnen, nimmt einen zweiten Löffel und hilft.

»Hans«, beginnt seine Frau. Bauer blickt sie an. Aber sie spricht nicht weiter. Er weiß, was sie sagen möchte. Aber was soll er tun? Seinen Job kündigen und zu Hause bleiben?

Bauer stand wieder vor dem Haus. Das Schreien der Babys hatte aufgehört. Er öffnete die Tür. Das Schweigen, das ihm entgegenschlug, nahm ihm den Atem.

Nacht zum 8. Juli, München

Das Telefon riss Born aus dem Schlaf. Verwirrt versuchte er sich zu orientieren, aber es dauerte eine Weile, bis er den Schalter der Nachttischlampe gefunden hatte. Er hatte sich noch immer nicht eingelebt. Endlich hatte er den Hörer in der Hand. Es war der Leiter der Einsatzzentrale im Polizeipräsidium.

»Es gibt einen Leichenfund in Schwabing«, sagte er kurz angebunden. »Machen Sie sich bitte auf den Weg dorthin.«

»Wieso?«, nuschelte Born verwirrt, der sich fragte, wieso der Kollege ihn nicht auf dem Diensthandy angerufen hatte.

»Wieso?« Der Polizist stutzte kurz. »Ein Typ mit einer roten Pudelmütze und Sack über der Schulter wurde beobachtet, wie er über einen Schornstein in ein Haus eindringen wollte. Im Dezember wäre das ja okay. Aber jetzt ...«

Born fuhr sich mit der Hand über das Gesicht. Da stimmte etwas nicht. Dann kam er darauf. Er hatte gar keine Bereitschaft. Das sagte er dem Beamten in der Einsatzzentrale.

»Die Kollegen von der Zweiten ...«

Die nächsten Worte des Kollegen ließen ihn schlagartig wach werden.

»Sieht aus, als wäre dieses Raubtier wieder unterwegs gewesen.«

»Scheiße. Wo?«

Der Polizist gab ihm eine Adresse in Schwabing. »Sie müssen unterwegs den Kollegen Bauer abholen«, fuhr er fort und gähnte.

»Kriminalhauptkommissar Bauer?«, fragte Born überrascht.

»Ja. Hier hängt eine Notiz, dass Kriminalhauptkommissar Hans Bauer benachrichtigt werden will, wenn wieder ein Mord passiert, der an die Fälle vom 6. Juni erinnert. Diese Raubtiergeschichte«, erklärte ihm der Kollege in der Zentrale geduldig. »Und das haben wir getan. Und nun sollte ich Ihnen auch noch Bescheid geben. Wissen Sie, wo Bauer wohnt?«

»Nicht genau.«

»In Schwabing. Liegt fast auf Ihrem Weg. Er wartet auf Sie.«

Nachdem er sich die Adresse aufgeschrieben hatte, ging Born ins Bad. Während er sich anzog, kämpfte er mit einem Stadtplan, um herauszufinden, wo seine Ziele lagen. Zum Glück war es einfach. Born wäre als Pfadfinder eine echte Niete gewesen. Da er keine Bereitschaft hatte, stand ihm auch kein Dienstwagen zur Verfügung. Deshalb musste er nun seinen eigenen Wagen nehmen – und der besaß kein Navigationssystem. Auf dem Mittleren Ring war auch um diese Uhrzeit einiges los. Kein Vergleich mit den Staus am Tag, aber von ausgestorben konnte keine Rede sein.

Bauer stand an einem offenen Fenster im Erdgeschoss des Mehrfamilienhauses und blickte hinauf zum Vollmond. Als er Born sah, verschwand er im Haus.

Kurz darauf öffnete Bauer die Autotür, begrüßte den jungen Kollegen knapp und setzte sich auf den Beifahrersitz des Smart.

Unterwegs beobachtete Born seinen Chef aus den Augenwinkeln, während der ihm knappe Anweisungen gab, wie er zu fahren hatte.

Bauer musste etwa 45 sein. Er sah auf männliche Weise gut aus. Keine 1,80 groß. Aber er hielt sich sehr aufrecht, wodurch er größer wirkte. Eine hohe Stirn, traurige, hellblaue Augen, eine gerade, etwas zu große Nase und ein deutlich vorstehendes, gespaltenes Kinn. Sein Haar war grau. Um die Mundwinkel saß ein harter Zug. Bauers Hände waren groß, aber nicht klobig. Schultern, Hals und Arme des Kriminalhauptkommissars wirkten muskulös, fast ein wenig bullig.

Born war versucht, Bauer zu fragen, was er über den Fall wusste, der vor ihnen lag. Aber er ließ es sein. Bauer schien nicht zu einem Gespräch aufgelegt. Er konnte sich denken, warum der Chef der Mordkommission heute Nacht mit zum Tatort kam. Wenn tatsächlich das Raubtier wieder zugeschlagen hatte, dann hatten sie ein echtes Problem.

Vier Wochen waren seit den beiden Morden im Englischen Garten vergangen. Vier Wochen, in denen sie kein Stück weitergekommen waren. Vier Wochen, in denen die Medien das »menschliche Raubtier« aus dem Englischen Garten schließlich vergessen hatten – im Gegensatz zu Bauer, Elli Geyer und ihrem Team von der Mordkommission 4. Doch nachdem sie allen noch so vagen Spuren nachgegangen waren, alle noch so unwahrscheinlichen Möglichkeiten durchdacht, alle Fragen gestellt und auch die abwegigsten Verdächtigen überprüft hatten, blieb nichts mehr. Sie standen mit leeren Händen da.

Die Kollegen vom Landeskriminalamt hatten alle verfügbaren Informationen in ihre Datenbanken gegeben, das Bundeskriminalamt in Wiesbaden um Unterstützung gebeten und nach vergleichbaren internationalen Fällen gesucht. Born selbst hatte zusammen mit einem der operativen Fallanalytiker vom Kriminalkommissariat 16 den ViCLAS-Erhebungsbogen mit seinen 168 Fragen ausgefüllt. Das Violent Crime Linkage Analysis System, kurz ViCLAS, war ein Computer-Programm, das das Bundeskriminalamt von der Royal Canadian Mounted Police übernommen hatte. Seit 2000 wurde das System in Deutschland eingesetzt, um festzustellen, ob verschiedene Gewaltverbrechen möglicherweise auf einen einzigen Täter zurückgingen – also Teil einer Serie waren. Doch sie waren auf keinen vergleichbaren Fall gestoßen.

Die Ermittler hatten angesichts der besonderen Umstände damit gerechnet, dass dieser Fall anders sein würde – aber sie hatten sich offenbar geirrt. Wie immer war innerhalb etwa einer Woche alles getan, was das Team selbst unmittelbar hatte tun können: Danach – und das hatte Born diesmal wirklich überrascht – war der Fall in seine Zuständigkeit als leitender Sachbearbeiter übergeben worden. Und das war es. Erst mal. Bis neue Hinweise auftauchen würden. Alle hatten sich wieder anderen, neuen Verbrechen zugewandt. In München starben weiterhin Menschen eines gewaltsamen Todes, brachten sich selbst um, wurden vergewaltigt. Ihre tragischen, einzigartigen Schicksale verwandelten sich in den Alltag der Kriminalbeamten.

Und dabei …

»Gott hat mich in seinem großen Plan einfach nicht als Vater vorgesehen.«

»Was?« Born schaute völlig überrascht zu Bauer hinüber, der aus dem Seitenfenster blickte.

Bauer drehte sich irritiert um. »Was?«

»Sie haben gerade etwas von Gottes großem Plan gesagt.«

»Habe ich?« Bauer wandte sich erneut dem Seitenfenster zu.

»Vergiss es.« Sie hatten die Münchner Freiheit hinter sich gelassen. Auf Höhe des Ungerer Bads dirigierte Bauer Born nach rechts. Sie bogen in die Stengelstraße ein. Born hielt hinter einem der Streifenwagen, die die Straße blockierten. Dann drängten sich die Ermittler durch eine Gruppe von neugierigen Anwohnern und duckten sich unter den Absperrbändern hindurch, die die Erstzugriffsbeamten zwischen den kasernenartigen Gebäuden gespannt hatten. In den Fenstern hingen weitere Schaulustige und beobachteten die Polizisten bei ihrer Arbeit. Halogenscheinwerfer leuchteten den Tatort aus. Mehrere Kollegen vom Erkennungsdienst in ihren zerknitterten Schutzanzügen waren rund um einen zum Hof hin offenen Schuppen beschäftigt. Offenbar waren sie mit mehr als einem Team ausgerückt. Bewaffnet mit Plastikhüllen und Markierungen bewegten sie sich vorsichtig um eine Reihe großer Müllcontainer herum. Streifenbeamte klingelten die Leute in den umliegenden Häusern aus den Betten, um sie zu befragen.

Auch Elli Geyer und Iris Mann waren bereits da. Mann hockte auf einer Bank vor einem Sandkasten. Geyer ging unruhig auf und ab und zog an einer Zigarette, deren Asche sie in eine kleine Plastikschale streifte, um den Tatort nicht zu kontaminieren. Sie versuchte, die Glut durch eine vorgehaltene Hand vor Schwan und seinen Leuten zu verbergen.

Bauer warf einen Blick hinüber zum eigentlichen Tatort. Die Tote lag vor einem der grauen Container, zwischen prall gefüllten blauen Säcken. Jemand beugte sich über sie. Bauer erkannte Victor Alfieri. Auf dem Boden, an der Schuppenwand, an den Containern – überall war Blut. Vorsichtig näherte er sich bis auf einige Meter der halb entkleideten Leiche. Bauer sah die Wunde am Hals. Er spürte einen sauren Geschmack im Mund.

»Elli, was wissen wir bislang?«, fragte er.

»Die Tote heißt Ayse Aydin«, antwortete Geyer. »Ihr Sohn hat sie gefunden. Sie hat den Müll runtergetragen.« Geyer wies auf einen umgestürzten Eimer, aus dem Kartoffelschalen, Hühnerknochen und Papier quollen. »Von Mülltrennung haben die hier offenbar noch nie was gehört.« Sie zog an ihrer Zigarette und inhalierte tief. »Warum bringt jemand so spät in der Nacht noch den Müll weg? Ihr Sohn kam schließlich herunter, um zu sehen, wo sie bleibt.«

»Wo ist er jetzt?«

»Im Krankenhaus. Schock. Vorher hat er noch versucht, sie zu reanimieren. Sie liegt also vermutlich nicht mehr so, wie der Täter sie zurückgelassen hat. Die Kollegen vom KDD waren kaum hier, da war ihnen schon klar, dass das hier unser Fall ist. Sie haben unseren Lieben von der Zweiten Bescheid gegeben, und die haben sich wahrscheinlich darüber gefreut, dass sie nicht ausrücken mussten.«

Aus einiger Entfernung schallte die wütende Stimme einer Frau herüber.

»Hat das was zu bedeuten?«, fragte Bauer.

Geyer schüttelte den Kopf. »Das kommt aus einem der Wohnblocks dahinten. Diese Frau regt sich jetzt schon seit einer Viertelstunde darüber auf, dass ihr Mann den Fernseher nicht hat reparieren lassen. Um ein Uhr in der Nacht.«

»Sie droht damit, ihn zu verlassen«, sagte einer der Manner vom Erkennungsdienst im Vorübergehen. »Und Sie sollten mit der Zigarette den Tatort verlassen.«

Geyer verzog das Gesicht, riss sich die Zigarette aus dem Mund und verbarg sie hinter ihrem Rücken. Schwan kam herüber.

»Wohl bekomm's, Elli«, sagte er und klopfte der Polizistin auf die Schulter. Dann begrüßte er Bauer und Born. »Haben sie euch aus dem Bett geholt, weil sie meinen, das geht auf das Konto dieses Raubtiers?«

Bauer nickte. Schwan sah zum Tatort hinüber. »Mich auch. Und sie haben recht, würde ich sagen.«

Er wies auf den Bereich vor den ersten Müllcontainern. »Der Täter ist hier drüben über die Frau hergefallen. Dabei hat sie den

Mülleimer verloren. Dort hinten hat er ihr die Kehle aufgerissen und eine Schlagader verletzt.«

Bauer folgte mit den Augen seinem ausgestreckten Arm und sah in Kniehöhe eine halbkreisförmige Blutspur an einem der Container. Die meisten weiteren Blutspuren befanden sich wenige Meter weiter links.

»Das heißt, die Frau hat sich hier vorn noch bewegt und ist dort hinten gestorben«, fasste er zusammen.

Schwan nickte. »Sie hat sich noch eine ganze Weile gewehrt.«

»Tapferes Mädchen«, sagte Geyer leise, warf ihre Zigarettenkippe zu Boden und erstickte sie mit einem heftigen Tritt ihres Absatzes. Dann hob sie die Kippe wieder auf und warf sie zu der Asche in die Plastikschale in ihrer linken Hand.

»Wieso hat denn niemand etwas gesehen oder gehört?«, fragte sie und schaute an den Häuserfassaden hinauf. »Jemand muss das doch mitbekommen haben.«

Schwan kratzte sich am Kinn. »Das ist vermutlich sehr schnell gegangen hier«, sagte er. Dann legte er den Zeigefinger hinter sein Ohr. »Und du hörst ja, dass Geschrei hier offenbar nicht außergewöhnlich ist.«

»Aber eine Vergewaltigung ... das muss doch eine Weile gedauert haben.«

»Erstens wissen wir noch nicht, ob der Täter die Frau wirklich vergewaltigt hat. Vielleicht hat er ja diesmal drauf verzichtet.« Schwan zuckte mit den Schultern. »Zweitens wäre es nicht das erste Mal, dass eine Frau fast in aller Öffentlichkeit vergewaltigt wird und niemand bekommt es mit.« Er seufzte. »Oder greift ein. Und hier hat der Täter offenbar einfach unglaubliches Glück gehabt.« Schwan wandte sich an Bauer. »Wir haben verwischte Blutspuren auf dem Weg dort hinten gefunden. Unser Mann ist Richtung Stengelstraße abgehauen.«

»Und weiter?«, fragte Bauer.

»Ist dir nichts aufgefallen?«, fragte Schwan.

»Die Schwarze Lacke!« Bauer griff sich an den Kopf. Der Bach floss vom Schwabinger See kommend hier durch die Stengelstraße, führte unter dem Isarring hindurch Richtung Osterwaldstraße und mündete dort im Englischen Garten in den Schwabinger Bach.

»Der zuständige Außendienstleiter hat bereits einen Hund angefordert. Der müsste gleich da sein. Und er hat auch die Einsatzzentrale gebeten, wieder den Mantrailing-Hund aus Nürnberg zu bestellen. Aber wenn dieser Bursche wieder durch die Hälfte aller Bäche im Englischen Garten geplanscht ist, glaube ich nicht, dass die Hunde eine größere Chance haben als beim letzten Mal. Die Anlage ist einfach zu groß.« Schwan seufzte und ließ die Schultern hängen. »Für uns ist das eine Sackgasse.«

»Und wieder befinden sich die Ermittler in einem Wettlauf gegen die Zeit«, sagte Geyer mit der Stimme eines Fernsehsprechers.

»Elli, du siehst eindeutig zu viele Polizei-Pseudo-Dokus«, sagte Bauer genervt. »Wieso eigentlich? Du hast doch jeden Tag mit echten Verbrechen zu tun.«

»Die Realität ist mir einfach zu real«, antwortete die Polizistin.

»Da ist was dran«, stimmte ihr Adam zu. »Wenn wir in einem Film wären, hätten wir den Täter schon längst. Aber wenn es ein Serienmörder ist …«

»Dann kriegen wir den Burschen vielleicht nie«, beendete Bauer seinen Satz.

Hans Bauer nahm die Füße vom Schreibtisch und schaute auf die Uhr. Fast vier Uhr früh. Seine Augen schmerzten. Die Luft im Büro hatte eine sirupartige Konsistenz angenommen. Die Geräusche von draußen und das Summen des Faxgerätes drangen nur gedämpft an sein Ohr. In der Ferne hupte ein Auto. Der leise Ton verwandelte sich in seinem Kopf in einen grellen Blitz.

Die Müdigkeit steckte in den Knochen, in den Muskeln, in den Nerven. Er hatte das Gefühl, als würden seine Augäpfel aus den Höhlen gedrückt. Jeder Mord musste ein Motiv haben, eine Ursache. Nur so konnte er arbeiten. Um von einem Verdächtigen ein Geständnis zu bekommen, musste er sich vorstellen können, was ihn zu der Tat gebracht haben könnte. Verständnis zu zeigen war der beste Weg, Zugang zu einem Menschen zu bekommen. Und die beste Voraussetzung, Verständnis heucheln zu können, war natürlich, wenigstens ein Stück weit Verständnis zu haben. Aber in diesem Fall war sicher nicht Hass oder Frustration das Motiv. Es handelte sich sicher nicht um eine Beziehungstat. Drogen wären naheliegend. Aber konnte jemand im Rausch mehrmals die exakt gleiche furchtbare Vorgehensweise zeigen? Er kramte eine Schachtel Zigaretten und Streichhölzer aus der Schreibtischschublade. Die Schachtel war neu. Vergeblich bemühte er sich, eine Zigarette aus der Packung zu schütteln. Dann schlug er sie gegen den Handballen. Mehrere Zigaretten flogen über den Schreibtisch. Er stand auf, schwankte und hielt sich an der Tischplatte fest. Er hatte den Mülleimer umgestoßen. Eine Getränkedose rollte über den Boden und hinterließ eine dünne Spur Cola auf dem Teppich. Er sammelte die Zigaretten ein und steckte sich eine in den Mund.

Es wäre besser, wenn er hier übernachten würde. Aber er bewegte sich langsam in Richtung Ausgang. Außer den Kollegen in der Einsatzzentrale und Streifenbeamten, die sich auf den Schichtwechsel vorbereiteten, war niemand mehr hier.

Die kalte Nachtluft war erfrischend. Er sollte zurückgehen und sich auf die Couch legen. Doch er stieg ins Auto und fuhr los. Mal sehen, wo ich rauskomme, dachte er.

Dabei wusste er ganz genau, wohin die Fahrt ging. Er musste vor keiner Ampel halten – was gut war, denn vermutlich hätte er den Wagen bei Rot nicht gestoppt. Es war, als würde ihn etwas vorantreiben und zugleich den Weg frei räumen. Eine übersinnliche Macht, dachte er und musste lachen. »Bist du gut oder böse?«, fragte er laut. »Böse«, hallte es in seinem Kopf wider. Das dürfte zutreffen, dachte er und warf den Zigarettenstummel aus dem Seitenfenster.

Um der Stimme zu demonstrieren, dass er sie als Polizist für eine freie Fahrt nicht brauchte, setzte Bauer das Blaulicht auf das Autodach. Er hatte sich schon immer gewünscht, mal einen CD-Player an den Lautsprecher eines Streifenwagens anzuschließen und statt der Sirene den Walkürenritt von Wagner rauszublasen. Er grinste und spitzte die Lippen. »Daaaduuu daadudadiiida«, brüllte er.

Als im Norden von Bogenhausen eine Reihe von Baugrundstücken auftauchten, wurde er langsamer. Zwischen mehreren Rohbauten, über denen sich die Ausleger der Baukräne wie riesige schwarze Finger am Nachthimmel kreuzten, befand sich ein verwildertes, von Unkraut überwuchertes Grundstück. Er hielt an und schaltete das Blaulicht aus. Ein zwei Meter hoher Drahtzaun grenzte das Bauland vom Bürgersteig ab.

Das hier war einmal seine Zukunft gewesen. Ihre Zukunft. Ein großes, schönes, ebenes Stück Land, das ihnen gehörte.

Hier wollten wir unser Heim errichten, dachte Bauer, während er sich an den Zaun lehnte. Unsere Zuflucht. Das hier sollte der Ort sein, an den sich unsere Kinder einmal als Heimat hätten erinnern können.

Was tat er hier? Das war reine Selbstzerfleischung. »Wir machen unser Kreuz und Leid nur größer durch die Traurigkeit«, flüsterte er eine Zeile aus einem Trostlied von Georg Neumark. Aber er wollte keinen Trost. Er wollte seine Kinder zurück. Seine Frau sollte ihm seine Kinder zurückgeben.

Er rüttelte sacht am Zaun, als wollte er die Standfestigkeit des Hindernisses testen. Ein leises Rasseln war die Folge. Wie eine Kinderrassel. Tränen stiegen ihm in die Augen. War er zu alt gewesen? War sie zu jung gewesen? Hätte er ahnen müssen, dass es so weit kommen würde?

Plötzlich überkam ihn das Bedürfnis, sich gegen den Zaun zu werfen, um das Hindernis zwischen ihm und einer vergangenen Zukunft aus dem Weg zu räumen. Dieser Zaun ist nur eine Metapher, sagte eine Stimme in seinem Kopf, man kann Metaphern nicht durch physische Gewalt zerstören.

»Leck mich, du beschissene Stimme der Vernunft«, sagte er laut und nahm Anlauf. Er stolperte über den Bordstein. Trotzdem war die Wucht des Aufpralls groß genug. Der Zaun gab unter seinem Körpergewicht laut scheppernd nach. Bauer rollte über den Boden und blieb auf dem Rücken inmitten hoher Brennnesseln liegen. Er hatte das Gefühl, die Kräne würden sich über ihn beugen und knarrend miteinander flüstern. Jetzt ist es so weit, dachte er. Jetzt drehst du endgültig durch. Er war völlig ruhig.

Eine Schnirkelschnecke hing an einem mit feinen Härchen bedeckten Blatt einer Brennnessel über seinem Gesicht. Die Schnecke hatte eine Schleimspur auf der Pflanze zurückgelassen, die im Mondlicht glitzerte. Du bist überführt, dachte Bauer. Von der Straße ertönte das Schlagen von Autotüren. Jemand kam herüber.

»Brauchen Sie Hilfe?«, fragte eine junge Frau. Bauer blickte auf. Zwei Streifenbeamte beugten sich über ihn.

»Hallo Kollegen«, begrüßte er sie. »Ich glaube, ich bin ein wenig durch den Wind.«

8. Juli, München

»Sagen Sie mir mal ganz ehrlich: Wird das jetzt eine Serie?« Hauser hatte Bauer schon auf der Treppe abgefangen.

Bauer rieb sich die Stirn. »Das befürchte ich.«

»Dann sollten wir eine BAO einrichten.«

Bauer nickte. Hauser war ihm mit dem Vorschlag zuvorgekommen. Es war Zeit, eine besondere Aufbauorganisation, kurz BAO, ins Leben zu rufen. Bauer bemerkte, dass Hauser ihn nachdenklich ansah.

»Was ist denn?«, fragte er ungehalten.

»Ich will ganz offen zu Ihnen sein«, begann der Staatsanwalt. Dann schüttelte er den Kopf. »Wir wünschen uns, dass Sie diese Sonderkommission leiten.«

Bauer nickte erneut. Für ihn war klar, dass er diese Aufgabe übernehmen würde.

»Aber mal ganz ehrlich: Sind Sie in der Verfassung, dass Sie diesen Job schaffen?«, fragte Hauser. »Sie sehen wirklich ... beschissen aus.«

Bauer schob seine Hände tief in die Hosentaschen und blickte auf seine Schuhspitzen. So war das also? Die Kollegen befürchteten, dass er nicht voll da war. Hatte seine Leistung vielleicht nachgelassen? Er war sich eigentlich sicher, dass das nicht der Fall war. Trotz allem. Aber Hauser musste sich natürlich seine Gedanken machen. Er selbst würde das auch tun, wäre einem Kollegen das Gleiche wie ihm zugestoßen.

Hauser fasste Bauer am Oberarm. »Ich gehe davon aus, dass Sie mir diese Frage nicht krummnehmen, denn Sie sind ein verantwortungsbewusster Mann und wissen, dass ich Sie darauf ansprechen muss«, fuhr er fort. »Schließlich ist es etwas anderes als die übliche Routine, wenn Sie eine Soko leiten, die einen verrückten Serienmörder sucht, der die ganze Stadt in Angst und …«

»Ich bin überzeugt davon, dass ich voll einsatzfähig bin«, unterbrach ihn Bauer laut. Er blickte dem Staatsanwalt in die Augen und räusperte sich. »Es ist alles in Ordnung.« Er hoffte, dass seine Stimme fest genug klang, um Hauser zu überzeugen. Hauser ließ Bauer los und nickte. Sie waren am Besprechungsraum angelangt. »Okay. Dann ziehen wir das zusammen durch. Aber Sie müssen wirklich mehr schlafen.«

Sie betraten gemeinsam den Konferenzraum und begrüßten Born, Geyer, Adam und die anderen Beamten vom Kommissariat 11. Auch Victor Alfieri war gekommen. Kommissariatsleiter Stark fehlte.

Als Bauer Hauser über die Details zum neuen Mordfall informieren wollte, bat der ihn, noch zu warten. Überrascht schauten die Polizisten auf, als plötzlich Josef Denning den Raum betrat. Er blieb hinter der Tür stehen und stützte sich auf die Lehne eines leeren Stuhls.

»Meine Damen, meine Herren, Herr Professor, Herr Oberstaatsanwalt«, begrüßte der Polizeipräsident die Anwesenden. »Ich weiß von Herrn Hauser, dass wir es vielleicht mit einem Serienmörder zu tun haben. Das wäre … nicht wünschenswert. Aber lassen Sie mal hören.« Er nickte Bauer zu und wuchtete seinen mächtigen Körper auf den Stuhl vor sich.

Bauer massierte sich die Schläfen und schaute auf die weiße Tischplatte vor sich, während der Präsident ihn nicht aus den Augen ließ. Eigentlich war das hier Thomas Borns Fall. Aber er hatte noch in der Nacht mit Born ausgemacht, dass er die Leitung übernehmen würde. Der war offensichtlich erleichtert gewesen.

»Nicht wünschenswert«, wiederholte Bauer Dennings Worte. »Tja, tut mir leid. Aber es ist ziemlich klar, dass der Mord in Schwabing vom selben Täter verübt worden ist wie die zwei im Englischen Garten vor vier Wochen. Wir müssen natürlich noch abwarten, ob die DNA aus Speichel und Sperma, die die Kollegen in allen Fällen sichergestellt haben, identisch ist. Aber … also, ich denke, wir müssen davon ausgehen, dass wir es mit einer Serie zu tun haben.«

Denning blies die Backen auf. Er sah aus wie eine Mischung aus Hamster und Rosettenmeerschweinchen in einem Trachtenanzug, fand Bauer. Er blickte in die Runde. Alle, die am vorherigen Abend im Einsatz gewesen waren, sahen mitgenommen aus. Was sie wohl sahen, wenn sie ihn anschauten? Er schaltete den Beamer an und drehte sich auf seinem Stuhl zur Seite. Das Gerät warf das Bild einer blutüberströmten Frau an die weiße Wand neben der Eingangstür.

»Ayse Aydin, 41 Jahre, Witwe und ohne feste Beziehung. Ihr nächster Verwandter ist ihr 22-jähriger Sohn, der sie gefunden hat. Für ihn als Täter spricht bislang nichts – auch keine Indizien. In der Wohnung, wo Mutter und Sohn zusammen gewohnt haben, konnten keine Blutspuren entdeckt werden. Trotzdem wird er natürlich überprüft. Die Kollegen von der Fünften räumen noch immer die Mülltonnen in der Umgebung aus, falls der Täter seine Kleidung dort entsorgt haben sollte. Wie bei den ersten beiden Morden gab es eine Spur mit Blut des Opfers, die der Täter bei der Flucht hinterlassen hat. Und die endet in der Schwarzen Lacke.«

Das Motiv an der Wand wechselte. Es war eine Übersichtsaufnahme des Tatorts, im Hintergrund die Müllcontainer, vor denen das Opfer gelegen hatte.

»Der Mörder ist vom Tatort direkt zur Stengelstraße gerannt und in die Schwarze Lacke gestiegen. Schwan und seine Leute haben am Ufer sogar Fußspuren und Blut entdeckt. Nach tausend Metern ist er vermutlich im Englischen Garten herausgekommen und in den Schwabinger Bach rein. Der Mantrailing-Hund hat heute Morgen beide Seiten der Schwarzen Lacke und einen Teil des Schwabinger Bachs überprüft. Ohne Erfolg.«

Er hob hilflos die Hände. »Es ist nicht zu glauben, wie der Täter einfach entkommen konnte. Wenn ihm irgendjemand begegnet ist, dem hätte er auffallen müssen. Aber niemand scheint ihn gesehen zu haben.«

»Ein echtes Schattenwesen«, murmelte Born.

Bauer hob die Hand. »Etwas mehr als beim letzten Mal haben wir aber. Schwan hat auf der Brille des Opfers einen Fingerabdruck entdeckt, der weder zum Opfer noch zum Sohn passt. Wir überprüfen derzeit, ob die Person, zu der der Abdruck gehört, aktenkundig ist. Wir haben dazu Kontakt mit dem LKA und dem BKA aufgenommen.«

Staatsanwalt Hauser blickte in die Runde und fasste zusammen: »Die Morde verlaufen immer gleich, richtig? Ein unvermittelter, außerordentlich brutaler Überfall auf ein vermutlich zufälliges Opfer, offenbar mit dem Ziel, dieses zu vergewaltigen.«

»Wobei ihm das diesmal wohl wieder nicht gelungen ist«, unterbrach ihn Bauer. »Schwan und sein Team haben Sperma auf dem Körper des Opfers entdeckt, allerdings nicht im Genitalbereich.«

»Ein vorzeitiger Samenerguss?«, fragte Geyer. Bauer hob die Brauen. »Das so auszudrücken klingt in diesem Fall etwas seltsam, findest du nicht?«

»Alle drei Frauen verbluteten aufgrund der Verletzungen der Halsschlagader«, nahm Hauser den Faden wieder auf. »Es gibt keine Hinweise auf eine Waffe.«

Bauer nickte.

»Ein Serienmörder. Scheißdreck.« Denning war an den Rand seines Stuhls gerückt. Auf seinem Kopf zitterten die grauen Locken. »Die Presse wird sich darauf stürzen, und wir werden zusätzlich unter Druck geraten.«

»Vielleicht müssen wir noch nicht von einem Serienmörder sprechen«, warf Born ein. Denning schaute ihn mit hochgezogenen Augenbrauen an.

»Von einer Serie spricht man doch eigentlich erst bei drei Morden, die in einem gewissen zeitlichen Abstand verübt wurden«, erklärte Born. »Die beiden ersten könnten aber als ein einziger Vorfall mit zwei Toten betrachtet werden.«

»Stimmt«, sagte Hauser. »So, wie ich Sie verstanden habe«, er nickte Bauer zu, »halten Sie es ja für möglich, dass sich der Täter das zweite Opfer gesucht hat, weil ihm die Vergewaltigung erst nicht gelungen war.«

Bauer überlegte. Soweit er wusste, gab es durchaus Experten, die bereits bei zwei zeitlich getrennten Morden von einer Serie sprechen wollten. Aber er widersprach nicht.

»Sehr gut, Herr Kollege.« Denning erhob sich ächzend und

knöpfte seine Trachtenjacke zu. »Tja, dann stellen wir uns mal den Medien.«

Eine halbe Stunde später erklärte Polizeipräsident Josef Denning der versammelten Münchner Presse, dass der Mörder, der jetzt zum zweiten Mal zugeschlagen hatte, sich nicht wie ein Mensch verhalte. Wie eine Bestie sei er aus dem Schatten über die Opfer hergefallen. Die Journalisten nahmen die Vorlage dankbar auf und tauften den Mörder kurzerhand um: die Schwabinger Bestie. Auf derselben Pressekonferenz kündigte Staatsanwalt Winfried Hauser an, man werde eine Sonderkommission unter Kriminalhauptkommissar Hans Bauer einsetzen. Ab sofort waren sämtliche Beamten der Mordkommission 4 Mitglieder der Soko Schatten. Weitere Kollegen würden hinzugezogen werden.

»Soko Schatten? Himmel, Bauer, wie poetisch.« Victor Alfieri schüttelte seinen Kopf. Born fand, dass das glatte, schulterlange Haar sich wie das Röckchen einer Ballerina während einer Pirouette aufstellte. Alfieri hatte sich mitten im Büro von Geyer und Born aufgebaut, um seine neuesten Erkenntnisse loszuwerden. Auch alle übrigen Mitglieder der Mordkommission 4 waren anwesend.

»Ich kann Ihnen auch vor der Öffnung der Leiche schon bestätigen, dass das Opfer von gestern Nacht tatsächlich auf die gleiche Weise zu Tode gebracht wurde wie die ersten zwei.«

Bauer schaute den Mediziner mit zusammengepressten Lippen an.

»Das ist keine Überraschung, ich weiß«, fuhr Alfieri fort und strich sich mit langsamen Bewegungen seinen Anzug glatt. »Aber mir ist erst jetzt aufgefallen, dass in allen drei Fällen eine bestimmte Form von Verletzungen fehlt. Ich habe keine größeren Blutunterlaufungen oder Platzwunden gefunden. Keine Verletzungen, die von stumpfer Gewalteinwirkung herrühren würden.«

»Das heißt?«, fragte Bauer ungeduldig.

»Das heißt«, sagte Alfieri, »der Täter hat seine Opfer nicht geschlagen oder getreten, sondern sie zu Boden geworfen. Die Frauen zeigen einige Hämatome, die darauf deuten. Aber sonst gibt es nichts, das auf Schläge hinweist.«

»Das bestätigt noch einmal, dass er sich wie ein Tier mit Klauen und Zähnen über die Opfer hermacht«, schloss Geyer.

Alfieri nickte ihr zu. »Genau das«, sagte er. »Und …«

»Hallo, Leute. Ihr bekommt Verstärkung.« Eine junge Frau, die Born von den Morgenkonferenzen kannte, platzte zusammen mit einem weiteren Kollegen herein. »Die Zweite und die Fünfte melden sich zur Stelle.«

Bauer hieß die Kollegen willkommen. Dann wandte er sich an die Beamten seiner Mordkommission. »Also, Leute. Wir haben die ersten Morde bearbeitet, deshalb stechen wir den Fall. Wir machen die zentrale Sachbearbeitung. Bei uns laufen alle Fäden zusammen.« Er wies auf die Neuankömmlinge. »Die beiden Kollegen ziehen bei uns ein. Sie werden alle Hinweise entgegennehmen. Die übrigen Kollegen von der Zweiten machen die Spurenkommission. Die Fünfte wird unsere Ermittlungsgruppe.«

»Die dürfen wir also auf die Außeneinsätze jagen«, sagte Geyer und grinste.

»Richtig«, sagte Bauer, ohne eine Miene zu verziehen. »Zu den Außeneinsätzen stehen außerdem eine Reihe weiterer Kollegen zur Verfügung. Je nach Bedarf bekommen wir außerdem Unterstützung, um Hinweisen aus der Bevölkerung nachzugehen. Die Erste und die Dritte übernehmen unsere übrigen Fälle.«

Es gab ein kleines Durcheinander, nachdem man beschlossen hatte, dass die zwei Kollegen bei Geyer und Born untergebracht werden sollten. Die Haustechnik brauchte mehrere Stunden, bis sich das Büro endlich wieder in einen funktionstüchtigen Arbeitsraum verwandelt hatte.

Noch während die Mitglieder der Soko Schatten versuchten, sich mit der neuen Arbeitssituation anzufreunden, klingelte Bauers Handy. Das Rechtsmedizinische Institut der Uni hatten bei der Analyse der Speichelproben aus den Bisswunden des letzten Opfers erneut einen Rekord aufgestellt. Sie hatten es wieder mit demselben Täter zu tun.

Für die Zeitungen war der Mord zu spät entdeckt worden, aber Radio und Lokalfernsehen hatten die Bitte der Soko um Mithilfe veröffentlicht. Einen der Hinweise aus der Öffentlichkeit nahmen die Ermittler ernst. Ein älterer Mann hatte gehört, wie sich nachts in Höhe der Mandelstraße etwas durch den Schwabinger Bach bewegt hatte. Der Bach floss dort wie eine Gracht an den Häusern vorbei. Der Mörder war dem Gewässer über eine Strecke von etwa einem Kilometer gefolgt und hatte dabei den Ort passiert, wo er bereits Regine Schmidt getötet hatte.

Auch diesmal kamen nach und nach die Erkenntnisse der Kollegen vom Erkennungsdienst und dem KTI ins Büro geflattert. Doch es war nichts Brauchbares dabei. Die Hinweise wuchsen zu einem riesigen Berg von Mosaiksteinchen an, die mithilfe einer speziellen Software zu einem scharfen Bild vom Mikrokosmos eines Hinterhofes in der Millionenstadt München zusammengesetzt wurden. Doch es gab keinen Ansatzpunkt, um die Informationen sinnvoll einzuordnen. Die Ermittler stocherten im Dunkeln.

Dann meldete sich das LKA. Der Fingerabdruck auf der Brille von Ayse Aydin war im Afis nicht gespeichert. Auch diese Spur, die einzige konkrete, die die Soko neben der DNA hatte, führte ins Leere.

9. Juli, München

Die lokale Presse hatte sich mit großer Begeisterung auf das zweite Auftreten des Mörders gestürzt, der nun als Schwabinger Bestie bereits den Rang eines Serienmörders hatte. Intensiv wurden die berühmten Fälle solcher Täter diskutiert. Die Vorhersage von Polizeipräsident Denning, dass die Ermittler unter Druck geraten würden, war eingetreten. Bislang spürte Born diesen Druck allerdings mehr als innere Anspannung, ausgelöst durch die Aufmerksamkeit der Medien. Noch behandelte die Presse die Fälle eher als Spektakel und weniger als Bedrohung der Öffentlichkeit. Doch das konnte sich schnell ändern.

Bauer betrat Borns Büro und ging zu der Wand, an die Fotos und Zettel mit allen wichtigen Informationen zum Fall gepinnt waren. Dann schüttelte er den Kopf, als wollte er sein Gehirn frei machen für etwas anderes, und trat zu Born an den Schreibtisch.

»Thomas, ich mache Mittagspause. Eine alte Freundin von mir ist heute im Haus und hält unten einen Vortrag. Komm doch mit. Vielleicht hören wir noch den Schluss.«

Born war von dem Angebot überrascht. Er nickte. »Klar, gern.«

»Gut.« Bauer marschierte hinaus in Richtung Fahrstuhl. Born beeilte sich, ihm zu folgen.

»Wenn ich fragen darf: Was für eine Art Vortrag hält deine alte Freundin denn?«

Bauer erlaubte sich ein kleines Grinsen. »Eine Art Vortrag, den ihr euch alle anhören solltet. Leider geht das jetzt nicht. Aber wenn ich dich mitnehme, wird das die Arbeitsbelastung der anderen nicht zu sehr erhöhen.«

Born war sich nicht sicher, was er von dem Privileg halten sollte, dass ihn der Chef mitnahm. War sein Beitrag für die Soko so unwesentlich, dass man ihn im Gegensatz zu den anderen entbehren konnte? Oder wurde er bevorzugt behandelt? Vielleicht stellte er sich auch einfach zu viele Fragen.

Bauer unterbrach seine Gedanken. »Interessiert es dich eigentlich, warum ich deine Versetzung in meine Truppe durchgesetzt habe?«

Born hatte nicht gewusst, dass das so gewesen war. Er hatte angenommen, sein Antrag wäre den üblichen Gang aller Anträge gegangen und er hätte einfach Glück gehabt.

»Ich hatte eigentlich keinen Bedarf gemeldet«, fuhr Bauer fort. »Aber dann habe ich mitbekommen, dass ein Kollege aus Heidelberg hierher will – und da hatte ich mit einem Mal das Gefühl, ich könnte doch Verstärkung gebrauchen. Da haben wir beide Glück gehabt, was?«

Das mit dem Glück ist so eine Sache, dachte Born. Wäre ich noch mit Diana zusammen …

»Freut mich, dass du offenbar großes Vertrauen in mich setzt«, sagte er laut. »Aber wie komme ich zu der Ehre?«

»Die Ehre verdankst du dem Fall Jonas.«

»Hätte ich mir denken können«, sagte Born. Der Fall Jonas war der einzige Fall, an dem er beteiligt gewesen war, der es in die überregionale Presse geschafft hatte. Marcus Jonas war Stadtrat im Heidelberger Rathaus gewesen. Bis er auf dem Fahrersitz seines Mercedes SE verblutete. Jemand hatte ihm die Kehle durchgeschnitten. Allerdings war einiges an dem Fall seltsam gewesen. Der Wagen war gegen einen Laternenpfahl gerollt. Das Fenster auf der Fahrerseite war heruntergelassen. Es gab keine Zeugen, es gab keine Tatwaffe in der Nähe des Autos. Als die Kollegen den Wagen untersuchten, war kein Gang eingelegt und die Handbremse leicht angezogen.

Dann hatte die Gerichtsmedizin darauf hingewiesen, dass die Wunde, die quer über der Kehle klaffte, dem typischen Selbstmörderschnitt entsprach: Sie begann links sehr flach, als hätte der Mörder gezögert – und nach zwei Zentimetern war das Messer dann tief eingedrungen und hatte die wichtigen Blutgefäße zerschnitten. Wenn es doch Selbstmord gewesen war, wo war dann das Messer?

Born hatte in der Fachliteratur von einem Fall in den USA gelesen, wo ein Mann mit tödlicher Schusswunde in der Brust auf einer Brücke über einen Fluss gefunden worden war. Die Polizei entdeckte im Umfeld des Opfers Hinweise, die für Selbstmord sprachen. Doch wo war dann die Waffe? Schließlich fanden sie sie im Fluss, und zwar ein gutes Stück flussabwärts. Das Opfer hatte einige Gefrierbeutel mit Luft gefüllt und an die Waffe gebunden. Dann hatte er sich in die Brust geschossen, die Waffe ins Wasser geworfen und war in der Hoffnung gestorben, die Pistole würde eine Weile auf dem Fluss treiben, bevor sie sank. Der Mann hatte sich vergeblich geopfert. Seine Lebensversicherung wurde nicht an seine Frau ausgezahlt. Den Fall hatten auch die Macher der US-Fernsehserie *CSI* verarbeitet. Dort hatte der Selbstmörder die Pistole an Heliumballons gebunden, die die Waffe nach dem tödlichen Schuss gen Himmel getragen hatten.

Und in Heidelberg hatte Marcus Jonas sich selbst die Kehle durchgeschnitten und das Messer dann aus dem Seitenfenster seines Autos geworfen. Es war in einem Container mit Bauschutt gelandet, sechzig Meter oberhalb des Fundorts seiner Leiche. Dann war der sterbende Stadtrat vom Tatort gerollt – in der Hoffnung, einen Mord vortäuschen zu können.

»Nochmals herzlichen Glückwunsch«, sagte Bauer.

Born war sich nicht sicher, ob er dieses Lob wirklich verdient hatte.

»Wenn ich nicht von dem Fall in den USA gehört hätte …«

Mit einem Klingeln meldete der Fahrstuhl seine Ankunft. Sie stiegen aus und durchquerten einen alten Teil des Gebäudes.

»Man muss mit offenen Augen und Ohren durch die Welt laufen und sich im richtigen Augenblick an die passenden Dinge erinnern. Das ist die Kunst. Und die beherrscht hier nicht jeder.«

Sie waren vor einer dunklen Tür stehen geblieben. Bauer öffnete, ohne anzuklopfen. Sie betraten einen Saal mit langen Stuhlreihen. Born konnte im dämmrigen Licht etwa 15 Personen erkennen. Etliche Köpfe wandten sich Bauer und Born zu, teils neugierig, teils verärgert über die Störung.

»Viel Spaß mit Cynthia Collins«, flüsterte Bauer.

Born kniff die Augen zusammen, konnte die Vortragende aber in dem Licht kaum erkennen. Die Frau zeigte gerade auf die Leinwand hinter sich.

»Ich werde Ihnen jetzt einen kurzen Film zeigen. Darauf werden Sie Studenten sehen, die zwei Teams bilden, die sich jeweils einen Ball zuwerfen.«

Das war also Bauers alte Freundin. Sie hatte einen deutlichen Akzent. Britisch, dachte Born.

»Konzentrieren Sie sich bitte auf das Team in Weiß«, fuhr Collins fort. »Zählen Sie, wie oft der Ball zwischen den Mitgliedern des weißen Teams wechselt.« Sie schien zu lächeln. »Ich hoffe, es ist Ihnen nicht zu blöd. Machen Sie bitte einfach mit.«

Die Frau drückte auf eine Taste an dem Laptop auf dem Tisch vor ihr. Auf der Leinwand tauchte etwa ein Dutzend junge Männer und Frauen in weißen und schwarzen Sweatshirts auf. Die Britin drückte erneut auf einen Knopf, und die Studenten begannen, sich Bälle zuzuwerfen. Born zählte mit. Plötzlich stoppte das Video.

»Haben Sie den Gorilla gesehen?«

Was redete die Frau da, dachte Born.

»Kommen Sie«, sagte Collins. »Keiner hat einen Gorilla gesehen?«

Niemand meldete sich.

»Okay«, sagte die Britin. »Schauen Sie noch einmal hin. Ohne zu zählen.«

Sie startete den Film erneut. Wieder begannen die Studenten, mit den Bällen zu werfen, doch Born ignorierte sie. Er suchte das Bild ab – und dann kam plötzlich von rechts ein Typ in einem Gorilla-Kostüm, richtete sich in der Mitte des Bildes zur ganzen Größe auf, trommelte sich auf die Brust und verließ die Szenerie wieder.

Born rieb sich die Augen. Wie konnte er das beim ersten Mal übersehen haben? Er und alle anderen?

»Ist das wirklich dasselbe Video?«, rief jemand.

»Ah, ein Skeptiker. Sehr gut. Also, erstens ist auf diesem Rechner nur eine einzige Videodatei.« Sie wies auf das Laptop. »Sie können gern nachsehen. Außerdem können Sie diesen Trick mit Ihren Freunden und Bekannten wiederholen. Sie finden den Film im Internet auf der Homepage von Dan Simons von der Illinois State University. Ich gebe Ihnen gern die Adresse.«

Das ungläubige Staunen des Publikums hatte sich in Verwirrung verwandelt.

»Jetzt fragen Sie sich vermutlich, wie es sein kann, dass Sie diesen Gorilla übersehen haben. Nun, unsere Augen verwandeln Licht in elektrische Reize, die in unserem Gehirn zu Bildern zusammengesetzt werden. Aber um diese Bilder zu erstellen, greift das Gehirn erstens nicht auf alle Informationen zurück, die es aktuell erhält, sondern lässt vieles weg. Und zweitens fügt es Informationen hinzu, die gar nicht von den Augen kommen, sondern zum Beispiel aus dem Gedächtnis. Was Sie jetzt sehen, ist nicht die Realität, sondern eine Mischung aus realen Eindrücken und Erwartungen. Erwartungen, die sich so oft als zutreffend erwiesen haben, dass wir darauf vertrauen. Die sich so oft als zutreffend erwiesen haben, dass unser Sehsystem sie bereits im Laufe der Evolution fest eingebaut hat. Zum Beispiel die Information, dass Licht von oben auf die Erdoberfläche fällt und nicht von unten. Deshalb nehmen wir eine Wölbung mit einem Schatten auf einem Bild als konkav wahr, und wenn wir das Bild auf den Kopf stellen, dann erscheint sie uns konvex. Wir interpretieren den Schatten auf jeden Fall so, als würde er von Licht erzeugt, das von oben kommt.

Trotzdem können wir uns ganz gut auf unsere Augen verlassen. Meistens steht da wirklich eine Ampel, wenn wir glauben, eine Ampel zu sehen, und wir sollten anhalten, wenn sie Rot zeigt. Denn der Kollege auf der anderen Straßenseite sieht die Ampel und das rote Leuchten ebenfalls. Und er wird wenig Verständnis dafür haben, wenn Sie sagen, Sie dachten, es sei nur eine Illusion. Aber manchmal sieht man die Ampel tatsächlich nicht. Und zwar nicht nur weil man gerade woanders hingeschaut hat. Auch wenn man sich zum Beispiel gerade im Geiste intensiv mit etwas anderem beschäftigt und die Ampel nicht in das Erwartungsprofil gehört. So wie dieser Gorilla gerade auch nicht in Ihr Erwartungsprofil gehört hat.«

Die Britin räusperte sich und trank einen Schluck Wasser direkt aus der Flasche, die vor ihr auf dem Tisch stand.

»Sie fragen sich jetzt, wieso ich Ihnen das erzähle.« Sie schaute ins Publikum, nahm mit einigen der Zuhörer Augenkontakt auf.

»Erstens: Wenn Sie das nächste Mal Zeugen befragen, dann denken Sie daran, dass diese Menschen vermutlich nicht damit gerechnet haben, ein Verbrechen zu beobachten. Und wenn sie Ihnen etwas von einem Verbrecher erzählen, fragen Sie sich: Wie viel von dem, was die Person mir erzählt, hat sie tatsächlich gesehen, und wie viel davon erfüllt ihre Erwartung einem Verbrecher gegenüber?«

Himmel, dachte Born. Zeugenbefragungen waren sowieso schon ein furchtbares Geschäft. Was Collins da sagte, machte die Ermittlungsarbeiten nicht einfacher. Aber wenn sie recht hatte, müssten sie viel sorgfältiger mit den Befragungen umgehen.

»Zweitens«, fuhr Collins fort, »Sie alle hier sind erfahrene Polizisten. Sie haben schon etliche Verbrechen untersucht und aufgeklärt. Sie haben jahrelange Erfahrung. Was könnte Ihnen eine Psychologin schon über Mörder erzählen? Würde sich zeigen, dass ich es kann, das würde ja Ihre Autorität untergraben.«

Ruhig betrachtete Collins ihre Zuhörer.

»Aber Sie sind immerhin zu diesem Vortrag gekommen – also sind Sie zumindest neugierig. Und keine Angst, Ihr Chef hat mich nicht gebeten, nebenbei Ihre Psyche zu analysieren.«

Born konnte es nicht sehen, aber er vermutete, dass die meisten Gesichter der Kollegen ein gequältes Lächeln zeigten.

»Also, ich möchte Sie nicht vor den Kopf stoßen, aber gerade Ihre Erfahrung macht Sie für manches blind. Wenn es zum Beispiel um Serientäter geht: Niemand, auch kein Polizist, kann sich alle Details in einem Fall merken. Man erinnert sich nur an die Dinge, die einem aufgefallen sind. Und das grobe Bild, das man auf der Basis dieser auffälligen Dinge erstellt hat, vergleicht man mit dem groben Bild des nächsten Falles. Wir suchen vor allem nach Übereinstimmungen. Was auf Gegensätze hinweist, wird unbewusst als nicht so wichtig abgehakt. Und damit gehen wir häufig in die Irre.«

Sie hob beide Hände, als müsste sie das Publikum beschwichtigen.

»Vermutlich hören Sie häufig auf Ihren Bauch, Ihr Gespür, Ihre

Intuition. Toll, wenn Sie so was haben. Aber was ist denn diese Intuition?«

Sie machte eine kleine Pause, als wartete sie auf eine Antwort aus dem Publikum. Natürlich blieb es still.

»Eine Menge an Informationen – vielleicht sollten wir besser sagen Eindrücke –, die Sie an einem Tatort gewinnen, speichern Sie in Ihrem Gedächtnis ab. Auch wenn diese Eindrücke Ihnen für den Fall vielleicht gar nicht relevant erschienen sind. Gerade dann bemerken Sie häufig gar nicht, dass Sie Informationen speichern. Aber später, an einem anderen Tatort, greift Ihr Bewusstsein auf diese Eindrücke zurück. Da Sie allerdings gar nicht wussten, dass die Informationen in Ihrem Hirn vorliegen, tauchen sie wie aus dem Nichts auf. Es entstehen dann Gedanken wie: Das erinnert mich irgendwie an den Fall X. Oder: Ich denke, wir sollten uns die Küche noch einmal genauer vornehmen. Das können wirklich wichtige Gedanken sein. Vielleicht sogar die Gedanken, die in einem Fall die Wendung bringen. Ein Hoch auf die Intuition.«

Die Psychologin stellte ihren Fuß auf den Stuhl vor sich.

»Aber können Sie dieses Gespür, das Sie durch jahrelange Arbeit entwickelt haben, einem jungen Kollegen beibringen? John Douglas vom FBI, einer der ersten Profiler, hat mal gesagt: Man lernt dieses Zeug nicht auf dem College. Trotzdem haben er und seine Kollegen versucht, Studenten an der National Academy des FBI beizubringen, wie man versuchen kann, aus dem, was man am Tatort und am Fundort eines Opfers vorfindet, auf das Profil des Täters zu schließen. Sie haben sogar versucht, Serienmörder zu systematisieren. Sie wissen schon: organisierter Typ, unorganisierter Typ. Aber aus Sicht der Psychologie war das eine ziemliche Stümperei. Trotzdem, die Kollegen vom FBI haben schon eine tolle Arbeit als Vorreiter auf diesem Gebiet geleistet. Allerdings sind die alten Agenten viel zu sehr darauf abgefahren, sich in die Haut oder den Kopf des Mörders zu versetzen, oder in seine Fußstapfen zu treten, zu denken wie sie, zu fühlen wie sie und ihre Opfer. Douglas zum Beispiel meinte gar, man müsste die Angst und den Schmerz der Opfer und die Genugtuung der Täter während der Vergewaltigung oder dem Mord fühlen. Puh. Wer möchte das wirklich lernen?«

Born war fasziniert, gleichzeitig empfand er ihre Haltung gegenüber dem FBI als arrogant.

»Was wir tun, ist alles andere als eine exakte Wissenschaft, hat Douglas mal gesagt. Und recht hat er. Aber wir brauchen mehr exakte Wissenschaft, wenn sich die Aufklärungsrate von Serienverbrechen erhöhen soll. Man braucht streng empirisch erstellte Täterprofile. Wir müssen die wahrscheinlichen Eigenschaften von Tätern identifizieren, indem wir möglichst viele aufgeklärte Fälle miteinander vergleichen, Gruppen erstellen, die sich durch bestimmte Eigenschaften voneinander unterscheiden – und dann ordnen wir den gesuchten Täter einer dieser Gruppen zu. Nehmen wir ein Beispiel. Sie suchen einen Serienvergewaltiger, der Frauen in ihrer Wohnung überfällt und ihnen nicht mehr Gewalt antut, als sie unter Kontrolle zu behalten. Der steht mit einer 70-prozentigen Wahrscheinlichkeit bereits wegen Einbruchsdelikten in Ihren Akten. Greift er dagegen seine Opfer im Freien an und ist äußerst brutal, dann wurde er mit 80-prozentiger Wahrscheinlichkeit bereits zuvor wegen Körperverletzung verurteilt. Sagt die Statistik. Dass ein einbrechender Vergewaltiger zuvor ein Einbrecher war, erscheint Ihnen vermutlich naheliegend, nicht wahr? Das sagt auch Ihre Intuition. Schön. Warum gehen wir nicht her und halten Ihre Intuitionen fest, überprüfen sie anhand aufgeklärter Fälle, verwandeln sie in Statistik und machen sie allen zugänglich? Natürlich sind Sie dann bald nicht mehr die legendäre Spürnase, der einsame Wolf, der der erkalteten Fährte folgt.«

Collins hob bedauernd die Arme und klatschte dann in die Hände. »Aber dafür werden die Verbrecher schneller geschnappt. Und das ist es doch, was wir alle wollen. Vielen Dank.«

Cynthia Collins hatte im Halbdunkel gesprochen, im Hintergrund starrten noch immer die Studenten des Gorilla-Videos auf ihre Bälle. Als jetzt das Licht anging, sah Born die Britin das erste Mal deutlich. Er schätzte sie auf 45 Jahre, und sie besaß das schönste und interessanteste Gesicht, das er jemals bei einer Frau gesehen hatte. Sie war nicht hübsch, wie man es von Hollywood-Schauspielerinnen oder Models kannte. Sie hatte nicht die puppenhafte Ebenmäßigkeit einer Nicole Kidman, nicht die großen Augen einer Julia Roberts, nicht die Lippen einer Angelina Jolie.

Sie hatte keine dieser auffälligen Eigenschaften – aber dafür war die Gesamtkomposition bodenständig und überirdisch zugleich.

Born hatte Collins nur von links gesehen. Nun drehte sie sich um, und der Ventilator des Beamers blies ihr die Haarsträhnen aus dem Gesicht.

Ein Schwindelgefühl überfiel Born. Vom Hals bis hinauf zur Schläfe war ihre linke Gesichtshälfte eine von Feuer zerstörte Landschaft von Graten und Schluchten. Der linke Mundwinkel zog sich leicht nach unten, auch ihr linkes Auge, über dem das Lid schwer herabhing, schien tiefer zu sitzen als das rechte.

Dann legte sich wieder ein dichter Schleier langer blonder Haare über die vernarbte Gesichtshälfte. Born bemerkte, dass sie ihn spöttisch anlächelte. Er wurde rot.

Was für ein Lächeln. Vielleicht lag es gerade an diesem schiefen Gesicht. Es war das bezauberndste spöttische Lächeln, das ihm jemals eine Frau geschenkt hatte.

Er riss sich los und blickte in den Raum. Die Kolleginnen und Kollegen hatten vermutlich bereits vor Beginn des Vortrags Gelegenheit gehabt, sich an den Anblick der Britin zu gewöhnen, sodass nur noch vereinzelt Blicke zu ihrem Gesicht wanderten, um sich schnell wieder loszureißen. Collins musste das spüren, aber sie ließ sich nichts anmerken.

Bauer fasste Born am Arm. »Komm mit.«

Born folgte ihm, unsicher, wie er mit der Frau umgehen sollte, nachdem er sie so angestarrt hatte.

»Hans. Schön, dass du noch gekommen bist«, begrüßte Collins Bauer. »Habe ich was Interessantes gesagt?« Die beiden umarmten sich.

»Also, ›Scheiß auf die Intuition‹ kannte ich noch nicht.«

Collins lachte. »Das ist nicht wirklich so rübergekommen, oder?«

»Na ja. Aber einsame Wölfe auf der kalten Fährte? Wunderbar. Das hier ist übrigens mein Kollege Thomas Born.«

Collins streckte Born die Hand entgegen. Er ergriff sie, brachte aber kein Wort über die Lippen. Sie schaute ihn nachdenklich an, während sie seine Hand hielt, wartete einen Augenblick und sagte dann: »Buh!«

Born musste lachen und fand endlich seine Sprache wieder.

»Entschuldigen Sie. O Mann, tut mir wirklich leid, dass ich Sie eben so angestarrt habe.«

»Ich hätte mich gewundert, wenn Sie das nicht getan hätten. Dann hätte ich Sie für einen Perversen gehalten. Hallo und guten Tag.«

Ihr Händedruck war fest und energisch.

»Ich bin Cynthia Collins. Aber wenn ich Sie mag, dürfen Sie vielleicht irgendwann Eric zu mir sagen.«

»Eric?«, fragte Born überrascht.

»Na, wie das Phantom der Oper.« Sie ließ seine Hand los und wandte sich Bauer zu. »Werde ich ihn mögen?«

Bauer zuckte mit den Achseln. »Das musst du selbst herausfinden.«

Cynthia Collins war nicht groß. Höchstens 1,60, dachte Born. Aber ihre Präsenz war überwältigend. Sie hatte offenbar die Angewohnheit, ihre Worte mit der rechten Hand zu unterstreichen, während die linke immer wieder ihre Haare nach vorn strich – nicht nach hinten, aus der Stirn, wie man es häufig bei Frauen sah, denen die langen Strähnen über die Augen fielen. Dadurch blieb ihre linke Gesichtshälfte die meiste Zeit mehr oder weniger verdeckt. Ihr Auftritt sprach deutlich dafür, dass sie das nicht tat, weil sie sich für ihr Aussehen schämte. Vermutlich wollte sie damit nur verhindern, dass ihr Äußeres die Zuhörer ablenkte.

»Kommst du auf einen Kaffee mit ins Büro?«, fragte Bauer.

Collins hakte sich bei ihm unter. »Gern. Und? War es tatsächlich heute Nacht wieder dieser Kannibale?«

»Wir nennen ihn jetzt die Schwabinger Bestie. Oder das Raubtier. Und vor dir steht der Leiter der frisch gegründeten Sonderkommission Schatten.«

»Soko Schatten? Wie finde ich diesen Namen jetzt?«

»Du, Collie, findest ihn doof. Aber das ist mir egal.«

Sie durchquerten das Foyer und stiegen in den Aufzug.

»Und ich soll mir eure Fälle also mal ansehen?« Collins warf Bauer einen Blick von der Seite zu.

»Sonst hätte ich dich nicht gefragt.«

»Okay. Trampeln wir ein wenig auf den Gefühlen deiner Arbeitskollegen herum.« Sie drehte sich zu ihm um. »Du siehst übrigens wirklich beschissen aus.«

Als Bauer und Born zusammen mit Cynthia Collins die Abteilung der Mordkommission 4 betraten, rief der Chef alle erreichbaren Soko-Mitglieder zusammen. Sie trafen sich im Aufenthaltsraum. Sobald die Polizisten Collins sahen, verstummte die Unterhaltung. Sämtliche Gesichter spiegelten eine Mischung aus Schock, Faszination und Mitleid wider.

»Leute«, rief Bauer. »Ich möchte euch eine gute Freundin von mir vorstellen. Cynthia Collins. Sie ist zur Zeit zu Besuch in München, und bei der Gelegenheit wird sie uns ein wenig über die Schulter schauen.«

Collins blickte in die Runde und nahm nach und nach Augenkontakt mit jedem Einzelnen der Anwesenden auf.

»Und wer ist Cynthia Collins?« Elli Geyer klang, als würde sie durch zusammengebissene Zähne sprechen.

»Ich bin Psychologin und forsche an der Universität von Edinburgh im Bereich Investigative Psychologie. Und ich interessiere mich für Ihren Kannibalen …« Sie schüttelte den Kopf. »Für Ihr Raubtier«, verbesserte sie sich. »Das ist für mich ein sehr interessanter Fall.«

»Cynthia untersucht Gewaltverbrechen wie Vergewaltigungen und Morde auf Gemeinsamkeiten und Unterschiede hin, um zu einer Typologie zu kommen«, erklärte Bauer. »Einer Typologie, die helfen soll, bestimmte Vorgehensweisen der Täter in Zusammenhang zu bringen mit einer bestimmten Art von Verbrecher.«

»Sie meinen, Sie erstellen Profile? So wie die FBI-Profiler?«, fragte Adam.

»Nicht ganz so«, antwortete Collins. »In den USA hat das FBI versucht, vor allem über Interviews mit inhaftierten Extremtätern Einblicke in deren Gedanken und Vorstellungen zu bekommen. Was sie dabei gelernt haben, ist zwar hier und da hilfreich. Aber die Übertragung ihrer Erkenntnisse in Schemata, in Typologisierungen, ist völlig unbefriedigend.«

»Diese Organisiert-unorganisiert-Sache und so?«, fragte Born.

»Genau.« Die Psychologin wandte sich ihrem kleinen Publikum zu.

»Wir dagegen versuchen auf der Grundlage von Erfahrungen aus möglichst vielen Verbrechen möglichst allgemeine Schlüsse zu ziehen, die statistisch abgesichert sind. Das Ziel ist es, euch Ermittlern ein Werkzeug in die Hand zu geben, das hilft, unter den Verdächtigen den oder die wahrscheinlichsten Täter zu identifizieren, ohne dass Sie jahrzehntelange Erfahrung als Profiler brauchen oder sich auf Ihre Intuition verlassen müssen.«

Elli Geyer sah Collins nicht an, als sie Bauer ansprach. Sie klang genervt.

»Du meinst also, wir brauchen eine Psychologin aus Schottland, die Verbrecher in Schubladen steckt, um uns auf die Sprünge zu helfen?«

»Elli, wir …«, begann Bauer, doch Collins unterbrach ihn.

»Es tut mir leid, dass ich Ihnen mit meinem verunstalteten Gesicht ein schlechtes Gewissen mache.«

»Was?«, fragte Geyer konsterniert. Sie drehte sich langsam um und schaute Collins mit großen Augen an.

»Na, Sie spüren doch tief in Ihrem Innern eine gewisse Genugtuung darüber, dass ich verunstaltet bin. Sonst würde ich doch erheblich besser aussehen als Sie. Aber für diese Genugtuung schämen Sie sich. Sie haben deshalb ein schlechtes Gewissen. Und das ärgert Sie, weil Sie schließlich nichts dafür können. Und bei der ganzen Sache kommt am Ende heraus: Sie können mich nicht leiden, obwohl Sie mich noch gar nicht kennen.«

Wieder wollte Bauer etwas sagen, aber Geyer kam ihm zuvor.

»Sie sind …« Sie räusperte sich und nahm sich zusammen. »Ich glaube, nachdem ich Sie jetzt ein klein wenig kennengelernt habe, kann ich Sie noch viel weniger leiden.«

»Sie fahren einen Porsche Cayenne. Oder einen VW Touareg«, sagte Collins.

Elli Geyer schien zu versuchen, die Britin in Grund und Boden zu starren.

»Was geht Sie das an?«

»Oh, das geht uns alle was an, weil Sie damit aus reiner Angeberei unser aller Umwelt zerstören. Was besonders ärgerlich für die ist, die selbst versuchen, etwas für den Naturschutz zu tun, wie zum Beispiel dieser Kollege.« Sie wies auf Adam, der überrascht die Stirn runzelte. »Woher …«

»Aber eigentlich wollte ich Ihnen nur deutlich machen, dass es Quatsch ist, sich mit mir zu streiten«, fuhr Collins fort. »Ich kenne Ihre schwachen Seiten – und Sie haben nicht die geringste Ahnung von meinen.«

Geyer schluckte den Köder. Oh, Elli, dachte Born und verdrehte die Augen.

»Was zum Teufel wissen denn Sie von meinen schwachen Seiten?«, fuhr die Polizistin Collins an.

»Ich soll das hier sagen?« Collins schaute Geyer fragend an.

Geyer blickte sich mit finsterem Blick um. »Na los. Wird ein schöner Blödsinn sein.«

»Sie leiden unter einem großen Mangel an Selbstbewusstsein. Sie haben es geschafft, einen Mann für sich zu gewinnen, der ziemlich gut verdient. Aber das reicht Ihnen nicht. Sie müssen es der Öffentlichkeit demonstrieren, indem Sie mit Dingen protzen, die sich eine Polizistin nicht leisten könnte. Sie haben Angst, man würde Sie nicht sehen, wenn Sie nicht diese teure, auffällige Halskette tragen. Diese Kette trägt Sie, und nicht umgekehrt.«

Collins begann, die Punkte, die sie ansprach, an den Fingern abzuzählen.

»Ihr Mann interessiert sich sexuell nicht mehr für Sie. Das ist verdammt entwürdigend. Damit das niemand bemerkt, streichen Sie Ihre weiblichen Reize besonders stark hervor, auch wenn Ihnen das überhaupt nicht steht. So versuchen Sie den Eindruck zu erwecken, es gäbe noch Männer, die Sie sexuell erregen können. Sie belügen damit sich selbst – und wissen das eigentlich auch. Sie haben keine Kinder und behaupten vermutlich, auch keine zu wollen. Aber der Versuch, durch das Färben Ihrer Haare und das Tragen alberner Kleidung viel jünger zu erscheinen, als Sie sind, verrät Sie. Jugend zeigt bei einer Frau höhere Reproduktionsfähigkeit an. Sie versuchen, darüber Ihre Umwelt, vor allem aber sich selbst zu belügen. Hierbei spielt das Protzen auch eine Rolle. Sie demonstrieren, dass Sie in der Lage sind, Ressourcen in völlig überflüssige Dinge wie dicke Goldketten zu investieren.

Wer es sich leisten kann, zu verschwenden, zeigt, dass er genug hat, um auch in Kinder zu investieren. Das gilt zwar vor allem für Männer, aber auch Frauen gewinnen an Selbstbewusstsein, wenn sie zeigen, dass sie versorgt sind oder versorgen können. Sie müssen sich im Polizeidienst und damit in einer noch immer von Männern beherrschten Domäne behaupten. Deshalb reißen Sie Ihre Klappe besonders weit auf, erzählen die schmutzigsten Witze und fahren das dickste Auto – das in den Augen der stumpfsinnigen Macho-Deppen um Sie herum Ihr Prestige tatsächlich erhöht. Wenn es bei Ihnen üblich ist, eine Waffe zu tragen, dann haben Sie Ihre immer dabei. Ihr Arbeitsplatz ist der dort drüben, mit …«

»Cynthia, ich denke, es reicht«, sagte Bauer, während Geyer die Psychologin mit zusammengepressten Lippen anstarrte. Born fragte sich, wo Geyer ihre Waffe tatsächlich hatte. Nicht, dass sie Collins noch über den Haufen schoss. Geyer räusperte sich.

»Gottverdammmich. Diese Frau ist ja wirklich gut«, sagte sie. »So ein verfluchtes Miststück, so ein verfluchtes.«

Sie wandte sich an Collins »Ich habe nur die Hälfte von dem verstanden, was Sie da gesagt haben, aber das reicht. Was kostet eine Sitzung bei Ihnen?« Sie zückte ihr Portemonnaie. »Sie wissen ja bereits, dass ich mir einiges leisten kann.«

Sich über das Fernsehprogramm zu ärgern war billig, fand Hans Bauer und zappte in den nächsten Kanal. Er schüttete sich Wein nach, nippte an seinem Glas und dachte an Cynthia Collins. Er war froh, dass sie da war, auch wenn sie sich heute Abend nicht getroffen hatten. Elli Geyer hatte sie mitgenommen zu einem Streifzug durch die Münchner Szenekneipen. Er konnte sich vorstellen, wie die Psychologin ein Mitglied der Schickeria nach dem anderen sezierte und in den Nervenzusammenbruch trieb. Für Collins war das ein Spiel, für Elli würde es eine Therapiestunde sein. Nachdem die Britin ihr so offen und ehrlich gesagt hatte, was mit ihr los war, hatte die Polizistin sie sofort in ihr Herz geschlossen. Schließlich, so hatte sie gesagt, kennt diese Frau mich besser als mein Mann. Collins' fragenden Blick hatte Bauer mit einem Nicken beantwortet. Heute Abend konnte er auf sie verzichten.

Konnte er? Auf dem Fernsehbildschirm zeigte eine wackelige Videoaufnahme ein ebenso wackeliges Kleinkind, das rückwärts von der Schaukel fiel. Lacher aus dem Off. Eine Pannenshow. Vermutlich hat das Kind sich beim Sturz von der Schaukel nicht verletzt, dachte Bauer. So weit würde der gefühllose Vater vermutlich nicht gehen – trotz der Prämie, die so ein Film sicher brachte. Trotzdem war er schockiert. Wer lacht darüber, wenn ein Kind hinfällt?

Ratlos schaltete er den Fernseher ab. Schlagartig war es finster im Zimmer. Licht von der Straße fiel durch das Fenster und reflektierte sich im glänzenden Schwarz des Pianos. Bauer setzte sich auf den Klavierhocker. Früher hatte er viel gespielt – und es war sein Kopf gewesen, der verstanden hatte, was die Komponisten gewollt und die Noten übermittelt hatten. Später, als der Beruf ihn immer mehr in Beschlag genommen hatte, hatten sich zumindest seine Finger daran erinnert, wie die Stücke, die er gut kannte, zu spielen waren. Dann kamen die Kinder, und bald ließen ihn auch die Finger im Stich. Er schaute frustriert auf die Bände mit Chopin-Etüden und Kompositionen von Brahms, die sich auf dem Klavier stapelten. Zu wissen, dass diese Stücke ein Teil seiner Vergangenheit waren und nicht mehr seiner Gegenwart … Vor allem um Bach tat es ihm leid. Johann Sebastian Bach war der einzige Komponist, an den er sich überhaupt noch traute. Die Melodien sprachen ohne große Dynamik oder Interpretation für sich, und der Barockmusiker erwartete keine exakten appreggioartigen Begleitungen wie Mozart, die seine linke Hand inzwischen völlig überforderten.

Er öffnete den Klavierdeckel und nahm das rote Filztuch von der Tastatur. Vorsichtig versuchte er sich an den ersten Tönen von Bachs Kantate »Wachet auf, ruft uns die Stimme«. Erst bei der Wiederholung des ersten Motivs begann er die einfache Basslinie auf dem zweiten Melodie-Ton, sodass das Stück nun wie vorgesehen mit einem Auftakt begann. Was vorher fast wie ein Kinderlied geklungen hatte, verwandelte sich in einen Choral, dessen anfängliche Aufwärtsbewegung nur dazu diente, den Abstieg der nachfolgenden Melodie zu betonen. Es folgte die hoffnungsfrohe, auf die Quint springende Überleitung zum Höhepunkt. Das

Thema schwang sich noch ein wenig hinauf und sah von oben in die Tiefe hinab, als wollte es nicht dorthin zurückkehren. Dann ergab sich die Melodie nach einem Abstecher zur Oktave doch ihrem Schicksal und kehrte zum Ursprung zurück – jedoch nicht ohne sich spielerisch gegen die Rückführung zu wehren und am Ende wie aus Trotz noch einmal unter den Grundton zu springen und ihn von dort aus anzugehen. Die Begeisterung, mit der Bach den Ausgangspunkt betonte, demonstrierte schließlich, dass alles Wehren nur vorgetäuscht und die Erfüllung der musikalischen Pflicht eine Freude war. Wenn es doch nur auch im Leben so wäre, dachte Bauer.

Er beendete den Choral nach dem ersten Durchgang. Nach einem Blick auf die Uhr schloss er den Klavierdeckel. Er ging zum Wohnzimmerfenster hinüber und schaute hinaus. Er hatte hier so oft mit seinen beiden Kleinen gestanden … fast meinte er, ihr Gewicht zu spüren. Er hörte seine Frau in der Küche die Geschirrspülmaschine einräumen. Sie summte ein Kinderlied. Das ist nicht real, sagte er sich. Aber was war real? Jeder hatte seine eigene Realität. War das nicht so ein philosophischer Ansatz, von dem ihm Collins erzählt hatte? Der ganze Kosmos entstand in seinem Kopf. Alles, was »da draußen« zu existieren schien, gaukelte uns das Gehirn auf der Basis der wenigen Informationen vor, die es bis dorthin schafften. Vielleicht bildete man sich ja die ganze Welt überhaupt nur ein? Hauser hatte ihm mal im Spaß mit Schlägen gedroht, wenn Bauer noch einmal behaupten würde, alle anderen außer ihm, Bauer, seien lediglich seine Hirngespinste.

Bauer goss sich einen großen Schluck Wein in ein Glas, trank es aus und füllte es gleich wieder. Was hatte Geyer gesagt? Die Realität ist mir einfach zu real. Er setzte sich in seinen Sessel und schaltete den Fernseher ein.

2. August, schottische Highlands nahe Arden

Robert Marshall hatte gehofft, bei Tageslicht nach Hause zu kommen. Aber das hatte natürlich nicht geklappt. Das Flugzeug war verspätet in Glasgow gelandet, der Bus hatte ihn nach Renton am Loch Lomond gebracht. Von dort war er bis Arden und ein Stück darüber hinaus getrampt. Gut, dass er seine Uniform noch anhatte. Die Leute hielten für einen Soldaten eher an als für einen gewöhnlichen Tramper. Der Fahrer, der ihn mitgenommen hatte, winkte ihm noch kurz zu, dann verschwanden die Rücklichter seines Wagens im Nebel. Marshall konnte hinter der Mauer gerade noch die dunklen Umrisse der Dächer erkennen, die zum Hof seines Bruders gehörten. Er stieg die kurze, steile Straße zur Hofeinfahrt hinauf. Eine leichte Brise fuhr über die Felder und ließ die Weizenhalme rascheln. Er hörte das Ticken des elektrischen Zaunes, der das hügelige Weideland einfasste.

Der Innenhof wurde durch eine einzige schwache Lampe erhellt. Durch die Gardinen vor den Fenstern des Wohnhauses fiel ebenfalls gedämpftes, gemütliches Licht.

Der Traktor, den sein Bruder letztes Jahr gekauft hatte, stand auf dem Kopfsteinpflaster vor der Scheune und warf einen langen Schatten. Er hörte die Pferde in den Stallungen unruhig mit den Hufen scharren und stellte seinen Seesack vor die Haustür. Wie immer wollte er zuerst einen Blick auf die Tiere werfen. Fast alle Boxen schienen besetzt zu sein. Sein Bruder hatte es offenbar wirklich geschafft. Neben dem nicht mehr sehr einträglichen Geschäft als Landwirt betrieb er nun einen Reiterhof. Er hatte für den Sommer eine Reitlehrerin angestellt, die sich um die Kinder der Urlauber kümmerte, die keine Lust hatten, sich mit ihren Eltern zusammen schottische Burgen anzusehen. Seine Schwägerin war eifersüchtig, das wusste er aus einem Brief von John. Die Reitlehrerin war jung, sympathisch und sah gut aus. Dabei liebte Ken seine Frau und dachte nicht im Traum daran, das Glück seiner vierköpfigen Familie zu gefährden. Auch das wusste John aus dem Brief seines Bruders.

Im Stall war es finster. Er öffnete die breite Holztür und suchte nach dem Schalter für die kleine Lampe, die sich seitlich an der Wand befand. Er wollte auf keinen Fall die Deckenbeleuchtung einschalten. Das würde die Tiere nur erschrecken. Die wirkten sowieso unruhig.

Er fand den Schalter. Die kleine, fast blinde Neonröhre tauchte den Stall in fahles Licht. Vor ihm an der Wand hing ein Kalender mit Pferdebildern vom vergangenen September.

Er drehte sich um. Sein Blick fiel auf eine Gestalt, die im Gang zwischen den Boxen auf einer dünnen Schicht Stroh lag. Was zum Teufel …

Er versuchte, ruhig zu bleiben. Er war hier nicht im Auslandseinsatz. Er war in Schottland, am Loch Lomond, auf dem Hof seines Bruders im Norden von Arden. Das hier war sein Zuhause. Doch reflexartig spulte sein Körper das ganze Programm ab. Er ging in Deckung und schaute sich vorsichtig um. Dann näherte er sich vorsichtig dem am Boden liegenden Körper. Das Stroh um die Gestalt war dunkel und glitzerte feucht im Licht der Lampe. Es war eine Frau. Sie lag auf dem Rücken, ihre Hose hing ihr um die Knöchel, das grobe Baumwollhemd war aufgerissen, der BH lag neben ihr. Er brauchte nicht genauer hinzusehen, um zu erkennen, dass sie tot war. Sie hatte eine riesige Wunde am Hals. Er kannte sie nicht. Es musste sich um die Reitlehrerin handeln. Er richtete sich wieder auf und holte sein Handy aus der Jackentasche. Während er die Notrufnummer der Polizei wählte, ging er zur Stalltür zurück und überquerte den Hof. Er musste nach seinem Bruder und seiner Familie sehen. Als er an dem Traktor vorbeilief, stolperte er und schlug der Länge nach hin. Das Telefon flog aus seiner Hand. Er hörte, wie sich jemand meldete, und beeilte sich, wieder auf die Beine zu kommen. Dann erkannte er, worüber er gefallen war. Ein Mann lag im Schatten des Traktors. Im Gegensatz zu der Frau im Stall war der Leichnam vollständig bekleidet, doch seine Arme waren mit Wunden übersät und auch er hatte eine klaffende Wunde am Hals. Der Stallbursche – George Carter.

Captain Robert Marshall war wieder im Krieg. Jemand hatte seine Leute angegriffen. Er robbte zur Haustür hinüber und ignorierte die leise Stimme aus dem Handy.

Die Tür war nicht abgeschlossen. Vorsichtig zog er sie auf und blickte hinein. Das Flurlicht war aus, doch aus dem Wohnzimmer fiel etwas Licht. Ken Marshall lag, Arme und Beine von sich gestreckt, mit leeren Augen vor dem blutigen Heizkörper.

Robert Marshall sprang auf und rannte in die Wohnung hinein. Im Wohnzimmer an den Wänden, auf den Bildern, den Sesseln, der Couch, dem Fernseher – überall Blut. In der Tür zur Küche Rachel, Kens Frau. Robert sah nicht mehr genau hin, sondern lief zurück in den Flur und zur Treppe, die nach oben, zu den Schlafzimmern, führte. Bereits am Fuß der Treppe lag Ken junior. An Ostern war er sechs geworden. Offenbar hatte sich der Kleine das Genick gebrochen, als er die Stufen hinuntergestürzt war. Von oben kam ein Geräusch. Atmete da jemand? Er griff dorthin, wo sich sonst sein Gewehr befand. Doch da war nichts. Er musste sich auf seine Hände verlassen. Er war ausgebildet worden, notfalls auch damit zu töten. Langsam stieg er die Stufen hinauf. Das Holz quietschte leise. Als er seinen Fuß zwischen Ken junior und die Wand stellte und sich an seinem toten Neffen vorbeidrückte, befiel ihn ein Schwindelgefühl. Er sah nach oben. Nichts. Er lauschte. Nichts. Langsam schlich er weiter die Treppe hinauf. Er erreichte die letzte Stufe, dann war er oben. Wieder meinte er, etwas zu hören. Er beugte sich um die Ecke und schaute in den Flur. Am Ende des Ganges befand sich ein Fenster, durch das Mondlicht fiel. Nach drei vorsichtigen Schritten bemerkte er, wie sich vor dem Fensterkreuz ein Schatten bewegte. Ein Schatten, der fauchend auf ihn zukam. Er riss die Arme hoch. Etwas krallte sich in seine Kleider, schemenhaft nahm er Augen wahr, in denen helle Punkte glitzerten, ein aufgerissenes Maul, helle Zähne. Marshall ließ sich nach hinten fallen und zog die Beine an. Etwas wühlte sich schnaufend in seinen Hemdkragen. Er griff in lange Haare und packte zu, zerrte daran. Dann bekam er die Knie unter den fremden Körper, riss die Beine hoch und schleuderte den Angreifer über seinen Kopf. Er hörte, wie etwas die Treppe hinunterpolterte. Er raffte sich auf und rannte dem Angreifer brüllend hinterher. Auf den Stufen stolperte er und stürzte, knallte auf den Teppich am Fuße der Treppe und sah in die toten Augen seines Neffen. Von oben kam ein Laut. Ein leises, ängstliches Weinen. Er sprang auf und sah sich um. Durch die offene Haustür konnte er einen Teil des vorderen Hofes sehen. Eine geduckte Gestalt huschte durch das Tor und verschwand im Nebel.

Robert Marshall schlug die Tür zu und legte den Riegel vor. »Ist schon gut«, rief er. »Onkel Robert ist da.« Er rannte die Treppe hinauf. »Ich bin es. Onkel Robert.«

Er stürzte ins Kinderzimmer. Vorsichtig hob er Sandra aus ihrem Bettchen und drückte sie an sich. Die Kleine im Arm, sackte Robert Marshall mit dem Rücken an der Wand zusammen.

2. August, Hawaii, Napali-Küste

Der Hubschrauber flog wenige Meter über den Wellen des türkisfarbenen Pazifiks dahin. Die Oberfläche des Meeres war geriffelt wie ein Waschbrett. Weiße Schaumkronen zogen sich eine hinter der anderen von Horizont zu Horizont. Es war wunderschön. Allerdings auch etwas eintönig, dachte Bauer. Er griff nach dem Mikro der Helmsprechanlage und zog es vor den Mund.

»Wie lange brauchen wir noch?«

Der Pilot sah zu ihm herüber. Hinter den verspiegelten Gläsern seiner Sonnenbrille waren die Augen nicht zu erkennen.

»Na, wieder wach? Wir sind gleich da.« Er zeigte nach links. »Dort hinten taucht bald die Küste auf. Ich habe einen kleinen Bogen geschlagen, damit Sie einen guten Eindruck bekommen.«

Bauer wusste nicht, was der Mann meinte. Einen Eindruck wovon? Er schaute den BKA-Beamten an, der neben dem Piloten saß. Der Kollege aus Wiesbaden lächelte nur und schwieg.

Der Hubschrauber neigte sich leicht zur Seite, dann ging es wieder geradeaus. Nach wenigen Minuten schälte sich in der Ferne ein dunkler Schatten aus der See, der langsam in die Höhe wuchs. Nach und nach konnte Bauer eine Steilküste erkennen, vor der die Brandung einen breiten weißen Streifen bildete.

»Die Napali-Küste. Wie gefällt sie Ihnen?«, fragte der Pilot.

Das Bild, das sich ihnen bot, war überwältigend. Wie grün überwucherte, von Wind und Wetter zerfressene gotische Kathedralen stiegen die Felswände über dem Strand in die Höhe. Vor der Küste türmte sich das Meer zu meterhohen Wellen auf.

»Es heißt, das hier sei die schönste Küste der Welt«, hörte Bauer die Stimme des Piloten aus der Helmsprechanlage.

Auf einem breiten, bewachsenen Felsvorsprung über dem

Strand sah Bauer eine Reihe von Zelten und ein kleines Gebäude. Am Strand lag ein großes Schlauchboot mit Außenbordmotor.

Dann setzte der Hubschrauber auf. Der Motor erstarb. Nur die Rotorblätter drehten sich noch eine Weile.

»Willkommen auf Kalalau Beach.« Der Pilot setzte den Helm ab. »Die Kollegen dürften bereits am Tatort sein. Da gehen wir von hier aus zu Fuß hin.« Bauer und der Mann vom BKA sprangen aus der Kabine des kleinen Hubschraubers und sahen sich um. Vor ihnen reckten sich die grünen Steilhänge empor, hinter ihnen toste die Brandung. Vor einer kleinen Hütte stand ein Mann mit nacktem Oberkörper, der die Landung des Hubschraubers beobachtet hatte. Auch bei den Zelten konnte Bauer einige Menschen sehen, die neugierig herübersahen.

Während sie über den Strand marschierten, dachte Bauer daran, dass er vor nicht mehr als 24 Stunden völlig frustriert das Büro verlassen hatte, mit der Aussicht auf einen weiteren enttäuschenden nächsten Morgen.

Seit dem letzten Mord waren bereits wieder mehr als drei Wochen vergangen – und sie waren keinen Schritt weiter. Cynthia Collins hatte sich die Fälle angesehen, eine Reihe von Akten kopiert und war, zu Bauers Enttäuschung, wieder nach Schottland zurückgekehrt. Sie hatte allerdings angekündigt, ihn in den nächsten Wochen wieder zu besuchen.

Dann hatte das Telefon ihn bei einer nächtlichen Wiederholung von *Emergency Room* gestört. Am anderen Ende der Leitung hatte sich Simon Koch vom Bundeskriminalamt in Wiesbaden gemeldet. Bauer kannte den Namen. Koch gehörte zur Abteilung Operative Fallanalyse, kurz OFA. Für die Medien waren Polizisten wie Koch die deutsche Version der Profiler, auch wenn die OFA-Beamten sich selbst nicht so verstanden. Nach dem dritten Mord in München hatte Bauer die bayerischen OFA-Beamten gebeten, die beiden Morde vom 6. Juni zu analysieren, während Koch und ein weiterer Kollege vom BKA sich um den dritten Mord gekümmert hatten. Die Fallanalytiker hatten die Einsatzberichte, Tatort- und Obduktionsbefunde, Umgebungsfotos, soziodemografische Daten, Informationen über das Opfer, sämtliche kriminaltechnischen

Gutachten und so weiter ausgewertet, um den Tathergang zu rekonstruieren. Ein zweites BKA-Team hatte beide Ergebnisse verglichen und war zu dem Schluss gekommen, dass es sich in allen Fällen um denselben Täter handelte. Was durch die DNA-Analysen schon bewiesen war. Die Münchner Kriminalpolizei wusste über die Fälle inzwischen mehr als über alle anderen Morde, die sie jemals bearbeitet hatte. Und doch waren all diese Informationen ohne konkrete Hinweise auf den Täter nichts wert.

Aber Koch wollte nicht mit ihm über die Münchner Morde sprechen. Er hatte eine Überraschung für ihn bereit. Auf Hawaii, genauer auf der Insel Kauai, war am Tag zuvor, in der Nacht zum 1. August, eine Touristin auf bestialische Weise ermordet worden. Die amerikanischen Behörden hatten – da es sich um eine Deutsche handelte – sofort mit dem BKA Kontakt aufgenommen. Und dort hatte man festgestellt, dass der Fall deutliche Parallelen zu den Morden der Schwabinger Bestie aufwies. Es war nahezu sicher, dass es sich um die Tat des deutschen Serienmörders handelte.

Nach einer Reihe hektischer Telefonanrufe hatte man sich darauf geeinigt, zusammenzuarbeiten. Und wer wäre besser geeignet gewesen, die amerikanischen Polizisten vor Ort zu unterstützen, als jemand von der Soko Schatten? Visa, Flüge, alles war bereits geklärt, als Koch Bauer in der Nacht angerufen hatte – es musste nur noch der Name eines Münchner Polizisten auf diversen Formularen und Tickets eingetragen werden. Noch in der derselben Nacht hatte Bauer ein Flugzeug nach Washington genommen, neben sich den OFA-Experten Koch. Zusammen flogen sie der Sonne hinterher. Der 2. August würde für Bauer der längste Tag seines Lebens werden.

Wie Koch ihm erklärt hatte, hatte das Field Office der State Police in Honolulu nicht nur das BKA um Hilfe gebeten. Auf Hawaii würde der Fallanalytiker einen Kollegen vom FBI treffen, um gemeinsam ein Profil zu erstellen.

»Die ersten zwei Fälle in München, um die es da geht, liegen erst acht Wochen zurück, der dritte Mord geschah vor fast vier Wochen«, hatte Koch Bauer im Flugzeug erklärt. »Wenn auf Hawaii inzwischen ein vergleichbarer Mord geschehen ist, dann wäre das für eine Serie sehr dicht beieinander.«

Bauer hatte sich vom Fenster und den dahinter vorbeiziehenden Wolkenformationen abgewandt und den Kollegen fragend angeschaut.

»Wenn der Mann auf Hawaii euer Mörder ist, dann ist er entweder ein extrem schneller Wiederholungstäter – oder der Mord dort ist nicht erst der vierte Mord, der auf sein Konto geht.«

Viele Serienmörder begingen ihre ersten Verbrechen mit relativ großem zeitlichen Abstand, der jedoch mit wachsender Zahl von Morden kürzer werden konnte. Das würde bedeuten, der Münchner Täter hatte vielleicht schon vor dem 6. Juni zugeschlagen. Koch hatte Bauer die wenigen Unterlagen übergeben, die ihm die Amerikaner zugesandt hatten. Daraus ging hervor, dass das Opfer, eine junge Frau aus Karlsruhe, totgebissen worden war. Die Wunden, die Situation der Leichenauffindung … die Übereinstimmungen sowohl in der Vorgehensweise des Täters als auch bei den Verletzungen der Opfer und der Todesursache waren groß. Groß genug. »Sieht aus wie unser Mann«, hatte Bauer festgestellt. Und Koch hatte genickt.

»Mich wundert es allerdings, dass die Amerikaner so interessiert daran sind, uns dabeizuhaben«, dachte Bauer laut nach.

»Mich auch. Aber vielleicht erfahren wir dort, warum.«

Die drei Männer stapften durch den Sand. Vom Meer her wehte eine leichte Brise. Der Pilot drehte sich im Gehen zu den deutschen Polizisten um.

»Der Mord wurde auf der anderen Seite des Kalalau River verübt. Wir müssen über den Fluss. Aber zurzeit ist das Wasser nicht sehr hoch.«

Der Sandstrand verwandelte sich in ein schmales, steiniges Geröllfeld, das schließlich von niedrigen Büschen verdrängt wurde, durch die der Weg in einen Wald führte. An einigen der Bäume hingen Äpfel, dazwischen fielen Bauer die lilafarbenen Blüten von Mimosen auf. Auf dem Pfad lagen etliche gelbe Früchte, die er noch nie gesehen hatte. Der Pilot hob eine der runden, knollenartigen Gebilde auf, ließ sie mit einem Druck in der Faust aufspringen, fingerte einige Maden heraus und biss in das Fruchtfleisch.

»Guaven. Kennen Sie die? Müssen Sie mal probieren.«

Schließlich gelangten sie an das Flussufer.

»Da geht es ins Kalalau Valley hinauf.« Er wies nach Westen. »Wunderschön. Regenwald mit allem Drum und Dran. Schlingpflanzen, Mangobäume, überwachsene Terrassen, auf denen bis vor 100 Jahren Taro angepflanzt wurde. Weiter oben liegen die Alakai-Sümpfe. Die Gegend um die beiden Gipfel da oben, das sind die feuchtesten 50 Quadratkilometer der Welt.«

Große Findlinge bildeten eine Art natürliche Brücke über den Kalalau River, das Geländer bestand aus einem straff zwischen zwei Bäumen gespannten Seil. Der Pilot sprang auf den ersten Findling und scheuchte einen Vogel mit leuchtend rotem Kopf auf. Mit einem großen Schritt wechselte der Detective Sergeant auf den nächsten Stein und überquerte so den Fluss. Vorsichtig folgten die beiden deutschen Polizisten dem Hawaiianer.

Bauer war froh, dass es hier nicht so heiß war. Als sie auf dem Lihue Airport aus dem Flugzeug gestiegen waren, hatte sich die feuchte Luft um ihn gelegt wie ein in warmes Wasser getränktes Seidentuch. Und Hawaii roch wie das Reptilienhaus im Zoologischen Garten. Sobald ihre Koffer aufgetaucht waren, hatten sich die zwei Polizisten einen Waschraum gesucht und kurze Hosen und dünne T-Shirts angezogen. Ein Polizist hatte sie am Ausgang abgefangen und zum benachbarten Heliport geführt. Nach der langen Reise von Frankfurt am Main über Washington D.C., Los Angeles und Honolulu nach Kauai hätten die beiden Deutschen gern erst mal eine Dusche genommen, aber dazu sollte es keine Gelegenheit geben.

Auf dem Hubschrauberlandeplatz empfing sie ein weiterer Uniformierter. Er maß mindestens 1,95 Meter und hatte auf die muskulösen Arme eine Art Fischschuppenmuster tätowiert. Das rundliche Gesicht wurde von zwei leicht asiatisch wirkenden dunklen Augen beherrscht.

»Aloha. Willkommen auf Kauai«, hatte der Polizist die beiden Deutschen begrüßt und eine einladende Geste in Richtung Hubschrauber gemacht. Bauer war auf die mit Kunstleder bespannte schmale Bank im hinteren Teil des Helikopters geklettert, Koch hatte sich auf den Sitz des Co-Piloten gesetzt.

»Ich bin Detective Sergeant George Kupuka'a. Setzen Sie die

Helme auf. Dann können wir über die Helmsprechanlage reden. Und schnallen Sie sich an.«

Dann hatte der riesige Hawaiianer den Motor gestartet. Mit lautem Knattern war Leben in die Rotorblätter gekommen. Der Hubschrauber hatte sich geneigt, sodass Bauer kurz die furchtbare Vision gehabt hatte, die Maschine würde kippen und der Rotor würde die Erde berühren. Dann war der Hubschrauber steil nach oben gestiegen.

»Waren Sie schon einmal auf Hawaii?«

Koch hatte den Kopf geschüttelt. »Nein, noch nie.«

»Ich auch nicht«, hatte Bauer hinzugefügt.

»Sie werden unser Land lieben. Hang Loose.« Der Hawaiianer hatte den Arm gehoben und die Hand mit abgespreiztem Daumen und kleinem Finger geschüttelt, während die drei übrigen Finger in die Handfläche gedrückt waren.

»Hang Loose?«

Der Pilot hatte auf Kochs Frage nur gelacht. Dann hatte Bauer die Augen geschlossen und war nach der langen Reise trotz des Lärms eingeschlafen.

Am anderen Ufer des Kalalau River führte der Weg weiter durch den schattigen Wald, bis sie auf einen mit Gras und anderen niedrigen Pflanzen bewachsenen Abhang stießen. Der Boden war trocken, erodiert und nur karg bewachsen. Die rote Erde brach überall hervor.

»Ob Sie es glauben oder nicht, hier fressen die wilden Ziegen alles kahl. Wenn Sie wollen, können Sie die am Wochenende jagen – mit Pfeil und Bogen. Ich besorge Ihnen eine Erlaubnis.«

Er zeigte auf die kahlen Klippen. »Wenn Sie den Red Hill hinaufsteigen und dann weitergehen, erreichen Sie nach 18 Kilometern wieder die Zivilisation« erklärte er. »Hierher kommt man weder mit dem Auto noch mit dem Fahrrad, nur zu Fuß, mit dem Boot oder dem Hubschrauber. Aber keine Angst, wir müssen nicht dort rauf.«

Sie folgten dem schmalen Pfad zu einer Grasfläche, die grob von großen schwarzen Steinen begrenzt war. Drei Männer und eine Frau bewegten sich dort um einen Körper am Boden. War noch ein Mord geschehen? Als sie näher kamen, bemerkte Bauer überrascht und erleichtert, dass es sich bei dem Körper um eine Puppe handelte. Die braunen Flecken im Gras identifizierte er allerdings schnell als getrocknetes Blut.

Ein hoch aufgeschossener, hagerer Mann kam ihnen entgegen. Er löste seine Rechte vom Griff einer großkalibrigen Pistole, die aus dem Halfter an seinem Gürtel ragte.

»Police Lieutenant Henry Hackfield vom Kauai County Police Department«, stellte der Pilot ihn vor. »Er ist Chef der Criminal Investigation Section und führt die Ermittlungen in diesem Fall.«

»Guten Tag und herzlich willkommen.« Der Lieutenant gab ihnen die Hand, ohne die Sonnenbrille abzunehmen. Bauer fragte sich, wie der Mann es anstellte, keine feuchten Hände zu haben. Er hatte das Bedürfnis, seine Handflächen an der Hose abzutrocknen. Erst nach einer Sekunde begriff er, dass sie der CIS-Chef auf Deutsch begrüßt hatte.

»Meine Vorfahren sind vor 150 Jahren aus Deutschland eingewandert«, erklärte Hackfield. »Ein wenig Deutsch ist Familientradition.«

»Dann können Sie mir bestimmt helfen, wenn ich mal ein englisches Wort nicht finde«, sagte Bauer. Hackfield lächelte ihn an. Es war ein unverbindliches, fast distanziertes Lächeln. Dann strich er sich über das dunkle Uniformhemd mit dem großen goldfarbenen Polizeiabzeichen.

»Entschuldigen Sie, dass ich Sie nicht am Flughafen abgeholt habe und dass ich Sie gleich mit dieser Show hier konfrontiere.« Er zeigte auf die Puppe. »Wir haben nur noch auf Sie gewartet, und da Ihr Flug sich verspätet hat, haben wir schon mal angefangen, alles vorzubereiten.« Er stützte die Hand wieder auf den Griff seiner Waffe und hakte den Daumen der Linken in den Gürtel. »Dann stelle ich Ihnen mal unsere Runde vor.«

Er wandte sich einem großen Mann im dunklen Anzug und Krawatte zu, der Koch und Bauer mit nachdenklichem Gesichtsausdruck die Hand reichte. Das weiße Hemd unter dem offenen Jackett spannte etwas über dem Bauchansatz. Am Gürtel klemmte eine Marke der US-Bundespolizei. Und unter der Nase saß ein dunkler Schnurrbart, dessen Enden sich um die Mundwinkel nach unten bogen.

»Special Agent David Griffin vom Federal Bureau of Investigation. Er gehört zur Behavioral Analysis Unit der National Academy in Quantico im schönen Virgina.«

Die zwei deutschen Ermittler schüttelten dem FBI-Beamten die Hand.

»Sergeant Kupuka'a kennen Sie ja schon«, ergriff Hackfield erneut das Wort »Und falls Sie sich über seine Tätowierungen gewundert haben – er ist einer der letzten Angehörigen einer aussterbenden Rasse. Ein echter Hawaiianer.«

Im Gesicht des bislang so gut aufgelegten Detective Sergeants rührte sich kein einziger Muskel. Offensichtlich fand Kupuka'a diese Feststellung nicht witzig. Und vermutlich war es auch kein Witz, schloss Bauer.

»Und dort drüben haben wir Detective Sergeant Minatoya vom CIS.« Die Frau, die die Lage der Puppe offenbar anhand eines Fotos überprüfte, drehte sich um und ergriff Bauers Hand. Sie trug die gleiche Uniform wie Kupuka'a und Hackfield – allerdings mit silbernem Brustabzeichen. Die ist ja noch keine 30, dachte Bauer. Ihre Haare reichten kaum bis über ihre Ohren, dunkle Fransen fielen ihr in die Stirn und über die dunklen Augen. Ihre Nase zeigte über den schmalen Flügeln einen kleinen Knick, ihr Mund war für eine echte Schönheit etwas zu groß. Aber um ihren Hals hätte sie jedes Model beneidet, dachte Bauer. Dass mir das überhaupt auffällt, wunderte er sich. Er wandte den Blick ab und schaute aufs Meer hinaus. Sie erinnerte ihn an seine Frau.

»Wir rekonstruieren für Ihren Kollegen vom FBI und für Sie hier den Tatort. Damit Sie sich selbst einen Eindruck verschaffen können.« Hackfield drehte sich um. »Wir sind fast fertig.« Er wandte sich der jungen Frau zu.

»Stimmt die Position der Leiche jetzt?«

Die Polizistin blickte noch einmal zwischen dem Foto in ihrer Hand und der Puppe hin und her, dann nickte sie.

Hackfield nahm ihr die Aufnahmen aus der Hand und reichte sie Koch. »Unsere Gerichtsmedizinerin in Hilo hat diese Puppe so bearbeitet, dass man erkennt, wo das Opfer bei dem Angriff welche Wunden davongetragen hatte. Auf den Fotos können Sie sich noch einmal genau ansehen, was auf der Puppe nur angedeutet ist.« Er drehte sich um. »Okay, Ihre Bühne.«

Hackfield, Kupuka'a und Minatoya zogen sich zurück und setzten sich ein Stück weit oberhalb der Grasfläche auf einige große Steine. Bauer ging zum Rand der kleinen Ebene, wo das Gras von einem hellgrünen Kraut abgelöst wurde. Zu seinen Füßen fiel der Boden steil ab hinunter in die brodelnde Gischt. Zu beiden Seiten erstreckten sich die riesigen, grünbraunen Klippen über dem azurblauen Pazifik. Ein wunderbarer Ort, um zu sterben, dachte Bauer. Aber nicht auf diese Weise.

Der FBI-Agent und der deutsche BKA-Beamte untersuchten den rekonstruierten Tatort, möglichst ohne sich gegenseitig zu behindern.

Die Puppe lag mit gespreizten Beinen auf dem Bauch, den linken Arm unter dem Körper, den rechten neben dem Kopf. Sie war in eine Art Papieranzug gehüllt, auf dem die Gerichtsmediziner im Bereich des Halses, der Schultern und der Oberarme eine Reihe von verschiedenen Wunden markiert hatten. Es waren offenbar Riss- oder Schnittwunden wie von einem gezahnten Messer. Allerdings wusste Bauer es besser. Im Bereich der Ober- und Unterschenkel sowie der Unterarme und der Hände hatte die Frau Abschürfungen erlitten, die vermutlich davon herrührten, dass sie auf den steinigen Boden gedrückt worden war und versucht hatte, sich zu wehren. Im Genitalbereich hatte die Gerichtsmedizinerin deutliche Spuren einer Vergewaltigung festgestellt.

Kleidung wie die des Opfers hatten die hawaiianischen Polizisten nach den Fotografien der Spurensicherung am Tatort verteilt. Sie war zerfetzt. Der Täter hatte sie seinem Opfer vom Leib gerissen.

Bei dem Opfer handelte es sich um die 35-jährige Kim Thomas, eine Deutsche aus Karlsruhe. Eine Bankangestellte, die auf Hawaii ihren Urlaub verbracht hatte. Sie war allein unterwegs gewesen. Die amerikanischen Kollegen hatten bereits in Erfahrung gebracht, dass sie Single war. Sie reiste regelmäßig allein. Auf Hawaii hatte sie den mehr als 4000 Meter hohen Mouna Loa bestiegen, ein Jahr zuvor war sie in Peru den Inka Trail gegangen. Sie war fit und kräftig gewesen. Ihr Passfoto zeigte eine selbstbewusst wirkende, gut aussehende Frau mit schmalen, schräg stehenden Augen. Ein Elternteil war asiatischer Herkunft.

Ihre Leiche war von einem schwedischen Pärchen entdeckt worden, das sich eine der heiligen Stätten der Hawaiianer hatte anschauen wollen, die sich hier an der Nordküste der Insel befand.

Das Kriminallabor in Hilo auf Big Island war noch dabei, mögliche Speichelspuren aus den Wunden der Frau zu isolieren. Es würde wohl noch einige Tage dauern, bis ein DNA-Profil des Täters bereitstehen würde.

Kim Thomas war noch nicht lange tot gewesen, als man sie fand. Aber die Suche nach Zeugen gestaltete sich schwierig. Zwar durfte sich nur eine eng begrenzte Zahl von Touristen gleichzeitig hier im Napali Coast State Park aufhalten, und jeder, der den Nationalpark betreten wollte, benötigte eine Erlaubnis beim Department of Land and Natural Resources im State Building in Lihue. Man kannte somit die Identität der in Frage kommenden Personen, und alle wurden derzeit überprüft. Doch die meisten Besucher blieben nur zwei, drei, vielleicht vier Tage am Strand, dann reisten sie wieder ab. Etliche Personen, die zugleich mit Kim Thomas auf Kalalau Beach gezeltet hatten, befanden sich schon nicht mehr auf Hawaii. Drei deutsche Touristen hatte man auf der Nachbarinsel Maui aufgespürt. Sie hatten sich gegenseitig glaubwürdige Alibis gegeben.

»Was ist eigentlich mit einem religiösen Hintergrund?« Die Frage von Special Agent Griffin riss Bauer aus seinen Gedanken.

»Wie kommen Sie darauf?«, fragte Hackfield zurück. »Ich bin ja kein Fachmann, aber die Leiche sah nicht aus, als sei sie bei einem Ritual oder so was getötet worden.«

»Ich dagegen bin ein Fachmann, und ich schließe noch gar nichts aus«, sagte Griffin. Sein Ton war freundlich, doch es klang die Arroganz eines Mannes durch, der davon ausging, schon mehr gesehen zu haben als alle anderen hier.

»Das hier war doch mal ein Tempel?« Griffin beschrieb mit der Hand einen Bogen, der die Reihen der schwarzen Steine einschloss.

»Ein Heiau. Ein Heiligtum. Stimmt. Hier gab es so was.«

»Schauen Sie mal hier.« Griffin beugte sich über die Steine und zeigte in das knöcheltiefe Kraut, das die Grasfläche umschloss. Bauer und Koch folgten dem Police Lieutenant über den Tatort. Hinter den Steinen, als sei es von dort heruntergefallen, lag etwas, eingewickelt in welke Blätter.

»Das sind doch Opfergaben, oder? Nahrungsmittel, Taro-Knollen oder auch irgendwelche Gegenstände, die in Blätter der Ti-Pflanze gewickelt und auf die Steinmauern der Heiaus gelegt werden, richtig? Ich glaube, dies hier sind Bananen.«

Hackfield nickte. »Die finden Sie allerdings hier überall.«

Griffin wiegte den Kopf. »Na, auf jeden Fall gibt es offenbar Leute, die dies noch immer für einen heiligen Ort halten.« Er blickte nachdenklich auf das Meer hinaus. »Soweit ich weiß, gibt es auf Hawaii eine Reihe von Leuten, die nichts übrighaben für Haole, für Fremde, für Eindringlinge, nicht wahr? Es gibt Einheimische hawaiianischer Abstammung, die ziemlich sauer darüber sind, dass von der ursprünglichen Kultur Hawaiis nicht mehr viel übrig geblieben ist, nachdem die Inseln zum 50. Bundesstaat der USA geworden sind.«

»Also, ich weiß nicht …«

»Soweit ich weiß, verdienen reinblütige Hawaiianer im Vergleich zu allen anderen Ethnien – also Japanern, Chinesen, Koreanern, Filipinos, den Weißen natürlich – am wenigsten. Auf Hawaii entscheiden die Weißen und die Japaner, wo es langgeht, sowohl in der Wirtschaft als auch in der Politik. Schauen wir uns mal die Japaner an.« Er fasste in seine Jackentasche, holte einen Zettel heraus, steckte ihn wieder zurück und holte aus der Brusttasche einen weiteren Zettel. Nach einem kurzen Blick darauf fuhr er fort.

»Fast zwei Drittel aller Hotels und etwa 50 Prozent der Bürohäuser in Honolulu – und dort stehen wohl die meisten davon – sind in japanischem Besitz. Dazu kommen viele Wohnhäuser. Die Immobilienpreise und die Grundsteuern sind durch ihren Einfluss stark gestiegen. Japanische Investoren haben massenhaft Bananen- und Taro-Pflanzungen in Golfplätze verwandelt. Die vielen Touristen – gerade auch die Golfspieler aus Japan – werden von manchen Hawaiianern als Bedrohung wahrgenommen. Und nun«, er zeigte auf die Puppe, »haben wir hier, an einer heiligen Stätte, an der noch immer Opfer abgelegt werden, die Leiche einer Frau, die sehr japanisch aussah. Ich weiß, es ist schon ein Unterschied, ob man Bananen oder Menschen hier ablegt. Aber ich habe mal ein bisschen recherchiert: Die hawaiianischen Könige gaben auf ein Menschenleben nicht viel, und sie haben reichlich Menschen geopfert. Die frühen Missionare haben auch von Kannibalismus berichtet. Und es gibt sogar hawaiianische Sagen, in denen Kannibalismus eine Rolle spielt. Und hier haben wir ein Opfer mit Bisswunden.«

»Augenblick mal. Das geht jetzt ein bisschen weit«, sagte Hackfield. »So schlimm ist das mit dem Ärger über die Haole nicht mehr. Es hat sich einiges getan in den letzten Jahren.« Der hagere Polizist blickte hinüber zum Detective Sergeant. »He, Kupuka'a. Was sagst du denn dazu?«

Der riesige Hawaiianer stand auf. »Fast alles, was der Special Agent gesagt hat, stimmt.«

»Was soll das denn heißen? Meinst du etwa auch, deine Leute haben hier Menschenopfer dargebracht?«

Der Detective Sergeant schüttelte den Kopf. »Nein. Das ist natürlich Blödsinn. Die Geschichten vom Kannibalismus waren Märchen der Missionare. Die Einheimischen wollen einfach nur, dass das Land ihrer Vorfahren wenigstens zum Teil wieder ihnen gehört und sie so darauf leben können, wie sie wollen.«

»Und dafür sorgt das Office of Hawaiian Affairs.«

Kupuka'a schüttelte den Kopf. »Das Büro taugt nichts.«

»Jetzt macht mal einen Punkt«, sagte Hackfield. »Wir sind doch nicht hier, um die Unabhängigkeitsbestrebungen der reinrassigen Hawaiianer zu diskutieren.«

Er griff nach Kupuka'as Arm. »Du würdest wissen, wenn hier ein Menschenopfer stattgefunden hätte.«

Kupuka'a verzog das Gesicht zu einem Grinsen. »Meine Leute halten mich für einen Ali'i.« Er wandte sich an den FBI-Beamten. »Eine Adelsklasse, deren Angehörige als Nachfahren der Götter gelten. Wir sprechen die Tabus aus. Die Ali'i wären diejenigen, die Menschenopfer oder Todesstrafen für Tabubrüche fordern würden. Wenn das ein Ali'i getan hätte, wüsste ich davon.«

»Als ich gebeten wurde, die Ermittlungen zu unterstützen, wurde uns erklärt, der Gouverneur sorge sich auch wegen der latenten Japaner-Feindlichkeit über mögliche Auswirkungen für den Tourismus«, erklärte Griffin ruhig.

»Das stimmt«, bestätigte Hackfield. »Nachdem wir erfahren haben, dass es identische Fälle in Deutschland gibt, hoffen wir natürlich, der Mörder ist ein deutscher Tourist.« Er lächelte Koch an. »Wir hätten es hier wirklich lieber mit einem ›normalen‹ deutschen Serienmörder zu tun als mit durchgeknallten Nationalisten.«

»Das wäre auch nicht mehr mein Fachgebiet.« Koch klopfte mit dem Fingerknöchel auf die Fotos von Kim Thomas, die er noch immer in der Hand hielt. »Also, ich für meinen Teil weiß nicht viel über Hawaii und die Geschichte und Traditionen und Religionen hier. Aber wenn ich sehe, wie die Frau hier zugerichtet wurde, und das mit den drei Opfern vergleiche, die wir in München hatten, dann würde ich so weit gehen zu behaupten, dass es mit ganz hoher Wahrscheinlichkeit einen Zusammenhang gibt.« Alle Gesichter hatten sich dem BKA-Beamten neugierig zugewandt.

»Und eines ist wohl sicher«, fuhr Koch fort. »In Deutschland dürften hawaiianische Menschenopfer keine Rolle gespielt haben.« Er zeigte auf die Puppe am Boden. »Deshalb halte ich das auch hier für unwahrscheinlich.«

»Sehe ich genauso«, stimmte Hackfield zu.

Griffin lächelte verbindlich. »Erlauben Sie mir, die Idee trotzdem im Hinterkopf zu behalten. Wir haben beim FBI schon zu viele Fälle gesehen, bei denen es um Rituale und Kannibalismus ging. Aber ich gebe zu, hier spricht wenig dafür.«

Koch blickte sich um. »Der Fundort der Leiche war auch der Tatort«, stellte er fest. »Die Spuren zeigen, dass der Täter das Opfer auf dem Weg zum Heiau von hinten angegriffen hat. Sie ist gestürzt und hat sich an den Steinen die Haut aufgerissen. Dann hat sie sich offenbar noch einmal aufgerappelt und ist hierhergelaufen. Der Täter hat sie dann am Rand der Grasfläche erneut zu Boden geworfen und begonnen, ihr die Kleider vom Leib zu reißen.«

»Stimmt.« Der County-Polizist deutete auf mehrere Stellen auf der Grasfläche. »Sie hat es geschafft, bis hier und weiter bis dorthin zu kriechen, während der Mörder sie mit den Zähnen ... bearbeitet hat.« Er nahm die Sonnenbrille ab, wischte sich Schweiß von der Stirn und setzte die Brille sofort wieder auf. »Wo sie gefunden wurde, wurde sie offenbar auch vergewaltigt. Und dort ist sie auch gestorben.« Er blickte zu Griffin hinüber. »Und wenn hier ein Ritual stattgefunden hätte, dann hätten wir doch sicher mehr ... Spuren davon gefunden, oder?«

Der FBI-Beamte hob die Hände. »Lassen wir es erst mal gut sein.«

»Was wissen Sie über den Todeszeitpunkt?«, fragte Koch.

»Frau Thomas ist irgendwann nach Sonnenuntergang in der Nacht zum 1. August gestorben.«

»Dieser Ort hier.« Hans Bauer war wieder in den Kreis aus schwarzen Steinen getreten. »Ist er eine Sehenswürdigkeit?«

»Man hat eine schöne Sicht von hier. Aber es gibt noch schönere Aussichtspunkte ganz in der Nähe.«

»Touristen kommen also nicht so oft hierher?«

»Manche Besucher interessieren sich für die frühere hawaiianische Kultur und wollen einen Eindruck von einer heiligen Stätte gewinnen. Schließlich müssen die Hawaiianer ja einen Grund gehabt haben, warum sie gerade hier einen Tempel hingestellt haben. Aber es kann sein, dass tagelang niemand herkommt.«

Koch schaute den erodierten Hang hinauf. »Der Pfad, der an der Küste entlangführt. Kann man den Tatort von dort oben sehen?«

»Nicht gut.«

»Da der Mord offenbar nachts passiert ist, dürfte sowieso niemand dort unterwegs gewesen sein«, warf Kupuka'a ein. Er zeigte auf das Meer hinaus, wo ein Katamaran parallel zur Küste einen weißen Gischtstreifen in die türkisfarbenen Wellen zog. »Das Gleiche gilt für die Schiffe. Davon sind tagsüber viele vor der Küste unterwegs. Aber nach Sonnenuntergang ...«

»Hätte jemand das Opfer schreien hören können?«, fragte Bauer. »Am Strand?«

»Zu weit weg. Die Brandung ist zu laut.« Hackfield rieb sich die Wangen, auf die die Bartstoppeln nach einem langen Tag Schatten warfen. »Es hätte schon ein großer Zufall sein müssen, wenn es für diesen Mord Zeugen gegeben hätte.«

»Der Täter konnte also sicher sein, nicht beobachtet zu werden«, schloss Koch. »Das Opfer wurde zu einem geeigneten Zeitpunkt an einem geeigneten Platz überfallen. Und es gibt keine Spuren des Täters außer denen am Opfer.«

»Gibt es Hinweise auf Reisebekanntschaften?«, fragte Griffin.

Die Ermittler hatten keine gefunden. Das Auto hatte auf dem Parkplatz von Kee Beach gestanden, dort wo der Haena Kalalau oder Napali Trail begann. Kim Thomas hatte den Wagen dort offenbar abgestellt und die ersten drei Kilometer des Trails bis ins Hanakapiai Valley hinter sich gebracht. Das hatte sie sicher in einer Stunde geschafft, schließlich war sie fit. Dann hatte sie auf dem Campingplatz am Hanakapiai Beach übernachtet. Am zweiten Tag war sie in zwei bis drei Stunden bis ins Hanakoa Vallay marschiert. Der Campingplatz lag dort 150 Meter über dem Meer, mitten im Busch.

»Ausgestattet mit der widerlichsten Toilette von ganz Hawaii – eine echte Sehenswürdigkeit«, erklärte Kupuka'a grinsend. »Sie ist dort von einem anderen amerikanischen Touristen gesehen worden, den wir schon befragt haben. Sie war dort auf jeden Fall allein unterwegs.«

»Dann musste sie noch acht Kilometer bis zum Kalalau Beach wandern.« Hackfield wies zum Strand hinunter. »Dafür brauchte sie zwischen drei bis vier Stunden. Am dritten Tag, also nach der ersten Nacht hier, hat sie dann offenbar eine kleine Tour ins Kalalau Valley hinein unternommen. Die Untersuchung von Pflanzen- und Bodenspuren an ihren Schuhen und Kleidern bestätigt das im Großen und Ganzen. Und laut Zeugenaussagen war sie den Rest des Tages am Strand.«

»Sie haben schon eine Menge herausbekommen«, sagte Bauer bewundernd. »Kann man hier schwimmen?«

»Das lässt man besser bleiben. Zu gefährlich. Die Brandung packt einen und lässt einen nicht mehr los. Das kostet jedes Jahr einige Touristen das Leben.«

»Was ist mit ihrem Auto? Irgendwelche Spuren auf einen Reisebegleiter dort?«

»Nein. Kim war im Hale O. Kale untergekommen, einem Bed & Breakfast in Anahola in der Nähe von Kilauea. Auch dort haben unsere Leute keine Hinweise auf Besucher oder Reisebekanntschaften gefunden. Die Betreiber der Pension wussten auch nichts davon. Aber die Untersuchung läuft noch.«

»Fremde Speichelspuren an Teilen ihrer Ausrüstung, etwa ihrem Campingbesteck?« Bauer bereute die Frage, kaum dass er sie gestellt hatte. Natürlich hatten seine Kollegen daran gedacht. Sie waren schließlich keine Anfänger. Es wunderte ihn deshalb nicht, dass er keine Antwort bekam.

»Sie war also vermutlich die ganze Zeit völlig allein«, schloss er.

»Wahrscheinlich. Ihre Kollegen in Karlsruhe haben bereits begonnen, sich in ihrem Bekanntenkreis umzuhören. Es scheint, sie war auch zu Hause eine Einzelgängerin. Und auf den Fotos von früheren Touren – etwa in Peru – ist sie offenbar auch immer allein zu sehen.«

»Sie haben alle Personen, die gleichzeitig mit dem Opfer im Nationalpark waren, identifiziert?«

»Ja. Aber selbst wenn von allen identifizierten Touristen DNA-Proben zur Verfügung stehen, bedeutet das nicht zwingend, dass der Mörder tatsächlich darunter ist.« Hackfield schüttelte den Kopf. »Es gibt hier Leute, die versuchen, langfristig im Kalalau Valley zu leben. Eine Art Aussteiger-Clique. Aber das sind Einheimische, die kaum in letzter Zeit in Deutschland Leute umgebracht haben dürften. Wir haben die meisten von ihnen befragt – und die haben alle gute Alibis. Und Neuzugänge gab es bei ihnen in letzter Zeit nicht.«

»Ich würde vorschlagen, wir beenden die Show hier und diskutieren im Büro weiter«, sagte Hackfield. »Und zwar morgen. Unsere Gäste brauchen nach dem Flug und der Vorstellung hier sicher mal eine Auszeit.«

»Wollen Sie zurückfliegen? Oder mit dem Zodiac mitfahren? Auch ein Erlebnis«, fragte Kupuka'a, während sich alle zusammen auf den Weg zurück zum Strand machten.

»Ich vermute, es geht mit dem Hubschrauber schneller, oder? Dann würde ich ehrlich gesagt lieber fliegen«, sagte Bauer.

Im Hubschrauber war Bauer erneut eingeschlafen und hatte so einen Flug verpasst, für den Touristen viel Geld bezahlten. Auch jetzt war er noch nicht wieder richtig wach geworden, sondern folgte Koch und dem großen Hawaiianer vom Flugfeld, ohne viel wahrzunehmen. Es fiel ihm lediglich auf, dass die Insel ihrem Ruf als »Garden Island« gerecht wurde. Ein so allgegenwärtiges Grün hatte er bislang nur in Irland erlebt. Die Grasanlagen vor dem Flughafen mit ihren Palmen erinnerten ihn an einen botanischen Garten. Kupuka'a hatte einen Dienstwagen auf dem Parkplatz des Flughafens abgestellt. Sie nahmen den Kapule Highway in Richtung Süden. In der Ferne ragten die steilen Hänge der erloschenen Vulkane Waialeale und Kawaikini auf. Lihue, der Verwaltungssitz der Insel, lag inmitten von Zuckerrohrfeldern. Mit etwa 8000 Einwohnern war es lediglich eine Kleinstadt.

»Wir bringen Sie erst mal im Tip Top Motel unter«, erklärte Kupuka'a. »Etwas einfach. Morgen checken wir Sie ins Garden Island Inn ein.« Er gab Gas, während er weitersprach. »Ich mache einen kleinen Umweg, damit Sie einen Eindruck von Lihue bekommen. Wussten Sie, dass der Ort fast mal so was wie eine deutsche Stadt war?« Kupuka'a drehte sich zu Koch und Bauer um, während er in die Rice Street einbog, die Hauptstraße des Ortes. »Mehr als 1000 Einwanderer aus Ihrer Heimat haben hier dafür gesorgt, dass Deutsche für eine Weile das Sagen hatten. Es gab sogar mal eine deutsche Schule. Das hängt mit dem Zuckerrohr zusammen.« Er machte eine die ganze Gegend umfassende Geste. »Von hier stammt etwa ein Drittel des gesamten Rohrzuckers der USA. Auf Hawaii ist Zuckerrohr als Wirtschaftsfaktor fast so wichtig wie Marihuana.«

Kupuka'a grinste, als er die Überraschung auf dem Gesicht seines deutschen Kollegen bemerkte. »Tja, da helfen selbst strenge Gesetze nicht. Der Handel mit Gras blüht.« Er blinzelte den Deutschen zu und bog in eine Nebenstraße ein.

»Im 19. Jahrhundert haben zwei deutsche Unternehmer, Heinrich Hackfeld und Paul Isenberg, hier die großen Zuckerrohrplantagen aufgebaut. Für die haben Ihre Landsleute dann gearbeitet. Natürlich für mehr Geld, als die Einheimischen bekommen haben. Heinrich *Henry* Hackfeld. Klingelt es bei Ihnen?«

»Ein Vorfahre des Police Lieutenant«, sagte Bauer. Er schaute sich um. Aber ihm kam die Stadt nicht sehr deutsch vor. Flache Häuser, die ihn an Bauklötze erinnerten. Alle Straßen waren von Holzmasten mit Strom- und Telefonleitungen gesäumt. Immer wieder begegneten sie Pick-ups mit riesigen Traktorreifen.

Kupuka'a hielt auf dem Parkplatz vor einem zweistöckigen Gebäude, das Bauer niemals für ein Hotel gehalten hätte. Die Fassade bestand aus hellgrauen, durchbrochenen Betonblöcken, die an eine zu Stein gewordene Gardine erinnerten. Kupuka'a meldete sie an, während seine Kollegen die Backstube neben der Lobby bestaunten. Der Hawaiianer wies seine zwei Kollegen auf das Restaurant in einem Nebenraum hin.

»Die Zimmer befinden sich im ersten Stock. Und wenn Sie noch etwas essen wollen, dann empfehle ich die Ochsenschwanzsuppe. Und zum Frühstück die Bananen- und Macadamianuss-Pfannkuchen.«

Bauer schüttelte den Kopf. Er wollte nur noch schlafen. Ohne noch viel wahrzunehmen, verschwand er auf sein Zimmer, stellte den Wecker, fiel auf das Bett und schlief ein.

3. August, Lihue, Hawaii

Das Ambiente des Restaurants im Tip Top Motel war nicht gerade vielversprechend. Andererseits verkehrten hier viele Einheimische. Und die würden wissen, wo es in Lihue schmeckte. Deshalb ignorierte Bauer die sterile Einrichtung, die dunklen Sitzbänke aus Lederimitat, den roten Staub auf dem Boden, die lärmenden Kinder, die uralte Bedienung, die das Essen auf einem Rollwagen hereinschob, und die selbst gemalt wirkenden Speisekarten. Er bestellte die von Kupuka'a zum Frühstück empfohlenen Pancakes. Und er bereute es nicht. Hungrig stopfte er sich die Süßspeise zusammen mit der extrem künstlich aussehenden, aber unglaublich leckeren Guavenmarmelade in den Mund. Das Essen entschädigte ihn ein wenig für die schlechte Nacht. Ein Hotelzimmer wie eine Gefängniszelle. Und das Bett …

»Sie bekommen weitere Verstärkung. Aus Großbritannien«, sagte Kupuka'a.

Überrascht schauten die deutschen Polizisten auf.

»Dort sind offenbar auch Menschen getötet worden. Und es scheint Ähnlichkeiten mit Ihren Fällen und dem Mord von Kalalau Beach zu geben«, erklärte Kupuka'a. »Mehr weiß ich allerdings auch nicht. Hackfield wird uns gleich aufklären.«

Bauer legte die Gabel weg und schob den Teller von sich. München, Hawaii und jetzt auch noch Großbritannien …

»Dann wollen wir zusehen, dass wir nicht zu spät kommen.«

Police Lieutenant Hackfield wiederholte im provisorischen Besprechungsraum der Polizeistation in Lihue, was Kupuka'a den beiden Deutschen angekündigt hatte. Außer Bauer, Koch und dem Detective Sergeant waren noch Griffin vom FBI und vier weitere

Polizisten anwesend. Eine junge Frau erkannte Bauer als Detective Sergeant Minatoya wieder, die er bereits gestern am Tatort gesehen hatte.

»Die Kollegen in Großbritannien untersuchen seit gestern Morgen einen Fall, der ebenfalls gewisse Ähnlichkeiten mit denen von München und von Kalalau Beach aufweist«, erklärte Hackfield. Mit großen Schritten ging er hinüber zu dem Kopierer, den einige Beamte am Morgen zusammen mit einem Faxgerät, einem Computer und einem Beamer in dem Raum aufgestellt hatten. Es waren nur wenige Blätter, die er kopierte. Dann setzte er sich auf einen der Stühle, die in dem Raum zu mehreren Reihen zusammengestellt worden waren, und reichte die Kopien herum.

»Die Briten haben es allerdings mit einer Art Amoklauf zu tun.«

Bauer schaute auf. Fünf Tote. Neben ihm schüttelte Koch ungläubig den Kopf.

»Und …« Hackfield machte eine dramatische Pause. »Es gibt einen Augenzeugen, der den Angriff des Mörders überlebt hat.«

Bauer schaute auf die Blätter in seiner Hand. Eine knappe Zusammenfassung eines Massakers, das sich auf einem schottischen Bauernhof ereignet hatte. Auf den Fotos war so gut wie nichts zu erkennen.

»Das Faxgerät hat die Aufnahmen fast unkenntlich gemacht, tut mir leid«, sagte Hackfield, der Bauers Blick bemerkt hatte. »Die Polizei von Glasgow hat mir die Fotos auch per E-Mail geschickt. Ich könnte Ihnen die zeigen. Aber vielleicht warten wir einfach ab, bis der Kollege aus Schottland da ist. Er ist schon unterwegs.« Er blickte in die Runde und erntete allgemeines Nicken. »Noch Fragen? Mit Details werde ich aber nicht dienen können.«

»Was hat der Zeuge über den Angreifer gesagt?« Bauer hatte sich für die Frage halb erhoben und ließ sich wieder auf seinen Stuhl zurückfallen.

»Ja, das ist interessant. Aber ob es hilfreich ist? Er hat gesagt, er hätte im Dunkeln nicht einmal erkennen können, ob es ein Mensch oder ein Tier war.«

»Wenn es sich um denselben Täter handelt, dann hätte er innerhalb von drei Tagen einen Mord begangen, ist von Hawaii nach

Schottland geflogen und ist dort Amok gelaufen?«, fragte Bauer nachdenklich.

»Tja, wir hoffen natürlich, dass es genau so ist.« Hackfield erlaubte sich ein Lächeln. »Dann wären wir den Serienmörder schon wieder los.«

Er schaute zu Bauer und Koch herüber. »Ich würde unsere deutschen Kollegen bitten, dass sie uns noch einmal einen Überblick über die Morde in München verschaffen.«

Koch legte eine CD in den Computer. Dann schob er seine Unterlagen zusammen, stand auf und baute sich neben der Beamer-Leinwand auf. Alle paar Sekunden blies der Ventilator, der neben der Tür rotierte, einen kühlen Luftstrom unter sein Hemd.

»Ich schildere Ihnen kurz die allgemeine Situation zu Serienmördern in Deutschland, wenn es Ihnen recht ist«, begann er. »Wir erleben lange nicht so viele Mordserien wie Sie in den USA – auch nicht, wenn man die Fälle ins Verhältnis zur Bevölkerungszahl setzt.«.

»Tja, da sind wir wohl führend«, seufzte Special Agent Griffin. »Etwa 80 Prozent der Mordserien weltweit beobachten wir bei uns in den Vereinigten Staaten. Und die meisten davon im sonnigen Kalifornien.«

»Aber Serienmorde sind in Deutschland weit häufiger als von der Öffentlichkeit wahrgenommen«, fuhr Koch fort.

Bauer bemerkte, wie ihn erneut die Müdigkeit übermannte. Kochs Stimme drang nur noch als gedämpftes Gemurmel mit seltsam schrillen Obertönen an sein Ohr. Zum Glück kannte er den Inhalt von Kochs Ausführungen. Sie hatten im Flugzeug bereits darüber gesprochen. Er legte den Kopf zurück und schloss die Augen.

Als Bauer aufwachte, war sein Kopf seltsam leer, und sein Nacken tat ihm weh. Er richtete sich auf seinem Stuhl auf und schaute sich um. Langsam kehrte sein Bewusstsein in die Gegenwart zurück. Koch stand vor ihm und lächelte ihn an.

»Ihre Show«, sagte er. Dann wandte er sich an die Polizisten im Raum, die grinsend auf ihren Stühlen hockten.

»Kriminalhauptkommissar Hans Bauer von der Münchner Polizei wird Ihnen kurz die Fälle vorstellen, mit denen wir es derzeit in Deutschland zu tun haben.«

Koch setzte sich hin. Bauer stand langsam auf, darauf konzentriert, nicht zu schwanken. Er mochte es nicht, im Mittelpunkt zu stehen. Immer noch, obwohl er sich dieser Situation als Leiter einer Mordkommission häufig stellen musste. Unter Fremden war das Gefühl, einer Prüfung unterzogen zu werden, noch stärker als in München, wo er inzwischen sogar schon viele Journalisten gut kannte. Hier kam noch dazu, dass er nicht besonders große Stücke auf sein Englisch hielt. Und dass er gerade aus dem Tiefschlaf gerissen worden war, was vermutlich alle mitbekommen hatten.

»Hallo zusammen, und entschuldigen Sie meine kleine Ohnmacht«, begrüßte er nuschelnd die Anwesenden. »Schieben Sie es auf meinen Jetlag und geben Sie mir eine Chance, den ersten Eindruck zu korrigieren.«

Er legte eine CD ins Rechnerlaufwerk. Dann wandte er sich der Leinwand zu, auf der nun die Aufnahme einer weiblichen Leiche zwischen niedrigen Sträuchern zu sehen war. Carolyn Wagner. So kurz es ging, fasste er die Erkenntnisse der Soko Schatten zu den Mordfällen in München zusammen, während er verschiedene Bilder von den Tatorten zeigte. Erleichtert kam er zum Ende.

»Lassen sich Schlüsse aus dem Erbgut des Täters ziehen?«, fragte eine junge Frau. Der Soko-Chef blickte auf. Es war Detective Sergeant Minatoya.

»Wir wissen, dass der Täter dunkelblond ist – das beweist ein Kopfhaar, das beim zweiten Opfer sichergestellt wurde und laut DNA-Analyse vom Täter stammt. Darüber hinaus wissen wir nur, dass sein DNA-Profil nicht in der Gen-Datenbank des Bundeskriminalamtes in Wiesbaden gespeichert ist.«

Special Agent Griffin erhob sich von seinem Platz und räusperte sich. »Die Kollegen in Hilo, die in den nächsten Tagen das DNA-Profil des Mörders von Kalalau Beach erstellen, werden es natürlich mit dem des Münchner Täters vergleichen. Ihre Daten aus München sollten bereits hier sein. Wir werden außerdem im CODIS nach dem DNA-Profil suchen.«

»Codis?« Bauer schaute Griffin fragend an.

»Das Combined DNA Index System des FBI.«

»Das ist die amerikanische Variante der Gen-Datenbank des BKA«, fügte Koch hinzu.

»Und das Pentagon ist ebenfalls so nett, zu checken, ob der Mann vielleicht ein Angehöriger der Streitkräfte ist«, fuhr Griffin fort. »Die speichern solche Daten von all ihren Leuten.«

»Aber lässt sich nicht noch mehr aus dem Erbgut schließen?«, hakte die junge Polizistin nach. »Augenfarbe und so etwas?«

»Das eine oder andere ließe sich vielleicht technisch machen – wenn es erlaubt wäre«, antwortete Bauer. »Die Gesetze in Deutschland verbieten das jedoch aus Gründen des Datenschutzes. Wir dürfen lediglich das Geschlecht und ein individuelles DNA-Profil bestimmen, das auf keine körperlichen Merkmale schließen lässt.«

»In den Vereinigten Staaten lässt sich mit den DNA-Proben mehr machen«, sagte Griffin. »Es wäre zum Beispiel möglich, neben der Augenfarbe auch die Wahrscheinlichkeit zu bestimmen, dass ein Täter einer bestimmten Volksgruppe angehört. Wir müssen das Erbgut dafür allerdings mit speziellen Tests eines privaten Unternehmens untersuchen lassen, die wir einkaufen müssten. Das Büro wollte erst sehen, was wir mit den üblichen Methoden erreichen.«

Bauer blickte in die Runde und wartete ab, ob es noch weitere Kommentare zum Thema DNA gab. Doch es blieb still.

»Unsere Kriminaltechniker haben Textilspuren isoliert. Die Opfer sind während der Tat vermutlich in Kontakt mit der Kleidung des Täters gekommen. Wir haben vom dritten Tatort zum Beispiel Fasern, die vermutlich von einem Hemd stammen. Einem relativ abgetragenen, blauen Hemd. Außerdem von einer ebenfalls blauen Jeansjacke oder -hose. Stonewashed. Es gab …«

»Die könnten auch noch mit unseren Datenbanken abgeglichen werden«, schlug Griffin vor. »Wir haben da einiges Material. Dank der Globalisierung tragen wir ja inzwischen fast weltweit dieselbe Kleidung.«

»Ja. Danke«, sagte Bauer. »Es gab eine Reihe von Schuhabdrücken in der Nähe der Tatorte im Englischen Garten, mit denen wir nichts anfangen konnten. Aber auf der Strecke zwischen diesen Stellen konnten unter anderem mehrere Abdrücke derselben Schuhe identifiziert werden: Turnschuhe der Marke

Nike, Schuhgröße 43. Wahrscheinlich vom Täter – aber nicht zwingend. Die Kämpfe mit den Frauen haben bei dem Mörder vermutlich keine sichtbaren Spuren wie Kratzer hinterlassen. Jedenfalls wurde keine Haut unter den Fingernägeln der Frauen gefunden. Die Opfer hatten vermutlich kaum eine Chance, sich zu wehren. Der Mörder hat am Tatort also eine Reihe von Hinweisen hinterlassen, die bestätigen könnten, dass er der Täter ist, wenn wir ihn haben. Aber wir haben nichts, was direkt in seine Richtung weist.«

Bauer holte sich ein Glas und füllte Wasser aus einer der Plastikflaschen hinein, die auf dem Tisch standen.

»Wir haben also keine heiße Spur«, fuhr er fort. »Die Partner der Opfer beziehungsweise alle männlichen Bekannten konnten wir aufgrund der DNA als Täter ausschließen.«

Er hob erneut den Zeigefinger. »Aber ich habe noch eine Kleinigkeit für Sie, die ich Ihnen nicht vorenthalten möchte.«

Auf der Leinwand tauchte das Schwarz-Weiß-Bild der Überwachungskamera vom Ernst-Penzoldt-Fußweg auf.

»Ich möchte Ihnen einige Bilder zeigen, die eine Videokamera in der Nähe eines Tatorts aufgenommen hat. Die Aufnahmen entstanden unmittelbar vor dem Angriff auf das zweite Opfer.«

Bauer holte einen Laserpointer aus der Tasche und fingerte daran herum. Dann deutete er auf den kaum erkennbaren Arm der dunklen Gestalt zwischen den Sträuchern. »Wir waren von diesen Bildern natürlich enttäuscht. Aber …« Bauer drückte eine Taste. »Ich zeige Ihnen jetzt ein bearbeitetes Foto, für das wir Bilder der Kamera aus derselben Perspektive, aber zu verschiedenen Zeitpunkten übereinandergelegt haben. Unser Kriminaltechnisches Institut hat das, was auf den zwei Bildern unterschiedlich ist, herausgearbeitet. Achten Sie auf diese Stelle«, forderte Bauer die Anwesenden auf und umkreiste mit dem Laserpointer eine Stelle im Gebüsch. Auf der Leinwand schälte sich eine Silhouette aus dem Gebüsch heraus.

»Was ist denn das?«, fragte Hackfield laut. »Ein Hund oder was?«

»Ein Mensch auf allen vieren«, sagte Minatoya.

»Wir haben die Stelle, an der sich dieses Lebewesen aufgehalten hat, genau untersucht. Leider liegt dort viel Laub. Abdrücke konnten wir keine finden, auch keine anderen Hinweise …«

»Augenblick. Sie haben doch DNA von Ihrem Täter«, warf Kupuka'a ein. »Sie wissen doch, dass es ein Mensch war.«

»Aber vielleicht hatte er ein Tier bei sich. Ein ziemlich großes Tier. Das wäre natürlich eine ziemlich wichtige Spur«, warf Minatoya ein und warf ihrem Kollegen einen trotzigen Blick zu.

»Du meinst, da ist ein Verrückter unterwegs, der zu seinen Überfällen einen riesigen Hund mitnimmt?« Detective Sergeant Kupuka'a verschränkte die Arme vor der Brust und lehnte sich in seinem ächzenden Stuhl zurück.

Bauer entfernte seine CD aus dem Laptop und legte sie in seinen kleinen Rucksack zurück.

»Der Zeuge in Schottland sprach auch von einem Tier«, warf Hackfield ein. Bauer ergriff wieder das Wort. »Warten Sie. Wir haben natürlich dieselbe Diskussion in München geführt. Und wir wissen auch schon mehr. Wir sind uns sicher, dass da ein Mensch zu sehen ist, nach vorn gebeugt mit der Hand auf dem Boden. Als wenn er auf einen Angriff lauert.«

»Wie ein Tier …«, warf Minatoya ein.

Bauer nickte. »Er verhält sich nicht nur während der Angriffe wie ein Tier, sondern auch kurz vorher.«

Hackfield nickte, holte sein Handy aus der Tasche und ging vor die Tür. Bevor er den Raum verließ, drehte er sich noch einmal um. »Ich würde vorschlagen, wir machen eine Pause. Bedienen Sie sich doch in der Küche. Wir haben ein paar Sachen kommen lassen, damit Sie nicht verhungern.«

Hans Bauer sah dem Police Lieutenant nach. Was er an Informationen aus Deutschland mitgebracht hatte, hatte sicher nicht viel Eindruck auf die Kollegen gemacht. Mehr gab es halt nicht. Aber für ihn war entscheidend, was er wieder mit nach Hause nahm.

Neben ihm stand Koch auf und streckte sich. Bauer war froh, dass der Kollege hier war. Koch war sympathisch. Unkompliziert, unaufdringlich und kein Wichtigtuer. Wie alt mochte er sein? Etwas über 50. Sein Alter schlug sich in den Falten seines Gesichts nieder – aber nur dort. Er wirkte körperlich jung und fit. Dabei war er ein richtig alter Hase. In ganz Deutschland gab es vielleicht 60 oder 70 Fallanalytiker bei den Landespolizeibehörden, hatte Koch ihm erzählt. 16 weitere arbeiteten in der Zentralstelle für Operative Fallanalyse des Bundeskriminalamtes, die auch die Ausbildung der übrigen OFA-Beamten übernahm. Alle hatten einen Abschluss an einer Fachhochschule und langjährige Erfahrungen im Bereich der Fallanalyse. Dazu kam noch ein halbes Dutzend Psychologen. Natürlich wusste Bauer, dass die Kollegen nicht, wie in den Medien häufig dargestellt, an den Tatorten auftauchten und die Ermittler unaufgefordert mit genialen Erkenntnissen auf die richtige Spur brachten. Sie berieten lediglich auf Anfrage in besonders schwierigen Fällen und …

»Wenn Sie rauchen wollen … ich habe gesehen, dass draußen vor der Tür ein Aschenbecher steht. Dort scheint es offenbar erlaubt zu sein.«

Überrascht stellte Bauer fest, dass Koch ihn angesprochen hatte. Er blickte auf seine Hand und entdeckte dort eine verknitterte Zigarette.

»Oh? Sehr gut.« Er ließ die Schultern fallen und fühlte sich sofort entspannter. »Sie rauchen nicht zufällig auch?«, fragte er.

»Nein, aber ich komme trotzdem mit, wenn Sie nichts dagegen haben.«

Sie verließen das Gebäude. Das Police Department war in einem neuen Gebäude in der Nähe des Flughafens untergebracht. Zwischen den Häusern hatten die beiden deutschen Polizeibeamten freie Sicht über die grünen Felder bis zu den Bergen. Koch drückte das Kreuz durch und atmete tief ein. »Ich glaube, hier könnte ich es eine lange Zeit aushalten«, sagte er. Bauer nickte schweigend.

Als sie in den Besprechungsraum zurückkehrten, waren die amerikanischen Kollegen noch dabei, eine Art Brunch zu verzehren. Koch bediente sich ebenfalls, während Bauer sich lediglich Kaffee nachschenkte. Hackfield war zurückgekehrt. Die Leinwand war weggeräumt, der Raum hell erleuchtet.

»Unsere Kollegen auf dem Festland haben noch zwei weitere US-Bürger ausfindig gemacht, die während des Mordes im Napali Coast State Park unterwegs waren. Die werden jetzt auch überprüft.« Er wandte sich an Koch. »Die Kollegen vom FBI haben auch die Aufgabe übernommen, alle Passagierlisten von Flügen von Deutschland nach Hawaii in der Zeit zwischen dem 7. Juli und dem 1. August und von Flügen danach in die umgekehrte Richtung sowie nach Großbritannien zu überprüfen.«

»Dabei müsste man auf den Fingerabdruck stoßen, den der Täter in München auf der Brille eines Opfers hinterlassen hat«, sagte Bauer. Die Amerikaner nahmen im Rahmen der Terror-Bekämpfung von allen Flugpassagieren Fingerabdrücke. Hackfield nickte.

»Ich würde gern eine Frage stellen.« Detective Sergeant Minatoya wandte sich an Bauer.

»Die Haltung dieses Mannes auf dem Foto, das Sie gerade vorgeführt haben, ist ziemlich ungewöhnlich, oder? Ich meine, wenn ich auf der Lauer liegen würde, dann würde ich mich vielleicht hinhocken und auch mit den Händen abstützen. Aber meinen Hintern würde ich nicht so anheben.«

»Ich habe mir sagen lassen, dass diese Haltung ziemlich unbequem ist. Und wenn irgendjemand eine Idee hat, warum sich dieser Mann so verhalten hat, dann wäre ich dankbar, sie zu hören.«

Niemand meldete sich zu Wort.

»Das Haar, das Sie gefunden haben. War der Mörder vielleicht ein Junkie?«, fragte Hackfield.

»Nein. Das Drogen-Screening hat ergeben, dass der Mörder keine Drogen genommen hat«, antwortete er. »Weder Heroin noch Kokain oder sonst etwas, das sich in Ablagerungen in den Haaren widerspiegeln würde. Lediglich Nikotin.«

Hackfield wandte sich an Griffin. »Meinen Sie, das FBI könnte eine Extra-Analyse in Auftrag geben, um die ethnische Zugehörigkeit des Täters herauszufinden? Wenn die Bundesbehörde das nicht will, dann könnte ich mir vorstellen, dass die Frau Governor das finanziell unterstützt.«

Hackfield schickte seine Leute zurück an die Arbeit. Griffin, Bauer und Koch bat er in sein Büro.

»Es gibt einen weiteren Grund, warum Governor Lindsey hofft, dass wir keinen Einheimischen suchen«, erklärte der Police Lieutenant. Die beiden Deutschen und der FBI-Agent ließen sich auf den Sesseln in seinem Büro nieder.

»Wir haben hier nicht zum ersten Mal einen Serienmörder.« Hackfield tippte mit dem Finger auf einige Aktenordner auf seinem Schreibtisch. »Es gab bereits zwei Mordserien. Beide sind nie aufgeklärt worden. Die erste hatten wir auf Oahu in den 80ern. Dort wurden fünf Frauen erwürgt, vier davon vergewaltigt. 2000 wurden dann hier auf Kauai zwei Frauen vergewaltigt und erstochen. Eine dritte Frau wurde vergewaltigt und verletzt. Diese Überfälle fanden dicht beieinander statt. In Strandnähe. Viele Menschen leben hier vom Tourismus. Die hatten Angst, dass die Morde weltweit Schlagzeilen machen würden. Und jetzt wieder ein Sexualmord an einer Frau in Strandnähe?«

»Und das Opfer hätte eine Japanerin sein können«, warf Bauer ein und kratzte sich am Knöchel.

Hackfield verzog das Gesicht. »Richtig. Governor Lindsey will den Leuten möglichst schnell sagen können, dass es keine neue Serie gibt. Und der Mörder darf es nicht auf Japaner oder Touristen abgesehen haben.«

»Also sollen wir uns die alten Fälle noch einmal ansehen und mit dem Mord am Kalalau Beach vergleichen.« Griffin stand auf, griff nach den Unterlagen und reichte einen Teil davon an Koch weiter.

Hackfield wandte sich an Bauer. »Sie sollten sich ein Mückenspray besorgen. Und nehmen Sie unser Zeug. Über die Mittelchen aus Europa lachen unsere Moskitos. Aber immerhin haben wir hier keine Malaria oder andere gefährliche Infektionskrankheiten. Ein wenig Denguefieber, hier und da etwas Leptospirose, alles kein Problem. Willkommen im Paradies.«

3. August, Milton bei Boston

Katrina Wilkins ließ den Wagen langsam ausrollen. Der Kies des Seitenstreifens knirschte unter den Rädern. Wenige Meter hinter dem grünen Van, der einsam und verlassen am Straßenrand stand, kam ihr Streifenwagen zum Stehen. Sie schaltete den Motor ab, zog die Handbremse an und stieg aus. Durch die Blätter der Bäume, die den Park zu beiden Seiten der Straße in dunkle Schatten hüllten, strich der Wind. Die Brise war angenehm kühl. Langsam näherte sie sich dem Van. Als sie zuvor an dem Wagen vorbeigefahren war, hatte sie in der Zentrale nachgefragt, ob er als gestohlen gemeldet war. Es war ungewöhnlich, dass hier, mitten in der Blue Hill Reservation, nach 22 Uhr noch ein Auto stand. Doch es lagen keine Informationen über den Wagen vor. Trotzdem hatte die junge Polizistin beschlossen, sich das Gefährt näher anzusehen. Die nächsten Häuser direkt an der Chickatawbut Road waren von hier aus einen guten Kilometer entfernt. Die Fenster leuchteten wie Sterne dicht über dem Horizont. Milton lag zwar näher – die nächsten Gebäude waren nur 200 Meter weit weg –, doch zwischen der Polizistin und den Häusern befand sich dichter Wald. Vielleicht hatte der Fahrer des Vans sich nach einer Panne zu Fuß auf den Weg gemacht. Gesehen hatte sie niemanden.

Johnson, der in der Zentrale ihren Anruf entgegengenommen hatte, hatte sie aufgefordert, nicht wie ein Wirbelwind über den vermutlich schlafenden Fahrer herzufallen. Sie hatte über den Vergleich mit dem Hurrikan, der New Orleans verwüstet hatte, noch nie lachen können. Für sie stand dieser Sturm für den Rassismus, der vielerorts noch immer herrschte: Seine Opfer waren vor allem Schwarze gewesen. Und sie war ebenfalls schwarz. Aber es war sinnlos, den Kollegen die blöden Sprüche zu verbieten.

Sie leuchtete mit der Taschenlampe in den Van hinein. Der Wagen war verlassen. Wenn der Fahrer eine Panne gehabt hatte, war das von außen nicht zu erkennen. Alle Reifen hatten Luft. Sie legte die Hand an die Karosserie über dem Motor. Kalt. Sämtliche Türen waren abgeschlossen. Vielleicht sollte sie …

Ein Geräusch aus dem Wald ließ sie herumfahren. Dann war es wieder still. Sie leuchtete zwischen die Bäume und lauschte angestrengt.

Da war es wieder. Ein leiser Klagelaut schwebte aus einiger Entfernung heran. Sie hätte nicht sagen können, ob er von einem Tier oder einem Menschen stammte. Vielleicht ein Kojote? Sie schaltete das Funkgerät an ihrer Schulter ein und meldete sich bei der Zentrale. Wieder war Johnson am Gerät.

»Der Van ist abgeschlossen, nichts Auffälliges zu sehen«, sagte Wilkins. »Vielleicht läuft der Besitzer hier herum und sucht eine Tankstelle.«

»Dann sieh zu, dass du zurückkommst. Deine Schicht ist doch fast vorbei.«

»Aus dem Park habe ich so ein komisches Geräusch gehört. Will mal nachsehen, was da los ist.«

»Ein komisches Geräusch? Geht das nicht ein bisschen genauer? Eine Klapperschlange? Oder ist ein Baum umgefallen?«

»Ich kann es nicht beschreiben. Es klang wie …« Sie überlegte. »Ich weiß nicht. Könnte auch ein Tier gewesen sein.«

»Wo bist du genau? Wenn du Hilfe brauchst, dann warte. Boyd könnte in zehn Minuten bei dir sein.«

»Ich bin etwa auf halber Strecke zwischen der Randolph Avenue und dem Chickatawbut Overlook und gehe Richtung Norden in den Wald.«

»Aber verlauf dich nicht.« Johnson kicherte. »Da sind immerhin 28 Quadratkilometer Wildnis um dich herum.«

»Danke für den Hinweis, du Witzbold. Ich kann die Müllcontainer von Milton von hier aus fast riechen. Ich melde mich gleich wieder.«

Wilkins stieg den Hang Richtung Milton hinunter. Der Lichtkegel der Lampe fuhr über die Baumstämme und die Büsche hin und her. Bei jeder Bewegung ihres Armes schienen Schatten durch das Unterholz zu huschen. Bald stieß sie auf einen Pfad. Ihrer Erinnerung nach musste es der Headquarters Path sein. Sie konnte bereits die ersten Lichter der Kleinstadt sehen. Dann hatte sie den Grünstreifen fast vollständig durchquert. Vor ihr lagen die ersten Häuser der Hilltop Street. Das Mondlicht glitzerte in einem Swimmingpool, an einem Fahnenmast hing träge das Sternenbanner. Eine Schaukel bewegte sich sacht in der Brise. Sie hätte auch gern in einem dieser Häuser gewohnt. Nette kleine …

Etwas brach durch die Büsche. Erschrocken hob sie die Taschenlampe. Das Licht erfasste einen riesigen Schatten, der auf sie zustürzte. Sie fiel hintenüber und knallte gegen einen Baum. Benommen versuchte sie sich auf die Knie zu ziehen. Doch etwas drückte sie zu Boden und begann, an ihrer Uniform zu reißen. Schnauben und eine Art zorniges Flüstern erfüllten ihre Ohren. Irgendwo tief in ihrem Inneren bemühte sich ein Rest ihres Verstandes um eine rationale Erklärung. Was hatte sie angegriffen? Ein Kojote? Gab es hier Bären?

Verzweifelt strampelte sie mit den Beinen und versuchte, das Gewicht von ihrem Rücken zu werfen. Der Angreifer riss mit ungeheurer Kraft an ihrer Hose. Plötzlich fühlte sie kühles Laub an ihrem Bauch. Mit aller Kraft stemmte sie sich vom Boden hoch. Jeder Gegner lässt sich besiegen. Sie hatte diesen Satz während des Selbstverteidigungskurses verinnerlicht. Mit einem Ruck warf sie sich zur Seite – und war plötzlich frei. Sie drehte sich auf den Rücken und versuchte, an die Smith & Wesson zu kommen, die sie an der Hüfte trug. Direkt vor ihr wuchs erneut ein Schatten aus der Dunkelheit, schwärzer als der Wald. Etwas landete schwer auf ihrem Unterleib und trieb ihr die Luft aus der Lunge. Ein scharfer Schmerz zuckte durch ihre Hand, während sie verzweifelt versuchte, ihre Waffe aus dem Halfter zu bekommen. Endlich. Sie hob den Arm und bekam einen Schlag gegen das Handgelenk. Die Pistole flog ihr aus der Hand. Verzweifelt hieb sie mit der Faust auf das Wesen ein, dessen Zähne sie jetzt am Hals spürte. Sie nahm all ihre Kraft zusammen und drückte den Angreifer zur Seite. Weit aufgerissene Augen starrten sie an, sie sah gebleckte Zähne, dann war das Wesen plötzlich verschwunden. Wilkins drehte sich blitzschnell um und robbte auf Händen und Knien dorthin, wo sie ihre Waffe vermutete. Hinter sich hörte sie, wie der Angreifer sich wieder näherte. Endlich spürte sie das kalte Metall der Waffe in der Hand. Sie legte die Finger um den Griff, den Zeigefinger am Abzug, und drehte sich auf den Rücken. Eine Gestalt ragte hoch über ihr auf, die Konturen zeichneten sich vor den grauen Wolken des Nachthimmels ab. Die Absätze der jungen Polizistin gruben sich ins feuchte Laub, ihre Ellbogen knallten gegen die Baumwurzeln, als sie verzweifelt versuchte, rückwärts zu rutschen und Abstand zu dem Angreifer zu gewinnen. Wieder stürzte der Schatten auf sie zu. Sie riss die Pistole hoch, drückte die Mündung irgendwo gegen den Leib, der gegen sie prallte, und feuerte. Der Angreifer stürzte zur Seite. Zweimal schießen, dachte sie. So haben wir es gelernt. Immer zweimal schießen. Sie zog erneut den Abzug durch. Im Licht des Mondes, der jetzt durch die Wolken schien, erkannte sie, dass ein junger Mann vor ihr kniete, Mit den Händen umklammerte er seinen Hals. Ein dünner Strahl Blut schoss zwischen den Fingern hindurch. Ohne zu zielen, leerte Wilkins das Magazin ihrer Waffe in die Richtung, in der sich der Kopf des Mannes befand. Der Angreifer wurde zurückgeworfen und stürzte auf den Waldboden. Die junge Polizistin drückte sich hoch und feuerte ihre bereits leere Waffe wieder und wieder auf den leblosen Körper ab.

Ein Gespinst aus schwarzem Nebel umkreiste den Mond und verschluckte sein Licht. In Wilkins' Ohren begann es zu summen. Sie fiel. Das Letzte, was sie hörte, war ihr Name, der aus großer Entfernung gerufen wurde. Ist ja gut, dachte sie, ich komme ja schon.

4. August, München

Thomas Born fuhr aus dem Schlaf und blickte sich irritiert um. Das Fenster, durch das spärliches Licht in das Zimmer fiel, befand sich auf der falschen Seite vom Bett. Die Matratze war ungewöhnlich hart. Außerdem …

Erneut klingelte sein Mobiltelefon. Reflexartig langte er in Richtung des leuchtenden Displays auf dem Boden. Er suchte eine Weile nach der richtigen Taste und meldete sich dann mit einem müden Hallo.

Auf der anderen Seite der Leitung war Schweigen, untermalt von atmosphärischem Rauschen.

»Wer ist da?«

Born richtete sich auf und tastete nach dem Lichtschalter neben dem Bett. Doch da war er nicht.

»Was ist los? Ich erreiche niemanden im Büro«, hörte er Bauer schimpfen.

»Was? Augenblick.« Borns Augen gewöhnten sich langsam an die Dunkelheit. Das hier war eindeutig nicht sein Bett. Das war nicht sein Schlafzimmer.

Was … die Matratze bebte. Wer war die Frau, die neben ihm lag?

»Was gibt es Neues bei euch?«, fragte Bauer. Born stand auf. Seinen Chef würde es vermutlich nicht interessieren, dass Born im Bett einer Frau aufgewacht war, an deren Namen er sich nicht erinnerte. Er tastete sich hinüber zu einer Tür, hinter der er die Küche vermutete. Glück gehabt. Born schaltete das Licht an und ließ sich auf einen Stuhl fallen. Am Kühlschrank hing ein kitschiges Poster von einem springenden Delphin. Auf der Arbeitsfläche neben der Spüle stand ein Radiowecker. 05:37 Uhr. Die roten Digitalziffern blinkten im Sekundentakt. Verwirrt rieb sich Born mit dem Handballen die Augen.

»Es gibt eigentlich nichts Neues, Chef«, sagte er und suchte nach einer Kaffeemaschine. »Wir hoffen, dass ...«

»Scheiße. Acht Wochen arbeiten wir jetzt schon an diesen Fällen. Drei Leichen haben wir allein in München. Ich fange langsam an, daran zu zweifeln, dass wir diesen Burschen überhaupt kriegen.« Bauers Stimme war leise, er war kaum zu verstehen.

»Hattest du eine Ahnung davon, dass es seit dem Ende des Zweiten Weltkriegs in Deutschland fast 100 Mordserien mit unterschiedlich großen Opferzahlen gab, von denen mehr als 20 bis heute nicht aufgeklärt wurden?«

»Tatsächlich?« Das hatte Born nicht gewusst. Aber dafür hatte er einen Wasserkocher entdeckt, eine Kaffeekanne aus Porzellan, einen Filterhalter und Filter, von denen er einen mit dem braunen Pulver füllte, das er in einer alten, hoffentlich zutreffend bezeichneten Blechdose entdeckt hatte.

»Fast 600 Menschen wurden seit 1945 Opfer von Serienmördern«, fuhr Bauer heiser fort. »Das sind zehn pro Jahr. Und in mehr als 100 Fällen sind die Täter unbekannt. Die Aufklärungsrate liegt bei etwas über 80 Prozent. Dazu kommt, dass etwa 20 Täter für zwei Morde verurteilt wurden, die vermutlich aber drei oder mehr Menschen getötet haben. Deshalb gelten sie offiziell nicht als Serienmörder.« Bauer schwieg eine Weile.

Das Wasser kochte. Born goss es in den Filter. Ein Duft nach frisch aufgebrühtem Kaffee erfüllte die Küche. Wieso saß er mitten in der Nacht in einer fremden Wohnung und diskutierte mit seinem Chef in Hawaii über die Zahl der Serienmorde in Deutschland?

»Das ist ...«, begann er.

»Darüber hinaus kennen wir fast 100 Verbrecher, die als Raubmörder getötet haben und von der Persönlichkeitsstruktur und von der Auswahl der Opfer her aber auch als Serienmörder betrachtet werden könnten. Wir müssen also davon ausgehen, dass in den letzten 60 Jahren mehr als 200 Menschen Serienmörder waren oder geworden wären, wenn sie die Gelegenheit gehabt hätten.«

Born setzte erneut an, etwas zu sagen. Dann begriff er, dass sein Chef nicht mit ihm sprechen, sondern etwas loswerden wollte, das ihn beschäftigte.

»Es gibt Vermutungen, dass derzeit noch sieben oder acht solche Serienmörder unterwegs sind«, fuhr Bauer mit lauter Stimme fort. Born konnte ihn jetzt deutlich verstehen. »Sieben oder acht Serienmörder, Tom. Sieben oder acht Serienmörder, die jetzt gerade, während wir miteinander reden, auf eine Gelegenheit warten, jemanden umzubringen. Das hat Koch mir gesagt.«

Koch, dachte Born, musste der BKA-Beamte sein, mit dem Bauer nach Hawaii geflogen war. Offenbar hatte die Reise seinen Chef bisher nicht aufgeheitert.

»Die Zahl der Serienmorde, die wir als solche erkannt haben, ist seit Mitte der 60er-Jahre erheblich angestiegen«, sagte Bauer. »Wer weiß, wie es früher war. Aber was wirklich frustrierend ist … weißt du, was wirklich frustrierend ist?«

Bevor Born auf die Frage reagieren konnte, sprach Bauer weiter.

»Richtig frustrierend ist, dass zwei von drei Serienmördern in der Vergangenheit nur verhaftet werden konnten, weil es Hinweise aus der Bevölkerung gab oder weil die Täter sich gestellt haben. Oder weil die Kollegen einfach Glück gehabt haben.«

»Tatsächlich?«, entfuhr es Born. Bedeutete das, ihre eigenen Ermittlungen würden mit einer Wahrscheinlichkeit von 66 Prozent ebenfalls vergeblich sein? Bauer hatte recht: Das klang wirklich frustrierend. Er streckte die Beine unter dem Tisch aus und fuhr sich durch die Haare. »Wir haben früher vielleicht einfach zu wenig über diese Art von Verbrechen gewusst«, sagte er und versuchte, Optimismus in seine Stimme zu legen. »Und vielleicht hilft es ja, wenn ihr auf Hawaii alle zusammen …«

»Ja, sicher«, sagte Bauer. »Bestimmt hilft es.«

Sie schwiegen eine Weile, was Born nervös machte. Es gibt nur wenige Situationen, in denen Menschen am Telefon schweigen. Wenn der aufgelegte Hörer das Ende einer Liebe besiegelt. Wenn, im Gegenteil, der Atem des anderen ausreicht, um die Nähe herzustellen, die die Umstände gerade verwehren. Oder, und diese Situation war neu für Born, wenn man einfach nicht wusste, was man sagen sollte, weil man keine Ahnung hatte, was in dem anderen gerade vor sich geht.

Schließlich unterbrach Bauer das Schweigen. »Wieso habe ich eigentlich niemanden im Büro erreicht?«

»Äh, dafür ist es vielleicht noch etwas früh. Wir haben noch keine sechs Uhr«, sagte Born und schüttete Kaffee aus der Kanne in eine große Tasse mit Herzchen und dem Spruch ›Bleib mir treu‹. Langsam kam die Erinnerung an die Nacht zurück, die hinter ihm lag.

»Noch keine sechs?«, fragte Bauer verblüfft. »Oh. Tut mir leid.«

»Schon gut«, sagte Born. »Ich hätte jetzt sowieso aufstehen … Chef?« Er lauschte in den Hörer. Bauer hatte aufgelegt.

Born setzte sich erneut an den Küchentisch und trank seinen Kaffee. Er konnte sich wieder an den Namen der Frau erinnern, die nebenan schlief. Jenny. Er hatte sie in der Pizzeria am Weißenburger Platz kennengelernt. Er schüttelte den Kopf und lächelte. Der Abend war seltsam gewesen. Verkrampft in dem Bemühen, locker zu sein, richtig einen draufzumachen. Sie waren durch einige Kneipen gezogen, hatten sich gut unterhalten und dann sogar Spaß im Bett gehabt. Selbst das Gefummel mit dem Kondom war nicht peinlich gewesen. Aber wenn Born jetzt in sich hineinhorchte, war da kein Echo. Bei dem Gedanken an Jenny klang keine besondere Saite in ihm an. Vielmehr rührte sich ein schlechtes Gewissen. Vom ersten Augenblick an hatte er gewusst, dass er mit dieser Frau nicht viel gemeinsam hatte.

Er schlich hinüber, suchte seine Sachen zusammen und zog sich leise an. Hoffentlich, dachte er, sah sie die Sache genauso wie er. Sie hatten Spaß gehabt, sich nichts versprochen, und nun war es vorbei. Er schrieb ihr seine Telefonnummer auf einen Zettel, bevor er die Wohnung verließ. Hoffentlich rief sie nicht an.

In dem Augenblick, als die Haustür hinter ihm ins Schloss fiel, wurde ihm klar, dass ihm dieses Leben nicht lag. Ein Leben, in dem er Angst haben würde, zu viel zu versprechen und Herzen zu brechen. Verdammt, Diana, dachte er, warum kann ich nicht einfach ein Arschloch sein?

4. August, Lihue, Hawaii

Am nächsten Morgen stand Bauer früh auf, um die Zeit vor dem nächsten Treffen mit den Kollegen für einen Spaziergang zu nutzen. Wie Kupuka'a versprochen hatte, waren sie in ein anderes Hotel umgezogen. Das Garden Island Inn lag im Südosten der Stadt, inmitten einer Grünanlage, lediglich durch eine Straße und einen Park vom Strand getrennt. Die hellen Zimmer waren gemütlich eingerichtet. An den Wänden hingen bunte Aquarelle einer einheimischen Künstlerin, die zu den blumigen Bettlaken auf dem Doppelbett passten. Vom Fenster aus blickte man in den üppigen Garten. Es gab sogar eine Kochnische. Und an der mit Palmenblatt-Mustern verzierten Decke drehte sich ein riesiger Ventilator.

Die ersten Surfer waren bereits auf dem Meer. Wolken hingen über den grünen Hängen der Berge auf der gegenüberliegenden Seite der Bucht.

In einem Shopping Center kaufte Bauer eine hässliche hawaiianische Göttin aus Holz, ein Heft über die vielen Hollywoodfilme, die auf Hawaii gedreht worden waren, und studierte sehnsuchtsvoll die Anzeigen für Whale-Watching-Touren. Und er legte sich eine dünne Hose und ein kurzärmliges Hemd zu. Beides zog er in der Toilette eines Cafés an. Er hätte schon jetzt viel zu erzählen gehabt über die Reise. Wie es ihn so plötzlich hierher verschlagen hatte. Wie er mit dem Hubschrauber auf die Steilküste zugeflogen war. Wie er … aber wem sollte er es erzählen? Welchen Freunden? Den Kollegen? Hauser? Er verließ hastig das Restaurant in Richtung Hotel, wo ihn Kupuka'a abholen würde.

Im Besprechungsraum waren die Kollegen von gestern versammelt, nur Griffin und Hackfield fehlten noch. Der Police Lieutenant kam nicht allein. Eine blonde Frau begleitete ihn.

Cynthia Collins umarmte Bauer. »Na, ist das eine Überraschung?«

Bauer lachte. »Schön, dass sie dich geschickt haben.«

»Ich kenne alle Fakten, und die anderen können schließlich kein Profil erstellen.«

»Und? Ist euer Mann auch unser Mann?« Bauer hob die Augenbrauen.

»Off the record?« Collins rieb sich müde mit der Hand über die Stirn. »Einiges spricht dafür. Verrückt, nicht wahr?« Sie schaute sich um. Alle hatten ihre Gespräche unterbrochen, um Collins anzusehen. Es war still im Raum.

»Ich glaube, ich muss noch einige Leute begrüßen«, sagte sie.

Sie wandte sich ab und ging zu Hackfield zurück, um sich der Runde vorstellen zu lassen. Bauer blickte ihr nach. Sie schüttelte allen die Hand und ließ die Beklommenheit, die ihr Gesicht unweigerlich hervorrief, durch ihre ganz eigene Magie verschwinden. Er war sich sicher, dass niemand außer ihm wahrnahm, wie sehr die Ereignisse in Schottland Cynthia Collins erschüttert hatten.

Koch gesellte sich zu ihm.

»Sie ist eine alte Freundin von mir«, erklärte Bauer.

»Die Welt ist wirklich klein«, sagte Koch. »Sie erinnert sich vielleicht nicht an mich, aber ich kenne sie auch. Diese Frau vergisst man ja nicht so leicht.« Er ging zur Kaffeemaschine auf der Fensterbank hinüber. »Wollen Sie auch einen?«, fragte er Bauer und füllte zwei Tassen mit der heißen braunen Brühe. »Echter hawaiianischer Kona-Kaffee. Der beste Kaffee der Welt. Der ist so teuer, dass man ihn sich mit unserem Gehalt nur gestreckt leisten kann.«

»Sie kennen Cynthia also auch schon?«, fragte Bauer. Er trank einen Schluck und blickte überrascht in seine Tasse. Koch hatte recht. Diesen Kaffee musste er sich merken.

»Wir haben vor Jahren beide an einem Seminar an der National Academy des FBI in Quantico teilgenommen«, erklärte Koch. »Das war 1990, da führte noch der legendäre Roy Hazelwood die

Behavioral Science Unit.« Er blickte zu der Britin hinüber und lächelte. »Sie war damals auch eingeladen. Und sie hat sich mit den alten Herren vom FBI nicht besonders gut verstanden.«

»Sie hat mal etwas in der Richtung erwähnt«, erinnerte sich Bauer.

»Damals hatte sie auch schon mit Griffin zu tun, im Gegensatz zu mir. Wo ist der Kollege eigentlich?«

Hackfield hatte die Vorstellung von Collins beendet. Plötzlich sah Bauer, wie sie einen Blick zur Tür warf.

»Ich glaube es ja nicht«, sagte Collins lächelnd.

Griffin stand in der Tür und starrte die Britin überrascht an.

»Special Agent Griffin. Wieder auf einem Jagdausflug in die Finsternis?« Collins reichte dem älteren Kollegen die Hand, der sie langsam nahm.

»Und? Sind Sie und Ihre Leute in die Stadt geritten wie einsame Cowboys, um Recht und Ordnung wiederherzustellen?«

Der FBI-Beamte kniff die Augen zusammen.

»Wer waren diese maskierten Männer?« Collins sprach mit verstellter, tiefer Stimme. »Sie haben uns eine Silberkugel dagelassen.« In hoher Tonlage antwortete sie sich selbst: »Die? Das waren FBI-Agenten aus Quantico.«

»Das stammt nicht von mir«, zischte Griffin durch die Zähne und ließ ihre Hand los. »Das wissen Sie verdammt genau.«

»Entschuldigung«, lenkte Collins ein. »Stimmt. Das hat Ihr Kollege John Douglas geschrieben.«

»Sie haben offenbar noch immer genauso wenig Respekt vor seiner Arbeit wie damals, was? Er hat geholfen, eine ganze Menge Mistkerle aus dem Verkehr zu ziehen«, sagte Griffin. »FBI-Agenten sollen sich nicht als Helden feiern lassen, sondern ihren Job erledigen und ohne großes Aufsehen wieder verschwinden – das wollte John damit sagen.«

»Nichts für ungut.« Collins lächelte versöhnlich. »Sie, Griffin, haben Ihre Erfolge ja auch wirklich nicht an die große Glocke gehängt wie Douglas. Auf gute Zusammenarbeit.«

Griffin räusperte sich und trat vor die Stühle, auf die sich die meisten Anwesenden inzwischen gesetzt hatten.

»Zuerst einmal können wir festhalten, dass die früheren Serien auf Hawaii nichts mit den aktuellen Fällen zu tun haben.« Er warf Koch einen fragenden Blick zu. Der BKA-Beamte nickte. Hackfield seufzte erleichtert.

»Das FBI und das Pentagon sind jetzt dabei, ihre Daten mit denen aus München zu vergleichen«, fuhr Griffin fort, während er an seinem Pistolenhalfter spielte. Bauer machte das nervös. Bis auf ihn, Koch und Collins trugen hier alle Waffen. Er hatte mal gehört, dass ein FBI-Beamter die Waffe nur dann ziehen sollte, wenn er auch bereit war zu töten. Er konnte der Logik nicht folgen. Irgendwie klang das wie aus einem albernen Fantasyfilm: Wenn dieses Schwert aus der Scheide gezogen wird, dann muss Blut fließen. Sonst verliert es seine besondere Macht. Er hoffte, dass die FBI-Beamten aus dieser seltsamen Vorgabe nur den Schluss zogen, ihre Waffe möglichst niemals zu ziehen.

»Die DNA des Mörders von Kalalau Beach wird schnellstmöglich mit Tests einer kalifornischen Firma analysiert, die zeigen sollen, welcher Ethnie er angehört und welche Augenfarbe er hat«, riss Griffin ihn aus seinen Gedanken.

»Wie gut sind denn diese Tests?«, fragte Kupuka'a.

»Angeblich kann man mit ihnen ganz gut die Herkunft bestimmen. Zum Beispiel ob jemand ein Weißer ist und ob er oder seine Vorfahren aus Nordwest- oder Südosteuropa stammen. Ob er aus dem Nahen Osten kommt. Oder ob er ein Asiate, ein Afrikaner oder ein Indianer ist. Dann ist die Wahrscheinlichkeit relativ hoch, dass sein Gesicht bestimmte Merkmale aufweist. Allerdings muss man da sehr vorsichtig sein.« Er blickte in die Runde, aber es gab keine weiteren Fragen dazu.

»Die Überprüfung der Fingerabdrücke der Flugpassagiere auf Linienflügen von Deutschland in die USA war bislang negativ«, fuhr er fort. »Aber damit sind wir noch nicht durch. Das Gleiche gilt für die Flüge von hier nach Großbritannien.«

»Ist er vielleicht auch über Großbritannien hierhergeflogen? Wenn er dort auch gemordet hat, dann hat er vielleicht eine Verbindung dorthin?« Police Lieutenant Hackfield blickte zu Cynthia Collins hinüber. Sie hob nur die schmalen Schultern.

»Dann lassen wir alle in Frage kommenden Flüge checken«, sagte Hackfield.

Collins stand auf. »Die Suche der Kollegen in Glasgow nach Täter-DNA an den Opfern von Arden hat in den Labors oberste Priorität. Die Daten werden so schnell es geht an die Münchner Soko und das FBI geschickt. Außerdem überprüfen die Leute vom Forensic Science Service des Innenministeriums in London gerade, ob sie den genetischen Fingerabdruck des Münchner Mörders vielleicht bereits in ihrer Datei haben.«

Hackfield hob die Hand und winkte Collins nach vorn. »Informieren Sie uns doch bitte jetzt über das, was in Schottland passiert ist.«

Collins schaltete den Beamer an. Einer der Detectives verdunkelte den Raum. Auf der Leinwand erschien eine Landkarte mit der schottischen Großstadt Glasgow und ihrer Umgebung. Ein kleiner Ort im Westen des Loch Lomond war eingekreist.

»Die Morde wurden am Abend des 2. August auf einem Bauernhof verübt, der zur Gemeinde Arden gehört, einer Kleinstadt am Loch Lomond«, begann Collins. »Der Hof liegt etwas außerhalb der Stadt.« Die Landkarte wurde ersetzt durch das Luftbild des Bauernhofs. Bauer stand auf und hielt Collins seinen Laserpointer hin. Sie bedankte sich.

»Wir gehen davon aus, dass der Täter nach Sonnenuntergang durch das Tor gekommen ist«, erklärte Collins. Der rote Punkt des Laserpointers zuckte zur Hofeinfahrt und bewegte sich in Richtung Stall. Dann wechselte erneut das Motiv.

»Dieses Foto zeigt Cathie Black, 28, eine Reitlehrerin, die auf dem Bauernhof gearbeitet hat. Der Täter sieht Black vermutlich im Reitstall, wo sie offenbar das Stroh in den Pferdeboxen austauscht. Er greift sie von hinten an, wie die Gerichtsmediziner in Glasgow vermuten, und sie stürzt unter seinem Gewicht zu Boden. Während der Angreifer sie wiederholt beißt und versucht, ihr die Kleider vom Leib zu reißen, kriecht sie noch einen Meter weiter und bleibt dann tödlich verletzt liegen. Schauen Sie sich die Wunden an.«

Es war Bauer sofort klar, was Collins meinte. Die Verletzungen sahen genauso aus wie bei den Opfern aus München und vom Kalalau Beach.

»Vermutlich will der Täter die junge Frau vergewaltigen. Aber er wird vom Stallburschen George Carter gestört«, fuhr Collins fort.

Ab diesem Punkt hatte sich das Verbrechen in Schottland völlig anders entwickelt als die bisherigen Fälle. Die folgenden Aufnahmen, die Collins zeigte, führten die Ermittler über den Innenhof mit der Leiche des Stallburschen ins Bauernhaus hinein, wo der Mörder erst Ken und dann Rachel Marshall tötete. Vermutlich hatte der Landwirt etwas gehört und wollte die Wohnung verlassen, als er von dem Angreifer gegen die Heizung geschleudert wurde. Die Frau dagegen hatte versucht, in die Küche zu fliehen, als der Mörder im Wohnzimmer über sie herfiel.

Collins trat zum Fenster, füllte sich ein Glas mit Wasser und trank mit kleinen Schlucken, während sie die Leinwand betrachtete. Schweigen erfüllte den Raum.

»Wir vermuten«, fuhr Collins schließlich fort, »dass Ken Marshall junior aufgewacht ist und sein Bett verlassen hat. Der Täter hat ihn gehört und geht in den ersten Stock hinauf.« An der Wand wurde das Bild der toten Rachel Marshall durch einen Grundriss vom ersten Stock des Bauernhauses ersetzt.

Bauers Hände verkrampften sich um die Lehnen seines Stuhls. Er wollte das nicht hören. Vor seinen inneren Augen sah er kleine Füße durch ein dunkles Zimmer tapsen. Es rauschte in seinen Ohren.

»Das Zimmer des Sechsjährigen befindet sich schräg gegenüber der Treppe, die nächste Tür im Flur auf derselben Seite führt in das Zimmer, in dem seine kleine Schwester schläft. Aus irgendeinem Grund geht der Mörder offenbar in Richtung Fenster am Ende des Flures. Hinter ihm öffnet sich die Tür, und Ken junior kommt heraus.«

Collins seufzte leise und senkte den Blick auf den Boden, während sie fortfuhr. »Für diesen Jungen wird der Albtraum wahr, vor dem sich alle Kinder fürchten. Er sieht im Dunklen die Gestalt des Mörders und rennt in Panik zur Treppe. Auf dem Weg hinunter stürzt er und bricht sich auf den Stufen das Genick.«

Der Beamer warf das Bild eines kleinen Jungen an die Wand, der keine äußeren Verletzungen aufwies. Er lag wie schlafend am Fuße einer Holztreppe. Bauer schloss die Augen und stöhnte.

Sonst war es völlig still im Raum. Er spürte Übelkeit in sich aufsteigen.

Als Collins wieder sprach, war ihre Stimme kaum noch zu hören. »Der Angreifer kümmert sich nicht weiter um den Kleinen. Aber dort oben befindet sich noch die zweijährige Tochter Sandra.«

Bauers Magen zog sich zusammen. Ein grauer Schleier hatte sich vor seine Augen gelegt. Er war kurz davor, sich zu übergeben. Seine Arme kribbelten.

»Sandra schläft in ihrem Bettchen und wacht offenbar gar nicht auf. Und das war vermutlich ihr Glück«, erklärte die Psychologin. »Robert Marshall, der Bruder des Bauern, ist Offizier der britischen Streitkräfte und will während seines Heimaturlaubs seinen Bruder besuchen.«

Das nächste Bild zeigte einen jungen britischen Soldaten in voller Montur auf einer staubigen Straße vor der Ruine eines gelben Lehmziegelhauses.

»Robert kommt auf den Hof und entdeckt die Leichen. Offenbar genau in der Reihenfolge, in der sie auch getötet wurden. Als er das Haus betritt, befindet sich der Mörder noch im ersten Stock. Robert steigt die Treppe hinauf, um nach Sandra zu sehen. Was auch immer der Mörder vorhatte, er wird gestört.«

Erleichtert atmete Bauer auf. Zumindest das Mädchen hatte demnach überlebt.

»Oben wird Robert angegriffen«, fuhr Collins fort. »Aber dieses Opfer ist vorbereitet und weiß sich zu wehren. Robert Marshall wirft den Angreifer selbst die Treppe hinunter. Von dort flieht der Mörder über den Hof und durch das Tor.« Collins schaltete den Beamer aus und gab Bauer den Laserpointer zurück.

»Alle Angriffe bis auf den ersten, den Überfall auf Cathie Black, hatte der Täter vermutlich nicht geplant. Er wird gestört, schaltet den ersten Augenzeugen aus, die nächste Bedrohung taucht auf, wird überwältigt und so weiter. Deshalb sind auch nur die Kleider von Black zerrissen. Die Körper der anderen Opfer haben den Mörder nicht interessiert. Wäre George Carter nicht im Hof erschienen, hätten wir es vielleicht nur mit einem einzigen Opfer zu tun: Cathie Black. Ich denke, wir müssen deshalb davon ausgehen, dass wir das Verhalten des Täters bis zu dem Punkt, wo er gestört wurde, mit dem Verhalten des Mörders hier und in München vergleichen können. Die übrigen vier Toten sollten wir als sekundäre Opfer betrachten. Lediglich die Tatsache, dass drei von ihnen mit brutaler Gewalt zu Boden geworfen wurden und der Täter keine anderen Waffen als seine Hände und Zähne benutzt hat, ist für uns interessant.«

»Das sehe ich genauso«, stimmte Griffin ihr zu. »Es handelt sich offenbar um eine Eskalation, die der Täter ursprünglich nicht geplant hat.«

Hackfield schaltete die Beleuchtung wieder an. Dann wandte er sich an Koch und Griffin. »Wollen Sie sich die Unterlagen zu dem Massaker in Arden noch einmal ansehen, bevor Sie sich an ein Täterprofil machen?«

»Das wäre mir lieb«, antwortete Koch. »Ich würde vorschlagen, wir setzen uns dann morgen zusammen.«

»Sie können dazu mein Büro benutzen«, bot Hackfield an. »Ich habe meinen Leuten freigestellt zuzuhören, wenn Sie nichts dagegen haben.«

Es war wieder Sergeant Kupuka'a, der die deutschen Polizisten in ihr Hotel brachte. Auch Cynthia Collins war dort untergebracht worden und ließ sich ebenfalls von dem Hawaiianer chauffieren. Vor dem Hotel verabschiedete sich Koch von ihnen. Kopfschmerzen, erklärte er. Collins kaufte sich in der Lobby des Green Island Inn eine Flasche Bier und ließ sich ein Glas geben. Dann spazierten sie und Bauer um das weiße Gebäude mit den türkisfarbenen Balkons herum. Der mit kleinen Steinen gepflasterte Weg wand sich durch ein Meer aus weißen, roten und violetten Bougainvillen, durchsetzt von Hibiskusblüten und Bromelien. Palmen spendeten ihnen Schatten.

»Wie geht es Elli?«, fragte Collins. Bauer erinnerte sich daran, wie gut sich die zwei völlig unterschiedlichen Frauen während Cynthias letztem Besuch in München verstanden hatten.

»Gut, denke ich. Ehrlich gesagt …«

»… hast du keine Ahnung, was mit deinen Mitarbeitern privat so los ist«, beendete Collins seinen Satz. »Dann spare ich mir auch die Frage, wie es Thomas geht.« Sie hakte sich bei ihm ein. Eine Weile schritten sie schweigend durch den Garten.

»Ich bin froh, dass wir uns hier getroffen haben«, sagte Collins plötzlich. »Auch wenn der Anlass wirklich furchtbar ist.« Ihr Blick ging ins Leere. Bauer konnte sich vorstellen, was ihr durch den Kopf ging. Dann schüttelte sie sich und schaute ihn an.

»Wie geht es dir eigentlich?«

»Okay, denke ich. Wieso fragst du?«

»Weil ich weiß …« Sie brach ab. Dann richtete sie sich mit einem Ruck auf. »Ich habe nicht das Gefühl, dass das stimmt.« Collins ließ ihr Glas rotieren. Das Bier schwappte über.

»Interessantes Phänomen, nicht wahr? Welche Kraft ist es, die mein Bier dazu bringt, sich so zu verhalten? Das konnten die Physiker erst erklären, nachdem sie Newtons klassische Physik hinter sich gelassen und sich in den Mikrokosmos der Atome vorgetastet hatten. Quantenphysik im Bierglas.«

»Entschuldigung, aber Quantenphysik ist nicht gerade meine Stärke«, sagte Bauer.

»Welche Kraft bringt Menschen dazu, sich auf eine bestimmte Weise zu verhalten? Das ist mein Ressort. Und selbst hier müssen wir inzwischen in den Bereich der Quantenphysik vorstoßen, wenn wir nach der Freiheit suchen, mit der wir unsere Entscheidungen treffen. Und dann verwandelt sich Freiheit in Zufall und verpufft.« Sie schnippte mit den Fingern. Bauer verstand kein Wort. Worauf wollte Collins hinaus?

»Wie lange wart ihr zusammen, Hans?«

Bauer schaute nachdenklich in den Himmel. »15 Jahre fast. Wieso?«

»Und es war eine gute Beziehung, soweit ich das beurteilen kann. Was, denkst du, macht eine gute Beziehung aus?« Collins beugte sich vor und pflückte eine große rote Blüte von einem der Sträucher.

»Himmel, Collie, was soll das? Müssen wir jetzt darüber sprechen?«

Collins sah ihn an. Resigniert zuckte Bauer die Achseln. »Was eine gute Beziehung ausmacht … vielleicht Liebe bis ins hohe Alter?«

Die Britin runzelte die Stirn. »Liebe? Nein. Natürlich nicht. Ich erzähle dir was über die Liebe. Liebe ist das Gefühl, das du hast, wenn dein Unterbewusstsein Folgendes signalisiert: Biep! Mindestzahl von erwünschten Parametern beim potenziellen Fortpflanzungspartner erreicht oder überschritten. Biep! Möglicherweise Optimum des jemals Erreichbaren. Biep! Aussichten auf bessere Alternativen unsicher. Biep! Angriff.«

»Biep. Klar.«

»Ja? Wie lange kennen wir beide uns jetzt? Seit wir fünf Jahre alt waren. Du weißt, dass ich weiß, wovon ich rede.« Sie stieß Bauer unsanft in die Rippen. »Also spar dir deinen Sarkasmus.«

»Okay. Biep also.«

»Genau. Liebe ist das Ergebnis einer unbewussten Kalkulation unter Berücksichtigung des eigenen Marktwertes – also den mir zur Verfügung stehenden Ressourcen wie Fruchtbarkeit, Gesundheit, Kapital – sowie den daraus resultierenden persönlichen Ansprüchen an einen Partner, und das Ganze natürlich vor dem Hintergrund der jetzt und hier gegebenen Situation von Angebot und Nachfrage.«

Sie hielt Bauer die Blüte unter die Nase. »Meinst du, es hat Sinn, abzuzählen? Er liebt mich, er liebt mich nicht, er liebt mich?«

Energisch schüttelte sie den Kopf. »Ich sage dir, wie es läuft.« Sie begann, die Blütenblätter nacheinander abzurupfen. »Biep! Biep! Biep! Biep!«

»Du warst immer schon eine hoffnungslose Romantikerin«, sagte Bauer.

Sie legte ihm den Arm um die Hüfte und drückte ihn an sich.

»Was also zählt in einer Beziehung, wenn es nicht die Liebe ist?«, fragte er.

»Vertrauen natürlich, Blödmann.« Sie hatte ein einzelnes Blatt an der Blüte stehen lassen und betrachtete es nachdenklich. Dann setzte sie sich auf eine der schmalen Holzbänke, die den Weg säumten, und blickte auf ein Volleyballfeld hinter dem Hotel. Bauer tat es ihr gleich. Ein exotischer Blütenduft lag in der Luft. Er atmete tief ein und streckte die Beine aus.

»Denk mal an die Beziehungen in deinem Verwandten- und Bekanntenkreis«, forderte Collins ihn auf. »Einige sind sicher auch kirchlich getraut. Treue bis ans Ende aller Tage, in guten wie in schlechten Tagen und so? Alle haben sich wahrscheinlich ewige Liebe geschworen und es in dem Augenblick sogar gemeint. Und was reden die Männer heute so, wenn ihre Frauen nicht dabei sind?« Sie blickte ihn von der Seite an. In seinem Gesicht arbeitete es.

»Was willst du hören? Dass sie sich laut vor anderen über die Vorzüge auslassen, die andere Frauen im Vergleich zu ihren Ehefrauen haben? Ja. Dass einige lieber in die Kneipe gehen als nach Hause? Stimmt. Dass manche ihre Frauen betrügen? Natürlich. Dass der eine oder andere heimlich Geld beiseitelegt, um sich statt des angeblichen Fortbildungsseminars in der Eifel ein schönes Wochenende in den Bordellen von Bangkok leisten zu können? Klar. Oder um wenigstens das Auto heimlich aufzumotzen? Aber sicher. Reicht das?«

»Und ich kann dir versichern, dass es unter Frauen nicht viel anders zugeht.«

»Eine schöne Saubande alle miteinander, was?« Bauer schüttelte grinsend den Kopf.

»Diese Männer und Frauen, Hans, können sich nicht mehr bedingungslos vertrauen. Konnte Simone dir bedingungslos vertrauen?«

»Ja«, sagte Bauer ohne nachzudenken. Er beugte sich vor und stützte die Ellbogen auf die Knie. Insekten summten in den Sträuchern um sie herum.

»Und konntest du ihr bedingungslos vertrauen?«

Auch diesmal brauchte er nicht zu überlegen. »Natürlich.«

»Bis dann irgendwann …«

Bauer unterbrach sie. »Collie. Ich möchte nicht …«

Die Psychologin sah ihn eindringlich an. »Schläfst du gut?«

»Ja«, sagte er trotzig. Dann ließ er die Schultern sacken. »Nein.«

»Hast du dir die Mittel verschreiben lassen, die ich dir empfohlen habe?«

Bauer schüttelte den Kopf. »Ich brauche keine Medikamente.«

»Weil du ja nicht bist wie sie.«

»Verdammt, Collie. Wo soll dieses Gespräch hinführen? Ich habe mich wirklich gefreut, dich zu sehen. Aber …«

»Bleiben wir beim Vertrauen«, sagte die Britin. »Vertraust du mir?«

»Natürlich. Das weißt du. He, vielleicht hätte ich dich heiraten sollen.«

Collins ging nicht auf seinen Scherz ein. »Was, wenn ich krank würde, wie sie?«

»Ja«, fuhr er sie ärgerlich an. »Was dann?«

»Ihr konntet euch bedingungslos vertrauen, ihr hattet die beste Beziehung der Welt. Was ist passiert?«

»Das weiß ich nicht«, sagte er ruhig.

»Doch. Du weißt das ganz genau.«

»Ich weiß es nicht.« Er hatte die Stimme erhoben. »Ich verstehe es nicht.«

»Sie hat ...«

»Sie hat sich nicht mehr gekümmert. Das hat sie«, unterbrach er sie.

»Sie hat ...«

Er ließ sie wieder nicht ausreden. »Sie hat sich nicht mehr gekümmert. Dafür gibt es keine Entschuldigung.« Er erhob sich von der Bank.

»Warte«, sagte Collins leise.

Er setzte sich wieder und blickte sie aus roten Augen an. »Ich höre sie immer noch schreien, Collie. Jeden verdammten Abend. Jeden verdammten Abend, wenn ich nach Hause komme, höre ich die Babys schreien.«

Er schloss die Augen und fasste sich mit beiden Händen an die Schläfen. »Jeden verdammten Abend und jede verdammte Nacht.«

Er beugte sich vor und drehte sich von Collins weg. Sie blieb still neben ihm sitzen. Nach einer Weile legte sie ihm ihre Hand auf die Schulter und spürte, wie er bebte.

5. August, Lihue, Hawaii

»Ein Roter Kardinal.«

Bauer drehte sich überrascht um. Detective Sergeant Kupuka'a saß auf einer der Holzbänke im Vorgarten des Hotels. Der Polizist imitierte mit Daumen und Zeigefinger eine Pistole und zielte auf das Tier. »Bäng.«

Der Kardinal flog auf und verschwand über das flache graue Dach des Gebäudes. Kupuka'a bemerkte Bauers überraschten Blick. »Eingeschleppt. Gehört nicht hierher«, erklärte der Hawaiianer. »Wie die meisten Tiere hier. Gibt nicht mehr viele der ursprünglichen hawaiianischen Vögel. Dafür haben die Siedler gesorgt. Haben die Wälder gerodet und Ratten, Mäuse und Mungos eingeschleppt, die die Nester ausrauben.«

Mungos? Wieso Mungos, fragte sich Bauer. Er hatte ein Gefühl, als müsste er sich für die Europäer entschuldigen. Aber er verkniff es sich. Er konnte schließlich wirklich nichts dafür. Er drückte die Zigarette in einem der Blumentöpfe aus. Collins und Koch kamen die Treppe herunter.

»Dann ist unsere Fahrgemeinschaft komplett«, sagte die Psychologin. Kupuka'a nickte, und sie folgten dem Hawaiianer hinüber zu seinem Wagen.

Hackfields Büro zeichnete sich neben einem großen Schreibtisch mit der obligatorischen US-Fahne dahinter durch eine großzügige Sitzecke komplett mit Couch und Sesseln aus. Für sieben Personen war es trotzdem ein wenig eng. Collins, Koch und Detective Sergeant Minatoya quetschten sich auf die Couch, während Griffin und Bauer sich jeweils in einem der Polstersessel niederließen. Nachdem Kupuka'a einen Topf mit einer jungen Kokospalme beiseitegeräumt hatte, konnten sie einen halbwegs runden

Kreis um den niedrigen Couchtisch bilden. Für den Hawaiianer war ein Schreibtischstuhl übrig geblieben, der unter seinem Gewicht ächzte.

»Vielleicht sollten wir Notizen darüber machen, was sich über unseren Mann sagen lässt.« Griffin schaute in die Runde, und sein Blick blieb an der jungen Polizistin hängen, die bereits einen Schreibblock in den Händen hielt. »Detective Sergeant Minatoya, wie wäre es. Halten Sie die Schlüsse fest, die wir ziehen? Das werden Punkte sein wie Alter, Geschlecht, Rasse, Ausbildung, Vorstrafen, IQ, Wohn- und Arbeitssituation, Lebensstandard, militärische Ausbildung, Mobilität, Sozialverhalten, geistige Störungen, körperliche Behinderung ...«

»Na, da bin ich ja mal gespannt«, entfuhr es Kupuka'a. Der Detective Sergeant grinste über das ganze Gesicht. »Das alles wollen Sie herausfinden? Wie wäre es mit der Adresse, oder wenigstens der Telefonnummer des Täters?«

»Wir können über einige dieser Punkte Vermutungen äußern. Mehr nicht«, wies Griffin den Hawaiianer zurecht. »Wir haben keine übersinnlichen Kräfte. Aber wenn Sie aufpassen, dann lernen Sie, wie man die normalen geistigen Kräfte, die Sie ja auch haben, sinnvoll einsetzen kann.«

Das Grinsen war auf Kupuka'as Gesicht eingefroren. Griffin legte es offenbar nicht darauf an, sich Freunde zu machen, dachte Bauer. Detective Sergeant Minatoya verließ den Raum und schob zwei Minuten später eine große Tafel mit Flipcharts ins Zimmer. Mit einem dicken Filzstift in der Hand baute sie sich neben der Tafel auf.

»Soll ich mal anfangen?«, fragte Collins. Es kam kein Widerspruch, auch wenn Bauer bemerkte, dass sich der Special Agent verspannte.

»Vielleicht beginnen wir ganz allgemein. Jeder Mensch ist einzigartig. Es gibt Eigenschaften, durch die er sich von anderen Menschen eindeutig unterscheidet und die immer gleich bleiben. Das sind nicht nur seine Fingerabdrücke und Gene, sondern auch Verhaltensweisen. Über diese müssen wir etwas erfahren. Ein Sexualverbrecher hat sein ganz eigenes eingeschränktes Repertoire an Verhaltensweisen, um mit anderen Menschen umzugehen.

Aus diesem Repertoire bedient er sich auch unmittelbar vor, während und nach der Tat. Sein Verhalten den Opfern gegenüber gibt deshalb auch deutliche Hinweise darauf, wie er mit Menschen im Alltag umgeht.«

»Und wenn wir sein Verhalten während der Tat beschreiben können, können wir darauf schließen, durch welche Verhaltensweisen er sich im Alltag von anderen Menschen unterscheidet?« Detective Sergeant Minatoya schaute Collins gespannt an.

»Und je auffälliger und extremer das Verhalten während des Verbrechens, desto leichter sollte es sein, den Sonderling zu identifizieren«, vermutete Kupuka'a.

»Sie haben beide recht.« Collins nickte den Polizisten zu. »Alle Handlungen des Täters haben für ihn einen bestimmten Sinn, und die Auswahl seiner Entscheidungen bestimmt den Tatverlauf. Und vor allem das, was für das eigentliche Verbrechen nicht notwendig gewesen wäre, lässt das Bild des Täters und sein Motiv hinter der Tat hervortreten.«

Special Agent Griffin nutzte eine Pause der Psychologin, um das Wort zu ergreifen. »Hier müssen wir in den Kopf des Täters. Wir müssen den Tatort durch seine Augen sehen, seinen Gedanken folgen, seine Gefühle nachvollziehen. Wir müssen versuchen, nachzuempfinden, wie es für ihn war. Und wir müssen versuchen, nachzufühlen, wie das Opfer reagiert hat, wie es …«

»Wenn Sie in den Kopf des Täters hineinwollen, bitte«, unterbrach ihn Collins mit deutlicher Ironie in der Stimme. »Aber bei allem Respekt, ich hoffe, Sie erwarten nicht, dass wir Ihnen dorthin folgen.«

Überrascht schaute Griffin die Britin an.

»Es reicht völlig, den Schritten zu folgen, die der Täter nach und nach getan hat, und mit objektiver Distanz zu untersuchen, welche Ursachen ihn gerade zum jeweils nächsten Schritt bewogen haben könnten«, erklärte Collins. »Dann lernen wir, seinen Gedanken zu *folgen*. In einem gewissen Abstand.«

Bauer hatte nicht erwartet, dass Griffin und Collins sich bereits am Anfang der Diskussion in die Haare kriegten. Er warf Cynthia einen missbilligenden Blick zu. Collins verdrehte die Augen und seufzte.

»Wir müssen die Fakten vergleichen, die wir über solche Täter gesammelt haben«, fuhr sie in einem versöhnlicheren Ton fort, »aber wir müssen nicht versuchen, selbst einen kranken Geist zu simulieren.« Sie nickte Griffin zu. »Sie haben natürlich recht damit, dass wir auch alle Informationen berücksichtigen müssen, die wir über das mögliche Verhalten der Opfer bekommen können. Schließlich kann dieses wiederum verschiedene Reaktionen des Täters auslösen.«

»Bei allem Respekt, ich weiß, wovon ich rede«, sagte Griffin. »Das hier ist nicht der erste Serienmörder, mit dem ich zu tun habe. Es kommt auf den Erfolg an, nicht darauf, wie viele theoretische Konzepte wir entwickeln und ob wir eine Statistik anlegen. Albert Einstein hat gesagt, Vorstellungskraft ist wichtiger als Wissen …«

Die Britin hob beschwichtigend die Hände. »Entschuldigung. Aber Sie verlassen sich noch immer viel zu sehr auf Ihre Gefühle, Ihre Intuition.«

Jetzt reichte es Bauer langsam. »Verzeihung, aber können Sie beide diese Fragen später unter sich ausmachen?«

Griffin nickte. »Vielleicht macht Herr Koch den Anfang.«

Koch erhob sich und steckte die Hände in die Hosentasche.

»Wenn Sie erlauben, stehe ich auf. Ich kann so besser reden.« Er stellte sich ans Fenster und wippte auf den Fußspitzen. »Was tut ein Sexualtäter eigentlich? Mit einem Sexualmord lebt der Täter seine geheime Geschichte aus, die er im Alltag vor seinen Bekannten, seinen Kollegen, seiner Partnerin verbergen muss.«

»Sie meinen damit seine geheimen Wünsche und Fantasien?«, fragte Minatoya.

Koch schüttelte den Kopf. »Nein, jetzt meine ich tatsächlich seine geheime Geschichte. Die Wünsche und Fantasien sind ein Teil davon. Sein heimliches Leben umfasst viel mehr. Da gehört auch sein Selbstbild dazu. Vielleicht kennen Sie diesen Gedanken auch: *Eigentlich bin ich ganz anders …*« Er lehnte sich an die Fensterbank und hielt das Gesicht in den Luftstrom, den der Ventilator quer durch das Zimmer blies.

»Die geheime Geschichte beginnt meist in der Kindheit. Ein Täter versucht vielleicht, sie verborgen zu halten, und das gelingt ihm ein Stück weit, aber nicht zu hundert Prozent. Wenn er vergewaltigt und mordet, dann lebt er seine geheimen Bedürfnisse aus. Er versucht, seine geheime Geschichte zur Realität zu machen. Wir sehen dann, wie dieses wahre Ich mit dem Opfer umgeht, und können versuchen, herauszufinden, welche Rolle das Opfer für ihn gespielt hat. Diese Rolle gibt deutliche Hinweise darauf, welche Rollen er anderen Menschen auch sonst in seinem Leben zuspricht. Es gibt Hinweise auf sein Verhalten gegenüber anderen auch im Alltag.«

Koch blickte Minatoya an. »Und je mehr wir aus den Verbrechen über die heimliche Geschichte herauslesen, umso mehr wissen wir auch über den Täter.« Er räusperte sich. »Sicher kennen Sie Locards Prinzip. Der französische Kriminalist Edmond Locard hatte bereits Anfang des 20. Jahrhunderts begriffen, dass *jeder* Kontakt eine Spur hinterlässt. Locards Prinzip bezieht sich eigentlich auf Spuren wie Textilien-Fasern und Haare, die der Täter am Tatort hinterlässt oder von dort mitnimmt. Aber auch der Zustand des Tatorts oder einer Leiche ist für sich genommen schon eine Art Fingerabdruck. Ein Fingerabdruck der Persönlichkeit des Täters und seines Motivs.« Erneut räusperte er sich. Bauer stand auf und reichte ihm eine Flasche Mineralwasser. Koch sah ihn überrascht an und nickte dann.

»Erste Hinweise auf diesen seelischen Fingerabdruck kann uns der Modus operandi, der MO, geben«, fuhr er fort. »Seine Vorgehensweise, die ihn zum Ziel führen soll. Hat er sich vorbereitet? Seine Handlungen bis ins Detail geplant? Oder hat er nur eine Gelegenheit beim Schopf gepackt?«

»Ein ähnlicher MO in mehreren Fällen kann auch schon darauf hindeuten, dass derselbe Täter die Verbrechen verübt hat«, ergänzte Griffin.

»Allerdings lernen Verbrecher auch dazu«, fuhr Koch fort. »Sie tendieren zwar wie alle Menschen dazu, zu wiederholen, was einmal funktioniert hat. Aber häufig verändert sich der MO. Das gilt gerade für die zweite Tat. So stammte das erste Opfer manchmal aus dem sozialen Umfeld des Täters, das zweite aber war eine völlig fremde Person.«

Special Agent Griffin stimmte zu. »Manchmal greift der Täter sein erstes Opfer in einem öffentlichen Park an, das zweite lockt er zu einem bestimmten Tatort.«

»Der Leichnam wird beim ersten Mal liegen gelassen, aber das zweite Opfer wird versteckt«, ergänzte Collins.

»Schauen wir uns doch mal den MO unseres Täters an«, schlug Koch vor. »Er hat jedes Mal den Tatort und den Tatzeitpunkt so gewählt, dass eine Entdeckung während des Verbrechens selbst nicht sehr wahrscheinlich, aber auch nicht ausgeschlossen war. In einem großen Park, im Hinterhof eines Wohnhauses und hier auf Hawaii in einiger Entfernung zu einem Campingplatz. Und in Schottland war es der Pferdestall eines Bauernhofes.«

»Er hat demnach zwar versucht, der Entdeckung zu entgehen, und er war mit den Örtlichkeiten sicher ein Stück weit vertraut«, ergänzte Griffin. »Großartig vorbereitet hat er sich aber offenbar nicht, und auch keine besondere Gelegenheit abgewartet.«

Koch wandte sich an Detective Sergeant Minatoya und deutete auf das Flipchart. Die junge Frau zückte den Stift.

»MO: Keine Vorbereitung. Tatort halbwegs abgelegen. Dämmerung bzw. Dunkelheit. Opfer weiblich, zufällig. Hände und Zähne als Waffen.«

»Kommen wir zur Handschrift«, schlug Griffin vor. In der nächsten Viertelstunde diskutierten die Profiler die sogenannte Signatur, die einen Täter individuell kennzeichnete. Im Gegensatz zum Modus operandi zeigte ein Mörder darin, was für ihn von besonderer Bedeutung war. Es ging um die Verhaltensweisen, die über Mord und Vergewaltigung hinausgingen. Besonders in der Signatur, erklärte Koch, schlugen sich die kranken Fantasien des Täters nieder und legten so seine gestörte Persönlichkeit offen. Und im Gegensatz zum MO veränderte sich die Handschrift nur wenig, da der Täter ja gerade deshalb zum Verbrecher wurde, um sie auszuleben.

Als Sergeant Kupuka'a um Beispiele bat, konzentrierte sich Bauer auf den Garten, der hinter dem Fenster lag. Er wusste, was jetzt kam, und wollte es nicht noch einmal hören. Trotzdem bekam er natürlich mit, was Griffin und Koch beschrieben: Täter, die wiederholt auf ihre Opfer einstachen, besonders in die Brüste und Genitalien. Sadisten, die folterten oder verstümmelten. Perverse, die ihre Opfer zerstückelten oder mit der Leiche schliefen. Frauen oder Kinder, denen Organe oder Genitalien herausgeschnitten wurden. Manche Mörder nahmen Kleidung oder Schmuck der Opfer mit und schenkten sie sogar ihrer Partnerin.

Kupuka'a stöhnte leise, während Minatoya sich nervös die Oberschenkel rieb.

Modus operandi und Handschrift, fasste Collins zusammen, ließen erkennen, ob derselbe Täter mehrere Morde begangen hatte. Allerdings, wandte Koch ein, zeigte nur jeder zweite sexuell motivierte Serienmörder eine solche Handschrift. Es waren vor allem die sadistischen Täter mit Allmachtsfantasien, die ihre Opfer im Geiste bereits lange vor der Tat folterten, quälten, verstümmelten und töteten, um sie vollständig zu entmenschlichen und zu vernichten.

Die Profiler hatten ihre Beispiele mit kühler Sachlichkeit vorgetragen. Konnte man sich an so etwas gewöhnen, eine innere Distanz zu solchen Bildern aufrechterhalten, ohne Schaden zu nehmen, fragte sich Bauer.

Koch ließ die Blätter seines Notizblocks durch die Finger fahren, ohne darauf zu schauen. »Wir wissen, dass diese Fantasien dem Täter für eine Weile helfen, seine Gefühle zu stabilisieren.« Er hob das Kinn und sah in die Runde. »Man mag es kaum glauben, aber diese Menschen nehmen ihre Fantasien häufig sogar selbst als befremdlich wahr und versuchen, sich zu beherrschen.«

Frank Gust zum Beispiel, fuhr Koch fort, hatte in den 90er-Jahren vier Frauen erschossen und zerstückelt. Zuvor hatte er gehofft, durch eine Heirat den ganzen Müll in ihm verdrängen zu können, Menschen wie Gust gelang das vielleicht über einen Zeitraum von zehn Jahren, erklärte Koch. Dann wurde der Wunsch, die Fantasien zu realisieren, bei diesen erheblich gestörten Menschen stärker als die Abwehrkräfte des Bewusstseins. Die Betroffenen begingen ihr erstes Verbrechen. Und ihre krankhafte Fixierung auf die Fantasien führte zu einem wiederkehrenden Muster auffälliger Verhaltensweisen – der Handschrift. Leider veränderten sich die Fantasien manchmal, und damit auch die Handschrift. Außerdem fand man eine Handschrift manchmal auch bei Mördern, die keine Fantasie auslebten, sondern aufgrund von Zorn, Hass und Enttäuschung töteten. Dann stellte zum Beispiel ein bestimmter Frauentyp als Opfer die Signatur dar.

»Es gibt allerdings auch jugendliche Mörder mit sexuellen Gewaltfantasien«, warf Griffin ein. »Die haben keine zehn Jahre gewartet.«

»Können wir uns vielleicht auf unseren Täter konzentrieren«, forderte Bauer ungeduldig. Collins' Blick zeigte Verständnis und wies ihn zugleich zurecht. »Wir sind dabei, Hans. Glaub mir.«

»Bei unserem Täter ist natürlich das Beißen die Handschrift.« Koch blickte zu Minatoya hinüber. Das Quietschen ihres Filzstifts erfüllte den Raum.

»Ich würde gern die Faktoren Intimität und Gewalt diskutieren«, sagte Collins.

Griffin verdrehte die Augen. »Intimität, wenn ich das höre.« Er blickte zu den anderen amerikanischen Polizeibeamten hinüber. »Das ist jetzt die europäische Variante des Profiling.« Sein Ton zeigte deutlich, was er davon hielt. »Sie sollten wenigstens besser passende Begriffe wählen«, sagte er in Collins' Richtung.

Die Britin fuhr unbeeindruckt fort. »Was der Täter während der Vergewaltigung tut, hängt mit seinem Bedürfnis nach Intimität mit dem Opfer zusammen. Außerdem muss der Grad von Gewalt berücksichtigt werden, mit dem er zum Ziel kommt, und die Gewalt darüber hinaus. Unser Mann ...«, sie deutete an die Tafel. »Er scheint seine Opfer nur als Gegenstände zu betrachten, an denen er seine sexuellen Bedürfnisse stillen will. Er stellt keine persönliche Beziehung zum Opfer her.«

Koch nickte und schaute zu Minatoya und Kupuka'a hinüber. »Das tun manche Vergewaltiger. Sie sprechen mit dem Opfer. Sie sagen ihm, was es tun soll, und verstärken so ihre Illusion, das Opfer sei einverstanden. Es gibt sogar Täter, die nach der Vergewaltigung fragen, wie es der Frau gefallen hat. Oder die sich mit dem Opfer für den nächsten Tag verabreden.«

»Na, was für eine Überraschung, wenn statt der Frau die Polizei am Treffpunkt wartet.« Kupuka'a schüttelte den Kopf.

»Jetzt ziehen wir bereits den ersten vorsichtigen Schluss auf Eigenschaften des Täters, durch die er auch im Alltag auffallen könnte«, fuhr Koch fort. »Unser Mann bemüht sich nicht um irgendeine Form von Beziehung oder Intimität. Vermutlich ist er mit solchen Versuchen in seinem normalen Leben zu oft gescheitert oder nicht in der Lage, es auch nur zu versuchen. Und das spricht gegen einen sozial kompetenten Täter.«

»Hätte er eine Beziehung zum Opfer hergestellt, dann hätte er die Leiche vielleicht entstellt oder ihr Gesicht oder die Scham verdeckt«, sagte Collins.

»Das würde allerdings gegen einen unorganisierten Täter sprechen«, warf Griffin ein. »Die tun das häufig. Auch Mörder, die das Opfer persönlich gekannt haben, tun das oft. Nach meinem ersten Eindruck gehört er in die Kategorie Vergeltungstäter. Die überfallen und misshandeln ihre Opfer brutal, um sich für etwas zu rächen, was ihnen andere Frauen wirklich oder in ihrer Einbildung angetan haben.«

Collins hob die Hand. »Sie meinen, er ist laut FBI-Kategorie ein Anger Retaliation Rapist.«

»Ja«, bestätigte Griffin. »Die anderen Kategorien sind unwahrscheinlich. Er ist kein Sadist. Und wenn er einer von diesen Burschen wäre, die ihre Opfer terrorisieren, um ihnen zu demonstrieren, wie mächtig sie sind, hätte er die Frauen zur Kooperation gezwungen. Er hätte Fesseln eingesetzt.« Griffin schüttelte energisch den Kopf. »Ein Vergeltungstäter greift dagegen blitzartig an, vergewaltigt, und wenn die Wut verraucht ist, verschwindet er schnell wieder vom Tatort. Er reißt oder schneidet seinen Opfern die Kleider vom Leib und schlägt sie häufig bis zur Besinnungslosigkeit zusammen.« Er schaute in die Runde. »Das würde alles zu unserem Mann passen. Diese Täter suchen eine gute Gelegenheit. Sie sind extrem impulsiv, nehmen häufig Drogen, überfallen meist Frauen, die etwas älter sind als sie selbst. Und sie bringen ihre Opfer um, wenn diese sich wehren. Sie sind eher unterdurchschnittlich intelligent und hinterlassen relativ viele Spuren.«

»Das alles wissen Sie schon?« Kupuka'a war beeindruckt.

»Das hat das FBI alles in einem Handbuch zusammengefasst«, erklärte Griffin. »Dem Crime Classification Manual.«

Koch räusperte sich laut. »Was ist mit dem beherrschend-zornigen Typ der Massachusetts Treatment Center Rapist Typology?

Wütend auf die ganze Welt, leicht erregbar, ein Macho-Typ mit einer antisozialen Persönlichkeit. Unfähig, die Tat zu planen.« Er schaute mit hochgezogenen Augenbrauen zu Griffin hinüber. »Entschuldigung, aber diese ganzen Typologisierungen sind hochproblematisch, weil es einfach zu viele Menschen gibt, bei denen Motive und Merkmale verschiedener Typen nebeneinander auftauchen.«

»Das sehe ich genauso«, stimmte Collins zu.

Bauer blickte verwirrt von einem Profiler zum anderen. Er hatte davon gehört, dass es verschiedene Serienmörder-Typen gab. Aber dass die Einteilungen so genau und zugleich so umstritten waren …

»Wir haben in Großbritannien auch mal versucht, einige Kategorien aufzustellen«, fuhr Collins fort. »Mit wenig Erfolg. Immerhin konnten wir zeigen, dass die Aufteilung in organisierte und unorganisierte Täter, auf die das FBI so schwört, nicht funktioniert.« Sie wandte sich Minatoya zu. »Ich denke, wir können festhalten, dass unser Täter sozial inkompetent ist und im Opfer ein Objekt sieht, an dem er seine abnormen Bedürfnisse befriedigt. Außerdem hat er keine positiven Erfahrungen bei der Kontaktaufnahme zu Frauen gemacht.«

Griffin hatte den Ausführungen von Collins und Koch mit gerunzelter Stirn gelauscht. Er war ganz offensichtlich unzufrieden. Aber er schwieg. Es klopfte an der Tür. Ein Polizeibeamter kam herein, umweht von einem wunderbaren Duft nach Kaffee. Er reichte ein Tablett mit Plastikbechern herum. Bauers Hoffnung, dass es sich wieder um Kona-Kaffee handeln würde, erfüllte sich.

»Kommen wir zum Faktor Gewalt.« Koch beendete die Pause rücksichtslos. »Unser Täter erstickt jeden Widerstand durch die Brutalität des Angriffs und indem er sein Opfer während oder vor der Vergewaltigung tötet. Er versucht, das Opfer vollkommen zu kontrollieren.«

»Andererseits geht er ein Risiko ein, indem er sich nur auf seine Hände und Zähne verlässt. Das ist ein Widerspruch«, sagte Collins nachdenklich.

»Der Mörder hat in Schottland drei erwachsene Männer furchtlos angegriffen. Er hat keine Angst vor körperlichen Auseinandersetzungen«, erklärte Griffin. »Er muss von sich selbst völlig überzeugt sein.«

»Oder völlig besinnungslos«, stellte Collins fest.

»Aber sicher handelt es sich um einen ziemlich großen und starken Kerl. Oder gibt es Hinweise auf besondere Kampftechniken?«, fragte Kupuka'a.

Bauer schüttelte den Kopf. »Für so etwas haben die Gerichtsmediziner bei uns keine Hinweise gefunden.«

»Möglicherweise ist er Sportler«, erklärte Koch. »Gerade sexuell abweichende Täter interessieren sich oft für Sportarten, die als männlich gelten, wie Bodybuilding. Dazu kommen übrigens häufig auch Tätowierungen.«

Minatoya konnte ein Grinsen nicht unterdrücken, während sie zu Kupuka'a hinüberschaute. Der grinste zurück und ließ die Muskeln unter seinen Tätowierungen spielen.

»Ich würde gern näher auf das Beißen eingehen«, sagte Griffin. »Ich vermute, es ist Teil seiner kranken Fantasie. Andere Mörder haben ähnlich bizarre Vorlieben.«

»Vielleicht spürt er dabei besonders intensiv, wie sich das Opfer wehrt«, vermutete Koch. »Erwartet er das von seinen Opfern? Schreibt er ihnen doch eine aktive Rolle zu? Will er so das Gefühl der Beherrschung besonders stark ausleben?«

»Vielleicht«, antwortete Collins nachdenklich. »Aber wir sind uns einig, dass er kein Sadist ist?«

Griffin stimmte ihr zu. »Es sieht für mich aus, als würde er seine Zähne wie eine Waffe einsetzen. Er hat ja auch dem Stallburschen auf dem schottischen Bauernhof die Kehle aufgerissen.« Er runzelte nachdenklich die Stirn. »Er verhält sich wie ein Tier. Das könnte Teil seiner Macke sein: die geschmeidige Raubkatze, die sich auf die Zebras stürzt?«

»Dann wären wir wieder beim Opfer als Objekt zur sexuellen Befriedigung auf die einzige Weise, wie er sie erlangen kann. Als Mensch ist er ein Verlierer – aber er will zu den Gewinnern gehören. Als Raubtier ist er ein Gewinner.« Koch wirkte unsicher. »Dann wären die Bissverletzungen doch eine Art Verstümmelung.«

»Und der Mann wäre ein Frauenhasser, für den die Opfer etwas

Bestimmtes darstellen«, sagte Griffin. »Frauen, die im Leben des Täters zum Beispiel für Erniedrigungen stehen.«

»Das Opfer als Vehikel«, stimmte Collins zu »Dann hätten wir es mit einem dieser verbitterten, zornigen Typen zu tun, die sich selbst als tragische Helden sehen, gegen die sich alles verschworen hat. Sie halten es für ihr Recht, sich zu nehmen, was ihnen vorenthalten wird.«

»Aber diese Art von Serienmörder tritt in der Regel als Soziopath mit freundlichem Gesicht auf«, erklärte Griffin. »Sie müssen ihre Opfer nicht aus dem Gebüsch heraus überfallen, sondern können sie bis in ihre Apartments locken. Jemand wie Ted Bundy, der seinen Opfern mit vorgetäuschten Gipsverbänden den Hilfsbedürftigen vorgespielt hat.«

Detective Sergeant Kupuka'a räusperte sich. »Ein Soziopath?«

»Diese Menschen wissen, wie normale menschliche Beziehungen aussehen, und sie können humanes Verhalten nachäffen. Sie sind Schauspieler des Menschlichen, obwohl sie selbst unmenschlich sind«, stimmte die Britin zu. »Sie verstehen, was Empathie, was Mitgefühl ist, fühlen es selbst jedoch nicht. Viele Menschen im Leben dieser Verbrecher haben gedacht, man könnte eine normale Beziehung mit ihnen eingehen, man könnte von ihnen geliebt werden. Sie haben sie geheiratet, sie haben Kinder mit ihnen. Dabei werden sie nur ausgenutzt.«

»Aber das klingt alles überhaupt nicht nach unserem Täter«, warf Bauer ein.

Collins nickte. »Nein. Und ich glaube, wir können auch schon festhalten, dass es sich nicht um einen Psychotiker handelt«, sagte sie. »Einen von diesen Typen, die auch im Alltag schon abgedreht sind. Die Stimmen hören.«

»So Burschen wie Ed McGein?«, fragte Kupuka'a.

Bauer erinnerte sich. Edward McGein hatte sich in den 1950er-Jahren eine Art Frauenanzug aus Haut geschneidert. Nun erinnerte Koch auch noch an Richard Trenton, der in Blut gebadet hatte, und Peter Kürten, der es getrunken hatte, um Orgasmen zu bekommen. Und Jeffrey Dahmer war völlig gefangen gewesen in der Vorstellung, seine 15 Opfer in hörige Liebes-Zombies zu verwandeln.

Bauers Magen zog sich zusammen. Das Verhalten ihres Täters war furchtbar. Niemals hatte er es mit so etwas zu tun gehabt. Aber dass solche Wahnsinnigen wie die, von denen die Profiler jetzt redeten, real waren ... er hatte es verdrängt. Orgasmen beim Bluttrinken. Sex-Zombies. Er sah, dass Minatoya und Kupuka'a blass geworden waren.

Griffin hob die Hände. »Wir suchen also keinen Psychopathen. Aber ich halte es für möglich, dass der Täter einen körperlichen Makel trägt, unter dem sein Selbstbewusstsein leidet.«

»Wie zum Teufel kommen Sie denn auf die Idee?«, fragte Kupuka'a.

»Das könnte ein Grund sein, weshalb seine Versuche, auf normalem Wege Beziehungen zu Frauen zu knüpfen, scheitern. Aber es kann nichts Auffälliges sein. Sonst würden sich die Leute, die ihm zum Beispiel an der Napali-Küste begegnet sind, an ihn erinnern.«

»Sie denken an diese Geschichte mit dem Trailside-Mörder?« Koch beugte sich interessiert vor.

»Richtig«, bestätigte Griffin. »Der Typ, bei dem John Douglas eine Sprachstörung vermutet hatte. Tatsächlich hat er gestottert.«

Wieder quietschte Minatoyas Filzstift über das Flipchart: Möglicherweise körperlicher Makel.

Es gab noch eine Sache, die Bauer nicht aus dem Kopf ging. Griffin hatte sie bereits angedeutet. »Es geht unserem Mann also um die Vergewaltigung, und er nimmt sich eine Frau wie ein Tier seine Beute. Ist er davon besessen, wie ein wildes Tier aufzutreten? Haben wir es mit einer Art perversem Aussteiger zu tun?«, fragte er. »Ein durchgeknallter Naturalist? Ein Grüner, der sich für einen Tiger hält?«

»Ich weiß nicht«, antwortete Collins. »Bei so jemandem würde ich erwarten, dass er sich auf das Verbrechen intensiv vorbereitet. Das scheint unser Mann nicht zu tun.«

Zu Bauers Überraschung wandten sich die Profiler einem völlig neuen Thema zu. Bei einem so brutal auftretenden Mann, begann Collins, musste man nach einem Straftäter suchen, der bereits Gewaltverbrechen begangen hatte. Allerdings nicht unbedingt Sexualstraftaten. Britische Vergewaltiger, so erklärte sie, waren zuvor eher durch Diebstahl, Einbruch und Körperverletzung aufgefallen als durch Voyeurismus oder Exhibitionismus. Gerade extreme Gewalt konnte auf einen völligen Verlust der Impulskontrolle hindeuten. Und das äußerte sich genauso in Kneipenschlägereien wie durch Gewalt gegenüber Bekannten. In Deutschland allerdings, warf Koch ein, waren drei Viertel aller sexuell motivierten Serienmörder eben doch wegen anderer Sexualstraftaten bereits aktenkundig.

»Gott, ich glaube, wir sollten unsere Daten mal vergleichen«, rief Collins frustriert aus. Da die Ermittler in den Karteien der Sexualstraftäter bislang nicht fündig geworden waren, beschlossen sie, die Suche auf vorbestrafte Gewaltverbrecher auszudehnen.

Minatoya hielt diese Fakten fest, während Griffin einen weiteren Aspekt ansprach. Ein sozial inkompetenter Täter, erklärte er, war vermutlich nicht mit einer festen Partnerin zusammen. Zumindest nicht in der Zeit, während er seine Verbrechen beging. Und wenn er Beziehungen gehabt hatte, so waren sie selten, kurz und für beide Seiten unbefriedigend gewesen. Er hätte seine Partnerinnen vor allem benutzt, ausgebeutet und vielleicht vergewaltigt. Solche Männer, erklärte Collins, unterteilten die Männer in echte Kerle und Schwächlinge. Sie wollten zu den Harten gehören, die kriegten, was ihnen zustand. Da ihnen keiner etwas schenkte, mussten sie es sich mit Gewalt nehmen. Sexuelle Frustration konnten sie nur über eine Vergewaltigung lösen. Waren sie einmal damit durchgekommen, übernahmen sie die Rolle des Mannes, der die Macht hat, sich Frauen zu nehmen, wann immer er wollte.

»Hier unterscheidet sich ein solcher Mann im Alltag von anderen Menschen.« Koch schaute in die Runde. »Diese Leute haben Probleme, Konflikte auf normale Weise zu bewältigen, und zeigen häufig einen passiven, manchmal feindseligen emotionalen Grundzustand. Viele Freunde hat er wahrscheinlich nicht.«

»Wir wissen auch, dass es bei solchen Menschen vor der ersten Tat häufig ein einschneidendes Erlebnis gab«, sagte Griffin. »Vielleicht hat ihn eine Frau verlassen, oder ein anderer Mensch, der ihm etwas bedeutet hat, ist gestorben oder hat ihn im Stich gelassen. Die Frustration und der Ärger über diesen Schicksalsschlag können solche Menschen aus der Bahn werfen, über die Klippe in den Abgrund ihrer gestörten Seele.«

Das, dachte Bauer, konnte auch ganz normalen Menschen passieren. Er schlang die Arme um seine Brust, während Minatoya erneut den Stift zückte und aufschrieb: einschneidendes Erlebnis.

»Kommen wir zum Alter«, schlug Collins vor. Vermutlich, fuhr sie fort, hatten sie es mit einem sehr jungen Mann zu tun. Darauf deuteten die Impulsivität und das Fehlen von Vorbereitungen hin. Der Mann war kein ehemaliger Einbrecher, der seine Raubzüge um das Vergewaltigen und Morden erweitert hatte.

»Wir sollten also nach einem jungen Mann suchen, der schon als Kind durch extreme Gewalt aufgefallen ist«, sagte Griffin.

»Ja«, bestätigte Koch. »Und wenn wir davon ausgehen, dann sollten wir uns vielleicht erst mal auf junge Straftäter konzentrieren, die bereits ältere Frauen überfallen und missbraucht haben. Die sind häufig die ersten Opfer von jugendlichen Sexualmördern, weil sie leicht zu überwältigen sind.«

»Dann müssten wir aber Fingerabdrücke von ihnen haben«, warf Bauer ein. »Der Abdruck auf der Brille von Ayse Aydin war jedoch nicht in der Datenbank.«

Koch nickte. »Tja, das stimmt natürlich.«

Die Ermittler schwiegen eine Weile.

Die nächsten Punkte konnten sie relativ schnell abhaken: Weder ein Job in der Dienstleistungsbranche noch ein Studium oder eine Arbeit an der Universität kamen für einen so gewalttätigen, impulsiven Täter in Frage. In Deutschland, so erklärte Koch, waren fast 40 Prozent der Serienmörder während der Verbrechen arbeitslos, jeder dritte war Arbeiter. Nur jeder fünfte war angestellt, Beamter oder selbstständig. Kein bekannter Serienmörder hatte es bis zum Chef gebracht.

»Bei Massenmördern sieht das wohl anders aus«, sagte Kupuka'a hüstelnd. »Die machen häufig politische Karriere.«

»Die Statistik spricht jedenfalls für einen durchschnittlich intelligenten Arbeiter«, schloss Koch. »Und wenn ein Täter nur über eine niedrige Intelligenz verfügt, ist das für uns gar nicht gut. Diese Männer entgehen in Deutschland der Festnahme im

Schnitt über einen Zeitraum von mehr als acht Jahren – und damit doppelt so lange wie Serienmörder mit einem IQ von über 100. Und in dieser Zeit töten sie im Schnitt fünf bis sechs Menschen. Seltsam, nicht wahr?«

»Na, dann haben wir Briten ja was, auf das wir stolz sein können«, erklärte Collins. »Unsere Serienmörder sind intelligenter als eure. Mehr als 50 Prozent besitzen einen IQ von mindestens 120. Aber vielleicht schnappen wir die dummen ja ebenfalls nicht und kennen ihren IQ deshalb nicht.«

»Wir sollten trotzdem von einem nicht sehr intelligenten Täter ausgehen«, forderte Koch. »Und das bedeutet, er hat nicht viel Geld. Er fährt kein teures Auto, sondern, wenn überhaupt, einen billigen, gebrauchten Kleinwagen, um den er sich nicht besonders kümmert. Er wohnt günstig zur Miete. Wahrscheinlich in einer vernachlässigten Wohnung.«

»Vielleicht lebt er auch noch – oder wieder – bei seinen Eltern, weil er sich keine Wohnung leisten kann«, erklärte die Psychologin. »Wenn noch eine Beziehung zu den Eltern besteht, dann wahrscheinlich zur Mutter oder Großmutter.«

»Ja. Beziehungen zu den Vätern sind meist zu konfliktbeladen«, stimmte Koch zu. »In München konnte er statt mit dem Wagen auch mit öffentlichen Verkehrsmitteln zum Tatort kommen. In Hawaii hätte ihm noch nicht einmal ein Auto geholfen.«

»Unterstellen wir, dass der Täter seine Serie mit zwei Morden in München begonnen hat«, schlug Koch vor. »Der dritte Mord fand ebenfalls dort statt, nicht weit entfernt von den ersten Tatorten. Dazwischen lagen vier Wochen. Drei Wochen später wird hier auf Hawaii eine Frau offenbar vom selben Täter ermordet. Und wieder zwei Tage später kommt es in Schottland zu einem Überfall auf eine Frau.« Er schüttelte den Kopf. »Was sagt uns das?«

»Ein Serienmörder auf Weltreise?«, fragte Kupuka'a. »Einer, der beim Fliegen keine Spuren hinterlässt – trotz all der Sicherheitsmaßnahmen.«

»Könnte er Diplomat sein? Oder jemand vom Geheimdienst?« Minatoya tippte sich mit dem Stift an die Stirn und hinterließ dort einen kleinen blauen Fleck.

»Na klar«, sagte Kupuka'a. »Schon vergessen? Wir gehen von einem unorganisierten, sozial inkompetenten jungen Mann aus, der wahrscheinlich nicht sehr helle ist.« Sofort bereute er seinen Ton. Die junge Kollegin warf ihm einen finsteren Blick zu, legte den Stift beiseite und schob die Hände in die Hosentaschen.

»Ich denke«, sagte Collins, »wir sollten jetzt versuchen, herauszufinden, wo er herkommt. Wie wurde er, was er ist?«

»Ja«, stimmte Koch zu. »Ein Verbrechen ist die Konsequenz aller Vorgänge, die den Täter zum Tatort geführt haben. Diese Entwicklung hat bereits in den frühen Jahren des Täters begonnen.«

»Woher wollen Sie das denn wissen?«, fragte Kupuka'a.

»Unser Täter behandelt seine Opfer wie Gegenstände. Das tun Serienmörder häufig. Das hängt meist damit zusammen, dass sie mit Bezugspersonen aufgewachsen sind, von denen sie genauso behandelt wurden«, erklärte Koch. »Zwei Drittel aller Serienmörder wurden zum Beispiel misshandelt oder missbraucht, fast die Hälfte wurde am Kopf oder anderswo verletzt. Sie machen die Erfahrung, dass es darauf ankommt, an sich selbst zu denken, und dass Gefühle anderer keine Rolle spielen.«

»Wenn man von Kindesbeinen an erfahren hat, dass man kein vollwertiges menschliches Wesen ist, dann betrachtet man sich selbst auch nicht so – und alle anderen auch nicht«, ergänzte Collins. »Unsere Menschlichkeit wird im Kontakt mit anderen geformt. In der Kindheit und Jugend entwickeln wir im Rahmen unserer physischen und psychischen Möglichkeiten unsere Fähigkeiten und unsere Persönlichkeit. Normalerweise lernen wir auch, dass andere Menschen sind wie wir. Die Suche nach Identität und Bedeutung und nach den Grenzen dessen, was sozial akzeptiert ist, wird in der Pubertät besonders intensiv. Vermutlich beginnen viele Verbrecherkarrieren bereits in diesem Alter. Mit etwa 15 Jahren ist für die meisten Menschen das Fundament ihrer Selbstwahrnehmung gelegt. Sie haben eine Ahnung von ihrer eigenen Rolle im Leben anderer und der Rolle anderer in ihrem eigenen Leben. Jugendliche glauben dann zu wissen, was in der Gesellschaft akzeptiert ist, und ob und wie sie sich innerhalb dieser Grenzen bewegen können und müssen. Ihre Rolle im Drehbuch ihres Lebens ist definiert, und sie beginnen, danach zu leben. Und sie müssen eine Rolle in ihrer Geschichte finden, in der sie der Held sein können – auch wenn diese Geschichte nicht die Realität sein kann. Es wird ihre geheime Geschichte. Spätere Vergewaltiger und Mörder denken dabei eher in Kategorien wie Macht und Ruhm statt Unterstützung und Freundschaft. Wenn ein solcher Mensch sexuell frustriert und zugleich überzeugt davon ist, dass er Befriedigung seiner Lust verdient hat, sucht er sich einen Weg.«

»Richtig«, bestätigte Koch. »Wer nicht lernt, mit anderen mitzufühlen, fühlt sich keiner sozialen Gesellschaft zugehörig. Und wer nicht über die Fähigkeit zur Empathie verfügt, der wird keine Rücksicht darauf nehmen, ob andere unter ihm leiden. Ein solcher Mensch hat keine moralische Bremse, die ihn daran hindert, seine Lust oder Rachegefühle auszuleben. Tatsächlich haben die meisten Sexual-Serienmörder medizinisch diagnostizierbare Persönlichkeits- oder Verhaltensstörungen, die mit einem Mangel an Empathie zusammenhängen.«

»Die Voraussetzungen für eine solche Entwicklung finden wir übrigens besonders häufig in ganz bestimmten Gruppen«, erklärte Collins. »Sozial schwache Familien, Großfamilien mit wenig Unterstützung für die Kinder …«

»Wenn Eltern nicht in der Lage sind, sich ausreichend um den Nachwuchs zu kümmern, weil sie überfordert sind, weil es ihnen an Kompetenz fehlt oder aufgrund der sozialen und ökonomischen Lage, dann besteht die Gefahr, dass die Kinder vernachlässigt werden«, führte Koch weiter aus.

»Ich bin in 20 Jahren beim FBI noch keinem einzigen Gewaltverbrecher aus einem intakten, funktionierenden Familienverband begegnet«, stimmte Griffin zu. »Die kommen immer aus Verhältnissen, die durch Misshandlungen, sexuellen Missbrauch, Drogen, Alkoholismus und die damit verbundenen Probleme geprägt sind.«

»Diese Bedingungen kann man übrigens in allen sozialen Gruppen finden«, ergänzte Collins. »Sie hängen nicht zwingend mit Armut zusammen.«

»Frank Gust, der Serienmörder, den ich vorhin schon erwähnt habe, hat als Kind offenbar seine Gefühle von Bedeutungslosigkeit kompensiert, indem er kleine Tiere gequält und damit das Bedürfnis nach Kontrolle und Macht ausgelebt hat«, erklärte Koch. »Dabei ging es um eine bestimmte Form von Lustgewinn. Bei ihm haben sich diese kranken Gefühle in der Pubertät dann offenbar mit sexueller Erregung verknüpft. Denken Sie daran, dass ein Orgasmus die größte Selbstbelohnung ist, die ein Körper zu bieten hat. Als sich bei dem Jugendlichen das Interesse am anderen Geschlecht entwickelt hat, haben sich seine Fantasien dann von Tieren auf Frauen übertragen.«

»Viele Kinder, die unter solchen Bedingungen aufgewachsen sind, werden später aber keine Serienmörder«, warf Bauer ein.

»Schon«, bestätigte Griffin. »Aber einige Voraussetzungen sind so gegeben.«

»Aber was ist mit Serienmördern aus intakten Familien, mit fürsorglichen Eltern?«, fragte Minatoya.

»Über die wissen wir ehrlich gesagt noch sehr wenig«, gab Collins zu. »Und die Familie ist auch nicht das einzige soziale Gefüge, in dem wir die prägenden Erfahrungen machen. Vielleicht gibt es auch genetische Voraussetzungen, die manche von uns anfälliger dafür machen, auf negative Einflüsse zu reagieren. Und bei manchen Gewaltverbrechern konnten Auffälligkeiten im Gehirn festgestellt werden: Einige hatten Kopfverletzungen erlitten, andere hatten Tumore. Bei vielen Mördern und überhaupt bei Menschen, die zu Gewalt neigen, ist die moralische Bremse defekt, die hier oben sitzt.« Die Britin tippte mit dem Finger an ihre Stirn. »Gewalttätiges Verhalten wird auch häufig mit Störungen im Stoffwechsel einiger Hirnbotenstoffe in Zusammenhang gebracht«, fuhr sie fort. »Solche Verletzungen oder Störungen können zu wirklich bizarren Verhaltensweisen führen. Da macht sich einer an seine Stieftochter ran, wird verhaftet, soll ins Gefängnis. Dann wird ein Hirntumor festgestellt. Er wird operiert und verhält sich wieder normal.« Sie gähnte. »Entschuldigung. Jetlag.« Sie rieb sich die Augen, bevor sie fortfuhr. »Aber wir müssen ja bei allen gestörten Persönlichkeiten davon ausgehen, dass irgendetwas in ihrem Gehirn anders ist als bei einem geistig gesunden Menschen. Auch psychische Verletzungen wie die kindlichen Traumata, die von elterlicher Misshandlung, von Vernachlässigung oder

Missbrauch herrühren, manifestieren sich natürlich letztendlich organisch. Werden die Weichen in den Nervenstrukturen eines sich entwickelnden, kindlichen Gehirns falsch gestellt, so gerät es leichter auf die schiefe Bahn.«

Minatoya schaute in die Runde. Niemand sagte mehr etwas. »Das war es?«

Die drei Fachleute warfen sich schweigend Blicke zu und nickten.

Die junge Frau sah wieder auf ihren Flipchart. »Dann fasse ich mal zusammen: Unser Täter ist vermutlich groß und kräftig, treibt Kraftsport und ist möglicherweise tätowiert. Er geht einerseits Risiken ein, indem er sich auf seine Zähne und Hände verlässt. Andererseits versucht er, seine Opfer vollständig zu beherrschen. Er ist sexuell und sozial inkompetent und zeichnet sich durch einen ausgeprägten Mangel an Empathie aus. Er lebt allein und hat – wenn überhaupt – nur unbefriedigende Beziehungen hinter sich. Vielleicht ist es in diesen Beziehungen bereits zu Vergewaltigungen gekommen. Möglicherweise ist er aktenkundig aufgrund von Körperverletzung, vielleicht auch als Sexualstraftäter ohne Tötungsdelikt. Er hat vermutlich wenige Freunde, ist eher ein Außenseiter. Vor dem Beginn der Mordserie hat er einen Schicksalsschlag erlebt: Eine Beziehung ist zerbrochen oder ein wichtiger Mensch ist gestorben oder hat ihn auf andere Weise verlassen. Er ist jung …«

»Zwischen 18 und 23 Jahre«, schlug Collins vor. Griffin und Koch nickten.

»Er ist bereits in seiner Jugend durch Unbeherrschtheit und Gewalt aufgefallen«, fuhr Minatoya fort. »Wenn er ein Auto besitzt, dann einen Kleinwagen in schlechtem Zustand. Er macht vielleicht eine Ausbildung in einem wenig anspruchsvollen Beruf oder verdient sein Geld als Aushilfe in einem entsprechenden Job. Er ist nicht sehr intelligent. Er lässt sich ungern etwas vorschreiben und arbeitet lieber für sich allein. Er lebt in München, vermutlich in der Nähe des Englischen Gartens, in einer kleinen, günstigen Wohnung, die er vernachlässigt. Vielleicht lebt er auch noch – oder wieder – bei weiblichen Verwandten.« Sie holte Luft, bevor sie fortfuhr. »Er stammt aus einer Problemfamilie, in der mindestens ein Elternteil die Kinder bis zur Pubertät vernachlässigt und vermutlich physisch oder psychisch misshandelt hat.«

»Irgendwie ist nichts davon eine große Überraschung«, sagte Detective Sergeant Kupuka'a leise. »Aber immerhin wissen wir jetzt, dass diese ganzen naheliegenden Annahmen eine solide Grundlage haben.«

»Und jetzt«, sagte Griffin, »fangen unsere Probleme eigentlich erst richtig an.« Bauer erhob sich ächzend aus seinem Sessel und nickte. »Wie kommt so ein Typ innerhalb kürzester Zeit von München nach Hawaii und dann nach Schottland?«

Über Lihue war ein kurzer, heftiger Regenschauer niedergegangen. Die Strahlen der Mittagssonne ließen die feuchten Flecken auf dem Asphalt zwischen den Gebäuden der Polizeistation schnell schrumpfen. Bauer rauchte gerade eine Zigarette vor der Tür der Polizeistation, als ihn ein Police Officer ans Telefon rief. Bauer folgte dem Kollegen in Hackfields Büro. Der Hörer lag neben dem Telefon. Bauer meldete sich. Am anderen Ende der Leitung war Tom Born.

»Wir haben einen neuen Fall.«

Bauer stöhnte und ließ sich in den Stuhl hinter Hackfields Schreibtisch fallen. »Ihr seid sicher, dass es unser Mann ist?«

»Ja«. Der junge Polizist klang müde. »Das Opfer ist eine Studentin von der Ludwig-Maximilians-Universität. Sie ist vor etwa drei Stunden auf dem Campus gefunden worden.«

»Vergewaltigt und totgebissen?«

»Wie die anderen.«

Das vierte Opfer. Bauer schlug frustriert mit der Faust auf den Tisch. Was machten sie nur falsch? Wieso konnten sie nicht verhindern, dass diese Bestie weiter tötete? Er hätte nicht nach Hawaii fliegen sollen. Er wurde in München gebraucht.

»Wie spät ist es denn bei euch jetzt?«, fragte er.

»Augenblick.« Er hörte, wie Born sich von jemandem verabschiedete.

»Adam lässt grüßen. Wir haben jetzt genau 2:43 Uhr. Nachts. Bei euch ist es gerade Mittag, oder? Welches Datum habt ihr denn eigentlich? Noch der 5. August? Wir sind schon einen Tag älter.« Born gähnte laut in den Hörer.

»Habt ihr denn am Tatort diesmal etwas gefunden, was uns weiterbringen könnte?«

»Das kann ich noch nicht sagen. Aber etwas Neues gibt es diesmal schon. Wir haben einen Augenzeugen.«

Bauer richtete sich auf und drückte den Hörer fest ans Ohr, während Born ihn über den neuen Fall aufklärte. Das Opfer war ziemlich genau um 23:30 Uhr umgebracht worden. Ein Ehepaar aus Augsburg, das etwa um diese Zeit am Unigelände vorbeigekommen war, hatte ein seltsames Geräusch gehört, und der Mann hatte nachgesehen, was da vor sich ging. Respekt, dachte Bauer. Jemand, der sich kümmert.

Als der Mann auf das Unigelände gekommen war, hatte ihn etwas angefallen, in die Hand gebissen und umgeworfen. Dann war der Täter in der Dunkelheit verschwunden.

»Was haben die Zeugen über den Täter gesagt?«, fragte Bauer gespannt.

»Das ist leider nicht sehr ergiebig«, sagte Born. »Der Mann hat kaum etwas gesehen, weil es da ziemlich dunkel war und alles sehr schnell ging. Er beschreibt den Täter als sehr groß und dunkel gekleidet.«

»Das würde uns sicher auch so vorkommen, selbst wenn ein kleinerer Mann aus dem Schatten gesprungen kommt«, vermutete Bauer. »Und was sagt die Frau?«

»Die war an der Straße stehen geblieben und hat sofort die Polizei gerufen, als ihr Mann zurückkam. Gesehen hat sie vom Täter leider nichts. Die Streifenbeamten, die den Überfall aufgenommen haben, haben dann die Tote entdeckt. Alfieri war eine halbe Stunde später am Tatort. Da war die Frau auch nicht viel länger tot.«

»Erzähl mir mehr über Opfer und Tatort«, forderte Bauer seinen Kollegen auf.

»Klar. Ich schicke dir auch gern alles, was wir haben, nach Hawaii.« Born räusperte sich. »Noch lieber wäre es uns natürlich, dass du zurückkommst.«

»Ist schon klar. Also?«

Bei dem Opfer handelte es sich um die 23-jährige Lisa Kranz. Die Mitbewohnerin ihrer Wohngemeinschaft hatten die Ermittler gleich aus dem Bett geklingelt und kurz befragt. Kranz studierte Veterinärmedizin. Offenbar hatte sie bis in die Nacht an der Universität gearbeitet. Der Tatverlauf schien mit dem der früheren Fälle identisch. Überfallen, Kleider vom Leib gerissen, Bisswunden am Oberkörper, tödliche Halsverletzung, Vergewaltigung.

»Man fragt sich schon, ob unser Mann vielleicht wusste, dass der Sicherheitsdienst, der auf dem Unigelände unterwegs ist, erst eine Stunde später auftauchen würde«, sagte Born.

»Das würde für einen organisierten Täter sprechen«, dachte Bauer laut nach.

»Was?«

»Ach, nichts.« Bauer stand auf. »Grüß Elli von Cynthia.«

»Sie ist auch da?«, fragte Born überrascht.

»Sie arbeitet an einem Fall in Schottland auf einem Bauernhof, wo es gleich mehrere Tote gegeben hat«, erklärte er.

»Davon habe ich in der Zeitung gelesen«, sagte Born überrascht. »Das klang nach einem Familiendrama. Hat das etwa mit unseren Fällen zu tun?«

»Es scheint so. Die Opfer wurden ebenfalls totgebissen, eine Frau hat der Täter zu vergewaltigen versucht«, klärte Bauer seinen Kollegen auf. »Cynthia und zwei Leute vom BKA und vom FBI haben ein Profil von dem Mann erstellt.«

»Dann lass uns das möglichst schnell zukommen«, bat Born. Bauer versprach es. »Erst München, dann Hawaii, jetzt Schottland … und jetzt hat er wieder bei uns zugeschlagen.« Der Soko-Chef rieb sich die Stirn.

Born sagte nichts. Offenbar wartete er darauf, dass sein Vorgesetzter zu einem Entschluss kam.

Bauer seufzte erneut. »Ich denke, ich fliege morgen wieder zurück und schicke euch vorher noch eine Zusammenfassung von dem Profil.«

»Okay. Grüß Cynthia von uns. Und guten Flug.«

8. August, München

»Die Presse läuft Amok. Weißt du, was jetzt der Aufhänger ist?« Elli Geyer begrüßte ihren Chef nicht mit einem Guten Morgen oder Schön, dass du wieder da bist, sondern drückte ihm einen Packen Münchner Boulevardblätter in die Hand, kaum dass Bauer die Tür zu ihrem Büro geöffnet hatte. Der Soko-Chef betrachtete die Schlagzeilen. Die Schwabinger Bestie war für die Presse jetzt also ein Vollmond-Mörder. In allen drei Nächten, so hieß es, hatte der Mond hell und rund am Himmel gestanden. Und es sei ja bekannt, so schrieb einer der Journalisten, dass Vollmond-Nächte etwas Besonderes waren. An solchen Tagen kamen mehr Kinder zur Welt als sonst, wie jede Hebamme wusste, es passierten besonders viele Verkehrsunfälle, und überhaupt liefen mehr Irre herum. Das konnte jeder Polizist bestätigen. Und es käme ja nicht von ungefähr, dass der englische Begriff *lunatic* für verrückt beziehungsweise Verrückte stand. Und Luna bedeutete nichts anderes als Mond. Das mit den Verkehrsunfällen konnte stimmen, dachte Bauer. Als er noch Streife gefahren war, hatte er oft den Eindruck …

»Ist doch klar«, unterbrach Adam, der aus seinem Büro herübergekommen war, seine Gedanken. »Und um Mitternacht geht es richtig los. Geisterstunde.«

»Ich habe mich immer gefragt, was die Geister machen, wenn sie keine Uhr dabeihaben«, warf Geyer ein. Sie klang genervt.

»Und was ist mit Sommer- und Winterzeit?«, fragte Born. Er schien ebenfalls gereizt. »Übrigens läuft nicht nur die Presse Amok. Denning, Stark, Winnie Puh und überhaupt alle drehen durch.«

Bauer zuckte frustriert mit den Achseln, ging zu seinem Büro hinüber und schaltete den Computer an. Auf dem Tisch lagen mehrere Schnellhefter und Aktenordner. Die Mappe, die zuoberst lag, war neu. Geyer hatte mit zierlichen Buchstaben Lisa Kranz in das für den Namen des Opfers vorgesehene Feld eingetragen. Irgendwo in dieser dicken Frau musste noch immer ein kleines Mädchen stecken, das ihr beim Schreiben die Hand führte.

Er schlug den Ordner auf, und sein Blick fiel auf die Tatortfotos. Farbige und schwarz-weiße Bilder zeigten das Opfer, wie es die Ermittler auf dem Universitätsgelände gefunden hatten. Nahaufnahmen von den Bissverletzungen an Armen, Schürfwunden an den Beinen, am Hals ... Wie viele Fotos von wie vielen Frauen mit zerrissener Kehle hatte er in letzter Zeit gesehen?

»Soll ich dich auf den letzten Stand bringen?« Geyer stand in seiner Tür. Der Soko-Chef nickte.

»Das übliche Prozedere hat bislang nicht viel gebracht. Genauso wenig wie bei den anderen Fällen. Lisa Kranz hat in der Pharmazie der Tierärztlichen Kliniken der Universität an der Königinstraße gearbeitet.«

Der Klinik-Komplex bestand aus mehr als einem Dutzend Gebäude direkt am Englischen Garten. Kranz hatte das Institut nachts verlassen, um Zigaretten zu holen. In der Jacke der Toten hatten die Ermittler eine versiegelte Packung gefunden, an ihrem Arbeitsplatz dagegen eine leere. Der nächste Zigarettenautomat befand sich ein Stück weit die Königinstraße hinauf. Offenbar hatte Kranz das Universitätsgelände im Norden über einen Nebenweg wieder betreten, um über den Hof zurück an ihren Arbeitsplatz zu gehen, als der Mörder über sie herfiel. Geyer zog den Screenshot einer Google-Map-Luftaufnahme aus dem Ordner und wies auf einen Hof mit einem halbrunden Parkplatz zwischen den Gebäuden der Pharmazie. Es musste sehr schnell gegangen sein, denn sie hatte keine Zeit gehabt zu schreien. Sonst hätte man sie in dieser Gegend vermutlich gehört.

Bauer tippte auf einen schmalen, von Bäumen und Sträuchern eingefassten Streifen, der schräg am Unigelände vorbeiführte, und blickte Geyer fragend an.

»Zwischen dem Unigelände und dem Englischen Garten befindet sich ein schmaler Grünstreifen, und dahinter fließt der Schwabinger Bach.«

Hinter einem Haus mit blaugrauem Dach trennte darüber hinaus ein Fußweg Richtung Südwesten die Kliniken vom Park.

»Wohin ist der Mörder geflüchtet?«

»Unser Zeuge sagt, der Täter sei auf dem Unigelände geblieben. Vermutlich ist er wieder in den Englischen Garten hineingeflüchtet.« Geyer tippte auf die Grünanlage neben dem Institutsgebäude. »Der Mantrailer hat auch diesmal die Spur bis zu diesem verdammten Bach verfolgt. Dann ist es gelaufen wie immer. Der Kollege aus Nürnberg hat den Hund die Ufer absuchen lassen und wieder nichts gefunden. Er sagt, er rückt in Zukunft erst wieder an, wenn wir etwas vom Täter in der Hand haben. Alles andere liest du am besten nach.«

Bauer beugte sich über den Ordner. Die bisherige Überprüfung des Bekannten- und Verwandtenkreises hatte – wie erwartet – nichts gebracht. Der Erkennungsdienst suchte noch immer in den Kleidern des Opfers und in allen Proben vom Tatort nach Spuren. Es gab eine ganze Menge davon, doch auch diesmal waren sie nicht aussagekräftig. Etliche Spuren hatte das KTI in Arbeit. Alle Textilfasern an den Opfern stammten von Kleidungsstücken, die zu alltäglich waren, als dass sie in eine bestimmte Richtung geführt hätten. Keine Fasern von einem Alpaca-Wollpullover, den der Mörder nur in einer einzigen Boutique in ganz München hätte kaufen können, und wo alle Kunden gleich auch noch namentlich registriert wurden. Keine verdammte Visitenkarte.

Er ging erneut hinüber zu Geyer und Born. »Habt ihr euch eigentlich schon mit dem Profil beschäftigt, das ich aus Hawaii geschickt habe?«

Born klopfte auf einen Stapel Unterlagen auf seinem Schreibtisch. »Ich habe mit den Kollegen von der Heads-Zentrale Kontakt aufgenommen. Das Problem ist, dass der Fingerabdruck von der Brille des dritten Opfers nicht im Computer ist. Ich ignoriere den Abdruck jetzt und suche unter den vorbestraften Sexualverbrechern jemanden, auf den das Profil passen könnte. Außerdem haben wir die Leute von der Bewährungshilfe, dem Kreisverwaltungsreferat und vom Jugendamt informiert. Und Elli …« Er winkte zu der Kollegin hinüber, die ihm über den Rand eines Aktenordners hinweg zublinzelte. »Sie und die anderen gehen noch einmal alle Hinweise aus der Bevölkerung durch. Vielleicht ist der Täter ja auch unter den Zeugen zu finden.«

»Gut. Gerade bei Serienmördern kommt es häufiger vor, dass sie sich wichtigmachen und versuchen, sich an den Ermittlungen zu beteiligen«, stimmte Bauer ihm zu.

Erneut tippte Born auf die Mappen. »Bislang habe ich zwei Typen gefunden, die vielleicht in Frage kommen könnten.«

Bauer beugte sich zu Born hinüber und nahm die zwei Mappen an sich. Als er sich abwandte, räusperte sich Born.

»Sollten wir nicht überprüfen, ob an diesem angeblichen Vollmond-Rhythmus vielleicht doch etwas dran ist?«, schlug er vor. »Es gibt doch in der Natur Rhythmen. Menschen besitzen ja auch eine Art innere Uhr.« Born schaute in die Runde. Bauer zog die Augenbrauchen hoch. Geyer sprang Born zur Seite. »Unser Tagesrhythmus entspricht tatsächlich etwa 24 Stunden. Und der Menstruationszyklus der Frau etwa vier Wochen.«

»Wir könnten ja einfach mal an der Uni nachfragen«, schlug Born vor. »Der letzte Tatort lag ganz in der Nähe des Instituts für Physiologie. Die wissen so etwas bestimmt. Und die Professoren und ihre Leute kennen uns da schon.«

Bauer nickte nachdenklich. Geyer stand auf. »Los geht's.«

»Sollten wir nicht vorher da anrufen?«, fragte Born.

»Ach was.« Ellie war schon an der Tür. »Was für eine willkommene Unterbrechung des Aktenstudiums.«

Born hatte den Eindruck, dass wirklich jede Ampel auf dem Weg zur Königinstraße rot wurde, sobald sie auftauchten. Außerdem fuhren die meiste Zeit Fahrschüler vor ihnen her. Ihm graute bei dem Gedanken, dass in Deutschland einmal 16-Jährige ohne Begleitung Auto fahren könnten. Zwei Jahre, die jeder Deutsche pro Lebenszeit zusätzlich die Luft verpesten und die Straßen verstopfen würde, statt die öffentlichen Verkehrsmittel oder das Fahrrad zu nehmen. Wie in Gottes Namen sollten die Klimaschutz-Ziele je eingehalten werden? Und warum nahmen eigentlich Polizisten nicht häufiger die S- und U-Bahn?

»Du machst mich nervös«, beschwerte sich die Kollegin nun

und deutete auf seine Finger, die auf die Mappe in seinem Schoß trommelten.

»Entschuldigung.« Er steckte die Hände in die Jackentasche. Geyer bog ab und fluchte, weil sie nach zwanzig Metern wieder vor einer roten Fußgängerampel stehen bleiben mussten. Sie blickte ihren Begleiter an. »Ich denke, es wird Zeit, dass alle Münchner Männer, die in der Umgebung der Tatorte wohnen, DNA-Proben abgeben sollten.«

»Stimmt schon«, sagte Born. Die Ampel wurde grün.

»Aber noch dürfte es der Bevölkerung schwer zu vermitteln sein, dass Zigtausend unbescholtene Bürger in Generalverdacht geraten«, überlegte er laut.

»Richtig. Datenschutz.«

Eine Gruppe von Studenten blockierte mit Fahrrädern die Straße vor einem Biergarten und konnte sich offenbar nicht entscheiden, ob sie hineingehen oder eine andere Tränke suchen sollten. Die Polizisten bogen in die Königinstraße ein und stellten den Wagen auf einen der Parkplätze vor der Fakultätsbibliothek. »Gynäkologische und Ambulatorische Tierklinik«, las Geyer. »Klingt irgendwie appetitlich. Weißt du was? Du suchst nach einem Experten, und ich bleibe noch ein wenig hier und denke nach.« Sie stellte sich an den Brunnen mit der riesigen Bronzeschlange, der den Platz vor dem lang gestreckten hässlichen gelben Bau zierte, und kramte eine Zigarettenschachtel aus ihrer Jacke.

Born ging hinüber zum Institut für Physiologie und folgte den Wegweisern zum Lehrstuhl für Verhaltensökologie. Eine ältere Frau schaute auf, als Born das Sekretariat betrat. Er zückte seinen Dienstausweis.

»Sie kommen wegen des Mordes an dieser Studentin? Ein Kollege von Ihnen war ja schon da.« Sie senkte den Kopf. »Diese furchtbare Geschichte.«

»Ich hätte noch eine Frage, die ich gern einem Biologen stellen würde.«

Erstaunt sah die Sekretärin ihn an. »Im Zusammenhang mit dem Mord?«

»Gewissermaßen. Wen …«

»Ich würde sagen, dann wenden Sie sich am besten an Professor Tadler.« Sie blickte zu der geschlossenen Tür, die ihr Büro mit dem benachbarten Zimmer verband. »Er ist mit seinen Leuten vorübergehend hier einquartiert worden …«

»Professor Tadler, der in dem Raum dort sitzt?« Born folgte ihrem Blick.

»Ja. Ich weiß aber nicht, ob er jetzt gerade da ist.«

»Das werde ich ja sehen«, sagte Born. Auf sein Klopfen antwortete eine kräftige, tiefe Stimme. Er trat ein. Der Mann hinter dem Schreibtisch war eindrucksvoll. Er sah nicht aus, wie Born sich Professoren im Allgemeinen vorstellte. Sicher 1,90 Meter groß, breitschultrig, mit sauber gestutztem Vollbart und dunkelblonden, in den Nacken fallenden Haaren. Eine runde, goldene Brille verlieh seinem Gesicht etwas Seriöses und Elegantes zugleich. Um den offenen Hemdkragen lag eine Krawatte mit bizarren Strichzeichnungen, die Born an Höhlenmalerei erinnerten. Die Hemdärmel hatte er hochgekrempelt. Auf dem linken Unterarm fielen Born deutlich erkennbare Narben auf. Punkte in Form eines Halbmondes. Unverwechselbare Kennzeichen, dachte er sofort.

Born stellte sich vor. Auch Tadler war zu dem Mord an Lisa Kranz bereits befragt worden. Aber der Biologe erklärte sich gern bereit, der Polizei weiterhin zu helfen.

»Vielleicht sind Sie ja auch nicht der Richtige für diese Frage«, begann Born. »Aber Sie sind doch Biologe.«

Tadler nickte. »Zoologe. Wenn es um Pflanzen geht …«

»Nein, nein. Es geht mir um rhythmische Zyklen bei Tieren und Menschen.« Er räusperte sich. »Ich wüsste gern, ob der Vollmond eine Wirkung auf Menschen ausüben kann.«

»Ach ja. Ich habe die Schlagzeilen an den Zeitungsständen gesehen.« Tadler lächelte und schüttelte den Kopf.

Born verzog das Gesicht. »Ich halte es ja für Blödsinn. Aber ich würde gern sichergehen. Und da dachte ich, ich frage einen Experten.«

»Wissen Sie was?« Tadler legte die Hände flach auf die Schreibtischplatte und beugte sich vor. »Wenn ich Ihnen auf diese Frage eine fundierte Antwort mit Quellenangaben und so weiter geben soll, dann müsste ich ein bisschen recherchieren.« Er lächelte. »Aber weil ich hier der Professor bin und eine Menge ganz furchtbar wichtige Dinge zu tun habe, lasse ich das einfach jemand anderen tun, der das genauso gut kann wie ich. Und der nicht ganz so viele ganz furchtbar wichtige Dinge erledigen muss.« Tadler lehnte sich wieder zurück. »Außerdem werden Sie von meinen Assistenten zu diesem Thema genauso gute Antworten bekommen wie von mir, weil ich auf dem Gebiet auch kein Fachmann bin.«

Er griff nach dem Telefon. »Hallo Melanie. Ich bin's. Sagen Sie, könnten Sie mir einen großen Gefallen tun? Womit sind Sie denn gerade beschäftigt?« Er lauschte eine Weile in den Hörer. »Gut, ich denke, das können wir noch ein wenig aufschieben. Ich habe hier jemanden in meinem Büro, der uns um Unterstützung bittet. Würden Sie … Danke.« Er legte den Hörer auf und nickte Born zu. »Schon unterwegs.«

»Was genau ist eigentlich Ihr Forschungsbereich?«, fragte Born, um die Zeit totzuschlagen.

»Wir beschäftigen uns mit Verhaltensökologie. Aber bis ich auch nur angefangen habe, Ihnen zu erklären, was wir genau tun, ist Melanie schon da.«

Es klopfte. Der Professor zeigte auf die Tür. »Sehen Sie?«

Born stand auf und drehte sich um. Eine junge Frau schaute herein.

»Kommen Sie rein, Melanie«, forderte der Professor sie auf. »Das hier ist Herr Born von der Münchner Kriminalpolizei.«

Die Assistentin reichte Born die Hand. »Sie kommen wegen dieser Studentin?«

Born nickte.

»Ich bin Melanie Amelang.« Sie schaute fragend zu dem Professor hinüber und zeigte mit dem Daumen auf die Tür.

»Genau. Nimm Herrn Born mit in dein Büro.«

Born folgte der jungen Frau auf den Flur. Hinten auf ihrem blauen Sweatshirt las er ein Zitat. *Worauf warten wir?* Eine gute Frage, dachte er.

»Sie sind aber nicht extra meinetwegen gekommen, oder?«, fragte sie.

»Keine Angst. Sie sind nicht in Schwierigkeiten.« Born lächelte. »Jedenfalls nicht, soweit ich weiß.« Die Frau lächelte zurück, geschmeichelt. Die Masche zog eigentlich immer. Seltsam, dass die Leute es mochten, wenn man ihnen den Eindruck vermittelte, man traute ihnen schwere Verbrechen zu.

Die Biologin lief neben ihm her und betrachtete ihn neugierig von der Seite. Born kannte diese Reaktion. Menschen, die nicht direkt mit einem Mord zu tun hatten wie Angehörige eines Opfers, waren von ihrer Arbeit fasziniert. Born hatte sich ja auch auf eine Stelle bei der Mordkommission beworben, weil er erwartet hatte, das müsste doch ein ganz außergewöhnlicher Job sein. Anfänglich hatte er es tatsächlich aufregend gefunden, sich als Kommissar der Mordkommission auszuweisen. Wie im Film. Aber echte Opfer, echtes Leid und echte Verzweiflung – das war etwas anderes. Die Arbeit erforderte professionelle Distanz zu Opfern und Angehörigen und einen möglichst sachlichen Umgang mit den Fällen. Das Gefühl, etwas Besonderes zu tun oder selbst zu sein, war schnell verflogen …

»Ihre Kollegen haben uns schon befragt«, unterbrach die junge Frau seine Gedanken. »Es scheint wohl klar zu sein, dass sie ein Opfer von diesem … dieser Bestie geworden ist?« Sie blieb vor einer Tür stehen und öffnete sie. Born folgte ihr in das Büro. Es war erheblich kleiner als das ihres Chefs und wirkte genauso provisorisch. Sie setzte sich hinter ihren Schreibtisch. Er zog sich einen zweiten Stuhl heran. Zu seinem Bedauern lag ihr Gesicht jetzt im Schatten. Dem ersten Augenschein nach war sie attraktiv. Sie hatte diesen verschleierten Blick, wirkte aber trotzdem wach und konzentriert. Ihr hellblondes, schulterlanges Haar rahmte ein schmales Gesicht mit einer etwas klein geratenen Nase und hoch sitzenden Wangenknochen ein. Er schätzte sie auf 1,70. Hüfte und Becken waren, soweit es ihre legere Baumwollhose verriet, eher schmal. Mit ihrer Oberweite würde sie es nicht in ein Männermagazin schaffen. Aber gerade das … Sie knipste eine Schreibtischlampe an.

»Haben Sie heute die Boulevardblätter gelesen?«, fragte Born.

»Gelesen? Nein. Das ist nicht meine Lektüre. Aber gesehen. Ja.«

»Nicht, dass Sie mich falsch verstehen. Wir glauben nicht an diesen Vollmond-Quatsch und so weiter. Aber wir müssen jedem

Hinweis nachgehen. Und bei so … extremen Fällen verfolgen wir halt auch mal eine ausgefallene Spur.«

Sie blickte ihn neugierig an. »Klingt interessant.«

Er zuckte mit den Achseln. »Wir haben das bisher ignoriert, aber der Yellow Press ist aufgefallen, dass alle drei Opfer bei Vollmond getötet wurden. Wir haben dem keine große Bedeutung beigemessen. Aber vielleicht irren wir uns ja. Und wenn unsere Kollegen in den USA sogar manchmal Hellseher um Rat fragen … warum sollen wir uns nicht mal dem Aspekt Vollmond und seiner Wirkung widmen?«

Sie nickte. »Keine Scheuklappen aufsetzen. Vor allem, wenn es offenbar sehr schwierig ist, diesen Mann zu fassen.«

Er spürte, wie er rot wurde. »Das ist kein Strohhalm, an den wir uns klammern. Bei Fällen, in denen es keine vorherige Beziehung zwischen Täter und Opfer gibt, ist es immer sehr schwer …«

»Entschuldigen Sie.« Sie hob beschwichtigend die Hände. »Ich habe das wörtlich gemeint. Es ist offenbar sehr schwer, diesen Mann zu fassen.« Sie bewegte die Hand auf sein Knie zu und zog sie schnell wieder zurück. »Ich soll für Sie feststellen, was man über die Wirkung des Mondes auf Menschen weiß?«

»Das wäre toll. Ich meine, wir könnten das natürlich auch selbst machen. Aber wahrscheinlich dauert das viel länger, und wie fundiert das dann ist …«

»Danke für das Kompliment.« Sie rutschte auf ihrem Stuhl vor. Ihre Knie berührten fast seine. Entweder war diese Frau bezüglich ihrer Wirkung auf Männer unglaublich naiv, oder sie signalisierte ihm deutlich ihre Bereitschaft zum Flirten.

»Ich meine, Sie wissen bestimmt gleich, wo Sie nachlesen müssen. Welche Adressen im Internet seriös sind und solche Sachen.«

Sie nickte und zupfte an ihrer Bluse herum. »Klar. Außerdem hat Tadler mir schließlich den Auftrag gegeben, mich um Sie zu kümmern.«

Sich um jemanden zu kümmern, dachte Born, ist weit mehr, als jemandem zu helfen. Er ermahnte sich zur Vorsicht. Vielleicht bewertete er ihr Verhalten falsch. Andererseits hatte er nichts zu verlieren. Nur jetzt fiel ihm kein vernünftiger Grund mehr ein, um ein Ende des Gesprächs hinauszuzögern. Und Geyer würde sich bereits fragen, ob ihr Kollege ein Biologie-Studium begonnen hatte.

»Also dann«, sagte er und stand auf. Sie erhob sich gleichzeitig mit ihm, sodass sie dicht voreinanderstanden. Langsam machte er einen Schritt zurück und musste dafür seinen Stuhl mit den Beinen wegschieben, denn sie wich keinen Millimeter aus.

»Wenn Sie was herausbekommen haben, dann melden Sie sich bei uns, ja?«, sagte er und reichte ihr die Hand. »Vielen Dank schon mal.«

»Haben Sie nicht noch etwas vergessen?« Sie hatte graublaue Augen. Und natürlich hatte er etwas vergessen. Zum Beispiel, sie auf die Nasenspitze zu küssen und an ihren Ohrläppchen zu knabbern.

»Ihre Telefonnummer«, sagte sie.

»Meine …«

»Telefonnummer. Oder soll ich Sie über die 110 anrufen?«

Peinlich berührt holte er eine Visitenkarte heraus und reichte sie ihr.

»Wollen Sie nicht hinten Ihre Privatnummer draufschreiben?«

»Was?«

Sie lachte. »Jetzt müssen Sie mir noch sagen, dass ich Sie unter dieser Nummer zu jeder Tages- und Nachtzeit anrufen kann. Das ist doch in Filmen immer so.« Dann legte sich ein Schatten über ihr Gesicht. »Ich sollte nicht lachen, wenn es hier um einen Mord geht.« Sie ließ sich auf ihren Stuhl fallen. »Ich kannte sie kaum. Lisa Kranz. Und ich möchte auch gar nicht darüber nachdenken. Also konzentriere ich mich lieber auf meine Arbeit. Oder auf Ihre.« Jetzt lächelte sie wieder. »Sie wissen ja, wo es rausgeht«, sagte sie und zog die Vorhänge zu. »Ich mache dann mal ein bisschen Polizeiarbeit.«

An der Tür drehte er sich noch einmal um. Melanie Amelang saß vor ihrem Computerbildschirm, ihr Gesicht in blaues Licht getaucht. Sie hatte den Kopf in die Hand gestützt und sah lächelnd aus den Augenwinkeln zu ihm herüber. Er hob die Hand, drehte sich um, ging hinaus und schloss die Tür hinter sich. Dann blieb er einen Augenblick stehen und lehnte sich mit dem Rücken an die Tür.

»Weißt du, die wievielte Zigarette das jetzt ist?« Geyer hielt Born ihre Glimmstängel unter die Nase. »Ich will eigentlich aufhören.«

»Wenn du mit dem Rauchen aufhörst, dann wirst du dick.« Born stieg in den Wagen. Geyer sah ihn grimmig an und startete den Motor.

»Haha. Und was hat euer Mondschein-Rendezvous gebracht?«, fragte sie.

»Eine unheimlich aufregende Bekanntschaft.«

Geyer sah Born an. »Einer dieser Professoren? Hast du das Ufer gewechselt?«

»Ich meine eine der Assistentinnen am Lehrstuhl, nicht ihren Chef. Sie wird für uns abklären, ob an dieser Vollmondsache was dran sein könnte. Und Elli …« Er verdrehte die Augen. »Diese Frau ist wirklich eine Nummer.«

»Dann gib Gas«, lachte seine Kollegin und legte einen Kickstart hin, für den ihr Born als Streifenpolizist einen Strafzettel ausgestellt hätte.

»Jetzt verdächtigen wir also schon den Mond.« Winfried Hauser stocherte lustlos im Essen.

»Hast du einen besseren Vorschlag?«, fragte Bauer.

»Vielleicht müsst ihr euch die Institutsangehörigen noch einmal …«

»Die Kollegen von der Fünften überprüfen die Alibis sämtlicher Studenten und Angestellten. Selbst mit den Putzfrauen haben sie gesprochen«, verteidigte Bauer die Ermittlungen. »Das war so ergiebig wie die Suche nach Fleisch in dieser Bolognese.«

»Manchmal kochen sie ja sogar etwas, das schmeckt«, seufzte Hauser.

»Warum verkaufen sie es dann nicht?«

Sie schwiegen eine Weile. Bauer ließ den Blick durch die Kantine schweifen.

»Wenn ihr nicht bald was vorweisen könnt, dann …«, begann Hauser.

»Dann macht uns der Polizeipräsident die Hölle heiß«, unterbrach ihn Bauer. »Und die Presse. Und der Innenminister.« Bauer warf seine Gabel auf den Tisch und schob den Teller von sich. »Und der Staatsanwalt.«

Hauser schüttelte den Kopf. »Bauer, Sie wissen ganz genau …« Er brach ab und tupfte sich mit der Serviette den Mund ab. »Wann kommt dieser Profiler?«

»Koch kommt morgen. Er wird der Soko das Täterprofil erklären, das sie auf Hawaii erstellt haben.« Bauer war froh über die Zusage des BKA-Beamten. Noch mehr freute er sich allerdings darüber, dass auch Cynthia Collins einen Besuch in München angekündigt hatte. Doch das behielt er für sich.

Collins hatte das Profil an die Polizei von Glasgow weitergeleitet und ihre Arbeit an der Universität von Edinburgh vorübergehend an einen Kollegen delegiert. Die nächsten Wochen wollte sie in München bleiben. Bauer war nicht sicher, wieso. Aber es war ihm egal. Hauptsache, sie würde da sein. Er beschloss, früher nach Hause zu fahren und aufzuräumen – nur für den Fall, dass Collins diesmal nicht wieder im Hotel übernachten wollte.

Vom Nachbargrundstück wehte der abendliche Wind Kindergeschrei herüber. Die Kleinen mussten schon älter sein als seine. Drei oder vier Jahre alt, vermutete Bauer. Während er den Schlüssel ins Schloss steckte, fiel ihm auf, dass der Kinderlärm offenbar das Babygeschrei aus seinem Kopf verdrängt hatte, das ihn sonst vor seiner Haustür begrüßte. Das war gut. Die Tür schwang auf in eine stille Wohnung. Er trat ein und knöpfte seine Jacke auf. Vielleicht war heute Abend ein guter Abend.

Plötzlich verharrte er. Seine Sinne vibrierten in der Stille der Wohnung. Da war es wieder.

Er hängt seinen Mantel auf und schleicht, irritiert von der völligen Geräuschlosigkeit, ins Wohnzimmer.

Der Teppich ist übersät mit Spielzeug. Mitten darin eine volle Windel. Aufgeklappt präsentiert sie ihren Inhalt.

Er geht in die Küche. Das Brummen des Kühlschranks erfüllt den Raum, nur übertönt vom Ticken der Wanduhr. Der Boden ist übersät mit Rosinen und Müslikörnern. Vor dem Tisch eine kleine Milchlache. Halb volle Gläser auf der Ablage neben der Spüle.

Er will rufen, aber seine Kehle ist wie zugeschnürt. Er geht zurück in den Flur. Die Jacken der Kleinen hängen an ihren Haken. Sie müssen hier sein. Er geht weiter ins Schlafzimmer.

Die Vorhänge sind zugezogen. Es ist dunkel. Er macht Licht. Erleichtert sieht er seine Frau auf dem Bett liegen, die Decke bis unter das Kinn gezogen. Ihre Augen sind geschlossen, sie reagiert nicht auf das Licht. Sie wirkt blasser als sonst. Wo sind die Kinder?

Auf dem Nachttisch steht ein großes, leeres Glas. Daneben liegen mehrere leere Medikamentenschachteln. Ein Schlafmittel.

Diesen Anblick hat er in seinem Beruf schon oft genug gesehen. Er wird blass und beugt sich über seine Frau.

»Simone?« Er streicht ihr über die Wange. Sie ist kühl, aber nicht kalt. »Simone«, sagt er laut und schüttelt an ihrer Schulter. Sie rührt sich nicht. Das kann nicht sein. Er fühlt ihren Puls. Nichts. Er spürt, wie ihm Schweißtropfen von der Stirn rinnen.

Halt. Da ist ein schwacher Puls. Er hastet zum Telefon, ruft einen Notarzt. Dann kehrt er zu ihr zurück, fasst sie an beiden Schultern und zieht sie hoch. Die Decke rutscht herab.

Da liegen sie. Unter der Decke. Paul und Mark. Weiß wie der Tod. Kalt wie der Tod. Er hebt sie hoch und drückt sie an sich. Warum sind sie so kalt? Er muss sie wieder warm bekommen.

Der Tod ist bei ihm eingekehrt. Aber das kann doch nicht sein.

Er bringt die Kleinen ins Wohnzimmer, setzt sich mit ihnen auf die Couch. Gott, was muss ich tun, damit sie wieder warm werden? GOTT! Du verdammter Hurensohn von einem verfluchten Scheißgott, was muss ich tun, damit meine Kinder wieder warm werden?

WAS MUSS ICH TUN?

»Ich lasse euch nicht mehr allein«, flüstert er in ihre winzigen, mit feinem Flaum besetzten Ohren. »Ich bleibe bei euch und gehe nicht mehr weg. Kommt zurück. Papa ist jetzt da. Bitte kommt zurück. Bitte kommt doch zurück.«

8. August, zwischen Los Angeles und Boston

Eine geschlossene Wolkendecke lag über dem Nordosten der USA. Wie frisch gefallener Schnee auf einer unendlich großen, hügeligen Weide, dachte David Griffin, als er aus dem Fenster der Boeing 707 schaute. Es erinnerte ihn an die Landschaft in Virginia, wo er das Haus für Gina und die Kinder gebaut hatte. Der Gedanke tauchte auf wie ein Schiffswrack, das von einer Meeresströmung wieder an die Wasseroberfläche gehoben wurde – von Tang und Muscheln überwachsen, verrottet, vom Rost zerfressen. Er hatte dieses Haus gebaut, aber kaum darin gewohnt. Gina und die Kinder hatten nun ein anderes Haus gefunden, in einem anderen Bundesstaat. Sie waren umgezogen, ausgezogen aus seinem Leben, in dem sie nicht mehr den Platz gehabt hatten, den sie verdient hätten. Seine Arbeit hatte die Beziehung zwischen ihm und seiner Familie zerstört.

Sein früheres Leben war untergegangen, langsam und stetig in dem Sturm, der sein Leben seit Jahren beherrschte. Er hatte den Kampf gegen die schlimmsten Verbrecher in den USA häufig gewonnen – und zugleich nicht bemerkt, dass er auch um seine Familie hätte kämpfen müssen. Seine Frau hatte jemand anderen gefunden, der sich mehr um sie kümmerte als um seine Arbeit. Sein Herz war beinahe zersprungen, als er es erfahren hatte, und er hatte sich vorgenommen, sich noch einmal um seine Familie zu bemühen. Doch dann war ihm klar geworden, dass seine Frau recht hatte. Er war nicht mehr der Mann, mit dem sie ihre Familie gegründet hatte. Und er würde es nie mehr sein können, selbst wenn er es gewollt hätte.

Er hatte sich verändert. Die Jagd auf die Drachen hatte ihn verändert. Er konnte die Welt nicht mehr mit ihren Augen betrachten, mit Augen, die nicht gesehen hatten, was er gesehen hatte.

Auf dem Flughafen von Los Angeles hatte ihn ihre Nachricht erreicht. Die vertraute Stimme auf seiner Mailbox hatte ihm traurig, aber gefasst erklärt, dass sie, Tom und Jenny umziehen würden. Und dass Post von ihrem Anwalt unterwegs war. Und das er bitte keine Schwierigkeiten machen sollte.

Er würde ihr keine Schwierigkeiten machen. Es war vermutlich das Beste für sie. Irgendwie fühlte er sich sogar befreit. Befreit von einer Verantwortung, die er nicht so übernehmen konnte, wie es angemessen wäre. Denn er hatte noch eine andere Verantwortung. Er hatte die Fähigkeiten und Erfahrungen, die dringend gebraucht wurden. Würde er aufgeben, würde das Leben kosten. Wenn er an Gina und seine Kinder dachte, dachte er auch an die Frauen und Kinder, die Opfer der Drachen geworden waren. Er würde für sie tun, was er konnte: Er würde weiter die Killer aufhalten und so auch seine Familie beschützen.

Wenn Griffin ehrlich zu sich war, dann hatte ihn die zweite Nachricht auf seiner Mailbox stärker erregt als die Worte seiner zukünftigen Exfrau, denn das endgültige Ende seiner Ehe war keine Überraschung gewesen.

Ein Kollege von der Behavioral Analysis Unit 2 hatte ihm mitgeteilt, dass es in Boston einen Vorfall gegeben hatte, der möglicherweise mit dem Mord vom Kalalau Beach auf Hawaii zu tun haben könnte. Am 3. August war eine junge Polizistin in einem Vorort von Boston von einem Mann überfallen und schwer verletzt worden. Offenbar hatte der Bursche versucht, die Frau zu vergewaltigen, doch ihr war es gelungen, ihn zu erschießen. Da es sich um einen Vergewaltigungsversuch gehandelt hatte und der Täter dabei gestorben war, hatten die Kollegen zuerst nicht daran gedacht, die Daten ins Violent Criminal Apprehension Program ViCAP einzugeben. Als aber klar wurde, wie bizarr das Verhalten dieses Mannes gewesen war, hatte einer der ermittelnden Beamten die entsprechenden Daten doch noch eingetragen. Und die FBI-Kollegen von der Critical Incident Response Group in Quantico hatten soeben Übereinstimmungen in Handschrift und Modus operandi bei einem ungelösten Fall gefunden: dem Mord von Kalalau Beach.

Die lokalen Behörden benötigten keine Hilfe vom FBI – schließlich war das Verbrechen in Boston aufgeklärt und der Täter bekannt: Brian Delgado, ein ortsansässiger vorbestrafter Kleinkrimineller. Noch dazu war er tot. Doch Griffin fragte sich natürlich, ob es sich um den Mörder von Kalalau Beach handeln könnte. Zeitlich passte es nicht mit den Morden in Schottland zusammen. Delgado hätte kaum in Arden töten und bereits einen Tag später in Boston erneut zuschlagen können. Aber in Schottland war eine ganze Familie ausgelöscht worden. Der Fall in Boston passte viel besser ins Bild! Und noch wusste er nicht, womit die Kollegen in München es zuletzt zu tun bekommen hatten. Er meldete sich in Quantico und kündigte an, dass er nach Boston fliegen würde.

Die Wolkendecke brach auf. Tief unter dem Flieger zog die Küstenlinie der Massachusetts Bay vorüber. Der Atlantik wirkte grau. Das Flugzeug machte eine weite Kurve und ging in den Sinkflug über. Als die Aufforderung des Flugpersonals kam, sich für die Landung anzuschnallen, vertiefte sich Griffin kurz in ein Gebet. Schließlich waren Starts und Landungen die gefährlichsten Phasen eines Fluges.

Das kleine, zweistöckige Polizeirevier von Milton lag an der Highland Street in einem Waldstück inmitten der Stadt, direkt neben dem Hospital. Griffin wurde an Lieutenant Pete Snider verwiesen. Snider, ein drahtiger, kleiner 30-Jähriger, wirkte neben Griffin wie ein Zwerg. Der Special Agent hatte den Verdacht, dass der Detective seine Körpergröße mit einer umso größeren Schusswaffe zu kompensieren versuchte. Ein Gedanke, der vermutlich so naheliegend war – ebenso wie der Verdacht, dass das große Kaliber mit einem kurzen Schwanz zusammenhing –, dass ihn Cynthia Collins vermutlich brüsk zurückgewiesen hätte, dachte Griffin. Die verrückte Britin hätte eine Erhebung der Länge aller Polizisten-Schwänze in den USA gefordert, um sie mit der Länge der Pistolenläufe zu vergleichen, bevor sie einen solchen Zusammenhang akzeptiert hätte. Griffin reichte, was er in seinem bisherigen Leben gesehen und gelernt hatte – angefangen von seinen Beobachtungen in den Gemeinschaftsduschen seiner Baseballmannschaft am College und dem Verhalten der Teammitglieder bis hin zu seinen Erfahrungen mit Polizeikollegen. Er verdrängte den Gedanken an die Britin und konzentrierte sich auf Snider.

»Was genau können wir für das FBI tun?«, begrüßte ihn Snider.

»Der Überfall auf Frau Wilkins ist jetzt bereits mehrere Tage her«, sagte Griffin. »Könnte ich vielleicht mit ihr sprechen?«

»Dass soll sie Ihnen selbst sagen. Wobei sie nicht besonders gut sprechen kann. Sie wurde am Hals verletzt. Aber wir haben bereits mit ihr geredet. Wenn es zu viel wird, kann sie immer noch nicken und den Kopf schütteln.« Snider schaute Griffin nachdenklich an. »Meinen Sie, Sie haben so sehr andere Fragen an Wilkins als wir?«

»Könnte ich ein Protokoll der Befragung haben? Ich muss ihr wirklich nicht dieselben Fragen erneut stellen, die sie bereits beantwortet hat. Danach sehen wir weiter«, antwortete Griffin.

Snider reichte ihm einen Ordner. »Sie können das Büro dort drüben benutzen, der Kollege ist im Urlaub.«

Der FBI-Beamte setzte sich in den abgeteilten Bereich und las das Protokoll, während er versuchte, die Geräusche des Großraumbüros zu ignorieren. Polizisten kamen und gingen, Telefone klingelten, Drucker spuckten surrend Papiere aus. Trotzdem versuchte Griffin, sich mithilfe von Wilkins' Aussage in die Nacht zurückzuversetzen, in der sie überfallen worden war.

Die Fragen und Antworten behandelten in erster Linie die Fakten, die direkt mit der Tat zu tun hatten: Der Täter hatte die Frau auf einem unbeleuchteten Weg am Rand eines Waldes aus den Büschen heraus überfallen, zu Boden gestoßen und offenbar versucht, sie zu vergewaltigen. Die eigenen Angaben der Polizistin passten zu dem Bild, das ihr Kollege James Boyd vorgefunden hatte, als er auf der Suche nach Wilkins am Tatort angekommen war.

Wilkins hatte angegeben, dass der Täter nichts oder nichts Verständliches zu ihr gesagt hatte. Stattdessen hatte er versucht, ihr gleichzeitig die Kleider vom Leib zu reißen und ihr in die Kehle zu beißen. Die Bisse am Hals hatten die Schlagadern verpasst, sonst wäre die junge Frau verblutet, bevor ihr Kollege sie entdeckt hatte. Die Informationen waren für die hiesigen Ermittler ausreichend –

zumal der Täter nicht mehr gesucht werden musste. Doch Griffin fand, dass es durchaus noch einige Fragen gab, die er der jungen Frau selbst gern gestellt hätte. Er wandte sich erneut an Snider.

»Gehen Sie einfach rüber ins Krankenhaus«, erklärte der, »und sehen Sie, ob Wilkins in der Lage ist, Ihre Neugier zu befriedigen.«

»Kann ich Delgado später noch sehen? Er ist doch noch nicht beerdigt?«

»Delgado liegt noch in der Gerichtsmedizin in einer der Kühlkammern. Wenn Sie ihn sehen wollen, klar. Warum nicht? Ansonsten hilft Ihnen Doktor Mednick weiter. Sie hat die Obduktion durchgeführt.«

Officer Wilkins lag in einem hellen Krankenzimmer im Milton Hospital. Eine Krankenschwester räumte gerade Blumen und Geschenkkörbe von der Fensterbank auf einen kleinen Tisch.

Griffin hatte unterwegs noch Pralinen gekauft. Jetzt reichte er der jungen Farbigen, die im Bett vor dem Fenster lag, die mit einer Schleife versehene Schachtel. Ihr Anblick löste in ihm eine Welle von Mitleid und Respekt aus.

»Ich befürchte ja, dass Sie die jetzt noch nicht essen dürfen«, sagte er. »Aber die halten sich lange. Haben Sie überhaupt Schmerzen beim Schlucken?«

»Ein wenig«, krächzte Wilkins leise. »Ist auszuhalten. Und Sie …?«

Griffin hielt ihr seine Dienstmarke hin. Sie blinzelte überrascht. »FBI? Wie kann ich Ihnen helfen, Sir?«

Griffin blickte zu der zweiten Frau hinüber. »Könnten Sie uns zwei einen Augenblick allein lassen?« Die Schwester ging hinaus. Griffin wandte sich wieder Officer Wilkins zu.

»Erst mal möchte ich Ihnen gratulieren. Was Sie da geschafft haben, Officer … Sie müssen eine tapfere Frau sein, dass Sie den Mistkerl fertiggemacht haben.«

Wilkins verzog das Gesicht zu einem schiefen Lächeln. »Ich wollte einfach noch nicht sterben.«

Griffin lächelte zurück und setzte sich auf einen Stuhl vor dem Bett.

»Officer Wilkins, ich habe noch einige Fragen. Aber vielleicht ist es auch noch zu anstrengend für Sie zu reden. Dann nicken Sie einfach oder schütteln den Kopf. Je nachdem. Und wenn das alles zu viel wird, dann brechen wir ab und machen später weiter.«

»Oder Sie geben mir was zu schreiben.«

»Gute Idee«, stimmte Griffin zu. »Genau so machen wir das. Also dann: Sie haben angegeben, der Angreifer hätte nichts gesagt. Nicht ein Wort?«

»Nein, Sir. Gesagt hat er nichts.«

Griffin horchte auf. Das war eine vielsagende Formulierung. Er rückte mit dem Stuhl näher zum Bett. »Aber?«

»Na ja, ich weiß nicht. Vielleicht habe ich mir das auch nur eingebildet. Im Nachhinein bin ich mir nicht mehr so sicher über das, was passiert ist. Aber … der Typ hat ziemlich seltsame Geräusche gemacht.«

»Aha?« Griffin beugte sich vor.

»Er hat geschnauft und dann irgendwie … na ja, wie ein Zischen durch die Zähne oder so.«

Der FBI-Beamte nickte ihr aufmunternd zu.

»Und dann war da dieser Laut. Seinetwegen bin ich überhaupt erst in den Wald. Wie ein lautes Seufzen oder Schluchzen, oder ein leises Jaulen. Ich finde nicht das richtige Wort dafür. Es klang furchtbar traurig. Einsam irgendwie.« Sie schüttelte den Kopf.

Griffin spielte mit dem einen Ende seines Schnurrbarts. »Sie glauben, das Geräusch kam auch von dem Mann, der Sie dann angegriffen hat?«

Wilkins hatte begonnen, sich über den Verband zu streichen, der um ihren Hals lag. »Ich weiß es nicht. Aber irgendwie …«

»Wenn es zu viel wird, dann hören wir auf. Tut es weh?« Griffin zeigte auf ihren Hals. Sie nickte. »Ein wenig. Aber es geht schon.«

»Was, glauben Sie, wollte dieser Mann? Könnte es sein, dass er Sie vergewaltigen wollte, und als das nicht geklappt hat, wollte er sie umbringen?« Er bemerkte Tränen in ihren Augenwinkeln. Sie versuchte, sie wegzublinzeln.

»Ich bekomme das, glaube ich, nicht mehr alles in die richtige Reihenfolge. Aber ich habe das Gefühl, dieser Mann wollte mich einfach umbringen. Das mit den Sachen – mit der Hose und der Bluse – ging so nebenher. Dass er mir die Bluse aufgerissen hat, hatte ich gar nicht bemerkt.« Zwei Tränen rannen links und rechts von ihrem Augenwinkel aus die Wangen hinunter und hinterließen eine schmale, feuchte Spur zu ihrem Verband.

»Damit ich das wirklich richtig verstehe … Sie glauben, der Mann wollte Sie nicht einfach vergewaltigen und hat deshalb versucht, die Kontrolle über Sie zu bekommen? Er hat sich einfach auf Sie gestürzt und das mit Ihrer Kleidung war nur ein Teil des Angriffs?«

Die Polizistin nickte. Ein Zittern lief durch ihren Körper. Griffin beschloss, dass es genug war. Er wollte der Frau nicht mehr zumuten. Was er gehört hatte, passte zu dem Mörder von Kalalau Beach und den Morden in München. Alles bestätigte seinen Eindruck, dass …

»Dieser Kerl … er war wie ein wildes Tier. Kein Mensch. Das war ein wildes Tier.« Die junge Frau begann zu schluchzen. Griffin konnte sie verstehen. Es musste unglaublich erniedrigend sein, von einem anderen Menschen zu einem Beutestück degradiert zu werden. Er beugte sich vor und fasste die Polizistin sachte an den Schultern. Sie drückte ihren Kopf an seine Brust und begann hemmungslos zu weinen. Sanft wiegte er sie in seinen Armen. »Es ist okay«, flüsterte er ihr ins Ohr. »Es ist alles okay. Sie haben dieses Tier erledigt.«

Griffin fröstelte, als er zusammen mit Doktor Mednick den Raum betrat, in dem die Gerichtsmedizin im Milton Hospital die Leichen aufbewahrte. Die kleine, zierliche Gerichtsmedizinerin öffnete eine der schmalen Metalltüren. Griffin erinnerte der Raum an die Gepäckaufbewahrung am Bahnhof. Werfen Sie eine Münze ein und bewahren Sie Ihre Toten auf. Gut gekühlt haltbar bis …

»Der erste Schuss wäre schon tödlich gewesen«, unterbrach Mednick seine Gedanken. »Der Bursche wäre verblutet, wenn er es nicht innerhalb einer halben Stunde zu einem Arzt geschafft hätte.« Sie zog eine riesige Schublade mit einem in einen schwarzen Leichensack gehüllten Körper heraus. Eine Strähne ihres grauen Haares fiel ihr ins Gesicht. Mit der Anmut einer 17-Jährigen warf die Frau, die bestimmt bald in Rente gehen würde, ihr Haar zurück.

»Der zweite Schuss wäre ebenfalls tödlich gewesen. Die Kugel ist vorn in den Hals eingetreten, hat die linke Halsschlagader verletzt und ist dann hinten, knapp unter dem Hinterhauptbein, wieder ausgetreten.« Mednick öffnete den Reißverschluss des Plastiksacks, in dem der Leichnam von Brian Delgado lag. Griffin betrachtete den jungen Toten. Der 23-Jährige war vermutlich ein gut aussehender Mann gewesen. Schlank, nicht sehr groß, aber gut gebaut, soweit Griffin es einschätzen konnte. Kein Muskelpaket, aber sicher auch kein Schwächling. Oberarme und Brust waren mit Tätowierungen bedeckt. Ein Tiger, gekreuzte Schwerter.

»Tja, der dritte Schuss, der unseren Klienten hier getroffen hat, hat dann alle Überlegungen bezüglich der Bedeutung der zwei ersten obsolet gemacht. Die Kugel hat das Jochbein links unterhalb des linken Auges durchschlagen, ist in Richtung Keilbeinflügel abgelenkt worden, hat diesen auch durchschlagen und ist von hier ins Stammhirn eingedrungen. Exitus.«

Griffin hörte Mednick nicht zu. Es war ihm herzlich egal, welche Kugel den Mann wie und warum ins Jenseits geschickt hatte. Er wollte einen Eindruck von dem Täter, von seiner körperlichen Verfassung.

»Delgado wirkt nicht sehr gepflegt.«

Mednick schaute auf. »Ja, der Mann hat nicht besonders gut auf sich geachtet. Es gibt leichte Spuren von Verwahrlosung. Schmutzige Fingernägel. Die Haare hätte er sich etwas häufiger waschen können. Seine Kopfhaut war deshalb etwas fettig.«

»Körperlich fit?«

»Ich würde sagen regelmäßiger Kraftsport.«

Also Bodybuilding. Aber Delgado war offenbar nicht stark genug gewesen, um sein Opfer zu überwältigen – trotz seines brutalen Vorgehens. Andererseits hatte er es mit einer sehr kräftigen Polizistin zu tun, die er trotzdem fast getötet hatte. Bei den meisten Frauen hätte er sein Ziel sicher erreicht.

»Ich hätte ja eine Waffe benutzt, um dem Opfer meinen Willen aufzuzwingen«, sagte die Medizinerin. Griffin schaute sie irritiert an. Das war eine seltsame Formulierung. Vielleicht sollte man diese Frau Doktor mal unter die Lupe nehmen. Andererseits, waren diese Gerichtsmediziner nicht alle ein bisschen seltsam? Was für eine Art Mensch wollte schon immerzu Leichen aufschneiden? Griffin kannte das nur von gestörten Mördern und ... Gerichtsmedizinern. Allerdings hatte man ihm auch schon die Frage gestellt, warum er sich in die Denkweise solcher Psychopathen hineinversetzen wollte. War das nicht auch seltsam? Nein, fand Griffin, es gehörte dazu, wenn man Serienmörder aufhalten und die Menschen vor diesen Verbrechern schützen wollte. Und die Arbeit von Gerichtsmedizinern gehörte dazu, Verbrechen aufzuklären. Das war wohl eine genauso akzeptable Erklärung.

»Irgendwelche physischen Auffälligkeiten?«, fragte er Mednick.

Die Frau in dem weißen Kittel schüttelte den Kopf. »Eigentlich nicht. Auch nicht im Gehirn, wenn Sie das meinen. Stirn- und Schläfenlappen zeigen nach meiner Einschätzung keine Besonderheiten. Die Ventrikel sind durchschnittlich groß. Wenn Sie nach physischen Anzeichen einer möglichen Geistesstörung suchen, die diesen Mann zu einem Verbrecher gemacht haben könnten, dann werden Sie meiner Meinung nach hier nichts finden. Und ein bildgebendes Verfahren wie eine Positronen-Emissionstomografie können wir ja nicht mehr durchführen. Dieser Mann denkt nicht mehr.«

»Ich habe noch eine wichtige Bitte an Sie«, erklärte Griffin. »Bitte schicken Sie eine DNA-Probe an das FBI in Quantico.«

Mednick versprach, das sofort zu tun.

»Okay, ich denke, das war es erst mal«, sagte Griffin und bedankte sich. Dann machte er sich wieder auf den Weg ins Polizeirevier.

»Delgado hat seit seinem Abgang vom College verschiedene Jobs als Aushilfe gehabt. Ist aber nie lange dabeigeblieben«, erklärte Snider. »Er hat in einer ziemlich billigen Absteige gewohnt. Direkt am Waldrand. Vielleicht hundert Meter vom Tatort entfernt.«

»Vorstrafen?«, fragte Griffin und blickte aus dem Fenster in Sniders Büro. Vor dem Polizei-Department bog einer der weißen

Wagen mit dem blauen Streifen und dem Wappen der Polizei von Milton in die Highland Street ein und verschwand. Seine Sirene war noch eine Weile zu hören.

»Schauen Sie in seine Akte«, forderte Snider Griffin auf.

»Also gibt es eine Akte.« Der FBI-Mann schaute Snider mit wachsender Ungeduld dabei zu, wie der Polizist eine Orange schälte.

»Könnte ich diese Akte bitte mal sehen?«, fragte er ungehalten.

Snider brüllte einen Namen durch das Büro, den Griffin nicht verstand. Eine junge Streifenpolizistin zuckte zusammen und kam herüber.

»Besorg dem Special Agent alle Unterlagen zu Brian Delgado«, forderte Snider die Kollegin auf.

»Sie können mir vielleicht schon mal sagen, ob Delgado ein Einzelgänger war. Oder eher ein geselliger Typ?«

»Ein Einzelgänger«, nuschelte Snider und leckte sich Saft von den Fingern. »Wir wissen wirklich nicht viel über ihn.«

»Hatte er eine Frau oder Freundin? Und was ist mit früheren Beziehungen?«

»Er ist nicht verheiratet«, antwortete Snider. »Ich weiß nichts von irgendwelchen Partnerinnen.« Er fegte die Orangenschalen vom Tisch in einen Mülleimer. »Hören Sie, ich verstehe schon, dass Sie sich mehr Informationen wünschen, weil Sie diesen Fall mit einem Mord auf Hawaii vergleichen wollen. Aber für uns ist Delgado der Täter, und er ist tot«, sagte er. »Deshalb können wir uns auf andere Fälle konzentrieren. Davon haben wir genug. Wir haben nicht nach irgendwelchen früheren Freundinnen gesucht, sondern lediglich versucht rauszufinden, wer über sein Ableben informiert werden musste. Das ist seine Mutter. Wenn Sie mehr wissen wollen, müssen Sie schon selbst nachforschen.«

Griffin konnte Snider verstehen. Die Polizeibeamten hatten mehr als genug damit zu tun, nach Verbrechern zu suchen, die noch frei herumliefen. Er nahm die Unterlagen, die ihm übergeben wurden, und zog sich wieder in das Büro des abwesenden Kollegen zurück.

Delgados Vorstrafenregister wäre den meisten Polizisten vermutlich als belanglos erschienen. Für Griffin war es eine wahre Goldgrube. Mit zwölf Jahren war Delgado das erste Mal aufgefallen, als er einem Mitschüler die Nase gebrochen hatte. Seine Lehrer konnten sich den Gewaltausbruch nicht erklären. Delgado war ein stiller, freundlicher, zurückhaltender Schüler gewesen. Eine Lehrkraft hatte ihn sogar als charmant bezeichnet. Seine Leistungen waren allerdings miserabel gewesen.

Mit 15 Jahren wurde er bei einem Einbruch erwischt – vermutlich nicht sein erster. Mit 17 hatte er eine alte Frau in ihrer Wohnung überfallen. Er kam ins Gefängnis und hatte alle Chancen auf ein normales Leben verspielt.

Den Akten entnahm Griffin die Telefonnummer von Delgados Mutter. Er erreichte eine verstörte, gebrochene Frau. Trotzdem gelang es ihm, ihr einige Informationen zu entlocken. Der junge Mann war demnach bei seiner völlig überforderten Mutter in einem Wohnmobil am Rande der Blue Hills aufgewachsen. Der Vater war bei einem Unfall gestorben, den er selbst verursacht hatte – Alkohol am Steuer. Zuvor hatte er seinem Jungen die ersten acht Jahre seines Lebens zur Hölle gemacht. Vor zwei Jahren war Delgado aus dem Gefängnis entlassen worden und hatte sich mit Gelegenheitsjobs über Wasser gehalten. Eine Weile hatte ihn sogar eine junge Frau unterstützt. Griffin vermutete, dass es sich um eins dieser Mädchen mit Helfersyndrom handelte, die an das Gute im Menschen glaubten und selbst häufig Opfer der Verbrecher wurden, deren Seelenheil sie retten wollten. Als sie schließlich im Krankenhaus gelandet war, hatte sie ihn der Vergewaltigung bezichtigt. Dann hatte sie die Anzeige zurückgenommen und behauptet, sie sei die Treppe hinuntergefallen. Aber das konnte die Abschürfungen zwischen ihren Beinen nicht erklären, die die Ärzte aufgrund der ursprünglichen Anzeige dokumentiert hatten. Er rief sie an und erfuhr, dass Delgado sehr charmant sein konnte, hilfsbereit und hilflos zugleich. Sie hatte schließlich versucht, Druck auf ihn auszuüben. Was danach passiert war, wollte sie Griffin nicht sagen. Hinweise auf eine geregelte Arbeit in den letzten Monaten fand Griffin nicht. Alles passte gut zusammen.

Mit Sniders Einverständnis und dem Segen der Staatsanwaltschaft besuchte Griffin am Abend die Wohnung des Toten, ein

Keller in einem Haus in der Ridgewood Road unweit des Tatorts. Sie entsprach seinen Erwartungen. Delgado hatte sich auf das Notwendigste beschränkt – und das bestand aus einem Bett, einem großen Fernseher mit Rekorder, einer Stereoanlage, die er vermutlich geklaut hatte, und einer Sammlung von Filmen, die Griffin nicht einmal für Geld hätte anschauen wollen. An der Wand hing ein großer Spiegel. Und unter den Bodendielen fand er ein Tütchen mit Koks.

Delgado entsprach nicht nur dem Bild eines typischen Vergewaltigers. Er schien wie nach dem Profil geschnitzt zu sein, das sie in Hawaii erstellt hatten.

Nur eine Sache war verdammt rätselhaft: Was hatte diesen Burschen nach München verschlagen? Wie hatte er sich dort über Wasser gehalten? Wie war er innerhalb weniger Tage von dort nach Hawaii und zurück nach Boston gekommen? Selbst über die wahnwitzige Idee, einer der amerikanischen Geheimdienste hätte diesen Burschen vielleicht als eine Art Laufburschen oder Kurier rekrutiert, dachte er kurz nach. Hatte man dann vor seinen Auslandsreisen Fingerabdrücke genommen? Griffin beschloss, den Kollegen in München seine Erkenntnisse mitzuteilen. Vielleicht hatten die Deutschen ja eine Idee, was hier vor sich ging.

9. August, München

Staatsanwalt Hauser hatte schlechte Laune. Das äußerte sich deutlich in der besonders großen Zahl von Seufzern, die er während der morgendlichen Konferenz ausstieß. Bauer konnte ihn verstehen. Vier tote Frauen innerhalb von neun Wochen, keine heiße Spur und die Presse im Nacken. Noch dazu war ihr Mörder offenbar innerhalb von Tagen in der Welt herumgereist, ohne dass die Amerikaner seine Fingerabdrücke finden konnten.

Zum Glück war Hauser keiner dieser Typen, wie sie in Krimis häufig dargestellt wurden: Vorgesetzte, die nur an ihre Karriere dachten und Untergebene sinnlos unter Druck setzten. Hauser wusste, dass er es mit fähigen Leuten zu tun hatte und dass die 30 Mitglieder der Soko Schatten ebenso frustriert waren wie er.

Kurz vor der Besprechung waren Simon Koch und Cynthia Collins zu ihnen gestoßen. Jetzt informierte Koch den Staatsanwalt und die übrigen Mitglieder der Soko über das Profil, das sie aus den USA mitgebracht hatten.

Als er mit der Täterbeschreibung fertig war, ergriff Staatsanwalt Hauser das Wort: »Erstaunlich. Man sollte meinen, es sollte nicht mehr allzu schwierig sein, unseren Mann zu identifizieren, wenn wir mal Verdächtige haben.« Er blickte hinüber zu Bauer. »WENN wir mal einen Verdächtigen haben.«

Bauer sah auf. Hauser hatte das nicht als Kritik gemeint. Aber er verspürte trotzdem einen Stich. »Tja, wir haben schon damit angefangen, noch einmal sämtliche verfügbaren Unterlagen über bereits auffällig gewordene Straftäter mit Gewalt- und Sexualdelikten zu sichten, auf die diese Beschreibung passt«, sagte er und faltete die Hände. »Außerdem sind sämtliche Behörden, die mit diesen Typen zu tun haben, informiert. Wir haben sogar schon mehrere Personen identifiziert, die dem Profil zumindest nahekommen. Aber bislang konnten sie nicht in Verbindung mit dem Tatort gebracht werden. Genetische Übereinstimmungen gab es keine.«

Der Soko-Chef steckte die Hände in die Hosentaschen und wiegte nachdenklich den Kopf. »Ich meine wirklich, wir sollten jetzt darüber nachdenken, uns DNA-Proben von allen männlichen Einwohnern in den Stadtvierteln um den Englischen Garten geben zu lassen.«

Koch nickte und hob die Hand. »Frau Collins und ich wollen zusammen mit meinen bayerischen Kollegen ein geografisches Profil erstellen. Es gibt nun einen dritten Tatort nach dem Englischen Garten und dem Hinterhof in Schwabing. Und aus der Tatsache, dass unser Mann völlig blutüberströmt geflüchtet sein muss und trotzdem von niemandem gesehen wurde, können wir sicher auch einige Schlüsse ziehen. Das schließt zum Beispiel öffentliche Verkehrsmittel aus.«

»Außer der Mann hatte immer etwas zum Umziehen dabei«, warf Geyer ein.

»Ein vollständiger Satz Oberbekleidung und Schuhe. Außerdem Feuchtigkeitstücher zum Reinigen von Händen, Gesicht und Haaren«, zählte Born auf. »Er müsste einen ganzen Koffer mit sich herumschleppen, Elli.«

»Oder er hat das Zeug im Auto, das er in Tatortnähe abstellt und in dem er sich dann frisch macht«, schlug Adam vor.

Bauer hob die Hände. »Gegen ein Auto spricht, dass die Tatorte so eng beieinanderliegen. Dann hätte der Mann doch auch im Westpark zuschlagen können oder einem anderen Ort, wo man nicht bereits auf der Hut vor ihm ist.« Er blickte zu Koch und Collins hinüber. »Oder fährt er immer gezielt in die Nähe des Englischen Gartens, stellt sein Auto ab und mordet dort, obwohl er ganz woanders wohnt?«

»Canters Hypothese des pendelnden Täters«, sagte Collins zu Koch. »Das kommt aber eher selten vor.« Der BKA-Beamte nickte.

»Was ist eigentlich mit …«, Hauser unterbrach sich, seufzte und fummelte nervös an seiner Krawatte herum. »Ich weiß ja, es ist Schwachsinn. Aber … kann an dieser Vollmond-Geschichte vielleicht doch etwas dran sein? Schließlich hat der Täter ja offensichtlich wirklich immer bei Vollmond zugeschlagen. Dann könnte man sich vorbereiten. Mehr Streifen nach Schwabing und in den Englischen Garten schicken zum Beispiel. Bisher haben wir das zwar nach den Morden getan – aber immer nur für eine Woche.«

Born hob seine Hand. »Wir lassen gerade jemanden von der Universität recherchieren, was der Vollmond für eine Wirkung auf Menschen haben kann.«

»Gut. Sehr gut.« Winnie Puh Hauser blickte Born durch seine Nickelbrille interessiert an. »Und dass Sie das gleich jemanden von der Universität machen lassen, ist eine sehr gute Idee.«

Der Staatsanwalt lehnte sich zurück und hob die Augenbrauen. »Damit können wir wenigstens auf diese furchtbaren Berichte in der Presse reagieren.« Er schob seine Unterlagen zusammen. »Ich denke, das war es erst mal, oder? Ich warte noch ab, was das geografische Profil und die Recherche an der Uni bringen, und dann muss ich die nächste Pressekonferenz vorbereiten.« Er seufzte. »Die letzte war ja nicht sehr befriedigend.«

»Na, die Idee, die Vollmond-Theorie zu überprüfen, ist ja gut angekommen.« Bauer legte Born eine Hand auf die Schulter.

»Dass wir das für die Presseabteilung machen könnten, ist mir allerdings gar nicht in den Sinn gekommen«, antwortete Born. Sie liefen durch die Gänge des Polizeipräsidiums in Richtung Büro. Koch und Collins schlossen zu ihnen auf. »Kommt ihr mit uns ins K 16?«, fragte Collins »Wollen doch mal sehen, was uns ein Stadtplan, vier Fähnchen, ein Zirkel und vielleicht Dragnet über den Täter sagen können.«

»Dragnet?«, fragte Born. »Das heißt Schleppnetz, oder?«

»Das wirst du gleich sehen, was das bedeutet.«

Die Fallanalytiker des Kommissariats 16 waren, anders als in den anderen Bundesländern, nicht dem Landeskriminalamt zugeordnet, sondern dem Polizeipräsidium. Ihre Dienststelle befand sich in einer Nebenstelle in Giesing. Im Büro des OFA-Beamten Günther Gruber versorgten sich alle mit Kaffee und Tee.

»Eigentlich gibt es für geografisches Profiling in Deutschland die Vorgabe, dass mindestens fünf Tatorte eines Serientäters bekannt sein müssen.« Koch wies auf den großen Münchner Stadtplan, der an der Wand hing. »Wir haben aber lediglich vier Tatorte, von denen zwei auf gewisse Weise zusammenhängen: Der Täter war in einer Nacht kurz hintereinander dort, statt zwischendurch seine Wohnung oder seinen Arbeitsplatz aufzusuchen. Das ist ein Problem.«

»Ein weiteres Problem ist, dass unser Mörder offenbar auch auf Hawaii gemordet hat. Wir müssen diese Tat für unser geografisches Profil natürlich ignorieren«, fügte Collins hinzu.

»Aber angesichts der Lage brechen wir die Regel und versuchen uns trotzdem an einem Profil«, sagte Koch. »Unter Vorbehalt. Wir möchten nicht abwarten, bis weitere Frauen ermordet worden sind.« Er verschränkte die Hände hinter dem Rücken und begann, vor dem Stadtplan auf und ab zu gehen. Man musste sich die geografischen Aspekte aller vier Tatorte vor Augen führen, erklärte er Bauer und Born. Welche Faktoren hatten alle vier Lokalitäten für den Täter interessant gemacht? Warum waren gerade diese Orte für ihn erreichbar und zugänglich gewesen? Und hatte es einen Zusammenhang mit soziodemografischen Umweltfaktoren gegeben?

»Wir müssen einige Hypothesen aufstellen, um auf mögliche geografische Ankerpunkte des Täters zu kommen«, sagte Koch. »Eine davon ist: Der Mord im Norden des Englischen Gartens war der erste in der Serie.«

Er markierte mit einer roten Nadel den Ort auf der Karte, wo bei der Gaststätte Aumeister die Fußwege durch den Englischen Garten begannen.

»Wieso ist das wichtig?«, fragte Bauer.

»Dann liegt der Tatort wahrscheinlich in einer Gegend, in der der Täter sich häufiger bewegt«, erklärte Collins. »Die er gut kennt, weil er in der Nähe seinen Ankerpunkt hat – den Ort, wo er wohnt oder arbeitet.« Sie zeigte auf die Umgebung des Tatortes. »Er streift in der Gegend herum, die ihm vertraut ist, und vielleicht weiß er noch gar nicht, dass dies seine große Nacht sein wird. Er hat nichts geplant, er hat keine Vorkehrungen getroffen.«

Koch stimmte ihr zu. »Vielleicht hat er den Biergarten dort besucht.«

»Schließlich kommt er zu dem Ort, der zum Tatort wird«, fuhr Collins fort. »Eine Frau nähert sich, allein. Die Gelegenheit ist da und er nutzt sie.«

»Aber die Vergewaltigung, die seine Bedürfnisse befriedigen würde, gelingt nicht.« Koch massierte sich nachdenklich sein Kinn. »Er ist unzufrieden.«

»Er streift am Rande des Parks entlang«, erklärte Collins. »Dann taucht in der Nähe der Schwedenstraße das nächste Opfer auf.«

Koch platzierte eine zweite Nadel. »Vermutlich kannte er auch diese Gegend.«

»Könnte nicht der ganze Park plus Schwabing sein Revier sein?«, fragte Bauer.

»Wenn wir die nächsten zwei Tatorte betrachten, dann würde ich sagen, er konzentriert sich eher auf Schwabing und die westliche Seite des Parks«, sagte Collins. Sie stellte sich vor die Karte und zeigte auf eine der Straßen, die den Park in Ost-West-Richtung durchquerten. Bauer erkannte den Föhringer Ring. »Alle Morde wurden südwestlich dieser Hauptstraße verübt. Wir können annehmen, dass sein Revier im Norden von ihr begrenzt wird. Im Westen stellt vermutlich die Isar die Grenze dar. Und im Osten?«

»Da liegt die Ungerer Straße«, schlug Koch vor. »Außerdem führt hier die Autobahn A9 vorbei.«

»Wieso sollten diese Straßen und der Fluss das Revier begrenzen?«, fragte Born verwirrt. »Die sind doch leicht zu überqueren.«

»Hast du schon mal was von mentalen Karten gehört?«, fragte Collins. »Menschen haben von der Gegend, in der sie häufig unterwegs sind, meist gute räumliche Vorstellungen. Der Abstand zu Orten, die ihnen nicht vertraut sind, wird aber häufig völlig falsch eingeschätzt. Wenn wir mentale Karten bilden, wirken Flüsse, Hauptstraßen und Parks wie geistige Barrieren.«

»Es gibt eine Binsenweisheit«, sagte Koch. »Täter bleiben auf ihrer Seite des Flusses. Sie stimmt nicht immer, aber oft. Zurück zu den zwei ersten Morden.« Er starrte intensiv auf die Karte. »Als der Täter wieder zuschlägt, bewegt er sich von seinem Ankerpunkt aus in eine andere Richtung als zuvor, weil die Menschen in der Nähe des ersten Tatorts nun auf der Hut sind. Aber auch hier kennt er sich aus.« Koch steckte die dritte Nadel auf Höhe der Stengelstraße in die Karte.

»Damit wird Schwabing bis zum Luitpoldpark und der Schleißheimer Straße im Westen zu seinem Revier«, erklärte Collins.

»Der vierte Mord«, sagte Koch. Eine weitere Nadel markierte das Universitätsgelände am Englischen Garten. »Dann sind diese großen Straßen die Reviergrenzen im Süden.« Born sah, dass Koch auf die Gabelsberger und die Von-der-Tann-Straße tippte.

»Der Täter benutzt offenbar die Bäche wie eine Art Wegenetz«, warf er ein. »Könnte es jemand sein, der sich mit den Gewässern auskennt? Vielleicht sollten wir mit dem Grünflächenamt und den Stadtwerken Kontakt aufnehmen.«

»Und wie kommt er schließlich nach Hause?«, fragte Bauer. »Hat er irgendwo doch ein Auto abgestellt, in dem er sich umzieht?«

»Ich vermute eher, der Mörder wohnt so nahe bei den Tatorten, dass er unbemerkt über die Bäche zurück in die Nähe seines Hauses gelangt.« Koch zog sich einen Schreibtischstuhl heran, setzte sich und klemmte die Hände zwischen die Knie. Cynthia Collins nahm einen Textmarker und ein Lineal vom Schreibtisch und stellte sich vor den Stadtplan. »Aus Großbritannien wissen wir: Wenn wir einen Kreis zeichnen, der durch die am weitesten auseinanderliegenden Tatorte begrenzt wird, dann haben wir eine fast 90-prozentige Wahrscheinlichkeit, dass der Täter innerhalb dieser Grenze wohnt.«

Sie setzte den Stift an der Nadel an, die den ersten Tatort markierte, und zeichnete einen weiten Bogen nach Westen zur vierten Nadel. Der Halbkreis umfasste den nördlichen Teil des Bereichs, den sie zuvor bereits gekennzeichnet hatten. »Ich denke, ich brauche den Kreis nicht zu schließen, da unser Mann nicht jenseits der Isar wohnt.« Zufrieden blickte Collins auf die Karte. »In diesem Halbkreis hat unser Täter mit sehr hoher Wahrscheinlichkeit seinen Ankerpunkt. Und wenn ich jetzt den Radius um die Hälfte verkleinere …«, sie markierte einen weiteren Bereich innerhalb des ersten, »dann finde ich immer noch mit einer Wahrscheinlichkeit von über 60 Prozent den Täter innerhalb dieses Kreises.«

Bauer schaute sich den Stadtplan genauer an. Der kleine Halbkreis umfasste nur noch relativ wenige Häuserblocks um das Ungerer Bad, den Nordfriedhof und entlang der Osterwaldstraße. Ein überschaubares Gebiet.

»Versuchen wir es noch mit einem anderen Ansatz«, schlug Koch vor. Er stand wieder auf. »Die Tatorte liegen maximal vier Kilometer auseinander.«

»Ist das nicht ungewöhnlich?«, fragte Born.

»Die Opfer von Jack the Ripper wurden alle im Londoner Stadtteil Whitechapel gefunden«, klärte Collins ihn auf. »Die Fläche, auf der er 1888 fünf Frauen umgebracht und aufgeschlitzt hat, war nicht viel größer als ein Quadratkilometer.«

Born riss erstaunt die Augen auf. »Tatsächlich?«

»Der Abstand zwischen den Tatorten war nie größer als 1,5 Kilometer«, fuhr Collins fort. »Es gab damals einen Verdächtigen, Aaron Kosminski. Und der wohnte genau dort in Whitechapel, wo wir Jack the Ripper mithilfe unseres Ansatzes gesucht hätten.«

»Du weißt, wer Jack the Ripper war?«, fragte Bauer überrascht.

Collins hob abwehrend die Hände. »Angeblich hat er sogar gestanden. Aber er ist 1919 im Irrenhaus gestorben, und Beweise für seine Aussage konnten nie gefunden werden.«

Koch fuhr sich mit der Hand durch die Haare. »In Deutschland findet mehr als die Hälfte aller Sexualmorde innerhalb des Wohnortes des Täters statt. 25 Prozent aller sexuell motivierten Serienmörder töten im Umkreis von einem Kilometer um ihren Ankerpunkt. Und fast zwei Drittel morden in einem Radius von fünf Kilometern.« Er massierte sich die Nackenmuskulatur. »Schauen wir unseren Mann an. Alle Strecken sind zu Fuß gut zu erreichen. Ich würde seine Wohnung oder Arbeitsstelle deshalb innerhalb der Ein-Kilometer-Zonen suchen.« Er zeichnete mit einem roten Textmarker Kreise mit dem entsprechenden Radius um die vier Nadeln. Es gab eine deutliche Überschneidung.

»Sieht aus, als hätten wir eine Art geografisches Gravitationszentrum«, sagte Koch zufrieden und deutete auf einige Wohnblocks, die unterhalb des Nordfriedhofes lagen, eingeklemmt zwischen Isarring und Englischem Garten.

»Das ist toll«, staunte Born. »Wir haben den Hurensohn eingekreist.«

»Wollen wir noch Dragnet einsetzen?«, fragte Koch. Collins setzte sich hinter einen Computer.

»Dragnet ist ein Computerprogramm zum geografischen Profiling«, erklärte Koch Bauer und Born. »Es ist an der Universität von Liverpool entwickelt worden und wird laufend überarbeitet. Anhand der Daten zu den Tatorten errechnet es mögliche Orte, wo Täter leben oder arbeiten. Es gibt noch andere Programme, aber wir bevorzugen dieses.«

Nach einer Weile erschien auf dem Bildschirm der Stadtplan von München, darüber lagen unregelmäßige farbige Flächen, die an eine topografische Karte erinnerten. Von außen nach innen änderte sich die Farbe von hellblau über gelb bis zu einem kleinen roten Fleck in der Mitte.

»Rot kennzeichnet den geografischen Ankerpunkt mit der höchsten Wahrscheinlichkeit«, sagte Collins. Alle starrten auf den Bildschirm. Der rote Fleck lag genau in dem Bereich von Schwabing, den die Psychologin zuvor bereits auf dem Stadtplan an der Wand markiert hatte. Und wo sich Kochs Kreise schnitten.

Koch klopfte Collins auf die Schultern. »Das sieht doch gut aus.«

Collins wiegte den Kopf. »Wir können immer noch ziemlich danebenliegen.«

»Trotzdem denke ich, es wird Zeit, die Anwohner zwischen der Leopold- und der Ludwigstraße und Englischem Garten um DNA-Proben zu bitten«, sagte Koch und lächelte Bauer und Born zu. Die Ermittler lächelten zurück.

»Woher kennt ihr euch eigentlich?«, fragte Born. Er schlenderte mit Cynthia Collins durch die Innenstadt Richtung Marienplatz, von wo aus sie mit der S-Bahn nach Hause fahren wollten. Im Osten zogen gelbe Schlieren über den Himmel, die sich zum Horizont in ein pastellfarbenes Rot verwandelten. Es wurde kühl.

»Schon aus dem Sandkasten«, antwortete Collins. »Mein Vater war als Soldat in Deutschland stationiert. Und Hans und seine Eltern wohnten im Nachbarhaus. Wir haben als Kinder zusammen gespielt.«

»Deshalb sprichst du so gut Deutsch. Und ihr habt seitdem Kontakt gehalten?«

»Ja. Wir sind natürlich unsere eigenen Wege gegangen. Aber wir haben uns nie aus den Augen verloren.«

»Das ist selten, oder? Ich habe zu keinem meiner Freunde aus dem Kindergarten oder der Grundschule noch Kontakt. Zu einigen Schulfreunden schon noch. Aber so gut befreundet wie ihr zwei offenbar seid …«

»Das Erstaunlichste ist, dass wir wirklich nur gute Freunde sind und nie mehr waren. Wir verstehen uns vielleicht auch deshalb so gut, weil wir beide schon früh ein wenig Außenseiter waren. Du kannst dir sicher vorstellen, wie Kinder darauf reagieren, wenn sie jemandem wie mir begegnen.« Sie strich sich die Haare aus dem Gesicht. »Damit lebe ich, seit ich sieben bin.«

Born nickte. »Und wieso war Bauer ein Außenseiter?«

»Sein Vater saß im Knast. Er hat einen Brand in einem Supermarkt gelegt, weil der seinen kleinen Lebensmittelladen ruiniert hat.«

»Dann seid ihr sozusagen beide durch ein Feuer zu Außenseitern geworden?«

»Bei Hans kam dazu, dass er etwas pummelig war und seine Mutter ihn zum Klavierspielen gezwungen hat.«

Born konnte sich Bauer nicht als dickes Kind vorstellen. Allerdings konnte er sich seinen Vorgesetzten auch sonst nicht als Kind vorstellen.

»Besonders Jugendliche haben wenig dafür übrig, wenn jemand nicht auf die gleichen Idole abfährt«, fuhr Collins fort. »Mit zwölf hat Hans Bach und Beethoven bereits mehr geschätzt als die damals angesagten Rock- und Popstars. Jedenfalls hatten wir beide so unsere Probleme und haben zueinandergehalten. Wir sind durch dick und dünn gegangen. Und das Verrückteste dabei ist, dass wir wirklich niemals Interesse daran hatten, mehr miteinander anzufangen. Obwohl man vermuten könnte, ich hätte mir von jemandem, den mein Gesicht nicht abschreckt, mehr erwartet.«

Collins blickte Born nachdenklich an. »Andererseits stand da immer die Sache mit Bauers Vater zwischen uns.«

Eine Weile begriff der Polizist nicht, was sie meinte. Dann wurde es ihm klar. »Deine Brandwunde rührt von dem Feuer her, das Bauers Vater gelegt hatte?«

»Es war zwar ein Sonntagabend, und deshalb gab es keine Kunden. Meine Schwester und ich hatten aber dort gespielt. Und dann ist da drin etwas explodiert. Meine Schwester ist dabei gestorben.«

Überrascht schaute Born auf. »Himmel. Das tut mir leid. Und Bauer fühlt sich schuldig?«

»Natürlich hat Hans sich schuldig gefühlt. Es war immerhin sein Vater. Vielleicht sind wir deshalb niemals ein Paar geworden. Zu den besten Freunden hat es jedenfalls gereicht.«

Unvermittelt fiel Born ein altes Gedicht ein, das er in der Schule gelernt hatte:

»*Der Mensch hat nichts so eigen, so wohl steht ihm nichts an,*
Als dass er Treu erzeigen und Freundschaft halten kann;
Wann er mit seinesgleichen soll treten in ein Band,
Verspricht sich, nicht zu weichen mit Herzen, Mund und Hand.«

Er war überrascht, dass er die Zeilen von Simon Dach aus dem 17. Jahrhundert noch so gut konnte. Noch weit mehr staunte er allerdings, als Collins fortfuhr:

»*Die Red ist uns gegeben, damit wir nicht allein*
Für uns nur sollen leben und fern von Leuten sein;
Wir sollen uns befragen und sehn auf guten Rat,
Das Leid einander klagen, so uns betreten hat.«

Dann lächelte sie ihn an, worauf Born die nächste Strophe übernahm:

»*Was kann die Freude machen, die Einsamkeit verhehlt?*
Das gibt ein doppelt Lachen, was Freunden wird erzählt.
Der kann sein Leid vergessen, der es von Herzen sagt;
Der muss sich selbst auffressen, der ingeheim sich nagt.«

Collins machte keine Anstalten, die vierte Strophe zu rezitieren, und legte stattdessen den Finger auf den Mund. »Das ist doch ein gutes Fazit«, sagte sie.

»Woher kennst du ein Gedicht von Simon Dach?«, fragte Born. »Das ist ja nicht gerade Goethe oder Schiller.«

»Mein Vater hat sich für deutsche Dichter interessiert. Wenn er in Japan stationiert gewesen wäre, hätte ich jetzt vielleicht ein Haiku parat. Und ich habe nie verstanden, warum ihr Deutschen fast alles, was nicht von Goethe oder Schiller stammt, links liegen lasst und lieber Shakespeare lest als eure eigenen toten Dichter, die ihr immerhin nicht zu übersetzen braucht, um sie zu verstehen.« Sie zuckte mit den Achseln. »Shakespeare ist großartig. Aber es gibt so viel mehr.«

»Der kann sein Leid vergessen, der es von Herzen sagt …« Born musste grinsen. »Das klingt fast nach Werbung für Psychoanalyse.«

Collins schüttelte den Kopf. »Das ist nicht mein Ding. Ich bin Psychologin.«

Dann sah sie den jungen Polizisten ernst an. »Thomas, wenn du irgendwann mal das Gefühl hast … frag mich jetzt nicht, wieso … wenn du irgendwann mal das Gefühl hast, Hans könnte sich etwas antun wollen, dann gib mir Bescheid.«

Konsterniert schaute Born in das Gesicht der Britin.

Sie hatten den Marienplatz erreicht. Collins lief am Rathaus vorbei, ohne die neugotische Fassade eines Blickes zu würdigen. Am Fischbrunnen blieb sie stehen. Verwirrt stellte Born sich neben sie. Unablässig strömte Wasser aus den Schöpfeimern der drei steinernen Metzgerlehrlinge unter der Säule in der Mitte des Brunnens.

»Schau dir die Wasserstrahlen an«, forderte Collins ihn auf. Born betrachtete die dünnen, im Licht der Straßenlaternen glitzernden Bögen, die an den Düsen der Fischmäuler an der Spitze der Brunnensäule ihren Anfang hatten und knapp vor dem Beckenrand endeten.

»Wir werden ins Leben gepisst, machen einen kleinen Wirbel, werfen einige kleine Blasen – und vergehen. Manche fliegen weiter, steigen auf, immer höher, dann sinken sie hinab und sterben einsam auf dem Rand des Brunnens.«

Verwirrt schaute Born Collins an.

»Gute Nacht, Thomas.« Damit ließ sie den jungen Polizisten stehen.

Born blickte ihr ratlos hinterher. Bauer und Selbstmord. Das war doch Blödsinn. Aber inzwischen kannte er Collins gut genug, um zu wissen, dass das, was sie sagte, Hand und Fuß hatte. Und wenn sie etwas perfekt beherrschte, dann war es, Menschen zu beobachten und ihr Verhalten zu begreifen. Also gut, dachte er. Er würde auf Bauer achten.

10. August, München

Hans Bauer versuchte, das Stimmengewirr im Aufenthaltsraum zu ignorieren. Einige Kollegen diskutierten beim gemeinsamen Frühstück der Soko über das bevorstehende Bundesligaspiel zwischen den Bayern und dem Hamburger SV. Und Adam und Geyer wiesen sich gegenseitig auf die Fehler im letzten Münchner *Tatort* hin. Eine Karikatur der eigenen Arbeit. Bauer nahm sich eine Laugenbrezel und biss hinein. Er interessierte sich nicht für Fußball und schaute auch keine Krimis. Wenigstens in der Freizeit brauchte er einen deutlichen Schnitt zum Dienst und keine weiteren Morde und Vernehmungen. Vielleicht brauchte er auch mehr als nur einen Schnitt zum Dienst …

Es wurde Zeit.

Kurz darauf ließen sich die Ermittler und Hauser im Besprechungsraum von Simon Koch erklären, wo sie ihren Serienmörder vermutlich finden würden. Der Staatsanwalt strahlte. Die Bürger von Schwabing, erklärte er optimistisch, hätten bestimmt kein Problem mit einem DNA-Massentest, wenn es um eine echte Bestie ging.

Als Bauer in sein Büro zurückkam, fand er einen Umschlag in seinem Postfach. Ein Gutachten von der Sachgruppe 203 Serologie/Medizin des KTI. Als er es gelesen hatte, rief er Collins auf ihrem Mobiltelefon an.

»Komm bitte sofort zu mir, Cynthia. Und bring Koch mit.«

»Was ist denn los?«, fragte die Psychologin. »Wir sind schon unterwegs ins K 16, um das Profil …«

Doch Bauer hatte bereits wieder aufgelegt. Eine Viertelstunde später standen Collins und Koch in seinem Büro.

»Was …«, begann Collins. Bauer hob abwehrend die Hand und reichte ihr die Blätter. Die Britin las, während Koch ihr über die Schulter schaute.

»Gut«, sagte Collins erfreut. »Das ist der Vergleich zwischen dem DNA-Profil des Münchner Täters und dem des Mörders in Schottland.« Sie hob die Augenbrauen. »Das wurde aber auch Zeit.« Dann stutzte sie.

»Nein!«

»Doch«, sagte Bauer.

»Das bedeutet, wir haben es mit zwei Tätern zu tun.« Collins schüttelte den Kopf. Sie war mit Koch und Bauer in den Besprechungsraum zurückgekehrt, wo sich die Beamten der Soko erneut versammelt hatten.

»Zwei Täter«, wiederholte Bauer leise.

»Okay«, sagte Cynthia Collins. »Okay, überlegen wir. Es gibt tatsächlich einige Unterschiede zwischen den Fällen. Aber die Übereinstimmungen …«

Sie ließ sich auf ihren Stuhl zurückfallen.

Staatsanwalt Winnie Puh Hauser, den die Kollegen vom Mittagessen aus der Kantine geholt hatten, bemerkte nicht, dass ihm Käse von der Pizza in seiner Hand auf die Hose tropfte. »Ich glaube das nicht. Da muss etwas schiefgegangen sein. Zwei Verrückte, die sich völlig identisch verhalten … auf so bizarre Art?« Er schüttelte den Kopf. »Ich glaube das nicht.«

»Was heißt das für unser Profil?«, fragte Collins. Sie sprach leise, mehr für sich selbst. Aber Bauer hatte sie gehört. »Das ist eine wichtige Frage«, sagte er. »Was ist mit dem Profil. Und …« Er beugte sich vor. »Was wird der Vergleich zwischen unserem Mörder … den zwei Mördern … mit dem Täter von Kalalau Beach bringen?«

Die Tür des Besprechungszimmers öffnete sich, und einer der jungen Kollegen, die die Stellung im Büro hielten, blickte herein. »Chef. Ich habe einen Anruf aus den USA. Jemand vom FBI. Scheint wichtig zu sein.«

Überrascht schaute Bauer auf. »Jemand vom FBI? David Griffin?«

Der Kollege nickte.

»Stell ihn mir auf die Nummer hier durch.« Er wies auf das Telefon, das auf einem Tisch unter dem Fenster stand. Nach einer Minute klingelte der Apparat.

»Na, der wird sich wundern«, sagte der Soko-Chef und hob den Hörer ab. »Special Agent Griffin«, begrüßte er den Anrufer und stellte das Telefon auf Lautsprecher, damit die anderen mithören konnten. Aus dem Apparat dröhnte fröhlich die Stimme des FBI-Mannes.

»Ich habe eine Überraschung für Sie: Wir haben ihn.«

»Was? Wie …«

»Wir haben unseren Mörder«, unterbrach ihn Griffin. »Der gleiche Modus operandi. Seine Handschrift konnte er beim letzten Mal allerdings nicht mehr zu Ende führen.« Er machte eine Pause. Bauer interpretierte sie als Aufforderung, nachzufragen. »Wie meinen Sie das?«

»Er hatte sich eine junge Polizistin als Opfer ausgesucht.«

»Eine Polizistin?« Etliche Mitglieder der Soko hatten die Frage zugleich mit Bauer gestellt.

»Ja«, antwortete Griffin. »Brian Delgado hat eine bewaffnete Polizistin angegriffen. Und die hat ihn erschossen.«

»Wo? Und wann? Und was können Sie uns über …«

»Eins nach dem anderen. Ich rufe ja an, um Ihnen das alles zu erzählen.« Griffin genoss ganz offensichtlich seine Rolle als Bote dieser wichtigen Nachricht. »Das Ganze ist in einer Kleinstadt bei Boston passiert. In Milton. Am 3. August.«

Bauer zog die Augenbrauen hoch. Aber das konnte nicht stimmen.

»Ich rufe Sie jetzt erst an, weil es eine Weile gedauert hat, bis uns die Polizeibehörde dort verständigt hat.«

»Wie geht es der Kollegin?«, fragte Bauer.

»Sie ist über den Damm. Hoher Blutverlust, aber keine bleibenden Schäden.«

Griffin erzählte den deutschen Kollegen, was er über den Fall und den Täter erfahren hatte. Dann kam er zum Schluss. »Wir wissen fast alles über diesen Mann. Und ich sage Ihnen, wir haben da ein perfektes Profil erstellt.«

Griffin holte kurz Luft. »Nur zwei Dinge sind uns noch völlig unklar«, fuhr er fort. »Wieso finden wir keine Hinweise auf einen Aufenthalt in München und auch nicht für einen Besuch auf Hawaii?«

»Unser Profil passt also?«, fragte Collins laut.

»War das Frau Collins?«, fragte Griffin überrascht. »Ja. Unser Profil passt.«

Bauer blickte zu Collins und Koch hinüber. Collins zuckte hilflos die Achseln, während Koch ungläubig den Kopf schüttelte.

»Das ist wirklich seltsam«, sagte Bauer. »Wurde die DNA dieses Mannes schon mit der von Kalalau Beach verglichen?«

»Nein. Für Delgado ist kein DNA-Profil erstellt worden.«

»Und ist Delgado nach Europa gereist? Ich meine, wurden dabei seine Fingerabdrücke genommen?«

»Das muss ich noch überprüfen. Aber ich bin sicher …« Griffin seufzte. »Ich habe das Gefühl, Sie freuen sich nicht über meine Neuigkeiten.«

»Hat denn der Vergleich zwischen dem DNA-Profil aus Hawaii und dem aus München inzwischen stattgefunden?«, fragte Bauer. Damit hatte er Griffin offenbar auf dem falschen Fuß erwischt.

»Darüber habe ich keine Informationen erhalten. Ich muss noch mal nachfragen. Aber wir gehen doch von einem Täter aus und …«

»Nicht mehr«, unterbrach ihn Bauer.

»Was? Wieso?«, stotterte Griffin konsterniert.

»Wir haben den Vergleich der DNA-Profile aus München und Glasgow bekommen«, antwortete Bauer. Er brachte den FBI-Agenten auf den neuesten Stand. Griffin schien nicht besonders beeindruckt.

»Wissen Sie, nachdem ich von Delgado gehört hatte, habe ich sowieso nicht mehr geglaubt, dass der Mörder von Arden unser Mann ist. Delgado passt zeitlich und vom Profil her einfach zu gut.«

»Aber Delgado ist am 3. August erschossen worden«, sagte Bauer. »Drei Tage danach, am 6. August, gab es bei uns wieder einen Mord, der mit Sicherheit von der Schwabinger Bestie verübt worden ist.«

Der FBI-Agent schwieg eine Weile. »Dann haben wir es mit zwei Tätern zu tun?«, stammelte er schließlich.

»Mindestens«, bestätigte Bauer. »Jetzt müssen wir noch wissen, ob der Kalalau-Beach-Mörder und Ihr toter Mann aus Milton dieselbe Person sind und ob es Übereinstimmungen mit den beiden europäischen Mördern gibt.«

»Sie meinen, wir könnten es sogar mit drei oder vier Killern zu tun haben?«, fragte Griffin ungläubig. Eine Weile war es still. Dann hatte sich der FBI-Beamte wieder gefasst. »Ich versuche dann mal herauszufinden, was der Abgleich zwischen den DNA-Profilen aus Großbritannien und Deutschland mit dem Kalalau-Beach-Mörder gebracht hat. Dann melde ich mich wieder.« Er legte auf, ohne sich zu verabschieden. Bauer sah in eine Runde ratloser Gesichter.

»Was bedeutet das nun alles?«, fragte er.

Cynthia Collins seufzte. »Das bedeutet, dass unser Profil im Arsch ist.« Sie stand auf und stellte sich ans Fenster. »Aber«, rief sie, »dafür machen wir Kriminalgeschichte.«

Griffin brauchte nicht lange, um herauszufinden, was der DNA-Vergleich des FBI gebracht hatte. Während die Mitglieder der Soko noch in kleinen Gruppen verstört die neuen Erkenntnisse diskutierten, klingelte das Telefon erneut. Die Stimme des Amerikaners klang frustriert.

»Das Ergebnis ist schon seit Tagen da – aber die Kollegen haben darauf gewartet, dass ich mich melde«, schallte seine Stimme durch den Besprechungsraum. »Und ich bin leider davon ausgegangen, dass ich das Ergebnis bereits kenne, und habe deshalb nicht mehr nachgefragt.«

»Das hätte jedem passieren können«, sagte Bauer höflich. »Und?«

»Der Mörder von Kalalau Beach ist weder mit dem Münchner Täter noch mit dem schottischen Mörder identisch«, erklärte Griffin kleinlaut.

»Dann haben wir es mit mindestens drei Tätern zu tun«, fasste Bauer zusammen.

»Oder sogar mit vieren, wenn der Tote aus Milton nicht der

Mörder von Hawaii ist.« Griffin lachte bitter. »Unser Profil ist im Arsch«, wiederholte er, ohne zu wissen, Collins' Worte. »Total im Arsch. Da hocken wir stundenlang aufeinander, rühren unser Expertenwissen zusammen und dann ...« Er schwieg.

»War während der Morde in den USA Vollmond?«, fragte Bauer nachdenklich.

»Wie bitte?«, fragte Griffin nach.

»Ach, nichts.«

»Wenn wir es mit drei oder vier Mördern zu tun haben, die alle auf die gleiche bizarre Weise vorgehen ...«

Bauer sah auf. Es war Born, der den Satz leise begonnen hatte. Er brach ab, als er bemerkte, dass alle Augen auf ihn gerichtet waren.

»Was geht dir durch den Kopf?«, fragte Collins. »Raus damit.«

»Haben wir es vielleicht mit einer Art Ritual zu tun?«, fuhr Born fort. »Gehören die Täter zu einer Sekte?«

Niemand sagte etwas.

»Was war das?«, tönte Griffins Stimme durch den Telefonlautsprecher. Bauer teilte ihm den Gedanken seines Mitarbeiters mit. Griffin schien weniger überrascht als alle anderen.

»Vielleicht sollten wir das berücksichtigen«, sagte der FBI-Beamte. »Auf Hawaii habe ich kurz mit diesem Gedanken gespielt. Aber ich habe schon einige Ritualmorde gesehen. Da geht es um Symbole, um Blut. Diese drei oder vier Männer verhalten sich anders.«

Collins rieb sich nachdenklich die Wange. »Wenn wir es mit einer Sekte zu tun hätten, müssten wir Verbindungen zwischen den Tätern finden.«

Bauer versuchte sich an etwas zu erinnern, das während der Erstellung des Profils zur Sprache gekommen war. Etwas mit Raubtieren.

»Diese Mörder verhalten sich doch so, als würden sie ihre Beute schlagen«, sagte er. Übernehmen die Priester in Naturreligionen, die Schamanen oder Medizinmänner, nicht auch manchmal die Rolle von Raubtieren?«

»Damit bin ich ehrlich gesagt nicht vertraut«, räumte Griffin ein. »Aber es fällt mir wirklich schwer, mir hier irgendeinen Zusammenhang mit einer Religion vorzustellen. Es müsste mehr Hinweise auf Fetischismus geben. Bei Delgado habe ich nicht den geringsten Hinweis auf einen religiösen Hintergrund seiner Tat entdeckt.«

Bauer kam ein beängstigender Gedanke. »Ob Ritualmord oder nicht«, sagte er, »wenn wir mehrere lebende Täter haben, dann gibt es auch mehrere Serien.« Bauer hielt drei Finger in die Höhe. »In München hat der Mörder seit Anfang Juli alle vier Wochen zugeschlagen. Wenn die Mörder von Kalalau Beach und Arden sich genauso verhalten …«

»Verdammt«, fluchte Griffin. »Ich bete, dass Sie unrecht haben.«

»Könnte es sein«, warf Hauser vorsichtig ein, »dass es sich doch um einen einzigen Täter handelt, der aber mehrere unterschiedliche Sätze von Chromosomen besitzt?«

»Eine Chimäre?« Collins war erstaunt, dass Hauser das Phänomen kannte.

»Wovon sprecht ihr?«, warf Bauer ein. »Ich dachte, eine Chimäre ist eine Mischung aus Löwe, Ziege und Drache.«

»Das ist der griechische Mythos«, bestätigte Collins. »Aber es gibt auch ein biologisches Phänomen, das man so bezeichnet.«

»Es gab da mal einen Radprofi, der versucht hat, auf diese Weise seine seltsamen Blutwerte zu erklären«, fuhr Hauser fort. »Aber das ist bei Menschen äußerst selten. Chimären entstehen, wenn in der Gebärmutter zweieiige Zwillinge angelegt werden, die jedoch zu einem einzigen Körper verschmelzen. Aus den Zellen des einen Zwillings entstehen einige Gewebe, aus den Zellen des anderen entwickelt sich der übrige Körper. Das kann dazu führen, dass Erbgut aus einer Blutprobe zu einem anderen DNA-Profil führt als Erbgut aus Schleimhautzellen.«

»Könnte das eine Erklärung sein?«, fragte Bauer.

»In unserem Fall müssten nicht nur Zwillinge, sondern gleich Drillinge oder sogar Vierlinge zu einem entwicklungsfähigen Embryo verschmolzen sein«, gab Collins zu bedenken. »Außerdem hätte die DNA bei jedem Fall aus unterschiedlichen Quellen desselben Körpers stammen müssen. Es wurden aber immer Schleimhautzellen und Sperma analysiert.«

Bauer nickte. »Um auszuschließen, dass ein Täter das Opfer gebissen und ein Komplize es vergewaltigt hat. Die DNA war identisch.«

»In Schottland ist die Polizei ebenso vorgegangen«, sagte Collins. »Und ich vermute, die amerikanischen Kollegen auch. Die DNA-Quellen waren also jeweils die gleichen Körperzellen. Gefunden wurde aber an den verschiedenen Tatorten unterschiedliche DNA. Demnach handelt es sich nicht um eine mörderische Chimäre. Außerdem wäre das unterschiedliche Erbgut bei einer Chimäre immer noch sehr ähnlich – so ähnlich wie bei Geschwistern. Denn das ist eine Chimäre – zwei Geschwister in einer Person.«

»Das war ja jetzt hochinteressant.« Griffin klang genervt. »Aber es hilft uns leider überhaupt nicht weiter.«

Bauer fühlte sich in der Pflicht, etwas zu sagen. Etwas Aufmunterndes. Er zog die Schultern nach hinten, drückte die Brust heraus und richtete sich auf. »Wir haben es also mit mehreren Tätern zu tun. Also suchen wir nach Verbindungen. Wir nehmen die Sache als eine neue Herausforderung«, kündigte er an.

Collins verdrehte die Augen, aber Bauer ignorierte sie.

Griffin seufzte. »Aus eurer Bestie ist offenbar eine Bestien-Weltverschwörung geworden.«

Bauer schaute Collins an. »Wenn der Vergewaltiger in Milton dem Profil entsprochen hat, könnten dann nicht alle anderen auch …«

Collins hob die Augenbrauen. »Das glaube ich nicht. Wir müssen uns von der Vorstellung, die wir uns von dem Mörder gemacht haben, wieder lösen.« Sie lehnte sich vor und stützte die Ellenbogen auf die Knie. »Aber«, sagte sie, »vielleicht hat unsere geografische Fallanalyse noch einen Wert.«

Sie blickte hinüber zu Koch. Der BKA-Beamte nickte. »Bis wir Erkenntnisse haben, die in eine andere Richtung weisen, würde ich davon ausgehen«, bestätigte er. »Griffin hat uns etwas Wichtiges gesagt, auch wenn es ihm selbst vermutlich nicht aufgefallen ist. Der Täter von Milton hat ganz in der Nähe seiner Wohnung zugeschlagen. Wir sollten davon ausgehen, dass unser Mann das auch getan hat.« Er zuckte die Achseln. »Was sollen wir auch sonst tun?«

»Wir brauchen das DNA-Screening.« Hauser sprang auf und marschierte in Richtung Tür. »Ich leite alles Notwendige in die Wege.«

»Drei oder vier Serienmörder?«, sagte Geyer leise zu Born, als sie dem Staatsanwalt aus dem Raum folgten. »Vielleicht sind es auch fünf oder sechs oder noch mehr Typen, die alle gerade erst feststellen, dass Sexualmord ein echt cooles Hobby ist.« Die Polizistin seufzte. »Man könnte meinen, da ist irgendwo ein Nest.«

11. August, München

Vor der Haustür erwartete Born ein fast frühlingshafter August. Ein fremder älterer Mann überraschte ihn im Vorübergehen mit einem freundlichen Gruß. Ein guter Anfang für einen neuen Tag und ein guter Tag für einen neuen Anfang, dachte er und machte sich mit weit ausholenden Schritten auf den Weg ins Büro.

Er hatte sich gerade mit seiner ersten Tasse Kaffee an seinen Schreibtisch gesetzt, als sein Telefon klingelte. Es war Melanie Amelang.

»Hallo, Herr Wachtmeister«, begrüßte ihn die Biologin. »Ich habe inzwischen einiges über den Einfluss des Vollmondes herausgefunden.«

Born freute sich, ihre Stimme zu hören. Wie lange war es her, dass er sie kennengelernt hatte? Drei Tage, in denen er immer wieder an die Doktorandin gedacht hatte – und an ihren offensichtlichen Versuch, mit ihm zu flirten. Tatsächlich hatte er öfter an sie gedacht als an Diana, wie ihm jetzt klar wurde.

»Und was ist dabei herausgekommen?«, fragte er.

»Ein eindeutiges Ergebnis«, verkündete sie. »Ich habe es schriftlich zusammengefasst, damit Sie etwas haben, das Sie Ihren Kollegen vorlegen können. Eine Art Gutachten, wenn Sie so wollen.«

»Großartig«, sagte Born. »Und wie sieht das Ergebnis nun aus?«

»Wollen Sie nicht vorbeikommen und es sich abholen?«

Born spürte ein Kribbeln im Bauch. Dieses Gefühl hatte er zuletzt vor langer Zeit gehabt. »Natürlich«, sagte er. »Ich bin sofort da.«

Eine Hand landete schwer auf seiner Schulter und ließ Born erschrocken zusammenfahren. »Na, da geht aber bei jemandem das Herz auf«, sagte Elli Geyer. »War das dein Sonnenschein von der Universität?«

»Eher mein Mondenschein«, antwortete Born. »Sie kann uns jetzt sagen, ob der Mond eine Rolle gespielt haben kann.«

»Und?«, fragte Geyer. »Kann er?«

»Sie will es mir persönlich sagen.«

Geyer lachte nur.

Amelang saß vor ihrem Computer und sah exakt so aus, wie er sie verlassen hatte. Nein, sie hatte etwas anderes an. Eine weit geschnittene Bluse. Er achtete auf so etwas sonst nicht. Tatsächlich hatte Diana ihn immer mit dem uralten Witz aufgezogen, er würde an ihr nicht einmal eine Gasmaske bemerken.

Die junge Frau lächelte ihn an, stand auf und reichte ihm die Hand. Als er sie ergriff, zog sie sich daran ein wenig auf ihn zu und schaute ihm von unten in die Augen. »Schön, dass Sie da sind.«

»Schön, Sie wiederzusehen«, anwortete er. Sie hielt seine Hand noch einen Augenblick fest und bot ihm dann einen Stuhl an, der an der Wand vor ihrem Schreibtisch stand und von einem Stapel Papiere belegt war.

»Legen Sie die einfach auf den Schreibtisch«, forderte sie ihn auf. Als er saß, wedelte sie ihm mit einem dünnen Schnellhefter zu. »Hier ist das, worum Sie mich gebeten haben.«

»Und was steht drin?«, fragte er. »Sie spannen mich ganz schön auf die Folter.«

»Also«, begann sie, »der Mond hat fast null Wirkung auf Menschen. Der physikalische Einfluss ist etwa so wie von einer Mücke, die auf Ihnen landet.«

»Das verstehe ich nicht.« Born beugte sich vor und legte die Unterarme auf die Knie. »Welchen Einfluss hat denn eine Mücke auf mich?«

»Wenn der Mond einen Einfluss haben kann, dann nur auf zwei Wegen.« Amelang schaltete ihre Schreibtischlampe an. »Erstens als Lichtquelle. Das mag früher mal eine Rolle gespielt haben, als es noch kein künstliches Licht gab. Da waren Vollmondnächte im Vergleich zu den meisten anderen Nächten sehr hell. Und damit war es eine gute Gelegenheit für Rituale, genauso wie die Sommersonnenwende zum Beispiel.«

Rituale, dachte Born. Das Wort hatte er in letzter Zeit des Öfteren gehört.

»Aber heute haben wir elektrisches Licht …«, sagte er.

»Genau. Natürlich ist der Vollmond trotzdem noch eindrucksvoll, aber die Lichtwirkung, die von ihm ausgeht, wird von jeder Straßenlaterne überboten.«

»Und zweitens?«

»Gravitation. Der Mond löst immerhin Ebbe und Flut aus. Er hat ganz offensichtlich eine große Wirkung auf das Wasser.«

»Stimmt«, sagte Born. »Daran habe ich noch gar nicht gedacht. Dann müsste die Wirkung auf den Menschen doch auch …«

»Eben nicht«, unterbrach ihn Amelang. »Ebbe und Flut hängen mit den sogenannten Gezeitenkräften zusammen. Das ist ein bisschen kompliziert. Aber beschränken wir uns auf die Anziehungskraft zwischen Mond und Meer, die eine wichtige Rolle spielt. Zwei Körper ziehen sich gegenseitig an. Also ziehen sich auch der Mond und das Wasser in den Ozeanen an. Aber …« Sie hob den Zeigefinger. »Die Kräfte, die da herrschen, hängen von der Masse der beiden Körper und dem Abstand zwischen ihnen ab. Die Masse des Wassers in den Weltmeeren ist sehr groß, sodass die Anziehungskraft zwischen den Ozeanen und dem Mond dazu führt, dass sich auf der dem Mond zugewandten Seite der Erde der Wasserspiegel hebt.« Sie blickte ihn erwartungsvoll an. Er nickte.

»Aber denken Sie mal an den Bodensee. Da beobachtet man nur eine winzige Veränderung. Und Ihre Badewanne schwappt bei Vollmond nicht über, oder?«

»Natürlich nicht.«

»Das Wasser der Ozeane kann insgesamt als eine zusammenhängende Masse betrachtet werden, das Wasser in Ihrer Badewanne ebenfalls. Die Badewannenwasser-Masse ist aber erheblich kleiner als die Ozeanwasser-Masse. Die Anziehungskraft zwischen beiden bemerkt man nicht. Und das Wasser in unserem Körper ist in unendlich vielen winzigen Zellen und in unseren Blutgefäßen enthalten. Diese Massen sind so klein, die spüren von der Mondanziehung schon gar nichts mehr. Wenn eine Mücke auf uns landet, dann ist die Anziehungskraft zwischen der Masse dieses Tieres und der Masse unseres Körpers etwa so groß wie die zwischen unserem Körper und dem von der Erde etwa 380 000 Kilometer entfernten Mond.« Sie hob die Augenbrauen. »Demnach kann man sagen: Der Mond hat auf Menschen keinen Einfluss.«

»Und was ist mit diesen Dingen, die man so beobachtet? Mehr Geburten bei Vollmond, mehr Verrückte unterwegs, mehr Unfälle, mehr Selbstmorde?«

Amelang schüttelte den Kopf. »Da muss man einfach nur zählen. Es gibt die eine oder andere Studie, die auf einen Zusammenhang hinweist. Aber die überwiegende Mehrzahl der Untersuchungen belegt ganz deutlich: Der Eindruck täuscht. Es gibt keinen Zusammenhang. Manchmal gibt es aber Jahre, in denen der Vollmond besonders häufig auf Wochenenden fällt. Das hängt damit zusammen, dass wir eine Sieben-Tage-Woche haben und zwischen zwei Vollmonden 29 Tage und zwölf Stunden liegen – das sind fast genau vier Wochen. In solchen Jahren treten zum Beispiel Ereignisse, die mit dem Wochenende zusammenhängen, ebenfalls etwas häufiger rund um den Vollmond auf. Autounfälle zum Beispiel. In anderen Jahren fallen die Wochenenden besonders häufig mit dem Neumond zusammen. Und dann soll plötzlich diese Mondphase einen Effekt haben.« Sie legte kurz ihre Hand auf Borns Arm. »Wir haben es einfach mit dem Phänomen zu tun, dass zwei Rhythmen sich fast perfekt überschneiden.«

»Aber wieso behaupten dann so viele Menschen, dass sie selbst beobachtet hätten, es gebe einen Zusammenhang?«, fragte Born. »Ich habe selbst als Streifenpolizist gedacht, bei Vollmond käme es häufiger zu Verkehrsunfällen.«

»Das ist ein subjektiver Eindruck, der mit unserer selektiven Wahrnehmung zusammenhängt. Stellen Sie sich vor, Sie werden zu einem schlimmen Verkehrsunfall gerufen und der Vollmond steht hell und klar über der Unfallstelle. An diesen Unfall werden Sie sich eher erinnern, als wenn der Vollmond nicht zu sehen gewesen wäre. Und wenn das immer wieder geschieht – und der Vollmond taucht ja etwa alle vier Wochen auf –, dann entsteht unbewusst der Eindruck, es gebe einen Zusammenhang.«

»Das ist nicht einfach zu akzeptieren«, warf Born ein.

»Unsere Wahrnehmung arbeitet eben so«, wischte Amelang seinen Einwand fröhlich vom Tisch. »Und wenn wir einmal den Gedanken hatten, es gebe besonders schlimme oder viele Unfälle bei Vollmond – oder besonders viele Geburten –, dann fühlen wir uns bestätigt, wenn es tatsächlich so kommt. Aber wir ignorieren die Vollmond-Tage, wo es nicht so war, und die Nicht-Vollmond-Tage, wo es so war. Oder haben Sie dann jedes Mal gedacht, Oh, es gab heute drei schwere Unfälle, und wir haben gar keinen Vollmond?«

»Nein.« Born schüttelte den Kopf. »Erstaunlich.«

»Für Ihre Ermittlungen bedeutet das jedenfalls: Entweder ist es ein Zufall, dass dieser Mensch bei Vollmond tötet, oder er sucht sich die Vollmondnächte gezielt aus. Aber der Vollmond bringt ihn nicht dazu zu töten.«

»Dann können wir der Boulevardpresse wenigstens in diesem Punkt einen schweren Fehler nachweisen«, stellte Born erleichtert fest.

»Es kommt sogar noch besser«, sagte Amelang. »Das erste Mal hat dieser Täter am 6. Juni gemordet, richtig?«

Born nickte.

»Aber Vollmond war erst am 7. Juni. Da hat jemand nicht genau hingeschaut. Die letzten zwei Morde sind tatsächlich bei Vollmond verübt worden. Aber wenn der Täter seinen 30-Tage-Rhythmus beibehält, dann liegt er beim nächsten Mal wieder daneben. Dann tötet er am 5. September. Vollmond ist aber schon einen Tag früher.«

Born setzte sich auf. »Wieso haben das alle übersehen? Und diese blöden Boulevardjournalisten versuchen uns auch noch ans Bein zu pinkeln.«

»Ihr habt Probleme mit der Presse?«

»Häufig«, antwortete Born. Dann wurde ihm klar, dass sie ihn indirekt geduzt hatte. Und schon sind wir einen Schritt weiter, dachte er. Vielleicht war es Zeit für den nächsten Schritt?

»Was machen Sie eigentlich, wenn Sie nicht für die Polizei Mondforschung betreiben?«, fragte er. »Woran arbeiten Sie?«

»Verhaltensökologie«, gab Amelang zurück.

»Konrad Lorenz und die Graugänse?«, fragte er vorsichtig nach.

»Nicht ganz. Verhaltensökologen untersuchen, wie sich Lebewesen verhalten, um ihre Umwelt möglichst optimal auszunutzen. Ich versuche zum Beispiel festzustellen, wie Schimpansen ihre Nahrungssuche organisieren. Leben die Tiere von der Hand in den Mund oder legen sie größere Strecken zurück, um besonders vielversprechende Nahrungsquellen zu nutzen? Wie gut muss eine solche Nahrungsquelle, etwa ein Baum mit Früchten, sein, um einen langen Weg dafür in Kauf zu nehmen?«

»Schimpansen denken über so etwas nach?«, fragte Born erstaunt.

»Na ja, nachdenken … sagen wir mal so: Man beobachtet bei Tieren immer wieder Entscheidungen, die rational wirken. Ganz überwiegend ist es aber einfach so, dass sich diese Verhaltensweisen in der Evolution als vorteilhaft erwiesen haben. Wirtschaftlichkeit siegt. Energieverschwendung stirbt aus.«

»Das würde bedeuten, über kurz oder lang gibt es keine Menschen mehr?«

Amelang lachte. »Ist nur noch eine Frage der Zeit.«

»Hätten Sie …«

»Thomas Born«, unterbrach sie ihn. »Können wir uns nicht duzen?«

Er schaute überrascht auf. »Na klar«, antwortete er. »Ich werde übrigens meist Tom genannt.«

Sie lächelte und überraschte ihn schon wieder. »Vielleicht schreibst du jetzt deine Privatnummer hinten drauf?« Sie reichte ihm seine eigene Visitenkarte.

Er grinste. »Tag und Nacht erreichbar.«

Sie lachte und begleitete ihn zur Tür. »Ich werde mich bemühen, mich erst mal auf den Tag zu beschränken, Tom.«

Als Born ins Polizeipräsidium zurückkam, war das Büro verwaist. Er stellte sich vor den Stadtplan an der Wand, auf den Koch und Collins ihre Erkenntnisse zum möglichen Wohnort oder Arbeitsplatz des Täters übertragen hatten. Er schaute auf die Karte und wartete auf eine Eingebung.

Das Blut war der Schlüssel. War das aus einem Film? Wieso war ihm dieser Gedanke plötzlich durch den Kopf geschossen? Vermutlich war es einfach nur Blödsinn. Oder war das die Intuition, die Eingebung, auf die er gehofft hatte? Es kam ihm richtig vor. Aber was bedeutete es?

Das Blut war der Schlüssel. Denk nach.

Klar war: Der Mörder musste völlig mit Blut besudelt an einen Ort gelangt sein, wo er sich umziehen konnte, ohne dass ihn jemand sah. Er hatte die Bäche benutzt, um zu fliehen, aber irgendwann musste er zurück auf die Straßen der Stadt, und selbst in den Nebenstraßen war das Risiko aufzufallen groß. Nur ein völlig Wahnsinniger würde auf sein Glück setzen.

Hatten sie es tatsächlich mit einem solchen Wahnsinnigen zu tun?

Konstanten bei allen Fällen waren die Nähe zum Englischen Garten und die Bäche. Der Mörder war immer in die Grünanlage geflüchtet, wo sich seine Spur verloren hatte. Also musste sich auch sein Ankerpunkt ganz in der Nähe des Englischen Gartens befinden.

Oder ... vielleicht hatte er doch einen Rucksack mit frischen Sachen vorbereitet? Den musste er ja nicht bei der Tat dabeigehabt haben. Vielleicht hatte er ihn im Englischen Garten irgendwo deponiert, war dorthin zurückgekehrt, um sich im Dunkeln umzuziehen, frisch zu machen und den Park mit sauberen Kleidern zu verlassen.

Das würde bedeuten, der Täter plante die Morde und kannte sich im Englischen Garten aus. Jemand von der Stadt oder ein Landschaftsgärtner, der in der Anlage arbeitete.

Ein kühler Luftzug ging durch den Raum. Der Stadtplan knatterte leise. Born überlegte, wo er in dem Park einen Rucksack verstecken würde. Man müsste alle Brücken untersuchen zwischen dem Föhringer Ring im Norden und ...

»Erde an Jungbullen.«

Born blickte sich um. Geyer stand in der Tür und betrachtete ihn. »Hast du gerade eine telepathische Botschaft von dem Stadtplan da erhalten?« Sie kratzte sich am Kopf. »Zu mir spricht ja manchmal meine Schreibtischlampe. Aber wenn ich darüber nachdenke – sie redet eigentlich nur Blödsinn.«

»Wo ist Bauer?«

»Bei Hauser. Besprechung mit Koch und Collins.« Sie setzte sich an ihren Schreibtisch. »Sie reden darüber, dass wir Tausenden Schwabinger Bürgern Wattestäbchen ins Maul stecken sollen.«

»Und zeichnet sich ein Ergebnis ab?«

Sie zuckte mit den Schultern. »Und worüber hast du nun nachgedacht?«

Er berichtete ihr von seiner Idee und rechnete mit einer Grimasse. Doch Geyer strich sich ihren Rock glatt, der ihre breiten Hüften straff umspannte, und blickte nachdenklich zu dem Stadtplan hinüber.

»Diese Karte sendet vernünftigere Botschaften aus als mein Mobiliar. Also warum nicht? Wir haben ja kaum andere Spuren, denen wir folgen könnten.«

»Übrigens können wir den Vollmond als Faktor ausschließen«, sagte Born. »Und du musst dich von einigen lieb gewonnenen Hypothesen verabschieden.«

Geyer zog die Augenbrauen hoch.

»Erst mal hat der Mond keinen Einfluss auf die menschliche Psyche«, begann Born. »Kann er rein physikalisch gar nicht haben.« Er fasste zusammen, was Melanie Amelang ihm erklärt hatte. Geyer hörte zu. Dann seufzte sie und nickte. »Okay. Man kann natürlich auf sein Gefühl bauen oder einfach nachzählen. Wenn man da zu unterschiedlichen Ergebnissen kommt, vertraue ich auch lieber auf die Mathematik als auf Gefühle.«

»Außerdem«, fuhr Born fort, »war beim ersten Mord gar kein Vollmond, sondern erst einen Tag später. Er sah nur schon ziemlich voll aus. Der Abstand zwischen den Morden ist 30 Tage. Zwischen den Vollmonden liegen aber 29,5 Tage. Deshalb wird der nächste Mord auch nicht am 4. September stattfinden, sondern erst am 5.«

»Großartig.« Geyer verzog das Gesicht. »Dann haben wir ja einen Tag mehr Zeit, diesen Verrückten zu schnappen, bevor er wieder tötet.«

Geyers Telefon klingelte. Auf dem Display war zu erkennen, dass jemand Bauers Nummer gewählt hatte. Der Soko-Chef hatte seinen Apparat auf ihren umgestellt. Geyer hob ab. Sie hörte eine Weile zu, dann blickte sie Born an und winkte ihn heran. »Please wait a minute«, sagte sie und reichte den Hörer an Born weiter. »Ich glaube, dein Englisch ist besser als meins.«

Born konnte sich denken, wer am Apparat war. »Herr Koch und Herr Bauer sind gerade in einer Besprechung«, erklärte er dem FBI-Agenten. »Aber ich werde ihnen gerne ausrichten, was Sie mir sagen. Was gibt es denn?«

»Das Ergebnis vom Vergleich zwischen der DNA von Delgado, dem Toten aus Milton, und der DNA aus Hawaii ist da.« Griffin klang müde und frustriert.

»Und?«, fragte Born neugierig.

»Negativ. Der Mörder von Kalalau Beach läuft immer noch frei herum.«

Vier Täter, dachte Born nur. Dann sind es also tatsächlich vier Täter.

15. August, München

Die vergangenen Tage waren völlig ergebnislos verlaufen. Das DNA-Massenscreening war für die Mitglieder der Soko bislang eine einzige Enttäuschung gewesen. Immerhin beteiligten sich die meisten Bürger bereitwillig an der Aktion. Die Angst vor Anschlägen und die schleichende Verschärfung der Anti-Terror-Maßnahmen hatten den Widerstand gegen Überwachungsmaßnahmen jeglicher Art untergraben.

Und noch waren nicht alle Proben genommen, nicht alle Profile verglichen. Noch bestand Hoffnung, dass die Soko den Mörder in den nächsten Tagen fassen würde.

Während die Ermittler DNA-Proben gesammelt, den Englischen Garten durchsucht und selbst die absurdesten Hinweise überprüft hatten, hatte Born sich endlich dazu aufgerafft, mit der Einrichtung seiner Wohnung zu beginnen. Melanie Amelang hatte ihn angerufen, um sich mit ihm zu verabreden. Und bei der Gelegenheit hatte er sie spontan gefragt, ob sie ihm helfen würde.

Ob sie auch streichen müssten, hatte sie lachend gefragt. Nein, das mussten sie nicht. Sie hatte zugesagt, heute Abend vorbeizukommen.

Am späten Nachmittag fuhr Born nach Hause, besorgte ein halbes Dutzend Pizzas, damit auf jeden Fall eine dabei war, die Melanie schmecken würde, und eine Kiste Wein.

Das Erste, was die Biologin tat, nachdem sie die Wohnung betreten hatte, war, die ungeschnürten Turmschuhe von den bloßen Füßen zu schütteln. Sie trug eine Jeans und einen Pullover, der ihr viel zu groß war. »Wo geht es los?«, fragte sie.

»In der Küche? Mit einem Glas Wein?«

»Gute Idee.« Sie folgte ihm.

»Eine gute Wahl«, sagte sie, nahm eine der Weinflaschen und schaute sich nach einem Korkenzieher um. Born reichte ihr sein Schweizer Taschenmesser.

»Ich kenne mich mit Wein überhaupt nicht aus«, gab er zu. »Also habe ich einen teuren, ökologisch angebauten Rotwein genommen. Dann bin ich zumindest ethisch und moralisch auf der sicheren Seite.«

Sie lachte. Dann begannen sie, Regale aufzubauen – und zwar an Stellen, auf die Born selbst nie gekommen wäre. Er ließ sie entscheiden. Offenbar hatte sie Spaß an der Sache.

Sie unterhielten sich über die unterschiedlichsten Dinge. Zum Beispiel über die Situation auf dem Wohnungsmarkt in München. Darüber, dass ihn Fußball und Formel 1 nicht interessierten, was ihm einen ungläubigen Blick einbrachte. Über die Filmplakate, die er aufhängen wollte, kamen sie auf ihre Lieblingsfilme zu sprechen.

Immer wieder wirkte Melanie auf ihn, als würden ihre Gedanken abdriften. Sie schien manchmal für Sekunden abwesend, fast bedrückt. Dann wieder sah sie ihn nachdenklich an, presste die Lippen zusammen und schwieg eine Weile. Insgesamt aber schien sie es zu genießen, mit ihm zusammen zu sein. Born wartete ab. Sie schoben Pizza in den Ofen. Schließlich fragte sie ihn nach seiner Arbeit. Sie stellte die üblichen Fragen, wollte wissen, wie es war, Menschen zu treffen, die andere Menschen getötet hatten.

»Als Anfänger ist man dabei schon ziemlich kribbelig«, erklärte er ihr. »Aber du kennst das bestimmt selbst, dass alles, womit man sich bei der Arbeit beschäftigt, schnell zu Routine wird. Deine Schimpansen zum Beispiel …«

Sie schaute ihn an, als berührte sie das Thema unangenehm. Aber er wusste nicht, wie er darauf reagieren sollte, und beendete seinen Satz. »Mir kommt das unheimlich exotisch vor, weil ich die Tiere nur aus dem Zoo oder aus Tierdokumentationen kenne. Aber vermutlich erscheint es dir schon ganz normal, oder?«

Sie nickte abwesend. Dann richtete sie sich unvermittelt auf. »Unser Gespräch erinnert mich an meinen Exfreund.« Sie schaute ihn von der Seite an.

»Tut mir leid, wenn ich irgendwie alte Wunden aufgerissen habe«, sagte Born.

Sie schüttelte den Kopf. »Ist schon okay. Eigentlich bin ich drüber weg. So ziemlich.« Sie verzog das Gesicht. »Wir waren sechs Jahre zusammen, und es lief ganz gut. Jedenfalls soweit man es bei einer Beziehung erwarten kann, in der man sich nur alle paar Monate sieht.«

»Wie kam das?«, fragte Born.

»Er lebt in den USA. Und ich war wegen meiner Doktorarbeit überall, nur nicht in seiner Nähe. Seit Mai bin ich jetzt in München. Und hier werde ich sicher eine Weile bleiben.«

»War die Entfernung schuld daran, dass es nicht mehr funktioniert hat?«

Sie schwieg und holte die Pizza aus dem Ofen. Born befürchtete schon, dass er sie mit dieser Frage zu sehr bedrängt hatte.

»Nein. Wir haben ein anderes Problem bekommen.« Sie schaute ihn an, unsicher, wie viel sie ihm sagen wollte. »Bei mir ist etwas passiert. Es war ziemlich schlimm. Und das hat mich offenbar verändert.« Sie zog die Ärmel ihres Pullovers über die Handgelenke. »Ich habe es selbst nicht so stark empfunden. Aber objektiv betrachtet war es wohl so.«

Eine Vergewaltigung, dachte Born schockiert. »Sagst du mir, was passiert ist?«

»Nein.« Sie schüttelte energisch den Kopf. »Ich will nicht darüber reden. Ich bin froh, dass ich lebe. Und seitdem will ich das Leben spüren. Ich will meinen Körper spüren. Essen, Trinken, Rauchen.« Sie machte eine kurze Pause. »Sex.«

Sie hob den Kopf und sah ihn an, als wollte sie seine Reaktion beobachten. Er bemühte sich, keine Miene zu verziehen. Demnach war sie aber vermutlich doch nicht vergewaltigt worden.

»Ich habe mich verändert«, sagte sie. »Ich habe hier gefeiert. Einen draufgemacht. Für ihn wurde es ein bisschen zu viel. Ich war einfach nicht mehr die Frau, die er kannte. Da hat er sich von mir getrennt.« Sie trank einen großen Schluck Wein und starrte dann in die rote Flüssigkeit in ihrem Glas. »Einerseits fühle ich mich von ihm im Stich gelassen«, fuhr sie schließlich fort. »Andererseits kann ich ihn verstehen. Aber es geht so viel verloren, wenn man sich nach einer langen Zeit trennt, in der man sich sicher war, dass die eigene Seele in den Händen des anderen gut aufgehoben ist.«

Born nickte.

»Es hätte schlimmer sein können. Andere werden betrogen, ausgenutzt, fallen gelassen. Das war bei uns zum Glück nicht so.« Sie seufzte. »Einfach ist es trotzdem nicht.« Sie schaute ihn an und lachte plötzlich. »Und seltsamerweise war es auch eine Befreiung. Ich habe mich abgelenkt und richtig ausgelebt. Auch sexuell. Und …« Sie verstummte plötzlich und blickte an die Decke. Born war irritiert. Versuchte sie, Tränen wegzublinzeln? Dann lächelte sie ihn wieder an.

»Ich habe auch eine Trennung hinter mir«, sagte er vorsichtig. »Eine beschissene Sache.«

Sie schaute ihn an, hob die Augenbrauen. Aber sie schwieg. Mit einem Mal hörte er sich von Diana erzählen. Und davon, wie tief es ihn getroffen hatte, dass diese Frau seine Seele in den Dreck getreten hatte.

»Ich fühle mich im Augenblick ziemlich seltsam«, erklärte er. »Ich lache oder weine jetzt allein über die Welt, über mich, über alles. Früher habe ich jemanden gehabt, der mitgelacht und mitgeweint hat, und das war wichtig. Als wäre mir mein eigenes Lachen und Weinen nicht genug gewesen. Weniger als angemessen. Vielleicht habe ich mir selbst nicht genügt. Jetzt reiche ich mir.«

Sie schaute ihn an. In ihrem Blick glaubte er Verstandnis und zugleich eine Prise Skepsis zu sehen. Irgendwann verließ sie den Sessel und kam zu ihm auf die Couch. Als er einmal schwieg, drückte sie ihm einen leisen Kuss auf die Wange. Es war eine intime Geste, aber sie war nicht erotisch. Sie war bei ihm. Ganz nah.

»Du denkst immer noch oft an Diana?«, fragte sie leise.

»Was ist oft? Jeden Tag einmal?«

»Nein. Nicht nach eurer Geschichte. Und wie ist es, an sie zu denken?«

Born dachte eine Weile nach. »Ganz ehrlich?«, fragte er dann.

»Ich will natürlich, dass du mich anlügst.« Sie schüttelte lächelnd den Kopf.

»Ich erinnere mich an glückliche, wunderbare Augenblicke.« Er hatte den Blick ins Weinglas gesenkt. »Aber wenn ich jetzt dran denke, brennen sie mir nur hässliche schwarze Löcher in die Gegenwart.«

»Die Wahrheit ist manchmal schön und manchmal hässlich«, sagte sie, und es klang, als würde sie jemanden zitieren. »Die hässliche Wahrheit müssen wir ertragen. Und die schöne Wahrheit müssen wir erkennen.«

»Das klingt gut. Und was bedeutet es?«

»Die hässliche Wahrheit für uns ist, dass du noch immer an sie denken musst. Die schöne Wahrheit …« Sie lächelte. »In deiner Antwort steckt auch eine schöne Wahrheit. Und die habe ich erkannt.«

Sie fuhr sacht mit dem Zeigefinger über seine Wange. Plötzlich sprang sie auf, nahm eine weitere Weinflasche von der Kommode und öffnete sie.

»Heute ist das Gestern, das wir morgen bereuen werden«, rief sie. Er hielt ihr sein Glas hin. »Und was gestern noch heute war, ist morgen schon vergessen«, stimmte er ihr zu.

Als die Weinflasche leer war und sie beide zu müde, um zu reden, küsste sie ihn ein zweites Mal auf die Wange, zog sich ins Bad zurück und dann in sein Schlafzimmer. Er blieb wie selbstverständlich auf der Couch liegen, beobachtete in der Dunkelheit die Lichtmuster, die die Scheinwerfer der Autos durch das Fenster an die Decke warfen. Und fühlte sich unendlich frei.

17. August, Washington D. C.

Special Agent David Griffin blickte müde und frustriert aus dem Fenster der Bar. Auf dem Terminal A des Ronald Reagan National Airport in Washington war nur wenig los. Viele Passagiere nutzten den Dulles Airport. Sein Flug von Boston hierher hatte sich stark verspätet, und nun musste er auch noch auf seinen Mietwagen warten. Er schaute auf seine Uhr. Sein Blick fiel auf die Datumsanzeige. Wie lange war es her, dass er zum ersten Mal von Brian Delgado und Katrina Wilkins gehört hatte? Zehn Tage erst. Und eine Woche länger war es her, dass ihn die State Police auf Hawaii um Hilfe im Fall des Mörders von Kalalau Beach gebeten hatte. Er konnte noch immer nicht fassen, wie sich die Fälle entwickelt hatten.

Na gut, sie hatten es in den USA also nicht mit einem, sondern mit zwei Mördern zu tun, von denen der eine bereits tot war. Warum regte er sich also so auf? Ein Mörder, zwei Mörder, was machte das schon? Amerika war das Land des gewaltsamen Todes. Alle paar Stunden wurde hier irgendwo ein Mensch getötet. Verschiedenen Schätzungen zufolge suchten sich auch jetzt angeblich zwischen 50 und 400 Serienmörder in den USA unerkannt ihre Opfer.

Vielleicht war die Zahl solcher Täter in anderen Ländern – China, Indien – sogar noch größer, nur dass die dort nicht als Serienmörder erkannt oder aus politischen Gründen nicht als solche bekannt gemacht wurden. Das war nicht abwegig. Der Begriff Amok zum Beispiel war ja ein malaysisches Wort für Zorn und bezog sich auf Menschen, die in einem Anfall von Raserei willkürlich mordeten und sich meist am Ende selbst umbrachten. Massenmörder. Und gab es in Asien, Indien oder Afrika vielleicht keine problematischen Familienverhältnisse?

Okay, es hatte auf Hawaii einen Mord gegeben. Es hatte bei Boston einen versuchten Mord gegeben. Aber Ted Bundy zum Beispiel hatte mindestens 36 Frauen umgebracht, John Wayne Gacy 33 Jungen und junge Männer, der »Eismann« Richard Kuklinsky behauptete, mehr als 100-mal getötet zu haben. Auf das Konto von Leszek Pekalski gingen angeblich 80 Opfer, und der Russe Andrej Tschikatilo hatte mehr als 50 junge Menschen und Kinder beiderlei Geschlechts missbraucht, getötet, zerstückelt und teilweise verzehrt. Griffin hatte Dinge gesehen …

Kam es denn auf einen Serienmörder mehr oder weniger noch an – statistisch gesehen?

Ja. Denn für die Opfer war es eine Frage auf Leben und Tod. Deshalb würde er dabei helfen, den Kalalau-Beach-Mörder zu erwischen. Ganz cool. Ohne sich aufzuregen.

Aber er regte sich eben doch auf. Er konnte einfach nicht glauben, dass gleich vier verschiedene Mörder auf völlig identische Weise Frauen bestialisch umbrachten, ohne dass sie etwas miteinander zu tun hatten.

In einem Hollywoodfilm oder einem Buch von Richard Cook würde sich herausstellen, dass es eine einfache Verbindung zwischen den Opfern gab, dachte Griffin. Ein neues, noch nicht zugelassenes Medikament, das an ihnen getestet worden war und das zu ungeahnten Nebenwirkungen geführt hatte, oder so etwas. Die verantwortliche Pharmafirma hätte dann Delgado als Killer auf sie angesetzt, damit es nicht herauskam und …

Aber Brian Delgado war kein Profikiller gewesen. Ein solcher Mensch würde kaum mit den Zähnen töten und dabei massenhaft DNA hinterlassen. Wo also war diese verdammte Verbindung zwischen den Opfern?

Und zwischen den Tätern? War der Gedanke, mit dem er an der Napali-Küste kurz gespielt hatte, vielleicht doch nicht so abwegig und es steckte etwas Religiöses dahinter? Handelte es sich um das okkulte Ritual einer Sekte? Hatte sich eine Gruppe von Verrückten zusammengefunden, die von der Natur, von Raubtieren besessen waren?

Bislang hatten sie nur Delgado – und Delgado passte nicht in ein solches Szenario. Zusammen mit der Polizei von Milton, dem hinzugezogenen Police Department von Boston sowie dem FBI hatte Griffin bereits versucht herauszufinden, ob Delgado sich irgendwie mit Hawaii, Schottland oder Deutschland in Verbindung bringen ließ. Ohne Erfolg. Es gab keine Hinweise darauf, dass Delgado die Vereinigten Staaten jemals verlassen hatte. Er hatte auch keine Briefe aus dem Ausland erhalten, in den letzten Monaten keine internationalen Telefonnummern gewählt, keine auffälligen Internetseiten besucht, keine außergewöhnlichen Kontakte über das World Wide Web aufgenommen. Und dafür, dass der Kleinkriminelle religiös gewesen wäre, gab es auch keine Hinweise. Er war in einer methodistischen Kirche getauft worden – aber eine Kirche hatte er vermutlich das letzte Mal zusammen mit seiner Mutter an Weihnachten besucht. Im Gefängnis war er unauffällig gewesen – bis auf einige kleine Schlägereien mit Mitgefangenen.

Griffin wusste, dass bei religiösen Eiferern irgendwo im Leben Symbole eine Rolle spielen mussten, vielleicht versteckt unter alltäglichen Sachen – in einem verschlüsselten Gemälde vielleicht – oder in einer Truhe oder einer Blechkiste unter den Holzdielen oder im Gartenhäuschen. Irgendwo hätten sie etwas finden müssen. Aber Delgado besaß nicht einmal die obligatorische Bibel, und das goldene Kruzifix, das er an seinem Hals getragen hatte, gehörte zur Standardausstattung des Angebers.

Die Kunst des Profilers besteht darin, aus Hinweisen, die ein Täter hinterlassen hat, weitergehende Schlüsse zu ziehen, als es einem gewöhnlichen Detective möglich ist, und auch solche Hinweise zu sehen, die den Augen der lokalen Ermittler entgangen sind. Doch selbst Griffin konnte nichts entdecken. Nichts. Inzwischen bearbeitete er bereits wieder Unterlagen zu einem anderen Fall. Die Polizei von Williamstown in Massachusetts hatte das FBI um Unterstützung in einem Mordfall gebeten, dem innerhalb von zwei Jahren eine Reihe von Vergewaltigungen vorangegangen war. Griffin hatte ein Profil erstellt, mit dessen Hilfe die Ermittler ihre Liste von Verdächtigen noch einmal überprüft hatten. Mit Erfolg. Ein junger Mann war inzwischen verhaftet worden, die Staatsanwaltschaft bereitete die Anklage vor. Griffin glaubte, dass er mit sich zufrieden sein durfte. Vielleicht hatte er mehreren Frauen durch seine Arbeit das Leben gerettet.

Aber er war nicht zufrieden. Nicht solange er Brian Delgado und den Mord von Kalalau Beach nicht mit seinem Wissen und seinen Erfahrungen in Übereinstimmung bringen konnte.

Er ließ sich einen Bourbon bringen. Normalerweise trank er Diät-Cola. Die Bedienung sah ihn so irritiert an, als wüsste sie das. Seltsam. Andererseits wurde er aus Frauen sowieso nicht schlau. Aus dieser nicht und auch aus keiner anderen.

Auch nicht aus seiner eigenen Frau. Seine Gedanken schweiften ab.

Er hatte sie geliebt und hatte sich so verhalten, wie er gedacht hatte, Frauen würden es mögen und von ihm erwarten. Sein Verständnis hatte gereicht, um es bis in die Ehe zu schaffen und eine Familie zu gründen. Aber es hatte nicht gereicht, um diese Frau wirklich glücklich zu machen und seine Familie zu halten.

Vielleicht war das Senfkorn, aus dem ihr Unglück entstanden war, sein Bedürfnis gewesen, ein Held zu sein. Er hatte seit seiner Pubertät immer dieses Bild eines Mannes vor Augen gehabt, der die Tür öffnet, sich den Regen vom Cowboyhut schüttelt, Gewehr und Mantel aufhängt, die Stiefel in die Ecke stellt, in die Küche geht, wo seine Frau ihm einen starken Kaffee kocht, und sagt: Ich bin wieder da. Und dieses Bild war nicht mehr aus seinem Kopf verschwunden.

Aber man wurde kein Held als Kassierer im Supermarkt. Du bist kein Held, wenn du nach Hause kommst und deinem Mädchen sagen kannst: He, ich bin Filialleiter von dem kleinen Wal-Mart an der Ecke geworden.

Aber man war ein Held, wenn man auszog, um die Drachen zur Strecke zu bringen, die unschuldige amerikanische Frauen und Kinder töteten. Er war einer der Ritter der Tafelrunde des FBI, er war Beowulf, der tief in Grendels Höhle tauchte und das Monster dort erschlug.

Doch eines war er nicht. Er war nicht da für seine Frau und seine Kinder, und wenn er zu Hause war, dann verschmolzen die Gesichter seiner Töchter mit den furchtbaren Fotos von den Opfern, die er sich Tag für Tag ansah. Er hatte keine Ahnung davon, wie das Leben seiner Kinder wirklich aussah, was in der Schule, im Sportklub vor sich ging. Und sie hatten keine Ahnung davon, mit welchen Albträumen er zu kämpfen hatte – nicht nur nachts. Er wollte nicht mit ihnen darüber reden, konnte es ihnen nicht erklären, was ihn bis in den Alltag verfolgte. Und auf der anderen Seite … es war genau so, wie sein Kollege John Douglas es einmal beschrieben hatte: Er verstand ihre Sorgen nicht mehr. Kleidung, ein oder zwei überschüssige Kilos, Pickel … das war so unwichtig. Sie lebten, und es ging ihnen gut. Begriffen sie das denn nicht? Niemand hatte sie vergewaltigt, verstümmelt, ihnen den Bauch aufgeschnitten, ein Messer in die Vagina gerammt. Sie sollten sich mehr Gedanken über die Gefahren auf dem Schulweg machen als über die verdammte Marke ihrer Jeans und …

»Sir? Möchten Sie noch etwas trinken?«

Griffin sah auf. Die Bedienung deutete auf das leere Glas in seiner Hand. O ja. Er wollte noch etwas trinken.

18. August, München

In Hans Bauers Büro stand ein großer, grauer, offener Metallschrank, gefüllt mit Aktenordnern. Ein halbes Dutzend gehörte zu jenen Fällen, die er und seine Kollegen nicht hatten lösen können. Den Platz in Augenhöhe hatte er ihnen eingeräumt, damit sie ihn daran erinnerten, dass niemand unfehlbar war.

Aber er war nicht nur unfehlbar. Er war hilflos. Das machte ihn wütend. Es ging nicht vorwärts. Die Soko war nun den meisten Hinweisen aus der Bevölkerung nachgegangen – es waren schon mehrere Tausend. Ohne Erfolg. Das Massenscreening, über das sich die Zeitungen inzwischen ereiferten, hatte ebenfalls nichts gebracht. Dabei waren inzwischen schon Anwohner von Straßenzügen überprüft worden, die außerhalb der von Koch und Collins vorgeschlagenen Viertel lagen.

Cynthia Collins steckte ihren Kopf durch die Tür, ohne anzuklopfen. »Wollen wir zusammen zu Abend essen?«

Das wollte er nicht. Andererseits, dachte er, wäre jetzt ein richtig ungesunder Schweinebraten mit einer fetten Kruste, aus der noch Borsten ragten …

»Wir hocken uns in deine Küche, legen einige Scheiben Käse auf altes Brot, stecken es in den Ofen und servieren es mit einem Blatt grünem Salat«, unterbrach Collins seine Gedanken. So viel zum Thema Schweinebraten, dachte Bauer. »So wie früher, meinst du?«

Collins lächelte mit ihrer unversehrten Gesichtshälfte. »Dein Brotkorb ist doch voll mit altem Brot?«

Bauer nickte. »Wie immer.«

Die heiße Luft über den Straßen der bayrischen Hauptstadt wälzte sich seit dem Nachmittag hinauf in die höheren Schichten der Troposphäre. Dort formte sie riesige Haufenwolken, die ihre Schatten auf Schwabing warfen. Collins blickte fasziniert hinauf. Noch war kein Tropfen Regen gefallen. Aber lange würde es nicht mehr dauern. Sie zog sich den Blouson enger um die Schultern. Bauer war ihrem Blick gefolgt. »Und eine Kaltfront ist auch noch im Anmarsch«, sagte er. »Das wird ordentlich krachen.«

Er öffnete die Haustür und ließ Collins den Vortritt in den Flur. Die Luft war stickig, getränkt vom Dunst diverser Mahlzeiten. Einer der Hausbewohner hatte Fleisch anbrennen lassen.

In Bauers Wohnung war es überraschend kühl. Collins war seit Jahren nicht mehr hier gewesen. Neugierig schaute sie sich um. Das Erste, was ihr auffiel, war der Mangel an Bildern. Es gab keine Fotos, keine Gemälde, keine Poster – lediglich ein großes, verfremdetes Schwarz-Weiß-Porträt von Johann Sebastian Bach starrte von einer Wand im Wohnzimmer auf Bauers Klavier hinüber. Collins hörte Bauer in der Küche räumen. Sie ging hinüber, nahm eine Flasche Wein und Gläser aus dem Regal und quetschte sich hinter den Küchentisch auf die Eckbank. Bauer belegte einige Scheiben Brot – tatsächlich war es noch relativ frisch – mit Käse, packte sie in den Ofen und setzte sich zu Collins an den Tisch. Während sie auf das Essen warteten, sprachen sie über alles Mögliche – und versuchten, das Thema Serienmorde für eine Weile zu vergessen. Die Brote aßen sie schweigend. Danach schenkte Collins Wein nach und schaute Bauer ernst an. »Hans, ich glaube, das geht nicht so weiter.«

»Cynthia, es war gerade schön, nicht über ernste Themen zu reden.«

»Tut mir leid, aber ich kann nicht einfach zusehen, wie du vor die Hunde gehst.«

»Wovon zum Teufel redest du?« Bauer war selbst überrascht, wie sehr ihn Collins' Bemerkung aus der Fassung brachte.

»Lass deine Wut ruhig raus, aber …«

»Erspare mir bitte dieses Psychologen-Gewäsch«, forderte er sie gereizt auf.

»… aber bitte lass sie nicht an den falschen Leuten aus.« Collins legte ihre Hand auf die von Bauer.

»Die falschen Leute?« Er blickte sich in der Wohnung um. Sein

Blick blieb am Fenster zur Straße hinaus hängen. »Dann zeig mir die richtigen«, sagte er. »Aber es ist ja schon schwer, jemanden zu treffen, der nicht irgendeinen Dreck am Stecken hat. Ist doch genau dein Reden, oder? Wir sind alle potenzielle Verbrecher. Und selbst die schlimmsten Verbrecher können eigentlich nichts dafür, sagst du immer. Wer wären also die richtigen Leute, um meine Wut an ihnen auszulassen?«

»Gute Frage«, gab Collins zu und nahm Bauer etwas Wind aus den Segeln. »Dann fang von mir aus mit mir an. Indem du mich weiter so ungenau wiedergibst, um mich zu provozieren. Was ist eigentlich los? Hast du das Gefühl, du müsstest jemanden für all das Unrecht in der Welt bestrafen? Oder für die Ungerechtigkeiten, die dir persönlich widerfahren sind? Dein Zorn ist auf jeden Fall der eines Gerechten. Dann klage an, sprich das Urteil, vollstrecke die Strafe.«

»Was soll dieser Blödsinn?«, fragte Bauer irritiert.

»Weißt du nicht, wo du anfangen sollst? Bei wem?«, fuhr Collins fort. »Teilst du deshalb so willkürlich aus? Wenn du dir wirklich jemanden suchen würdest, um ihn zu bestrafen, dann würdest du scheitern. Weil du nicht aufhören kannst nachzudenken. Du nicht, Hans. Bei jedem, zu dem du gehst, um deinen Zorn auszulassen, würdest du kurz innehalten und dich fragen: Gibt es etwas, was für diesen Menschen spricht? Und du würdest etwas finden. Immer noch. Ich kenne dich gut genug. Du würdest etwas finden. Wie bei deinem Vater. Und dafür liebe ich dich seit fast 40 Jahren. Aber du verzweifelst daran, weil es dann die ganze Welt sein muss, die nicht richtig aufgehängt ist. Oder bist es nicht vielleicht dann doch du selbst, bei dem etwas nicht stimmt?«

Erneut legte sie ihre Hand auf seine Faust.

»Zweifelst du an dir selbst? Nichts funktioniert so, wie es sollte, stimmt's?«

»Da hast du recht«, stimmte Bauer ihr zu.

»Und hast du schon einmal daran gedacht, dich umzubringen? Schluss zu machen mit diesem ganzen Kosmos aus gequirlter Scheiße? Gib es zu«, forderte Collins ihn heraus. »Wäre es nicht schön, den ganzen Scheiß hinter sich zu lassen?«

Bauer sah finster in sein Weinglas. In der Ferne donnerte es.

Erste dicke Gewittertropfen schlugen gegen das Fenster. Collins fasste Bauer am Kinn, drehte sein Gesicht in ihre Richtung. »Gib es doch einfach zu«, flüsterte sie.

»Ja«, fuhr Bauer sie an. »Das willst du hören, oder? Ja. Ich habe schon daran gedacht, diesen Kosmos aus gequirlter Scheiße hinter mir zu lassen.«

»Lass dir nicht dieses Hintertürchen auf von wegen: Das wolltest du doch hören.« Collins' Stimme klang kalt. »Sag, was du denkst.«

Bauers Gesicht verzerrte sich vor Zorn zu einer Grimasse. »Verdammte Psychologin. Verdammte Seelenklempnerin. JA!«

»Und was wirfst du dann Simone vor?«, fragte sie mit sanfter Stimme.

Bauer erstarrte. Nach einer Weile hob er fassungslos die Hände vom Tisch. Er wollte etwas sagen, aber er brachte kein Wort über die Lippen. Dann schlug er die Hände vor das Gesicht. Collins trank in Ruhe ihr Glas aus und schenkte sich nach. In der Küche war es finster geworden.

»Collie, wenn ich mich umbringen würde, dann würde ich nur mich umbringen.« Die Britin schaute auf. Bauer reckte ihr das Kinn herausfordernd entgegen.

»Du meinst, du würdest die Kinder nicht mitnehmen«, ergänzte Collins seinen Satz. Bauer nickte. »Das würde ich nicht tun. Und das werfe ich ihr vor.«

»Und weißt du was?«, sagte Collins. »Du hast unrecht. Wie unglaublich anmaßend und ignorant die Menschen sind.« Sie schüttelte ihren Kopf. »Mit welchem Recht glaubst du, dass du an Simones Stelle anders gehandelt hättest?«

»Weil ich schließlich nicht Sim… weil ich nicht sie bin.«

»Verdammt noch mal, Hans, sprich ihren Namen doch endlich wieder aus.«

»Weil ich nicht sie bin«, wiederholte er störrisch.

»Genau, Hans. GENAU. Du hättest anders gehandelt, weil du nicht sie bist. Und wenn du aber doch sie gewesen wärst? Hättest du anders handeln können? He? Und sag jetzt bloß nicht einfach JA. Es sagt sich so leicht: ICH hätte an ihrer Stelle so und so gehandelt, also warum hat sie es nicht einfach auch so gemacht?«

Collins richtete ihren Zeigefinger auf den Polizisten. »Weil sie nicht DU an ihrer Stelle war. Sie war SIE an ihrer Stelle. Und es ist doch wohl logisch, dass DU genauso gehandelt hättest wie sie, wenn du in diesem Augenblick wirklich SIE gewesen wärst!«

Collins senkte ihre Stimme, selbst bemüht, ihre Gefühle unter Kontrolle zu bekommen. »Du hättest anders gehandelt, weil auf dich andere Dinge gewirkt haben als auf sie. Geht denn das nicht in eure verdammten Schädel rein?« Sie schlug sich mit den Fingerknöcheln gegen die Stirn. »Das ist nicht mein Planet«, sagte sie leise zu sich selbst.

»Willst du mir etwa sagen, sie konnte nichts dafür, dass sie meine Kinder umgebracht hat?«, flüsterte Bauer heiser. »Willst du mir sagen, sie musste unsere Babys umbringen?«

»Hans, die Frage ist nicht, ob Simone etwas dafürkonnte, dass sie die Kinder mit in den Tod nehmen wollte.«

»Was zum Teufel ist denn DANN die Frage?«, brüllte Bauer.

Collins schwieg und lauschte. Sie konnte drei verschiedene Arten von Geräuschen hören, die der Regen erzeugte: das Rauschen der Tropfen in der Luft, ein Trommeln, wenn sie gegen die Fensterscheibe und auf den Asphalt prasselten, und leise im Hintergrund ein Schwirren, das von den Bäumen kam, die die Straße säumten. Müde rieb Collins sich die Augen.

»Die Frage, Hans«, sagte sie schließlich leise. »Die richtige Frage ist: WARUM wollte sie eure Babys mit in den Tod nehmen?«

19. August, München

In den vergangenen fünf Tagen hatten er und Melanie sich dreimal getroffen. Born wunderte sich. Sein Absturz in die siebte Hölle der zerstörten Beziehungen lag noch nicht lange zurück, und trotzdem, das, was sich zwischen ihnen entwickelte, fühlte sich gut an.

Melanie Amelang kam auch an diesem Abend wieder zu ihm. Den Wein, den er ihr anbot, lehnte sie ab. Sie hatte leichte Kopfschmerzen, die sie nicht durch den Alkohol verschlimmern wollte. Aber im Laufe des Abends ging es ihr immer besser. Eine Weile sprachen sie über die Ermittlungen. Er hielt sich zurück, bemüht, sich an das erfolgreiche Prinzip seiner Kollegen zu halten, Mord und Totschlag strikt vom Privatleben zu trennen. Er klagte kurz darüber, dass die Arbeit derzeit schwieriger war als sonst, weil die Soko keine Ergebnisse erzielte. Aber Melanie begriff schnell, dass er nicht gern davon sprach, und akzeptierte es. Sie wechselte das Thema. Mit der Zeit wurde sie immer aufgedrehter, begann schließlich sogar herumzualbern, als hätte sie doch heimlich vom Wein getrunken.

»Ich habe gestern einen interessanten Artikel über einen Sexualberater gelesen«, verkündete sie plötzlich, sprang von dem Sessel, auf dem sie mit angezogenen Beinen gesessen hatte, und drückte sich zu ihm auf die Couch. »Es ging über Langeweile in der Ehe und wie man sein Liebesleben wieder auffrischt. Der Mann hatte zwei ganz heiße Tipps.« Sie grinste ihn von der Seite an, dann rieb sie ihre Stirn an seinem Oberarm. »Rollenspiele«, fuhr sie fort.

»Rollenspiele?«, fragte Born. »Das Schwarze Auge, World of Warcraft oder so etwas?« Er nickte ernst. »Klar. Zauberer, Elfen,

Zwerge, Orks – das ist gut. Ich wäre auch gern ein kleiner bärtiger Wicht mit einer riesigen Axt und würde eine Waldelfe vernaschen.« Sie lachte ihr bezauberndes, helles Lachen, und er verliebte sich ein weiteres Mal in ihre Augen.

»Es ging eher um Rollenspiele im Allgemeinen«, erklärte sie. »Beide gestehen jeweils, welche Rolle der andere übernehmen soll. Ich habe das so verstanden, dass man …«

»Jetzt habe ich es begriffen. Ich soll zum Beispiel einen Feuerwehrmann spielen, der mit der Axt durch die Tür bricht, um dich zu retten. Und inmitten des tosenden Feuers vögeln wir, bevor ich dich durch das geschlossene Fenster ins Sprungtuch werfe, das meine Kameraden hoffentlich unten aufgespannt haben.« Er kratzte sich nachdenklich am Kinn. »Natürlich werfe ich dich erst, wenn du dich wieder angezogen hast. Allerdings würde ich mich wahrscheinlich schon an der Tür mit der Axt selbst verstümmeln.«

»Ich liebe Männer in Uniformen«, sagte sie. »Und soll ich vielleicht ein wildes Kätzchen spielen?« Sie krümmte ihre Finger zu Krallen, deutete eine Kratzbewegung an und fauchte. Born fiel vor Lachen fast vom Sofa.

»Und der zweite Tipp?«, fragte er dann.

»Beide notieren zehn geheime Wünsche, die sie dem anderen dann offenbaren.«

»Um Himmels willen«, fuhr er auf. »Stell dir vor, die Frau gesteht, dass sie sich schon immer gewünscht hat, ihr wie ein Affe behaarter Mann würde mit einem Tutu bekleidet zu Ballettmusik von Tschaikowsky auf den Zehenspitzen …«

»Hör auf«, stöhnte sie und fasste sich an die Stirn.

Plötzlich stand sie von der Couch auf, auf der sie gesessen hatten, stellte sich mitten in den Raum und drehte sich zu ihm.

Sie fasste mit überkreuzen Armen in die Ärmel ihres T-Shirts und zog es sich über den Kopf. Überrascht schaute Born zu. Sein Schwanz hatte schneller begriffen, was los war, als sein Kopf – er bekam eine Erektion. Melanie griff nach hinten, öffnete den Verschluss ihres BHs, ließ das Kleidungsstück fallen und stand nun von der Hüfte an aufwärts nackt vor ihm. Sein Blick fiel auf kleine, runde Brüste, gekrönt von deutlich herausstehenden

Brustwarzen. Auf ihrer Haut zeichnete sich hell ab, wo sie im Sommer ein Bikinioberteil getragen hatte. Jetzt ist es also so weit, dachte er.

Bevor er etwas sagen konnte, hatte sie auch die Jeans fallen lassen und stieg aus dem Schlüpfer. In seiner Hose pochte es heftig. Sie hatte sich rasiert, nur ein schmaler Streifen Schamhaar stand noch senkrecht über der Spalte zwischen ihren Beinen. Wie ein Wegweiser, dachte er.

»Ich bin sicher, du hast kein Problem mit dem, was ich jetzt mache«, sagte sie. Nein, er hatte kein Problem damit. Er würde vielmehr ein großes Problem haben, wenn sie jetzt nichts machen würde. Sie beugte sich vor, löste den Knopf seiner Hose und öffnete den Reißverschluss.

»Ich habe keine Ahnung warum, aber ich will, dass du mich jetzt sofort fickst«, flüsterte sie. Obwohl es das war, was er wollte, war er völlig perplex. Kein Streicheln, keine geflüsterten Zärtlichkeiten, kein langsames Vordringen in immer intimere Regionen – nicht einmal das Spiel von Lippen und Zunge, auf das er durchaus abfuhr, standen auf dem Programm.

Seine Lust wuchs, er hatte das Gefühl, völlig die Kontrolle zu verlieren. Doch die hatte hier sowieso Melanie. Fassungslos folgte er ihren Bewegungen, wie sie seine Hände auf ihre Brust zog, und dann ihre Hände auf seine Schultern, ein Bein auf die Couch stellte, sich auf ihm abstützte, dann das andere Bein nachzog, und mit breit gespreizten Beinen über ihm stand – nichts zwischen ihr und ihm als wenige Zentimeter Abstand, gefüllt mit heißer Luft. Ihre Brüste waren direkt vor seinem Gesicht. Sie fasste nach seiner Rechten und führte sie zwischen ihre Beine, drückte ihren Unterleib gegen seine Hand.

»Wow«, seufzte sie. »Leg einen Zahn zu.« Sie drückte ihren Mund auf seine Lippen und zwängte ihre Zunge hinein. Ihr Becken bewegte sich immer schneller. Dann fasste sie sich selbst zwischen die Beine. Mit der anderen Hand ergriff sie sein Glied. Die Berührung war wie ein Blitzschlag, der von seinem Hoden über die Wirbelsäule in seine Nackenmuskulatur fuhr. Er hob seinen Hintern an und drückte sein Glied durch ihre Faust. Wenn sie das nur noch zwei-, dreimal machen würde, würde er kommen. Zu früh. Aber aufhören konnte er nicht. Dann senkte sie sich langsam auf ihn herab. Es war, als würde er in warme Butter tauchen. Sie bewegte sich über seinem Schoß. Er fand den Rhythmus nicht, während sie ihren Unterleib immer heftiger herabstieß, ihren Oberkörper nach hinten bog, dann ihre Brust wieder an sein Gesicht drückte. Immer schneller drückte sie ihr Becken in seinen Schoß, begleitet von leisen Rufen, als wollte sie sich selbst anfeuern. Schließlich rammte sie ihren Unterleib so heftig herunter, dass Born es mit der Angst bekam. Wenn sie jetzt einen falschen Winkel erwischte, dann wäre ihm ein Penisbruch sicher. Er legte ihr die Hände auf die Hüften und versuchte, sie durch einen sanften Druck daran zu hindern, sich ganz so weit in die Höhe zu stemmen und auf ihn herabfallen zu lassen. Aber sie ignorierte seine Geste. Ihre Hände krallten sich in seine Schultern. Er spürte, wie ihre Nägel seine Haut aufrissen. Es tat weh.

Es hatte ihn noch nie nach der brutalen Tour verlangt, aber offenbar wollte sie es so. Also gut, dachte er, und als sie sich das nächste Mal abwärts bewegte, drückte er seinen Hintern schnell und mit aller Kraft hoch, sodass sie heftig gegeneinanderschlugen. Sie schrie – vor Erregung. Er vergaß seine Angst vor dem Penisbruch. Scheiß auf Zärtlichkeit, Scheiß auf Rücksicht. Scheiß auf Geben und Nehmen. Das hier war eine Huldigung des reinen Triebes.

Plötzlich hielt sie inne, bog sich nach hinten und gab einen Laut von sich, den er in jeder anderen Situation für einen Schmerzschrei gehalten hätte. Er bewegte sich noch einige Male sacht in ihr, um ihren Orgasmus nicht ins Leere laufen zu lassen. Sie reagierte nicht. Sie hat bekommen, was sie wollte, dachte er. Jetzt bin ich dran. Dann stieß er drei, vier, fünf Mal mit großer Wucht in sie hinein, was sie erneut mit ihren kleinen, abgehackten Schreien kommentierte, und dann hatte er den besten Orgasmus seines bisherigen Lebens.

Langsam kehrte die Denkfähigkeit zurück. Melanie hockte noch immer auf ihm und betrachtete ihn mit einem zufriedenen Gesicht.

»Herzlichen Dank, das habe ich wirklich gerade gebraucht«,

sagte sie lächelnd. Sie bewegte sich noch ein wenig hin und her und seufzte. »Schade, dass ihr Kerle nach dem Orgasmus erst mal fertig seid.«

Erneut begann sie, sich auf und ab zu bewegen, und rieb sich mit der flachen Hand, trieb sich heftig atmend selbst einen weiteren Berg der Erregung hinauf und kam noch einmal mit einem langen Seufzer.

Das, dachte er, war der beste Sex, den ich je gehabt habe. Zugleich beschlich ihn ein seltsames Gefühl. Eine Mischung aus Irritation, Unsicherheit und Zufriedenheit.

Sie stieg von ihm herab und begann sich wieder anzuziehen. Er zog sich ebenfalls die Hose hoch, stand auf und reichte ihr das T-Shirt. Während er ihr dabei zuschaute, wie sie es überstreifte, fiel ihm ein seltsamer Abdruck auf ihrer Schulter auf.

»Was ist das?«, fragte er und deutete darauf. Sie sah ihn fragend an. Dann begriff sie. »Diese roten Punkte?« Sie schüttelte den Kopf. »Das erzähle ich dir ein anderes Mal.«

Der weitere Abend verlief fast so harmonisch und unkompliziert wie alle bisherigen gemeinsamen Abende zuvor. Born hatte das Bedürfnis, über das, was passiert war, zu reden. Aber Melanie schien nicht mehr daran zu denken, sobald sie ihre Kleider wieder anhatten. Also sagte er ebenfalls nichts.

Sie aßen die kalten Reste der Pizzas, und jetzt beteiligte sich auch Melanie daran, die Weinflaschen zu leeren.

»Ich fahre morgen nach Berlin«, sagte sie plötzlich. »Wir haben ein gemeinsames Projekt mit dem Zoo dort, das mich eine Weile beschäftigen wird. Vielleicht ist das der Grund, warum ich heute mit dir schlafen wollte. Ich meine, schlafen wollte ich sowieso mit dir.« Sie lächelte ihn an. »Ich hätte mir vielleicht noch ein bisschen mehr Zeit gelassen. Aber ich bin mehrere Wochen weg. Und so lange wollte ich auch wieder nicht warten.«

Ihre Zunge fuhr in die Mundwinkel und suchte ein Stückchen Käse, das dort hängen geblieben war. Born schwieg. Er wusste nicht, was er dazu sagen sollte. Außer, dass er es schade fand, dass sie wegfuhr. In dieser Nacht schlief er nicht auf der Couch.

20. August, München

Melanie hatte sich am nächsten Morgen schon früh auf den Weg gemacht, da sie bereits mittags am Flughafen sein musste. Sie hatten sich zum Abschied noch einmal geküsst.

»Pass auf dich auf«, hatte sie gesagt. Und dann hatte sie noch zwei wichtige Worte hinzugefügt. »Mir zuliebe.«

Auf dem Weg zur Arbeit dachte Born über den Abend nach. Er hatte sich in sie verliebt – und sie sich offenbar in ihn. Aber er konnte das, was passiert war, nicht mit seinen bisherigen Erfahrungen in Übereinstimmung bringen. Das verunsicherte ihn. Ihm wurde klar, dass er nicht eine Sekunde die Kontrolle über das gehabt hatte, was geschehen war. Sie hatte ihn wie an einer unsichtbaren Leine geführt von dem Augenblick an, als sie bemerkt haben musste, dass er auf sie ansprang. Das gefiel ihm nicht. Diese Frau hat dich um den Verstand gebracht, sie hat dich einfach bei deinem Schwanz gepackt und sich an dir befriedigt, dachte er. Sie hat dich … benutzt.

Tat er ihr unrecht? Ja. Dreimal ja. Er projizierte lediglich die Schwierigkeiten, die er mit diesem harten Sex hatte, auf sie. Und er hatte tatsächlich Probleme mit dem, was da am Abend passiert war. Sie hatten sich am anderen in den Orgasmus gestoßen. Er war sich ziemlich sicher, dass Melanie sich nicht gefragt hatte, ob es für ihn schön war. Sie hatte sich geholt, was sie wollte. Und bei ihm war es eigentlich genauso gewesen. Außerdem … plötzlich wurde ihm heiß.

Aids. Sie hatten kein Kondom benutzt.

Er kannte Melanie noch nicht sehr lange und hatte sie brutal gevögelt.

Er musste verrückt geworden sein. Da hatte er sich geschworen, sich auf keine Frau mehr zu verlassen, und dann vertraute er dem ersten weiblichen Wesen, das ihm schöne Augen machte, nicht nur sein Herz, sondern auch gleich sein Leben an? Er musste Melanie unbedingt darauf ansprechen. Sobald er die Gelegenheit hatte.

Hans Bauer saß in der ältesten Gaststätte Münchens und wunderte sich, welche Wendung das Gespräch plötzlich nahm. Hauser hatte Cynthia Collins und ihn zum Mittagessen in die Hundskugel eingeladen. Der Staatsanwalt präsentierte Collins das Gebäude, als hätte er es 1440 selbst errichtet. Als Hauser zu erklären begann, woher der Name der Gaststätte kam, drifteten Bauers Gedanken ab.

»Was halten Sie eigentlich von der Todesstrafe?«

Hausers Frage holte Bauer zurück in die Gegenwart. »Also, wenn kein Mensch das Recht hat, einen anderen zu töten, dann ...«

»So einfach ist das«, bestätigte Hauser. »Und ich bin verdammt froh, dass in unserer Gesellschaft die Strafe nicht mehr ausschließlich von der Tat abhängt, sondern dass man auch fragt, warum jemand ein Verbrechen begangen hat.«

»Wer aus Not stiehlt, wird nicht so schwer bestraft«, murmelte Bauer.

»Dazu kommt die Frage, ob jemand überhaupt anders konnte«, ergänzte Collins.

Hauser nickte. »Ja. Das ist die Frage nach der Schuldfähigkeit.«

Bauer säbelte ein Stück Fleisch von seinem Sauerbraten, schob es sich in den Mund und kaute nachdenklich darauf herum. Dem deutschen Strafrecht zufolge handelt ohne Schuld, wer unfähig war, das Unrecht der Tat einzusehen oder nach dieser Einsicht zu handeln. Die Gründe dafür können krankhafte seelische Störungen sein, tiefgreifende Bewusstseinsstörungen, Schwachsinn oder eine andere schwere seelische Abartigkeit. Paragraf 20 Strafgesetzbuch. Grundsätzlich geht man vor Gericht natürlich davon aus, dass jeder für sein Tun verantwortlich ist. Wenn jedoch ein Verdacht auf eine psychische Krankheit oder Störung besteht, werden die Psychiater gerufen. Und die ...

»Die meisten Gefängnisinsassen haben eine Form der Persönlichkeitsstörung.« Collins unterbrach seine Gedanken. »Aber ihre

Steuerungsfähigkeit, ihre Fähigkeit, sich zu kontrollieren, gilt fast immer als nicht beeinträchtigt.«

Hauser nickte. »Die meisten Täter wissen ja, dass sie etwas Verbotenes tun.« Er deutete mit der Gabel auf Bauer, während Dunkelbiersoße von dem daraufgespießten Stückchen Spanferkel auf den Tisch tropfte. »Selbst unsere Bestie schafft es, unentdeckt zu bleiben. Der weiß ganz genau, was er tut.«

»Tja. Sieht wohl so aus«, stimmte Bauer zu.

»Viele Straftäter sind ja in der Lage, jahrelang ein unauffälliges, angepasstes Leben zu führen«, fuhr Hauser fort.

»Aber!«, sagte Collins laut und klopfte mit dem Löffel gegen ihren Teller. Hauser und Bauer schauten sie überrascht an.

»Schauen wir uns doch die Bestie von Schwabing tatsächlich genauer an«, forderte sie die beiden auf. »Dieser Typ ist mit Sicherheit stark gestört. Da könnte man doch auf die Idee kommen, dass er schuldunfähig ist.«

»So was kommt wirklich nur selten vor. Zum Glück.« Hauser nahm einen Schluck von seinem Bier und schaute Collins fragend an. »Obwohl ich das Gefühl habe, Sie sind nicht einverstanden.«

Collins erwiderte seinen Blick nachdenklich. »Unser Mann ist in der Lage, ein relativ normales Leben zu führen. Sonst wäre er schon aufgefallen. Unser Profil spricht zwar nicht dafür, aber vielleicht ist er verheiratet, hat Kinder, spielt im Fußballklub. Oder ist Mitglied im Kirchenvorstand wie der berühmte BTK-Killer von Wichita.« Sie beugte sich vor. »Da stellt ein psychiatrischer Gutachter vielleicht einige schräge Persönlichkeitszüge fest, sonst nichts. Keine Krankheit, die die Schuldfähigkeit vermindert. Das ist ganz oft der Fall. Bei Killern, Kannibalen und Kinderschändern.« Sie angelte sich das Salzdöschen und würzte ihre Kartoffelsuppe nach.

»Aber dass jemand Kinder oder alte Frauen oder überhaupt jemanden umbringt, ist doch für sich genommen schon auffällig«, warf Bauer ein. »Die Tat selbst beweist doch, dass so ein Mensch krank ist.«

Cynthia Collins hob die Augenbrauen. »Ein forensischer Psychiater muss die Tat selbst aber ignorieren.«

»Ach ja«, sagte Bauer. »Jemand weidet zum Beispiel einen Menschen aus, aber das wird zwar als Straftat, aber nicht als Symptom einer Störung gewertet.«

»Richtig. Der Gutachter muss nach anderen Hinweisen auf eine schwere Persönlichkeitsstörung suchen. Einer Störung, die dafür spricht, dass der Täter unfähig war, sich gegen das Verbrechen zu entscheiden. Und häufig bleibt diese Suche ohne Ergebnis. Selbst der schlimmste Perverse gilt dann als schuldfähig.« Collins schaute den Staatsanwalt erwartungsvoll an. Hauser hatte sein Besteck auf den Teller gelegt und tupfte sich mit einer Serviette nervös Soße aus den Mundwinkeln. »Wenn ein Täter weiß, dass seine Tat Unrecht ist, dann ist er schuldfähig«, stellte er fest. »Das genügt doch.«

Collins schüttelte den Kopf. »Es kommt aber noch besser. Nehmen wir mal die Typen mit antisozialer Persönlichkeitsstörung. Das sind egozentrische, impulsive, reizbare, aggressive Menschen, die die Interessen und Rechte ihrer Mitmenschen völlig missachten und weder Reue noch Mitgefühl kennen.«

»Davon habe ich schon einige kennengelernt«, stellte Bauer fest.

»Der Bundesgerichtshof hat festgelegt, dass das alles Charakterzüge sind, für die ein Erwachsener selbst verantwortlich ist. Begehen diese Menschen einen Mord, gelten sie deshalb trotz Störung fast immer als schuldfähig.«

Hauser klopfte mit den Fingerknöcheln auf den Tisch. »Die meisten dieser Leute hätten sich ja gegen das Verbrechen entscheiden können.«

Collins warf ihm einen grimmigen Blick zu. »Nicht nur das. Nach Meinung maßgeblicher Fachleute haben sie sogar selbst die Chance vertan, sich für ein anderes Leben zu entscheiden.«

»So ist es.« Hauser nickte energisch. »Deshalb wird extra geprüft, ob jemand die Möglichkeiten hatte, sich während seiner Entwicklung zu besinnen und einen anderen Weg einzuschlagen, statt sich mit der Rolle als Antisozialer zu identifizieren. Für die selbst gefällten Entscheidungen, die für die Entwicklung der eigenen Persönlichkeit eine Rolle spielen, ist man auch selbst verantwortlich. Sehen Sie«, wandte er sich an Bauer, »die ungünstigen Umstände in der Kindheit dieser Menschen haben doch bloß dazu geführt, dass sie bestimmte Schwächen und Stärken haben.« Der

Staatsanwalt beugte sich vor und blickte von Bauer zu Collins. »Wir haben auch alle Stärken und Schwächen, die mich mehr oder weniger zu einem Staatsanwalt, Sie zu einem Polizisten und Frau Collins zu einer Psychologin prädestiniert haben.« Er lehnte sich wieder zurück. »Dass sich Antisoziale schließlich für ein Leben außerhalb der Gesellschaft entscheiden, ist ihre Sache. Wie die Berufswahl unsere Sache ist.«

Bauer stutzte. In dieser Argumentation steckte ein Denkfehler. »Wenn ich mich nun schwer getäuscht habe und gar nicht zum Ermittler tauge …«

»Was wir nicht hoffen wollen«, warf Hauser grinsend ein.

»Dann bin ich dafür selbst verantwortlich«, fuhr Bauer unbeirrt fort. »Ich habe schließlich abgewogen und bin zu einem falschen Ergebnis gekommen.«

»Genauso ist es«, bestätigte Hauser.

»Ich weiß nicht.« Bauer rieb sich das Kinn. »Wenn ich nun von frühester Kindheit an von meinen Eltern darauf getrimmt worden wäre … wäre ich dann auch selbst verantwortlich für die falsche Entscheidung?«

»Herr Hauser und alle Juristen würden jetzt sagen: Ja, solange du an keiner psychischen Krankheit leidest. Egal, was deine Eltern mit dir angestellt haben«, sagte Collins und lächelte Hauser an. Der zuckte mit den Achseln. »Auf diesen Standpunkt darf sich das Strafrecht zurückziehen.«

Collins klopfte Bauer auf die Schulter. »Na, ich bin froh, dass wenigstens du bereit bist, Menschen als Menschen zu betrachten, anstatt sie an einem fiktiven Ideal zu messen.« Sie wandte sich erneut an Hauser. Ein antisozialer Erwachsener, der als Kind nicht gelernt habe, vorausschauend zu denken und seine Impulse zu kontrollieren, sei natürlich genau dazu auch nicht in der Lage, erklärte sie. Also besitze er auch nicht die Voraussetzungen, um vernünftige Entscheidungen zu treffen. Auch nicht über die eigene Zukunft. »Sie erwarten von einem solchen Menschen, sich wie Münchhausen am eigenen Schopf aus dem Sumpf zu ziehen. Das ist zynisch«, schloss Collins.

»Aber wenn jemand ein Verbrechen so plant, dass er seine Entdeckung vermeidet, dann zeigt dies doch, dass er weiß, er hat etwas Verbotenes vor. Er ist in der Lage, abzuwägen«, sagte Hauser erregt. »Er wartet ab und zügelt sogar seine Gier oder seinen Hass, bis die Wahrscheinlichkeit, erwischt zu werden, nur noch gering ist. Das ist doch keine eingeschränkte Steuerungsfähigkeit. Schuldmindernd kann nur eine Störung sein, die die Verhaltenssteuerung generell beeinträchtigt.« Der Staatsanwalt hieb nun ebenfalls mit der Faust auf den Tisch. »Wer weiß, was er tut und dass seine Tat gegen das Gesetz verstößt, ist schuldfähig. Punkt.«

»Das ist der falsche Ansatz. Die Gesellschaft muss die Verantwortung für diese Kinder übernehmen und ihnen helfen, sich sozial anzupassen. Und wenn die Gelegenheit dafür verpasst wurde, muss man sich um die betroffenen Erwachsenen kümmern. Und damit meine ich nicht unbedingt Resozialisierung.«

Hauser war inzwischen wütend. »Wir kümmern uns angemessen um die betroffenen Erwachsenen«, sagte er heiser. »Wir …« Er unterbrach sich. »Ich habe das Gefühl, wir drehen uns im Kreis.«

Collins schlug die Beine übereinander. »Ich mache Ihnen ein Angebot«, sagte sie freundlich. »Ich überweise 10 000 britische Pfund an die Welthungerhilfe, wenn Sie jetzt aufstehen und nackt auf diesem Tisch tanzen.«

»Was soll …«

»Wollen Sie etwa daran schuld sein, dass die Welthungerhilfe die 10 000 Pfund nicht bekommt? Sind Sie nicht ausreichend sozial angepasst?«

»Wenn ich das tue, kann ich meinen Hut nehmen«, antwortete Hauser erbost. »Außerdem schickt sich das nicht. Was soll dieser Unfug?«

»Sie übernehmen also die Verantwortung dafür, dass der Welthungerhilfe dieses Geld entgeht. Aus völlig eigennützigen Gründen.«

»Ich kann …«

»Sie haben die Wahl, und es gibt keine physischen Gründe, die Sie daran hindern, nackt auf dem Tisch zu tanzen. Ein forensischer Gutachter würde vermutlich auch keine psychischen Gründe finden …«

»Außer natürlich, er litte an einer Schamhaftigkeitsstörung«, sagte Bauer grinsend. Hauser warf ihm einen bösen Blick zu. »Natürlich habe ich …«

Collins hob die Hände. »Ich entschuldige mich. Sie können das nicht tun. Sie haben keine Wahl.« Sie lächelte Hauser an. »Nun seien Sie mir nicht böse. Nehmen Sie das nicht persönlich. Ich weiß ja, dass Sie ein liberal denkender Mensch sind. Wenn alle Staatsanwälte so wären wie Sie, dann sähe es schon besser aus.«

Hauser blinzelte sie an. »Hat Ihnen schon mal jemand gesagt, dass Sie sogar dann überheblich und gönnerhaft wirken, wenn Sie Komplimente verteilen?«

Collins lachte. »Ja«, sagte sie und legte Hauser die Hand auf den Arm. »Frieden?«

»Na, wir führen ja zum Glück keinen Krieg«, sagte er. »Wer weiß, was Sie zur psychologischen Kriegsführung für Waffen einsetzen würden.«

Sie trennten sich vor der Hundskugel. Hauser hatte einen Termin im Landgericht. Auf dem Rückweg zum Polizeipräsidium schwiegen Bauer und Collins eine Weile. Schließlich legte er ihr den Arm um die Schultern. »Wieso habe ich das Gefühl, als hättest du die ganze Zeit mit mir gesprochen, obwohl du dich mit Hauser gestritten hast?«

»Weil er nicht bereit ist, so tief in die menschliche Psyche vorzudringen, dass es wirklich wehtut. Du schon.« Sie blickte ihn an. »Hoffe ich.«

Bauer blieb stehen und schaute in den Himmel. »Es tut tatsächlich weh, Collie. Es tut verdammt weh, wenn wir über … darüber reden. Kannst du dir überhaupt vorstellen, wie sehr?«

»Nein.« Collins nahm ihn in den Arm und drückte ihre Stirn an seine Brust. »Nein, das kann niemand.«

29. August, Quantico, Virginia

Als Griffin in sein Büro im Gebäude der FBI National Academy kam, wartete dort eine Nachricht aus Williamstown. Er setzte sich auf seinen Stuhl, nahm den Zettel vom Schreibtisch, rollte in die Ecke des Zimmers, wo die Südstaatensonne über Quantico ein helles Viereck auf den Boden warf, und legte die Füße auf die Fensterbank. Die BAU war schon vor etlichen Jahren aus den berühmt-berüchtigten Kellerräumen der Akademie in höher liegende Etagen umgesiedelt, bald gefolgt vom Rest des NCAVC, des National Center for the Analysis of Violent Crime.

Vom nahe gelegenen Stützpunkt der U.S. Marines wehte der Wind Fetzen von Marschliedern durch das geöffnete Fenster. Griffin hatte die Zeiten noch erlebt, als die Abteilung Behavioral Science Unit hieß. Das »Schweigen der Lämmer« hatte sie damals populär gemacht – dabei war der Film totaler Humbug. Thomas Harris hatte für seine Bücher bei ihnen in Quantico recherchiert. Und was hatte er mit all den Informationen getan, die er erhielt? Griffins erfahrenen Kollegen von der BSU hatten eine Reihe von Serien- und Massenmördern interviewt, um zu begreifen, was für Menschen das waren. Im Film wurde stattdessen eine junge Studentin zu einem Psychopathen geschickt, um Informationen über eine aktuelle Mordserie zu erhalten. So ein Blödsinn. Das Einzige, was in dem Film stimmte, war die Tatsache, dass Serienmörder häufig ihr erstes Verbrechen im nächsten Umfeld verübten – in der Nachbarschaft. Clarice Starling stieß deshalb schließlich auf Buffalo Bill. Aber alles andere … ein spannendes Buch, okay. Mit der Realität hatte es rein gar nichts zu tun.

Aber das war schon ewig her. Es hatte in der Behörde inzwischen eine Reihe von Umstrukturierungen und Umbenennungen gegeben, bis – nach dem 11. September 2001 – die inzwischen Behavioral Analysis Unit getaufte Einheit zerlegt wurde in die BAU 1 (Bedrohung durch Terrorismus), die BAU 2 (Verbrechen an Erwachsenen) und die BAU 3 (Verbrechen an Kindern).

Sein Schreibtischsessel klagte mit quietschenden Federn über das Gewicht des Polizisten, als Griffin sich zurücklehnte und lächelnd die Notiz aus Williamstown las. Der Verdächtige, den die Polizei dank seines Profils herausgepickt hatte, hatte die Verbrechen gestanden. Griffin hatte ihnen empfohlen, in den Verhören sensibel und verständnisvoll vorzugehen und den mutmaßlichen Mörder in seinem Selbstmitleid zu bestärken. Es hatte funktioniert. Wie schon so oft. Diese Burschen hatten kein Mitleid mit ihren Opfern, aber für sich selbst erwarteten sie Verständnis und …

Das Telefon klingelte.

»Willkommen zu Hause«, begrüßte ihn Special Agent Denzel Wood. Zu Hause, dachte Griffin. Gina hatte schon recht. Das Haus in Virginia war niemals ihr Zuhause gewesen, weil es niemals sein Zuhause geworden war.

»Du bist doch immer noch unser Mann für den Mord auf Hawaii, oder?«, fragte Wood. Griffin richtete sich auf. Seit Wood bei einer eskalierten Geiselnahme verletzt worden war, machte er keinen Außendienst mehr, sondern saß an seinem Schreibtisch, hielt Vorträge an der Akademie und half, den Bürokram zu erledigen, der im NCAVC anfiel.

»Gibt es da was Neues?«

»Wir hatten vom Department of Land and Natural Resources in Lihue doch eine Liste mit Personen erhalten, die sich zu einem bestimmten Zeitpunkt in diesem Park aufgehalten haben.« Griffin konnte Papier rascheln hören. »Dem Napali State Park«, ergänzte er dann.

»Richtig.«

»Bis jetzt konnten wir hinter zwei Namen noch keine Häkchen setzen«, erklärte Wood. »Aber bei den Kollegen, die die Passagierliste der Flieger zwischen den Vereinigten Staaten und dem Ausland checken, sind sie jetzt aufgetaucht. Sie hatten von Hawaii aus einen Flieger nach Paris genommen und sind dann in Europa unterwegs gewesen. Interpol und die europäischen Polizeibehörden hatten sie da aber nicht aufgespürt.«

»Und jetzt sind sie zurück?«

»Genau. Richard Miller und William Squire. Sie sind gestern mit British Airways zurückgeflogen und am Abend in Los Angeles gelandet. Das FBI-Hauptquartier in L.A. haben wir bereits darüber informiert, dass wir DNA-Proben von den beiden brauchen.«

»Die zwei sind die einzigen Besucher des Napali State Park, von denen wir noch nicht hundertprozentig wissen, dass sie unschuldig sind, oder?«

»Sieht so aus.«

»Ich fliege hin. Hast du die Nummer von unserem Büro dort zur Hand?«

»Du willst selbst hinfliegen? Wieso denn das?«

»Weil mich dieser Fall wahnsinnig macht. Und jetzt geht es vielleicht endlich wieder voran.«

30. August, Los Angeles

Special Agent Martin Walsh warf heimlich einen skeptischen Blick auf seinen Kollegen. Walsh war sich dessen nicht bewusst, aber David Griffin hatte deutlich gespürt, dass der Mann vom FBI-Büro in Los Angeles nur widerwillig auf den BAU-Experten gewartet hatte.

Walsh sollte schließlich nur einen Routine-Job besorgen – eine Aufgabe, die auch eine Hilfskraft hätte erledigen können. Ein Pizzabote hätte gereicht, verdammt. Aber nein, erst wurde ihm gesagt, er solle zwei junge Männer aufsuchen, die möglicherweise etwas mit einem Mord auf Hawaii zu tun haben könnten, und sie um Speichelproben bitten. Dann hieß es, er solle auf einen Mann aus Quantico warten. Trauten die ihm nicht zu, seine Arbeit ordentlich zu erledigen? Er hatte bereits mit einer Kollegin im Auto gesessen, als sein Boss ihn zurückgepfiffen hatte. Und während sie jetzt durch Beverly Hills kurvten, ging der Tag schon seinem Ende entgegen.

Walsh war jung und wirkte auf Griffin in seinem dunklen Anzug wie ein Cowboy, der sich als Anwalt verkleidet hatte.

»Special Agent, was haben Sie für ein Problem mit mir? Sonst sind es eher die Kollegen von der County Police oder den Sheriff Departments, die befürchten, dass ich ihnen die Butter vom Brot nehme.«

»Sir?« Walsh fasste sich überrascht an die Krawatte, während er mit der Linken das Lenkrad umklammerte. »Es ist nichts. Ich war nur fast schon auf dem Weg zu diesen …«

»Wissen Sie«, unterbrach ihn der Profiler, »es ist was Persönliches.«

»Aber nein, ich …«, stotterte der junge Special Agent.

»Ich meine, etwas Persönliches von meiner Seite her«, korrigierte Griffin den falschen Eindruck, den Walsh offenbar gehabt hatte. »Ich suche einen bestimmten Mann, und ich will unbedingt dabei sein, wenn wir ihn kriegen. Was wissen wir über Miller und Squire?«

»Sie sind Nachbarn«, erklärte Walsh. »Richard Miller arbeitet an der Universität. Ein Naturwissenschaftler. Er ist schon lange hier gemeldet, kommt aber aus Denver. Er ist bislang noch nicht aufgefallen. William Squire arbeitet in Hollywood.«

»Ein Schauspieler?« Griffin blickte auf die Uhr. Es war bereits nach 21 Uhr.

»Nein. Kameramann. Er stammt von hier, hat eine ganze Weile in New York gelebt und ist vor zwei Jahren zurückgekehrt. Und über ihn gibt es dort sogar eine kleine Akte.«

Griffin sah Walsh interessiert an. »Was steht drin?«

»Die Kollegen haben uns die wichtigsten Unterlagen gefaxt. Eine Nachbarin hatte ihn wegen sexueller Belästigung angezeigt.«

»Das klingt vielversprechend«, sagte Griffin.

»Er hat zugegeben, die Frau durch das Fenster beobachtet zu haben, und wurde zu einer Geldstrafe verurteilt. Nicht sehr hoch.«

»Ein Voyeur. Dann nehmen wir uns den zuerst vor. Bevor wir ihn um eine Speichelprobe bitten, möchte ich ihn ein wenig weichklopfen.« Er spielte mit einem Ende seines Schnurrbarts. »Gab es hier in den letzten Jahren viele Vergewaltigungen?«

Walsh sah ihn irritiert an. »Wir sind hier in Los Angeles«, antwortete er. »Natürlich gab es hier in den letzten Jahren viele Vergewaltigungen.«

»Ich meine, gab es Hinweise auf eine Serie, vielleicht sogar hier in der Gegend?«

»Das müssten wir überprüfen. Ich weiß von drei ungeklärten Serien von Vergewaltigungen in den letzten zwei Jahren, davon eine, bei der die Opfer ermordet wurden. Wie der aktuelle Stand ist und wie viele Verbrechen in dieser Gegend verübt wurden, weiß ich allerdings nicht auswendig.«

Sie bogen in den Coldwater Canyon Drive ein, der am Franklin Canyon Reservoir vorbeiführte. Die Straße war von Bungalows und Einfamilienhäusern gesäumt. Im Seitenspiegel konnte Griffin die Silhouette der Skyline von Los Angeles erkennen, die in der Dämmerung verschwamm.

Nach einem Blick auf den Zettel, den er ans Armaturenbrett geheftet hatte, nahm Walsh den Fuß vom Gas und ließ den Wagen ausrollen.

»Hier wohnt Squire.« Er steuerte den Lexus in die Auffahrt eines flachen, weiß gestrichenen Hauses mit niedrigem Dach. Der Garten war ungepflegt. Laub vergammelte auf dem Rasen und verwandelte den winzigen Swimmingpool in einen Teich. »Drei Häuser weiter wohnt Miller.«

»Würden Sie vorn klopfen? Ich schaue mir mal die Rückseite an«, schlug Griffin vor. Auf dem Weg dorthin zog er seine Waffe aus dem Brusthalfter und steckte sie locker wieder zurück. Das Haus war nicht groß. Er konnte durch das Fenster in der Hintertür erkennen, dass jemand die Vordertür öffnete und mit seinem Kollegen sprach. Offenbar versuchte Squire nicht zu fliehen. Griffin kehrte zurück und begrüßte den Mann, der verwirrt der Erklärung lauschte, die Walsh ihm für ihren Besuch gab. Dann bat er sie herein.

»Wir sind gestern aus Großbritannien zurückgekehrt«, bestätigte Squire die Frage nach seiner Reise. »Und davor sind Richard und ich in Frankreich und Italien gewesen. Die Reise steckt mir noch ziemlich in den Knochen.« Er hob entschuldigend die Hände. »Die Wohnung habe ich auch noch nicht aufgeräumt.«

»Sie waren nur in Europa?«, fragte Griffin.

»Nein. Davor haben wir eine Woche auf Hawaii verbracht. Wieso?« Er fuhr sich durch die struppigen dunkelblonden Haare, kratzte sich im Nacken, dann am Kinn.

»Sie haben auch die Napali-Küste besucht?«

»Na klar. Wenn man schon auf Hawaii ist …«

»Dürfen wir uns setzen?«, fragte Griffin und nickte Walsh zu. Der verstand die Geste. Er würde ihn reden lassen. Schließlich war das hier Griffins Fall.

Squire deutete auf eine Couch. Griffin wartete, bis ihr Verdächtiger sich selbst auf einen Sessel gesetzt hatte. Zwischen Squire und der Tür befand sich nun der Couchtisch. Es sah nicht so aus, als würde der Mann daran denken wegzulaufen.

»Erinnern Sie sich an etwas Ungewöhnliches, was dort vorgefallen ist?«, fragte Griffin. Er beobachtete Squire genau.

Der Mann wirkte ein wenig fahrig. Nervös. Aber das war keine Überraschung. Schließlich wurde man nicht alle Tage von zwei FBI-Beamten besucht. Selbst wenn ihm der Schweiß ausgebrochen wäre, hätte Griffin dem noch keinen übermäßigen Wert beigemessen. Squire wirkte unausgeschlafen. Seine Kleidung und auch die Wohnung waren, soweit Griffin es beurteilen konnte, in einem leicht derangierten Zustand. Eine typische Junggesellenbude. An den Wänden hingen Plakate von Filmen, von denen er noch nie etwas gehört hatte.

»Etwas Ungewöhnliches?«, fragte Squire nach. »Was meinen Sie denn damit?«

»Na, einfach etwas, an das Sie sich jetzt spontan erinnern.«

Squire dachte nach. »Nein. Eigentlich nicht«, sagte er dann.

Griffin war sich nicht sicher, ob er ihm glauben sollte.

»Bill ... darf ich Bill zu Ihnen sagen?«, fragte er.

Squire nickte ergeben. »Bitte schön.«

»Also, im Napali State Park wurde in der Zeit, als Sie dort waren, eine junge Frau brutal vergewaltigt und ermordet.« Gespannt beobachtete er den Gesichtsausdruck seines Gegenübers.

Der junge Mann beugte sich vor und schaute von einem FBI-Agenten zum anderen. Wenn seine Überraschung gespielt war, dann war sie gut gespielt. Aber immerhin kam er aus der Branche, dachte Griffin.

»Sie wussten nichts davon?«, fragte er.

»Nein«, sagte Squire. Er war blass geworden. »Keine Ahnung. Ich habe davon nichts mitbekommen. Wann ist das gewesen? Wo? Vielleicht ist es passiert, als wir schon wieder auf dem Rückweg waren.«

Griffin erkannte meist, wenn ein Mensch log. Dazu reichte es nicht festzustellen, dass jemand die Augen niederschlug, sich häufig räusperte, überhaupt nervös und unruhig war. Man musste das Gesamtmuster von Sprache und Verhalten betrachten und in jedem Einzelfall interpretieren. Hob der Redner die Stimme an, machte er eine ungewöhnliche Pause oder versprach er sich häufig? Flog ein Schatten von Angst oder Schuld über sein Gesicht? Selbst Menschen, die sehr darauf bedacht waren, sich nichts anmerken zu lassen, verloren immer wieder für winzige Augenblicke die Kontrolle über ihren Gesichtsausdruck. Man musste genau wissen, worauf es ankam: Lügner sprachen eher in der Vergangenheitsform, sie sagten häufiger *Ich bin kein Gauner* statt *Ich bin ein ehrlicher Mann*. Sie vermieden Begriffe wie *ich, mich, meine* und demonstrierten damit unbewusst, dass sie eigentlich keine Rolle in der Geschichte gespielt hatten, die sie über sich erzählten. Sie boten wenig Details – die sie sich schließlich ausdenken mussten. Und sie waren sparsam mit Namen von Menschen und Orten.

Griffin wusste aber auch, dass er vorsichtig interpretieren musste, denn in Situationen wie dieser tendierte man leicht dazu, zu unterstellen, dass ein Verdächtiger log. Bislang erschien ihm Squire glaubwürdig.

»Was haben Sie im Nationalpark gemacht, Sie beide?«, fragte er Squire.

»Ziemlich genau das, was unser Reiseführer empfohlen hat. Wir sind über den Napali Trail marschiert, haben auf den Campingplätzen übernachtet und von dort aus Ausflüge unternommen. Fragen Sie mich jetzt nicht mehr nach den ganzen Namen von den Tälern und Wasserfällen und Stränden und so. Die weiß ich nicht mehr. Waren auch alles ziemlich seltsame Namen wie Hanakapapa und Kalaua oder so ähnlich. Wenn Sie mich fragen würden, welche Museen ich letzte Woche in Florenz besucht habe, dann hätte ich auch ein Problem.« Squire knetete nervös seine Finger.

»Sie haben in New York eine Frau sexuell belästigt?«, fragte Griffin unvermittelt. Squire blickte ihn überrascht an. Und fing an zu lachen. Dann wurde er wieder ernst. »Entschuldigung. Sind Sie deshalb auf die Idee gekommen, dass ich diese Frau vergewaltigt haben könnte?«

»Erzählen Sie uns, was in New York los war«, forderte Griffin ihn auf. Wieder musste Squire grinsen.

»Ich bin eines Abends nach Hause gekommen, und meine Nachbarin hatte vergessen, die Vorhänge vor ihren Fenstern zu schließen. Sie hatte offenbar geduscht und fing dann an, im Wohnzimmer Stretching zu machen, oder wie das heißt. Entschuldigung, aber das hätten Sie sich auch nicht entgehen lassen.« Bei der Erinnerung musste Squire wieder lachen.

»Ich stand also da im Schatten und dachte, ich schaue eine Weile zu. Ich meine, was soll's? Sie wird ja nie erfahren, dass sie mir diese kleine Freude gemacht hat, also wird es ihr auch nie peinlich sein. Nach einer Weile drehe ich mich um und fummle in meiner Hosentasche nach meinen Haustürschlüsseln, da steht dieser Polizist vor mir. Ich möchte wetten, der hat etwas länger da gestanden, als nötig gewesen wäre, um mich zu verhaften.« Er blinzelte Griffin zu.

»Eine alte Dame in dem Haus, in dem ich gewohnt habe, hatte mich dabei beobachtet, wie ich dort stand, und die Polizei angerufen. Was nur recht und billig ist. Schließlich hätte ich ja einer von dieser Sorte sein können, der in die Wohnung einsteigt und sich mit Gewalt holt, was er woanders nicht bekommt.«

Squire blickte die FBI-Beamten an, forschte in ihren Gesichtern nach Verständnis. Griffin nickte ihm aufmunternd zu, während Walsh offenbar nicht wusste, was er von der Geschichte halten sollte.

»Ihr Kollege jedenfalls legte mir Handschellen an, setzte mich in den Polizeiwagen, klingelte bei der jungen Dame und klärte sie über mein Verbrechen auf, nachdem sie mit einem Handtuch bekleidet an die Tür gekommen war.«

»Und wie ging es weiter?«, fragte Griffin.

»Meine Nachbarin erhob Anzeige, die alte Dame bot sich als Zeugin an, der Polizist behauptete, ich hätte mir einen runtergeholt. Da habe ich mich schuldig bekannt und eine Strafe gezahlt. Danach habe ich meiner Nachbarin einen Blumenstrauß geschickt, mich bei ihr entschuldigt, die Situation erklärt und mich anschließend mit ihr getroffen.«

»Sie hat sich mit Ihnen getroffen?«, fragte Walsh erstaunt. Es war das erste Mal, dass er den Mund aufmachte.

»Ja. Deshalb musste ich ja vorhin lachen, als Sie mit dieser Geschichte kamen. Ich bin zwei von den drei Jahren, die ich in New York gelebt habe, mit Lissy Curtis zusammen gewesen.« Er wies auf das Telefon. »Rufen Sie sie an. Fragen Sie sie, ob ich ein Sexualverbrecher bin. Wir haben noch Kontakt. Oder besser, wir haben noch unsere Telefonnummern. Gesprochen habe ich mit ihr schon eine Weile nicht mehr.«

Griffin nickte. »Wären Sie bereit, uns eine DNA-Probe zu geben?«, fragte er.

»Wegen der Sache auf Hawaii? Sicher. Die Probe und meine Daten werden später wieder vernichtet, oder? Ich möchte nicht, dass die Regierung es meiner Krankenversicherung irgendwann mal erlaubt, meine DNA auf mein Krebsrisiko hin zu untersuchen oder so.«

Walsh zückte ein Wattestäbchen, rieb es über die Innenseite der Wange ihres Verdächtigen und tütete es ein. Griffin war sich ziemlich sicher, dass Squire ihnen die Wahrheit gesagt hatte. Aber man wusste ja nie. »Sie und Ihr Nachbar sind offenbar gute Freunde, was?«, fragte Griffin.

»Denke schon. Sonst wären wir nicht zusammen auf die andere Seite der Welt gereist.«

»Wie lange kennen Sie ihn schon?«

»Eine Ewigkeit. Wir waren schon befreundet, bevor ich nach New York bin. Als ich zurückgekommen bin, hat er mir die Bude hier besorgt.«

»Waren Sie im Nationalpark auf Kauai die ganze Zeit zusammen?«

»Warten Sie. Wenn Sie Richard verdächtigen, dann sind Sie auf dem Holzweg. Richard tut keiner Fliege was zuleide.« Er schüttelte den Kopf. »Außer es dient der Wissenschaft.«

»Er arbeitet an der Universität, nicht wahr? Aber jetzt denken Sie noch einmal nach«, forderte Griffin ihn ernst auf. »Waren Sie im Napali State Park die ganze Zeit zusammen?«

Squire senkte den Blick und schwieg eine Weile. Dann lehnte er sich zurück und streckte die Beine unter den Couchtisch. »Okay. Sie werden ja von ihm sicher ebenfalls eine DNA-Probe kriegen, die seine Unschuld beweist. Warum soll ich also lügen?«

Er fuhr sich mit der Hand über das Gesicht und schaute auf seine Finger, als erwartete er, etwas darauf zu entdecken, das ihm weiterhelfen könnte.

»Auf dem Weg, den Napali Trail meine ich, hat Richard schlechte Laune bekommen. Von den ersten zwei Campingplätzen aus haben wir noch gemeinsam Touren in die Täler gemacht. Auf dem Weg zum dritten Campingplatz an diesem Strand, wo der Trail endet, war er total gereizt. Er wollte nur noch seine Ruhe haben. Als wir dort waren, bin ich allein losgezogen, um mir die Umgebung anzusehen. Es ist unglaublich schön dort.«

Squire schwieg und rieb sich nervös die Unterarme. Ihm war ganz offensichtlich unwohl.

»Bill!«, redete Griffin leise auf ihn ein, »Richard ist bestimmt unschuldig, und das wird die DNA-Analyse dann auch bestätigen. Aber wenn er doch etwas damit zu tun hatte, werden Sie Ihres Lebens nicht mehr froh, wenn Sie sich vorwerfen müssen, einen Mörder gedeckt zu haben.«

»Aber wenn Sie sich sowieso sein Erbgut vorknöpfen, wieso soll ich Ihnen dann noch was erzählen?« Squire sah Griffin an. Der erwiderte seinen Blick.

»Also gut«, seufzte Squire. »Auf diesem Strand am Ende des Trails. Kalau Beach …«

»Kalalau Beach«, half Griffin ihm weiter.

»Genau. Richard war am späten Nachmittag, als ich zurückkam, so mies drauf, dass wir uns gestritten haben. Über nichts Besonderes. Wer das Abendessen kochen soll.« Squire schüttelte den Kopf. »Wir hatten uns abgewechselt, aber am Tag vorher hatten wir es ausfallen lassen. Deshalb waren wir uneins, wer dran war. Lächerlich. Das Ende vom Lied war, dass wir unsere Zelte nicht nebeneinander aufgebaut haben, sondern in einigem Abstand. Als ich am Abend für mich gekocht habe, bin ich dann rüber, um ihm anzubieten mitzuessen.« Er schwieg.

»Und er …«, half ihm Griffin weiter.

»War nicht in seinem Zelt. Und ich habe ihn an diesem Abend auch nicht mehr gesehen.«

»Welches Datum war das?«

»Das weiß ich nicht mehr. Aber warten Sie. Ich muss noch die Besuchserlaubnis der Nationalparkverwaltung irgendwo haben.« Er stand auf. Walsh erhob sich ebenfalls und begleitete ihn in das Nebenzimmer, was Squire mit einem ergebenen Lächeln quittierte.

Als die beiden zurückkamen, wedelte Squire mit einem kleinen Dokument.

»Unser Permit galt vom 29. Juli an. Dann muss das am 31. gewesen sein. War das der Tag, an dem die Frau getötet wurde?« Er verzog das Gesicht. »Ich glaube es trotzdem nicht, dass Richard damit was zu tun hat.«

Griffin erhob sich. »Vielen Dank, Bill.« Er schüttelte dem verdutzten Mann die Hand. »Wissen Sie, ob Richard jetzt zu Hause ist?«

Squire blickte den FBI-Beamten eindringlich an. »Sie schicken jetzt aber kein SWAT-Team da rüber oder so was? Richard ist wirklich ein völlig harmloser Typ. Wahrscheinlich liegt er schon im Bett.«

»Im Bett?«, fragte Walsh. »So früh?«

»Als ich ihn nach der Arbeit getroffen habe, hatte er schon ein halbes Dutzend Aspirin geschluckt.«

»Kopfschmerzen?«, fragte Griffin und war schon auf dem Weg zur Tür. »Hat er die öfter?«

»Ich weiß nicht. Mir war es bisher nie aufgefallen«, rief Squire ihm hinterher.

Walsh sah ihn an. »Sir, ich muss Sie bitten, die Finger vom Telefon zu lassen«, sagte er streng und rannte seinem Kollegen hinterher. Konsterniert blickte Squire den FBI-Agenten nach. Die Straße lag bereits in tiefer Dunkelheit, nur erhellt vom Licht einer Straßenlaterne.

»Sir! Special Agent Griffin.«

Der Profiler drehte sich im Laufen nach Walsh um. »Was ist denn?«

»Wollen Sie mir nicht sagen, warum wir es plötzlich so eilig haben?«

Griffin lief weiter und zog seine Waffe. »Weil ich Richard Miller schleunigst einen Besuch abstatten will.«

Walsh lief neben Griffin her und schaute verdutzt auf die alte 38er Smith & Wesson, die sein Kollege in der Hand hielt.

»Sollen wir Verstärkung rufen?«, fragte er. Griffin antwortete nicht.

Verwirrt holte Walsh sein Mobiltelefon aus der Jackentasche und rief im FBI-Hauptquartier an.

»Unser Besuch aus Quantico, Special Agent Griffin, ist offenbar überzeugt, dass einer der beiden Verdächtigen der Mörder ist, den er sucht. Er hält ihn für gefährlich und ist jetzt unterwegs zu ihm.« Walsh blieb hinter Griffin zurück, während er telefonierte.

»Augenblick mal. Was macht Griffin?«, fragte sein Boss skeptisch.

»Er läuft mit gezückter Waffe auf das Haus des Verdächtigen zu.«

Griffin hatte das Haus von Richard Miller erreicht. Aus den Augenwinkeln sah Walsh William Squire vor der Tür seines Hauses stehen.

»Willst du mich verarschen?«, hörte er die Stimme seines Vorgesetzten.

»Nein, verdammt. Schickt möglichst bald Verstärkung. Vielleicht auch gleich einen Notarzt. Für alle Fälle.«

»Scheiße. Okay. Geh zurück zu diesem Burschen und sieh zu, dass das alles unter Kontrolle bleibt.«

Walsh steckte das Mobiltelefon weg und zog im Laufen seine Waffe.

David Griffin hatte keinen Zweifel mehr daran, dass Richard Miller der Mörder von Kalalau Beach war. Er musste es einfach sein. Das sagte ihm seine Intuition. Außerdem wurde Miller vielleicht bald wieder töten. Der Mord auf Hawaii lag etwa vier Wochen zurück. Das entsprach dem Abstand zwischen den Morden in München.

Er erreichte das Haus und drückte die Klinke herunter. Die Tür war nicht verschlossen. Er öffnete sie und trat vorsichtig ein. Eigentlich durfte er das nicht tun. Er hatte keinen Durchsuchungsbefehl. Ja, er hatte noch nicht einmal geklopft und sich schon gar nicht durch Rufen als FBI-Beamter ausgewiesen. Wenn Miller ihn erschießen würde, könnte man ihn dafür nicht verurteilen.

Aber das war Griffin jetzt völlig egal. Wenn Miller friedlich in seinem Wohnzimmer sitzen und ihn überrascht mit großen Augen anschauen würde, dann würde er versuchen, die Situation zu erklären, sich zu entschuldigen, und ihn fragen, ob er sich aus seinem Haus entfernen sollte …

Aber Richard Miller saß nicht friedlich in seinem Wohnzimmer.

Etwas trat gerade durch die offene Tür herein, die in den hinteren Garten führte. Griffin stockte der Atem, die Haut in seinem Nacken zog sich zusammen.

Das Wesen hatte seinen Oberkörper vorgebeugt, die Arme angewinkelt, die Hände vor der Brust. Seine Haare, sein Gesicht, sein Oberkörper mit Blut beschmiert. Es hing an seinem Kinn und tropfte von den Ärmeln und dem Saum des ehemals blauen Hemdes, das über seine Hose hing.

Zu spät, dachte Griffin, ich bin zu spät. Er riss seine Waffe hoch. Mit einem gewaltigen Sprung durchquerte das Wesen das Wohnzimmer und hechtete auf ihn zu. Griffin feuerte, doch er war zu langsam. Der Schuss durchschlug die Wohnzimmerscheibe. Dann spürte der FBI-Beamte Finger an seinem Hals, die mit ungeheurer Kraft zudrückten. Er hob die Hand mit der Waffe. Dann stürzte er hintenüber. Sein rechter Unterarm knallte auf die Kante des gläsernen Wohnzimmertisches. Es war deutlich zu hören, wie Elle und Speiche brachen. Ein unerträglicher Schmerz fuhr durch Griffins Arm. Die Smith & Wesson baumelte plötzlich nutzlos an seinen Fingern. Eine rote Flüssigkeit sprühte ihm ins Gesicht. Er hatte einen offenen Unterarmbruch. Eine der Schlagadern war verletzt.

Griffin spürte, dass die Hände, die seinen Hals umklammerten, die Kopfschlagadern abdrückten. Ihm wurde schwarz vor Augen. Nicht ohnmächtig werden, befahl er sich. Werd' jetzt bloß nicht ohnmächtig. Grendel, er darf nicht … Beowulf … ich muss … Er begann, mit der linken Hand um sich zu schlagen und zu strampeln. Doch etwas auf seiner Brust drückte ihn mit brutaler Kraft zu Boden. Mehr verwirrt als verzweifelt nahm er wahr, wie ein Dämon mit gebleckten Zähnen den Kopf auf seinen Hals hinabsenkte.

»FBI«, schrie Martin Walsh und riss die Tür auf, die hinter Special Agent Griffin zugefallen war. Dann rannte er in das Haus hinein und wäre beinahe gestürzt. Auf das, was er sah, war er nicht vorbereitet. Eine Gestalt kniete blutüberströmt auf David Griffin, drückte den hilflosen FBI-Beamten zu Boden und versuchte offenbar, ihn in den Hals zu beißen. Der Kopf ruckte hoch, und hasserfüllte Augen blickten Walsh an. Ein dünner roter Strahl malte einen Bogen von Griffins Arm in die Luft.

Walsh schoss. Das Wesen warf sich zur Seite und schrie vor Schmerz. Ein menschlicher Schrei. Jetzt begriff der junge FBI-Mann, wer sein Gegner war. Richard Miller versuchte vergeblich, sich aufzurichten. Walsh feuerte erneut. Die Kugel drang in die linke Schulter und warf den Mann auf den Rücken. Wimmernd blieb Miller auf dem Boden liegen.

Walsh wandte sich seinem Kollegen zu. Griffin starrte ihn mit glasigen Augen an. Walsh nahm ein Kissen von der Couch und drückte es auf die Armwunde. Innerhalb von Sekunden hatte es sich vollgesaugt.

Er löste seine Krawatte, band sie Griffin unterhalb der Achsel um den Arm und verknotete sie. Dann zog er einen Kuli aus seiner Jacke, steckte ihn unter die Schlinge und zog mit einer Drehung des Schreibgerätes die provisorische Aderpresse straff.

Eine Hand packte ihn an der Schulter. Er zuckte erschrocken zusammen und blickte auf, halb in der Erwartung, Richard Miller zu sehen. Doch es war nur die Linke des verletzten FBI-Beamten, der die Finger in seine Schulter krallte.

Griffin versuchte, etwas zu sagen, doch Miller hatte ihm offenbar den Hals so stark zugedrückt, dass er nur noch flüstern konnte. Walsh beugte sich über sein Gesicht, hielt sein Ohr dicht vor die blassen Lippen des Mannes.

»Opfer. Irgendwo …« Walsh schaute ihn fragend an. Dann begriff er. Bevor Miller den FBI-Beamten angegriffen hatte, hatte er wieder eine Frau überfallen. Aber er konnte jetzt nichts tun. Er musste den Druck auf die Aderpresse aufrechterhalten, bis der Notarzt da war. Mühsam fingerte er mit der Linken nach seinem Handy.

»Um Gottes willen«, rief jemand von der Wohnzimmertür. Walsh sah auf. Squire war herübergekommen und starrte fassungslos auf das blutige Chaos.

Als Walsh ihn ansprach, zuckte er zusammen.

»Squire. Kommen Sie her. Sie müssen mir helfen.«

Mit großen Augen blickte Squire auf die zwei blutenden Männer am Boden. Dann fingerte er nach dem Lichtschalter. Vernünftig, der Mann, dachte Walsh. Dann sprach er ihn erneut an. »Kommen Sie und halten Sie die Aderpresse fest.«

Squire ging wie in Trance durch das Zimmer und blickte dabei von einem zum anderen. »Ist das Richard?«

»Ja. Er hat versucht, meinen Kollegen zu töten.«

»O mein Gott.« Squire hockte sich neben Walsh und griff nach dem Kugelschreiber. Walsh richtete sich schwankend auf, endlich gelang es ihm, sein Mobiltelefon herauszuholen. Er wählte die Nummer seines Chefs.

»Wann ist der Notarztwagen da?«

»Die sind unterwegs. Kann nicht mehr lange dauern. Was ist denn passiert?«

»Richard Miller ist offenbar unser Mann«, sagte Walsh, während er zum Auto rannte. »Er hat Griffin schwer verletzt. Und es scheint, als wäre er gerade von einem Mord an einem weiteren Opfer zurückgekehrt. Informiere bitte die Kollegen. Die sollen das ganze Programm hier auffahren, Spurensicherung, Hunde.« Er war beim Wagen angekommen, öffnete erneut das Fach unter dem Armaturenbrett und holte eine große Taschenlampe heraus. In Richard Millers Wohnzimmer fand er alles so vor, wie er es verlassen hatte.

»Hilfe ist gleich da«, rief er William Squire zu. Erleichtert beobachtete er, wie der junge Mann leise auf den Special Agent am Boden einsprach. Der nickte und versuchte ein Grinsen.

Im Licht der Taschenlampe sah Walsh dunkle Flecken und Punkte, die von der Gartentür ins Dunkel führten. Wenn das alles Blut des Opfers war, dachte er, dann komme ich sicher zu spät.

Er lief durch den Garten. Immer wieder glitzerte es feucht im Gras, auf Blättern, auf Steinen. Er erreichte den Monte Cielo Drive. Mühsam spürte er im Schatten der Grünanlagen weitere Blutspuren auf. Dann fand der junge FBI-Beamte, was er gesucht hatte. Und in ihm stieg die Frage auf, ob er sich nicht den falschen Job ausgesucht hatte.

William Squire war schwindelig. Erleichtert hörte er Polizeisirenen. Während er den Druck auf die Aderpresse aufrechterhielt, blickte er immer wieder zu Richard Miller hinüber. Er verstand das nicht. Sein Freund konnte nicht getan haben, was diese Polizisten behaupteten. Richard musste überfallen worden sein. Man musste auch ihm helfen. Der Kollege des verletzten Beamten war sicher gerade auf der Suche nach dem Täter.

Er schaute Griffin an. »Können Sie Ihren linken Arm bewegen? Ihre Hand benutzen?« Der Polizist blickte mit schmerzverzerrtem Gesicht auf seinen Arm und hob ihn langsam an. Squire half ihm, bis der FBI-Mann den Kugelschreiber selbst in den Fingern hielt. Dann beugte er sich über Richard Miller.

Sein Freund atmete flach und schnell. Squire konnte keine Wunde finden. Überall war Blut, es hatte alle Kleider durchtränkt. Er wusste nicht, wo …

Plötzlich richtete sich Miller auf. Er kam nicht richtig hoch. Dann rammte er Squire die Schulter in den Magen und warf ihn um. Schockiert und unfähig, sich zu rühren, lag Squire da. Griff sein Freund ihn wirklich an? Erst als er spürte, wie Miller sich auf ihn wälzte und versuchte, ihn zu beißen, begann er zu schreien und zu strampeln.

Millers Kopf flog zur Seite. Dahinter tauchte das blutverschmierte, wutverzerrte Gesicht des FBI-Agenten auf. Seine Lippen formten Worte, die Squire nicht hören konnte. Unter der gelösten Aderpresse schoss das Blut hervor.

Das schwere antike Wählscheibentelefon, mit dem Griffin gegen den Kopf des Angreifers geschlagen hatte, glitt aus seiner Hand. Dann kippte der Polizist zur Seite, stieß den Wohnzimmertisch um und stürzte schwer zu Boden.

Endlich gelang es Squire, sich wieder zu rühren. Er kroch zu dem Special Agent hinüber und begann, ohne nachzudenken, die Aderpresse, die schlaff vom Arm des Mannes hing, nur mithilfe seiner Finger zusammenzudrehen, bis der Blutstrom endlich versiegte.

»Hilfe«, flüsterte er. »Hilfe.« Seine Stimme gewann an Kraft, immer lauter schrie er. Erst als ein Sanitäter ihm die Krawatte von den tauben Fingern löste, hörte er auf zu brüllen.

Als David Griffin zu sich kam, hatte er Schwierigkeiten, seine Umgebung zu erkennen. Alles war unscharf, verdeckt von einem Schleier aus grauem Dunst und rotem Schmerz. Der Boden vibrierte, an den Wänden hingen Schläuche, Lichter blinkten. Von außen drang infernalischer Lärm in den Raum. Jemand beugte sich über ihn. Miller … Erschrocken bäumte er sich auf – und stellte fest, dass er festgeschnallt war.

»Beruhigen Sie sich. Bitte beruhigen Sie sich doch«, sagte der Mann, der gar nicht Miller war, und legte ihm die Hand auf die Stirn. »Sie reißen sich noch die Infusion aus dem Arm.«

Wo war …? Griffin wollte etwas fragen. Er ließ sich zurückfallen und überlegte. Denken war so schwer. Er hatte eine Frage. Was wollte er wissen? Das Wesen. Miller. Er bewegte die Lippen, brachte aber nur ein leises Stammeln hervor. Im Kopf wusste er jetzt genau, was er sagen wollte. Aber er brachte es nicht heraus.

»Miller?«, flüsterte er schließlich.

»Ist das der andere Verletzte?«, fragte der Sanitäter, der ihn in der Ambulanz begleitete.

Griffin nickte. Miller durfte nicht tot sein. Er musste ihn doch noch befragen.

»Die Kollegen im Wagen hinter uns kümmern sich um den Mann«, antwortete sein Begleiter. »Schwer verletzt. Aber sie tun ihr Bestes.«

Dann war der Mörder noch nicht tot. Griffin fühlte, wie er immer leichter wurde. Der Sanitäter griff nach seiner Hand. »Ich habe Ihnen etwas gegeben gegen …« Der Rest verlor sich als Wispern in weiter Ferne.

31. August, Los Angeles

Mit einem Ruck kehrte Griffin in die Welt zurück. Noch immer hing er an einem Infusionsschlauch, doch ansonsten war alles neu. Er lag in einem Bett mit weißen Laken in einem Zimmer mit weißen Wänden und einer ebenfalls weißen Decke. Sein Blick fiel durch das Fenster auf das Laub eines großen Baumes. Jemand räusperte sich. Walsh saß an seiner Seite. Griffin war erleichtert, dass ihm der Name des Agenten sofort einfiel.

»Special Agent Walsh. Schön, Sie zu sehen.«

Der Beamte stand auf und lächelte ihn an. »Sir. Mit Ihnen kann man wirklich was erleben.«

»Mehr, als mir lieb ist, das können Sie mir glauben.« Griffin wollte sich am Hals kratzen. Doch das gelang ihm nicht. Sein rechter Arm war verbunden und mit Metallstäben fixiert.

»Wie geht es Ihnen?«, fragte Walsh.

»Meiner linken Hälfte ganz gut, denke ich. Bei der rechten fragen wir besser einen Arzt.« Griffin verzog das Gesicht zu einem schiefen Grinsen. Er schluckte. Das ging schwer und tat weh.

»Zu Ihren Verletzungen kann ich Ihnen auch schon etwas sagen«, erklärte Walsh. »Miller hat Ihnen den Unterarm gebrochen, Elle und Speiche sind komplett durch. Ein offener Bruch. Die Speichenarterie ist zerrissen, weshalb Sie ordentlich Blut verloren haben. Der Muskel ist ziemlich mitgenommen. Sie werden den Arm wieder ganz normal verwenden können, aber die Narben werden ansehnlich sein.«

Griffin zeigte mit der Linken auf seinen Hals.

»Keine offenen Wunden«, sagte Walsh. »Nur blaue Flecken und eine etwas zerdrückte Speise- und Luftröhre. Das Schlimmste war der Blutverlust, aber die Aderpresse hat Sie wohl gerettet.«

»Das heißt, Sie und Bill Squire haben mir das Leben gerettet«, sagte Griffin. »Was ist mit der Frau?« Er schaute Walsh fragend an. »Er hatte eine Frau überfallen, oder?«

Walsh nickte und schwieg. Griffin verstand.

»Wie alt?«

»17.«

Griffin seufzte. »Und Miller? Lebt er noch?«

»Ja. Er hat Riesenglück gehabt. Die erste Kugel hat seinen rechten Oberarm getroffen. Aber das ist nicht lebensgefährlich. Die zweite ist ihm durch die Schulter gegangen. Ebenfalls eine Wunde, die ihn nicht umbringen wird.«

Griffin richtete sich auf. »Dann können wir ihn befragen? Das ist gut. Sehr gut. Haben Sie oder die Kollegen schon etwas über ihn herausgefunden?« Er ließ sich zurück in die Kissen sinken. »Ich muss ihn sehen.«

Walsh blickte ihn nachdenklich an. »Das habe ich mir gedacht. Die Kollegen vom LAPD machen da wahrscheinlich keine Probleme. Haben Sie alles, was Sie für ein Verhör brauchen?«

»Mein Aufnahmegerät müsste noch im Auto liegen«, sagte Griffin. »Also, was können Sie mir bislang über Miller sagen?«

»Wir wussten schon, dass er an der University of California in Los Angeles arbeitet. Darüber hinaus gibt es nicht viel Interessantes. Einmal ist er aufgefallen: Drogenmissbrauch.«

Griffin horchte auf. Das war bei Serienmördern und Sexualverbrechern häufig.

»Was für Drogen?«

»Er ist beim Kiffen erwischt worden. Einmal. Während seiner Studentenzeit«, fuhr Walsh fort. Griffin seufzte enttäuscht. Das war nicht viel wert. »Wurden in seiner Wohnung Drogen gefunden?«, fragte er. »Etwas Härteres? Auffällig viel Alkohol? Tabletten?«

»Nein. Die Kollegen haben bislang überhaupt nichts Interessantes gefunden.«

»Nichts, was sie für interessant gehalten hätten. Aber ich vermute, sie haben auch nicht so hingeschaut, wie ich das machen würde. Für sie ist der Fall ja geklärt. Der Mörder ist gefasst. Ich möchte mir die Wohnung selbst einmal anschauen. Und was gibt es noch? Wissen wir etwas über Millers Beziehungen zu Frauen? Und über Auslandsaufenthalte?«

Walsh blies die Backen auf. »Langsam, Sir. Die Kollegen haben doch gerade erst angefangen.«

»Klar.« Griffin strich nachdenklich das Bettlaken glatt. »Wir brauchen einen Abgleich seiner DNA mit der des Mörders von Hawaii. Und ich denke, ich sollte ein Profil erstellen und Miller mit Delgado vergleichen«, sagte er zu sich selbst. »Vielleicht hilft das den Kollegen in München und in Schottland weiter.« Er wandte sich wieder an Walsh.

»Könnten Sie klären, ob und wann ich zu Miller kann?«

Walsh versprach es. Es klopfte an der Tür. Eine Schwester kam herein und stellte Griffin ein Tablett mit dem Mittagessen vor die Nase. Die Uhr an der Wand zeigte 11:00 Uhr. Zu spät für ein Frühstück, zu früh für das Mittagessen. Er schüttelte den Kopf. Aber er hatte Hunger.

»Ich habe Ihnen was zu lesen besorgt, damit Ihnen nicht langweilig wird«, erklärte Walsh und zeigte auf die neuesten Ausgaben von *Time* und *Newsweek*. Griffin bedankte sich. Zusammen mit der Krankenschwester verließ Walsh das Zimmer.

Bereits nach einer halben Stunde kehrte Walsh zurück. Er schob einen Rollstuhl vor sich her. »Wenn Sie so weit sind, könnten wir jederzeit loslegen«, sagte er. »Miller hat nichts dagegen, mit Ihnen zu reden, die Kollegen auch nicht.«

Griffin warf das *Time Magazine* auf das Nachtschränkchen. Dann schwang er die Beine aus dem Bett. Ihm wurde schwarz vor Augen.

»Wenn Ihnen noch schwindelig wird, dann wundern Sie sich nicht«, erklärte Walsh. »Das hat die Schwester mir erklärt. Hängt mit dem Blutverlust zusammen. Sie haben jetzt einen ziemlich niedrigen Blutdruck.«

Griffin holte tief Luft, stieg aus dem Bett und ließ sich in den Rollstuhl fallen.

Miller lag auf demselben Stockwerk. Als Griffin und Walsh sein Zimmer betraten, begrüßte sie ein Beamter vom LAPD. Miller saß halb aufgerichtet im Bett, den Oberkörper eingehüllt in dicke Verbände. Griffin war überrascht. Dieser Mann hatte nichts gemein mit dem Mörder, der ihn am Abend umzubringen versucht und davor eine junge Frau ermordet hatte. Mit offenem und zugleich verzweifeltem Blick betrachtete Miller Griffin. Der FBI-Agent reichte ihm vorsichtig die Hand.

»Sie sind der Mann von gestern Abend«, sagte Miller.

»Das stimmt. Und ich würde zu gern wissen, warum Sie versucht haben, mich umzubringen.« Griffin stemmte sich aus dem Rollstuhl und setzte sich auf die Bettkante. Erneut wurde ihm kurz schwindelig. »Das möchte ich Sie fragen. Und noch einige andere Dinge. Und ich würde dieses Gespräch gern aufnehmen.«

»Von mir aus.« Miller starrte auf die Bettdecke, die seine Beine bedeckte, während Griffin sein Aufnahmegerät einschaltete. »Warum ich Sie angegriffen habe?« Er drehte den Kopf, blickte Griffin in die Augen. »Ich will verdammt sein, aber ich weiß es nicht.«

»Sie erinnern sich nicht daran, was Sie getan haben?« Auf diese Tour kamen viele Serienmörder. Wie konnte man schon für etwas die Verantwortung übernehmen, an das man sich selbst nicht erinnern konnte? Bei einem Blackout war man schließlich nicht bei sich, oder? Aber Miller überraschte Griffin.

»Oh, doch. Ich erinnere mich daran.« Er lachte bitter. »Sehr gut erinnere ich mich daran.«

»Was haben Sie denn getan?«

Miller schüttelte unwillig den Kopf. »Lassen Sie diese Spielchen. Ich weiß, was ich getan habe.« Auf seiner Stirn standen Schweißtropfen. Es konnte nicht an der Raumtemperatur liegen. Griffin fand es eher kühl.

»Aber Sie haben keine Ahnung, wieso Sie es getan haben?«, fragte er.

»Richtig.«

»Und das junge Mädchen?«

Griffin war sich nicht sicher, aber blinzelte der junge Mann da eine Träne weg?

»Das Mädchen …« Miller brach die Stimme. Er senkte den Kopf und schwieg. Tatsächlich fielen Tränen auf die Bettdecke. Aus der Brust des Mannes kam ein leises, irritierendes Geräusch. Ein

Wimmern, das Griffin zu seiner eigenen Überraschung zu Herzen ging. Miller war verzweifelt. Und Griffin hatte nicht das Gefühl, dass der Mann eine Show abzog.

»Sie haben keine Ahnung, warum Sie diese junge Frau ...« Er blickte zu Walsh hinüber. »Helen Gibson«, ergänzte sein Kollege.

»Warum Sie Helen Gibson umgebracht haben? Ein 17-jähriges Mädchen?«

Miller schaute auf und wollte sich mit der Hand über das Gesicht fahren. Doch die Schusswunde in seiner Schulter ließ das nicht zu. Mit schmerzverzerrtem Gesicht lehnte er sich wieder zurück. »Helen Gibson. So hieß sie also.«

»Sie wissen noch, was sie ihr angetan haben?«

Miller legte den Kopf in den Nacken und blickte an die Decke. Er schwieg.

»Was haben Sie getan?«

»Sie umgebracht.«

»Warum?«

»Um sie zu vergewaltigen. So sieht es wohl aus.«

»Sie geben das zu?«

Miller zuckte mit den Achseln. »Natürlich.«

Griffin war überrascht. Miller gab ein Verbrechen zu, das ihn in die Todeszelle bringen konnte.

»Haben Sie um einen Anwalt gebeten?«, fragte er. Miller schüttelte den Kopf. »Wozu?«, fragte er.

»Damit alles seine Richtigkeit hat. Ich würde Ihnen dazu raten.«

»Wenn Sie meinen.«

»Erinnern Sie sich an Kim?«

»Kim Kennedy? Was hat die damit ...«

»Nein. Kim Thomas.«

»Wer soll das sein?«

»Sie sind ihr vielleicht auf Hawaii begegnet.«

Miller blickte ihn überrascht an. Dann verschleierte sich sein Blick.

»Dann ist das die Frau, die ich dort umgebracht habe?«

Griffin sah, dass Walsh und der Beamte vom LAPD einen überraschten Blick wechselten.

»Richard. Sie versuchen, bei mir den Eindruck zu erwecken, als täte Ihnen leid, was Sie getan haben. Vielleicht hoffen Sie, dass Ihnen das Vorteile bringt. Aber ich möchte, dass Sie wissen: Keine Jury im Bundesstaat Kalifornien wird Sie weniger hart bestrafen, bloß weil Sie behaupten, Sie würden bereuen. Sie haben gerade zwei Morde an jungen Frauen gestanden, und Sie haben versucht, einen FBI-Agenten zu töten. Sie sitzen schon so gut wie in der Todeszelle. Würden Sie mir verraten, warum Sie sich so verhalten?«

»Weil ich will, dass dieser Albtraum ein Ende hat.« Miller seufzte. »Bis gestern Abend habe ich noch gedacht, diese Sache auf Hawaii … vielleicht hätte ich mir das nur eingebildet. Irgendwie. Es war wie ein Albtraum. Völlig surreal. Als es vorbei war, durfte es nicht passiert sein. Ich war überzeugt, dass es nicht passiert sein konnte. Das Problem war natürlich, dass ich hinterher voller Blut war. Das Blut habe ich im Meer abgewaschen und meine Kleider verbrannt. Und dann habe ich nach und nach immer stärker das Gefühl gehabt, das Ganze war gar nicht real. Eher ein Traum. So etwas gibt es doch. Ich habe mal gelesen, dass sich in unserer Erinnerung reale Ereignisse und Sachen, die wir vielleicht nur gelesen oder in einem Film gesehen haben, vermischen können.«

Er fasste sich an den Kopf. »Das habe ich gehofft. Bis gestern.« Er weinte und sprach zugleich leise weiter. »Danach wusste ich, dass alles wirklich passiert ist. Und wenn es sich einmal wiederholt hat, dann passiert es vielleicht wieder.«

Er hob die Stimme. »Ich weiß nicht, warum ich es tue. Aber ich will, dass es aufhört.« Er blickte Griffin durchdringend an. »Und nun wird es sich nicht wiederholen.«

Damit hatte Miller sicher recht. Er würde keine Gelegenheit mehr bekommen, zu morden. Über die Zukunft hatten sie jetzt mehr Gewissheit als über die Vergangenheit. Dieser Mann stürzte sich in die Todesspritze wie ein römischer General in sein Schwert. Verzweifelt, konsequent.

»Richard, Sie haben auf Hawaii und hier in Los Angeles jeweils eine Frau ermordet. Haben Sie noch mehr Menschen getötet?«

»Nein. Wie kommen Sie darauf?«

»Kennen Sie Brian Delgado?«

»Nein, wer soll das sein?«

»Waren Sie schon einmal in Boston?«

»Nur an der Harvard University in Cambridge. Das liegt auf der anderen Seite vom Charles River.«

»Waren Sie schon mal in Deutschland? Oder in Schottland?«

»Vor drei oder vier Jahren war ich mal in Deutschland. Was sollen diese Fragen?«

»Sind Sie religiös?«

»Nein, nicht besonders.«

»Welcher Glaubensgemeinschaft gehören Sie an?«

»Ich bin katholisch getauft. Aber ich gehe schon lange in keine Kirche mehr.« Miller schüttelte unwillig den Kopf. »Ich habe Ihnen gesagt, was ich getan habe. Aber ich verstehe nicht, warum Sie mir diese Fragen stellen.«

Griffin lächelte den Mann, der ihn fast umgebracht hatte, an. Er musste sich dazu nicht verstellen. Dieser Mensch war wirklich eine andere Person. Als hätte jemand zwei Charaktere in einen Körper gezwungen, oder als hätte er es heute mit Doktor Jekyll zu tun, während der Mann gestern Mister Hyde gewesen war. Gab es vielleicht doch multiple Persönlichkeiten? Die aber waren sich ihrer selbst entweder als verschiedene Personen bewusst, oder die jeweilige Persönlichkeit, mit der man gerade sprach, berichtete von Blackouts. Und Griffin glaubte sowieso nicht, dass diese Krankheit wirklich existierte.

»Ich versuche, einige rätselhafte Dinge aufzuklären, und dabei könnten Sie mir vielleicht helfen.«

»Was für rätselhafte Dinge?«

Griffin überlegte. Durch geschickte Fragen konnte man Verdächtige manchmal dazu bringen, ungewollt Informationen preiszugeben. Aber dafür musste man bereits einen gewissen Vorrat an Informationen besitzen – und den hatte Griffin nicht.

»Sie hatten gestern Kopfschmerzen?«

Miller sah überrascht auf. »Stimmt. Woher …?«

»Sie kamen nach Hause und hatten schon Aspirin genommen. Was passierte danach?«

»Sie haben natürlich mit Bill gesprochen. Also, die Kopfschmerzen gingen nicht weg, trotz der Tabletten. Ich habe noch ein paar Pillen eingeworfen und mich auf die Couch gelegt. Aber dann fing es an …«

»Ja?« Griffin hielt sich zurück, obwohl er fast platzte vor Neugier.

»Ich weiß nicht, wie ich es Ihnen beschreiben soll. Es hat sich irgendwie ein Drang entwickelt. Ein Bedürfnis, das immer stärker wurde.« Griffin zog das Aufnahmegerät näher heran.

»Ein Gefühl, dass ich unbedingt etwas wollte. Ganz diffus. Es war so ähnlich, als ich mit dem Rauchen aufgehört hatte. Ich wollte unbedingt eine Zigarette. Damals habe ich mich beherrschen können. Aber dieses Wollen gestern war weit stärker. Dabei wusste ich gar nicht, was ich eigentlich wollte. Es hat mich von der Couch getrieben und dann raus. In den Garten. Weiter. Immer weiter. Aber ich wollte nicht, dass mich jemand so sieht. In diesem Zustand. Wie ein Junkie. Deshalb bin ich immer im Schatten unter den Bäumen geblieben. Schließlich bin ich fast wahnsinnig geworden. So stelle ich mir das vor, wenn man vom Heroin runterkommen will. Kalter Entzug. Grauenhaft. Und dann kam da …«

Er verstummte. Eine Weile war nichts zu hören als das leise Brummen der Klimaanlage. Miller war, wenn das überhaupt noch möglich war, noch blasser geworden.

»Dieses Mädchen. Als sie vorbeiging, habe ich nur noch den Wunsch verspürt, sie zu …« Er dachte nach. »Ich weiß nicht, wie ich es sagen soll. Es war so, als hätte das alles nichts mit meinem Verstand zu tun. Ich habe mir irgendwie nur dabei zugesehen, was ich getan habe, und doch war ich es die ganze Zeit. Ich habe sie gepackt. Und ich konnte mich nicht bremsen. Dieses Wollen in mir hat mich einfach weitergetrieben. Und als ich … als ich … das war wie eine Explosion in meinem Kopf. Mein ganzer Körper hat sich in einem Feuerwerk aufgelöst. Und dann war da dieses wunderbare Gefühl von Erleichterung. Stellen Sie sich vor, alle Schmerzen und alle Last lösen sich in Wohlgefallen auf. Und dazu haben Sie den größten Orgasmus aller Zeiten. Whuuuum.«

Miller hob die Hände, um sie gleich mit schmerzverzerrtem Gesicht wieder fallen zu lassen.

»Und dann … Verzweiflung. Und der Gedanke, dass niemand

wissen darf, was passiert ist.« Die Augen traten Miller fast aus den Höhlen. Er hatte es geschafft, die Hände über Mund und Nase zu legen. Seine Stimme klang dumpf hinter den Handflächen.

»Wie kann es eine Erleichterung sein, einen Menschen zu töten? Ein Genuss? Aber ich habe es genossen. Können Sie sich das vorstellen? Der Gedanke, dass es mir Spaß gemacht hat, war schlimmer als der Gedanke daran, was ich überhaupt getan habe. Ich musste es vertuschen. Diesmal war der Schock noch größer als beim ersten Mal. Ich bekam es mit der Angst zu tun und wollte nur noch nach Hause.«

Er blickte zu Griffin hinüber. »Aber da standen dann plötzlich Sie, und ich geriet in Panik. Überleben, Richard, überleben, dachte ich, und dieses Überleben war durch Sie in Gefahr geraten. Also habe ich Sie angegriffen.«

Miller schwieg. Griffin sah ihn nachdenklich an.

»Was haben die Frauen für eine Rolle dabei gespielt?«, fragte er.

»Ich weiß nicht. Bis ich sie gesehen habe, war mir gar nicht klar, was ich wollte. Erst dann habe ich begriffen, dass es etwas Sexuelles war. Ich wollte diese Frau haben. Mit aller Gewalt.«

»Haben Sie dabei auch einmal daran gedacht, dass diese Frau ein Mensch ist, der leidet?«

»Wenn Sie es mir noch schwerer machen wollen, dann machen Sie es richtig«, antwortete Miller heiser. Seine Hände begannen zu zittern. »Gestern Abend habe ich keinen Augenblick daran gedacht. Die Frau war für mich ein Gegenstand. Heute ist mir bewusst, dass ich einem Menschen das größte Leid zugefügt habe … schon wieder. Es sind nun schon zwei Menschen. Und ihren Angehörigen. Und ich weiß noch nicht einmal, warum. Die haben mir nichts getan, und ich gehe einfach los und bringe sie um.« Miller begann erneut zu weinen.

»Hatten Sie das Gefühl, Sie hätten in dem Augenblick Macht über diese Frauen?«

»Macht? Nein. Ich habe es einfach gewollt. Ich weiß, was Sie meinen. Vergewaltigungen haben mehr mit Macht und Kontrolle zu tun als mit Sex, nicht wahr?« Miller schüttelte den Kopf. »Nein, ich hatte keine Freude daran, dass ich über diese Menschen verfügen konnte. Ich hatte nicht so einen Gedanken wie: Der zeige ich es jetzt, oder so etwas. Es war eher so, dass ich diese Frauen einfach haben wollte und glücklich war, dass ich bekam, was ich wollte.«

»Aber dass es Frauen waren, war Ihnen bewusst? War das wichtig?«

»Natürlich. Es ging irgendwie um Sex.«

Habe ich es mit einem Soziopathen zu tun?, fragte sich Griffin. Jemand, der genau weiß, wonach ich suche? Aber was hatte Miller davon, Griffin so zu verarschen? Soziopathen versuchten, ihre Umwelt zu ihrem eigenen Vorteil zu manipulieren. Miller aber hatte die Morde gestanden. Er konnte natürlich noch versuchen, die Ermittler um den Finger zu wickeln, um sich an seinen eigenen Fähigkeiten zu ergötzen. Aber das passte nicht ins Bild.

Griffin schaltete das Aufnahmegerät aus. Miller sah ihn an, als würde er noch mehr Fragen erwarten.

»Danke, Mister Miller. Ich denke, das war es erst mal«, sagte Griffin. Walsh schob ihn aus dem Zimmer.

Griffin versuchte, es sich nicht anmerken zu lassen, aber er war völlig verwirrt. Miller entsprach überhaupt nicht seinen Erwartungen. Miller war ein Rätsel. Genau wie Delgado.

31. August, München

Hans Bauer hatte es geschafft, fast den ganzen Vormittag im Bett zu verbringen. Sein erster freier Tag seit Langem. Er versuchte zu lesen, aber in seinem Kopf drehten sich unzählige Gedanken, zwängten sich in sein Bewusstsein, um gleich wieder von anderen verdrängt zu werden. Dabei hatten sie alle etwas gemeinsam: Er wünschte sie zum Teufel. Gedanken an die Arbeit und ihr Scheitern. Daran, dass weitere Menschen sterben würden. Daran, dass selbst die modernsten kriminologischen Methoden nichts brachten.

Vielleicht hatten die Journalisten recht. Vielleicht machten die Ermittler ihren Job nicht richtig. Vielleicht sollte er die Leitung der Soko abgeben. Oder gleich den Beruf an den Nagel hängen. Platz machen für Jüngere, die noch einen Sinn in dem sahen, was sie taten.

Hatte es Sinn, das Leben von Menschen zu beschützen, die sowieso irgendwann sterben würden? Wie schnell vergingen die Jahre, wie schnell huschte das Leben dahin und war Vergangenheit und dann vergessen?

Aber musste überhaupt etwas einen Sinn haben? Ach was, eigentlich ging es schlicht und ergreifend darum zu leben. Ein gutes Gefühl zu haben. Sich freuen zu können, wenn man schon mal da war. Und darauf hatte schließlich jeder dasselbe Recht. Dieses Recht zu schützen war sein Job. Und solange andere dachten, dass er darin gut war, würde er eben weitermachen. Andererseits hatte er genau darin furchtbar versagt. Und er verstand nicht, warum.

Den Nachmittag hatte er damit verbracht, in den Klassikabteilungen der Musikgeschäfte nach Liveaufnahmen von Jacques Loussiers Play-Bach-Konzerten aus den 90er-Jahren zu suchen.

Natürlich hätte er die CDs bestellen können. Aber das wäre zu einfach gewesen, ohne Reiz. Er wollte sie selbst finden. Sich auf sie konzentrieren. Sie aufspüren.

Schließlich hatte er einen Spaziergang im Englischen Garten unternommen. Und dann hatte er getan, was er schon den ganzen Tag vor sich hergeschoben hatte. Er hatte Cynthia Collins angerufen, um sich mit ihr zu treffen. Sie war der einzige Mensch, mit dem er überhaupt reden konnte. Dem er vertraute. Und der ihn nicht schonen würde.

Collins blickte ihn an und machte eine Geste in den Park hinein. Warum hier?, fragten ihre Augen. Sie standen dort, wo die Bestie von Schwabing das erste Mal zugeschlagen hatte. Vom Biergarten des Aumeister wehten fröhliche Stimmen herüber. Bauer zuckte mit den Achseln. Sie schwiegen eine Weile gemeinsam. Er, weil er sich sammeln musste, und sie, weil sie das ahnte. Schließlich hakte sie sich bei ihm ein und zog ihn mit sich.

»Es hat eine Menge Augenblicke gegeben, da dachte ich: Daran musst du dich erinnern, wenn du alt bist und die Kinder sind aus dem Haus«, begann Bauer schließlich. »Das ist es, was in deinem Leben wichtig war.«

Er schüttelte nachdenklich den Kopf. »Wie sie einem zum ersten Mal einen Blick zuwerfen, der sagt: Ah, du bist wieder da. Wie sie zum ersten Mal auf ein Lächeln reagieren.« Collins sah ihn von der Seite her an. Sein Blick schien nach innen gerichtet.

»Wie ich die beiden am Abend auf dem Arm halte, aus dem Fenster schaue und ihnen etwas vorsinge, während im Hintergrund die Standuhr tickt. Wie ihre Schnuller dabei in ihren kleinen Schnuten zucken und sich die Lichter der Stadt in ihren Augen spiegeln, bevor sie ihnen zufallen. Ich hatte solche Angst, dass ich das vergessen könnte, dass mir ganz flau geworden ist.«

»Jetzt bist du dir sicher, dass du das niemals vergessen wirst?«, fragte Collins.

Bauer schaute mit leerem Blick an ihr vorbei. »Ja«, antwortete er so leise, dass Collins ihn kaum verstehen konnte. Zwei Hunde bellten in der Ferne und übertönten das ständige Rauschen des Stadtverkehrs.

»Es bleiben schließlich die einzigen Erinnerungen, die ich jemals an meine Kinder haben werde. Es kommen keine mehr dazu.«

Sie fasste schweigend mit der zweiten Hand nach seinem Arm. Nach einer Weile blickte sie ihn an. »Und da sind die anderen Erinnerungen …?«

Er seufzte. »Himmel, dabei hatte ich mich wirklich darauf gefreut, Vater zu sein. Weißt du was? Es klingt wahrscheinlich total machomäßig, aber ich vermute, es geht vielen Vätern so: Als ich gehört habe, dass wir zwei Jungen bekommen, da war ich auf eine besondere Art stolz. Ich hätte mich über Mädchen kein bisschen weniger gefreut. Ganz sicher nicht. Aber bei Jungen … da kam noch dieser völlig bizarre Stolz dazu.«

»Stammhalter, was?« Collins grinste.

Bauer grinste zurück. »Jedenfalls war ich wirklich glücklich.«

»So bizarr ist das mit dem Stolz nicht. Ich könnte es dir sogar erklären, wenn es dich mit dir selbst ein wenig aussöhnt. Aber ich glaube, das ist gerade nicht das Thema.«

»Nein. Kennst du diesen Spruch? Ein Mann muss in seinem Leben drei Dinge erledigen: ein Haus bauen, einen Baum pflanzen und einen Sohn zeugen. Ob sich an diesen Vorgaben bei zwei gezeugten Söhnen was ändert?«

»Klar«, stimmte Collins zu. »Dann reicht es, wenn man ein Baumhaus baut.«

Bauer musste erneut grinsen. Dann wurde er wieder ernst.

»Zu Anfang lief es eigentlich gut. Ich konnte weiter in meinem Job arbeiten, und sie blieb zu Hause und kümmerte sich um die Kleinen. Die haben ja viel geschlafen. Die Nächte waren hart. Aber da konnte ich auch nicht viel tun. Musste nicht viel tun, weil sie ja den Anspruch hatte, die Kleinen zu stillen. Und das hat sie auch geschafft.«

»Eine tolle Leistung.«

»Ja«, bestätigte Bauer. »Sie war eine tolle Mutter. Zuerst.«

Wieder verlor sich sein Blick in der Ferne. Er schien die Federwolken zu zählen, die am strahlend blauen Himmel standen.

»Und du als Vater?«, fragte Collins.

Bauer blieb stehen und wandte sich Collins zu. »Tja, du kommst gleich auf den Punkt.«

»Was willst du? Small Talk?« Sie lächelte ihn an und drückte seinen Arm.

Bauer schüttelte den Kopf und ging weiter.

»Ich glaube, niemand macht sich vorher ein realistisches Bild davon, wie es ist, Kinder zu haben. Man sagt sich: Das wird hart. Aber man glaubt, man schafft das schon. Es sind schließlich die eigenen Kinder.«

»Und alle anderen haben es ja auch geschafft, nicht wahr? Sonst gäbe es nicht so viele Menschen.«

Bauer nickte.

»Aber niemand weiß vorher, wie gut er damit umgehen wird«, fuhr Collins fort.

»Danke für die Vorlage.« Erneut nickte Bauer. »Ich hatte damit gerechnet, dass ich hilflos sein würde, wenn man mir diese kleinen Würstchen in den Arm legt. Hilflos, aber liebevoll. Verdammt, das war ich auch. Liebevoll. Ich war so voll von Liebe, ich hätte platzen können.« Er sah Collins an.

»Es hat mir manchmal den Atem genommen, wenn ich sie in ihrer Wiege betrachtet habe. Aber meistens habe ich keinen Weg gefunden, diese ganze Liebe anzuwenden. Ich habe keinen Ansatzpunkt gefunden.« Bauers Bitterkeit war deutlich zu hören. »Es reicht nämlich nicht, Babys vor Liebe überströmend im Arm zu halten, um sie zu beruhigen.«

»Man braucht dazu weniger Liebe als vielmehr starke Nerven«, sagte Collins.

»Man könnte meinen, du hast damit Erfahrung.«

»Ich habe Erfahrung mit Leuten mit Erfahrungen.«

»Ich hatte jedenfalls den Anspruch, für meine Kinder und meine Frau da zu sein. Trotz Job. Pünktlich nach Hause, möglichst keine Arbeit an den Wochenenden. Das war schwierig.« Er schüttelte den Kopf. »Quatsch, es war unmöglich.«

»Das Verbrechen schläft nie.«

»Haha.«

»Entschuldige.« Collins fasste nach Bauers Hand und hielt sie fest.

»Na ja. So ähnlich ist es ja wirklich. Ich konnte schlecht … na, egal. Jedenfalls habe ich versucht, möglichst oft zu Hause zu sein.«

»Aber wenn du da warst, dann lief es nicht so, wie du dir das vorgestellt hattest.«

Bauer lachte bitter. »Nein, ganz und gar nicht. Die Kleinen waren unheimlich anstrengend. Jungen sollen in den ersten Jahren ja schlimmer sein als Mädchen, und wir hatten zwei. Und ich glaube, sie waren wirklich extrem. Das haben auch andere gesagt, ist also nicht bloß eine Ausrede.«

»Hans«, sagte Collins leise, »ich weiß, dass es dir nicht um Ausreden geht.«

Er nickte. »Wenn es richtig laut wurde, dann war das manchmal, als würde in meinem Gehirn ein Schalter umgelegt.« Erneut blieb Bauer stehen und fasste sich an die Stirn. »Dann war da nicht mehr der Wunsch, die Bedürfnisse der Kleinen zu stillen, sodass sie zufrieden und leise wären. Das klappte häufig sowieso nicht. Weil ich gar nicht wusste, warum sie schrien.« Er schaute zu Boden und holte tief Luft. »Da war nur noch der Wunsch, sie zum Schweigen zu bringen.«

»Das klingt drastisch«, stellte Collins leise fest.

Irritiert schaute er sie an. »Was? Ach so. Damit meine ich nicht *umbringen*. Ich habe nicht ein einziges Mal das Gefühl gehabt, ich würde meine Kinder jetzt gern töten. Da ich sie nicht beruhigen konnte und ihr Schreien nicht ausgehalten habe, bin ich dann immer gegangen.«

»Einfach gegangen.« Es lag kein Vorwurf in der Stimme der Psychologin.

»Na ja, manchmal stand ich auch mal im Wohnzimmer und habe rumgebrüllt. Könnt ihr nicht bitte, bitte ruhig sein? So was. Dann bin ich gegangen.«

Collins hielt Bauer an der Hand zurück. Sie blieben auf einer der kleinen Brücken über den Oberstjägermeisterbach stehen und blickten ins Wasser. Ein junger Mann joggte an ihnen vorüber. Als er verschwunden war, brach die Britin ihr Schweigen.

»Das heißt, Simone musste dann allein mit ihnen fertig werden.«

»Genau das heißt es. Es tat mir leid. Ich habe es immer wieder versucht.« Bauer hatte seine Hände zu Fäusten geballt. »Aber es ging nicht.«

»Deine Nerven waren dafür nicht stark genug.«

»Ich kläre furchtbare Verbrechen auf«, rief Bauer fassungslos. »In meinem Büro sitzen mir Mörder und Totschläger gegenüber. Und meine Nerven sind zu schwach für Babygeschrei. Ist das nicht ein Witz?«

»Nur für Leute, die keine Babys oder keine Ahnung oder beides nicht haben«, antwortete Collins trocken.

»Ich wusste, dass du dafür Verständnis hast. Du hast für alles Verständnis«, sagte Bauer ironisch.

»Weißt du, warum? Weil es für alles eine Erklärung gibt. Wir kennen sie nur oft nicht. Wenn wir sie kennen, verstehen wir. Wenn wir sie nicht kennen, sollten wir versuchen, Verständnis zu haben.«

Die Sonne näherte sich dem Horizont. Collins blickte nachdenklich hinunter auf den Bach. Die Abenddämmerung zersplitterte auf der Wasseroberfläche in zahllose Rubine.

»Ich bin mir übrigens sicher, dass du zwar etwas extremer reagierst als andere Väter. Aber grundsätzlich sind die meisten Männer nicht so gestrickt, dass sie gerne mit Kleinkindern umgehen. Klar, auf den Arm nehmen, duziduzi machen, mal das Fläschchen geben und ein Schlaflied singen und auch mal die Windeln wechseln.«

Die Britin stupste mit dem Fuß einen Stein an, der fast lautlos im Wasser verschwand. »Es gibt sicher auch Männer, die zum Kindergärtner taugen. Aber das sind Ausnahmen. Die meisten übernehmen den Vater-Job erst mit dem Herzen, wenn man mit den Kleinen Fußball oder mit der elektrischen Eisenbahn spielen kann. Und dann gibt es noch die, die es mit den Kleinen schlecht oder gar nicht aushalten.«

»Zu denen dann wohl ich gehöre«, stellte Bauer bitter fest.

Collins nickte. »Wenn man die Häufigkeit dieser Männer mit unterschiedlichen Vater-Qualitäten aufmalt, ergibt sich eine sogenannte Normalverteilungskurve. Es gibt eben solche und solche Väter – das ist *normal*. Wieso das so ist, lässt sich nicht genau sagen. Aber eines ist klar: Wer fordert, ein Vater solle sich nicht so anstellen, bloß weil sein Baby ein bisschen schreit, hat keine Ahnung, wovon er redet.«

»Ich vermute, ich sollte jetzt ein wenig erleichtert sein, oder?«

»Sagen wir mal so: Du darfst dein Gewissen ein Stück weit beruhigen. Aber deine Geschichte ist ja noch nicht zu Ende.«

»Noch lange nicht.« Bauer knöpfte sich die Jacke zu und lehnte sich an das Brückengeländer. Sie standen eine Weile schweigend da.

»Ich bin immer stärker unter Druck geraten, Collie«, fuhr der Polizist schließlich fort. »Wenn ich nach Hause kam oder an den Wochenenden wollte ich sie entlasten, indem ich mich um die Kinder kümmere. Und ich wollte natürlich als Vater da sein für sie. Ihre Mutter hat das auch von mir erwartet. Sie brauchte die Erholung. Und dann stand ich da, mit den Nerven völlig runter. Ich hatte ständig das Gefühl, ich müsste weglaufen, aber das ging ja nicht. Ich wurde meinen eigenen Ansprüchen nicht gerecht. Ich musste mir eingestehen, als Vater ein völliger Versager zu sein. Es war, als müsste ich eine Rolle spielen, für die ich nicht taugte. Das Leben eines anderen führen, die Aufgaben eines anderen bewältigen. Als wäre da etwas verwechselt worden.«

Er schüttelte verzweifelt den Kopf. »Kennst du dieses Ziehen im Bauch, wenn du das Gefühl hast, du sitzt in einer Falle und es gibt keinen Weg hinaus? Du willst einfach nur weglaufen – aber es geht nicht?«

»Eine Stressreaktion auf extreme Belastung: Adrenalin, Noradrenalin und Glukokortikoide werden ausgeschüttet. Blutdruck und Herzschlagfrequenz steigen an, die Bronchien erweitern sich …«, fasste Collins sachlich zusammen.

»Collie, das …« Bauer kam nicht zu Wort.

»Das ist die sogenannte Fight-Flight-Reaktion, die den Körper in die Lage versetzt, blitzschnell mit Angriff oder Flucht zu reagieren. Kein Wunder, dass du das Gefühl hattest, du müsstest platzen. Dein Körper hat sich gewissermaßen für einen Boxkampf aufgepumpt.«

»Den ich schlecht gegen die Kleinen führen konnte«, rief Bauer aus.

»Manche führen ihn – und landen dann im Gefängnis wegen Kindesmisshandlung oder Kindstötung«, stellte Collins kühl fest. »Langfristig kommt es übrigens bei Dauerstress zu einer erhöhten Anfälligkeit von Infektionen, zu Konzentrationsschwäche, Magengeschwüren, Bluthochdruck und Herzinfarkt.«

»Danke.« Bauer schaute die Britin irritiert an. »Das baut mich wirklich auf.«

»He, ich versuche, dich aus der schweren See deiner Selbstvorwürfe zu retten und wieder auf festen Boden zu stellen«, sagte sie und nahm ihn kurz in den Arm. »Und der Boden gibt dort am wenigsten nach, wo er aus harten Fakten besteht. Deine Reaktion in diesen Situationen war nicht abnorm.«

»Ich bin also kein Perverser?«

Collins ignorierte seine Ironie. »Jedenfalls nicht in Bezug auf Kleinkinder.«

Bauer seufzte. »Sie hat dann irgendwann gesagt, sie fände es so schade, dass ich meine Kinder nicht lieb haben könnte. Das tat verdammt weh. Und so war es ja auch gar nicht. Aber sie hat immer stärker darunter gelitten, dass ich ihr nicht helfen konnte – wodurch wiederum der Druck in meiner Brust immer größer geworden ist. Aber da war halt noch die Arbeit, und wenn ich zu Hause war …«

»Schon klar.« Collins nickte.

»Irgendwann bin ich dann heimgekommen, und die Kinder saßen mit vollen Windeln schreiend in der Küche in ihren Stühlchen. Die Schalen mit Brei, die sie ihnen vor die Nase gesetzt hatte, lagen auf dem Boden. Sie selbst lag heulend im Schlafzimmer. Ich habe mir dann einen Tag freigenommen, und wir haben überlegt, was man tun könnte. Eine Weile hatten wir dann eine Haushaltshilfe, aber das zahlt die Kasse nicht ewig. Dann ging es wieder, eine Zeit lang. Und schließlich wurde es richtig schlimm.« Bauer trat wütend gegen das Brückengeländer. »Wieder kam eine Haushaltshilfe. Sobald ich nach Hause kam, ging die, und ich musste mich um die Kleinen kümmern. Das wollte ich auch. Ich dachte, das wird wieder mit ihr. Aber ich habe es nicht hingekriegt.«

Bauer blinzelte, als hätte er etwas ins Auge bekommen. »In unserer Gesellschaft darfst du das aber nicht zugeben«, fuhr er fort. »Nicht die Nerven für Kinder zu haben ist in unserer Gesellschaft heute wie ein Makel. Es ist schwierig, das zu erklären, damit man Hilfe bekommt. Ich meine, Männer sollen ihren Partnerinnen ja sogar ermöglichen, selbst einen Job zu haben. Erkläre mal jemandem, dass das an deinen Nerven scheitert. Irgendwann hat sie dann jedenfalls beschlossen, ein Ende zu machen.«

»Und du begreifst nicht, wieso«, stellte Collins verständnisvoll fest.

»Nein. Trotz allem, das begreife ich nicht.« Er schüttelte den Kopf.

»Ich brauche nur drei Worte, um dir zu sagen, was los war«, sagte Collins leise. »Überforderung. Postnatale Depression.«

Bauer nickte und schaute vor sich zu Boden. »Wenn sie nur sich umgebracht hätte ... aber die Kleinen?«

»Dann hättest du dich um Paul und Mark kümmern müssen.« Collins tippte mit dem Zeigefinger auf Bauers Brust. »Allein.«

»Das hätte ich auch getan. Irgendwie.«

»Irgendwie? Du meinst, allein hättest du gekonnt, was mit Simone zusammen nicht ging?«

Bauer hob abwehrend die Hände. »Verdammt, Collie, willst du vielleicht sagen, es war richtig von ihr, die Kleinen umzubringen?«

»Verdammt, Hans, du weißt genau, dass ich das nicht sagen will.« Sie trat einen Schritt auf ihn zu und blickte ihm von unten ins Gesicht.

»Was willst du denn sagen?« Bauers Gesicht war rot vor Zorn.

»Kannst du dich mal eine Sekunde in sie hineinversetzen?« Collins kniff die Augen zusammen.

Bauer schüttelte heftig den Kopf. »Nein. Was soll ...«

»Nur eine Sekunde, Hans. Versetz dich für eine Sekunde in sie hinein und betrachte die Welt durch ihre Augen. Betrachte dich durch ihre Augen. Das ist nicht einfach, ich weiß. Aber sag doch mal ganz ehrlich: Konnte sie davon ausgehen, dass ihr Mann in der Lage war, für seine Kinder da zu sein?«

»Sei vorsichtig, was du sagst, Collie, ich warne ...«

»Sie wollte für ihre Kinder da sein und konnte es nicht mehr. Genauso wenig, wie du es – aus anderen Gründen natürlich – nicht konntest.«

Wieder richtete sie ihren Zeigefinger auf Bauers Brust. »Stell dir vor, wie das ist: Depressionen. Das bedeutet tiefste, schwärzeste Verzweiflung. Fliehen konnte sie genauso wenig wie du – ihre Flucht endete immer im Schlaf, und mit dem Aufwachen begannen die Qualen und Selbstvorwürfe erneut. Ich schaffe das nicht, ich bin nichts wert. Die Hölle im Kopf, Traurigkeit im Herzen und die Glieder gelähmt. Und dann hat sie nur noch einen Ausweg gesehen, um der Qual ein Ende zu bereiten und die Welt um ihre Last zu erleichtern: schlafen und nicht mehr aufwachen. Aber selbst ganz am Ende hatte sie immer noch Muttergefühle.«

Bauer machte einen Schritt zurück und hielt Collins die Faust unter die Nase. »Was redest du da von Muttergefühlen«, zischte er. »Sie hat …«

»Ja. Sie hatte immer noch Muttergefühle«, flüsterte die Psychologin. »Sie war am Ende. Aber auch da konnte sie die Kleinen nicht einfach im Stich lassen. Sie konnte sie nicht einfach ihrem Schicksal überlassen. Und ihr Vater … war mit ihnen doch völlig überfordert. Der wäre am liebsten weggelaufen. Für sich hatte sie nur noch eine Lösung gesehen. Und sie musste auch für ihre Kinder eine Lösung finden. Und dann hat sie keine andere Lösung mehr gesehen … als sie mitzunehmen.«

Bauer zitterte am ganzen Leib. »Muttergefühle? Sie hat meine Söhne umgebracht. Sie hat meine …« Seine Stimme brach. Tränen liefen über seine Wangen.

»VERDAMMT«, brüllte er und hämmerte mit beiden Fäusten auf das Brückengeländer. Die Psychologin rührte sich nicht.

»Begreif es doch endlich, Hans«, sagte sie endlich leise. »Sie konnte nichts dafür. Ihr konntet beide nichts dafür.«

Bauer richtete sich auf und schubste sie aus dem Weg. Collins sah ihm hinterher, bis er zwischen den Bäumen verschwunden war.

1. September, München

Bauer und Collins standen vor den Stuhlreihen im Konferenzraum, der sich zur morgendlichen Besprechung langsam mit den Mitgliedern der Soko füllte. Bauer blickte die Psychologin an. Er machte drei Schritte auf sie zu und nahm sie in den Arm. Sie erwiderte die Umarmung. Dann wandten sich beide ohne ein weiteres Wort den übrigen Ermittlern zu, die die Szene verwundert beobachtet hatten.

»David Griffin vom FBI hat sich gemeldet«, verkündete Bauer. »Mit hochinteressanten Neuigkeiten.«

Was er von dem amerikanischen Kollegen erfahren hatte, erfüllte ihn mit Optimismus. Obwohl klar war, dass ihre eigene Arbeit durch die neuen Informationen nicht einfacher werden würde.

»Griffin und seine Kollegen haben den Mörder von Kalalau Beach gefasst«, erklärte er. Es wurde unruhig im Raum.

»Sie haben ihn festgenommen, nachdem er gerade wieder eine Frau vergewaltigt und getötet hatte. Auch den Mord auf Hawaii hat er schon gestanden.« Er fasste zusammen, was Griffin ihm in der Nacht berichtet hatte.

»Aber was bedeutet das für uns?«, fragte Geyer.

»Gute Frage.« Bauer setzte sich auf einen der Stühle in der ersten Reihe und drehte sich zu den Kollegen um. »Und ich habe leider keine gute Antwort darauf.« Er seufzte. »Das bedeutet, wir haben es vielleicht auch hier mit einem Mann zu tun, der ganz plötzlich den unbeherrschbaren Trieb verspürt, auf Menschenjagd zu gehen, und dessen Kontrolle dann gerade noch ausreicht, es heimlich zu tun.«

»Was wir über Miller erfahren haben, hat aber auch jetzt schon eine ganz praktische Bedeutung«, sagte Collins. Die Psychologin hatte sich inzwischen in die letzte Reihe gesetzt. »Richard Miller hat in Los Angeles, genauso wie Brian Delgado in Milton, ganz in der Nähe seiner Wohnung zugeschlagen.«

Bauer war im ersten Augenblick nicht klar, was das zu bedeuten hatte. Dann nickte er. »Das zeigt einmal mehr, wie wichtig das geografische Profil und das DNA-Screening sind. Wir machen jedenfalls weiter wie bisher.«

»Aber wir haben inzwischen von den meisten Personen, die in der Umgebung der Tatorte wohnen, DNA-Proben genommen«, seufzte Geyer. »Alles negativ.«

»Vielleicht müssen wir die Suche nach Westen und Süden ausweiten. Vielleicht müssen wir auch die Stadtviertel im Osten des Englischen Gartens berücksichtigen«, erklärte Collins.

»Wir sollten noch einmal überprüfen, ob wir wirklich alle Leute, die in den betroffenen Vierteln ihren Ankerpunkt haben, erwischt haben«, schlug Born vor. »Vielleicht arbeitet der Mörder dort nur und ist gerade im Urlaub.«

»Super. Es dürfte ja leicht sein, die Münchner davon zu überzeugen, dass die Polizei effektive Arbeit leistet, wenn wir langsam, aber sicher jeden Einzelnen der Millionen Münchner überprüfen wollen«, brummte Geyer.

»Tut mir leid«, sagte Collins. »Sonst sehe ich derzeit keine Möglichkeit.«

»Können wir nicht vielleicht die Bürger in den betroffenen Vierteln noch einmal bitten, uns Hinweise zu geben?«, fragte Born. »Immerhin wissen wir jetzt, dass der Mörder vor den Verbrechen möglicherweise Kopfschmerzen hat.«

»Sollen wir das über die Medien verbreiten?«, fragte Geyer lachend. »Melden Sie uns alle Personen, die sich durch Kopfschmerzen verdächtig gemacht haben.« Sie tippte sich an die Stirn. »Ich glaub, du leidest unter dem Föhn.«

Born zuckte mit den Achseln. »Hast du eine bessere Idee?«

Bauer winkte beschwichtigend. »Elli, ich finde das gar nicht so blöd. Es sollen ja wirklich auffällige Kopfschmerzen sein.«

»Ich sehe schon die Schlagzeilen: Polizei sucht Mörder mit Kopfschmerzen«, sagte Geyer. »Aber wenn ihr meint.«

Als Bauer die Idee dem Staatsanwalt unterbreitete, reagierte der, wie er es erwartet hatte. Hauser war von der Idee nicht begeistert, aber er willigte ein. »Vielleicht können wir es in einer Pressemitteilung so formulieren, dass wir der Bevölkerung das Gefühl geben, sie sei an den Ermittlungen beteiligt. Die Menschen müssen sich wichtig vorkommen, ernst genommen fühlen. Wir ermöglichen es ihnen, aus der Passivität gegenüber einer Bedrohung herauszukommen und aktiv zu werden.«

Bauer blieb skeptisch. Obwohl es sein Vorschlag gewesen war. Collins hatte ihn zu Hauser begleitet. »Vielleicht sollten wir in die Offensive gehen«, sagte sie.

»Wie meinst du das?«, fragte Bauer.

»Wir könnten dem Fernsehen ein Interview mit dir anbieten, in dem du erklärst, was los ist. Was es mit den Tätern auf sich hat, die wir bereits kennen. Das ist doch für die Medien eine tolle Geschichte, auf die sie sich stürzen können, statt auf euch einzuprügeln.«

»Vielleicht ist die Idee nicht schlecht«, sagte Hauser. Der Staatsanwalt drehte nervös an einem Kugelschreiber herum. »Aber nehmen wir uns noch etwas Zeit, bevor wir an die Öffentlichkeit gehen. Ich muss darüber nachdenken.«

1. bis 3. September, Los Angeles

Die nächsten drei Tage arbeitete sich Griffin zusammen mit Walsh durch das Leben von Richard Miller. Sie untersuchten seine Wohnung, sprachen mit Bill Squire und anderen Freunden und Bekannten des Mörders, wühlten sich durch alle Dokumente, Papiere, Bücher, Fotoalben, die sie in Millers Wohnung und seinem Büro fanden. Sie durchsuchten sein Auto, seine Mülleimer, sie entflochten die Lebensumstände und seine Biografie, sie drangen so tief in sein Leben ein, dass sie ein Buch über ihn hätten schreiben können. Aber es wäre nicht die Biografie eines typischen Serienmörders gewesen. Es war die Geschichte eines völlig normalen Mannes, eines Akademikers, der von heute auf morgen Anfälle von Wahnsinn entwickelt hatte. Die einzige Erklärung, die zu fast allen bekannten Aspekten dieses Falles passte, war Schizophrenie. Die Betroffenen zeigten häufig erst jenseits des 30. Lebensjahrs erstmals Symptome. Und während eines Krankheitsschubs konnte es nach Griffins Erfahrungen durchaus zu solchen bizarren Verhaltensweisen kommen, wie Miller sie an den Tag gelegt hatte. Es war selten, aber es kam wirklich vor. Griffin hatte die FBI-Akademie schließlich gebeten, einen klinischen Psychologen mit einem Gutachten über den Mann zu beauftragen.

Doch bis auf die mörderischen Symptome in Millers Verhalten konnte der Psychologe nichts finden, was die Diagnose einer psychischen Störung oder Krankheit oder auch nur einer Abweichung von der psychischen Norm gerechtfertigt hätte. Miller zeigte im Interview keine Hinweise darauf, dass in ihm ein Psychopath steckte. Er verhielt sich nicht unverantwortlich, impulsiv oder unkontrolliert, log nicht, versuchte nicht zu manipulieren und zeigte starke Schuldgefühle. Der Psychologe stellte eine gut ausgeprägte

Fähigkeit zur Empathie fest. Auf der Psychopathie-Checkliste von Hare erreichte er drei von 40 Punkten – und selbst Serienmörder mit einem Score zwischen 20 und 30 wurden normalerweise nicht als Psychopathen betrachtet. Geisteskrankheiten oder Persönlichkeitsstörungen konnte der Experte bei Miller weder gemäß DSM IV noch ICD-10 feststellen – keine Schizophrenie oder Depression, kein Sadismus oder sonstige Störung der Sexualpräferenz. Er zeigte keine Hinweise auf eine narzisstische, dissoziale, paranoide oder schizoide Persönlichkeitsstörung. Auch fehlten Hinweise auf Drogen- oder Alkoholmissbrauch. Millers IQ lag bei 115.

Seine Sozialisation entsprach dem, was Griffin als gelungene Sexualmörder-Vermeidungsstrategie bezeichnen würde: intakte Familie, liebevolle Eltern, gute Schule, Vereinsleben, Freunde, Partnerinnen, deren Zahl nicht auf ein auffällig promiskuitives Sexualleben hinwies. Studium, Beruf, überall erfolgreich – alles sah so aus, wie Griffin es sich für seinen eigenen Sohn wünschen würde. Und alles war anders als bei Delgado.

Auch weitere Gespräche, die Griffin mit ihm führte, brachten keine neuen Informationen ans Tageslicht. Es war, als tickte in Miller eine Zeitbombe, die alle paar Wochen losging und ihn in einen Zustand unkontrollierbarer Raserei versetzte, bei der er dem Drang folgte, über Frauen herzufallen.

Miller war und blieb ein Rätsel.

2. September, München

In der Soko Schatten waren die Neuigkeiten aus den USA mit Erleichterung aufgenommen worden. Man wusste wieder etwas mehr über das Verhalten der Täter. Doch der Schwabinger Mörder lief drei Tage vor dem Vollmond noch immer frei herum, obwohl alle Täter wenig unternahmen, um ihre Spuren zu verwischen.

Die Soko hatte demnach bislang einfach Pech gehabt. Unglaublich großes Pech. Aber jede Pechsträhne geht einmal vorbei, dachte Born. Immerhin hatte er selbst das Gefühl, gerade großes Glück zu haben. Er hatte am Abend mit Melanie telefoniert. Es ging ihr gut, aber sie vermisste ihn. Dann hatte er sich ein Herz gefasst und sie darauf angesprochen, dass sie kein Kondom benutzt hatten. Sie hatte gelacht und ihm versichert, sie hätte für die Verhütung gesorgt. Und als er sie auf das Thema Aids angesprochen hatte, hatte sie ihn überrascht.

»Mein letzter Test liegt erst einige Wochen zurück«, hatte sie gesagt. »Und ich gehe davon aus, dass du verantwortungsbewusst genug bist, nicht mit mir zu schlafen, wenn du infiziert bist.«

Sie war ihm nicht böse. Immerhin ging es ja um sein Leben. Er hatte sich von ihr mit dem Gefühl verabschiedet, dass zwischen ihnen alles in Ordnung war.

Die Presse hatte sich entschlossen, die Rolle der Kassandra zu übernehmen: Mehrere Zeitungen mit großer Auflage verkündeten, dass der nächste Mord der Schwabinger Bestie bevorstünde, da schließlich am 4. September wieder Vollmond war. Und sie waren sich einig, dass die Polizei nicht genug tat. Als er in die S-Bahn stieg, hörte er aus mehreren Richtungen Gespräche, die sich um die Schwabinger Bestie drehten. Die Stimmen klangen besorgt, fasziniert – und vorwurfsvoll. Offenbar fielen die Schuldzuweisungen gegenüber der Polizei auf fruchtbaren Boden. Born schüttelte den Kopf, sagte aber nichts.

Die Beamten hatten mit Vorwürfen gerechnet. Das war immer so, wenn ein Fall nicht innerhalb von zwei Tagen gelöst war. Doch die gleichzeitige Ankündigung des nächsten Mordes zu einem bestimmten Zeitpunkt hatte eine neue Qualität.

Die Polizei hatte die Presse darüber informiert, dass man nach jemandem suchte, der unter ungewöhnlichen Kopfschmerzen leidet. Doch das war den Redakteuren nur einige spitze Kommentare wert gewesen. Der Tenor aller Boulevardblätter am 2. September war: Was kann die Bevölkerung selbst tun? Dabei ging es nicht mehr nur darum, dass Frauen daheimbleiben sollten. Erste Stimmen diskutierten die Idee einer Art Bürgerwache.

Bei seiner Ankunft im Büro erfuhr Born, dass Hauser eine Sitzung anberaumt hatte, zu der möglichst alle Soko-Mitglieder erscheinen sollten.

Als Born, Bauer, Geyer und die Übrigen im Konferenzsaal erschienen, war der Staatsanwalt bereits da, zusammen mit einem weiteren Anzugträger und einer jungen Dame im eleganten Kostüm. Beide hatte Born noch nie gesehen.

»Herrschaften! Verzeihung, liebe Kolleginnen. Sie sind natürlich auch gemeint. Wir wissen alle, was wir von diesen Schmierfinken zu halten haben, die diesen unverantwortlichen Schwachsinn verzapfen.« Er klaubte eine der Zeitungen auf, die vor ihm auf dem Tisch lagen, und hielt sie hoch. Dann warf er sie erbost auf den Boden. Ein für Hauser untypischer Gefühlsausbruch. »Wir müssen etwas gegen diesen Mist unternehmen. Und das muss etwas anderes sein, als wie üblich zu verkünden, dass wir unser Bestes tun. Ich weiß ja, dass Sie alle Ihr Bestes geben. Das brauche ich Ihnen hoffentlich nicht extra zu sagen. Aber die Bürger erwarten offenbar mehr. Die sehen zu viele Krimis.« Er hob die Arme und ließ sie resigniert wieder fallen. »Die Leute erwarten offenbar ein Wunder. Und da wir ihnen so was nicht bieten können, müssen wir uns etwas anderes einfallen lassen. Deshalb ist heute Frau Lang von der Pressestelle zu uns gestoßen. Vielleicht können wir uns mit ihr zusammen eine Strategie überlegen, mit der man auf diese Journaille reagieren kann.« Die junge Frau lächelte in die Runde.

»Außerdem möchte Unterstaatssekretär Ranger aus dem Innenministerium einige Worte zu Ihnen sagen. Bitte.«

Der schlanke Mann, dessen Anzug wahrscheinlich so viel gekostet hatte wie das Monatsgehalt eines Streifenpolizisten, drückte die Brust heraus, als er neben Hauser trat. Born schätzte ihn auf etwa 40 Jahre.

»Meine Damen, meine Herren.« Der Mann aus dem Innenministerium blickte in die Runde und begann, seine Hände zu kneten. Ganz eindeutig kein geborener Redner, dachte Born. Also auch kein geborener Politiker. Und schon war ihm der Unterstaatssekretär ein gutes Stück sympathischer. Aber nicht lange.

»Der Herr Innenminister hat die Klatschblätter heute Morgen natürlich auch gesehen. Ich soll Ihnen ausrichten, dass er ebenfalls nicht an Ihnen zweifelt, aber er möchte auch, dass Sie sich darüber im Klaren sind, wie sehr ihm der Ruf der bayerischen Sicherheitsbehörden am Herzen liegt. Und diese Schmierblätter verknüpfen nun diesen Ruf mit diesem Fall – und damit direkt mit Ihrer Arbeit. Das bedeutet, wir müssen alle mit 150 Prozent Einsatz ran.«

»Wir?«, flüsterte Born. »Und hat uns dieser gelackte Schnösel gerade erklärt, dass der Herr Minister Buchholz zwar nicht an uns zweifelt, aber glaubt, wir könnten noch viel mehr tun? Arschloch.«

»Lass den Buchholz«, antwortete Geyer leise. »Wenn es einen Minister in Deutschland gibt, der sich dafür einsetzt, dass wir unsere Arbeit ordentlich erledigen können, dann er.«

So konnte man das natürlich auch sehen, dachte Born. Er wandte sich wieder dem Politiker zu, der bereits zum Ende kam.

»Tun Sie also bitte schön alles, damit diese Medienmeute keinen Grund mehr hat, solch einen Schwachsinn zu verzapfen.«

»Danke und einen schönen Gruß an den Herrn Minister«, sagte Hauser. »Und richten Sie ihm doch bitte aus, dass wir nicht daran zweifeln, dass auch er sein Bestes gibt, und dass uns der Ruf der Landesregierung sehr am Herzen liegt, der natürlich auch unmittelbar mit seiner Arbeit zusammenhängt. Wir sind überzeugt, dass der Herr Minister deshalb seinen Arbeitseinsatz ebenfalls um die Hälfte erhöhen wird. Vielleicht sind dann ja mal einige neue Stellen bei der Polizei drin, eine Anpassung der Gehälter an die Inflation, und vielleicht lässt sich ja auch ein Weg finden, die Überstunden abzubauen.«

Das Gesicht des Unterstaatssekretärs war bei den letzten Sätzen des Staatsanwalts rot angelaufen. Born war sich sicher, dass der Mann die Zähne zusammenbiss, um sich eine Antwort auf diese unverhohlene Kritik am Innenminister zu verkneifen.

»Für morgen werde ich eine Pressekonferenz ansetzen«, fuhr der Staatsanwalt fort. »Außerdem würde ich vorschlagen, Sie, Herr Bauer, und ein oder zwei Ihrer Mitarbeiter setzen sich mit Frau Lang zusammen, um eine Presseerklärung zu entwerfen.«

Der Mann aus dem Innenministerium verließ den Raum mit großen Schritten, gefolgt von der Pressesprecherin. Born schaute ihnen grinsend nach. Wenn Winnie Puh Hauser je Ambitionen auf einen weiteren Aufstieg auf der politischen Karriereleiter gehabt hatte, dann konnte er das jetzt vergessen. Minister Buchholz würde ihm wohl kaum mehr gewogen sein. Aber offenbar war der Staatsanwalt zufrieden mit seinem Job, und seine derzeitige Position war ihm sicher. Und vielleicht würde dieser Unterstaatssekretär dem Minister die Äußerungen des Staatsanwalts gar nicht weitergeben. Das würde schließlich auch ein schlechtes Licht auf ihn und seinen Auftritt hier werfen.

Bauer bat die Soko-Mitglieder um ihre Aufmerksamkeit. »Cynthia hat übrigens wichtige Neuigkeiten. Aus Schottland.«

»Wir haben jetzt dort offenbar auch eine Serie von Bestien-Morden«, verkündete Collins. Ein Murmeln ging durch den Raum.

»Diesmal in Arden selbst«, fuhr Collins fort. »Am Stadtrand wurde gestern Nacht eine junge Frau getötet. Die Polizei in Glasgow hat mich vorhin informiert.« Collins blies sich eine Haarsträhne aus dem Gesicht, sodass für eine Sekunde ihre vernarbte Gesichtshälfte deutlich zu sehen war. »Der Mörder von Arden«, fuhr sie fort, »kommt demnach vermutlich aus der Umgebung der Stadt.«

»Könnte er vielleicht nur einen starken Bezug zur Stadt haben?«, fragte Born. »Vielleicht besucht er sie nur regelmäßig.«

»Das lässt sich nicht ausschließen. Auf jeden Fall hat die Polizei begonnen, den Einwohnern Speichelproben zu entnehmen. Außerdem gibt es die Zeugenaussage einer Frau, die behauptet, sie hätte von ihrem Wohnzimmerfenster aus gesehen, wie ein Mann nachts wie ein Verrückter die High Road entlanggerannt sei. Er hätte irgendwie gekeucht, sagt sie.«

Born erinnerte sich an die Aussage eines Zeugen des ersten Mordes im Englischen Garten. Hatte der nicht auch gesagt, etwas sei fauchend durch die Büsche gerannt?

»Auf der Straße ist tatsächlich Blut entdeckt worden, das vom Opfer stammen könnte. Wird derzeit überprüft. Jetzt gehen die Ermittler von Tür zu Tür und überprüfen alle Hauseingänge auf Blutspuren.«

»Gut, dass Arden keine Großstadt ist«, warf Adam ein.

»Ja. Obwohl wir dann vielleicht mehr Zeugen hätten. Aber ich denke, es ist nur noch eine Frage von Tagen, bis sie den Mörder haben.«

»Vielleicht verstehen wir dann endlich, wie alle diese Morde zusammenhängen.« Bauers Stimme spiegelte die Hoffnung, die man in seinen Worten hätte lesen können, nicht wider. Im Gegenteil. »Vielleicht«, murmelte er, »wird das Rätsel auch nur noch größer.« Er winkte Born zu sich. »Thomas, ich möchte, dass du mit mir und Frau Lang zusammen die Pressemitteilung machst.«

Born war überrascht. »Wieso ich?«

»Weil du am besten Bescheid weißt über diese Vollmond-Kiste«, antwortete Bauer. Dann senkte er die Stimme. »Und weil ich möchte, dass du möglichst schnell lernst, dich solchen Herausforderungen zu stellen.«

Die Pressemitteilung, die sie entwarfen, enthielt die üblichen Floskeln, um die man nicht herumkam. Die wichtigste Information aber, die sie der Presse mit auf den Weg geben wollten, war, dass die Morde nichts mit dem Vollmond zu tun hatten und dass wissenschaftlich erwiesen war, dass der Himmelskörper auf den Menschen keinen Einfluss hatte.

»Aber wir sollten wohl nicht darauf hinweisen, dass wir tatsächlich mit einem Mord rechnen«, sagte Born. »Am Tag nach dem Vollmond. Am 5. September.«

Die Pressesprecherin schüttelte den Kopf. »Natürlich nicht. Damit würden wir die Medien ja in ihrer Hysterie bestätigen.«

»Haben die eigentlich noch nicht mitbekommen, dass in Großbritannien und in den USA auch solche Morde passiert sind?«, fragte Born.

»Die Kollegen dort haben bisher noch verschwiegen, dass die Opfer totgebissen wurden«, sagte Bauer. »Deshalb hat die Presse den Zusammenhang noch nicht hergestellt. Und wir sollten auch für uns behalten, dass es mehrere Täter gibt. Die Fragen, die dann kommen … darauf kann uns auch deine Biologin keine Antworten liefern, oder?«

Born runzelte die Stirn. »Wohl kaum.«

»Dann lege ich Hauser und Denning den Text noch vor, und dann ab aufs Fax und in den E-Mail-Verteiler.«

3. September, München

Trotz der Presseerklärung beharrten die Boulevardblätter auf der Vollmond-Theorie und bezichtigten die Polizei noch einmal mit deutlichen Worten der Untätigkeit. Gnädig wurde dabei hier und dort zugestanden, dass die personelle Situation einer der Gründe für den ausbleibenden Fahndungserfolg sein könnte.

Lediglich der Lokalteil des *Münchner Echo* druckte ein Interview mit einem Physiker, der bestätigte, dass ein Einfluss des Mondes auf die menschliche Psyche nicht existiere.

Als Hauser, Bauer und die Pressesprecherin der Polizei die versammelten Münchner Medien zur Pressekonferenz im Foyer begrüßten, stand dem Staatsanwalt die schlechte Laune deutlich ins Gesicht geschrieben. Pressesprecherin Lang saß neben ihm und schielte mit besorgtem Gesichtsausdruck zum Staatsanwalt hinüber. Offenbar befürchtete sie, dass Hauser den Journalisten ihre Notizblöcke und Mikrofone in die sensationsgeilen Hälse stopfen würde. Auch Born nahm an der Pressekonferenz teil, um gegebenenfalls Fragen zum Vollmond zu beantworten.

»Liebe Medienvertreter und -vertreterinnen, schön, dass Sie so zahlreich erschienen sind«, begann Hauser. »Ich bin nicht sicher, ob es Sinn hat, Ihnen noch etwas zu sagen, da Sie ja bereits die Informationen, die wir Ihnen schriftlich gegeben haben, bis auf wenige rühmliche Ausnahmen völlig ignoriert haben. Fakten scheinen demnach nicht so wichtig zu sein wie Fiktionen, die sich vermutlich besser verkaufen. Aber ich hätte schon erwartet, dass ein so ernstes Thema wie eine Mordserie von Ihnen nicht auf dem Niveau eines Alltags-Horoskops behandelt wird. Das hätte ich von Ihnen wirklich erwartet.«

In der Gruppe der Journalisten machte sich Unruhe breit.

»Sie sollten lieber den Mörder fangen, statt uns zu beschimpfen«, rief jemand.

»Daran arbeiten wir, ob Sie es glauben oder nicht. Und Sie könnten uns da unterstützen, statt die Leute gegen uns aufzuhetzen.«

Erneut erntete Hauser erboste Rufe, die diesmal kaum zu verstehen waren.

Hauser hob die Arme. Nach und nach beruhigten sich die Journalisten wieder.

»Kommen Sie mir bitte nicht mit diesem Schmäh von wegen: Die Öffentlichkeit hat ein Recht darauf zu erfahren ... Die Bevölkerung hat tatsächlich ein Recht darauf zu erfahren, dass diese Vollmond-Hysterie grober Unfug ist. Und nachdem Sie unsere Pressemitteilung offenbar nicht gelesen haben, fasse ich noch einmal für Sie zusammen, was eigentlich zur Allgemeinbildung gehört.«

Bauer beobachtete, wie die Gesichtsfarbe von Lang während Hausers Worten von blass zu tiefrot und zurück zu blass wechselte. Etliche der Journalisten waren jetzt mit Sicherheit stinksauer auf Hauser – was nicht gerade eine ideale Voraussetzung dafür war, dass sie seinen Erklärungen aufmerksam und interessiert folgen würden. Doch die Medienvertreter zückten ihre Kugelschreiber und Aufnahmegeräte und richteten Augen und Mikrofone auf den Staatsanwalt – wenn auch mit verkniffenen Gesichtern.

»Wir haben es mit einer Horror-Geschichte zu tun«, begann Hauser. »Das kann und will niemand bezweifeln. Ein Horror für die Opfer, für die Angehörigen, für die ganze Stadt. Aber ...« Er hob den Zeigefinger und senkte ihn dann, bis er auf die Journalisten zeigte. »Man muss diese Horror-Geschichte nicht auch noch mit dem Blödsinn anreichern, dass der Vollmond eine Rolle spielt. Das sind alberne Märchengeschichten. Zu albern für eine so ernste Sache wie einen Serienmord. Fakt ist: Die physikalische Wirkung des Mondes, die man ja deutlich an den Gezeiten erkennen kann, ist auf den Menschen etwa so groß, wie wenn eine Mücke auf Ihnen landet.« Er hob die Hand mit aneinandergelegtem Zeigefinger und Daumen. »Eine winzige, kleine Mücke.«

Hauser präsentierte den Journalisten das ganze Repertoire an

Fakten, das Melanie Amelang für Born zusammengestellt hatte – von den Statistiken bis zu der Tatsache, dass jeder dritte oder vierte Vollmond am helllichten Tag eintrat. Seine Trumpfkarte war, dass die ersten zwei Morde gar nicht an einem Vollmond stattgefunden hatten. Bauer hatte den Eindruck, dass die Ausführungen des Staatsanwaltes bei einigen der Journalisten tatsächlich einen Eindruck hinterließen – das eine oder andere verkniffene Gesicht schien einen Hauch nachdenklicher geworden zu sein. Dann war Hauser am Ende seiner Erklärung angelangt. Er bot den Reportern an, Fragen zu stellen. Mehrere Arme fuhren in die Höhe. Hauser zeigte auf einen älteren Mann in einer bleichen Jeansjacke, der einen Minidisc-Recorder in die Höhe hielt.

»Paul Korn, Münchner Tag. Sie beschränken sich hier auf sogenannte wissenschaftliche Fakten. Können Sie uns garantieren, dass es beim nächsten Vollmond keinen Mord geben wird?«

Hauser schüttelte den Kopf. »Ich werde den Teufel tun zu garantieren, dass in den nächsten Tagen oder Wochen niemand ermordet wird. Vielleicht wird sogar jemand beim nächsten Vollmond ermordet. Aber das wäre dann Zufall. Der Mörder ist noch frei – das ist eine Tatsache. Und er schlägt vielleicht wieder zu. Das ist eine Möglichkeit. Und wir werden alles tun, um es zu verhindern. Aber der Mond hat damit nichts zu tun. Und deshalb kann man den Mord nicht so ankündigen, wie einige Zeitungen es getan haben.«

Der Staatsanwalt zeigte auf eine junge Frau in einer Lederjacke, die von einem Fotografen begleitet wurde.

»Helen Kaiser vom Münchner Echo«, stellte sie sich vor. »Stimmt es, dass in den USA und in Großbritannien ebenfalls mehrere Menschen auf die gleiche Weise ermordet wurden wie die Opfer in München?«

Hauser schwieg überrascht. Woher hatte diese Frau diese Informationen?, fragte sich Bauer. Vielleicht hätten wir doch in die Offensive gehen sollen. Jetzt konnte es kompliziert werden.

Die Journalisten schauten sich überrascht an, begannen, über das eben Gehörte zu diskutieren. Hauser blickte mit gerunzelter Stirn zu den beiden Polizisten hinüber. Bauer drückte die Brust heraus und holte tief Luft.

»Es gibt tatsächlich Fälle in den USA und in Schottland, wo Menschen auf eine ähnliche Weise getötet wurden«, begann er. Langsam richteten die Journalisten ihre Aufmerksamkeit auf ihn.

»Die Morde scheinen jedoch nicht direkt etwas miteinander zu tun zu haben. Es handelt sich um verschiedene Täter, wie DNA-Untersuchungen gezeigt haben. Diese Information hilft leider nicht weiter, wenn es darum geht, den Mörder in München zu fassen.«

»Aber ist das nicht seltsam? So bizarre Morde – und gleich mehrere Täter? In drei verschiedenen Ländern?« Die Journalistin wollte sich nicht so einfach abspeisen lassen. »Die Polizei versucht doch bestimmt, herauszufinden, was dahintersteckt.«

»Wissen Sie, uns reicht es im Augenblick, alle verfügbaren Kräfte so einzusetzen, dass der Täter hier gefangen wird. Alles andere steht hintenan«, antwortete Hauser. »Wenn Sie es wünschen, dann wird Kriminalhauptkommissar Bauer Ihnen aber gerne erklären, was wir über die Täter im Ausland ...«

»Was gedenken Sie zu tun, um die Bevölkerung in den nächsten Tagen zu schützen? Werden Sie die Präsenz der Streifenbeamten erhöhen?« Ein kräftig gebauter junger Mann mit kurzen, dunkelblonden Haaren war Hauser ins Wort gefallen. Er trug als Einziger einen Anzug und eine Krawatte. Wie Bauer bemerkte, war er weder mit einem Notizblock noch mit einem Aufnahmegerät ausgestattet.

Hauser beugte sich vor. »Wir werden rund um den Englischen Garten und in der Anlage vermehrt Streifen einsetzen. Dafür müssen wir die Beamten aus anderen Vierteln abziehen. Aber ich denke, das ist es, was die Bürger jetzt wollen.«

»Die Bürger wollen Sicherheit«, stellte der Blonde fest. »Und mein Eindruck ist, dass die Polizei sie nicht gewährleistet. Ich denke, die Bürger müssen jetzt selbst für Sicherheit sorgen. Meine Kameraden und ich werden deshalb ab sofort in Schwabing Wachdienste einrichten und die Frauen und jungen Mädchen beschützen, die dort unterwegs sind.«

Erst jetzt fiel Bauer auf, dass sich hinter dem Mann zwei weitere Burschen aufgebaut hatten, die nicht wie Journalisten aussahen.

Klotzköpfe. Der eine mit Glatze, der andere mit kurzen Stoppeln und ausrasiertem Nacken. Beide trugen Windjacken, Jeans und … Springerstiefel mit weißen Schnürsenkeln.

Hauser blinzelte konsterniert. »Ihre Kameraden? Was für ein Verein sind Sie denn?« Er betonte das Wort Verein, damit jedem klar war, dass er nicht annahm, dass es sich um einen Fußball-Klub handelte.

»Ich bin der Vorsitzende der Deutschen Kameradschafts-Staffel Schwabing, der DKSS, und ich fordere die Medien auf, alle Bürger unserer Stadt darüber zu informieren, dass wir der Polizei ab sofort helfen werden, die Straßen sicherer zu machen. Und wir fordern alle aufrechten Bürger auf, sich uns anzuschließen.«

Die Journalisten hatten sich dem Neonazi – dass es sich um einen solchen handelte, war jetzt allen klar – zugewandt. Blitzlichter erhellten das Foyer. Fragen wurden gerufen. Doch Hauser übertönte die Reporter. Seine Stimme schallte zornig durch den Raum.

»Unterstehen Sie sich, hier eine Bürgerwehr aufzuziehen. Noch leben wir in einem Rechtsstaat, und die Polizei setzt die Gesetze durch. Nicht irgendwelche dahergelaufenen Möchtegern-Sheriffs, die es nicht in den Polizeidienst geschafft haben.« Hauser hatte einen hochroten Kopf bekommen. »Wenn Sie helfen wollen, dann bewerben Sie sich bei der Sicherheitswacht. Allerdings bezweifle ich, dass Sie dort angenommen werden. Da wird nur akzeptiert, wer zuverlässig und verantwortungsbewusst ist und einen guten Ruf hat.«

Die Fotografen nutzten die Gelegenheit, Aufnahmen von einem Staatsanwalt zu machen, der offenbar kurz davor war, die Fassung zu verlieren.

»Der Herr Staatsanwalt möchte offenbar unsere Hilfe nicht. Aber ich bin sicher, die Münchner wissen unser Angebot zu schätzen. Wer uns unterstützen möchte, der soll sich bei uns melden. Wir haben ein Büro in der …«

»Raus hier. Sofort raus hier«, brüllte Hauser.

Borns Kollegen von der MK 4, die die Pressekonferenz von der Seite neugierig verfolgt hatten, drängten die Neonazis durch die Eingangstür des Polizeipräsidiums hinaus. Eine Reihe von Journalisten folgte ihnen. Durch die Glastür konnte Born erkennen, dass der Managertyp draußen Fragen beantwortete.

»Sie sind meiner Frage ausgewichen.« Helen Kaiser war nicht der Meute gefolgt. »Haben Sie schon Ideen, was hinter mehreren Tätern stecken könnte, die über den Globus verteilt auf die gleiche bizarre Art willkürlich Frauen töten?«

Hauser hatte genug. Er schüttelte den Kopf. »Es tut mir leid, Frau Kaiser. Die Pressekonferenz ist beendet.« Die junge Frau von der Presseabteilung sah aus, als würde sie jeden Augenblick in Tränen ausbrechen. Bauer winkte ihr zu. Dann wandte er sich an die Journalistin, die dabei war, ihr Aufnahmegerät in ihre Handtasche zu packen.

»Sie scheinen die Einzige zu sein, die sich tatsächlich dafür interessiert, was hier vor sich geht«, sagte er und gab ihr seine Karte. »Rufen Sie mich doch nachher mal an. Vielleicht kann ich wenigstens die eine oder andere Ihrer Fragen beantworten.«

An diesem Abend unterstützten Born und Geyer sowie einige weitere Mitglieder der Soko die uniformierten Kollegen, die mit ihren Funkwagen in Schwabing unterwegs waren. Hauser und der Soko-Leiter wollten wissen, ob und was die Neonazis von der Deutschen Kameradschafts-Staffel Schwabing unternehmen würden, um sich auf die angekündigte Mordnacht vorzubereiten.

Die beiden Polizisten konnten nichts Auffälliges beobachten, bis sie schließlich in die Adalbertstraße einbogen. Es dämmerte. Im Licht der Straßenlaternen hatte sich eine Gruppe von jungen Männern vor einem Hauseingang versammelt.

»Hat hier irgendwo nicht mal Adolf gewohnt, als er in München gelebt hat?«, fragte Geyer.

»Adolf?«

»Adolf. Hitler. Du weißt schon. Nazis? Drittes Reich? Zweiter Weltkrieg?«

»Ja. Herrenmenschen. Holocaust. 60 Millionen Tote. Ich habe keine Ahnung, ob Hitler hier gewohnt hat«, sagte Born. »Ich komme aus Heidelberg. Aber das würde erklären, wieso sich diese Spinner hier treffen.«

»Vielleicht wagt sich der Mörder wirklich nicht so schnell an das nächste Opfer heran, wenn mehr Leute auf den Straßen unterwegs sind und aufpassen.«

»Du würdest eine Bürgerwehr begrüßen?«, fragte Born überrascht.

»Na ja, die Leute müssten sich halt an die Regeln halten.«

»Jeder nur einen Baseballschläger, und wenn ihr eine verdächtige Person seht, dann brecht ihr der bitte nur die Beine?«

»Schon gut. Immerhin wollen die Typen uns helfen.«

»Die wollen uns nicht helfen, Elli. Die machen Politik. Das hier ist für die eine Werbekampagne: Vertrauen Sie uns, wir bringen alle Verdächtigen um, und München ist wieder sicher. Und morgen die ganze Welt. Und einige haben einfach nur Spaß an der Gewalt. Die verleiht auch Macht.«

»So schlimm wird es schon nicht sein.« Elli legte ihm beschwichtigend die Hand auf den Arm. »Und man kann doch verstehen, dass die Leute sich Sorgen machen und froh sind, wenn jemand etwas unternimmt.«

»Dafür sind wir da. Wir sind die Guten, die gelernt haben, den Gummiknüppel und die Pistole erst einzusetzen, wenn es nicht mehr anders geht. Und nicht, weil linke Zecken, Schwule, Neger oder Serienmörder unwertes Leben sind, die man klatschen muss, deren Kiefer wir am Bordstein zerbrechen, indem wir auf ihre Köpfe springen. Und noch Spaß dabei haben.«

»Hast ja recht. Wir sind ja hier unterwegs, um so was zu verhindern, nicht wahr?« Elli hatte das Ende der Adalbertstraße erreicht und bog in die Leopoldstraße ein. Born blickte zurück und sah einige junge Männer aus einer Gaststätte treten und sich in verschiedene Richtungen entfernen. Gemeinsam war ihnen, dass sie auf der Brust ein großes Abzeichen mit der Abkürzung DKSS trugen, wobei das DK kleiner war als das SS.

Jetzt mussten sie nicht mehr nur noch auf einen Mörder achten, sondern auch noch dafür sorgen, dass Neonazis ihren Stolz darauf, Deutsche zu sein, nicht an irgendwelchen Pechvögeln demonstrierten.

»Lass uns versuchen, in der Nähe dieser Typen zu bleiben«, schlug er vor.

»Na toll. Dann müssen wir also jetzt die überwachen, die den

Mörder suchen, statt selbst den Mörder zu suchen?« Sie bog zurück in das Einbahnstraßen-Netz im Schwabinger Osten.

»Das ist genau das Problem mit Bürgerwehren, Elli.«

Die Nacht blieb ruhig. Am Himmel stand ein Mond, der schon fast voll war. Obwohl Born wusste, dass es Unsinn war, hatte er ein Gefühl von wachsender Bedrohung. Zunehmend wie der Mond.

4. September, München

Bauer versorgte sich an dem Kiosk die Straße hinunter mit einer Auswahl Münchner Zeitungen und schaute sie durch. Die Boulevardblätter blieben dabei, dass der nächste Mord unmittelbar bevorstand. Und sie zitierten Hauser mit den Worten, die Tat könne durchaus beim nächsten Vollmond passieren. Also heute. Alles andere, was Hauser gesagt hatte, wurde von fast allen Münchner Zeitungen konsequent ignoriert.

Die Deutsche Kameradschafts-Staffel Schwabing hatte es ins Rampenlicht geschafft. Die Blätter bemühten sich, eine gewisse Distanz zu den Neonazis zu wahren, doch sie gaben ihnen genug Raum, um sich wichtigzumachen. Sogar die Idee, die Bürger müssten selbst ihren Schutz in die Hand nehmen, wurde diskutiert.

Am Nachmittag wurden die Polizeistreifen in Schwabing verstärkt, um die Entwicklung dort im Auge zu behalten. Außerdem waren sämtliche verfügbaren Mitglieder der Sicherheitswacht aus Schwabing und den umliegenden Stadtteilen um Hilfe gebeten worden. Die Sicherheitswacht bestand aus Bürgern, die gegen eine Aufwandsentschädigung von weniger als acht Euro die Stunde für die Polizei durch die Straßen patrouillierten. Auch die Mitglieder der Soko waren in Schwabing unterwegs. Born kurvte wieder mit Elli im Dienstwagen durch das Stadtviertel. Es blieb ruhig bis zum Nachmittag. Die Leute gingen ihrer Arbeit nach, schoben ihre Kinderwagen durch die Gassen, radelten zwischen den Fakultäten und Bibliotheken der Universität hin und her, saßen in den Biergärten und genossen die außergewöhnlich warme September-Sonne.

Am späten Nachmittag änderte sich die Stimmung. Es war, als hätte sich ein Filter vor die Sonne geschoben. Das Licht begann zu flirren. Die Autos auf den sechs Spuren der Leopold- und Ludwigstraße zwischen Odeonsplatz und Münchner Freiheit schoben sich auffällig langsam voran, so als würde jeder darauf warten, dass etwas passierte. Die Menschen fanden sich in kleinen Gruppen zusammen, Nachbarn diskutierten in den Hauseingängen, mit jungen Leuten voll besetzte Autos fuhren im Schritttempo durch die Straßen und hupten sich gegenseitig an.

Born und Geyer stellten den Dienstwagen in der Maria-Josephus-Straße am Englischen Garten ab und mischten sich zu Fuß unter die Leute. Einige Kneipen hatten spontan Holzbänke auf die Bürgersteige gestellt. Die improvisierten Biergärten füllten sich mit Münchnern, die aus allen Teilen der Stadt gekommen waren, um die mutmaßliche Mordnacht offenbar in einer Art Straßenfest zu begehen.

Die Atmosphäre wurde fiebrig. Born empfand es wie eine Mischung aus Partystimmung und Lynch-Mob. Auf der Höhe der Thiemestraße stießen die Polizisten auf Studenten, die mit Taschenlampen, Partyfackeln und Bierkästen ausgestattet in die Grünanlage strömten. Born hob ein Flugblatt von der Straße auf. Eine Studentenorganisation hatte sich einen Spaß daraus gemacht, zu einem »Killing-Prevention-Happening« am Chinesischen Turm aufzurufen. Hin und wieder begegneten die Polizeibeamten auch Burschen von der Deutschen Kameradschafts-Staffel Schwabing, die offensichtlich mehr Mitglieder hatte, als Born vermutet hätte.

Es wurde langsam dunkel. Eine dünne Wolkenschicht hing über der Stadt und hüllte den Vollmond in einen grauen Schleier.

»Das letzte Mal, dass ich so viele Leute zusammen auf der Straße gesehen habe, war bei der Weltmeisterschaft«, sagte Geyer. »Damals war die Stimmung allerdings etwas anders.« Sie zog ihren Rock über die Knie und knöpfte ihren hellblauen Blazer auf, der über dem Pistolenhalfter unter ihrer Achsel spannte. Wieder einmal staunte Born über den Kontrast zwischen dem breiten Gürtel mit den Handschellen und der eleganten Bluse darüber. Dann erregte etwas anderes seine Aufmerksamkeit. Vor ihnen ging ein junger Mann, der ganz offensichtlich einen länglichen Gegenstand im Ärmel seines Bundeswehr-Parkas verbarg. Sie hielten ihn an. Mit trotziger Miene händigte er den Polizisten einen Baseballschläger aus. Sie schüchterten ihn mit der Androhung ein, ihn anzuzeigen, nahmen seine Personalien auf und ließen ihn gehen.

»Mein Gott«, seufzte Geyer und rieb sich die Stirn. »Langsam mache ich mir auch Sorgen.« Sie stopfte den Baseballschläger in einen Müllcontainer. Auf den Wiesen standen überall Menschen um illegale Lagerfeuer und aufgedrehte Gettoblaster herum, tranken, grölten.

»So richtige Oktoberfest-Stimmung ist das nicht.« Geyer blickte sich um und runzelte die Stirn. Born schüttelte den Kopf. »Die Leute besaufen sich und denken dabei an Mord und Totschlag statt an den Anton aus Tirol.«

»Wir hätten um Unterstützung durch die Bereitschaftspolizei bitten sollen«, sagte Geyer. Nach einigen Minuten hatten sie den Biergarten am Chinesischen Turm erreicht. Vor der Getränketheke herrschte großes Gedränge. Über der Masse lag ein Geräusch, das Born an das Summen eines Bienenschwarms erinnerte. Es war, als hätten die einzelnen Menschen ihre Individualität aufgegeben und wären Teil eines größeren Organismus geworden, einer riesigen Amöbe, die ständig fließend die Form veränderte, mal sternenförmig, mal rund war und keinem nachvollziehbaren Gesetz gehorchte. Die Ermittler hielten sich westlich des Chinesischen Turms. Sie begegneten einer Gruppe türkischer Jugendlicher. Im Gras links und rechts vom Weg hatten sich Studenten niedergelassen, Kartons mit Rotwein und Chipstüten machten die Runde. Wie Born den Gesprächsfetzen entnahm, waren die jungen Leute nicht bei der ersten Runde. Als sie tiefer in den Englischen Garten vordrangen, wurde es wieder ruhiger.

»Lass uns umkehren«, schlug Born vor. »Ich denke, hier …«

Ein Schrei ließ ihn zusammenfahren. Nach dem ersten Ton folgte eine Reihe weiterer hysterischer Laute, die offenbar von einer jungen Frau stammten. Die beiden Polizisten drehten sich um und begannen zu rennen.

Neben dem Schreien des Mädchens war jetzt auch ein Mann

zu hören, der offenbar erbost auf sie einbrüllte. Plötzlich war die Luft von aufgeregten, zornigen Rufen erfüllt. Born konnte kein Wort verstehen. Von den Wiesen strömten Leute auf eine kleine Gruppe von Menschen zu, die sich auf einem Kinderspielplatz beim Chinesischen Turm gebildet hatte.

Dann konnte Born aus dem Lärm ein Wort heraushören: »Bestie«. Jemand hat einen blöden Witz gemacht, dachte er. Dann wurde ihm klar, dass die Menschen vor ihm keine Späße trieben. Ein lauter Schmerzensschrei übertönte die Menge. Deutlich hörte Born dumpfe Schläge aus der Menschentraube, die ständig anwuchs. »Lassen Sie uns durch«, schrie er. »Polizei! Lassen Sie uns durch.«

Er schob sich zwischen sperrige Schultern, spürte Arme an ihm zerren. Aus der Mitte der brüllenden Masse waren immer wieder und immer lauter die Schmerzensschreie zu hören. Während Born sich vorankämpfte, wurde die Stimme immer schriller – und dann war nur noch ein Winseln zu hören. Ein lauter Knall ließ ihn zusammenzucken. »Polizei«, hörte er Geyer hinter sich brüllen. »Auseinander. Sofort auseinander.«

Seine Kollegin hatte einen Warnschuss abgegeben. Aber die aufgeheizte Menge ignorierte sie und hinderte Born weiter daran, zum Zentrum des Wahnsinns vorzudringen. Dann hörte das Winseln vor ihm auf. Lediglich das stumpfsinnige Gejohle der Masse und die dumpfen Schläge gingen weiter. Schließlich gelang es ihm, sich zur Mitte der Menschenmenge vorzuarbeiten. Jetzt konnte er sehen, dass der leblose Körper eines Menschen mit ausgestreckten Gliedern auf dem Boden lag. Einige junge Männer beugten sich über ihn und bearbeiteten ihn mit ihren Füßen. Ohne nachzudenken, warf er sich auf den ihm am nächsten stehenden Angreifer und stürzte mit ihm zu Boden.

»Polizei«, schrie er. »Sofort aufhören.«

Der Mensch unter ihm strampelte, gab sich aber keine große Mühe, gegen Born anzukämpfen. Offenbar war er erschöpft oder betrunken. Born legte ihm Handschellen an. Plötzlich war Geyer neben ihm und trat einem der jungen Männer, die um das Opfer herumstanden, in die Kniekehlen. Mit einem Schmerzensschrei ging der Mann zu Boden. Einen zweiten packte Geyer, hob ihn mit einer Kraft, die Born ihr nicht zugetraut hätte, hoch und schleuderte ihn auf die Erde. Dann zog sie erneut ihre Waffe, stellte sich über den schwer verletzten Mann und schwenkte die Pistole im Kreis.

»Zurück. Alle. Sofort.« Sie zielte mit der Waffe auf eine Stelle, wo gerade niemand stand, und feuerte einen Schuss in die Erde. Langsam erstarb der Lärm um sie herum. Die Menschen gafften Geyer mit aufgerissenen Augen und Mündern an.

»Die nächste Kugel jage ich einem von euch Arschlöchern ins Bein, wenn ihr nicht auf der Stelle abhaut«, schrie die Polizistin mit sich überschlagender Stimme. Langsam wurde der Kreis um sie herum größer. Geyer nahm ihre Handschellen vom Gürtel und fesselte damit die zwei Männer zusammen, die sie überwältigt hatte. Born beugte sich über das Opfer des Pöbels. Der Kopf war blutüberströmt, selbst aus den Ohren floss Blut. Ein Türke, Südeuropäer oder Araber. Der Mann hatte am Ende nicht einmal mehr die Kraft besessen, sich vor dem brutalen Hagel aus Schlägen und Tritten zu schützen, der auf ihn niedergegangen war und sein Gesicht in eine unförmige Masse verwandelt hatte. Born fühlte nach dem Puls, während er aus den Augenwinkeln sah, dass Geyer ihr Mobiltelefon zückte und den Notruf eingab.

Eine junge Frau kam auf ihn zu. Sie zitterte am ganzen Körper und sah fassungslos auf den Schwerverletzten hinab.

»Was wollen Sie noch hier?«, fuhr er sie an.

Sie hob ihre Augen und sah ihn verzweifelt an. »Das wollte ich nicht«, flüsterte sie. »Das wollte ich nicht.« Sie schlug die Hände vors Gesicht und begann laut zu schluchzen.

»Was wollten Sie nicht?«, fragte Born und ergriff ihren Arm. Die junge Frau blickte ihn an. »Er hat mich zu Tode erschreckt, als er aus den Büschen kam.« Sie wies auf die Sträucher am Rande des Spielplatzes. »Ich habe geschrien, weil ich dachte, das ist vielleicht dieser Mörder. Dann wurde mir klar, dass er gar nichts von mir wollte.« Wieder wurde sie von einem Schluchzen geschüttelt. »Da war es schon zu spät. Alle dachten, dass er mich angreifen will, und sind auf ihn los. O mein Gott.« Born hielt sie fest, bevor sie zusammensinken konnte. »Es tut mir so leid.«, sagte sie immer wieder. »Es tut mir so leid.«

Als der Notarztwagen ankam, konnte der Mediziner nur noch den Tod des jungen Mannes feststellen. Seine Mörder hatten ihm den Schädel eingetreten.

»Wenn er daran nicht gestorben wäre, dann wäre er wahrscheinlich innerlich verblutet.« Der Notarzt packte seine Instrumente zurück in den Koffer und stand auf. »Seine Rippen sind so ziemlich alle gebrochen – einige haben sicher die Lunge und andere Organe perforiert.« Er blickte sich um. »Der sieht aus, als hätte ihn ein Betonmischer überfahren. Was ist denn passiert?«

»Die Menschen hier haben gedacht, er sei die Bestie.«

»Und dann haben sie ihn einfach umgebracht!« Der Arzt schüttelte den Kopf.

Born deutete auf die Frau, die sich auf eine Kinderwippe gesetzt hatte. »Vielleicht können Sie ihr auch helfen. Sie steht unter Schock.«

Mehrere Streifenwagen näherten sich mit Blaulicht, aber ohne Sirene. Die Polizisten stiegen aus, und Born wies sie an, den Tatort abzusperren und die Personalien möglicher Zeugen aufzunehmen.

»Diese Wahnsinnigen«, fluchte Geyer und trat einem der drei Festgenommenen gegen das Bein. Der zuckte zusammen und sah sie mit vernebeltem Blick an. »Solln das?«, fragte er. Geyer trat noch einmal zu. Born zog sie beiseite.

»Elli. Das macht es nicht besser.« Er sah sie an. Seine Kollegin weinte.

»Diese verdammten Wahnsinnigen.« Sie wandte sich ab und marschierte in Richtung Schwabing davon.

Während Born und Geyer ihren Dienstwagen abstellten und sich im Englischen Garten unter die Leute mischten, hatten Winfried Hauser und Cynthia Collins einen Entschluss gefasst. Professor Victor Alfieri, der sich zufällig ebenfalls im Präsidium aufhielt, schloss sich auf Hausers Einladung hin an. Zu dritt betraten sie Bauers Büro. Erstaunt blickte der Soko-Chef auf. Und noch erstaunter war er, als Hauser und Collins ihn aufforderten, seine Arbeit zu beenden und mit ihnen zu gehen. Schließlich zuckte er mit den Schultern und folgte ihnen. Der Tag war anstrengend gewesen, die Nacht versprach Unruhe. Warum sollte er in seinem Büro hocken, während alle Welt versuchte, seinen Job zu machen? Außerdem ahnte er, wo es hinging.

Unterwegs zum Ausgang stellte Bauer fest, dass der Staatsanwalt erschöpft wirkte. Hauser hakte sich bei ihm ein. »Die Großköpfe machen sich bereits jetzt Sorgen, dass der Mörder nicht nur den Rechten Oberwasser beschert. Die Verbrechen könnten auch die Stimmung auf dem Oktoberfest trüben.«

Überrascht blickte Bauer auf. »Ist das schon wieder so weit?«

Hauser nickte. »Keine drei Wochen mehr. Die zunehmenden Schlägereien und Vergewaltigungen rund um die Wiesn sind schon schlimm genug. Wenn jetzt auch noch ein Serienmörder unterwegs ist … Das ist schlecht fürs Geschäft.«

»Wir tun, was wir können«, sagte Bauer verstimmt.

»Ich weiß das. Aber die Wichtigtuer machen sich halt Gedanken darüber.«

Hauser, Bauer und Collins quetschten sich in Alfieris kleinen Wagen, der im Hof des Präsidiums geparkt war.

Als sie den Friedensengel hinter der Prinzregentenbrücke über die Isar passierten und in die Ismaninger Straße Richtung Norden einbogen, wusste Bauer, dass seine Vermutung zutraf. Ihr Ziel war Hausers Villa. Sie stellten das Auto vor dem großen Haus in Unterföhring ab, gingen um das Gebäude herum auf die Terrasse. Der große Garten dahinter fiel sanft nach Westen ab bis zu einer hohen Buchsbaumhecke, die den Blick auf die Nachbargrundstücke versperrte. Die Isar trennte den Ort vom Englischen Garten. Nicht sehr weit von hier hatten sie Carolyn Wagner, das erste Opfer der Bestie, gefunden. Wenn in der Parkanlage in dieser Nacht etwas geschah, wären sie schneller dort als vom Polizeipräsidium aus.

Hausers Frau Judith begrüßte sie und nahm Bauer in den Arm. Der Polizist war froh, dass sie ihn nicht fragte, wie es ihm ging. Sie hatten sich fast ein Jahr nicht gesehen. Trotzdem beschränkte sich Judith Hauser auf ein Lächeln und bot Bauer ein gut gefülltes Whisky-Glas an. »Scapa«, erklärte sie. »Von den Orkneys. Du weißt ihn zu schätzen, oder?« Bauer nickte und nippte an dem Glas. Das Getränk biss ihn sanft in Zunge und Gaumen.

»Winnie könnte seit seinem Geburtstag ein ganzes Fass mit Single Malt füllen«, erklärte sie. »Offenbar ist seine heimliche Vorliebe im Gericht und im Präsidium überhaupt kein Geheimnis.« Sie hakte sich bei Bauer unter und zog ihn durch die breite Terrassentür ins Wohnzimmer. Ihre Querflöte lag auf dem Bechstein-Flügel. Im ersten Augenblick ärgerte er sich über diese ... Einladung. Dann horchte er in sich hinein. Warum nicht? Er nahm einen Schluck Whisky, stellte das Glas ab und setzte sich an den Flügel. Die Noten auf dem hochgeklappten Deckel brauchte er nicht. Er wusste, was auf dem Programm stand. Eines der wenigen Stücke, die er noch immer beherrschte, obwohl es von Mozart war.

Aus dem Augenwinkel sah er, wie Judith Hauser nach der Querflöte griff. Er nickte ihr zu und staunte einmal mehr über den eleganten Schwung, mit dem sie allein die Töne des Auftaktes spielte, bevor der Flügel die Begleitung des Konzertes Nr. 2 in D-Dur übernahm. Sie beschränkten sich auf das Rondeau, weil die Herausforderung für seine Finger hier nicht so groß war. Seine Aufgabe bestand vor allem darin, die wunderbaren Figuren der Flötenstimme mit rhythmischen Akkorden zu unterstützen und hin und wieder die Melodie aufzugreifen.

Als die letzten Töne verklangen, blieb Bauer noch eine Weile sitzen. Warum nahm er nicht häufiger Zuflucht in die Musik, fragte er sich, während bereits die düsteren Gedanken an das, was heute oder in den nächsten Tagen geschehen würde, in sein Bewusstsein zurückkrochen. Er stand auf und drückte Judith Hauser die Hand. Dann gingen sie hinaus auf die Terrasse zu den anderen, die von dort der Musik gelauscht hatten. Niemand sagte etwas, und Bauer war dankbar dafür.

Hauser massierte sich das Kinn. »Also, diese Sache mit dem Vollmond ...« Er wandte sich an Collins. Bauer hatte den Eindruck, als würden sie ein Gespräch wieder aufnehmen, dass sie während des kleinen Konzerts unterbrochen hatten.

»Das ist wirklich bescheuert, was? Ich habe selbst auch nie hundertprozentig ausgeschlossen, dass der Mond irgendeinen Einfluss haben könnte, aber Mord und Totschlag ...«

Collins schaute ihn mit großen Augen an. »Das überrascht mich doch sehr.«

Hauser blickte die Psychologin an. »Wieso das?«

»Sicher erinnern Sie sich noch an unser Gespräch über Schuldfähigkeit?«

Der Staatsanwalt nickte grinsend. »Natürlich. Mit gemischten Gefühlen.«

»Wenn sogar der Mond die Leute dazu bringen könnte, Dinge zu tun …«, sagte Collins. »Wo bleibt dann die Schuldfähigkeit?«

»Das ist tatsächlich ein interessanter Gedanke«, sagte Victor Alfieri lachend und führte seine Bierflasche zum Mund. Hauser wirkte ein wenig ratlos.

Collins fuhr fort. »Wir bestrafen Menschen für Verbrechen, weil wir davon ausgehen, dass sie sich dagegen hätten entscheiden können. Aber ich glaube, dass jeder, der ein Verbrechen begangen hat, nicht anders konnte, als genau dieses Verbrechen zu begehen.«

»Wie bitte?«, fragten Alfieri und Bauer gleichzeitig.

»Nein«, sagte Hauser energisch. »Da stimme ich Ihnen nicht zu.«

»Natürlich nicht«, lächelte Collins. »Ihrer Rechtsprechung würde die Grundlage entzogen, wenn sich meine Überzeugung durchsetzt.«

Der Staatsanwalt nickte und schenkte sich von dem Whisky nach. Bauer ließ sich in der Hollywoodschaukel nieder, die mit einem leisen Quietschen nachgab. Der Mond stand groß und hell über der Hecke.

»Machen wir ein Gedankenexperiment«, forderte Collins Hauser auf. »Stellen Sie sich vor, Sie stehen vor einer Bank und treffen JETZT folgende Entscheidung: Sie werden hineingehen und den Tresor ausräumen. Nehmen wir weiter an, Sie finden im Tresor der Bank eine Zeitmaschine. Mit der Maschine kehren Sie zurück zu dem Zeitpunkt genau vor Ihrer Entscheidung. Alles ist exakt wieder so wie beim ersten Mal. Auch Sie hat die Zeitmaschine in den exakt selben Zustand wie zuvor versetzt.« Collins schaute sich um. Alle hörten interessiert, aber auch leicht verwirrt zu.

»Dem Strafrecht zufolge sollten Sie in der Lage sein, sich in diesem Augenblick gegen den Bankraub zu entscheiden«, fuhr Collins fort.

»Das ist richtig«, sagte Hauser angespannt.

Collins hob die Augenbrauen. »Wenn Sie in diesem Augenblick wieder exakt dieselbe Person in derselben Situation sind, dann denken Sie auch genau dieselben Gedanken, die auf exakt dieselben Hirnprozesse zurückgehen, die in diesem Augenblick stattfinden und auf früheren Prozessen aufbauen. Welcher Faktor kommt da ins Spiel, der eine andere Entscheidung ermöglicht?«

»Da kommt der Faktor des Wollens ins Spiel«, sagte Hauser sofort. »Ich verfüge schließlich als Mensch über die Fähigkeit, Argumente abzuwägen und mich dann zu entscheiden. Ich könnte in diesem Augenblick zum Beispiel daran denken, dass ich für einen Bankraub ins Gefängnis kommen könnte, anstatt mich auf das fremde Eigentum zu freuen. Ich könnte daran denken, dass es moralisch falsch ist. Ich bin frei, mich für das eine oder andere zu entscheiden.«

»Vielleicht gehen wir von zu unterschiedlichen Grundannahmen aus.« Collins runzelte die Stirn. »Die meisten Wissenschaftler, Hirnforscher, Psychologen und auch die meisten Philosophen sind heute davon überzeugt, dass unser Denken ein hirnorganischer Prozess ist«, fuhr sie fort. »Niemand glaubt noch ernsthaft an irgendein Etwas, das im Gehirn sitzt und die Prozesse in den Nervenverbindungen kontrolliert.«

»Richtig«, stimmte Alfieri zu. Er war ein Stück in den dunklen Garten hineingegangen und kehrte nun zurück. »Es gibt keinen Homunculus.«

»Einen was?«, fragte Bauer.

So werde das kleine Männlein bezeichnet, das man sich früher als Befehlshaber im Gehirn vorgestellt habe, erklärte Alfieri. Aber wer habe nun in diesem Homunculus die Kontrolle? Ein noch kleinerer Homunculus? Aber, wandte Alfieri sich an Collins, auch wenn man eine physische Grundlage für Denkprozesse annehme, sage dies nichts darüber aus, ob und wie frei unsere Entscheidungen sind.

Collins schüttelte den Kopf. »Wenn wir von physikalischen Prozessen sprechen, dann müssen sich auch Gedanken an die physikalischen Energieerhaltungssätze halten.« Alle sahen sie irritiert an.

»Schauen Sie«, sagte sie zu Hauser. »Sie fällen die Entscheidung vor dieser Bank während eines Augenblicks in Raum und Zeit, der eine bestimmte physikalische Situation darstellt. Jetzt sagen Sie, Sie könnten in der Wiederholung der exakt gleichen Situation einfach daran denken, dass Sie für einen Bankraub ins Gefängnis kommen könnten. Woher kommt dieser Gedanke, der vorher nicht da war?« Sie trank einen Schluck Bier und rieb sich den Schaum vom Mund. »So wie Sie es beschreiben, würde dieser Gedanke von irgendwo jenseits Ihres physikalischen Gehirns kommen, von einem metaphysischen Ich. Und auf der Grundlage dieses Gedankens entscheiden Sie dann anders. Das steht im Widerspruch zu den grundsätzlichsten physikalischen Erkenntnissen, die wir über unsere Welt gewonnen haben.«

Alfieri kratzte sich am Kinn. Hauser schwieg. Bauer hatte den Eindruck, dass der Staatsanwalt eine Reaktion des Rechtsmediziners abwartete, der sich als Naturwissenschaftler besser mit dieser Materie auskannte. Alfieri tat ihm den Gefallen. »Sie vertreten offenbar einen reinen Determinismus.«

»Determinismus?«, fragte Bauer. Er hatte eine ungefähre Vorstellung, was dahintersteckte, wollte aber sicher sein, um der Diskussion folgen zu können.

»Das bedeutet, alles, was jetzt passiert, wurde durch vorherige Ereignisse eindeutig festgelegt. Bestimmt«, erklärte Alfieri. »Aber bloß weil Denken ohne neuronale Prozesse nicht sein kann, muss beides doch nicht zusammenfallen«, fuhr er fort. »Das Ganze ist doch mehr als die Summe seiner Teile. Auch wenn wir nicht wissen, woher unsere Freiheit zu entscheiden kommt, spricht doch einiges dafür, dass wir sie besitzen.« Sein Blick blieb an Collins hängen. »Wir müssen uns einen gedanklichen Entscheidungsprozess nicht zwingend als eine rein materielle Wechselwirkung vorstellen«, stellte er fest. »Vielleicht muss ich mal etwas weiter ausholen.«

»Nur zu«, antwortete Collins. Hausers Frau kam heraus und stellte ein Tablett mit Schnittchen auf den Tisch. Die Gäste griffen zu.

Alfieri wartete, bis ihm wieder alle zuhörten. In unserer Gesellschaft, begann er, nutzten alle Menschen bestimmte Symbole.

Zum Beispiel Worte. Diese Symbole hätten sich im Zusammenspiel der Individuen entwickelt. Es gebe demnach ein Wissen, das alle zugleich besaßen. Außerdem herrschten in jeder Gesellschaft gewisse Wertvorstellungen oder Normen vor. Dieses Wissen und diese Vorstellungen teilten sich alle in der Gesellschaft. Der Philosoph Jürgen Habermas, erklärte Alfieri, nenne dies den *objektiven Geist*. Und im individuellen Gehirn, das dieses Wissen übernehme, stecke der *subjektive Geist*. Die physikalische Umwelt aber wisse nichts von diesem Wissen. Also gebe es eine Art nicht materieller Faktoren.

»Aber was hat das jetzt mit dem freien Willen zu tun?«, fragte Hauser verwirrt. Es war Collins, die antwortete. »Vor einer Entscheidung wäge ich Gründe für oder gegen ein Verhalten ab. Über die einzelnen Argumente verfüge ich, weil ich mich unter dem Eindruck des *objektiven Geistes* entwickelt habe. Ich bewege mich laut Habermas in einem *Raum der Gründe*, der von der objektiven Umwelt getrennt ist.«

Alfieri nickte. »Und diese Gründe kann man nicht einfach als gewöhnliche physikalische Ursachen betrachten. Wenn wir abwägen, spielt demnach eine nicht materielle Komponente eine Rolle.«

Collins schüttelte unwillig den Kopf. »Habermas windet sich, um die Idee der Willensfreiheit zu retten, weil ihm die Alternative so furchtbar erscheint.«

»Da kann ich ihm nur zustimmen«, sagte Hauser.

Alfieri schaute die Psychologin an. »Sie halten offenbar nicht viel von einem unserer wichtigsten Philosophen.«

Collins rieb sich nachdenklich die Stirn. »Schauen Sie, wenn Menschen miteinander sprechen, dann tauschen Systeme kodierte Informationen aus – das können auch Tiere. Sollen wir auch von einem *objektiven Geist* in einem Bienenstock sprechen, weil eine Arbeiterin mithilfe verschiedener Tanzfiguren einer anderen mitteilen kann, in welcher Richtung eine Nektarquelle liegt?«

Physikalisch gesehen, erklärte Collins, sei es irrelevant, ob das Verständnis von Symbolen im Verlauf der Evolution entstanden sei oder während der Entwicklung einer Gesellschaft oder ihrer Individuen. Ein physikalisches, programmiertes System – das

Insekten- oder Menschengehirn – verarbeite ein physikalisches Signal. Habermas, fuhr sie fort, behaupte außerdem, unsere Freiheit sei nicht beeinträchtigt, wenn unsere Handlungen von einem organischen Substrat bestimmt würden, das wir als Leib wahrnahmen. Und zwar weil der Handelnde seine subjektive Natur als Quelle des Könnens erlebe.

»Das verstehe ich so«, erklärte Collins: »Das Gefühl, vom eigenen Körper bestimmt zu werden, reicht aus, um frei zu sein. Das heißt, unser Wille ist frei, wenn wir uns frei fühlen.« Sie sprang auf und rang die Hände. »Ja reicht Ihnen das? Ist ein Sklave, der seine Ketten nicht spürt, frei?«

Alfieri hob die Schultern, während Hauser irritiert das Gesicht verzog.

»Man kann Menschen dazu bringen, bestimmte Entscheidungen zu fällen, ohne dass sie merken, dass sie manipuliert werden«, erklärte Collins. Sie begann, vor der Terrasse auf und ab zu gehen. »Sie haben sich frei gefühlt. Aber waren sie frei? Ich sage: Wir werden von den Prozessen, die in und um uns herum ablaufen, dorthin gebracht, wo wir glauben, freiwillig hinzugehen.«

Sie seufzte. »Philosophen und Strafrechtler akzeptieren zwar inzwischen, dass Denken auf rein physikalischen Prozessen im Gehirn basiert und dass diese Prozesse deterministisch ablaufen. Viele sind jedoch konsequent inkonsequent, wenn es darum geht, den wissenschaftlichen Erkenntnissen bis in die Tiefe zu folgen, die wir erreicht haben. Es gibt immer einen Punkt, da geht ihnen die Luft aus.«

Victor Alfieri zog sich seine Strickjacke enger um den Körper. »Wenn unsere Entscheidung von Gründen oder Argumenten abhängt, die aus uns selbst kommen, sind wir frei«, beharrte er. »Ich hätte mich anders entscheiden können, weil ich Argumente gekannt habe, die auch für eine alternative Handlung gesprochen hätten.«

»Sie stellen immer wieder dieselbe falsche Behauptung auf, nur mit anderen Worten«, rief Collins und warf die Hände in die Höhe.

»Das verstehe ich nicht.« Hauser verzog ratlos das Gesicht. »Wir wägen ab, was für die eine oder andere Alternative spricht, berücksichtigen mögliche Konsequenzen und treffen dann eine Wahl. Menschen behalten auch Überzeugungen bei, obwohl sie von einem wichtigen Gegenargument hören. Sie sind also frei, das eine oder andere zu tun.«

»Richtig«, bestätigte Alfieri. »Der Mensch ist deshalb fähig, eine sinnvolle Wahl zu treffen.« Hauser hielt ihm sein Glas hin, und Alfieri stieß grinsend mit dem Staatsanwalt an. Collins lächelte, als sie es sah.

»Falsch«, stellte sie trocken fest und strich sich über die Spuren, die das Feuer vor langer Zeit in ihrem Gesicht hinterlassen hatte. »Sie marschieren wieder schnurstracks hinüber in das Feld der Metaphysik. Wenn es eine freie Wahl gäbe, dann müsste die Entscheidung, was *sinnvoll* ist, von einem Kontrolleur gefällt werden, der von unserem physischen Leib unabhängig ist.«

Nun war es an Hauser, die Hände verzweifelt in die Höhe zu werfen. »Ja, wie geht denn Ihrer Meinung nach eine Entscheidung in unserem Hirn vor sich?«

Gespannt beugte sich Bauer vor. Das hier waren Bereiche, in denen Collins ihn weit hinter sich gelassen hatte. Er wusste nicht genau, warum sie sich so intensiv mit diesen Fragen beschäftigte. Ein Stück weit war es für ihre Arbeit von Bedeutung. Aber sie war mit so viel Gefühl bei der Sache, als ginge es um mehr. Er bemerkte, dass Collins ihn ansah, während sie Hauser antwortete.

Jede Wahl, hob sie an, werde von Faktoren bestimmt, die vor dem Augenblick der Entscheidung bereits gewirkt hatten und während des Entscheidungsprozesses noch wirkten. Das konnten Erfahrungen sein oder Vorlieben. Oder ein grauer Himmel, der uns auf die Laune geschlagen sei, der Vollmond, der uns in eine romantische Stimmung versetzt habe, oder sogar eine Tasse Kaffee. Aber das Urteil, fuhr sie fort, werde innerhalb unserer Nervenbahnen gefällt, nicht außerhalb. Und es erscheine sinnvoll, wenn die meisten Argumente, die uns bewusst geworden seien, dafür gesprochen hatten.

Eine Weile herrschte Schweigen. Dann schüttelte Alfieri den Kopf. »Unser Tun ruft Konsequenzen hervor. Das ist Determination. Aber wir sind in der Lage, uns diese Konsequenzen auszumalen. Das macht es uns möglich, diejenigen Folgen zu vermeiden, die wir nicht für wünschenswert halten. Das ist Freiheit. Auf diese Weise lassen sich Determination und Freiheit miteinander vereinbaren. Das sagt der amerikanische Philosoph Daniel Dennett, der sich als Determinist bezeichnet.«

»Ich besitze also die Fähigkeit, aus mehreren denkbaren Richtungen, in die sich eine Kette von Ursachen und Folgen entwickeln könnte, eine auszuwählen«, sagte Collins. »Damit entscheide ich über den Fortgang der Ereignisse.«

Alfieri nickte energisch. »Genau.«

Collins verdrehte die Augen. »Auch Dennett ist inkonsequent. Er sagt, alles ist eine Folge des Vorherigen. Dann ist auch der Augenblick der Entscheidung eine Folge des Vorherigen. Die Kausalkette liegt ja nicht nur vor uns, sondern auch hinter uns. Jetzt sagt Dennett aber, wir könnten uns für eine Alternative entscheiden. Wenn das eine freie Entscheidung sein soll, dann muss es einen Augenblick geben, in dem wir uns gewissermaßen neben die Kausalkette stellen und unabhängig von dieser den Weg der Ereignisse bestimmen. Das ist Metaphysik.«

»Und dass wir in der Lage sind, Alternativen im Geiste durchzuspielen …«, warf Alfieri ein.

Das bedeute nur, dass unserem Hirnapparat eine große Zahl an Informationen zur Verfügung stehe, die berücksichtigt werde, antwortete Collins. Nach welchen Kriterien wir tatsächlich eine Entscheidung fällten und welche Entscheidung wir schließlich träfen, werde determiniert von dem, was zuvor und gegenwärtig in unser Gehirn hineingeschrieben werde. Sie rieb sich nachdenklich das Kinn.

»Dennett sagt ja auch, wir hätten die *Macht*, uns die Befriedigung unserer Bedürfnisse selbst zu verbieten und die Verbote dann aufzuheben«, fuhr sie fort. »Aber was ist diese *Macht* anderes als wieder ein metaphysischer Faktor?«

Nachdrücklich tippte sie mit dem Zeigefinger gegen ihr Bierglas. »Noch einmal: Im Gehirn laufen Prozesse ab, die den Naturgesetzen folgend zu einem bestimmten Ergebnis führen. Wir entscheiden uns nicht, weil wir eine *Macht* haben, sondern weil ein bestimmter Hirnprozess stattgefunden hat. Und eine Alternative hätten wir nur gewählt, wenn die physikalischen Bedingungen andere gewesen wären – wenn zum Beispiel andere Argumente in unserem Gehirn präsent gewesen wären. Und dann hätten wir auch nur diese eine bestimmte Alternative wählen können.« Sie stellte ihr Glas ab, drehte die Handflächen nach oben und simulierte eine Waage. »Die Informationen werden in den neuronalen Verschaltungen und unter dem Einfluss der gegenwärtigen Bedingungen gewichtet, und es kommt zu einer Entscheidung. Punkt.«

Sie schwieg. Niemand nutzte die Gelegenheit, um etwas zu sagen. Alfieri blickte nachdenklich auf seine Bierflasche, während Hauser unruhig auf seinem Stuhl herumrückte. Bauer selbst hatte das Gefühl, zum ersten Mal zu ahnen, was Collins wirklich dachte und welche Konsequenzen diese Überzeugung für das Menschenbild hatte. Aber auf jeden Fall war klar, dass es für Hauser als Staatsanwalt schwierig sein musste, der Argumentation der Psychologin bis zum Ende zu folgen. Das würde seine gesamte Arbeit grundsätzlich infrage stellen. Für ihn selbst als Polizisten spielte es keine Rolle, ob ein Täter etwas für seine Tat konnte. Aber für ihn als Menschen … Er schaute zu Collins hinüber. Sie nickte ihm schweigend zu, als hätte sie seine Gedanken gelesen.

Im Haus klingelte das Telefon. Hausers Frau ging hinein.

Hauser unterbrach das Schweigen. »Diese Hirnforscher und Philosophen, die den freien Willen für eine Illusion halten …«, begann er. »Vielleicht klären Sie uns einmal darüber auf, wie …«

Judith Hauser kam heraus und reichte ihm das Telefon. Zugleich begann Bauers Handy zu piepen. Während die zwei Männer in die Telefonhörer lauschten, begegneten sich ihre Blicke. Und sie sahen, wie sich ihr Entsetzen im Gesicht des anderen spiegelte.

»Im Englischen Garten hat der Mob einen Türken gelyncht«, erklärte Hauser mit heiserer Stimme, nachdem er das Gespräch beendet hatte. »Einen 17-jährigen Jungen, den sie für die Schwabinger Bestie gehalten haben.«

5. September, München

Das Opfer hatte sich zusammen mit Freunden an der Jagd auf den Mörder beteiligt. Seine Kumpel waren noch in der Nacht zur Polizei gegangen, nachdem sie gehört hatten, dass jemand getötet worden war, und ihr Freund nicht mehr auftauchte. Murat Sezgin hatte sich ihren Angaben zufolge in die Büsche geschlagen, um sich zu erleichtern, während sie weitergegangen waren. Danach hatten sie ihn nicht mehr gesehen.

Die drei verhafteten jungen Männer hatten die Nacht in Zellen im Polizeipräsidium verbracht. Es handelte sich um Studenten. Als die Ermittler sie am nächsten Morgen einzeln verhörten, brachen alle drei zusammen. Sie versuchten sich damit herauszureden, dass sie doch nur mitgemacht hätten. Als hätten sie sich abgesprochen, behauptete jeder von ihnen, nur einmal zugetreten zu haben, und nicht gegen den Kopf. Alle drei waren sturzbetrunken gewesen. Dazu die aufgeheizte Stimmung und der Hass auf den Serienmörder … Born ging davon aus, dass sie auf verminderte Schuldfähigkeit plädieren würden.

»Erinnerst du dich an die Rede des Verteidigers von Peter Lorre in *M – Eine Stadt sucht einen Mörder?*«, fragte Collins Born, nachdem sie Zeuge eines der Verhöre gewesen war. »Die Menschen von der Straße, die Mütter der getöteten Kinder und die Verbrecher, die den Serienmörder geschnappt haben, fordern während der geheimen Gerichtsverhandlung den Tod des Mörders«, erklärte sie. »Sie schreien nach seinem Blut. Aus Hass und aus Angst. Dabei besitzen sie eigentlich einen gesunden Verstand und sollten in der Lage sein nachzudenken. Sie könnten den Mann einem legalen Gericht überantworten, sodass Recht gesprochen wird. Aber in dem Film hätten sie ihn getötet, wenn sie die Gelegenheit gehabt hätten. Der Mörder ist krank und kann offenbar nicht anders. *Ihr wisst doch nicht, wie das ist,* sagt M. *Wie es aussieht in mir drin. Will nicht – muss. Will nicht – muss.* Das Publikum, das ihn zum Tode verurteilt, ist dagegen geistig gesund. Aber es ist zum Mord entschlossen. Die eine Seite getrieben von Rache, die andere Seite getrieben von einem kranken Bedürfnis. Wofür haben wir mehr Verständnis?« Collins rieb sich nachdenklich die verunstaltete Gesichtshälfte. »Und dann ... diese rechtschaffenen Bürger, die auf der anderen Seite ganz tief in sich den Wunsch haben, es bloß nicht mitzubekommen, wenn jemand Hilfe braucht. Sonst müsste man ja helfen, müsste Verantwortung übernehmen, könnte verantwortlich gemacht werden für etwas, was man getan oder nicht getan hat. Lieber Augen zu, wegsehen, weghören. Schreie in der Nachbarwohnung? Ach, sicher habe ich mich verhört. Skinheads machen einen Ausländer in der S-Bahn an? Es sind doch noch so viele andere Leute da. Warum soll gerade ich etwas riskieren?« Sie blickte seufzend zur Decke. »Wir sind schon eine tolle Spezies.«

Viele Redaktionen der lokalen Zeitungen hatten den Druck ihrer Blätter so lange aufgeschoben, wie es ging, um gegebenenfalls den nächsten Mord der Schwabinger Bestie, den sie schließlich angekündigt hatten, melden zu können.

Nun hatten sie einen Mord. Ihre Reaktion löste bei den Ermittlern und Hauser Wutausbrüche aus. Zum einen wurde es von einigen Blättern als Verdienst der Bürger dargestellt, dass der Mörder nicht wieder zugeschlagen hatte. Zum anderen gab es heftige Kritik an der Polizei, die völlig versagt hatte, als es darum ging, das Leben eines jungen Mannes zu schützen, den eine Horde betrunkener Verrückter umgebracht hatte.

»Die sind doch wirklich schizophren«, schimpfte Geyer. »Erst heizen sie die Leute mit falschen Behauptungen auf, sodass die einen Unschuldigen lynchen, und dann geben sie uns für die Folgen die Schuld? Wir sollten diese Schreiberlinge festnehmen. Als geistige Brandstifter.«

Born zuckte mit den Achseln. Er stand vor dem Stadtplan von München, der in ihrem Büro an der Wand hing, und betrachtete die Kreise, die Koch und Collins dort eingezeichnet hatten. »Wir sollten über heute Nacht nachdenken.«

Geyer nickte. »Die 30 Tage sind rum«, stimmte sie zu. »Aber was sollen wir machen? Bürgerwehren ins Leben rufen?« Sie schnaubte verächtlich. »Bauer hat schon Schichten eingeteilt.« Sie blinzelte Born zu. »Wir sind wieder zusammen im Englischen Garten unterwegs.«

6. September, München

Born hätte nach seinem nächtlichen Einsatz im Englischen Garten ausschlafen können. Niemand erwartete von ihm, dass er schon jetzt ins Büro kommen würde. Aber er konnte nicht schlafen. Dabei hatten sie eine ruhige, ereignislose Nacht erlebt. Obwohl seit dem letzten Mord 30 Tage vergangen waren und der Täter immer pünktlich zugeschlagen hatte. Vielleicht hatten ihn die Ereignisse der vorherigen Nacht abgeschreckt.

Als Born in der Nacht nach Hause gekommen war, hatte ihn das Blinken des Anrufbeantworters begrüßt. Melanie. Sie vermisste ihn. Und sie hatte ihr Mobiltelefon verloren. Deshalb konnte er sie nicht erreichen. Alles war in Ordnung. Bis er das Präsidium betrat. Bauer, Geyer und Adam kamen ihm auf dem Flur entgegen. Und in ihren Gesichtern spiegelte sich nicht nur der Mangel an Schlaf.

»Wo?«, fragte Born schockiert und resigniert zugleich.

»Wieder im Englischen Garten« antwortete Bauer. »Wieder in der Nähe der Universität. Die Meldung ist grad erst auf den Schirm gekommen.«

Born schloss sich ihnen an.

Hiltrud Korte, eine junge Online-Journalistin auf dem Weg zur Frühschicht, war am Ufer des Schwabinger Bachs hinter den Tierärztlichen Kliniken verblutet. Um fünf Uhr morgens, zu einer Zeit, als die Soko-Beamten dort ihre Schicht gerade beendet hatten. Es war offensichtlich, dass die Ermittler es wieder mit einem Opfer der Bestie von Schwabing zu tun hatten. Born und Geyer übernahmen die Aufgabe, dem Mann der Toten die furchtbare Nachricht zu überbringen.

Born hielt Elli Geyer für eine gute Polizistin, die es aber sicher nie bis zur Kriminalrätin bringen würde. Wenn es jedoch darum ging, Angehörigen von Mordopfern die schlimme Nachricht beizubringen, kannte er niemanden, der dazu besser geeignet war. Hinter ihrem üblichen ruppigen Auftreten und der aufgedonnerten Kulisse steckte eine Frau mit einem feinen Gespür für den Umgang mit den Betroffenen. Sie fand das richtige Maß von Unterstützung und Rücksichtnahme. Sie nahm in den Arm, wo es notwendig war, und erwischte den richtigen Augenblick, um auf die mögliche Hilfe durch Seelsorger – also Pfarrer oder Psychologen – hinzuweisen. Vielleicht verstanden sich Collins und sie deshalb so gut.

Hiltrud Kortes Ehemann arbeitete in seiner Autowerkstatt. Sie mussten Thomas Korte in ein Krankenhaus bringen, wo er Beruhigungsmittel erhielt. Die routinemäßige Überprüfung des Mannes brachte keine neuen Erkenntnisse. Natürlich konnte es sein, dachte Born, dass ihr Täter sich irgendwann auch einmal ein Opfer im Verwandten- oder Bekanntenkreis suchen würde. Aber hier deutete nichts darauf hin. Und hatte Koch nicht erklärt, dass bei Serienmördern eher die ersten Opfer aus diesem Kreise stammten?

Zurück im Büro erfuhren sie, dass die Hunde – diesmal hatten die Kollegen gleich mehrere eingesetzt – die Spur des Täters wieder einmal bis zum Schwabinger Bach verfolgt hatten. Und auch der arme Mantrailer aus Nürnberg war wieder unterwegs, um vielleicht endlich die Stelle zu finden, an der der Mörder wieder aus dem Wasser gestiegen war.

Diesmal hatte der Täter etwas mehr am Tatort hinterlassen als nur seine DNA. Auf Bauers Schreibtisch lag das Foto von einem Knopf.

»Abgerissen. Von Rosner«, erklärte er seinen Kollegen.

»Diese teure Ledermarke?«, fragte Geyer. Born hatte noch nie davon gehört. »Also, wenn der wirklich vom Täter stammt …«

»… dann ist der jedenfalls kein Fall für die Sozialhilfe«, beendete Bauer Geyers Satz. »Damit man sich Rosner leisten kann, muss man schon was auf der hohen Kante haben.«

Collins brachte das geografische Profil des Mörders auf den

neuesten Stand. Der Mord war jedoch zu dicht am letzten Tatort auf dem Universitätsgelände verübt worden, als dass dabei viel herausgekommen wäre. Theoretisch untermauerte die Lage des Tatorts die Theorie, dass der Mörder seinen Ankerpunkt im Osten Schwabings hatte. Das Computerprogramm Dragnet zeigte dort jetzt einen tiefroten Fleck als geografisches Zentrum. Und auch ohne den Computer war die Nähe der zwei Tatorte zum Universitätsgelände auffällig. Doch die Bürger, die in den umliegenden Vierteln gemeldet waren oder regelmäßig zur Arbeit gingen, sowie die Studenten und Angestellten der Tierärztlichen Kliniken der Universität hatten bis auf wenige Ausnahmen inzwischen alle DNA-Proben abgegeben – mit negativem Ergebnis. Die meisten Widerspenstigen hatten Alibis, von denen die überwiegende Zahl überprüft war. Es gab nur noch eine Handvoll Personen, die die Ermittler nicht hatten überprüfen können. Es handelte sich um solche, die nicht in ihrer Wohnung oder an ihrem Arbeitsplatz angetroffen worden waren – zum Beispiel, weil sie verreist waren. Was ja kein schlechtes Alibi war.

Hans Bauer warf Cynthia Collins einen ungeduldigen Blick über den Rand seines Bierglases zu. »Was ist nun?«, fragte er sie. Kurz nach Dienstschluss hatte die Polizei von Glasgow im Büro der Soko angerufen und nur noch Bauer und Collins erreicht. Die Neuigkeiten besprachen sie im Augustinerkeller in der Neuhauser Straße. Die Gaststätte war bieder, aber gemutlich. Die meisten Tische waren bereits besetzt. Blumensträuße hingen von der hohen Stuckdecke, die von verzierten Holzsäulen gestützt wurde. Die goldgelben, teilweise holzgetäfelten Wände waren mit Hirschgeweihen und Büsten geschmückt.

Eine junge Frau mit weißer Schürze tauchte an ihrem Tisch auf. Bauer bestellte ein Bier und eine Portion Kässpätzle. Cynthia Collins bat um einen Tullamore Dew und eine vegetarische Pizza.

»Was haben deine Leute gesagt?« Bauer rutschte auf seinem Stuhl herum.

»Sie haben jemanden verhaftet«, erklärte Collins ruhig.

»Und das sagst du mir nicht gleich? Wir sollten sofort …«

»Hans, das können wir den anderen auch morgen noch erzählen.«

Bauer schaute sie leicht verärgert an. »Also gut.«

»Die Kollegen haben in Arden einen 32-jährigen Mann festgenommen. Martin Jameson. Er macht an der Uni von Glasgow seinen Doktor in Biologie.«

»Damit ist es jetzt wohl vorbei«, warf Bauer ein.

»Er kommt aus Arden und hat noch immer eine Wohnung dort.« Collins nippte an ihrem Whisky.

»Hat er sich zu den Morden geäußert?«, fragte Bauer.

»Ja. Ihr bekommt die Protokolle. Offenbar gibt er die Verbrechen zu – sowohl die Morde an den Marshalls als auch an dem jungen Mädchen Anfang September.«

»Und weshalb hat er es getan?«

»Er scheint genauso verwirrt darüber zu sein wie dieser Richard Miller, den Griffin befragt hat. Faselt was von einem unwiderstehlichen Drang und dass er keine Kontrolle mehr hatte.«

»Ich blicke da nicht mehr durch«, sagte Bauer. Er zupfte fahrig an der weißen Decke auf dem Tisch. »Mehrere Verbrechen – derselbe Täter. Das ergibt Sinn. Aber mehrere Täter – dasselbe Verbrechen? Das ist, als würde nicht der Mörder auf Reisen gehen, um sich Opfer zu suchen, sondern das Verbrechen geht auf Reisen, um sich Mörder zu suchen.«

»Das ist ein interessantes Bild.« Collins schaute Bauer an, doch der starrte in sein Glas und hatte offenbar beschlossen, nun doch alle weiteren Gedanken auf den nächsten Tag zu verschieben.

Gegen 23 Uhr verabschiedeten sie sich. Bauer setzte sich in seinen Wagen, während Collins ein Taxi zu ihrer Pension nahm. Eine Weile blickte der Soko-Chef durch die Windschutzscheibe hinauf zum Mond, der hell und klar – und fast voll – am Himmel stand. Der Mond war faszinierend, aber warum mussten die Leute ihm übersinnliche Kräfte zuschreiben? War es nicht schon unglaublich genug, dass dieser riesige Körper im Schwerefeld der Erde gefangen und zu seiner ewigen Umkreisung verdammt war? Egal, auf welches Phänomen die Menschen stießen – immer gingen sie sofort davon aus, dass es für sie eine besondere Bedeutung haben musste.

Bauer warf einen letzten Blick hinauf, startete den Motor und fädelte sich in den Verkehr ein. Eine Weile ließ er sich vom nächtlichen Strom der Autos mitreißen und dachte über den Fall nach. Gut, dass die Briten jemanden verhaftet hatten. Andererseits hatte die Festnahme von Miller den Münchner Ermittlern nicht weitergeholfen. Bauer folgte einer dunklen Stretchlimousine bis zur Münchner Freiheit, hängte sich dann an einen Smart, der ihn zurück in die Innenstadt führte, und fand sich schließlich am Ostfriedhof wieder. Er stellte den Wagen ab und ging hinüber zum Eingang. Ein schmiedeeisernes Tor war mit einer Kette verschlossen. Ohne nachzudenken, kletterte er die Stangen hinauf und sprang hinüber. Eine Weile folgte er dem breiten Hauptweg. Die nächtlichen Geräusche der Stadt blieben hinter ihm zurück, gedämpft durch die Friedhofsmauer und die hohen Bäume. Immer stiller wurde es – so still, dass er das sanfte Rascheln des Windes im Gras hören konnte. Er folgte einem schmaleren Weg, der zwischen alten Gräbern hindurchführte. Dann stand er vor einer Reihe winziger Grabsteine. Die Inschriften waren im Mondlicht deutlich zu sehen.

»Hallo, ihr zwei Rabauken«, sagte er leise. »Wie geht es euch?« Er lauschte eine Weile. »Ihr müsst jetzt schon laufen können, oder? Ist ja schon ein halbes Jahr her, seit …« Er pflückte ein Blatt von Pauls Grabstein. »Ich möchte ja nicht sehen, was ihr da für ein Chaos veranstaltet, wo ihr jetzt seid«, sagte er lächelnd. »Sicher könnt ihr inzwischen Auto sagen, oder? Das ist doch das Erste, was Kinder heute lernen.« Fast war ihm, als hätte er eine Antwort bekommen. Ein leises, fröhliches Zwitschern. Es kam vom Eingang her. Ein Windstoß hatte das eiserne Tor ein wenig um seine leise quietschenden Angeln schwingen lassen.

»Ich bin gekommen, weil ich …«

Ja, warum war er gekommen? Bauer horchte eine Weile in sich hinein. Er zog den Mantel enger zusammen und schlang die Arme um seine Brust.

Ist euch auch so kalt?, fragte er wortlos.

»Ich bin gekommen, um mich zu entschuldigen«, sagte er laut. »Ich habe euch im Stich gelassen.« Tränen traten in seine Augen. Er blinzelte.

»Wenn ich … vielleicht …« Er stockte. Ein großer Schatten schwang sich aus einem der hohen Bäume, schwebte über ihn hinweg. Bauer blickte ihm hinterher, bis die Eule im Dunkel des Friedhofs verschwunden war. Er schaute wieder auf die Grabsteine hinab.

»Ich bin nicht bei euch gewesen. Ich habe gesehen, dass alles kaputtgegangen ist. Aber ich habe es eben nicht richtig gesehen. Ich dachte, es geht schon irgendwie. Vielleicht hätte ich sonst …« Er schüttelte den Kopf. »Ich habe es einfach nicht geschafft. Ich wollte euch wirklich nicht im Stich lassen. Aber ich habe es einfach nicht geschafft. Es tut mir leid.«

Er beugte sich vor und legte die Arme um die beiden Grabsteine, als wollte er sie wärmen.

7. September, München

Ein Duft nach frischen Brezeln erfüllte den Aufenthaltsraum und vermischte sich mit den Gerüchen nach Rasierwasser, Deodorant und Parfüm, die die Mitarbeiter der Soko hereingetragen hatten. Bauer griff nach dem Korb mit den Backwaren, die Haaf besorgt hatte.

Auf der schmalen Leiste vor dem Fenster landete ein Sperling und blickte mit schräg gelegtem Kopf durch das Glas herein. Bauer erhob sich und näherte sich dem Tier vorsichtig. Die kleinen dunklen Augen lugten neugierig unter einer scharzen Kappe hervor. Konnten Spatzen verrückt werden? Entwickelten Tiere sexuelle Mordfantasien? Wohl kaum, dachte Bauer. Warum eigentlich nicht? Was war bei Menschen anders als bei Tieren?

Der Spatz trippelte an der Scheibe auf und ab, ohne sich durch Bauers Nähe stören zu lassen. Vermutlich konnte er gar nicht hereinschauen, sondern betrachtete nur sein eigenes Abbild im spiegelnden Fensterglas. Als Bauer seine Nase an die Scheibe drückte, warf sich der kleine Vogel erschrocken in die Tiefe. Bauers Blick folgte ihm, wie er sich mit elegantem Schwung knapp über der Straße abfing, sich mit ausgebreiteten Flügeln schräg legte und dicht vor der gegenüberliegenden Fassade flatternd wieder aufstieg. Auf der Dachrinne ließ sich das kleine Tier nieder, blickte sich um und schloss sich dann zielstrebig einem streitenden Schwarm von Spatzen über den Dachziegeln des Gebäudes an. Es muss riesigen Spaß machen zu fliegen, dachte Bauer. Ob das Tier das auch so erlebte?

Sämtliche Polizeibeamten richteten den Blick zur Tür, als Schwan vom Erkennungsdienst dort auftauchte.

»Hallo zusammen und einen wunderschönen guten Tag.«

»Danke«, knurrte Bauer und wandte sich vom Fenster ab. »Immerhin hat er schon mit einer guten Nachricht angefangen: Die schottischen Kollegen haben in Arden jemanden festgenommen. Jetzt sag nicht, du hast auch noch gute Neuigkeiten?«

»Wir haben ein ganzes Büschel Haare entdeckt, die mit großer Sicherheit dem Täter gehören«, verkündete Schwan strahlend. »Mit der Wurzel ausgerissen.«

»Das dürfte uns keine große Hilfe sein«, sagte Geyer und lehnte sich auf ihrem Stuhl zurück. »Wir haben von jedem Tatort genug DNA, um den Täter zu identifizieren. Wenn wir erst mal einen Verdächtigen haben.«

Schwan nickte. »Aber«, begann er mit erhobenem Zeigefinger, »es gibt die Möglichkeit, mithilfe von Haaren, Fingernägeln und Knochen herauszufinden, wo jemand herkommt und wo er sich in letzter Zeit aufgehalten hat.«

»Isotopenanalyse?«, fragte Born. Schwan schaute ihn überrascht an. »Richtig. Es gibt da Fachleute, die sammeln seit einigen Jahren Daten, um Karten mit der Verteilung von Isotopen zu erstellen.«

»Und was hat es damit genau auf sich?«, fragte Geyer.

»Mithilfe der Isotopenanalyse lässt sich feststellen, wo sich jemand innerhalb der letzten Wochen, Monate oder Jahre aufgehalten hat oder sogar wo er herkommt – je nachdem, welche Körpergewebe zur Verfügung stehen. Haare, die etwa einen Zentimeter pro Monat wachsen, tragen Informationen über die letzten Monate und Wochen, ganze Fingernägel geben Aufschluss über die letzten sechs Monate, weil die etwa drei Millimeter im Monat wachsen, und Oberschenkelknochen verraten etwas über ungefähr die vergangenen 25 Lebensjahre.«

Der Erkennungsdienstler setzte sich an den Tisch, nahm sich eine Brezel aus dem Korb und biss hinein. »Das funktioniert folgendermaßen«, begann er mit vollem Mund. »Es gibt von den meisten Elementen bestimmte Isotope, die etwas schwerer oder leichter sind als die übliche Version. Vielleicht haben Sie schon etwas von schwerem Wasserstoff gehört, dem sogenannten Deuterium mit dem Symbol D. Der Kern des Wasserstoffatoms H besteht normalerweise aus einem positiv geladenen sogenannten

Proton. Es gibt aber auch eine relativ häufige Variante, dessen Atomkern neben dem Proton auch ein elektrisch ungeladenes Neutron besitzt und deshalb ein höheres Atomgewicht hat. Und wenn dieser Wasserstoff mit Sauerstoff verbunden ist, haben wir nicht H_2O, sondern D_2O. Dann spricht man von schwerem Wasser.« Er kratzte Salzkörner von seiner Brezel und strich sie auf dem Tisch zusammen, während er weitersprach. »Es gibt Länder oder Gebiete, wo der Anteil von Deuterium im Wasser relativ hoch ist. Und der Mensch, der dort Wasser trinkt, baut dieses in sein Gewebe ein. Das bedeutet ganz einfach, dass Menschen, die in einer Region mit viel Deuterium leben, auch einen größeren Anteil von Deuterium in ihrem Körper aufweisen. Zum Beispiel in den Haaren, Nägeln oder Knochen. Halten sie sich dann in einer anderen Gegend mit geringerem Deuteriumanteil auf, so spiegelt sich dies in dem Abschnitt des Haares wider, der während dieser Zeit gewachsen ist. Und ähnlich verhält es sich auch mit anderen Elementen wie Kohlenstoff, Stickstoff, Schwefel, Strontium und Blei. Es lässt sich ein Isotopen-Verteilungsmuster für verschiedene Weltregionen erstellen. Und anhand der Verteilung der stabilen Isotope in der Welt lässt sich abschätzen, wo sich jemand in der letzten Zeit überwiegend aufgehalten hat.«

Schwan hatte die erste Brezel komplett verspeist. Er schielte hinüber zu dem Korb, in dem noch ein halbes Dutzend davon lag. »Dazu kommt, dass auch Luftverschmutzungen, die für bestimmte Regionen typisch sind, im Gewebe Spuren hinterlassen. Wenn sich jemand zum Beispiel nach 1986 in der Ukraine aufgehalten hat, dann sind bestimmte Elemente mit radioaktiven Isotopen, die dort wegen Tschernobyl noch immer in relativ hoher Konzentration zu finden sind, in seinem Gewebe enthalten. Und mit einem Haarbüschel mit Haaren der Länge, die wir gefunden haben, lässt sich in etwa feststellen, wo jemand in den letzten sechs Monaten gewesen sein könnte.« Er nahm sich eine zweite Brezel und stand auf. »Wir haben die Haare deshalb an die Kollegen am Institut für Rechtsmedizin und an der Bayerischen Staatssammlung für Paläontologie und Geologie weitergegeben.«

Auf der einen Seite ein Verbrecher, der sich wie ein Tier ohne Verstand verhielt, auf der anderen Seite Ermittler, denen die modernsten Errungenschaften der Kernphysik und mikrobiologische Verfahren zur Verfügung standen, um ihm auf die Spur zu kommen. Und trotzdem hatten sie keine Ahnung, wer der Täter war. Der Gedanke machte Bauer hilflos.

»Dann seht verdammt noch mal zu, dass ihr rausfindet, wo er war«, sagte er laut. Schwan nickte mit vollen Backen und ging.

11. September, Augsburg

Als die alte Dame die letzte Stufe der Treppe zum dritten Stock des Hauses in der Friedberger Straße in Augsburg erreicht hatte, blieb sie stehen. Sie deutete auf eine Tür am Ende des Flures. »Da wohnen die Eberts. Aber mich bekommen Sie nicht mal in die Nähe der Tür. Da geht irgendwas ganz Furchtbares vor sich.« Sie drehte sich auf dem Absatz um und stieg die Treppe wieder hinunter.

Clemens Neff schaute ihr irritiert nach. Dann folgte er kopfschüttelnd seinem Kollegen Jochen Liphart, der bereits den Flur entlangging. Sonst konnten die Leute gar nicht genug davon mitbekommen, was bei den Nachbarn vor sich ging. Wie zur Bestätigung öffnete sich eine Tür, und ein älterer Mann schaute heraus. Als er die zwei Streifenbeamten erblickte, nickte er ihnen zu und verschwand wieder in der Wohnung.

Die beiden Polizisten bauten sich vor der Tür der Eberts auf, und Liphart drückte auf die Klingel. Von innen ertonte ein elektrisches Summen. Ansonsten blieb es still.

»Hier ist die Polizei, machen Sie bitte auf«, rief Liphart und hämmerte mit der Faust gegen die Tür. Wieder lauschten die zwei Männer. Dann hörten sie ein Geräusch. Ein Winseln. Sie schauten sich erschrocken an.

»Was zum Teufel war denn das?«, fragte Neff.

Liphart zuckte mit den Schultern. Er nestelte an seinem Pistolenhalfter, öffnete die Lasche, die verhinderte, dass sich die Waffe mit einem Griff ziehen ließ. Erneut hämmerte er gegen die Tür. »Hier spricht die Polizei. Öffnen Sie sofort, sonst brechen wir die Tür auf.«

Plötzlich waren Schreie zu hören. Eine Frauenstimme, hysterisch, hoch und zugleich dumpf und hohl, als würde sie durch mehrere Türen gefiltert. Ein Knurren war zu hören. Etwas polterte, dann verstummte die Frau.

Neff zog seine Waffe. Liphart nickte seinem Kollegen zu. Dann nahm er Anlauf und rammte seine Schulter gegen die Wohnungstür. Es krachte, und die Tür flog auf. Ein Hoch auf 30 Kilogramm Übergewicht, dachte Liphart, während er zu Boden ging. Neff stolperte über ihn und konnte sich gerade noch fangen. Er entsicherte die Waffe und versuchte sich einen Überblick zu verschaffen. Liphart entsicherte ebenfalls seine Pistole, während er sich vom Boden aus umblickte. Mühsam rappelte er sich auf. Er hörte ein Röcheln, doch woher es kam, konnte er nicht sagen.

»Hallo?«, rief Neff. »Kommen Sie hierher, wo wir Sie sehen können.«

Er warf einen schnellen Blick in das Zimmer zu seiner Rechten und hoffte, dass Liphart die Tür hinter ihm sicherte. Dann machte er einige schnelle Schritte mit vorgehaltener Pistole in den Raum hinein. Es handelte sich um eine geräumige Wohnküche. Sie war leer.

Unterdessen war Liphart in den anderen Raum gegangen, zu dem der Flur führte. »Scheiße«, flüsterte er. »Clemens, komm rüber.«

Er befand sich im Wohnzimmer. Zwischen ihm und der breiten Glasfront des Fensters, die vom Boden bis zur Decke reichte, stand eine Sitzgruppe aus dunklem Leder um einen flachen Marmortisch, wie er vor Jahrzehnten modern gewesen war. Die Steinplatte war blutverschmiert, der dicke, weiße Berberteppich wies große Blutflecken auf. An den Wänden hatte die rote Flüssigkeit bizarre Muster gezeichnet.

Plötzlich flog die Tür zum nächsten Zimmer auf. Liphart riss die Waffe hoch, doch in dem Augenblick, als er den Finger um den Abzug krümmte, warf ihn eine dunkle Gestalt zu Boden. Die Kugel durchschlug die Fensterscheibe. Liphart versuchte hochzukommen. Ein heftiger Stoß ließ ihn gegen das Fenster prallen. Mit einem lauten Knacken zersprang die Scheibe, und Liphart spürte, wie das Glas hinter ihm nachgab.

Auch Neff hatte jetzt das Wohnzimmer erreicht. Er sah, wie

sein Kollege durch das Fenster brach. Vor Liphart richtete sich ein Mann auf. Ohne nachzudenken, feuerte Neff seine Waffe zweimal auf den Unbekannten ab und sah, wie er unter den Kugeln zuckte und zur Seite fiel. Dann hechtete er zum Fenster.

Liphart kippte langsam hintenüber, hinaus ins Freie. Dann spürte er Neffs Gewicht auf den Unterschenkeln und Füßen. Glassplitter bohrten sich aus dem Fensterrahmen in seine Kniekehlen. Sein Hinterkopf knallte gegen die Außenwand. Er sah auf den Bürgersteig, der sich mindestens fünf Meter unter ihm befand. Seine Mütze segelte hinab und landete auf dem Asphalt. Entsetzt riss er den Mund auf, doch es kam kein Ton über seine Lippen. Blut schoss ihm in den Kopf. Über sich hörte er Schreie.

Neff rief um Hilfe. In der Wohnung rührte sich nichts. Er schrie weiter, während Lipharts Gewicht den dicken Polizisten weiter in die Glasscherben drückte.

»O mein Gott«, hörte er plötzlich eine Stimme von der Wohnzimmertür her. Eine junge Frau sah mit großen Augen herein.

»Kommen Sie«, brüllte Neff sie an. »Kommen Sie her.«

Vorsichtig näherte sich die Frau. »Mein Gott.« Erleichtert sah Neff, dass der Schrecken auf dem Gesicht der Frau einem Ausdruck von Entschlossenheit wich. Sie lief zu ihm herüber, beugte sich aus dem Fenster und versuchte, Liphart am Gürtel zu packen. Der dicke Polizist stöhnte leise. Eine breite Blutspur tränkte seine Hose und den Rücken seiner Uniformjacke, Blut tropfte aus seinen Haaren hinab auf die Straße. Sie versuchte, an dem Gürtel zu ziehen, aber der Polizist rührte sich kaum.

»Das hat keinen Sinn.« Sie ließ Liphart los und rannte aus der Wohnung. »Ich hole Hilfe. Allein schaffen wir das nicht.«

Stöhnend klammerte sich Neff an die Beine seines Kollegen und versuchte, besseren Halt zu finden. Er spürte, wie Liphart ihm Millimeter um Millimeter entglitt und dabei die Glasscherben immer tiefer in seine Beine schnitten. Heilige Jungfrau Maria, voll der Gnade, Mutter Gottes, bitte für uns Sünder, dachte Neff. Er wusste nicht mehr, wie das Gebet ging. Nur diese Zeile tauchte in seinem Kopf auf, wieder und wieder. Heilige Jungfrau Maria …

Plötzlich waren Leute um ihn herum. Die junge Frau beugte sich erneut über Liphart und griff nach seinem Gürtel. Ein älterer

Mann hielt sie dabei fest, während ein zweiter, jüngerer Mann von der anderen Seite die Uniformjacke packte. Der verletzte Polizist schrie vor Schmerz und fuchtelte panisch mit den Armen. Schließlich bekam seine Rechte den Fensterrahmen zu fassen, während der Mann im Unterhemd seinen anderen Arm packte. Dann war es geschafft. Liphart lag stöhnend am Boden und tränkte den Teppich mit seinem Blut, wo es sich mit dem des Mannes vermischte, auf den Neff geschossen hatte.

»Holen Sie Handtücher aus dem Badezimmer«, rief Neff. Die junge Frau lief los, kehrte jedoch sofort zurück.

»Da liegt eine Frau.«

Neff blickte auf. »Was?«

»Das muss Frau Ebert sein. Sie liegt im Bad.« Die junge Frau schwankte – alle Farbe war aus ihrem Gesicht gewichen.

»Ich kann da nicht rein.« Sie verlor das Gleichgewicht und stürzte auf die Couch. Fassungslos blickte sie auf die blutverschmierten Polster.

»Ich gehe«, sagte der ältere Mann. »Hat schon jemand einen Notarzt alarmiert?« Er lief los.

Neff traute sich nicht, auf die Beine seines Kollegen zu schauen. Stattdessen bettete er Lipharts Kopf auf ein Kissen, das von der Couch gefallen war.

»Das wird wieder, Jochen«, flüsterte er ihm zu. »Das wird wieder, keine Angst.«

Sein Kollege starrte ihn mit großen, ungläubigen Augen an. Heilige Jungfrau Maria, voll der Gnade, dachte Neff, Mutter Gottes, bitte für uns Sünder.

Der ältere Mann kam wieder herein, und gemeinsam mit dem zweiten Nachbarn umwickelten sie die Beine des dicken Polizisten mit mehreren Handtüchern. Im Hintergrund nahm Neff die alte Dame wahr, die mit einem Mobiltelefon in der Tür stand und offenbar einen Notarzt rief.

Neff beugte sich über den regungslos am Boden liegenden Angreifer. Der Mann hielt sich den blutenden Unterleib. Auch sein Kopf lag in einer Blutlache. Aber er atmete flach. Von draußen war Gepolter zu hören, dann standen zwei Sanitäter in roten Westen vor ihm, die sich erstaunt umsahen.

»Kümmern Sie sich bitte zuerst um meinen Kollegen«, forderte er sie auf. Er beugte sich über Liphart, dessen Gesicht inzwischen die Farbe von Fensterkitt angenommen hatte, und strich ihm über die Wangen. »Das wird wieder, Jochen«, sagte er, und spürte, wie ihm Tränen in die Augen stiegen. Die Sanitäter drängten ihn zur Seite und legten Liphart eine Infusion. Dann rannte einer der beiden los, um eine Trage zu holen, während der zweite über ein Funkgerät um Verstärkung bat.

Erschöpft ließ sich Neff in einen der Ledersessel fallen. »Heilige Jungfrau Maria, voll der Gnade, Mutter Gottes, bitte für uns Sünder«, sagte er laut.

12. September, München

»Die Kollegen in Augsburg glauben, dass sie die Schwabinger Bestie geschnappt haben.«

Ungläubige Blicke richteten sich auf Bauer. Niemand sagte etwas. Bauer ließ sich auf die Kante von Geyers Schreibtisch nieder. Dann redeten alle auf einmal. Bauer hob die Hände.

»Leute, bitte. Hört mir erst mal zu.« Er berichtete ihnen in aller Kürze von der Festnahme von Jürgen Ebert. Dann machte er eine Pause und trank aus der Kaffeetasse, die er die ganze Zeit in der Hand gehalten hatte. Das Getränk war inzwischen kalt.

»Und wieso glauben die Kollegen in Augsburg, dass ihr Mann unser Mann ist?«, fragte Elli Geyer.

»Weil er seine Frau genauso zugerichtet hat«, antwortete Bauer. »Und weil er wie ein Verrückter mit bloßen Händen auf die Streifenbeamten losgegangen ist.«

»Na ja«, brummte Geyer durch zusammengekniffene Lippen. Bauer wusste, was in ihr vorging. Eine irrationale Mischung aus Erleichterung über die Festnahme, Angst, dass es vielleicht doch nicht die Bestie war, und zugleich Enttäuschung darüber, dass der Augsburger Polizei gelungen war, was sie nicht geschafft hatten. Auch wenn es Zufall oder Glück gewesen war. Die Arbeit der Soko Schatten war umsonst gewesen. Deshalb gab es da auch noch ganz leise die bizarre Hoffnung, dass die Augsburger sich täuschten und die Soko doch noch eine Chance hatte, ihren Mann zu kriegen. Bauer schämte sich dafür – wie vermutlich alle seine Kollegen.

»Ebert … der Name kommt mir bekannt vor«, sagte Geyer. »Ein Ehepaar Ebert aus Augsburg haben wir doch als Zeugen im Fall Lisa Kranz befragt.« Sie warf Adam einen fragenden Blick zu.

Der nickte und zuckte mit den Achseln. Bauer erinnerte sich nun ebenfalls, den Namen in den Unterlagen gelesen zu haben.

»Was ist mit unserem Kollegen?«, fragte Adam.

»Er wird überleben. Aber er wird wohl nie wieder so laufen können wie früher. Der Täter wurde durch einen Bauchschuss lebensgefährlich verletzt und liegt nach einer Notoperation auf der Intensivstation.« Bauer räusperte sich.

»Die Kriminaltechnik in Augsburg wird sich beeilen, ein DNA-Profil von dem Mann zu erstellen und mit unseren Daten zu vergleichen«, sagte er. »Das warten wir aber nicht ab. Die Ärzte haben darauf verzichtet, Ebert in ein künstliches Koma zu versetzen. Er ist zwar zurzeit noch nicht vernehmungsfähig, aber das kann sich jeden Augenblick ändern. Und ich möchte, dass wir dabei sind, wenn er befragt wird.« Er zeigte auf Born.

»Thomas, du und ich, wir fahren nach Augsburg. Und ich möchte, dass Cynthia mitfährt. Wer weiß, vielleicht kann ja eine Psychologin helfen, wenn sich der Mann als verstockt erweist.« Er hob die Augenbrauen. »Und wir fahren sofort, damit wir das Verhör nicht verpassen.«

Keine drei Stunden später zwängten sich Bauer, Born und Collins zusammen mit zwei Augsburger Ermittlern in einen Lift, der sie in den dritten Stock des Zentralklinikums brachte.

»Natürlich würden wir uns freuen, wenn wir euch eure Bestie weggeschnappt haben.« Der ältere Kollege, der sich als Kriminalhauptkommissar Witold Sauter vorgestellt hatte, grinste seinen jüngeren Begleiter an. Dann wurde er wieder ernst. »Aber wir klären das lieber im Team.«

»Bevor die Hoffnung auf Ruhm nachher noch als Seifenblase platzt«, sagte Cynthia Collins leise. Sauter schaute sie irritiert an und sah schnell wieder weg, nachdem sein Blick auf ihre Brandnarben gefallen war.

»Ist Ebert eigentlich vorbestraft oder sonst irgendwie aktenkundig?«, fragte Collins.

»Nein.«

»Seine Frau?«

»Auch nicht.«

»Also weder durch Gewalttätigkeit aufgefallen noch durch Drogenmissbrauch.«

»Weder noch«, sagte Sauter nachdrücklich.

»Und hat Ebert etwas über die Vorfälle von gestern Abend gesagt? Zu den ersten Beamten am Tatort oder danach?«

»Nein. Nichts.« Sauter rückte sich die Krawatte zurecht, während er weitersprach. »Sie können die Befragung übernehmen, wir beteiligen uns daran, wie wir es für vernünftig halten.«

Sie stiegen aus dem Lift und standen direkt vor der Anmeldung der Intensivstation, wo sie die Abteilungsassistentin an einen jungen Arzt verwies. »Ebert liegt auf Station 3.1, bei den frisch Operierten«, erklärte er. »Wir haben inzwischen den Trachealtubus entfernt, sodass er sprechen kann. Er steht unter dem Einfluss von Schmerzmedikamenten. Und Sie können sich vorstellen, dass er sich nicht zu sehr anstrengen sollte.«

»Wie geht es ihm denn eigentlich?«, fragte Bauer.

»Dafür, dass ihm jemand in den Bauch geschossen hat, verhältnismäßig gut«, antwortete der Arzt. »Der Mann hat unglaubliches Glück gehabt. Die inneren Verletzungen beschränken sich auf den Dünndarm, und eine Kugel hat seinen Kopf gestreift, den Knochen aber nicht durchschlagen. Aber er ist noch lange nicht außer Lebensgefahr.« Er drehte sich zu den Ermittlern zurück. »Würden Sie bitte alle Ihre Mobiltelefone ausschalten?«

Die Ermittler wuschen sich im Besucherraum sorgfältig die Hände. Dann betraten sie das Zimmer, in dem Ebert lag.

Der Raum hinter der Tür wurde von mehreren großen Betten dominiert, die durch Vorhänge voneinander getrennt waren. Um die Betten waren Regale und Rollwagen mit Überwachungsmonitoren und Geräten angeordnet.

Vor einem der Betten saß ein Polizeibeamter, der sich von einem Stuhl erhob und eine Zeitschrift beiseitelegte, um sie zu begrüßen. »Er hat versucht, mit mir zu reden, aber ich habe ihm angekündigt, dass Sie kommen.«

Jürgen Ebert lag unter einem Laken, das die Schwester ihm bis unter die Achseln gezogen hatte. Dünne, bunte Plastikschläuche verschwanden unter der Bettdecke. Sein Kopf war von der Stirn an aufwärts von einem Verband bedeckt. Er richtete einen müden

Blick auf die Neuankömmlinge, ohne den Kopf zu bewegen. Der Arzt warf einen Blick auf den Patienten, dann auf die Monitore und nickte den Polizisten zu.

»Ebert will also reden? Das kann er jetzt haben«, stellte Sauter leise fest. »Vielleicht mehr, als ihm lieb ist.«

Bauer zog sich einen Stuhl heran und setzte sich ans Fußende des Bettes. Born und Collins stellten sich so auf, dass Ebert sie ohne Anstrengung anblicken konnte. Sauters Kollege setzte sich auf einen weiteren Stuhl an der Wand, bereit, das Verhör zu protokollieren. Collins zückte ein Diktiergerät.

Sauter ging zum Bett hinüber. »Herr Ebert. Sind Sie in der Lage, mit uns zu sprechen? Verstehen Sie, was ich sage?«

Der Mann im Bett nickte, richtete seinen Blick aber nicht auf Sauter, sondern schaute Collins mit großen Augen an. Collins drehte dem Mann langsam ihre unversehrte Gesichtshälfte zu, sodass sein Blick sie schließlich losließ und zu Sauter zurückwanderte.

»Und können Sie auch sprechen? Es wäre nämlich gut, wenn Sie unsere Fragen laut beantworten.«

Wieder nickte der Mann ergeben. »Ja.«

»Herr Ebert, Sie …«

Der Verletzte versuchte die Hand zu heben. »Bitte. Können Sie mir zuerst sagen, was mit meiner Frau ist?«, fragte er heiser.

Sauter schwieg nachdenklich. Collins blickte ihn fragend an. Dann ergriff sie das Wort. »Sie wissen nicht, was mit Ihrer Frau passiert ist?«

»Ich bin nicht sicher. Es ist etwas Furchtbares geschehen. Das weiß ich. Ich glaube …« Ebert stockte. Seine Hände strichen langsam über das Laken über seiner Brust. Die Sehnen an seinem Hals traten hervor, als er den Kopf leicht anhob. »Ich glaube, ich habe etwas Furchtbares getan.«

»Und was glauben Sie, dass Sie getan haben?«

Bauer wunderte sich. Warum redete Collins um den heißen Brei herum? Ebert schien nachzudenken.

»Ich … ich habe sie angegriffen?« Er richtete den Blick auf die Psychologin. Bauer sah, dass Collins den Mann anlächelte und ihm damit lautlos die Hilfe versprach, die seine Augen suchten.

»Haben Sie?«, fragte sie. Ebert schaute auf seine Hände, folgte mit den Augen den Linien, die er mit seinen Zeigefingern in das Laken zog.

»Ich denke ja«, antwortete er. »Ja, ich habe meine Frau angegriffen.« Ebert ließ den Kopf zurück in das Kissen fallen und stöhnte.

Bauer begriff, dass Collins Ebert keine Aussage nahelegen wollte, um Falschaussagen zu vermeiden.

»Könnten Sie das lauter wiederholen?«, forderte Sauter ihn freundlich auf. Bauer vermutete, dass der Mann Mordverdächtige sonst nicht mit Samthandschuhen anfasste. Sicher hatte ihn die Aussicht auf eine Erfolgsmeldung in eine versöhnliche Stimmung versetzt. Aber erst musste noch ein Punkt geklärt sein. Er legte Sauter die Hand auf die Schulter. Der Kollege drehte sich überrascht zu ihm um. Belehrung, formte Bauer lautlos mit dem Mund. Sauter winkte ärgerlich ab. »Schon klar.«

»Ja. Ja, ich habe meine Frau angegriffen«, sagte Ebert nun laut und deutlich. Seine Stimme klang rau und nasal – vermutlich wegen des Schlauches, über den er noch vor Kurzem beatmet worden war.

»Herr Ebert. Das hier ist eine Vernehmung«, erklärte Sauter. »Ich möchte Sie ausdrücklich ermahnen, die Wahrheit zu sagen. Sie werden des Mordes an Ihrer Frau verdächtigt. Schweigen und Unwahrheiten können den Anfangsverdacht gegen Sie verstärken. Und alles, was Sie sagen, kann gegen Sie verwendet werden.« Der Ermittler verschränkte die Arme vor der Brust. »Fühlen Sie sich in der Lage, mit uns zu sprechen? Wollen Sie mit einem Anwalt reden, bevor wir hier weitermachen? Wenn Sie keinen Rechtsbeistand haben, dann können wir Ihnen einen besorgen.«

»Mord.« Ebert hob das Kinn und starrte zur Decke. »Dann habe ich sie also wirklich umgebracht.« Er schüttelte langsam den Kopf. »Kein Anwalt.«

Collins sah Sauter an. Der Polizist nickte ihr zu.

»Und warum haben Sie Ihre Frau angegriffen?«, fragte die Britin leise. Der Mann sah zu ihr hinüber und stöhnte.

»Erzählen Sie einfach mal von vorn«, forderte Collins ihn auf.

»Was Ihnen so einfällt. Alles kann wichtig sein. Und stellen Sie sich vor, wie Sie sich dabei gefühlt haben.«

Ebert schwieg. Bauer spürte, dass der Mann Unterstützung brauchte. Worauf wartete Collins?

»Haben Sie noch jemanden angegriffen?«, fragte sie.

Ebert kratzte sich am Hals und versuchte dann einen Zeigefinger unter den Verband um seine Stirn zu zwängen. »Einen Polizisten, nicht wahr?«

»Haben Sie?«

»Ja. Habe ich.«

»Warum haben Sie einen Polizisten angegriffen?«

Ebert drehte sich zum Fenster, soweit die Schläuche in seinem Körper dies zuließen. Dann stöhnte er vor Schmerz. Seine Antwort war kaum zu hören. »Ich denke, weil er in meine Wohnung eingedrungen ist. Ich habe mich bedroht gefühlt. Gar nicht darüber nachgedacht. Das war wie ein Reflex. Da kam dieser Mann rein, und da hatte ich das Gefühl, ich müsste mich gegen ihn verteidigen.«

»Hat dieser Polizist Sie denn bedroht?«

»Ich habe jedenfalls Angst vor ihm gehabt.«

»Sie hatten Angst vor ihm?«

»Ja. Ich hatte Angst vor ihm«, kam es fast trotzig zurück.

»Noch einmal zu Ihrer Frau. Wir würden wirklich gern wissen, warum Sie die angegriffen haben. Wie kam es dazu?«

Der Mann im Bett versuchte sich aufzurichten, doch es gelang ihm nicht. Er sank kraftlos zurück in die Kissen und keuchte vor Schmerz.

»Ich kann mich nicht genau erinnern. Ich weiß nur, dass ich schon am Nachmittag ein seltsames Gefühl hatte, und das ist zum Abend hin immer stärker geworden. Und dann ist es irgendwie passiert.«

»Ein seltsames Gefühl?«

»Ich kann es nicht gut beschreiben. Ich war angespannt, irgendwie schlecht gelaunt. Und dazu habe ich … das ist wirklich seltsam.«

»Erzählen Sie uns einfach alles, was Ihnen einfällt.«

Der Mann seufzte erneut. »Das ist mir peinlich. Das ist was

Intimes.« Ebert blickte nervös in die Runde. »Sie sind Psychologin?«, wandte er sich an Collins.

»Ja. Und es wäre wirklich gut, wenn Sie uns alles sagen, was Ihnen einfällt.« Sie zeigte auf die Polizeibeamten. »Versuchen Sie mal, diese Typen zu vergessen. Sprechen Sie nur mit mir.«

Ebert verzog das Gesicht. »Ich hatte Lust. Ich war sauer und hatte zugleich Lust. Dabei hatte ich auch noch Kopfschmerzen. Ich habe so etwas noch nie vorher erlebt. Es war wie ein Vollrausch. Wenn Sie betrunken sind und sich selbst dabei beobachten, wie Sie mit der Schwerkraft nicht mehr klarkommen.«

»Hatten Sie getrunken? Nehmen Sie Drogen? Cannabis? Kokain? Speed?«

»Nein. Ich hatte ja auch nicht wirklich einen Rausch. Es kam aus dem Nichts. Ich bin von der Arbeit nach Hause gekommen und war schon völlig neben mir.«

Jürgen Ebert schwieg. Bauer hätte nicht sagen können, ob er nachdachte oder einfach nur erschöpft war von dem Gespräch.

»Am Abend bin ich dann irgendwie durchgedreht«, fuhr Ebert schließlich fort.

»Wie war das, als Sie nach Hause kamen? Sie öffneten die Tür. Und dann?«

Bauer lauschte konzentriert, wie Collins den Mann im Krankenbett dazu brachte, den Ablauf der Tat detailliert zu schildern. Ebert hatte seine Frau offenbar sehr aggressiv zum Sex aufgefordert, was sie überrascht abgewiesen hatte. Dann war er ausgerastet.

»Hatten Sie früher schon einmal eine körperliche Auseinandersetzung mit Ihrer Frau?«, frage Collins.

»Handgreiflich? So mit Schlagen?« Ebert schüttelte empört den Kopf und verzog das Gesicht. »Nein!«

Collins hob beschwichtigend die Hände. »Ich muss das fragen, wissen Sie? Haben Sie sich schon mit jemand anderem geprügelt?«

»Nein. Eigentlich nicht. Sie wollen wissen, ob ich zur Gewalttätigkeit neige, nicht wahr? Tu ich nicht.« Ebert rieb sich langsam die Stirn. »Das juckt.«

»Neigen Sie zum Jähzorn?«, fragte Collins.

Ebert schüttelte erneut den Kopf. »Eigentlich nicht.«

»Sie wollten also mit Ihrer Frau schlafen?«

Ebert schaute sie an. Collins hielt ihm noch immer ihre unversehrte Gesichtshälfte entgegen, über die Brandnarben hatte sie ihre langen Haare fallen gelassen. Nach einigen Sekunden senkte er den Blick. »Ja.«

»Und als sie Sie abgewiesen hat, da haben Sie gedacht, warum zickt die jetzt rum? Sonst macht sie eigentlich immer mit.«

Sie ändert ihre Strategie, dachte Bauer überrascht. Bisher war Collins zurückhaltend gewesen, hatte Ebert immer nur kleine Hilfestellungen gegeben und ihn selbst alles sagen lassen, was für oder gegen ihn sprach. Jetzt legte sie ihm Aussagen nahe, formulierte ihm Gedanken vor. War das nicht schon Manipulation? Aber es ging ja nicht mehr darum, den Ablauf der Tat zu rekonstruieren und ein Geständnis aus dem Mann zu locken. Das hatten sie schon. Es ging nur noch darum, zu verstehen, was eigentlich passiert war.

Collins hob ihr Kinn und wurde ein wenig lauter. »Da sind Sie sauer geworden. Ich meine, sie ist doch Ihre Frau? Und sie hatte bisher auch immer Spaß dabei.«

Mit großen Augen folgte Ebert ihren Ausführungen.

»Warum hat sie sich diesmal so angestellt?«, rief Collins. »Da haben Sie sie gepackt und wollten sie sich vornehmen. Schließlich schadet es ihr nicht, und Sie wollten ja nichts Unrechtes tun. Aber sie hat sich gewehrt. Ihre Ehefrau hat sich gegen Sie – ihren Mann, der sie liebt – gewehrt.« Empörung schwang in der Stimme der Psychologin mit. »Als wäre es etwas Schlimmes, mit Ihnen zu schlafen. Wieso wollte die Ihnen den Spaß nicht gönnen? Ihre eigene Ehefrau?«

Collins machte eine kleine Pause. Als sie wieder sprach, war ihre Stimme nur noch ein Flüstern.

»Wissen Sie, ich verstehe, warum Sie so sauer geworden sind. Wirklich. Auch wenn ich eine Frau bin. Ich bin ja Psychologin. Wenn Männer richtig scharf sind, dann ist es verdammt schwer für sie, wieder runterzukommen. Das weiß man doch. Und was kostet es eine Frau denn schon, ihrem Mann, den sie schließlich liebt, dabei zu helfen, seine Bedürfnisse zu stillen. Eine ganz normale Sache zwischen Partnern.«

Ebert sagte nichts, lag nur still in seinem Bett und starrte die Psychologin an.

»Sie hat Sie weggestoßen. Und damit hat sie Sie vor den Kopf gestoßen.« Die Britin wurde wieder lauter. »Sie waren enttäuscht, frustriert. Ihre Frau hat sich verhalten, als wären Sie etwas Abstoßendes. Sie hat Sie zutiefst beleidigt. Und dann sind Sie richtig sauer geworden.« Collins schaute Ebert mit hochgezogenen Augenbrauen an. »Da sind Sie aus Ihrer Haut gefahren«, rief sie. »Völlig aus der Haut gefahren. Kann man doch verstehen.«

»Aber …«, warf Ebert ein.

»So sehr aus der Haut gefahren, dass Sie sich völlig vergessen haben.« Collins breitete die Arme aus.

»Aber …« Der Mann in dem Krankenbett kam nicht zu Wort.

»So sehr, dass Sie Ihre Frau gebissen haben.«

»Aber …« Diesmal brach Ebert seinen Satz von selbst ab, während Collins schwieg.

»Ich verstehe schon, worauf Sie hinauswollen«, flüsterte Ebert schließlich. »Wenn es so gewesen wäre, würde ich Ihnen fast glauben, dass Sie es verstehen. Und vielleicht würde ich es sogar zugeben.«

»Dann los. Das wird Ihnen helfen. Jähzorn, Frust, das können wir doch alle verstehen«, erklärte Collins eindringlich. »Wir könnten Ihnen helfen.«

Ebert rieb sich die Wangen, auf denen ein dunkler Schatten lag. Er hob den Kopf vorsichtig und blickte die Psychologin an. »Ich wäre froh, wenn es so gewesen wäre.« Er senkte den Blick. »Aber so war es nicht«, sagte er leise.

Bauer war überrascht. Selbst bei ihm war bei den eindringlichen und zugleich verständnisvollen Worten von Collins der Gedanke gekommen, Eberts Frau hätte ihm wenigstens einen runterholen können. Aber Ebert überraschte ihn.

»Ich bin einfach wie ein Tier über meine Frau hergefallen. Und es gibt keine Entschuldigung, keine Ausrede.«

Auch Collins reagierte nicht so, wie Bauer es erwartet hatte.

»Ich weiß«, sagte sie leise und setzte sich vorsichtig zu dem Mann auf das Bett. »Ich weiß das. Ich wollte nur, dass auch meine

Kollegen möglichst genau verstehen, was hier passiert ist und was nicht. Soweit man es überhaupt verstehen kann.«

Ebert richtete sich erneut auf und schaute sie ratlos und verzweifelt an. »Können Sie mir das denn erklären? Ich will begreifen, was da mit mir geschehen ist.«

Collins schüttelte den Kopf. »Leider kann ich es Ihnen nicht erklären. Noch nicht. Ich hoffe, wir werden es noch herausfinden. Ich kann Ihnen nur sagen, dass ich glaube, dass Sie eigentlich nichts dafürkonnten.« Sie legte ihre Hand auf seine. »Sie wollten Ihre Frau nicht umbringen. Sie können nichts dafür.«

Die Polizisten im Raum warfen sich irritierte Blicke zu. Sauter trat einen Schritt vor, während Ebert sich in die Kissen zurücksinken ließ und lautlos zu weinen begann.

»Ich bin nicht so. Ich bin ganz anders. Ich habe sogar erst kürzlich versucht, jemandem zu helfen, der angegriffen worden ist«, flüsterte er. »Es war allerdings schon zu spät.«

»Was meinen Sie?«, fragte Collins.

»In München. Anfang August. Da waren wir noch spät unterwegs. Und da habe ich aus einem Hinterhof so ein seltsames Geräusch gehört. Es klang so, als sei jemand verletzt worden, und da habe ich nachgeschaut. Plötzlich hat mich jemand angesprungen und in die Hand gebissen.«

Ebert streckte Collins die Rechte entgegen. Eine dünne, gebogene Linie roter Punkte zierte den Daumenballen. »Sie werden nicht glauben, wer das war.«

Bauer wusste es. Geyer hatte zu Recht darauf hingewiesen. Dieser Ebert war tatsächlich ihr Zeuge im Fall Kranz. Er sprang auf und trat ans Bett. Auch Born war aufgestanden und blickte Ebert mit zusammengekniffenen Lippen an.

»Sie waren der Zeuge bei dem Mord auf dem Universitätsgelände am Englischen Garten in München«, sagte Bauer. »Sie haben versucht, Frau Kranz zu helfen.«

Ebert nickte müde. »Wissen Sie, ich gehöre zu denen, die sich darum scheren, ob jemand Hilfe braucht.«

»Dann sind Sie der Schwabinger Bestie begegnet«, stellte Collins fest.

»Ja«, bestätigte Ebert. »Fragen Sie Ihre Kollegen von der Polizei in München.« Er nickte in Bauers Richtung. »Die haben mich doch ausführlich befragt.«

Bauer beugte sich erregt vor. »Es ist aber doch seltsam, dass Sie sich gleichzeitig mit dem Münchner Mörder an einem Tatort aufgehalten haben, und gestern haben Sie selbst genauso wie dieser getötet.« Er schüttelte ungläubig den Kopf. Das kann kein Zufall sein, dachte er. Die Augsburger hatten recht. Ebert war ihr Mann.

Der Verletzte schaute ihn verwirrt an. Dann versuchte er, sich erneut aufzurichten. »Himmel, Sie meinen, ich hätte mich verhalten wie dieser Mörder?« Er war schon zuvor blass gewesen, aber bei diesem Gedanken wich auch das letzte Blut aus seinem Gesicht. »Das gibt es doch nicht.« Er ließ sich in die Kissen zurücksinken.

»Die Augsburger Polizei glaubt, Sie sind die Bestie von Schwabing«, sagte Collins. »Haben Sie mal das Gefühl gehabt, sich in einen Wolf zu verwandeln?«

Ebert riss seine Augen auf. Auch Sauter schaute, als würde er an ihrem Verstand zweifeln.

»Hatten Sie zum Beispiel schon mal das Gefühl, Ihre Nägel würden sich in Krallen oder Klauen verwandeln?«, fuhr Collins fort. Die Psychologin blickte sich um. »Das klingt seltsam, ich weiß. Aber so etwas gibt es.« Sie wandte sich wieder Ebert zu. »Sie können es mir gegenüber also ruhig sagen. Es gibt sogar einen Namen für diese Krankheit.«

Ebert wies die Vorstellung weit von sich. »Nein. Ich habe noch nie das Gefühl gehabt, mich in einen Wolf zu verwandeln.«

»Und haben Sie sonst schon einmal das Gefühl gehabt, Ihre Wahrnehmung würde nicht mit derjenigen Ihrer Mitmenschen übereinstimmen? Dass andere die Dinge nicht so sehen wie Sie oder überhaupt nicht sehen? Oder hören?«

»Das klingt, als wollten Sie wissen, ob ich verrückt bin.« Ebert schüttelte den Kopf, stöhnte und hielt sich den Bauch. »Hat noch keiner von mir behauptet.«

»Was machen Sie eigentlich beruflich?«, fragte Collins.

Der Themenwechsel überraschte Ebert. »Ich bin Lehrer.«

»Sind Sie öfter in München?«

»War ich seit Monaten nicht mehr. Bis auf diesen einen Tag.«

»Die Polizei hat Ihre Telefonbücher, Ihren Computer und die Mobiltelefone von Ihnen und Ihrer Frau beschlagnahmt, und wir werden alle Personen, deren Daten wir dort finden, befragen. Meinen Sie nicht, dass uns jemand erzählen wird, dass Sie hin und wieder in München sind? Nachdem Sie Ihre Frau ermordet haben, wird Ihnen niemand ein falsches Alibi geben.«

Ebert schluckte und legte mit einem Ruck die Hände vor das Gesicht. Dann blickte er die Psychologin an.

»Fragen Sie ruhig.«

»Danke, Herr Ebert. Das war es erst mal«, sagte Collins. Erneut legte sie ihre Hand auf die des Mörders und drückte sie. »Machen Sie es gut. Ich hoffe, Sie kommen wieder auf die Beine.«

Sauter blickte sie irritiert an. »Das war es?«

»Für uns reicht das erst mal, denke ich«, antwortete Collins. Gemeinsam verließen sie das Zimmer.

»Dieser Gedanke, dass Ebert die Bestie ist«, sagte Born, als sich die Tür hinter ihnen geschlossen hatte. »Das klingt wirklich naheliegend. Aber ich habe da noch ein großes Problem.« Sie gingen langsam den Krankenhausflur entlang. »Was ist mit seiner Frau?«, fuhr der junge Polizist fort. »Sie war doch dabei, als Ebert in München dem Mörder begegnet sein will. Sie war mit ihm zusammen, als Lisa Kranz getötet wurde.« Er blickte zu Sauter hinüber. »Wenn Sie wirklich recht haben, dann muss Eberts Frau seine Komplizin gewesen sein.«

»Vielleicht haben wir es ja mit einem Mörder-Pärchen zu tun.« Sauter zuckte mit den Schultern und drückte den Knopf am Lift.

»Es wäre natürlich nicht das erste Mal, dass eine Frau zu einem Serienmörder oder perversen Verbrecher hält«, sagte Born nachdenklich. »Da gab es zum Beispiel den Fall Dutroux, dieser belgische Kinderschänder. Dessen Frau hat ihn nicht angezeigt, obwohl sie wusste, dass ihr Mann Mädchen entführt und missbraucht hatte.«

»Und dieser Serienmörder in Frankreich, Michel Fourniret«, sagte Bauer. »Der war fixiert darauf, Jungfrauen zu missbrauchen. Seine Frau hat Mädchen für ihn angelockt und selbst überprüft, ob sie noch Jungfrauen waren.«

Die Türen des Lifts schoben sich vor ihnen auseinander. Sie fuhren hinab ins Erdgeschoss.

»Gab es da nicht auch diesen Fall in Gloucester?«, fragte Born. »Das muss Ende der 80er-Jahre gewesen sein. Ein Ehepaar …«

»Fred und Rosemary West«, bestätigte Collins. »Die haben zehn junge Frauen und Mädchen zusammen gefoltert und getötet. Unter den Opfern war sogar eines ihrer gemeinsamen Kinder.«

»Himmel«, entfuhr es Sauter. Er trat aus dem Fahrstuhl in die Eingangshalle. »Wir warten mal die DNA-Analyse ab. Dann wissen wir Bescheid. Und meine Leute hören sich bereits im Bekanntenkreis um, ob die Eberts in den Mordnächten in München waren. Vielleicht gibt es ja schon was Neues.«

Er holte sein Handy aus der Jackentasche, während sie das Foyer durchquerten. Unter dem Glasdach vor dem Eingang schaltete er es an und wählte. Nach einer Minute steckte er das Mobiltelefon wieder ein. Ein kühler Wind wehte über die Grünanlage vor dem Krankenhaus. Ein blaugrauer Schleier am Himmel kündigte Regen an.

»Nichts Neues bislang. Keine Alibis für die Eberts, aber auch keine Hinweise auf München-Besuche. Ist ja auch ein wenig viel verlangt. Nach München könnte man von hier aus spontan fahren, einen Mord begehen und wieder zurückkehren, ohne dass jemand aus dem engen Freundeskreis das bemerkt.«

Er schaute Collins skeptisch an. »Was sollte diese Geschichte mit dem Wolf?«

»Lykanthropie«, antwortete Collins. »Der Wahn, sich in ein Tier zu verwandeln – in Europa traditionellerweise in einen Wolf.«

Sauter zog ungläubig die Brauen hoch. »Das gibt es wirklich?«

»Ein sehr seltenes Phänomen, das vor allem im Zusammenhang mit psychischen Erkrankungen wie Schizophrenie und Depressionen auftreten kann. Die Betroffenen verhalten sich manchmal wie Hunde oder Wölfe, bellen, laufen auf allen vieren und reagieren auf andere manchmal aggressiv. Es kommt auch zu bizarren oder unkontrollierten sexuellen Verhaltensweisen.«

Sie breitete die Arme aus. »In anderen Ländern sind es übrigens auch andere Tiere, deren Gestalt die Betroffenen anzunehmen glauben. Löwen, Tiger, Hyänen, Krokodile, Haie, Elefanten,

Schlangen, Adler – je nachdem, vor was die Menschen so Angst haben oder was sie beeindruckt. Die Symptome einer Krankheit, die Menschen glauben lässt, sich in ein Tier zu verwandeln, werden bereits seit der Antike beschrieben.«

Collins zog den Reißverschluss ihrer Lederjacke zu und schob ihr Kinn unter den aufgestellten Kragen. »Es ist eines der ältesten bekannten Symptome einer Geisteskrankheit überhaupt. Eine der frühesten Geschichten ist die von König Nebukadnezar im Alten Testament. Im Buch Daniel gibt es Hinweise darauf, dass dieser babylonische Herrscher zeitweilig glaubte, ein Tier zu sein. Auch in vielen Sagen und Legenden taucht das Motiv immer wieder auf. Und vermutlich ist Lykanthropie auch eine der Wurzeln der Angst vor Werwölfen.«

»Na klar, Werwölfe. Und was steckt dahinter?«, fragte Born.

»Tja, die Psychoanalyse nach Freud hat natürlich eine Erklärung parat: Ein primitiver Instinkt des ES lebt sich gewissermaßen sprichwörtlich auf der tierischen Ebene aus, nachdem es zu einer Art Abspaltung von ICH und ÜBER-ICH gekommen ist. So werden Schuldgefühle vermieden.«

»Klingt verlockend. Kommt man damit durch?«, fragte Born.

»Es ist ein Modell, das toll funktioniert, wenn man alle Parameter akzeptiert. Sonst ist es einfach nur Bullshit. Ist bei den Freudianern ja häufig so, dass Symptome mit Ursachen erklärt werden, auf die der Analytiker nur über die Symptome kommt. Schlangen stellen in Träumen Symbole für den Penis dar, weil hinter allem der Sex steckt. Man sucht nach einem Symbol für etwas Sexuelles, findet die Schlange und interpretiert sie als Penis-Symbol. Symptom und Erklärung bestätigen sich gegenseitig. Das nennt man Ringschluss.«

»Aber was steckt nun dahinter?«, wiederholte Born seine Frage.

»Irgendwelche Störungen im Stoffwechsel oder den Strukturen des Gehirns. Das ist ja selbst bei Schizophrenie oder Depressionen noch nicht ganz klar.«

»Aber du glaubst nicht, dass er Lyka... dass er das hat?«, fragte Bauer.

»Typisch für Lykanthropie ist, dass die Betroffenen glauben, sich zu verwandeln. Ihre Selbstwahrnehmung ist verzerrt. Ebert hatte überhaupt nicht das Gefühl, sich in ein Tier zu verwandeln. Er nimmt nur zu seinem eigenen Schrecken zur Kenntnis, dass er sich wie ein Tier verhalten hat. Außerdem fehlt offenbar eine Vorgeschichte mit psychischen Störungen.«

Collins stampfte ungeduldig mit den Füßen auf die Erde. »Lykanthropie wäre eine schöne Erklärung, wirklich. Aber sie passt nicht, weder bei Ebert noch bei den Fällen in Großbritannien und den USA. Da steckt etwas anderes dahinter.«

Die Polizisten warteten, ob die Britin fortfuhr, doch sie schwieg.

»Also gut«, sagte Sauter. »Wenn Ihnen noch etwas einfällt, geben Sie Bescheid.« Er reichte Collins, Bauer und Born die Hand. »Hat mich gefreut. Ich mache Ihnen eine Kopie vom Protokoll und schicke sie Ihnen. Wir machen jetzt mal hier weiter. Auf die konventionelle Weise.« Die Augsburger Polizisten gingen hinüber zu ihrem Wagen, der direkt vor dem Krankenhausvorplatz stand. Bauer, Born und Collins machten sich auf den Weg zum Parkplatz.

»Was hältst du von Ebert? Könnte er die Schwabinger Bestie sein?«, fragte Bauer. »Unabhängig von dieser Lykanthropie-Geschichte?«

Collins schüttelte nachdenklich den Kopf. »Er könnte eine Art von Bestie sein. Aber er ist nicht die Schwabinger Bestie.«

Irritiert sahen Bauer und Born die Britin an.

»Meine Show vorhin … Ihr habt es ja gesehen. Ich glaube, dieser Mann weiß tatsächlich nicht, warum er seine Frau ermordet hat. Er versteht es wirklich nicht. Und er versucht nicht, es zu erklären. Keine Anzeichen von Schizophrenie oder anderen Krankheiten, keine Stimmen, die es ihm befohlen haben, keine Drogen, keine Hinweise auf Lykanthropie, nichts. Da ist etwas Seltsames im Gange.«

Sie überlegte eine Weile. »Schaut mal, wir suchen immer nach Erklärungen, die mit unseren Erfahrungen zusammenpassen. Zum Beispiel, dass dieser Mann völlig gestört ist und zugleich ein begnadeter Schauspieler. Aber er hat keinen Augenblick auch nur erwogen, den Ausweg, den ich ihm geboten habe – Jähzorn –, als

Entschuldigung vorzuschieben. Und wenn er ein Soziopath wäre, wäre er vermutlich nicht während der Tat erwischt worden. Dann hätte er Vorsorge getroffen. Vieles deutet auf Schizophrenie hin, auf einen psychotischen Schub. Aber wenn es zu solchen Eskalationen kommt, müsste es eine Vorgeschichte geben. Und dann müssten wir davon ausgehen, dass er auch zuvor während solcher Schübe gemordet hat. Schizophrene sind aber eigentlich nicht in der Lage, nach solchen Taten – die sie übrigens nur sehr, sehr selten begehen – lange zu entwischen. Die werden mit dem abgehackten Kopf ihrer Opfer auf dem Beifahrersitz erwischt. Aber Ebert ist voll da, er bereut, und ich bin sicher, er hätte es zugegeben, wenn er bereits in München gemordet hätte.«

Sie waren bei ihrem Auto angelangt.

»Darf ich mal fahren?«, fragte Collins. Bauer warf ihr die Schlüssel zu. Sie stiegen ein. Die Britin startete den Motor und gab Gas.

»Ich glaube, da steckt was ganz anderes dahinter«, sagte sie. »Der DNA-Vergleich wird zeigen, dass Ebert nicht unser Mann ist.«

»Vorsicht. Wir fahren hier auf der rechten Spur«, rief Bauer und klammerte sich am Griff über der Beifahrertür fest, während Collins zurück auf die richtige Straßenseite wechselte.

13. September, München

Als Bauer am Morgen das Ergebnis der DNA-Analyse verkündete, blickte er zu Collins hinüber. Sie nahm die Neuigkeiten ohne besondere Regung auf. Schließlich war sie schon zuvor davon ausgegangen, dass Ebert nicht die Schwabinger Bestie war. Die übrigen Kollegen dagegen reagierten mit Irritation und Ratlosigkeit. Zugleich nahm Bauer einen Hauch von unterdrückter Erleichterung wahr. Die Arbeit der Soko war doch nicht umsonst gewesen.

»Wir haben es also auch mit zwei Bestien zu tun?«, fragte Hauser.

»Wir haben einen Serienmörder in München und zwei weitere Männer, die auf völlig identische Weise in den USA gemordet haben«, zählte Bauer auf. »Ein vierter Mann tötet in Großbritannien. Es gibt keine Verbindung zwischen den Tätern.« Er fuhr sich mit den Fingern durch die Haare. »Und nun verhält sich ein Augsburger Bürger genauso, der unserem Mann einmal begegnet ist.« Bauer schaute in die Runde. »Also, wenn einer von euch eine Vorstellung hat von dem, was hier vorgeht, der soll sich melden.«

»Der Mörder in Schottland ist ein Biologe. Was hat Miller in Los Angeles noch gleich für einen Job an der Universität gehabt?«, fragte Born.

Bauer blätterte in den Unterlagen, die Griffin ihnen geschickt hatte. »Postdoc am Zentrum für Strukturelle Biologie und Molekulare Medizin.«

»Also auch ein Biologe«, stellte Born fest.

»Aber der zweite Amerikaner war ein Kleinkrimineller, und Ebert ist Lehrer«, stellte Geyer fest. »Sollen wir uns also jetzt auf Biologen, Lehrer und Kleinkriminelle konzentrieren?« Sie schüttelte den Kopf.

Bauer stützte sich mit beiden Händen auf dem Tisch ab und seufzte. Dann richtete er sich auf. »Also gut. Dann geht es weiter wie bisher. Nur dass wir jetzt auch noch versuchen, irgendeine Verbindung zu finden zwischen den Morden in München und Jürgen Ebert.«

Als die Polizeibeamten und der Staatsanwalt den Raum verließen, spürte Bauer eine Hand am Arm. Collins hielt ihn und Born zurück.

»Ich möchte mit euch beiden reden.« Sie schloss die Tür und trat ans Fenster. Die Sonnenstrahlen warfen ihren Schatten quer durch den Raum. Bauer und Born setzten sich wieder auf ihre Stühle.

»Ich habe da eine Idee.« Sie schien zu ihrem eigenen Spiegelbild in der Fensterscheibe zu sprechen. Dann drehte sie sich um.

»Ihr habt den Serienmörder in München Bestie genannt, weil der Kerl sich wie ein Tier verhält.«

»Das war unser Polizeipräsident. Und die Medien«, warf Bauer ein.

Collins lächelte. »Vielleicht sollten wir nicht sagen *wie ein Tier,* sondern *wie ein tollwütiger Hund.*«

Bauer hob ratlos die Schultern. »Könnte man sagen«, stimmte er zu.

Collins drehte sich wieder zum Fenster und blickte hinaus. »Ich habe euch erzählt, dass Lykanthrophie vermutlich der Ursprung der Werwolf-Legende ist. Und da ist mir eine andere Sagengestalt eingefallen. Eine, die wirklich naheliegend ist: der Vampir.«

Bauer und Born schauten sie überrascht an.

»Du meinst, unser Mann trinkt das Blut der Opfer?«, fragte Born.

»Es geht nicht um das Blut«, antwortete Collins.

Bauer stand auf und schüttelte ärgerlich den Kopf. »Wenn ich dich nicht so gut kennen würde, dann würde ich jetzt einfach gehen.«

Collins lächelte nur. Sie rückten drei Stühle zurecht, sodass die Polizisten ihr gegenübersaßen. Collins lehnte sich zurück und begann: »Legenden über Vampire kennt man in aller Welt. Die ersten Berichte über Menschen, die als Untote unterwegs waren und sich von den Lebenden ernährten, stammen von den Babyloniern. Die europäische Variante hat ihren Ursprung in Osteuropa. Aber mit dem Grafen Dracula hat sie nicht viel zu tun. Berichte von Toten, deren Seelen die Leiber nicht verlassen haben und die nachts aus ihren Gräbern steigen, um lebende Menschen anzugreifen, kennt man in Osteuropa schon aus dem 13. Jahrhundert. Und auch die Idee, dass diese Untoten sich in Tiere verwandeln konnten, ist so alt. Wer von einem solchen lebenden Toten angegriffen wurde, verwandelte sich selbst nach einiger Zeit in einen blutleeren Gewalttäter.«

Collins erhob sich und begann, vor dem Fenster auf und ab zu gehen.

»Ende des 17. Jahrhunderts erzählte man auf dem Balkan von Leichen voller Blut, das sie lebenden Menschen und Tieren gestohlen haben sollten. Immer mehr Leute berichteten von Geistern, die Menschen und Tiere angriffen und verletzten. Dorfbewohner begannen, auf den Friedhöfen Leichen auszugraben, um zu überprüfen, ob die Toten Vampire waren. Dabei fanden sie regelmäßig Körper mit rosiger Gesichtsfarbe und roter Flüssigkeit im Mund.« Die Britin strich sich nachdenklich über die Narben in ihrem Gesicht und wandte sich wieder den beiden Ermittlern zu.

»Die Toten sahen ziemlich gut erhalten aus – richtig lebendig teilweise. Und so, als ob sie Blut gesaugt hätten. Außerdem seufzten sie, wenn man sie bewegte, und manche schienen sich im Grab gedreht zu haben. Um diese Vampire unschädlich zu machen, wurden ihnen Pfähle durch das Herz gejagt, die Köpfe wurden abgetrennt, die Leichen wurden verbrannt.«

Collins beugte sich vor, nahm ihre Aktentasche vom Boden und holte einige zusammengeheftete Blätter heraus.

»Ich habe mich gestern Abend noch schlaugemacht. Seit 1718 gehörten Teile von Serbien und der Walachei zu Österreich-Ungarn. Die kaiserlich-königlichen Behörden hörten immer mehr Geschichten über Vampire in Transsylvanien. Die Sache entwickelte sich ab 1730 zu einer richtigen Vampir-Epidemie, über die man in ganz Europa redete. Voltaire erklärte sogar, Vampire wären zwischen 1730 und 1735 das wichtigste Gesprächsthema überhaupt gewesen. Im Winter 1731/32 gruben die Bewohner des serbischen Dorfes Medvedja gleich 17 Leichen mit deutlichen Zeichen von Vampirismus aus. Aufgrund der zunehmenden Zahl von Grabschändungen und Vampir-Meldungen wurde eine Kommission mit Chirurgen und Soldaten nach Medvedja geschickt. Die Mediziner hörten sich die Berichte der Dorfbewohner an und nahmen an einigen Vampir-Opfern selbst Autopsien vor. Ihr Bericht *Visum et Repertum …*«

»Visum et was?«, fragte Bauer.

»Gesehen und entdeckt. Ihr Bericht ist wirklich interessant. Sie waren völlig verblüfft. Der erste Vampir, den die Dorfbewohner für eine Reihe von Todesfällen verantwortlich machten, war ein Mann, der einige Jahre zuvor bei einem Unfall gestorben war. Als sie ihn ausgruben, erschien er ihnen kaum verwest. Dafür war er voll von frischem Blut. Seine Haut und seine Nägel waren abgefallen, neue waren nachgewachsen. Und als sie ihm einen Pfahl durch das Herz stießen …« Colins machte eine dramatische Pause. »Da stöhnte er.«

Born schauderte. Die Geschichte war viel besser als das Buch von Bram Stoker.

Auch an weiteren Toten hatten die Mediziner eine Reihe von außergewöhnlichen Eigenschaften entdeckt. Der Kommission waren die Leichen sehr frisch vorgekommen, ihr Blut schien nicht geronnen zu sein. Dass es sich um Vampire handelte, hatten die Fachleute nicht bestätigen wollen. Aber sie waren verwirrt. Einige ihrer Beobachtungen waren modernen Experten so unglaubhaft erschienen, dass sie den Bericht nicht ernst genommen hatten. Und damit hatte man das Vampir-Phänomen insgesamt als Humbug abgetan. Während der zweiten Hälfte des 18. Jahrhunderts waren die Vampire vom Balkan zwar verschwunden, dafür hatten sie Eingang in die Literatur gefunden. 1774 war *Lenore* von Gottfried August Bürger erschienen, Goethe hatte 1797 seine *Braut von Korinth* veröffentlicht. Und dann wurden die Vampir-Legenden von Bram Stoker mit der historischen Figur von Vlad Tepes vermischt, einem walachischen Fürsten aus dem 15. Jahrhundert, der Draculea – Drache – genannt worden war.

Bauer räusperte sich. »Cynthia, das ist alles hochinteressant. Aber was hat das mit unserem Fall zu tun?«

»Das verstehst du gleich.« Collins hob beschwichtigend die Hände. »Mit großer Wahrscheinlichkeit gehen diese ganzen Geschichten von lebenden Leichen zum Teil darauf zurück, dass die Toten auf dem Balkan in kalter und feuchter Erde begraben wurden. Diese Bedingungen führen dazu, dass Leichen äußerlich lange gut erhalten wirken. Und Gase, die während der Verwesung im Körper entstehen, können mit einem deutlich hörbaren Geräusch entweichen, wenn man die Leiche bewegt oder einen Pfahl hineinstößt. Bei manchen Todesarten bleibt das Blut lange flüssig. Diese Beobachtungen sind nicht mehr rätselhaft.«

»Aber sie erklären nicht, wieso ein Vampir angeblich Lebende anfällt, die dann ebenfalls zu Vampiren werden«, warf Born ein.

»Richtig«, stimmte Collins zu. »Aber es gibt auch für die Entstehung dieser Legende eine gute Erklärung. Schauen wir uns noch einmal an, was über das Verhalten der Vampire in der Regel berichtet wurde.«

Sie blätterte in ihren Unterlagen. »Vampire verlassen ihre Gräber nachts, aber manchmal auch am Tag. Wenn sie sich in Tiere verwandeln, dann meist in Hunde oder Wölfe, die Menschen oder Tiere angreifen. Übrigens gern, wenn diese schlafen. Besonders häufig attackieren sie Freunde oder Verwandte. Sie saugen Blut. Sie suchen Sex und vergewaltigen Frauen und junge Mädchen. Menschen werden zu Vampiren, wenn sie von einem Vampir angegriffen wurden, wenn sie das Fleisch eines Tieres essen, das von einem Vampir getötet wurde, oder wenn sie an der Pest, der Tollwut oder einer anderen Seuche gestorben sind. Die Opfer leiden an Erstickungen. Und das Leben eines Vampirs soll 14 bis 40 Tage dauern.«

»Ich verstehe noch immer nicht, worauf du hinauswillst. Komm doch endlich zum Punkt«, unterbrach Bauer Collins ungeduldig.

»Wenn wir davon ausgehen, dass es eine natürliche Erklärung für das Aussehen der vermeintlichen Vampire gibt und dass Tote natürlich nicht ihre Gräber verlassen, dann bleiben immer noch etliche Hinweise übrig, die schlicht und ergreifend auf eine ansteckende Krankheit hinweisen.«

»Wie denn das?«, fragte Born überrascht, während Collins sich wieder hinsetzte und die Beine übereinanderschlug. Bauer stand auf und öffnete das Fenster. Die gegenüberliegende Häuserfront warf das Echo der Glocken zurück, die im Turm der Liebfrauenkirche die halbe Stunde anzeigten.

»Den Verdacht hatte schon 1733 ein Mediziner: Vampirismus sei eine ansteckende Krankheit, mehr oder weniger von der gleichen Natur wie jene, die von dem Biss eines tollwütigen Hundes kommt, hatte er geschrieben.«

»Tollwut? Vampirismus ist Tollwut?«, fragte Bauer überrascht. Er kehrte vom Fenster zurück und setzte sich wieder.

»Die Erklärung hat jedenfalls einiges für sich. Das Virus, das Tollwut auslöst, wird vor allem von Wölfen, Füchsen und Hunden übertragen. Durch Bisse. Man kann sich aber auch bei infizierten Menschen anstecken, ebenfalls durch Bisse, aber auch durch Geschlechtsverkehr oder durch engen Kontakt – etwa bei der Pflege eines Patienten.«

Die Symptome von Tollwut, fuhr sie fort, träten bei Menschen in der Regel zwei Wochen bis zwei Monate nach der Infektion auf. Die Patienten würden unruhig, überempfindlich gegenüber Wasser, Licht und starken Gerüchen – wie zum Beispiel dem von Knoblauch. Sie bekämen Krampfanfälle, und manchmal verfielen sie in eine Raserei, bei der sie alle in ihrer Umgebung anzugreifen und zu beißen versuchten. Die Gesichts- und Halsmuskulatur verkrampfe sich, sodass die Zähne gebleckt würden. Blutiger Speichel schäume vor dem Mund. Es könne zu Albträumen und Halluzinationen und zu einer gesteigerten sexuellen Aktivität kommen. Aufgrund von Atemschwierigkeiten keuchten sie. Und nach etwa zwei weiteren Wochen erstickten sie. Was übrigens eine Erklärung dafür sei, wieso das Blut der Vampire nicht gerinne. Das sei bei Erstickungsopfern so.

»Man kann sich schon vorstellen, dass in einem Dorf im 17. oder 18. Jahrhundert, in dem ein tollwütiger Wolf Menschen und Tiere angefallen und angesteckt hat, die Vorstellung eines unheimlichen Wesens wie eines Vampirs entsteht, der umgeht und sich immer neue Opfer sucht, die er in neue Vampire verwandelt«, schloss Collins. »Von Krankheitserregern wie Viren oder Bakterien wusste man damals noch nichts. Übrigens ist bekannt, dass in Ungarn in den Jahren 1721 bis 1728 eine große Tollwut-Epidemie unter Hunden, Wölfen und anderen Wildtieren herrschte. Das war nicht so weit weg von Serbien, als dass sie sich nicht bis dorthin ausgebreitet haben könnte.«

»Das ist eine tolle Geschichte, Cynthia. Aber was willst du uns damit eigentlich sagen?«, fragte Bauer erneut.

Auch Born war skeptisch. »Unsere Mörder … sind an Tollwut erkrankt?«

»Nein. Das sicher nicht.« Collins schüttelte den Kopf. »Dann hätten wir keine Serie in Schwabing. Der Mörder wäre selbst schon lange tot. Ich wollte damit sagen, dass ein Krankheitserreger zu Verhaltensveränderungen führen kann – auch zu Gewalt. Ein Erreger, der von Mensch zu Mensch weitergegeben wird.«

»Du meinst, die Morde in München, Augsburg, in den USA und Großbritannien hängen auf diese Weise zusammen?«, fragte Born.

»Ja«, sagte Collins. »Diese Männer haben sich mit etwas infiziert.«

13. September, München

Born hatte Schwierigkeiten, die eigenen Notizen zu lesen. Aber er musste bei der Übertragung auf den Computer unbedingt jeden Fehler vermeiden. Denn die neuen Informationen konnten eine wichtige Rolle spielen bei der Aufklärung ihrer Fälle. Deshalb hatte er sich bei einem der Kollegen vom Erkennungsdienst auch ein medizinisches Lexikon besorgt.

Er konnte es immer noch nicht glauben. Collins ging tatsächlich davon aus, dass die Mörder, die Griffin und die Polizei in Schottland festgenommen hatten, von einem Krankheitserreger befallen worden waren. Ebert, so hatte sie erklärt, war vermutlich angesteckt worden, als die Bestie von Schwabing ihn gebissen hatte. Und dieser Erreger, ein Virus, eine Bakterie oder irgendein anderer Parasit, hatte die Männer in Raserei fallen lassen. Bauer und Born hatten Collins nur mit großen Augen angesehen. Der Soko-Chef war nicht bereit, mit dieser Idee zu Hauser zu gehen. Zuerst wollte er noch die Meinung eines Experten für Infektionskrankheiten einholen. Born hatte deshalb beim Robert-Koch-Institut in Berlin angerufen. Er hatte ein langes Gespräch geführt. Und das Ergebnis versuchte er nun für die Kollegen zusammenzufassen.

Am Robert-Koch-Institut hatte man ihn mit Christoph Harms verbunden. Der Mikrobiologe hatte zuerst gedacht, Born wolle ihn veralbern. Als der Ermittler ihn endlich davon überzeugt hatte, dass er tatsächlich für die Münchner Soko Schatten arbeitete, musste er ihm noch Collins' Idee beibringen. Das aber war weniger schwierig gewesen, als Born erwartet hatte. Seine anfängliche Skepsis war schnell einem großen Interesse gewichen, nachdem

Born auf die Tollwut hingewiesen hatte. An die hatte Harms eigenen Angaben zufolge nicht gedacht, weil das Virus in Deutschland und Europa kaum noch auftrat. Dann hatte Harms ihn mit jeder Menge Informationen versorgt.

Tatsächlich gab es eine ganze Menge von Fällen, in denen das Verhalten von Tieren durch Parasiten beeinflusst wurde. Das bekannteste Beispiel war Dicrocoelium dendriticum, der Kleine Leberegel. Dieser Erreger befiel normalerweise Kühe. Ein Zwischenstadium allerdings lebte in Ameisen. Und um in eine Kuh zu gelangen, griffen die Parasiten zu einem Trick. Einer der Parasiten wanderte in das Gehirn der Ameise – man nannte ihn deshalb Hirnwurm – und löste eine Verhaltensänderung aus. Diese Ameise kehrte abends nicht in den Bau zurück, sondern verbiss sich in die Spitze eines Grashalms und wurde dann von einer Kuh gefressen. Andere Parasiten beeinflussten das Verhalten von weiteren Insekten, Fischen oder Kleinsäugern so, dass diese eher gefressen wurden. Die Schmarotzer erhöhten auf diese Weise ihre Chancen, in den Endwirt zu kommen. Hakenwürmer und Trichinen sorgten dafür, dass Mäuse aktiver und neugieriger wurden – und damit zu einer leichteren Beute für ihre Jäger. Ein bestimmter Wurm ließ Fische ihr Schwarmverhalten vergessen, sodass sie leichter von Vögeln gefressen wurden.

Besonders interessant aber war Harms zufolge Toxoplasma gondii. Dieser Einzeller lebte in Katzen, aber auch in Menschen. Eigentlich galt Toxoplasmose als relativ harmlos – außer für ungeborene Kinder. Eine Infektion der Mutter während der Schwangerschaft konnte zu Fehlgeburten oder Missbildungen und Hirnschäden führen. Aber bei Ratten und Mäusen – den Zwischenwirten – löste Toxoplasma eine dramatische Verhaltensänderung aus: Diese Tiere entwickelten ein selbstmörderisches Interesse für Katzenurin. Noch interessanter für Born war allerdings der Verdacht einiger Mediziner, dass Toxoplasma bei Menschen Schizophrenie auslösen konnte. Gerade bei Patienten mit dieser Krankheit wurden besonders häufig Antikörper gegen Toxoplasma gefunden. Und auffällig viele Schizophrene hatten als Kinder Kontakt zu Katzen gehabt. Außerdem verhinderte das Antipsychotikum Haldol im Reagenzglas die Vermehrung des Erregers. Und bei infizierten Mäusen stellte es die gefährliche Vorliebe für Katzenpisse ab.

Ein weiteres Beispiel war das Borna-Virus. Bei infizierten Pferden und Schafen kam es zu Aggressionen, Bewusstseinsstörungen und Depressionen. Manche Fachleute gingen davon aus, dass das Virus auch bei Menschen Depressionen verursachen konnte. Das, hatte Harms erklärt, war allerdings höchst umstritten. Insgesamt wurde für mehr als zehn Erreger diskutiert, dass sie zu psychischen Störungen bei Menschen führen konnten.

Auch dass ein Erreger nur alle vier Wochen Verhaltensänderungen auslösen würde, hielt der Mikrobiologe nicht für ausgeschlossen. Bei einigen Parasiten wurden ja Rhythmen beobachtet. So wechselten sich bei Patienten mit Malaria zum Beispiel Tage mit und ohne Fieber regelmäßig ab. Bei Malaria quartana kam es etwa alle 72 Stunden zum Fieberanfall.

Dann hatte Harms ihm noch erklärt, dass ständig neue Erreger entdeckt wurden. So hatte man erst in den 80er-Jahren jene Bakterien identifiziert, die von Zecken übertragen wurden und für Borreliose verantwortlich waren. Dass Magengeschwüre häufig von Helicobacter pylori ausgelöst wurden, war noch nicht lange bekannt. Dass hinter bestimmten Tumoren Viren steckten, war ebenfalls eine neue Erkenntnis. Und auch HIV und Prionen, die Auslöser des Rinderwahns, waren erst vor wenigen Jahrzehnten entdeckt worden. Wer weiß, hatte Harms gesagt, auf was man noch alles stoßen würde. Vor allem wenn die Menschen weiter in bislang unerschlossene Gebiete in den Tropen vordringen würden.

Dann hatte der Wissenschaftler vorgeschlagen, die Ermittler sollten Proben von Jürgen Ebert ans Zentrum für Biologische Sicherheit am RKI schicken. Er selbst hatte angeboten, mit den CDC, den Centers of Disease Control in Atlanta, Kontakt aufzunehmen, den amerikanischen Seuchenkontrollzentren. Die waren noch besser ausgerüstet als die deutschen Experten, um unbekannte Erreger aufzuspüren.

Endlich hatte Born seinen Bericht fertig. Er druckte ihn aus. Bauer und Collins fand er auf dem zur Ettstraße gelegenen kleinen Vorhof des Polizeipräsidiums. Collins betrachtete nachdenklich das

Gemälde über dem Haupteingang. Eine naiv gemalte, barbusige Frau mit einer Waage in der Hand. Im Gegensatz zur Justitia, der Gerechtigkeit, hatte sie die Augen nicht verbunden. Und damit keine Verwechslung möglich war, stand ihr Name daneben: Lex. Die römische Bezeichnung für das Volksgesetz. Bauer schritt zwischen dem Eisengitter, das den Hof von der Straße trennte, und der hohen grünen Fassade des Präsidiums hin und her. Beide pickten mit kleinen Plastikgabeln Pommes frites aus Papiertüten.

Collins überflog Borns Bericht und reichte ihn an Bauer weiter. »Von dem möglichen Zusammenhang zwischen Toxoplasma und Schizophrenie habe ich schon mal gehört.« Sie strich sich mit der rechten Hand die Haare in die Stirn. »Das Problem ist, dass die Bevölkerungen der verschiedenen Regionen der Welt zu 20 bis 60 Prozent mit Toxoplasma infiziert sind, aber in der westlichen Welt nur etwa ein Prozent der Menschen im Laufe ihres Lebens irgendwann mal an Schizophrenie erkrankt.«

»Aber was heißt das nun?«, fragte Bauer und hielt den Ausdruck in die Höhe. »Gehen wir also wirklich davon aus, dass diese Mörder an einer Seuche leiden? Ist das jetzt unser neuer Ansatz?«

»Harms hat jedenfalls vorgeschlagen, Blut- und Gewebeproben von Ebert nach Berlin zu schicken«, antwortete Born. »Außerdem könnten doch unsere Kollegen vom FBI dafür sorgen, dass von Richard Miller und, wenn es geht, auch von der Leiche von Brian Delgado Proben genommen und an die amerikanischen Seuchenkontrollzentren geschickt werden.«

»Dann sollten wir Griffin schnellstens anrufen.« Collins schaute auf die Uhr. »Bin gespannt, was der von unserer Idee hält.«

13. September, München

»Bullshit!«

Collins hatte damit gerechnet, dass David Griffin nicht mit großer Begeisterung auf ihren Verdacht reagieren würde. Und sie hatte recht.

»Einen größeren Unfug habe ich im Zusammenhang mit einem Mord noch nie gehört«, stellte der FBI-Beamte fest.

»Lieber David, stellen Sie doch mal alle Fakten nebeneinander und geben Sie dann Ihrer Fantasie eine Chance«, forderte Collins ihn auf. »Wir haben bereits fünf Mörder, die offenbar nichts direkt verbindet und die trotzdem auf die exakt identische Weise den Verstand verlieren. Und es gibt mindestens einen bekannten Krankheitserreger, der sich von Mensch zu Mensch übertragen lässt und die Infizierten in die Raserei treibt, bevor er sie umbringt.«

»Ach, und was für ein Erreger soll das sein?«, fragte Griffin skeptisch.

»Das Rhabdo-Virus«, antwortete Collins geduldig. »Der Erreger der Tollwut.«

Griffin schwieg.

»David? Sind Sie noch da?«, fragte Collins nach einer Weile.

»Sicher«, antwortete Griffin. »Okay. Dann erzählen Sie mir mal von Ihrer Idee.«

Nachdem Collins dem Special Agent von ihrer Vermutung und den Erklärungen des Experten vom RKI berichtet hatte, zeigte er sich noch immer skeptisch. »Mir erscheint das ziemlich verrückt.«

»Aber die Sache lässt Ihnen doch auch keine Ruhe, stimmt's?«

Griffin reagierte nicht auf die Frage. Aber er versprach, mit jemandem von den CDC zu sprechen. Die konnten ja mit Richard

Miller, der inzwischen in einem Bundesgefängnis in der Nähe von Los Angeles saß, Kontakt aufnehmen und ihn um eine Blut- und Speichelprobe bitten.

Collins lehnte sich nach dem Gespräch mit Griffin in Bauers Bürosessel zurück und legte die Füße auf den Tisch. Born, der auf einem der Besucherstühle Platz genommen hatte, klopfte sich mit der flachen Hand auf das Knie.

»Eine Sache verstehe ich noch nicht.«

»Ich auch nicht«, erwiderte die Psychologin. »Oder besser gesagt, es gibt eine Frage, die wir noch nicht gestellt haben.«

»So kann man es auch sagen.« Born nickte und blickte zu Bauer hinüber, der auf der Kante seines Schreibtisches hockte und eine Zigarette in den Fingern drehte. »Wenn wir es hier mit einer ansteckenden Krankheit zu tun haben, wie …«

»… hat sich dann der Münchner Mörder infiziert?«, beendete Collins seine Frage.

Born nickte. »Die Männer in den USA, der Mörder von Arden und unser Killer müssen sich begegnet sein«, dachte er laut nach.

»Oder es muss einen oder mehrere Menschen geben, über die sich eine Verbindung zwischen diesen Männern herstellen lässt«, warf Bauer ein.

»Wenigstens haben wir es nicht mit einem Erreger wie dem Grippe-Virus zu tun, der ganz leicht von Mensch zu Mensch springt«, sagte Collins. »Sonst hätten wir es schon mit einer riesigen Epidemie des Wahnsinns zu tun. Bislang ist die Zahl der Infizierten gering.«

»Zumindest die Zahl derjenigen Infizierten, bei denen es zu deutlichen Symptomen kommt«, warf Born ein.

»Guter Einwand.« Collins nickte. »Grauenhafte Vorstellung, dass schon etliche Menschen infiziert sind und sich die Symptome erst nach Jahren zeigen. So wie bei BSE und der neuen Variante der Creutzfeldt-Jakob-Krankheit. Heute esse ich eine mit Prionen verseuchte Kuh, und in zehn Jahren fressen diese Proteine mein Gehirn.«

»Könnten sich die Betroffenen nicht auch alle an einem Ort infiziert haben? Wo sie nicht gleichzeitig waren, sondern nacheinander?«, fragte Born.

»Das müsste dann aber ein exotischer Ort sein. Wo nur selten Leute hinkommen«, antwortete Bauer. »Der Gipfel des Mount Everest oder so etwas.«

»Oder sie sind anfälliger für den Erreger als andere Menschen, die diesen Ort aufsuchen«, sagte Collins nachdenklich. »Aber ich denke, wir sollten auf jeden Fall erst mal versuchen, herauszufinden, ob sich zwischen den bislang bekannten Patienten …«

»Patienten? Das ist gut«, warf Bauer ein. »Unsere Mörder sind jetzt Patienten.«

»Hans, hast du noch immer nicht begriffen, dass Mörder immer irgendeine Form von Störung haben? Die Einzigen, die nicht aufgrund einer hirnorganischen Krankheit oder Störung oder eines vorübergehenden Kontrollverlustes töten, sind Henker, Soldaten und Auftragskiller. Und Polizisten. Und auch in diesen Fällen ist es häufig genug fraglich, ob die wirklich alle beieinanderhaben.« Sie richtete den Zeigefinger wie den Lauf einer Pistole auf den Soko-Chef. »Mord ist ein Symptom, Hans. Leider begreifen die Leute das einfach nicht.«

»Wie bitte?«, wunderte sich Born. »Das begreife ich auch nicht.«

»Lass uns ein anderes Mal darüber reden«, sagte Bauer und hob beschwichtigend die Hände.

»Was ich sagen wollte«, fuhr Collins fort, »wir müssen herausfinden, wer oder was die Verbindung zwischen den infizierten Männern ist.«

»Und wir sollten herausfinden, wo dieses Mörder-Virus, wie du es nennst, ursprünglich herkommt.«

Collins nickte. »Ein exotischer Ort.«

»Oder ein Ort, an dem sich Menschen bislang noch gar nicht aufgehalten haben«, fügte Born hinzu. Er dachte an die Ausführungen von Harms. »Wenn Menschen in bislang noch nicht besiedelte Gebiete vordringen, dann können sie auf neue Erreger stoßen«, erklärte er.

Collins schaute ihn überrascht an. »Natürlich. Und das bedeutet, wir müssten auch überprüfen, ob es in solchen Gebieten ungewöhnliche Morde gegeben hat.«

Bauer seufzte. »Das wird ja immer besser. Vielleicht sollten wir gleich eine Expedition in den Dschungel schicken.«

»Ich glaube, es reicht, wenn Tom sich mit der Weltgesundheitsorganisation in Verbindung setzt.« Collins klopfte Born lächelnd auf die Schulter.

»Sollen wir Hauser jetzt von deiner Idee erzählen?«, fragte Bauer.

»Nein«, antwortete Collins. »Hauser ist nicht dumm, aber etwas engstirnig. Ich würde warten, bis wir mehr Informationen haben.«

13. September, München

Hans Bauer schaute mit gefalteten Händen auf den Bildschirm. Es war dunkel im Büro. Das Fenster stand einen Spalt weit auf und sog den Qualm der Zigarette nach draußen. Die Glocken der Liebfrauenkirche läuteten. Zehnmal? Elfmal? Es war ihm gleichgültig. Schon den ganzen Abend beschäftigte ihn eine Frage: Wenn ein Parasit das Verhalten eines Menschen beeinflussen konnte, mussten die Betroffenen das nicht bemerken? Der Bestie von Schwabing musste doch klar sein, dass Mord ein furchtbares Verbrechen war. Dachte sie darüber nach, warum sie tötete? Miller hatte das nach dem Mord auf Hawaii ein Stück weit getan. Aber er war trotzdem nicht in der Lage gewesen, sich zu beherrschen.

Bauer erinnerte sich an das Gespräch mit Collins, Hauser und Alfieri auf der Terrasse des Staatsanwalts. Wäre die Bestie von Schwabing verantwortlich für ihre Verbrechen? Hätten sie ihn bereits nach dem ersten Mord gefasst, der Mann wäre vermutlich für schuldfähig erklärt worden. Würde nun ein Parasit entdeckt, würde dies als Grund für eingeschränkte Steuerungsfähigkeit akzeptiert, oder?

Bauer runzelte die Stirn und zog an der Zigarette. Ein fremder Organismus, der zu abnormen sexuellen Bedürfnissen führte und die Impulskontrolle versagen ließ. Ersetzte man den Parasiten im Geiste durch Fehlverschaltungen der Nervenbahnen …

Er wusste nicht genug über das Gehirn. Er legte die Zigarette weg, griff nach der Computermaus und startete seinen Internetbrowser. Informationen über das menschliche Nervensystem zu finden war leicht. Sie zu begreifen, war dagegen erheblich schwerer. Alles Denken, das hatte er von Cynthia Collins gelernt, fand in neuronalen Netzen im Gehirn statt. Sie stellten die physikalische Grundlage aller Hirnprozesse dar. Einen Teil der Verschaltungen legten unsere Gene fest. Andere Netzteile blieben flexibel. Informationen wurden über elektrische Ströme weitergegeben, die zu Erregungsmustern führten. Sie gelangten in Form von Reizen aus dem eigenen Körper und aus der Umwelt in das Netz hinein, wurden nach den dort herrschenden Regeln bewertet, weitergeleitet, als Erinnerungen oder Erfahrungen gespeichert oder auch abgeblockt. So weit war Denken reine Physik und Chemie.

Wie Bauer jetzt feststellte, gingen die Hirnforscher weiter davon aus, dass sich in diesen Netzwerken und ihren Regeln auch die Normen und Werte niederschlugen, die im sozialen Umfeld galten. Das Gehirn stellte gewissermaßen ein Neuro-Normensystem zusammen. Bauer versuchte, sich dieses System als eine Art Prüfstelle für Erregungsmuster vorzustellen. Bei Entscheidungsprozessen kamen dort Erregungsmuster an. Das waren gewissermaßen die »Ist-Zustände«. In der Prüfstelle wurden sie irgendwie mit vorgegebenen »Soll-Zuständen« verglichen. Was am besten passte, setzte sich durch. Eine Entscheidung wurde gefällt.

Die meisten Mitglieder einer bestimmten Gesellschaft entwickelten sehr ähnliche neuronale Netze. Aber aufgrund individueller Erfahrungen und genetischer Variationen gab es auch Unterschiede. Und hin und wieder ging etwas richtig schief. Es wurden zum Beispiel Regeln gelernt, die gesellschaftlich nicht akzeptiert waren, oder gar keine. Dann hatte man es mit kranken oder gestörten Persönlichkeiten zu tun.

Und manchmal, dachte Bauer, funkte vielleicht ein Parasit dazwischen ... Er lehnte sich zurück und steckte sich eine neue Zigarette an. Nachdenklich sah er zu, wie das Streichholz im Aschenbecher verglomm.

Er stieß bei seiner Suche immer wieder auf die Frage, über die Collins, Hauser und Alfieri so heftig gestritten hatten: Gab es einen freien Willen? Collins hatte dies verneint. Dann aber hätten wir immerhin die Illusion eines freien Willens. Wieso?

Nach einer Weile wurde ihm klar, dass man eine Antwort auf diese Frage nur finden konnte, wenn man versuchte, das Bewusstsein selbst zu begreifen. Woher kam das »Ich«? Welche Funktion hatte es? Bauer war müde, doch noch konnte er nicht aufhören. Das war nicht nur Neugier. Es war wichtig, das alles zu begreifen. Es hatte eine Bedeutung für ihn persönlich. Für sie …

Er konzentrierte sich wieder auf den Bildschirm.

Ein großer Teil der Hirnprozesse beschäftigte sich offenbar damit, Wenn-dann-Zusammenhänge herzustellen. Das war äußerst sinnvoll. So war es für unsere Vorfahren ein Vorteil gewesen, zu erkennen, dass es sich bei dem roten Ding auf dem Nachbarbaum um etwas Essbares handelte, dass aber der Ast, der hinüberreichte, unter ihrem Körpergewicht zerbrechen würde. Wenn man dieses Verständnis für seinen Körper in der Welt entwickelt hatte, konnte man gefährliche Situationen vermeiden und erwünschte gezielt hervorrufen – ein ungeheurer Überlebensvorteil. Bei den Vorfahren des Menschen hatte sich diese Fähigkeit besonders weit entwickelt. Sie konnten alternative Szenarien im Geiste durchspielen. Zum Beispiel, um mögliche Reaktionen von Artgenossen auf ihre Handlungen abzuschätzen und so gefährliche Konflikte zu vermeiden. In diesen Szenarien tauchte das denkende Tier selbst als Teil der Kausalketten auf. Es nahm sich selbst wahr: *Ich* habe dies getan, und *das* ist passiert. Der nächste Schritt war die Vorstellung von Möglichkeiten: Wenn *ich* dies tue, dann wird *das* passieren.

Dieses Ich entstand vermutlich in einer Hirnregion, wo die Informationen über die Position unseres Körpers im Raum und der Körperteile zueinander verarbeitet wurden. Dort konnte sich eine Repräsentation des eigenen Leibes bilden – eine Art Rechenmodell, um die Wechselwirkungen des Körpers mit der Umwelt wahrzunehmen und zu regulieren. Die Arbeit dieses Systems nahm man aber selbst nicht wahr. Man erlebte diese Repräsentation nicht als solche, sondern als das Eigentliche, das scheinbar aus dem Nichts kam. Hier lag die Quelle des Ichs als einem vom physikalischen Körper losgelösten Selbstbewusstsein. Bedürfnisse wurden deshalb nicht als Folge innerer Zustände erlebt, sondern schienen aus einem selbst zu kommen. Ungefähr so erklärte es zumindest der Neurophilosoph Thomas Metzinger von der Universität Mainz. Alle diese Prozesse waren hirnchemische Prozesse. Unser Ich aber nahm sich selbst als unabhängig davon wahr. Als frei, zu tun und zu lassen, was es wollte.

Diese Illusion, lernte Bauer, wurde dadurch verstärkt, dass Menschen normalerweise zuerst an Handlungen dachten und sie danach ausführten. Einige Experten waren davon überzeugt, dass der Gedanke und die Handlung auf einen gemeinsamen Ursprung zurückgingen: die unbewusste Entscheidung zu handeln. Der bewusste Gedanke, sich zu entscheiden, trat erst kurz danach auf.

Wozu aber sollte ein Mensch überzeugt davon sein, eine Entscheidung bewusst getroffen zu haben, wenn es doch sein Unterbewusstsein gewesen war? Weil nur über diese Wahrnehmung Gefühle wie Stolz oder Scham entstehen konnten. Es ging um emotionale Selbstreflexionen. Emotionen spielten eine wichtige Rolle in Lernprozessen. Ein freier Wille hatte keinen Überlebensvorteil. Die Illusion des freien Willens schon.

Bauer massierte sich den Nasenrücken. Dann betrachtete er seinen Zeigefinger. »Ich werde mich jetzt entscheiden, ob ich mit meinem Zeigefinger wackle oder nicht«, sagte er laut. Sein Finger bewegte sich.

Aber etwas stimmte nicht. Er erinnerte sich an eine Seite, die er nur kurz überflogen hatte, und kehrte dorthin zurück. »Du kannst tun, was du willst, aber du kannst, in jedem gegebenen Augenblick deines Lebens, nur ein Bestimmtes wollen und schlechterdings nicht Anderes als dieses Eine.« Arthur Schopenhauer. Wenn Bauer frei gewesen wäre, sich für oder gegen das Fingerwackeln zu entscheiden, dann hätte beides gleichzeitig möglich sein müssen. Er hätte theoretisch beides gleichzeitig wollen können müssen. Bauer rieb sich nachdenklich die Wange.

Seine Gedanken kehrten zurück zu dem fremden Organismus, der sich möglicherweise im Kopf ihres Mörders befand. War das so, dann gingen die Verhaltensänderungen dieser Menschen natürlich darauf zurück, dass der Parasit die hirnchemikalischen Prozesse beeinflusste. Der Betroffene aber nahm diesen vermutlich nicht als Fremdkörper wahr. Wenn der Mörder aber nichts von ihm wusste, erlebte er sein Verhalten, seine Bedürfnisse, als käme alles aus seinem Selbst. Er würde sich in seinem Wollen frei fühlen. Vielleicht würde er sich fragen: Warum will ich das? Aber er würde sich nicht fragen: Will ich das oder jemand anders? Er würde sich die Tat selbst zuschreiben und rechtfertigen.

Wenn man nun den Parasiten durch Fehlverschaltungen der Nervenbahnen ersetzte … wer trug dann Schuld?

Im Kopf jedes Menschen formten sich also neuronale Netzwerke zu Bewertungssystemen. Und irgendwann sollte jeder verinnerlicht haben, dass er für die Folgen seiner Taten verantwortlich gemacht wird. Aber was, wenn die Weichen in den neuronalen Netzwerken falsch gestellt waren? Niemand konnte sie aus sich selbst heraus ändern, nur weil er das wollte. »Metaphysik«, hörte Bauer im Geiste Collins rufen. Damit sich etwas im Gehirn veränderte, musste ein physikalischer Einfluss von außen wirken. Neue Erfahrungen mussten gemacht, neue Werte verinnerlicht werden, um ein falsches Wertesystem zu korrigieren.

Niemand war also selbst schuld daran, dass er war, wie er war. Bauer konnte sich vorstellen, wie Hauser auf diesen Gedanken reagieren würde: Wenn es keine Schuld gäbe und keinen freien Willen, dann wären wir alle arme Würstchen in einer furchtbaren Welt. Wir könnten nicht mehr vernünftig diskutieren und das ganze Leben hätte keinen Sinn …

»Aber«, sagte Bauer leise, »wenn es keinen freien Willen gibt, dann hätten wir auch immer schon ohne ihn gelebt. Und das hat uns bisher auch nicht gestört.« Man würde weiterhin sinnvolle Gespräche führen können, weil Informationen ausgetauscht und eine Wirkung erzielt würden.

Und war es nicht fast schon anmaßend, davon auszugehen, unser Leben müsste einen besonderen Sinn haben? War er selbst zum Beispiel zu etwas Bestimmtem berufen? Von wem? Er erinnerte sich an einen Satz von Cynthia: Such nicht nach dem Sinn deines Lebens, tu lieber etwas Sinnvolles.

Für das Strafrecht hätte es allerdings eine dramatische Bedeutung, wenn sich diese Ansicht durchsetzen würde. Straftäter hätten dann nicht anders gekonnt, als ihre Verbrechen zu begehen. Könnten sie also nicht mehr zur Rechenschaft gezogen werden? Nein, die Gesellschaft musste sich schützen. Strafandrohungen wurden als Abschreckungsmaßnahmen nicht sinnlos. Nur sollte Strafe dazu genutzt werden, Täter wieder auf den rechten Weg zurückzubringen. Und wenn das nicht gelang, müsste man sie vielleicht für immer wegsperren. Man durfte Verständnis nicht mit Toleranz verwechseln. Toleranz, dachte Bauer, ist die Bequemlichkeit von Schwächlingen, die versuchen, Problemen aus dem Weg zu gehen.

In Gedanken hatte er einige weitere Internetseiten geöffnet. Unter dem Artikel eines Hirnforschers in einer großen Tageszeitung stieß er auf eine Reihe von Kommentaren. Ein Leser kritisierte, dass man mit wissenschaftlichen Methoden auch nur an den Teil der Realität herankam, der sich mit ihren Mitteln objektivieren ließ. Er forderte endlich einen Beweis der Zweifler für ihre Behauptung. Ein zweiter Leser hatte darauf geantwortet. Die Nichtexistenz von etwas zu beweisen war nicht möglich. Die Freiheit des Willens dagegen wurde mit naturwissenschaftlichen Methoden immer stärker in Frage gestellt. Natürlich war es jedem freigestellt zu versuchen, die Idee der Willensfreiheit mit Hilfe metaphysischer Faktoren zu retten. Was wir aber über unsere Welt überhaupt halbwegs sicher zu sagen in der Lage waren, verdankten wir einzig der naturwissenschaftlichen Vorgehensweise: Ließ sich mithilfe einer Annahme eine zutreffende Vorhersage machen? Jedes Mal, wo dies der Fall war, durfte man sich ein wenig sicherer fühlen, dass sie etwas Reales widerspiegelte.

Aber die naturwissenschaftliche Sichtweise sei doch auch nur eine Glaubenssache, hatte ein dritter Leser daruntergeschrieben. Bauer wusste, wie Collins darauf reagiert hätte. Mit einem Zitat des Philosophen Michael Schmidt-Salomon: Während Wissenschaftler wissen, dass sie nur etwas »glauben«, was heute angemessen erscheint, morgen aber möglicherweise schon überholt ist, glauben Gläubige etwas zu wissen, was auch morgen noch gültig sein soll, obwohl es in der Regel schon heute widerlegt ist. Das ist der Unterschied zwischen Naturwissenschaftlern und Gläubigen.

Bauer gähnte und drückte die Zigarette im Aschenbecher aus. Egal, ob ich nun einen freien Willen habe oder nicht, dachte er. Im Augenblick habe ich keine Wahl: Ich muss ins Bett.

14. September, Lihue, Hawaii

Detective Sergeant Kupuka'a hatte zum ersten Mal einen Menschen getötet. Es gab keine Vorwürfe. Er hatte eindeutig in Notwehr gehandelt. Dieser Bursche war auf ihn losgegangen wie ein Wahnsinniger. Er hatte gar nicht anders gekonnt als zu schießen. Schon um die Frau zu retten.

Lynn Masters lebte – und das hatte sie Kupuka'a zu verdanken. Jacob Bryson dagegen war jetzt tot. Und das hatte er sich selbst zu verdanken.

Als der Notruf eingegangen war, hieß es noch »tätliche Auseinandersetzung in der Nachbarschaft«. Als Kupuka'a vor der Bruchbude angekommen war, in der Lynn Masters wohnte, hörte er schon beim Aussteigen aus dem Auto Schreie. Er hatte seine Waffe gezogen, war zum Haus gelaufen, hatte die Tür geöffnet … und dann war er nicht einmal mehr dazu gekommen, auch nur »Polizei« zu rufen. Bryson war sofort auf ihn losgegangen. Mit einem Messer in der Hand.

Kupuka'a hatte gefeuert. Bryson war mit mehreren Kugeln in der Brust zu Boden gestürzt. Erst danach hatte der Polizist die Prostituierte halb bekleidet auf dem Bett wahrgenommen.

Masters hatte erklärt, Bryson hätte sie angegriffen. Sie hatte sich mit einem Messer gewehrt, aber das hatte er ihr in dem Augenblick aus der Hand gewunden, als Kupuka'a die Tür öffnete.

Überfälle auf Prostituierte kamen immer wieder vor. Masters behauptete zwar, Bryson wäre kein Kunde gewesen, aber das war mit Sicherheit gelogen. Prostitution war schließlich verboten, was sollte Masters schon sagen. Aber Kupuka'a wusste, womit die Frau ihr Geld verdiente – und es war ihm egal.

Er wischte sich mit einem Taschentuch den Schweiß von der

Stirn. Es gab keinen Grund, sich Vorwürfe zu machen, sagte er sich immer wieder. Überhaupt keinen Grund. Die Waffe, mit der er geschossen hatte, hatte er abgegeben. Und eigentlich hätte er erst mal einige Tage freinehmen sollen. Aber zu viele Kollegen waren krank oder im Urlaub. Sein Chef hatte sich nicht beschwert, als er sich am Abend wieder zum Dienst gemeldet hatte, ausgerüstet mit seiner eigenen Smith & Wesson. Wenn er zu Hause geblieben wäre, dann hätte er bloß damit weitergemacht, was er schon den ganzen Tag getan hatte … er hätte gegrübelt, ob es nicht einen anderen Weg gegeben hätte, als Bryson zu erschießen. Er war immerhin ausgebildet worden, Angreifer zu entwaffnen. Auch solche mit einem Messer. Er hätte …

»He, George, wo bist du gerade?«

Kupuka'a griff nach dem Funkgerät. »Das ist nicht unbedingt die korrekte Art sich zu melden, Tony«, sagte er.

Sein Kollege ignorierte die Kritik. »Bist du gerade im Norden unterwegs?«

»Kuhio Highway, nördlich der Ahukini Road.«

»Das trifft sich gut. Wir haben einen Notruf. Und zwar genau vom Ort deiner gestrigen Heldentat.«

»Was? Bei Lynn Masters?«

»Bei Lynn Masters.«

»Bin unterwegs.«

Kupuka'a hatte es schon die ganze Zeit in die Nähe des Tatorts gezogen. Aber er hatte bewusst immer wieder die letzte Abzweigung genommen, um nicht dort zu landen, wo er einen Menschen getötet hatte.

Als er vor dem Haus der Prostituierten hielt, sah er, dass die Tür offen stand. Alles war still. Er stieg aus und zog die Waffe. Genau wie gestern, dachte er. Er lief mit gezogener Waffe hinüber und trat vorsichtig in die Wohnung.

Diesmal kam er zu spät. Lynn Masters lag blutüberströmt auf dem Bett. Jemand hatte ihr die Kehle aufgerissen. Es war deutlich zu sehen. Trotzdem durchquerte er den Raum, der halb Küche, halb Schlafzimmer war, und vergewisserte sich, dass sie tot war.

Als er die Wohnung verließ, sah er aus dem Augenwinkel eine Bewegung. Er drehte sich um, die Pistole im Anschlag. In der Tür des Nachbarhauses stand eine ältere Frau im Morgenmantel und hob abwehrend die Hände. Er ließ die Waffe sinken.

»Ist sie tot?«, rief die Frau.

»Woher wissen Sie das?«

»Sie hat doch so geschrien.«

»Haben Sie gesehen, wer bei ihr war?«

»Ein Mann. Er war gerade noch da. Ist zwischen den Büschen dort verschwunden.« Sie zeigte auf eine Hecke, die den kleinen Garten neben dem Haus der Prostituierten vom Nachbargrundstück trennte.

Kupuka'a rannte hinüber, konnte aber nichts mehr sehen. Er ging zurück zum Auto.

»George, he!« Tonys Stimme dröhnte verzerrt aus dem Funkgerät.

»Tony, ich brauche hier Verstärkung und einen Notarztwagen und die Spurensicherung. Die Masters ist wieder überfallen worden – und diesmal ist sie …«

»George, hier ist die Hölle los«, unterbrach ihn der Kollege in der Zentrale. »Wir haben vier weitere Notrufe bekommen. Einer aus 33 Ehiku Street. Das ist bei dir in der Nähe. Ich schicke Price zur Verstärkung.«

Verwirrt steckte Kupuka'a seine Waffe ins Holster und schloss die Autotür. Was zum Teufel war denn jetzt los? Er setzte zurück, um zu wenden, und jagte dann mit durchdrehenden Reifen Richtung Highway. Nach drei Minuten hatte er die Ehiku Street erreicht. Vor der Hausnummer 33 machte er eine Vollbremsung und sprang aus dem Auto. Während er zu dem Gebäude hinüberlief, hörte er in der Ferne das Heulen von Sirenen. Etliche seiner 150 Kollegen waren offenbar mit Blaulicht in der Stadt unterwegs. Er schlug mit der Faust gegen die Haustür und zog gleichzeitig den Revolver. Die Tür öffnete sich. Kupuka'a ging einige Schritte zurück, als sich mehrere Gestalten aus dem Schatten des Hausflures lösten. Es war eine ganze Gruppe von Männern und Frauen, die da vor ihm stand.

»Was ist denn hier los?«, fragte Kupuka'a einen älteren Mann, der sich eine Steppjacke über den Pyjama gezogen hatte.

»Jemand hat Monica getötet. Monica Mahuna.«

»Was? Wer, und wo?«, fragte der Detective Sergeant. Zwei Tote in einer Nacht.

Der Mann in der Steppjacke führte Kupuka'a durch den Flur zur Hintertür und in die Parkanlage hinter dem Haus. Unter den Sträuchern konnte der Polizist am Boden die Umrisse einer Frau erkennen.

»Waren Sie schon bei ihr?«, fragte er seinen Begleiter. Der schüttelte den Kopf. »Ich nicht, aber Ali.« Er nickte zu einer jungen Frau hinüber, die sich an einen Mann mit einer Baseballmütze klammerte. »Sie ist Krankenschwester. Aber sie hat gesagt, Monica ist eindeutig tot.«

»Okay.« Kupuka'a wandte sich an die ganze Gruppe. »Hat jemand etwas gesehen?«

Niemand meldete sich. Vielleicht, dachte Kupuka'a, ist der Mörder noch hier, in der Anlage. Er schickte die Leute zurück ins Haus.

»Und machen Sie bitte vorerst niemandem auf, außer der Polizei.«

Er schaute sich um. Die Anlage hinter dem Haus war vielleicht 300 Quadratmeter groß und von einem schulterhohen Zaun umfasst. Rechts stand eine Gruppe von Bäumen, in deren Schatten es trotz des Mondlichtes zu finster war, um etwas zu erkennen. Links befand sich ein kleiner Spielplatz mit Sandkasten, einer Schaukel, einer Rutsche und einem Klettergerüst, umgeben von einigen Büschen, unter denen die Leiche lag. Vorsichtig trat Kupuka'a aus dem Schatten des Hauses hinaus ins Mondlicht und blickte sich um. Der Zaun wäre kein Hindernis für jemanden, der nach einem Mord fliehen wollte. Kupuka'a rüttelte daran. Ein lautes Scheppern ertönte. Wenn der Mörder auf diesem Weg geflohen war, hätte ihn dann nicht jemand gehört? Er würde sich die Anlage genauer anschauen. Vorsichtig näherte er sich den Bäumen. In der Ferne heulten noch immer die Sirenen.

Hinter ihm knallte es.

Kupuka'a fuhr herum. James Price trat aus dem Hintereingang.

»Hoppla«, sagte sein junger Kollege laut. »Mir ist die Tür ins Schloss …«

Der Polizeibeamte verstummte und starrte ihn erschrocken an. Da traf Kupuka'a ein Schlag am Hinterkopf. Etwas warf ihn um. Er sah noch, wie Price versuchte, seine Waffe zu ziehen, dann legte sich ein dunkler Schatten zwischen ihn und seinen Kollegen. Er landete mit dem Gesicht im Gras. Eine Sekunde fragte er sich benommen, was passiert war. Dann rappelte er sich auf.

Price rang mit einem Mann, der versuchte, den Polizisten umzuwerfen. Aber der junge Kollege war stark wie ein Bulle. Er kam zwar nicht an seine Waffe, dafür gelang es dem Angreifer nicht, seine Zähne in Price' Hals zu schlagen.

Kupuka'a rannte hinüber und setzte dem Unbekannten die Pistole an den Kopf.

»Stopp«, schrie er. »Oder ich schieße.«

Der Angreifer stutzte kurz, dann warf er sich herum und stürzte sich auf den neuen Gegner. Kupuka'a hatte nicht damit gerechnet, dass jemand so verrückt sein würde – und versäumte es, zu schießen. Verzweifelt versuchte er, den Mann von sich herunterzukriegen. Der Angreifer keuchte und versuchte jetzt, ihm an die Kehle zu gehen.

Es knallte. Der Mann sackte zusammen. Kupuka'a strampelte sich frei und krabbelte rückwärts von ihm weg.

»Jesus und Maria«, flüsterte Price. »Jesus und Maria.« Er hielt seine Waffe noch immer mit beiden Händen krampfhaft fest, hatte sie aber auf den Boden gerichtet.

»Der ist hin, oder?«, stammelte er.

15. September, Lihue, Hawaii

»Fünf Männer? Fünf Männer ziehen in derselben Nacht los und bringen sechs Menschen um?« Police Lieutenant Henry Hackfield fuhr sich nervös mit den Fingern durch die Haare. »Die ziehen los und bringen einfach so, jeder für sich, eine Frau um?«

»Vielleicht sollten wir Jacob Bryson mitzählen. Er hat bereits vorgestern Nacht versucht, Lynn Masters umzubringen«, warf Detective Sergeant Kupuka'a ein. »Ebenfalls ohne Waffe und angeblich ohne Grund.«

»Dann hätten wir es sogar mit insgesamt sechs Verrückten zu tun?«

Hackfield war gerade erst eingetroffen. Ein Hubschrauber hatte ihn am Morgen von Maui herübergeflogen, wo er mit seiner Frau seine Tochter besucht hatte.

»Kommen Sie in mein Büro«, forderte er Kupuka'a auf, »und erzählen Sie mir, was los ist. Ich muss gleich zum Chef, und der muss dann zu Governor Lindsey.«

Als der Detective Sergeant die Tür hinter sich geschlossen hatte, holte Hackfield eine Flasche Bourbon aus dem Schreibtisch und bot seinem Kollegen ein Glas an. Kupuka'a nahm das Glas mit der goldfarbenen Flüssigkeit. Offiziell war sein Dienst seit einer Stunde beendet. Er war im Büro geblieben, weil er Hackfield selbst Bericht erstatten wollte.

»Ein Amoklauf ... gut, kennt man ja«, sagte Hackfield zu sich selbst. »Ein Serienmörder ... kommt vor. Aber was war das heute Nacht? Ein Ausflug des lokalen Klubs der wahnsinnigen Mörder?« Er ließ sich schwer auf seinen Schreibtischstuhl fallen.

»Bislang wissen wir Folgendes«, sagte Kupuka'a. »Vorgestern Nacht hat Jacob Bryson Lynn Masters angegriffen. Angeblich ohne jeden Grund. Ich war ganz in der Nähe und konnte früh genug eingreifen, um der Frau zu helfen. Allerdings nur, indem ich auf Bryson geschossen habe. Bryson war Flugzeugmechaniker bei den Aloha-Airlines. Er hatte vorgestern Geburtstag. Wurde 38.«

»Der ist tot, hast du gesagt?«

Kupuka'a nickte.

»Was für ein beschissener Geburtstag.« Hackfield verzog das Gesicht. »Weiter«, forderte er den Detective Sergeant auf.

»Ich selbst habe gestern Nacht dann die Leiche von Masters gefunden. Jemand hat ihr den Hals aufgerissen.«

»Was? Aber nicht so wie bei …«

Kupuka'a nickte erneut. »Doch. Genauso wie bei Kim Thomas. Die Tote vom Kalalau Beach.«

»Wollen Sie auch noch was?« Hackfield hielt dem Detective Sergeant die Flasche hin. Der schüttelte den Kopf und starrte in sein halb volles Glas. Hackfield stützte die Ellbogen auf den Tisch und vergrub sein Gesicht in den Händen. »Weiter«, murmelte er durch die Finger.

»Wer Masters getötet hat, wissen wir noch nicht«, fuhr Kupuka'a fort. »Ich bin direkt von ihrem Haus in die Ehiku Street gerufen worden. Die Anwohner hatten dort die Leiche von Monica Mahuna entdeckt. In der Grünanlage hinter ihrem Haus.«

Er nahm einen Schluck Bourbon. Der Whiskey hinterließ eine feurige Spur in seiner Speiseröhre. »Der Mörder war noch da. James Price und ich haben ihn aufgeschreckt und er hat uns angegriffen, sodass James auf ihn geschossen hat.«

»Wer ist es?«

»Anthony Nakamura. 43 Jahre alt. Hat im Wal-Mart hier um die Ecke gearbeitet. James hat ihn in den Kopf getroffen. Er war sofort tot.«

»Weiter.«

Kupuka'a fummelte einen Zettel aus der Hosentasche. Er hatte sich Notizen gemacht. Es waren einfach zu viele Namen, um sich alle zu merken.

»In der Kapena Street wurde in einem Hinterhof Rosa Cruz überfallen, vergewaltigt und getötet. Die Officers Larry Duyser und Lisa Ford waren ganz in der Nähe. Sie haben nach dem Notruf einige Straßen weiter Thomas de Costa entdeckt und versucht, ihn festzunehmen. De Costa ist ein 34-jähriger Arbeitsloser. Er war voller Blut. Er ging auf Larry los, und Larry hat ihm ins Bein geschossen. De Costa liegt im Krankenhaus. Fast gleichzeitig hatte die Zentrale die Officers Freddy Newman und Jason Roberts in die Hill Street geschickt, wo Nachbarn die Leiche von Tracy Foley entdeckt hatten, vergewaltigt und verblutet. Ihr Mörder ist noch flüchtig. Und während James und ich noch in der Ehiku Street waren, sind Thomas Baldacci und Jimmi Flynn in die Ekolu Street ganz in der Nähe gefahren. Da sind Elisabeth Morales und ihr Mann Carlos in ihrem Haus getötet worden. Der Mörder ist ebenfalls noch flüchtig.«

»Fünf Mörder, sechs Opfer, alle in einer einzigen Nacht.« Hackfield stöhnte. »Und wir hatten uns wegen des Mordes an Kim Thomas Sorgen gemacht.«

»Mit Bryson sind es sechs Verrückte, Sir. Aber immerhin, Bryson und Nakamura sind tot, de Costa haben wir geschnappt«, warf Kupuka'a ein.

»Großartig. Es sind also NUR noch drei Mörder unterwegs.« Der Police Lieutenant blickte auf. »Könnten Nakamura oder de Costa auch die beiden übrigen Morde verübt haben?«

Kupuka'a schüttelte den Kopf. »Unwahrscheinlich.«

Hackfield ließ die Schultern hängen.

»Mir geht es nicht aus dem Kopf, dass diese Männer offenbar alle so ähnlich vorgegangen sind wie der Mörder von Kim Thomas«, sagte Kupuka'a. »Und dann fünf gleichzeitig. Das kann doch kein Zufall sein.«

Hackfield blickte ihn fragend an.

»Sir, vielleicht sollten wir mit diesem FBI-Agenten sprechen.« Der Detective Sergeant hob die Schultern. »Special Agent Griffin hat immerhin den Kalalau-Beach-Mörder aufgespürt. Vielleicht kann er uns jetzt wieder helfen.«

»Wir können wirklich jede Hilfe gebrauchen. Rufen Sie ihn an.« Er schüttelte wieder den Kopf und trank sein Glas leer.

»Vorgestern ein Mordversuch, gestern sechs Morde … vielleicht sollte Frau Governor den Ausnahmezustand ausrufen und die Nationalgarde einfliegen.«

Kupuka'a sah Hackfield überrascht an.

»Ein Scherz, George. Ein Scherz.« Hackfield verzog sein Gesicht zu einem Grinsen. »Obwohl …« Er schenkte sich einen weiteren Whiskey ein.

15. September, Quantico, Virginia

»Das ist ein Scherz, Detective Sergeant, oder? Sie wollen mich verarschen«, schnauzte Griffin in den Telefonhörer. Dann lauschte er eine Weile. Special Agent Denzel Wood, der gerade das Büro betrat, sah, wie sich das Gesicht seines Kollegen in eine Grimasse reiner Fassungslosigkeit verwandelte.

»Fünf Männer haben in Lihue gestern Nacht unabhängig voneinander fünf Frauen und einen Mann umgebracht – und zwar auf die gleiche Weise, auf die auch Kim Thomas vor zwei Monaten getötet wurde«, wiederholte Griffin, damit sein Kollege hörte, worum es ging.

Jetzt verstand Wood, wieso Griffin aussah, als hätte ihm jemand einen Stromschlag verpasst. Er setzte sich auf den Stuhl gegenüber von Griffins Schreibtisch und wartete, bis er aufgelegt hatte.

»Das ist nicht zu glauben«, sagte Griffin und starrte das Telefon an, als sei das graue Gerät schuld an dem, was er gerade gehört hatte.

»Dieser Mann war nicht betrunken oder hat noch eine Rechnung mit dir offen?«

Griffin ging nicht auf Wood ein. »Ich bin bisher wirklich skeptisch gewesen, was diese Idee mit einer ansteckenden Krankheit angeht …«

Wood nickte. »Ich weiß. Ich auch.«

»Aber hör' dir das an: Richard Miller tötet in der Nacht zum 1. August auf Hawaii eine Frau. Auf sehr ungewöhnliche Weise. Etwa vier Wochen später bringt er wieder eine Frau um. Auf die gleiche Weise. Diesmal zu Hause in Los Angeles. Und etwa sieben bis acht Wochen nach seinem Besuch auf Hawaii flippen dort fünf Männer, die auf den ersten Blick nichts miteinander zu tun haben, gleichzeitig aus und morden in derselben Nacht in derselben Stadt an verschiedenen Orten auf die gleiche Weise.« Er massierte sich nachdenklich die Mundwinkel. »Auf Millers Weise.«

»Das ist …«

»Warte. Außerdem ermordet ein Unbekannter in München etwa alle vier Wochen eine Frau. Und nachdem er einen Zeugen gebissen hat, tötet dieser etwa fünf Wochen später seine eigene Frau.«

»Ich glaube …«

»Deshalb glauben unsere Kollegen an eine Infektion. Aber wie hat Miller dann in Hawaii gleich fünf Männer infiziert? Bei denen es noch dazu erheblich später zu einem … Ausbruch kommt?«

»Gehen wir also wirklich von einer Mords-Krankheit aus?«, fragte Wood.

Griffin antwortete, ohne zu lächeln. »Ich weiß nicht. Es ist eine Hypothese.«

»Hast du denn schon mit jemandem von den CDC gesprochen?«

Griffin presste die Lippen aufeinander und griff nach dem Telefonhörer. »Das sollte ich vielleicht jetzt tun.«

16. September, München

»In Arden hat es einen neuen Mord gegeben. Der Mörder ist gefasst worden.«

Die Polizeibeamten, die hinter ihren Schreibtischen in Geyers Büro saßen, schauten überrascht zu Cynthia Collins hinüber, die plötzlich in der Tür stand. »Die schottische Polizei hat mich informiert. Wieso seid ihr eigentlich nicht bei eurer morgendlichen Besprechung? Wo ist Hans?«

Born stand auf und verließ den Raum. Kurze Zeit darauf kam er mit Bauer zurück, gefolgt von Adam und den anderen Kollegen der Mordkommission 4.

Collins blickte auf die Notizen in ihrer Hand. »Der Verdächtige ist Stephen Gernsbacher. 25 Jahre. Automechaniker aus Arden«, übersetzte sie laut. »Das Opfer ist Diana Gudjonsson, ebenfalls 25 Jahre, Verkäuferin, ebenfalls aus Arden.« Sie blickte in die Runde. »Gernsbacher ist ohne Zweifel der Täter. Und die schottische Polizei sucht mit Hochdruck nach einer Verbindung zu Jameson. Und angesichts der Tatsache, dass Gernsbacher wie Jameson aus Arden kommt, dürfen wir optimistisch sein.«

»Ich habe auch Neuigkeiten. Aus den USA.« Bauer tippte sich mit dem Zeigefinger gegen die Lippen. »Ich habe einen Anruf von Special Agent Griffin erhalten. Deshalb war ich gerade bei Hauser und habe ihm von der Möglichkeit eines Mörder-Virus erzählt.«

»Wovon?«, fragte Geyer überrascht und tastete nach der großen, kreuzförmigen Brosche an ihrer Bluse. »Was für ein Virus?«

»Seid mir nicht böse, Leute, aber Collins hat eine Hypothese zu den Morden aufgestellt, die ziemlich ungewöhnlich ist. Deshalb wollte ich erst sicher sein, dass tatsächlich was dran sein könnte, bevor ich euch damit von eurer Arbeit ablenke«, sagte Bauer und legte Geyer eine Hand auf die Schulter. »Und Griffin hat mich gestern am späten Abend noch angerufen.« Der Soko-Chef lehnte sich gegen Geyers Schreibtisch. »Auf Hawaii wurden vorgestern Nacht sechs Menschen umgebracht«, fuhr er fort. »In einer einzigen Nacht. Alle in derselben Stadt. Und offenbar von insgesamt fünf verschiedenen Tätern. Und ...« Er blickte zu Collins hinüber, die ihm mit hochgezogenen Augenbrauen zuhörte. »Und immer auf die gleiche Weise wie bei unserem Mann«, beendete Bauer seinen Satz.

Es war still im Büro. Schließlich unterbrach Born das Schweigen. »Haben die schon jemanden festgenommen?«

»Ja. Einen haben sie angeschossen und festgenommen«, antwortete Bauer. Ein weiterer war tot, fuhr er fort, und drei noch nicht identifiziert. Die Hawaiianer seien jedoch überzeugt davon, dass sie die bald erwischen würden, zitierte Bauer den FBI-Agenten. Es musste Zeugen geben, denn die Morde waren alle mehr oder weniger in der Stadt Lihue selbst verübt worden.

»Und was sagt Griffin zur Verbindung zwischen den Tätern?«, fragte Born.

Bauer schüttelte den Kopf.

»Augenblick mal, Leute«, warf Geyer ein. »Was hast du da gerade von einem Virus gesagt?«

Nachdem Bauer den Soko-Mitgliedern erklärt hatte, worum es ging, schüttelte die Polizistin den Kopf. »Das ist ja mal ein interessanter Ansatz.« Sie blickte zu Collins hinüber. »Aber wenn unsere Bestie den Mörder von Augsburg infiziert hat, wer hat alle diese Männer auf Hawaii angesteckt? Richard Miller?«

»Gute Frage, Elli«, sagte Bauer. »Wie breitet sich eine ansteckende Krankheit unter Männern aus, die sich nie persönlich begegnet sind?«

Geyer verzog das Gesicht. »Das kann ich dir sagen. Auch wenn mir die Antwort nicht gefällt.« Die Ermittler schauten sie erwartungsvoll an.

»Eine Prostituierte natürlich«, schnauzte Geyer sie an. »Und es ärgert mich ungeheuer, dass wieder mal eine Prostituierte schuld daran sein soll, dass ein Virus verbreitet wird.« Bauer zuckte zusammen, als seine Kollegin mit der Faust auf den Schreibtisch hieb.

»Als würden diese Frauen nicht schon genug gedemütigt werden. Ausgebeutet, mit Aids infiziert, weil beschissene Freier auf Kondome verzichten wollen, von Perversen missbraucht und umgebracht … und nun soll wieder eine Nutte den Schwarzen Peter haben!«

»Ich denke, du hast völlig recht.« Collins stand auf und schob die Hände in ihre Hosentaschen. »Leider. Diese Frauen leiden nun mal besonders häufig unter Krankheiten, die beim Sex übertragen werden. Und sie übertragen sie auch besonders oft.«

Geyer ließ sich auf einen Stuhl fallen und zog den Kopf zwischen die runden Schultern. »Ich weiß. Es ist nur so … einfach zum Kotzen.«

»Dann hat also Richard Miller eine Prostituierte infiziert, und die gibt den Erreger weiter?«, fragte Born. »Wissen wir, über welchen Zeitraum sich Miller auf Hawaii aufgehalten hat?« Er zog einen Aktenordner aus dem Regal hinter seinem Schreibtisch, blätterte eine Weile darin und hielt dann ein Fax in der Hand.

»Miller kam am 20. Juli auf Kauai an. In der Nacht zum 1. August hat er Kim Thomas ermordet. Und am 3. August hat er Kauai wieder verlassen.« Er blinzelte nervös, seine Lippen bewegten sich lautlos. Dann räusperte er sich. »Seit seinem ersten Mord sind etwas mehr als sechs Wochen vergangen, bis auf Kauai fünf weitere Männer sich so verhalten haben wie er«, rechnete er vor.

»Jürgen Ebert wurde am 6. August von der Schwabinger Bestie gebissen, etwa fünf Wochen später, am 11. September, ermordet er seine Frau«, ergänzte Collins.

»Und zwischen den Morden in München liegen immer rund 30 Tage«, fuhr Born fort. »Nehmen wir an, auf Hawaii hat Miller eine Prostituierte infiziert. Die hat nach ihm weitere Kunden gehabt. Jetzt sind einige davon durchgedreht. Bei Ebert kam es etwa fünf Wochen nach der Infektion zu dem Mord. Das könnte bedeuten, dass sich bei dieser Prostituierten seit fünf Wochen Kunden anstecken.«

»Seit fünf Wochen!«, wiederholte Bauer entsetzt.

»Mein Gott! Wie viele Kunden hat eine Prostituierte denn so?«, fragte Geyer. »Wenn es drei pro Nacht sind und sie fünf Nächte die Woche arbeitet, dann wären das … 75 Männer.«

»Wenn sie nicht immer wieder dieselben Männer bedient hat und meist ein Kondom benutzt«, sagte Collins. »Und wenn Miller nur eine Frau angesteckt hat und nicht mehrere.« Sie hob den Telefonhörer ab. »Wir müssen Griffin Bescheid sagen. Und den Kollegen auf Hawaii auch. Die müssen auf jeden Fall noch mit einer ganzen Reihe weiterer Morde rechnen. Und ...« Collins griff sich ins Haar und strich sich einige Strähnen in die Stirn. »Sie müssen herausfinden, wo Miller selbst sich angesteckt hat. Und dann war da ja auch noch Brian Delgado.«

15. September, Lihue, Hawaii

Detective Sergeant Kupuka'a war erneut auf dem Weg zu dem Ort, an dem er einen Menschen getötet hatte. Die Sonne stand bereits tief über dem Horizont. Es würde bald dunkel werden. Auf der anderen Seite der Erde hatte längst ein neuer Tag begonnen.

Kupuka'a schaute zu Detective Sergeant Minatoya auf dem Beifahrersitz hinüber. Die junge Frau erwiderte seinen Blick ohne erkennbare Regung. Sie ist verkrampft, dachte Kupuka'a. Sie ist zu schnell Detective geworden und bemüht sich viel zu verzweifelt darum, professionell zu sein. Sollte er ihr das sagen? Bei allem Respekt, Detective Sergeant Kupuka'a, wie kommen Sie dazu, so mit mir zu reden? Das würde sie sagen, dachte Kupuka'a. Gerade weil sie jung und verkrampft war.

Schade, dachte er. Er hätte ihr sicher einiges sagen können über die Polizeiarbeit. Er hätte sich gern mit ihr unterhalten. Und wenn er ehrlich war, dann gern auch mal privat. Allerdings stammte sie von japanischen Einwanderern ab, und er war ein Angehöriger des ursprünglichen hawaiianischen Adels. Er besaß reines Blut. Es wäre nicht richtig, sich mit ihr einzulassen. Seine Leute würden es nicht verstehen und nicht akzeptieren. Er warf ihr einen weiteren Blick zu. Minatoya presste die Lippen aufeinander. So jung und so verkrampft. Vergiss es.

Police Lieutenant Hackfield hatte ihn zu sich ins Büro gerufen, nachdem er zuerst einen Anruf aus Deutschland bekommen hatte und dann einen aus dem FBI-Hauptquartier in Virginia. Hackfield wirkte verwirrt. Und Kupuka'a konnte das gut verstehen, nachdem sein Chef ihn informiert hatte. Sie jagten jetzt also ein Virus? Griffin, sagte Hackfield, hatte selbst erschüttert gewirkt. Der

FBI-Beamte hatte nach dem Hinweis aus München mit Richard Miller, dem Killer von Kalalau Beach, Kontakt aufgenommen und erfahren, dass er mit einer Prostituierten geschlafen hatte. Und diese hatte möglicherweise die Männer infiziert, die jetzt in Lihue gemordet hatten. Leider konnte sich Miller nicht an den Namen der Frau erinnern. Griffin hatte Hackfield außerdem erzählt, dass er selbst nur knapp einer Infektion entgangen war, da Miller ihn zu beißen versucht hatte. Und Officer Wilkins, die Polizistin, die Delgado in Milton erschossen hatte, stand inzwischen unter Quarantäne.

Noch am Morgen hatten die Detectives von der Criminal Investigation Section des Kauai County Police Department einen weiteren Mörder festgenommen. Im Flur eines Hauses in der Akahi Street, nicht weit weg von Lynn Masters' Haus, hatten Nachbarn Blutspuren an der Tür von Earl Morton entdeckt. Die Kollegen von der CIS hatten kein Problem, den 22-jährigen Postangestellten zu einem Geständnis zu bewegen: Er hatte in der Nacht Masters getötet und war danach nach Hause gegangen. Zu leugnen hätte Morton auch kaum etwas genutzt. Die Spurensicherung hatte nicht nur Blut des Opfers in seiner Wohnung, seiner Kleidung und seinem Badezimmer gefunden – sie konnte anhand von Blutspuren sogar den Weg nachvollziehen, den Morton von Masters' Haus genommen hatte.

Ermittlungsbeamte der CIS hatten den Tag über allen stadtbekannten Prostituierten einen Besuch abgestattet und ihnen Fotos von Morton, Anthony Nakamura und Thomas de Costa gezeigt. Natürlich gab keine der Frauen zu, mit einem der drei geschlafen zu haben – schon gar nicht gegen Geld. Und eine der Frauen kannte zwar Nakamura, eine andere de Costa, aber keine von ihnen war beiden begegnet.

Eine Prostituierte aber hatten die CIS-Beamten vergessen. Weil sie ein Opfer war und als Zeugin deshalb nicht mehr zur Verfügung stand: Lynn Masters.

Kupuka'a stellte den Wagen in die Einfahrt vor dem Haus der Nachbarin, die er in der Nacht zuvor mit seinem Revolver erschreckt hatte. Detective Sergeant Minatoya war vor ihm an der Tür, die Fotos der drei Mörder und eine Aufnahme von Richard

Miller in der Hand. Als die alte Frau öffnete, schien sie kaum überrascht zu sein, zwei Uniformierte zu sehen.

»Sie kommen wegen Frau Masters, was?«, fragte sie. Ihr Blick sagte, dass sie Kupuka'a wiedererkannt hatte. Sie sprach ihn an und ignorierte Minatoya – was diese ärgerte. Autorität, dachte er, muss man sich durch mehr als nur eine Uniform verschaffen. Er warf einen Blick auf den Briefkasten neben der Tür. »Mrs. Bodelon«, begrüßte er die Frau. »Wir möchten Sie kurz etwas fragen.«

»Wollen Sie etwas trinken?«, fragte die alte Frau und rieb sich die roten Augen. »Eistee vielleicht?« Ohne eine Antwort abzuwarten, sprach sie weiter. »Lynn war ein nettes Mädchen. Ich weiß ja, womit sie ihr Geld verdient hat, aber manche Leute haben eben Pech. Deshalb habe ich mich auch um sie gekümmert …« Sie schaute Kupuka'a an, als erwartete sie Kritik. Aus der Wohnung wehte ein seltsamer muffiger Geruch von Kohl und Kompost.

»Es geht uns nicht darum, was Frau Masters getan …« Minatoya kam nicht weit.

»Die Arme«, unterbrach Bodelon die Polizeibeamtin. »Erst muss sie sich verkaufen, um die Miete bezahlen zu können. Und dann wird sie ermordet …«

»Frau Bodelon, es ist uns völlig egal, ob Frau Masters ihren Körper verkauft hat«, unterbrach Minatoya sie barsch. »Wir wollen ihren Mörder finden. Deshalb möchten wir, dass Sie sich diese Fotos anschauen.« Sie hielt der Frau die Bilder unter die Nase. Die Alte sah empört zu Kupuka'a hinüber, erhielt von diesem aber nicht mehr als einen verständnisvollen Blick und ein Nicken in Richtung der Bilder. Sie seufzte, setzte sich eine Brille auf und schaute sich die Fotos an.

»Drei davon haben Lynn besucht.«

»Sie sind da ganz sicher?«, fragte Minatoya.

»Natürlich. Ich bin alt, aber ich habe noch ein ausgezeichnetes Gedächtnis. Wenn ich unsicher wäre, dann würde ich doch wohl sagen, die haben Lynn *vielleicht* besucht, oder so etwas.«

»Und Ihre Brille …«

»Die lässt mich die Gesichter meiner Mitmenschen ganz ausgezeichnet erkennen. Und ich habe sie fast immer auf. Bin ja ein bisschen zu alt, um noch eitel zu sein.«

»Und kennen Sie die Namen dieser Männer?«

»Diesen hier hat Lynn Tony genannt.« Sie wies auf Anthony Nakamuras Bild. »Den Nachnamen habe ich nicht mitbekommen. Ein Stammgast.«

Sie hielt sich das Bild von Earl Morton vor die Nase. »Der hier war auch regelmäßig hier. Der sieht so gut aus – ich habe mich immer gewundert, warum der keine Frau oder Freundin hat und zu Lynn kommt. Wie er heißt, weiß ich nicht.« Dann tippte sie mit dem Zeigefinger auf Thomas de Costas Gesicht. »Der hier war nicht so oft da. Aber er ist immer mit dem Motorrad gekommen, nicht mit dem Auto wie die anderen.«

Minatoya und Kupuka'a nickten sich zu. Die Identifizierungen waren glaubwürdig.

»Kennen Sie einen Jacob Bryson?«, fragte Kupuka'a.

»Einen Jacob kannte ich. Ob er Bryson hieß, weiß ich nicht. Jacob war der Mann, den Sie hier erschossen haben.« Das konnte sie aus der Zeitung wissen.

»Haben Sie ihn schon früher hier gesehen?«, fragte der Detective Sergeant.

»Aber sicher. Jacob war auch ein Stammkunde.«

Als Kupuka'a ihr die Aufnahme von Richard Miller zeigte, schüttelte sie den Kopf. »Vielleicht, vielleicht auch nicht.«

»Danke, Frau Bodelon.« Minatoya drehte sich zu Kupuka'a um. »Die Deutschen haben offenbar recht. Es scheint, als hätten sich diese Verrückten alle bei Masters angesteckt. Gibst du das gleich an Hackfield weiter?« Sie wandte sich erneut an die alte Frau. »Sie müssten mir Ihre Aussage noch schriftlich geben.«

Kupuka'a verließ das Haus. Es war inzwischen dunkel geworden. Während er zum Streifenwagen hinüberging, meldete sich mit einem lauten Kratzen Tonys Stimme über Funkgerät.

»Wagen 23 an Zentrale«, antwortete er. Aus der Ferne ertönte das Heulen einer Polizeisirene.

»George«, sagte Tony, »es geht wieder los.«

16. September, München

»Die Fäden laufen langsam zusammen«, sagte Hans Bauer. Staatsanwalt Hauser nickte und schwieg. Er hockte auf Geyers Schreibtisch und hatte die Arme vor der Brust verschränkt. Die Polizistin selbst saß auf ihrem Bürostuhl und wippte nervös mit dem Fuß. Born stand am Fenster und blickte auf die Straße hinaus.

Hauser war anzusehen, wie irritiert er war, seitdem der Chef der Soko ihm etwas von Vampiren und Mörder-Viren erzählt hatte. Plötzlich waren da irgendwelche Gesundheitsexperten vom Robert-Koch-Institut in Berlin im Spiel, und auf Hawaii brachten sich die Einwohner der Stadt Lihue offenbar im großen Stil gegenseitig um. Damit beschäftigte sich bereits die internationale Presse. Der Staatsanwalt schaute zu Cynthia Collins hinüber, die an Borns Schreibtisch saß und nachdenklich in einigen Unterlagen blätterte.

»David Griffin vom FBI hat uns gerade auf den neuesten Stand gebracht«, erklärte Bauer. »Richard Miller hat offenbar eine Prostituierte in Lihue aufgesucht. Und eine ganze Reihe von weiteren Kunden dieser Frau läuft offenbar nun Amok. Gestern Nacht hatten sie sechs Tote. Sechs! Drei Täter sind identifiziert und aus dem Verkehr gezogen worden. Heute Nacht haben sie drei weitere Mordfälle gehabt, die in das Muster passen. Zwei Täter wurden sofort gefasst, weil die Kollegen vermehrt Streife gefahren sind. Einer ist noch flüchtig.« Bauer klopfte mit den Fingerspitzen auf einen Aktenordner, der vor ihm auf dem Tisch lag. »Das scheint die Hypothese vom Mörder-Virus zu bestätigen. Wenn wir nach unseren eigenen Erfahrungen mit Jürgen Ebert davon ausgehen, dass es etwa vier bis fünf Wochen von der Infektion bis zum Morden dauert, dann hat diese Prostituierte den Erreger über einen solchen Zeitraum an etliche Männer weitergegeben – alle, die ohne Kondom mit ihr Geschlechtsverkehr hatten. Sie selbst ist offenbar erst einige Zeit nach ihrer Nacht mit Miller zur Infektionsquelle geworden. Das Virus, oder was es ist, wird demnach nicht sofort aktiv.«

»Eine Mörder-Epidemie.« Hauser lachte laut. Dann seufzte er lang, nahm seine Brille ab und bearbeitete sie nervös mit einem Putztuch. »Das ist ja völlig verrückt.«

Schweigen erfüllte den Raum. Vom Flur drangen die Stimmen einiger Kollegen durch die Tür. Jemand fluchte. Eine Frau lachte. Dann war es wieder still.

Schließlich blickte Collins von den Unterlagen auf. »Die Polizei in Schottland hat ebenfalls sehr aufschlussreiche Neuigkeiten. Martin Jameson, der erste Mörder von Arden, und Stephen Gernsbacher, Mörder Nummer zwei, haben eine Reihe von gemeinsamen Bekannten.«

»Kein Wunder, wenn sie aus derselben Kleinstadt kommen«, warf Geyer ein.

»Aber unter diesen gemeinsamen Bekannten ist auch Eileen Bowmore, die Freundin von Gernsbacher. Oder besser Exfreundin. Nachdem Jameson verhaftet worden ist, wurde auch Bowmore verhört. Und sie hat zugegeben, mit Jameson geschlafen zu haben.«

»Was?«, fragte Born. »Wann?«

»Sie sagte, das sei so Mitte Juli gewesen und hätte keine Bedeutung gehabt. Sie seien alte Bekannte, hatten sich auf einer Party getroffen und sie sei betrunken gewesen. Der Akademiker Jameson habe sie irgendwie beeindruckt. Aber es sei eine einmalige Sache gewesen.«

»Dann könnte sie sich bei Jameson infiziert und anschließend Gernsbacher angesteckt haben«, dachte Geyer laut nach.

»Zeitlich käme es hin«, stimmte Collins zu. »Sie müsste dann Mitte August Gernsbacher angesteckt haben.« Sie blätterte in einem Aktenordner. »Bowmore und Gernsbacher haben sich am 18. August getrennt.«

»Wissen wir, worum es bei dem Streit ging?«, fragte Hauser.

»Noch nicht«, erklärte Collins und ging zu Borns Telefon hinüber.

»Sag den Kollegen auch gleich, sie müssen unbedingt herausfinden, mit wem Jameson und Bowmore seit Juli noch geschlafen haben«, sagte Born. »Die können noch weitere Personen infiziert haben.« Collins nickte.

»In den USA waren es doch zwei Männer, die sich mit dem … Mörder-Virus infiziert haben«, sagte Hauser.

»Richtig«, bestätigte Bauer. »Richard Miller aus Los Angeles und Brian Delgado aus Milton, der beim ersten Mordversuch getötet wurde.«

»Wo haben die sich denn angesteckt?«, fragte Hauser. »Welche Gemeinsamkeiten haben die? Das haben Griffin und seine Kollegen doch versucht herauszukriegen, oder?«

»Ja«, bestätigte Bauer, »bislang allerdings vergeblich.«

»Die Morde von Miller und Jameson und der Mordversuch von Delgado … das war doch alles relativ dicht aufeinander.« Born schaute auf den Kalender an der Wand. »Sagt mir doch noch einmal alle Daten, die wir haben.«

Er markierte die Tage, die ihm die Kollegen diktierten, auf dem Kalender.

»Wir können wohl davon ausgehen, dass alle drei sich Ende Juni oder Anfang Juli infiziert haben«, sagte er dann. Er blickte zu Collins hinüber. Die Psychologin telefonierte und warf ihm einen fragenden Blick zu. »Wait a minute«, sagte sie in den Hörer.

»Frag die Kollegen in Glasgow, ob sie herausfinden können, wo Jameson zu dieser Zeit war«, sagte Born und zeigte auf den Kalender. Collins nickte.

»Und Griffin muss herausfinden, wo Miller war«, sagte Geyer.

»Und mit wem er außer der Prostituierten geschlafen hat.« Sie hatte schon eine Weile unruhig auf ihrem Stuhl gewippt. Jetzt stand sie auf und blickte in die Runde. »Was ist nun eigentlich mit der Bestie von Schwabing?«

Die Kollegen blickten sie fragend an.

»Angenommen, wir kennen alle bislang aufgetretenen Fälle, in denen diese mörderische Krankheit ausgebrochen ist. Dann stehen doch die zwei Morde am 6. Juni im Englischen Garten ganz am Anfang dieser Epidemie.«

Bauer nickte. »Das ist vollkommen richtig. Wir müssen immer

noch herausfinden, was unseren Mörder mit einem Biologen aus Los Angeles, einem Kleinkriminellen aus der Nähe von Boston und einem Biologen aus Glasgow verbindet.«

»Und zwar frühestens seit Mai – denn der Münchner Mörder muss sich Anfang Mai infiziert haben …«

»Wenn er nicht vorher woanders gemordet hat …«, warf Born ein.

»Tom, mach es nicht komplizierter als es schon ist«, wies Geyer ihn zurecht.

»Der früheste Mord liegt natürlich am dichtesten bei der ursprünglichen Infektion«, sagte Bauer.

»Dann hat die ganze Sache hier ihren Ursprung? In München?«, fragte Hauser.

Bauer zuckte mit den Achseln. »Ich weiß nicht.«

Born dachte daran, was Harms ihm erklärt hatte. »Der eigentliche Ursprung liegt vielleicht ganz woanders.«

»Wie meinen Sie das? Wo denn? Jetzt hört mal auf, in Rätseln zu sprechen.« Hauser schaute den jungen Ermittler eindringlich an.

Born gab wieder, was Harms ihm erklärt hatte: Neue Infektionskrankheiten wurden meist aus Gebieten eingeschleppt, in denen sich Menschen bislang nicht oder kaum aufgehalten hatten.

»Wenn unsere Bestie also die Nummer eins wäre, dann hätte er dieses Mörder-Virus von einer großen Reise, zum Beispiel aus den Tropen, mitgebracht«, sagte Geyer. »Willst du uns das sagen?«

»Genau.«

»Wir müssen also nicht nur eine Verbindung zwischen Miller, Delgado, Jameson und der Schwabinger Bestie suchen, sondern auch überprüfen, welche Münchner bis Juni aus einem exotischen Land zurückgekehrt sind«, fasste Bauer zusammen.

»Einem Land, in dem man sich mit wirklich abgefahrenen Krankheiten infizieren kann«, ergänzte Geyer und verdrehte die Augen. »Welche Länder sind denn das?«

»Wir sollten diesen Harms vom RKI fragen«, sagte Bauer. »Vermutlich sind das vor allem Länder mit tropischen Zonen. Dschungel und so. Dann besorgt ihr euch eine Liste von Fluglinien, die in solche Länder fliegen. Und dann brauchen wir Passagierlisten.«

Geyer seufzte. »Wenn unser Mann irgendwo umgestiegen ist, dann kann er doch von überall gekommen sein. Das werden massenhaft Daten sein. Und werden die so lange aufbewahrt?«

»Keine Ahnung«, sagte Bauer. »Findet es heraus. Sagt den Kollegen von der Zweiten Bescheid, die sollen euch unterstützen.«

»Müsste uns nicht auch das Ergebnis der Isotopenanalyse weiterhelfen?«, fragte Born. »Schwan hat doch gesagt, man könne anhand des Haarbüschels herausbekommen, wo der Täter sich die letzten sechs Monate aufgehalten hat.«

»Das Ergebnis haben wir noch nicht. Und so lange …« Geyer schlug Born auf die Schulter. »Machen wir uns an die Arbeit.«

16. September, Quantico, Virginia

Griffin stand vor einem Flipchart und betrachtete die Skizze, die er gerade gemalt hatte. Eine Reihe von Namen, die mit Linien verbunden waren. In seinem Büro hatte ein Fax der schottischen Polizei auf ihn gewartet. Die Exfreundin von Stephen Gernsbacher, dem zweiten Mörder von Arden, hatte auch mit Martin Jameson geschlafen. Das ließ kaum noch Zweifel zu. Jameson hatte Eileen Bowmore angesteckt, und die hatte den Erreger an Gernsbacher weitergegeben. Und wahrscheinlich noch an einen weiteren jungen Mann, mit dem sie in der Zwischenzeit ebenfalls im Bett gewesen war.

Wenn Bowmores Erinnerung sie nicht trog, dann war das vier oder fünf Wochen her. Alles deutete darauf hin, dass es nur zwei Wochen dauerte, bis eine infizierte Frau selbst infektiös wurde, und etwa vier bis fünf Wochen, bis ein Mann zum ersten Mal zur Bestie wurde. In Schottland wurde deshalb mit Hochdruck nach Bowmores letztem Partner, Scott Morrison, gesucht. Bereits in der kommenden Nacht konnte ein wahnsinniger Morrison die Straßen von Arden unsicher machen. Einige wichtige Linien fehlten auf Griffins Flipchart noch: eine, die Miller und Delgado verband, sowie die zwischen den amerikanischen und europäischen Mördern.

Es klopfte. Special Agent Denzel Wood schaute herein. »Wie war es in Maine?«

»Kalt«, sagte Griffin abwesend. »Und das Urteil lautet lebenslänglich. Sie hätten meine Aussage in dem Prozess gar nicht gebraucht.«

»Die Polizei in München hat versucht, dich zu erreichen.«

Griffin horchte auf. »Ich hatte im Flieger mein Mobiltelefon ausgemacht. Worum geht es denn?«

»Um eine weitere Frage, die du Richard Miller stellen sollst«, antwortete Wood.

Richard Miller war noch immer bereit zu kooperieren.

Die Frage, die der FBI-Beamte ihm stellte, überraschte ihn allerdings.

»Mit wem ich alles geschlafen habe?«

»Richard, wir …«

»Ich habe Ihnen doch schon von der Prostituierten auf Hawaii erzählt.«

»Ja. Aber wir müssen wissen, ob es danach weitere Frauen gab.«

»Nein«, sagte Miller knapp. Griffin stieß vor Erleichterung die Luft aus. »Sie glauben nicht, wie es mich freut, das zu hören«, sagte er.

»Ich hatte nach dem Vorfall auf Hawaii andere Sachen im Kopf. Bis …«

»Schon klar, Richard.«

»Aber wieso wollten Sie das wissen? Und wieso sind Sie jetzt erleichtert?«

»Passen Sie auf, Richard. Es entwickelt sich da etwas, das für Sie möglicherweise von Vorteil ist. Es könnte sein … ich wiederhole, es könnte sein, dass Ihre Verbrechen damit zusammenhängen, dass Sie sich mit etwas infiziert haben, das Ihnen die Kontrolle entzieht.«

»Infiziert? Was meinen Sie? Mit irgendeinem Keim?«

»Sie sind doch Biologe. Dann haben Sie bestimmt schon einmal etwas von Toxoplasmose und Tollwut gehört.«

»Ja. Klar.«

»Und beide können möglicherweise das Bewusstsein verändern. Tollwut auf jeden Fall.«

»Bewusstseinsveränderung bei Tollwut. Na ja, so kann man es vielleicht auch nennen. Und ich soll mich mit etwas Vergleichbarem infiziert haben?« Miller klang fast amüsiert.

»Ich habe das auch nicht ernst genommen«, sagte Griffin. »Aber offenbar haben Sie diese Prostituierte in Lihue infiziert. Und die Frau hat weitere Männer angesteckt. Und nun haben es die Kollegen in der Stadt plötzlich mit einem ganzen Haufen von Mördern wie Ihnen zu tun.«

»Wie bitte?« Unglauben schwang in Millers Stimme mit. »Und die sind wie ich?« Dann wechselte sein Tonfall. »Und ich soll die angesteckt haben?«, fragte er verzweifelt. »Dann bin ich dafür verantwortlich?«

»Verantwortlich? Nein, das würde ich so nicht sehen. Sie wussten ja nichts von Ihrer … Infektion.«

»Nein. Und ich hätte es auch nicht geglaubt, wenn mir das einer erzählt hätte.« Griffin sah Miller vor sich, wie er ungläubig den Kopf schüttelte. Dann hörte er ein bitteres Lachen. »Ein verdammter Parasit hat mich in diese Situation gebracht?«

»Richard, was wir herausfinden wollen: Wer hat Sie angesteckt?«, sagte Griffin.

»Mich angesteckt?« Miller schwieg.

»Wir gehen davon aus, dass die Ansteckung wie bei HIV über Blut oder sexuelle Kontakte erfolgt«, erklärte der FBI-Agent. »Also, mit wem haben Sie im Juni oder Juli geschlafen?«

»Nur mit einer einzigen Person.«

»Mit wem?«, rief Griffin ungeduldig in den Hörer.

»Meiner Freundin. Meiner Exfreundin. Sie war Ende Juni bei mir in L.A. Wir haben einige Tage zusammen verbracht. Und dann …«

»Was dann?«

»Dann haben wir uns getrennt. Es ging nicht mehr. Sie ist dann weiter auf eine Konferenz nach Boston.«

»Augenblick«, sagte Griffin überrascht. »Sagten Sie Boston?«

»Ja. Zu einer Konferenz. Wieso?«

Brian Delgado, dachte Griffin. Delgado hatte in der unmittelbaren Umgebung von Boston gelebt. Das konnte kein Zufall sein.

»Wissen Sie, ob Ihre Freundin …«

»Exfreundin.«

»Ob Ihre Exfreundin in Boston einen Brian Delgado kennengelernt hat?«

»Keine Ahnung. Ich habe seit unserer Trennung nichts mehr von ihr gehört.«

»Okay. Wie heißt Ihre Freundin? Und wo wohnt sie?«

17. September, München

Bauer hatte das Gefühl, langsam verrückt zu werden. Auch ohne sich mit dem Bestien-Virus infiziert zu haben. Er ging inzwischen mit Gedanken an den Krankheitserreger ins Bett und stand morgens wieder mit ihnen auf. Auf gewisse Weise hatte sich der Parasit demnach auch schon in seinem Gehirn eingenistet – wenn auch nur im übertragenen Sinne. Im übertragenen Sinne? Bauer musste lachen.

Gestern Abend hatte Rainer Harms vom Robert-Koch-Institut angerufen und ihn auf den neuesten Stand gebracht. Bauer hatte nicht alles verstanden, was der Biologe ihm erklärt hatte. Experten des RKI waren nach Augsburg gefahren und hatten Jürgen Ebert untersucht. Weder Computer- noch Kernspintomografie, weder Röntgenbilder noch eine äußerliche Untersuchung hatten irgendwelche Auffälligkeiten gezeigt, die die Fachleute mit einer Infektion in Verbindung bringen konnten. Trotzdem befand er sich jetzt in Quarantäne.

Am Institut in Berlin untersuchten Experten des Zentrums für Biologische Sicherheit (ZBS) das Blut des Mörders. Das ZBS war nach dem 11. September 2001 und den Milzbrandanschlägen in den USA eingerichtet worden und beschäftigte sich unter anderem intensiv mit Möglichkeiten, Krankheitserreger zu erkennen, die für terroristische Anschläge benutzt oder eingeschleppt werden könnten. Da es jetzt darum ging, möglichst schnell einen offenbar bislang unbekannten Erreger zu identifizieren, hatte man sich am RKI entschlossen, Harms zusammen mit einigen der Fachleute des ZBS darauf anzusetzen – auch wenn sich der mysteriöse Keim wohl kaum für einen Terroranschlag eignen würde.

Die Fachleute hatten Blutkulturen angelegt und mit mehreren

Ansätzen gleichzeitig begonnen, nach Protozoen wie dem Malaria-Erreger, Trypanosoma, Toxoplasma oder dem Auslöser der Amöbenruhr sowie Bakterien und Viren zu suchen – von der simplen Methode, auffällige Strukturen mit dem Lichtmikroskop und dem Elektronenmikroskop zu finden, über sämtliche bekannten biochemischen Methoden. Harms hatte etwas von sogenannten Microarrays gesagt, aber Bauer hatte an diesem Punkt nicht mehr richtig zugehört. Er hatte nur noch verstanden, dass die Forscher inzwischen auch nach besonders seltenen und ungewöhnlichen Erregern suchten – Keime wie das O'Nyong-nyong-Virus, den Auslöser des Chikungunya-Fiebers oder Mycoplasmen. Ergebnislos. Selbst wenn Ebert mit einer bislang unbekannten Art von Bakterien infiziert gewesen wäre, hätte man mit bestimmten Microarrays zumindest die Familie erkennen müssen, zu der diese Art gehörte. Aber nichts funktionierte.

Auffällig war lediglich die geringe Zahl der Kolibakterien in Eberts Dickdarm. Harms vermutete, dass der Mann Antibiotika genommen hatte.

»Dieser Ebert ist so was von keimfrei«, hatte Harms erklärt. Nun wollten die frustrierten Forscher in Berlin überprüfen, ob wenigstens irgendwelche auffälligen Enzyme zu finden waren. Harms' Kollegen bei den CDC in Atlanta wollten darüber hinaus anhand von täglich entnommenen Blutproben testen, ob irgendwelche Gene im Erbgut von Richard Miller in den letzten Tagen unterschiedlich stark aktiv gewesen waren. Schließlich veränderte sich die Psyche der Mörder in einem 30-Tage-Rhythmus – das musste sich in der Genaktivität widerspiegeln. Eine Probe, die vor einigen Tagen entnommen worden war, enthielt möglicherweise andere Moleküle oder andere Konzentrationen der gleichen Moleküle als die Probe von gestern Abend. Aber Harms hatte …

»Komm mal rüber in Ellis Büro.« Cynthia Collins stand in seiner Tür und hielt einige Papiere in die Höhe. Bauer erhob sich und folgte ihr.

»Hört mal zu«, wandte sich Collins an die Ermittler. »Die Polizei in Arden hat Scott Morrison erwischt, den zweiten Mann, den Eileen Bowmore vermutlich angesteckt hat. Sie haben ihn erwischt, bevor er einen Anfall hatte. Jetzt sitzt er zu seiner eigenen

Sicherheit in einer Zelle. Unter permanenter Beobachtung.« Sie rieb sich nachdenklich die Wange. »Da wäre ich in den nächsten Nächten gern dabei, wenn er …«

»Zur Bestie wird?«, fragte Bauer und verzog das Gesicht.

»Außerdem haben die Kollegen Jameson noch einmal befragt«, fuhr Collins unbeirrt fort. »Und jetzt passt auf: Er war in der ersten Juliwoche auf einem Kongress in den USA. Und zwar in Boston.«

Bauer stieß einen Pfiff aus. »Dann haben sich Delgado und er nicht nur fast gleichzeitig infiziert, sondern auch am selben Ort.«

»Und wahrscheinlich durch dieselbe Person«, schloss Born. »Jemand, der …« Er wurde vom Telefon auf Geyers Schreibtisch unterbrochen. Die Polizistin nahm ab.

»Die Zentrale hat David Griffin in der Leitung. Sie haben dich in deinem Zimmer nicht erreicht«, erklärte sie.

»Gut«, sagte Bauer. »Ich habe ihm gestern auf die Mailbox gesprochen. Mal sehen, was er für uns hat.« Er übernahm den Hörer und stellte das Telefon auf Lautsprecher.

»Ich habe Ihre Nachricht leider erst gestern Abend bekommen«, dröhnte Griffins Stimme wieder einmal durch den Raum. »Aber Miller hat uns sehr weitergeholfen. Ich weiß jetzt ziemlich sicher, wer ihn und Brian Delgado angesteckt hat.«

»Und?«, fragte Bauer überrascht.

»Seine Freundin. Sie war Ende Juni bei ihm. Dann haben sie sich getrennt. Anfang Juli war sie auf einem Kongress der Universität in …«

»Cambridge bei Boston?«, stieß Bauer hervor. »Ein Biologen-Kongress an der Harvard University?«

»Woher wissen Sie das?«, fragte Griffin überrascht.

»Auch Martin Jameson war Anfang Juli auf einem Kongress in Boston.«

»Mein Gott, dann passt das ja alles zusammen«, rief Griffin. »Millers Exfreundin hat erst ihn und dann in Boston Jameson und Delgado infiziert. Aber das Allerbeste kommt noch.« Er holte deutlich vernehmbar Luft. »Es gibt eine Verbindung nach München.«

»Was?«, sagte Bauer. »Wie?«

Sämtliche Ermittler hatten inzwischen ihre Schreibtische verlassen und sich um das Telefon geschart.

»Sie müssen Millers Exfreundin finden. Sie arbeitet in München an der Universität.«

»Und haben Sie auch einen Namen?« Bauer schrie fast.

»Habe ich.«

Bauer sah, dass sämtliche anwesenden Mitglieder der Soko den Atem anhielten. Ihm selbst ging es nicht anders.

»Melanie Amelang«, sagte Griffin.

18. September, München

Thomas Born war erst mithilfe von Tabletten eingeschlafen. Jetzt stand er im Bad und schaute in den Spiegel. Mit müden Augen blickte sein Ebenbild zurück.

Melanie war also der Überträger. Sie hatte diesen Parasiten im Leib. Und er hatte nichts davon bemerkt. Miller, Delgado, Jameson – sie hatte mit allen dreien geschlafen. Alle drei waren zu Mördern geworden. Er hatte ebenfalls mit ihr geschlafen. Das bedeutete …

Er war vermutlich infiziert.

Born drückte sich die Fäuste an die Schläfen. Irgendwo da in seinem Kopf musste dieser Parasit sitzen – ein lebender, fremder, mysteriöser Organismus, der darauf wartete, die Kontrolle über ihn zu übernehmen. Ein Schauer lief über seinen Rücken. Irgendwo hinter seinen Augen, unterhalb der Stirn, saß seinem Gefühl nach sein Ich. Wenn er in sich hineinhorchte, hatte er das Gefühl, den Punkt, von wo aus sein Bewusstsein die Welt wahrnahm, fast auf den Zentimeter genau bestimmen zu können. Aber wo saß das Fremde, diese böse Macht, die von ihm Besitz zu ergreifen drohte? Würde sie sich wie ein Schatten über sein Ich legen, sodass er sich seiner selbst bewusst sein und zugleich das Gefühl haben würde, nur Befehlen eines anderen Wesens zu gehorchen? Oder würde die Veränderung leise kommen? Würde dieser Organismus ihn schleichend vom Fahrersitz stoßen und in einen Zombie verwandeln, der … nein, das war unwahrscheinlich. Er hatte gehört, was Ebert, der Augsburger Mörder, über seine Tat erzählt hatte. Er war sich seiner Handlungen bewusst gewesen – und er hatte offenbar nicht das Gefühl gehabt, fremdgesteuert zu sein, wie man es hätte erwarten können. Das war verrückt. Er,

Born, würde sich in eine gefährliche Bestie verwandeln und sich dabei selbst erklären, wieso sein Verhalten gerechtfertigt war, nicht wahr? Ein Affe, der einen Tiger reitet und sich Geschichten darüber ausdenkt, wie er das Raubtier lenkt – das würde er sein. Ähnlich musste es Schizophrenie-Patienten gehen, hatte Collins erklärt. Die Betroffenen nahmen die Welt anders wahr als gesunde Menschen. Um aber ihr außergewöhnliches Erleben, vielleicht Stimmen in ihrem Kopf oder das Gefühl, verfolgt zu werden, mit ihren übrigen Erfahrungen in Einklang zu bringen, benötigten sie Hilfskonstrukte. Bizzare pseudo-objektive Erklärungen für bizarre subjektive Erfahrungen. Verzerrte Versuche einer Rationalisierung. Die Stimme im Kopf gehörte zum Beispiel Gott. Man wurde von der CIA beobachtet, weil man das Versuchskaninchen eines heimlichen Experiments war. Im Prinzip befanden sich die Patienten in einer Welt, die sie nicht verstanden, sodass sie sich Kausalzusammenhänge herbeifantasierten – ähnlich wie geistig gesunde Menschen es schließlich auch häufig taten. Blitz und Donner gingen dann auf zornige Götter zurück, die sich vielleicht mit Opfern besänftigen ließen.

Ein dumpfer Druck wallte hinter seiner Stirn auf. Er nahm eine Packung Paracetamol aus dem Fach neben dem Badspiegel und spülte drei Tabletten herunter.

Wenn man den Übergang zum Wahnsinn nicht bemerkte, wie konnte man dann überhaupt jemals sicher sein, normal zu sein? Im Augenblick kam ihm alles stimmig vor. Die Welt entsprach seinen Erfahrungen und seinen Erwartungen. Aber maßen sich seine Erwartungen noch an der Realität? Oder hatte der Affe auf dem Tiger bereits begonnen, sich selbst zu belügen?

Er warf einen letzten langen Blick in den Spiegel: Wer bin ich?

Er wusste keine Antwort.

Vielleicht hätte er sich nicht krankmelden sollen. Die Arbeit hätte ihn abgelenkt. Zu Hause würde er wahrscheinlich nur schwarzen Gedanken nachhängen. Melanie fiel ihm ein. Er richtete sich langsam auf, ging ins Wohnzimmer hinüber, griff nach dem Telefon und ließ sich auf das Sofa fallen. Er wählte Melanies Nummer und sprach auf ihren Anrufbeantworter. Dann rief er an der Universität an. Auch dort war sie noch nicht wieder aufgetaucht. Die Sekretärin von Professor Tadler versprach, ihm Bescheid zu geben, wenn sie kam. Auch der Professor war verreist.

Wo war Melanie?

Gestern hatte er nach dem ersten Schock seinen Kollegen gesagt, dass Melanie Amelang die Biologin war, die das Gutachten über den Mond erstellt hatte. Er hatte ihnen ihre Adresse am Institut und privat gegeben. Er hatte ihnen gesagt, dass er mit ihr befreundet war.

Aber er hatte ihnen nicht gesagt, dass er mit ihr geschlafen hatte.

Wie in Trance war er mit den Kollegen zu ihrer Wohnung und ins Institut gefahren. Doch sie war offenbar noch in Berlin. Nur wo? Sie hatten im Zoologischen Garten angerufen und sogar Kollegen dorthin geschickt. Am Tag zuvor hatte sie ihre Arbeit dort abgeschlossen. Seitdem hatte man sie nicht mehr gesehen.

Sie musste doch langsam wieder zurück sein, dachte Born. Er musste mit ihr sprechen. Darüber, wieso sie ihn infiziert hatte. Und er wollte ihr ja keine Vorwürfe machen.

Andererseits … wollte er nicht? Sie hatte ihn überfallen, ihm überhaupt keine Zeit gelassen, über Verhütung oder Vorsichtsmaßnahmen nachzudenken. Sie hatte seine Schwäche ausgenutzt … Okay, er hätte auch selbst dran denken müssen. Die Verantwortung konnte er nicht einfach auf sie abwälzen. Sie hatte sogar einen Aids-Test gemacht. Im Gegensatz zu ihm. Trotzdem war er wütend auf sie, auf eine vage, nicht greifbare Weise.

Er zog sich an und verließ das Haus. Die Sonne schien viel zu warm für einen Septembertag. Er setzte sich ins Auto, schaltete das Radio an und fuhr los. Auf Bayern 3 wünschten sich die idiotischen Zuhörer genau die Hits, die sowieso den ganzen Tag rauf und runter gespielt wurden. Alles Schwachsinnige. Als er nach einem Parkplatz vor Melanie Amelangs Wohnung suchte, konnte er sich an keinen einzigen der Songs, die er gehört hatte, mehr erinnern.

Er klingelte an ihrer Tür. Auch nach dem vierten Mal rührte sich nichts. Einen Schlüssel hatte er nicht. So weit waren sie noch nicht. Er schlug mit der Faust gegen die Tür.

Warum meldete sie sich nicht bei ihm? Frustriert setzte er sich ins Auto und fuhr wieder los.

Nach einer Stunde sinnloser Kurverei stellte er den Wagen in einem Parkhaus in der City ab und setzte sich in den Pizza Hut in der Kaufingerstraße.

Während er darauf wartete, dass die Bedienung ihm die bestellte Lasagne brachte, beobachtete er die anderen Kunden. Ein junges Paar saß zwei Tische weiter, hielt Händchen und küsste sich immer wieder. Mussten die das in der Öffentlichkeit tun? Wollten sie die Welt provozieren, indem sie so deutlich demonstrierten, wie egal ihnen war, was andere über sie dachten? Hauptsache, ihr seid glücklich, ihr verdammten Egoisten, dachte Born und ballte die Fäuste. Eine übergewichtige junge Frau in der Kluft des Pizzarestaurants brachte die Lasagne. Born nahm sie schweigend entgegen. Im Gegensatz zu der heißen Pfanne war das Essen, das darin serviert wurde, nur lauwarm.

»Was für eine Frechheit«, sagte er laut. Das Pärchen blickte zu ihm herüber. Es kam ihm so vor, als würden sie über ihn lachen. Hatten sie ihn beobachtet? Am liebsten hätte er ihnen die Lasagne ins Gesicht geworfen. Stattdessen schlang er sie herunter, sprang auf, bezahlte und verließ das Restaurant.

Er setzte sich ins Auto und fuhr einfach immer wieder kreuz und quer durch München. Es kam ihm fast so vor, als wollten ihn die anderen Verkehrsteilnehmer ärgern, so dämlich stellten sich alle an. Hin und wieder dachte er an seine Arbeitskollegen. Wenn er ehrlich war, dann waren das auch alles ... Hinter ihm hupte jemand. Er blickte auf. Die Ampel, vor der er stand, zeigte grün. »Schon gut, du Arschloch«, schrie er. »Immer schön freundlich, ja?«

Respektlos waren sie. Völlig respektlos. Das Hupen erinnerte an das Blöken eines Schafes. Das waren sie alle, diese Idioten um ihn herum: blöde Schafe, die mit überraschtem Blick an Hamburgern kauend in die Welt gafften, die sie nicht verstanden. Froh, wenn ihnen jemand sagte, wo es langging, damit sie sich satt fressen konnten und es schön warm hatten.

Und wer alles dachte, ihm sagen zu können, wo es langging! Bauer. Collins. Elli Geyer. Adam. Die hielten sich alle für so verdammt schlau. Gut, Collins war tatsächlich schlau. Ein richtiger Fuchs. Er bewunderte sie für ihre Gerissenheit. Wie sie bei allen Eindruck machte mit ihrer Ich-durchschaue-euch-Tour. Bauer, der ihn nach München geholt hatte, sodass er ihm nun dankbar sein musste. Elli mit ihrem höheren Dienstgrad trotz ihres beschränkten Horizonts. Die dachten mit Sicherheit, sie wären etwas Besseres als er. Sie zwangen ihn in ein Korsett von Ansprüchen und brachten ihn dazu, ein anderer Mensch zu sein als er eigentlich war. Die ganze Gesellschaft zwang ihn dazu, ein anderer Mensch zu sein. Zwang. Das war das Stichwort. Man musste sich von den Zwängen befreien.

Das war nicht leicht. Vor allem, weil alle anderen Menschen es nicht ertragen konnten, wenn sich jemand nahm, wonach ihm gerade war. Und dann vielleicht sogar mit Gewalt?

Man bekam doch immer nur etwas, wenn andere meinten, man hätte es sich jetzt verdient. Und das war immer nur dann der Fall, wenn diese anderen glaubten, selbst einen Vorteil davon zu haben. Die Wut wuchs in ihm.

Man musste sich doch nur einmal diese armseligen Würstchen von Arbeiter ansehen. Die erzeugten mehr Wert als sie in Form von Lohn bekamen. Die Kapitalisten behielten den Rest und ließen diesen Wert noch einmal für sich arbeiten, indem sie den Wertschaffenden gegen Zinsen Geld liehen, damit die sich ein Häuschen bauen konnten. Das bedeutete, man lieh den Arbeitern einen Teil des von ihnen zuvor selbst erschaffenen Wertes und ließ sie für die Zinsen Überstunden machen. Zynisch. Menschenverachtend.

Viel schlimmer trieben es Politiker und Militärs. Born erinnerte sich an den Plan, den sich der deutsche General von Falkenhayn im Ersten Weltkrieg ausgedacht hatte, um Frankreich zu besiegen. Beim Kampf um die strategisch nicht besonders wichtige Festung Verdun ging es darum, das Verhältnis von zwei toten deutschen Landsern auf fünf tote Franzosen zu erreichen bis Paris die Truppen ausgingen. Um die französische Armee »weißbluten« zu lassen, durften die Deutschen aber keinen Durchbruch schaffen. Die Franzosen sollten ja möglichst lange menschlichen Nachschub durch dieses Nadelöhr des Todes schicken. Deshalb setzte von Falkenhayn absichtlich zu kleine Sturmtruppen ein, die die Franzosen nicht besiegen konnten. Die ahnungslosen deutschen Soldaten der 5. Armee, denen bewusst der Nachschub versagt blieb, waren nicht mehr als mathematische Faktoren in einer Vernichtungs-Arithmetik. Und dieses historische Beispiel war nur die Spitze des Eisbergs. Wir sind alle nur Verfügungsmasse für jene unter uns, denen es gelingt, uns zu verarschen, dachte Born. Durch Lügen und falsche Versprechungen. Er würde sich von den Falkenhayns der Welt nicht mehr verarschen lassen.

Er übernahm jetzt die Kontrolle. Er wollte etwas? Wieso sollte er es sich nicht nehmen? Mit welchem Recht wurden den Menschen in den Entwicklungsländern Nahrung, Wasser, Energie und Medikamente vorenthalten, obwohl es davon in den Industrienationen mehr als genug gab? Mit dem Recht des Stärkeren.

Wenn er sich nahm, was er wollte, dann tat er das mit demselben Recht: dem Recht desjenigen, der es tun konnte. Der US-Präsident hatte es für richtig gehalten, einen Krieg zu beginnen, der Tausende von Menschen, Soldaten und Zivilisten, das Leben kostete. Es war seine Entscheidung. Natürlich war er in diese Position gewählt worden. Aber warum? Weil er genug Geld für den Wahlkampf besessen und genug vollmundige Versprechen abgegeben hatte, um gewählt zu werden. Er hatte Ratgeber gehabt, die ihre Meinung geäußert hatten – und genug andere hatten widersprochen. Aber der Präsident hatte entschieden, wie er persönlich es für richtig gehalten hatte. Konnte wirklich jemand glauben, dass es bei Entscheidungen für Frieden oder Krieg jemals um das Wohl eines Volkes oder gar der Menschheit gegangen war? Einzelne Menschen hatten ihre individuellen Interessen verfolgt. Und die Mehrheit war ihnen gefolgt, weil sie sich eingebildet hatte, es wären auch ihre Interessen. Das war alles. Er hatte das verstanden. Er war, wie die meisten, verarscht und erniedrigt worden. Wieso hatte das funktioniert?

Menschen waren Schafe, die sich an Normen und Werte hielten, die ihnen vorgegeben wurden. Vorgegeben von jenen, die sich selbst über die eigenen Vorgaben hinwegsetzten. Den Wölfen. Die Gesetze hatten die Starken für die Schwachen eingeführt. Wenn der Pöbel sich an die Regeln hielt, war jenseits davon Raum für alle wirklich freien Menschen. Man brauchte Mut, um die Fesseln abzuwerfen. Um selbst ein Wolf zu werden. Er spürte, dass er jetzt diesen Mut hatte. Er wollte frei sein. Er konnte frei sein. Frei von allen gesellschaftlichen Zwängen, frei von moralischen oder ethischen Bedenken, die sich die verklemmten Versager ausgedacht hatten oder die die Eifersucht derjenigen geboren hatte, die sich selbst über die Masse erhoben hatten und sie nicht teilen wollten. Jetzt hatte er die Seite gewechselt. Er war kein Schaf mehr. Er war jetzt ein Wolf. Er würde sich nehmen, was er wollte.

Der Gedanke erfüllte ihn mit Zufriedenheit und Zorn zugleich. Und er machte ihn scharf. Er legte sich die Hand in den Schoß und rieb sein Glied durch die Jeans. Ja! Er hatte die Kraft, sich aus der Masse zu lösen. Sich über sie zu erheben – und wenn er Lust hatte, auf sie herabzustoßen wie ein Adler, um ein junges Lamm zu reißen.

Plötzlich fiel ihm Melanie ein. Warum meldete sie sich nicht? Wie kam sie auf die Idee, sie könnte so mit ihm umspringen! Erst packte sie ihn am Schwanz, vergewaltigte ihn fast. Und dann ließ sie ihn hängen? Verdammtes Miststück. Noch ein verdammtes Miststück. Wie Diana, die sein Vertrauen missbraucht und ihn hintergangen hatte. Vor seinem inneren Auge tauchte seine Exfreundin auf. Nackt kniete sie vor ihm und schaute ängstlich zu ihm auf. Sie hatte recht, Angst zu haben. Er stellte sich vor, wie er sie auf das Bett warf und sie mit Gewalt von hinten nahm, während sie ihn anbettelte aufzuhören. Sie hatte es nicht anders verdient. Er drückte an seinem Glied herum, öffnete den Reißverschluss. Befreit vom Stoff richtete sich der Penis in der kühlen Luft steil auf. Er stellte sich Melanie vor, die ihn verführt hatte. In seinen Gedanken zwang er sie gegen ihren Willen zum Oralsex, zur Strafe, dass sie gedacht hatte, sie könnte mit ihm tun, was sie will. Dass sie sich nicht meldete. Als er zum Orgasmus kam, verriss er fast das Lenkrad. Sperma war auf sein T-Shirt gespritzt. Er fluchte und kramte im Handschuhfach nach einem Taschentuch. Verdammte Weiber. Verdammte Weiber alle miteinander. Sie würden ihn nicht mehr an der Nase herumführen. Er würde es ihnen zeigen.

Die Dämmerung setzte ein. Verwirrt versuchte er, sich zu orientieren. Er befand sich auf der Menzinger Straße im Norden des Nymphenburger Parks. Wo die Schragenhofstraße die Hauptstraße kreuzte, lösten sich die Fahrspuren voneinander und umschlangen links und rechts die grünen Inseln der Straßenbahnhaltestelle. Ohne nachzudenken, stellte Born den Wagen an einer der Verkehrsinseln ab. Er knöpfte die Hose zu, wischte sich mit dem Jackenärmel den Schweiß von der Stirn und verließ den Smart. Die Welt um ihn herum verschwamm zu einer Mischung aus grauem Asphalt, grauen Häuserfronten, grauen Bäumen und Sträuchern. Sein Blick war trüb, als läge ein Gazeschleier vor seinen Augen, zerrissen vom Licht der Straßenlaternen und den Scheinwerfern der Autos auf der Hauptstraße, deren Gelb ihn an Schlangenaugen erinnerte. Es waren nur wenige Passanten unterwegs, die er kaum wahrnahm. Einige Meter jenseits der Menzinger Straße lag die schmale Steinmauer, hinter der sich der Nymphenburger Park verbarg. Born rannte über die Straße und rüttelte an dem schmiedeeisernen Tor, das den Zugang zum Park hier versperrte. Es war verschlossen. Ohne große Probleme kletterte er über die verputzte, raue Mauer.

Er landete in den Ästen eines niedrigen Strauches und kämpfte sich frei. Jetzt waren nur noch Bäume und Sträucher um ihn herum. Aber auf den Wegen durch den Park waren noch immer späte Spaziergänger und Jogger unterwegs. Jetzt würde er sich nehmen, was er wollte. Und sie würden bekommen, was sie verdienten. Die Jagd hat begonnen.

Born hetzte den Fußweg entlang, der von dem Tor aus nach Süden in den Park hineinführte. Bald stieß er auf weitere Wege, die vom Schloss kommend nach Westen verliefen. Als er sich in der Mitte zwischen zwei der Laternen befand, die den Park ausleuchteten, hielt er an. Hier war es angenehm dunkel. Er schlug sich in die Büsche. Trotz der abendlichen Kühle lief ihm der Schweiß von der Stirn. Er hockte sich hin, stütze sich mit den Händen ab und beobachtete mit zusammengekniffenen Augen den Weg. In seinem Hirn formten sich keine klaren Gedanken mehr. Es war als hätten sich Bewusstsein und Verstand voneinander gelöst. Als schwebte sein Ich über seinem Körper, ohne Kontrolle und ohne den Wunsch nach Kontrolle. Ein Beobachter, der den Gefühlen das Steuer überließ. Aus den Wogen des Hasses, der ihn erfüllte, tauchten nur noch einzelne Worte und Satzfragmente auf.

Born meinte, die Stille auf seiner Haut zu spüren. In seinen Ohren summte es. Das Astwerk der Büsche zerschnitt die Welt um ihn herum wie einen seidenen Vorhang. Er fühlte sich leicht, wurde eins mit der Luft, spürte nicht mehr, wo seine Hände und Füße aufhörten und der Waldboden begann.

Schritte näherten sich. Born hielt den Atem an. War es endlich so weit? Jemand sprach, jemand lachte. Es waren zwei Personen, die vorübergingen. Born duckte sich tiefer, während sich seine verkrampften Muskeln wieder entspannten. Die Enttäuschung ließ seinen Zorn noch wachsen.

Erneut drangen Schritte in sein Bewusstsein. Leise, schnelle Schritte. Unter der Laterne zu seiner Rechten tauchte eine Gestalt auf. Ein Jogger. Born richtete sich etwas auf. Seine Erregung wuchs, soweit das überhaupt noch möglich war. Als die Gestalt nur noch wenige Meter von ihm entfernt war, erkannte Born, dass es sich um eine junge Frau handelte. Sie trug Kopfhörer. Ihr Blick war zu Boden gerichtet. Sie war sicher unterwegs zu einem der Ausgänge. Der Park würde bald schließen.

Ein rauer, unterdrückter Schrei entfuhr der Kehle des Polizisten, während er durch das Gestrüpp brach und sich auf sein Opfer stürzte. Die junge Frau drehte sich erschrocken um, doch bevor sie reagieren konnte, hatte Born sie zu Boden geworfen. Besinnungslos vor Wut packte er sie mit einer Kraft, die ihm niemand zugetraut hätte, zerrte sie in die Büsche und warf sie zu Boden. Zu überrascht, um sich zu wehren, ließ die Frau es geschehen. Erst als die Zähne des Angreifers in ihren Oberarm drangen, brachte der Schmerz sie zur Besinnung. Sie wollte um Hilfe schreien, doch Born ließ sich mit seinem gesamten Körpergewicht auf ihren Brustkorb fallen. Mehrere Rippen brachen.

Born riss an den Kleidern der jungen Frau. Jogginghose und Sweatshirt boten keinen großen Widerstand. Er beherrschte sie vollkommen, sie war vollständig in seiner Gewalt. Sie hatte keine Chance. Nicht gegen ihn. Das Glücksgefühl war überwältigend.

Das hier war jetzt ganz allein seine Show. Er war der Boss. Und das würde er ihr zeigen. Als er ihr in die vor Entsetzen aufgerissenen Augen blickte, empfand er kein Mitleid, nur Genugtuung. Zufrieden fühlte er, wie sich seine Zähne in ihren warmen Hals gruben. Dann öffnete er seine Hose.

Der Waldboden schien unter Born zu schwanken. Er öffnete die Augen. Vor seinem Gesicht ragte der dünne Stamm eines Strauches empor. Er lag auf dem Boden, die Wange auf das kühle, nasse Laub gedrückt. Er griff nach dem Stamm. Als sich seine Finger fest um das Holz legten, stellte der Boden unter ihm seine Bewegungen ein. Born atmete tief ein. Er hatte einen süßlich-metallischen Geschmack im Mund. Er richtete sich auf und spuckte aus. Was zum Teufel war hier los? Wie Trümmerteile eines Albtraums, die kurz nach dem Erwachen gerade noch zu fassen sind, tauchten Bilder in seinem Bewusstsein auf. Eine Joggerin. Seine Hände auf ihrem Körper. Seine Zähne …

Vor ihm auf dem Waldboden konnte er jetzt die Silhouette eines Menschen liegen sehen. Regungslos.

Panik überkam ihn. Er musste hier weg. Seine Kleider fühlten sich feucht an. Er sah auf seine Hände. Verdammt, sie waren feucht, klebrig. Und auch sein Hemd klebte an seinem Körper. Blut. Er musste es loswerden.

Er musste aus diesem Albtraum raus. Wo war er? Wo stand sein Wagen? Jetzt fiel es ihm wieder ein. Er drehte sich um und rannte durch das Unterholz. Links von ihm befand sich ein schmaler Wasserlauf. Wasser. Damit konnte man doch das Blut abspülen. Er stieg in den Bach. Dann sah er vor sich einen kleinen Teich, dahinter die Mauer, die den Park von der Menzinger Straße trennte. Bemüht, sich leise zu bewegen, stieg er in das eiskalte Gewässer und versuchte, das Blut von den Händen, dem Gesicht, aus den Haaren und schließlich auch aus Hemd und Hose zu waschen. Ob er Erfolg hatte, konnte er im Dunkeln nicht erkennen. Er zitterte vor Kälte. Schließlich hielt er es nicht mehr aus. Er rannte los. Mit jedem Schritt, den er sich von dem Teich entfernte, erschien ihm das, was passiert war, irrealer. Was hinter ihm lag, was er getan hatte, hatte in seinem Bewusstsein keinen Platz mehr. Jetzt dachte er nur noch daran, wie er nach Hause kommen würde, ohne aufgehalten zu werden.

Er lief zu dem geschlossenen Tor und kletterte erneut über die Mauer. Auf der Menzinger Straße war fast kein Verkehr mehr. Er sprintete zum Wagen, stieg ein und fuhr mit klappernden Zähnen los.

19. September, München

Mühsam wälzte sich Born auf den Bauch und stemmte sich auf die Ellbogen. Es war vier Uhr morgens. Erneut klingelte es an der Tür. Wer würde um diese Uhrzeit … natürlich. Es mussten die Kollegen sein. Verwirrt fragte er sich, ob es vielleicht einen neuen Mord gegeben hatte. Aber er hatte heute eigentlich keine Mordbereitschaft.

Mord … Blut … Ein Bild blitzte vor seinen Augen auf. Äste. Laub. Überall Blut. Was war …

Wieder schellte es. Er schwang die Beine aus dem Bett und legte die Rechte über die Augen. Hinter der Stirn spürte er einen unangenehmen Druck. Sein Blick fiel auf die Fingernägel seiner Hand. Das Nagelbett hatte einen rostbraunen Rand. Er rieb mit den Fingern darüber. Der Dreck löste sich an der dicksten Stelle in trockene Krümel. Es sah aus wie verkrustetes Blut.

Blut. Er hatte davon geträumt. Es war ein sehr realistischer Traum gewesen. Er hatte sich in die Bestie verwandelt und …

Krachend brach die Wohnungstür aus dem Rahmen. Erschrocken sprang Born auf. Im Türrahmen erschien Adam, in der rechten Hand seine Waffe. Sie war auf Born gerichtet.

Konsterniert schaute Born seinen Kollegen an. Der schien ebenfalls um Fassung zu ringen und setzte mehrfach an, etwas zu sagen, brachte aber keinen Ton über die Lippen. Dann tauchte Bauer hinter ihm auf. Der Soko-Chef trat in das Zimmer. Sein Blick strich durch den Raum, machte jedoch einen Bogen um Born.

Der junge Polizist ließ sich auf das Bett zurückfallen. Der Anblick seiner Kollegen wurde erneut von blitzartig aufflackernden Sequenzen überlagert. Erinnerungsbruchstücke. Der Nymphenburger Park. Eine junge Frau. Blut. Kaltes Wasser. Sein Wagen. War das tatsächlich geschehen? Waren seine Kollegen deshalb hier? Träumte er noch?

Elli Geyer trat in das Zimmer. Sie hatte Plastikhandschuhe an und trug etwas am ausgestreckten Arm vor sich her. Ihre Miene spiegelte eine Mischung aus Fassungslosigkeit und Trauer.

Born erkannte sein Hemd. Das blau-weiß gestreifte Hemd, das er gestern getragen hatte. Es war feucht. Auf der Vorderseite war es über und über mit bräunlichen Flecken bedeckt. Elli schüttelte den Kopf und wies mit dem Daumen über ihre Schulter. »Im Badezimmer liegen auch noch eine Hose und eine Jeansjacke mit solchen Flecken.«

Adam hielt seine Waffe noch immer auf Born gerichtet, das Handgelenk der Rechten von der linken Hand gestützt. Born öffnete den Mund.

»Ich ...«

Bauer blickte ihn zum ersten Mal an. Das linke Augenlid zuckte nervös, die Hände hatte der Hauptkommissar zu Fäusten geballt.

»Thomas. Wir nehmen dich fest. Du stehst im dringenden Verdacht, eine junge Frau ermordet zu haben.« Er rieb sich die Stirn und schaute ohne zu blinzeln in die Milchglasscheibe der Deckenlampe. »Du solltest jetzt wohl am besten den Mund halten und dir einen Anwalt besorgen«, fuhr er fort.

Elli reichte ihm eine flache Plastiktasche. »Zieh das an«, sagte sie heiser. »Du machst uns doch keine Schwierigkeiten, oder?«

Born schüttelte den Kopf. In der Folie befand sich ein weißer Anzug, der an die Schutzkleidung der Kollegen von der Spurensicherung erinnerte.

»Was ist denn passiert?«, fragte er.

»Das wollten wir eigentlich dich fragen«, antwortete Elli. »Aber wie es aussieht, wissen wir die Antwort schon.« Bauer sah sie mit gerunzelter Stirn an. Dann wandte er sich Born zu, der sich in den knittrigen weißen Anzug zwängte. Er fasste ihn am Oberarm, drehte ihn herum und legte ihm Handschellen an, sodass die Hände des jungen Ermittlers auf dem Rücken gefesselt waren.

»Jemand hat einen Verrückten dabei beobachtet, wie er über die Mauer am Nymphenburger Park geklettert ist, sich klatschnass in einen Smart gesetzt hat und mit einem Affenzahn abgebraust ist«, sagte Geyer. »Das Nummernschild hat er sich auch gemerkt.« Sie verzog das Gesicht. »Kurz darauf kam die Meldung, dass im Park selbst eine Leiche gefunden wurde.«

Langsam begriff Born. Er wurde blass. Diese Traumbilder … das waren echte Erinnerungen. Aber das konnte doch nicht wahr sein. Er hatte …

Elli unterbrach seine Gedanken. »Wir wollten dich schon anrufen und bitten, zum Tatort zu kommen. Aber dann stellte sich heraus, dass dieser Smart auf dich zugelassen ist. Und hier sind wir.« Sie warf einen Blick auf das Hemd in ihrer Hand. »Und finden das hier.«

Traurig schaute sie ihn an. »Ich kann mir nicht vorstellen, dass du eine Erklärung für das alles hast, die nicht darauf hinausläuft, dass du ein Mörder bist«, sagte sie leise. »Auch wenn ich mir das wirklich wünschen würde.«

Hans Bauer konnte es nicht fassen. Wie konnte es sein, dass er hier in seinem Büro seinem jungen Kollegen gegenübersaß, um ihn als Mordverdächtigen zu verhören? Wieso war Thomas Born zum Mörder geworden?

Nach der Festnahme hatten die fassungslosen Soko-Mitglieder natürlich kurz die Möglichkeit diskutiert, ob ihr Kollege auch für die Morde in Schwabing verantwortlich sein könnte. Aber das hatte nicht gepasst. Hinten und vorn nicht. Nun warteten sie darauf, was Born selbst sagen würde.

Collins saß neben Bauer in dessen Büro vor dem niedrigen Tisch und betrachtete den jungen Polizisten. Auch Elli Geyer befand sich im Raum. Sie hockte auf einem Stuhl neben der Tür und starrte auf einen Block in ihrem Schoß, bereit, das Verhör zu protokollieren. Born wirkte verwirrt und orientierungslos. Seine gehetzten Blicke erinnerten Bauer an Ebert, den Mörder von Augsburg.

Der Soko-Chef belehrte Born müde über seine Rechte. Dann überließ er das Gespräch Collins. Sie schaltete ein Diktiergerät ein, das auf dem Tisch stand.

»Tom, wir können uns wohl sparen, danach zu fragen, wie es

dir geht«, sagte sie. Ihre Stimme klang kontrolliert und zugleich voller Mitgefühl. »Wir müssen dir erst mal einige Fragen stellen.« Für ihre eigene Aufnahme nannte sie das Datum und die Namen der Anwesenden. Schließlich wandte sie sich erneut an Born. »Du weißt, was gestern Nacht passiert ist?«

Born stützte die Stirn auf die Rechte und starrte auf die Tischplatte. Dann blickte er auf und nickte. »Langsam sehe ich das wieder klar.« Seine Augen waren gerötet, darunter hatten sich tiefe, dunkle Ringe in sein Gesicht gegraben. Er blickte gehetzt zwischen Bauer und Collins hin und her. »Was ich euch sagen kann, wird alles ziemlich ähnlich klingen wie das, was wir zusammen von Ebert gehört haben«, sagte er. Er senkte den Blick zurück auf die Tischplatte. »Ich bin offensichtlich auch infiziert.«

Collins nickte. »Wir müssen es trotzdem durchkauen«, sagte sie. »Also, was ist gestern Nacht passiert?«

Born versuchte seinen Kollegen zu erklären, wie er sich den Tag über in eine immer größere Wut hineingesteigert hatte. Immer wieder rang er um die richtigen Worte. Es war offensichtlich, wie wichtig ihm war, dass Bauer und Collins es verstehen würden. Dass er nicht mehr er selbst gewesen war.

»Es war verrückt. Ich habe die ganze Zeit Gründe dafür gefunden, warum ich zu Recht immer zorniger geworden bin. Und ich habe tatsächlich nicht bemerkt, wie ich durchgedreht bin. Das war immer ich. Und irgendwie doch nicht ich.«

Collins nickte ihm zu. Seine Aussage entwickelte sich zu einem umfassenden Geständnis. Schließlich schwieg er. Collins fasste nach seiner Hand, die zu einer Faust geballt neben dem Aufnahmegerät auf dem Tisch lag.

»Du hast mit Melanie Amelang geschlafen, oder?«, fragte sie unvermittelt.

»So habe ich mich wohl infiziert.« Born presste die Lippen zusammen.

Bauer hatte sich während der Aussage des jungen Mannes zusammengerissen. Jetzt schlug er mit der Hand auf den Tisch. »Warum hast du uns das nicht sofort gesagt, als du erfahren hast, dass sie ein Infektionsherd ist?«, rief er. »Wir hätten dich doch sofort in Verwahrung nehmen müssen.«

Born war nicht in der Lage, Bauers Blick zu erwidern. Er schaute an die Decke, Tränen in den Augen. »Ich wollte es nicht wahrhaben. Ich habe gedacht, das kann mir doch nicht passiert sein.« Er riss sich zusammen und schaute Bauer ins Gesicht. »Ich konnte mir nicht vorstellen, dass ich ein Mörder werden könnte«, sagte er leise. »Ich doch nicht.«

»Aber wenn du etwas gesagt hättest, dann würde diese junge Frau noch leben«, brüllte Bauer ihn an. Born senkte den Blick und legte die Hände vor das Gesicht.

Collins schaute Bauer von der Seite an. »Menschliches Versagen«, sagte sie leise. »Selbstüberschätzung, Selbstbetrug, Verdrängung. Kommt dir das bekannt vor?«

Der Soko-Chef biss die Zähne zusammen. Seine Kiefermuskulatur trat deutlich hervor. »Schon gut«, zischte er. »Es gehört offenbar irgendwie zu diesem Schema, dass die Leute, die von diesem Parasiten befallen wurden, versuchen, ihre Tat zu verdrängen.«

»Sie reden sich ein, dass das, was passiert ist, ihnen niemals so zugestoßen sein kann. Sie können unmöglich so gehandelt haben«, stimmte Collins zu. »Das waren nicht wirklich sie, und sie werden sich auch nicht wieder so verhalten, denn eigentlich sind sie ganz normal. Und alle Beweise werden ausgeblendet. Das ist nur allzu menschlich. Und …« Sie machte eine Pause und rieb sich mit den Handflächen über die Knie. »Wir sollten in Erwägung ziehen, dass der Erreger selbst auch seinen Teil dazu beiträgt. Zum Beispiel, indem er das Urteilsvermögen vor der eigentlichen Raserei und zwischen den Anfällen einschränkt. Das möchte man sich nicht gern vorstellen, aber wer weiß, wie sehr wir nicht auch so schon von Bakterien, Viren und anderen Parasiten beeinflusst werden. Wie Ratten, die vom Toxoplasmose-Erreger zur Katze getrieben werden …«

20. September, München

Der Parasit stammte aus dem Kongo. Genau genommen aus der Republik Kongo, die auch Kongo-Brazzaville genannt wurde. Irgendwo aus dem Dschungel. Es hatte eine Weile gedauert, aber dann hatten die Ermittler doch noch herausgefunden, was Amelang in den vergangenen sechs Monaten getan und wo sie sich aufgehalten hatte. Ihre Kollegen am Institut für Verhaltensökologie wussten lediglich, dass sie seit Anfang Mai in München war. Auch die Sekretärin konnte Bauer und seinen Kollegen nur erklären, dass Amelang zuvor ein Jahr in den USA verbracht hatte, an der University of Washington in Seattle. Ihr Chef, Professor Adrian Tadler, hätte den Ermittlern mehr über die Arbeit seiner Doktorandin im Ausland sagen können. Doch er war auf einer Forschungsreise. Sie hatten ihn nicht erreicht.

Bauer und sein Team hatten sich gestern mit der Universität in Seattle in Verbindung gesetzt. Doch David Griffin war schneller gewesen. Er hatte erneut Richard Miller befragt. Melanie Amelang war von Januar bis Anfang Mai im kongolesischen Dschungel gewesen, um Schimpansen zu beobachten. Danach war sie nicht nach Seattle zurückgekehrt, sondern nach München geflogen.

Sie hatte den Erreger offenbar aus Afrika nach Deutschland eingeschleppt. Und bereits in den ersten Wochen, so vermutete Bauer, musste sie in München jemanden infiziert haben, der dann zur Bestie von Schwabing geworden war. Danach war sie noch einmal nach Los Angeles und weiter nach Boston gereist und hatte den Erreger dort verbreitet.

Aber wen hatte sie in München angesteckt? Es konnte jeder sein. Die Ermittler mussten sich neben der Suche nach Melanie Amelang deshalb weiterhin darauf konzentrieren, einzelne

Schwabinger Bürger aufzuspüren, die noch keine DNA-Probe abgegeben hatten.

Die Öffentlichkeit hatte entsetzt auf die Tatsache reagiert, dass ausgerechnet ein Mitglied der Soko Schatten zum Mörder geworden war. Die Pressekonferenz war ein Desaster gewesen. In den Medien waren die wildesten Spekulationen laut geworden. Verschwörungstheorien wurden gesponnen, die Arbeit der Polizei von Grund auf in Frage gestellt. Hauser, Bauer und Polizeipräsident Denning hatten darüber nachgedacht, ob es sinnvoll wäre, Bauer von der Leitung der Sonderkommission zu entbinden. Dann hatten sie entschieden, dass es Zeit war, die Öffentlichkeit über ihre Theorie einer Infektionskrankheit und ihren Ausbruch in Deutschland, den USA und Schottland zu informieren.

Die Medien überboten sich mit Schreckensmeldungen vom Killer-Virus und Schlagzeilen wie »Werden wir alle zu Mördern?«. Fachleute lieferten sich im Fernsehen heftige Diskussionen zur Frage, ob es ansteckende Krankheiten gab, die das Bewusstsein verändern konnten. All das machte die Arbeit der Soko nicht einfacher, dachte Bauer.

Das Telefon klingelte. In der Leitung war Rainer Harms vom Robert-Koch-Institut.

»Wir haben große Fortschritte gemacht«, sagte der Biologe. Die Berliner Wissenschaftler hatten in Eberts Blut Chitin entdeckt – ein Bestandteil des Außenskeletts von Insekten, Tausendfüßlern, Spinnen und Krebsen. Ein hochkomplexes Kohlenhydrat.

»Soll das heißen, Ebert hat irgendeine Art von Insekt oder Spinne in seinem Körper?«, fragte Bauer irritiert.

»Nein«, sagte Harms. »Aber es gibt noch eine weitere Gruppe von Organismen, die Chitin besitzen. Pilze.« Harms schwieg einen Augenblick. »Aber Ebert litt an keiner bekannten Pilzinfektion. Wir haben auch keine Zellulose gefunden, wie es bei einer Pilzinfektion der Fall hätte sein müssen. Es geht aber noch weiter.«

Harms' Kollegen in Atlanta hatten festgestellt, dass Richard Millers Blut relativ große Mengen des Hormons zyklisches Adenosinmonophosphat, kurz cAMP, enthielt.

»Es gibt einige Bakterien, die zu einem erhöhten cAMP-Spiegel führen können«, erklärte Harms. »Dazu gehören etwa der

Cholera-Erreger, der Auslöser von Keuchhusten und Anthrax, der Milzbrand-Erreger. Aber wir haben ja keine Bakterien entdeckt. Übrigens beeinflusst cAMP auch den Informationsfluss im Nervensystem. Und mit dem stimmt ja bei Richard Miller und den anderen Mördern zumindest alle vier Wochen etwas ganz und gar nicht.«

»Ehrlich gesagt, kann ich Ihnen nicht ganz folgen«, versuchte Bauer den Biologen zu unterbrechen. Aber Harms sprach weiter. »Die Amerikaner haben auch festgestellt, dass Miller vor einem Anfall eine ganze Reihe von Stresshormonen ausschüttet. Außerdem Testosteron und Dihydrotestosteron. Das ergibt Sinn. Aber cAMP?« Wieder machte Harms eine Pause. Bauer wurde langsam nervös.

»Es gibt einen Organismus, für den cAMP tatsächlich eine wichtige Rolle spielt und nach dem wir nicht gesucht hatten, weil dieser Organismus eigentlich kein Krankheitserreger ist: Dictyostelium.«

»Dictyowas?«

»Ein Schleimpilz«, erklärte Harms. »Der besitzt zwar kein Chitin, aber er hat einen Cousin, bei dem das so ist. Deshalb haben die Kollegen in Atlanta überprüft, ob Richard Miller mit einer bislang unbekannten Schleimpilz-Art infiziert ist.« Harms räusperte sich. »Und das ist tatsächlich der Fall.«

»Klingt eklig«, sagte Bauer.

»Dabei handelt es sich nicht um einen Pilz, so mit Hut und Stängel, sondern um einen Einzeller, eine sogenannte Mixamöbe. Wir haben natürlich auch die Blutprobe aus München sofort auf diesen Organismus hin untersucht.«

Bauer wusste, was Harms sagen würde.

»Ihr junger Kollege …«, begann der Biologe.

»Alles klar«, sagte Bauer. »Er ist infiziert.«

»Damit ist jedenfalls eindeutig geklärt, warum er zum Mörder geworden ist«, erklärte Harms. Die beiden Männer schwiegen eine Weile.

»Und was tut dieser Parasit nun genau?«, fragte Bauer schließlich.

»Das wissen wir nicht genau. Er zeigt aber Eigenschaften, die an einen anderen Schleimpilz erinnern, den wir gut kennen. Dictyostelium discoideum. Amöben, die im Waldboden leben und sich in schlechten Zeiten zu Fruchtkörpern zusammenfinden. Der Signalstoff, den sie benutzen, um sich zu versammeln, ist das cAMP, das wir im Blut der Patienten entdeckt haben. Jedenfalls …« Harms räusperte sich. »Nachdem die Kollegen in den USA wussten, wonach sie suchen müssen, haben sie sich die Leiche von Brian Delgado aus Milton vorgenommen.«

Sie hatten, fasste Harms zusammen, sowohl Amöben im Darm und im Gehirn entdeckt als auch Dauersporen im Blut und den Schleimhäuten. Die Wissenschaftler waren zu dem Schluss gekommen, dass die Sporen über äußere Wunden in die Blutbahn gerieten und Amöben freisetzten, die von dort in die Leibeshöhle eindrangen. Eine Vielzahl von ihnen verschmolz dann zu einem feinen Maschenwerk von Strängen, die die Verdauungsorgane umschlangen und teilweise in den Darm eindrangen. Diese Struktur, ein sogenanntes Protoplasma, war so fein und transparent, dass es bei der Obduktion von Delgado und der Untersuchung von Miller und Ebert einfach übersehen worden war. Das Gebilde ernährte sich offenbar von den Escherichia-coli-Bakterien im Darm.

Einige der Parasiten, fuhr Harms fort, drangen auch in das Gehirn ein. Dort entstand ebenfalls eine netzartige Protoplasmamasse, deren Stränge bei Delgado bis in das Vorderhirn hineingewachsen waren.

»Dort löst diese Parasitenmasse dann offenbar zyklisch und lichtabhängig regelmäßig die Ausschüttung bestimmter Hirnbotenstoffe aus. Außerdem wirkt der Parasit auf den Hypothalamus, der für die Abgabe von Adrenalin und Noradrenalin sorgt. Die Folge ist offenbar eine Art Stress- und Glückszustand zugleich, bei dem die Kontrollfähigkeit auf ein Minimum reduziert wird. Vorausschauendes Denken ist nicht mehr möglich.« Er schwieg einen Augenblick. »Dazu kommt offenbar dann noch ein unkontrollierbares Bedürfnis nach Sex und eine hohe Aggressivität«, fuhr Harms fort.

Bauer erinnerte sich, was Born über Melanie Amelangs Verhalten gesagt hatte. Wie sie ihn beim ersten Mal geradezu überfallen hatte. Jetzt war ihm klar, wie es dazu gekommen war.

»Im Einzelnen verstehen wir noch nicht, was da genau abläuft«, gestand Harms. »Aber wir vermuten, dass der Protoplasmakörper des Schleimpilzes über die Geschlechtsdrüsen des Patienten Sporen abgibt. Bei einem normalen, ungeschützten Sexualverkehr kann ein Partner deshalb jederzeit infiziert werden. Aber der Parasit geht offenbar auf Nummer sicher, indem er in regelmäßigen Abständen dafür sorgt, dass sein männlicher Wirt auf jeden Fall Sex hat, und zwar mit Gewalt. Allerdings geht die bei den eigentlichen Wirtstieren sicher nicht tödlich aus.«

»Und was tut man gegen so einen Schleimpilz?«, fragte Bauer.

»Das ist das Problem. Schleimpilze befallen eigentlich keine Menschen«, fuhr Harms fort. »Wir kennen sie als Krankheitserreger bei Nutzpflanzen, zum Beispiel Plasmodiophora brassicae, der Kohl und Raps verwelken lässt. Gegen diese Schleimpilze wird Fluazinam und Calciumcyanamid eingesetzt.«

Bauer lachte bitter. »Sie meinen, wenn Thomas Born ein Kohlkopf wäre, könnten Sie ihn behandeln?«

Der Wissenschaftler versicherte Bauer, dass sie mit Hochdruck nach Möglichkeiten suchten, den Parasiten zu bekämpfen. Aber er machte ihm keine Hoffnungen auf einen baldigen Erfolg.

Als Bauer den Hörer auflegte, dachte er, dass er jetzt zwei schlechte Nachrichten für Born hatte: Es war völlig unklar, was man gegen den Schleimpilz in seinem Kopf tun konnte. Und sie hatten noch immer keine Ahnung, wo Melanie Amelang war. Er trat hinaus auf den Gang und lauschte. Er wollte wissen, wie die Stimmung in den Büros war. Wie sie wirklich war, wo einerseits die Ermittlungen endlich konkrete Ergebnisse brachten, auf der anderen Seite aber Thomas Born gemordet hatte und sie immer noch keine Ahnung hatten, wer die Bestie von Schwabing war.

Durch die offene Tür zu Geyers Büro drang Ellis Stimme.

»Die Amerikaner haben inzwischen alle Mörder gefasst. Fehlen noch die, die noch nicht gemordet haben.«

»Womit sie noch keine Mörder sind, sondern Mörder in spe«, korrigierte Adam seine Kollegin. »Kennst du diesen Film *Die Körperfresser kommen?*«, fragte er.

Bauer betrat das Büro und räusperte sich. »Wie sieht es aus?«

»Tja, wir sind alle sehr frustriert, haben miese Laune, und der Kaffee ist noch schlechter als sonst. Wir …«

Bauer hob die Hände. »Schon gut, Elli.« Er setzte sich auf den freien Stuhl hinter Borns Schreibtisch. »Die Experten vom RKI wissen jetzt, womit sich Thomas und die anderen infiziert haben«, sagte er. »Mit einem Schleimpilz.«

Er berichtete von Harms' Anruf.

»Dann wissen wir jetzt, woher dieses Ding kommt und was es ist«, sagte Geyer. »Hoffentlich hilft das Thomas weiter. Für unsere Arbeit ist es aber ziemlich egal, oder?«

Bauer seufzte. »Gib mir mal eine kleine Zusammenfassung, Elli. Was haben wir inzwischen an konkreten Fakten über die Bestie?«

»Wir wissen, dass er dunkelblond ist, sich teure Kleidung leisten kann, keine Drogen nimmt, manchmal raucht und …«

»Im April hat er sich einen Monat lang in Afrika aufgehalten.« Fritz Schwan stand in der Tür. »Das Ergebnis der Isotopenanalyse der Haare ist da.«

Überrascht wandten sich alle dem Mann vom Erkennungsdienst zu.

»Ja und?«, drängte Bauer. »Was genau habt ihr?«

»Unser Mann hat sich in den vergangenen sechs Monaten in Süddeutschland oder unseren Nachbarländern aufgehalten«, erklärte Schwan. »Aber nicht die ganze Zeit. Im April war er offenbar längere Zeit in Afrika unterwegs.«

»Amelang war genau zu dieser Zeit im Kongo«, stieß Geyer aus.

»Unser Mörder war auf jeden Fall in der Äquatorgegend«, stellte Schwan fest. »Und zwar ziemlich weit im Westen. In Gabun, Kamerun, der Zentralafrikanischen Republik oder Äquatorialguinea.« Schwan machte eine dramatische Pause. »Oder in den beiden Kongo-Republiken.«

Sie hätten großes Glück gehabt, fuhr er fort. Denn ein einzigartiges Phänomen hatte diesen Ländern seinen Stempel aufgedrückt. Der Naturreaktor Oklo in Gabun. In dieser Uranlagerstätte hatte vor etwa zwei Milliarden Jahren eine Kettenreaktion eingesetzt. Für etwa 500 000 Jahre war in Gabun ein natürlicher Kernreaktor aktiv gewesen. Dabei wurden mehrere Tonnen natürliches Uran gespalten. Die Spaltprodukte waren in die Umgebung gelangt und hatten dort zu weltweit einzigartigen Isotopenverhältnissen geführt. Bei Neodymium und Barium zum Beispiel …

Bauer räusperte sich.

Alles, fuhr der Erkennungsdienstler fort, deutete darauf hin, dass der Mörder sich für mehrere Wochen zumindest in der Nähe von Oklo aufgehalten hatte. Also in Gabun oder den benachbarten Gebieten.

»Dann hat Melanie Amelang die Bestie von Schwabing vielleicht gar nicht angesteckt.« Bauer rieb sich die Stirn. »Es könnte sein, dass sich dieser Mann gleichzeitig mit Amelang im Kongo infiziert hat.«

»Das kann kein Zufall sein«, sagte Geyer. »Das muss dann jemand von ihrem Institut gewesen sein. Und zwar …«

»Ja«, unterbrach Bauer seine Kollegin. »Aber haben wir von diesen Leuten denn nicht schon längst alle DNA-Proben überprüft?«

Adam öffnete auf seinem Computer die entsprechende Liste der Personen, die an der Universität beschäftigt waren.

Ein Name fehlte.

Er klickte auf einen Ordner mit dem Titel OFFEN. Da stand der Name, den sie gesucht hatten. Hinter zwei Kalenderangaben hatte ein Kollege von der MK 2 jeweils vermerkt: »Verreist. Erneut kontaktieren«.

Bauer verzog das Gesicht. Vielleicht waren sie endlich auf der richtigen Spur.

»Wie weit seid ihr eigentlich damit gekommen, die Passagierlisten für Flugreisen in tropische Länder zu überprüfen?«, fragte er.

Geyer lächelte ihn an. »Ich habe etwas Besseres.« Sie durchsuchte einen dicken Stapel Papier auf ihrem Schreibtisch. Dann hielt sie einige Blätter in die Luft. »Ich hatte die Behörden der in Frage kommenden Länder gebeten, uns Listen mit bewilligten Visa für dieses Jahr zu schicken. Das hier kommt aus der Demokratischen Republik Kongo und aus Kongo-Brazzaville.« Sie gab einige Blätter an Bauer weiter. Die beiden Ermittler überflogen die Namen, die darauf standen. Plötzlich stieß Geyer einen Pfiff aus.

»Na also«, sagte sie. »Im April war Professor Adrian Tadler in Kongo-Brazzaville.«

Bauer war erleichtert. Endlich. Das also war die Bestie von Schwabing. Geyer griff nach dem Telefon und begann, alle übrigen Mitglieder der Soko zu informieren. Adam öffnete den Internet-Browser auf seinem PC. Nach wenigen Sekunden hatte er die Homepage des Instituts und die Nummer der Sekretärin gefunden.

Geyer legte den Hörer wieder auf und kam herüber. »Klaus ist mit Kollegen von der Fünften unterwegs und fährt direkt zum Institut.« Sie schaute Adam über die Schulter. »Schau mal nach, ob Tadler eine eigene Homepage dort hat«, drängte sie. »Vielleicht ist da ein Bild von ihm drauf.«

»Gute Idee«, sagte Bauer. Die meisten – ihn eingeschlossen – hatten den Mann noch nie gesehen.

»Hier«, rief Adam. Vom Monitor lächelte sie ein breites Gesicht mit sauber gestutztem Vollbart an. Die hellen Augen unter dem dunkelblonden Haar wurden von einem runden Brillengestell eingerahmt.

Geyer zückte ihr Handy und fotografierte das Gesicht vom Bildschirm ab. Dann schickte sie das Foto an die Nummern der Mobiltelefone aller übrigen Soko-Mitglieder.

»Du hältst hier die Stellung«, forderte Bauer Adam auf. Während er zusammen mit Geyer das Büro verließ, holte er sein eigenes Handy aus der Tasche. Im Laufen tippte er die Nummer des Fakultätsbüros ein. Die Sekretärin hob nach dem zweiten Klingeln ab.

»Frau Amelang ist noch immer nicht hier aufgetaucht, aber inzwischen werden Sie ja von ihr gehört haben«, erklärte sie unaufgefordert, nachdem Bauer sich vorgestellt hatte. Er blieb überrascht stehen, sodass Geyer in ihn hineinlief.

»Wieso?«, fragte er. »Ist sie wieder da? Wieso haben Sie uns nicht Bescheid gegeben? Was hat Frau Amelang gesagt?«

»Sie hat mit dem Chef telefoniert«, erklärte die Frau. »Der ist seit heute Mittag wieder da. Ich hatte ihm gesagt, dass Sie Fragen nach ihr gestellt haben. Hat sie sich denn nicht bei Ihnen gemeldet?«

»Nein«, sagte Bauer. »Ist Professor Tadler jetzt in seinem Büro?«

»Nein. Es ging ihm heute wieder nicht so gut«, sagte sie. »Er wollte nach Hause, bevor er sich mit Frau Amelang trifft, um mit ihr über ihre Doktorarbeit zu reden. Das machen die zwei meist beim Essen. Ganz gemütlich.«

»Die beiden wollen sich treffen? Wo?«

»Tut mir leid, das weiß ich wirklich nicht«, antwortete die Frau. »In irgendeinem Restaurant. Gegen Abend.«

»Aber wissen Sie wenigstens, in welchen Restaurants die zwei sich sonst so getroffen haben?«

»Na ja, ein paar weiß ich schon.«

»Machen Sie bitte eine Liste. Jemand ruft Sie gleich deshalb an«, sagte Bauer.

»Natürlich. Aber vielleicht blasen sie das Treffen auch ab«, fuhr die Sekretärin mit besorgter Stimme fort. »Heute war der Chef wieder so komisch.«

»Was war komisch?«, bohrte Bauer nach.

»Na ja, das hatte er in letzter Zeit hin und wieder. Aber jetzt häuft es sich.«

»WAS häuft sich?«, rief Bauer in den Hörer.

»Er war wieder so launisch. Ungeduldig. Aufbrausend. Und Kopfschmerzen hatte er auch noch. Vielleicht kommt das ja vom Fliegen. Er ist gestern Nacht erst wieder aus dem Kongo zurückgekehrt. Aber das gab es früher eigentlich nie bei ihm. Und ich kenne ihn schon lange. Seit einiger Zeit ist er fast regelmäßig so seltsam gewesen … Wenn er eine Frau wäre, dann würde ich sagen, er hatte seine Tage.« Sie lachte unsicher.

Bauer lief ein Schauer über den Rücken. Die Periode, auf die die Sekretärin anspielte, dauerte etwa vier Wochen. Und alle vier Wochen mordete die Bestie. Das passte. Und auch die Symptome passten. Diese Anzeichen hatten Born und Ebert beschrieben. Und Griffin hatte etwas Ähnliches von Miller berichtet. Alles sprach dafür: Tadler war ihr Mann. Wieso waren die Symptome dann schon heute aufgetreten? Es war zu früh für einen weiteren Mord …

Andererseits, was wussten sie schon. Und wenn Tadler sich heute mit Melanie Amelang treffen wollte, dann war die Frau in höchster Gefahr!

Wieder lief Bauer ein Kribbeln die Wirbelsäule hinab und zerfloss in einer nervösen Wolke über seinem Steißbein.

»Wenn Frau Amelang noch mal bei Ihnen anruft, dann richten Sie ihr bitte aus, sie muss sich unbedingt bei mir melden.« Er holte tief Luft. »Bei Hans Bauer.« Er gab ihr seine Handynummer. »Es geht um Leben und Tod«, fügte er hinzu. Die Frau am anderen Ende der Leitung schnappte hörbar nach Luft.

»Und jetzt geben Sie mir noch schnell die Privatadresse von Tadler«, forderte Bauer sie auf. Geyer wählte bereits die Nummer ihres Kollegen Klaus Haaf und informierte ihn darüber, dass Tadler nicht am Institut war. Er würde sie vor dem Haus des Professors treffen. Dann telefonierte Geyer mit Adam im Büro und bat ihn, sich die Liste mit den möglichen Treffpunkten von Tadlers Sekretariat durchgeben zu lassen.

Als sie diesmal vom Parkplatz des Polizeipräsidiums fuhren, schalteten sie das Blaulicht ihres Dienstwagens an. Auf dem Mittleren Ring machten die Autos bereitwillig Platz. Innerhalb einer Viertelstunde hatten sie die Innenstadt verlassen, und nach weiteren wenigen Minuten stellten sie den Wagen vor einem schmucken Einfamilienhaus in der Barbarossastraße in Bogenhausen ab. Haaf kam ihnen durch den Garten mit der hohen Hecke, die das Haus von der Straße abschirmte, entgegen. Ein Kollege der Mordkommission 5 begleitete ihn.

»Keiner zu Hause«, sagte Haaf missmutig.

»Verdammt«, sagte Bauer. »Das ist nicht gut.«

Haaf sah sie überrascht an. »Warum machst du es so dramatisch? Wir lassen ihn zur Fahndung ausschreiben. Weit kommt der jetzt nicht mehr.«

»Wir haben vorhin mit Tadlers Sekretärin gesprochen«, antwortete Bauer heiser. »Und es scheint, als ob Tadler alle paar Wochen ähnliche Symptome gezeigt hat wie Ebert und Miller, bevor sie getötet haben.«

»Ein weiterer Hinweis darauf, dass er der Täter ist«, sagte Haaf und hob beschwichtigend die Hände. »Aber das ist doch jetzt kein Grund, sich so aufzuregen. Wir haben noch zwei Wochen Zeit, bis er wieder durchdreht.«

»Eben nicht«, rief Bauer. Er fuhr sich mit den Händen durch die Haare. »Seine Sekretärin hat uns gesagt, dass er die Symptome heute Morgen wieder hatte.«

Geyer nickte. »Es dauert ihm offenbar inzwischen zu lange«, sagte sie. »Dieser Parasit in seinem Kopf wird ungeduldig.«

»Ihr meint, er wird schon heute ...?«, fragte Haaf. Bauer und Geyer nickten.

»Und was dazukommt ... er trifft sich möglicherweise heute mit Amelang«, sagte Bauer. »Der Freundin von Thomas.«

»Ach du Scheiße«, entfuhr es Haaf. »Und habt ihr eine Idee, wo?«

»Nein, leider nicht. Aber Adam erhält gerade eine Liste möglicher Treffpunkte von Tadlers Sekretärin«, erklärte Geyer.

»Ich bin seit mehr als 20 Jahren Polizist«, sagte Bauer. »Und jetzt, auf meine alten Tage, gerate ich in so einen bescheuerten Showdown, wo wir durch die Gegend rasen und versuchen, in letzter Sekunde einen Mord zu verhindern?« Er verdrehte die Augen. »Also los«, rief er. »Was macht Adam denn so lange?«

Vom nächsten Kirchturm erklangen drei Glockenschläge. Bauer schaute auf seine Uhr. Es war inzwischen Viertel vor sechs. Eine Zeit, ab der man sich langsam in ein Restaurant begeben konnte für ein Arbeitsgespräch in gemütlicher Atmosphäre. Wenn sie nur wüssten, wo sich die beiden treffen würden. Geyers Handy klingelte. Es war Adam. Die Polizistin blickte, das Telefon ans Ohr gedrückt, in die Runde. »Hat jemand was zu schreiben dabei?«

Bauer holte einen Notizblock heraus, den er in der Jackentasche mit sich herumtrug, und setzte sich auf den Beifahrersitz ihres Wagens. Haaf hielt ihm einen Kugelschreiber unter die Nase. Dann gab Geyer eine Reihe von Restaurant-Namen durch, die Bauer in dem Block auf seinen Knien notierte.

Als Adam fertig war, blickte Geyer ihren Chef fragend an.

»Adam soll einen Kollegen mitnehmen und sich zu der Adresse

aufmachen, die am nächsten zum Institut liegt. Diesem Griechen im Reitstall der Uni. Wir vier teilen uns wieder auf und übernehmen die zwei nächsten Gaststätten. Und Elli, du gibst die übrigen Adressen an die Einsatzzentrale durch. Die sollen zusehen, dass zu jedem dieser Orte zwei Kollegen von der Fünften oder der Zweiten fahren, egal wer. Das hat jetzt oberste Priorität!«

»Sir, yes, Sir«, bellte Geyer und hatte ihr Mobiltelefon bereits am Ohr, während sie sich auf dem Beifahrersitz breitmachte. Bauer war auf die Fahrerseite gerückt, ließ den Motor an und schaltete das Blaulicht ein. Im Rückspiegel sah er, wie Haaf den Wagen wendete und in die entgegengesetzte Richtung raste.

»Wo müssen wir hin?«, fragte er Geyer. Sie nannte ihm ein Ziel in der Nähe. Dort angekommen, schaltete Bauer die Sirene ab, ließ das Blaulicht aber weiter kreisen, da sie im Parkverbot standen. Zu zweit hasteten sie in das gutbürgerliche Restaurant hinein und durchsuchten die verschiedenen Räume und Säle. Amelang war nicht zu sehen, und auch von dem Professor keine Spur. Die meisten Tische waren leer. Es war noch zu früh. Sie überprüften die Toiletten und wandten sich dann an die Bedienung. Aber offenbar waren Amelang und Tadler nicht aufgetaucht.

»Was machen wir jetzt?«, fragte Geyer.

Bauer zuckte mit den Schultern. Geyer holte ihr Mobiltelefon aus der Tasche. Von der Zentrale erfuhr sie, dass inzwischen Polizisten zu allen Adressen unterwegs waren, die auf der Liste standen. Weitere Kollegen behielten die Wohnung von Amelang und das Haus von Tadler im Auge.

»Vielleicht sollten wir ein paar Funkwagen nach Schwabing und in den Englischen Garten schicken.« Geyer strich sich nervös über die Jacke. »Da hat er doch bislang immer zugeschlagen.«

»Natürlich«, stimmte Bauer zu. Geyer gab die Anweisung an die Zentrale weiter. Bauer blinzelte in eine der wenigen Lampen, die die Wände verzierten. Jetzt konnten sie nur noch warten.

»Wir können uns jetzt genauso gut hier was zu essen bestellen«, schlug Geyer vor. Bauer blickte sie mit großen Augen an. »Du kannst jetzt ans Essen denken?«, fragte er. Geyer senkte den Blick. »Entschuldigung«, sagte sie. Dann kramte sie Zigaretten und ein Feuerzeug aus ihrer Tasche, drehte sich um und ging hinaus. Bauer folgte ihr. Draußen blieb sie stehen und steckte sich die Zigarette an.

»Gib mir auch eine«, forderte Bauer sie auf. Ohne Kommentar reichte Geyer ihm die brennende Zigarette und holte sich eine neue aus der Schachtel.

Schließlich kehrten sie in das Restaurant zurück. Und warteten weiter.

Als sein Handy klingelte, zuckte Bauer zusammen. Er fummelte sein Telefon heraus und meldete sich.

»Herr Bauer?« Er erkannte die Anruferin nicht. Es war eine junge Frau, deren Stimme in einem ungeheuren Wirrwarr von Klängen fast unterging. Rufe, Gesang, Geschrei, Musik dröhnten durch den Lautsprecher.

»Hier spricht Melanie Amelang.«

Bauer sprang auf.

»Ich versuche andauernd, Tom Born anzurufen«, erklärte sie. »Aber ich bin an Sie verwiesen worden, nachdem ich ihn nicht erreichen konnte und in seinem Büro angerufen habe.«

»Das ist gut«, sagte Bauer. »Wo sind Sie jetzt?«

»Ich? Wieder in München.« Sie klang völlig unbeschwert. Bauer war erleichtert. Es ging ihr offenbar gut. Und er konnte sie vor Tadler warnen.

»Ich bin froh, dass Sie anrufen«, sagte er. »Ich muss ganz dringend mit Ihnen sprechen.«

»Hier ist es ziemlich laut. Was haben Sie gesagt?«

»Ist Tadler bei Ihnen?«, fragte Bauer laut. Einige Gäste drehten sich nach ihm um und schauten ihn verärgert an. Er ignorierte sie.

»Tadler?«, fragte Melanie zurück. »Ja. Wir haben ein Arbeitsessen gehabt und beschließen den Abend jetzt.«

»Wo sind Sie?«, fragte Bauer.

»Sie klingen so ernst«, hörte er Melanie antworten.

»Es ist ernst, Frau Amelang. Wir sollten uns sofort treffen.«

»Wann, jetzt?«, fragte sie überrascht. »Das passt mir aber gar nicht. Wir sind auf der Wiesn.«

»Wo sind Sie?«, rief Bauer überrascht.

»Im Armbrustschützenzelt sind wir.«

Deshalb der Lärm. Das Oktoberfest hatte vor zwei Tagen begonnen. Bauer stand auf und forderte Geyer mit einem Wink auf zu bezahlen, während er schon nach draußen lief.

»Wo ist eigentlich Tom?«, hörte er die Biologin fragen. Sie klang eindeutig angetrunken.

»Frau Amelang«, rief er in den Hörer. »Hören Sie mir bitte gut zu. Wir wissen jetzt, wer die Schwabinger Bestie ist.«

»Das ist toll. Haben Sie ihn geschnappt?«, fragte die Biologin.

»Noch nicht«, antwortete er. »Und es wird Ihnen vielleicht schwerfallen, es zu glauben. Es ist Ihr Chef.«

Er hörte ein seltsames Geräusch. Dann begriff er, dass die junge Frau lachte. Wieso lachte sie?

»Ich meine das ernst«, rief er. »Tadler ist die Bestie. Und heute wird er vermutlich wieder durchdrehen. Sie sind in Gefahr!«

»Na klar, Herr Bauer!« Jetzt klang ihre Stimme ärgerlich. »Das ist ein ziemlich bescheuerter Scherz. Herr Tadler sitzt mir hier gegenüber und ist ganz eindeutig keine Bestie.«

»Das ist kein …«

»Ist Tom bei Ihnen? Ist das seine Idee? Was soll dieser Quatsch? Und warum machen Sie da mit?«

»Frau Amelang, das ist kein Scherz«, rief Bauer und lief über den Bürgersteig in Richtung ihres Wagens. »Ich …«

Der Lärm war plötzlich weg. Die junge Frau hatte aufgelegt.

»Scheiße«, fluchte Bauer und kramte nach dem Autoschlüssel.

»Was ist jetzt?«, fragte Geyer aufgeregt, die neben ihm herlief.

»Sie ist mit Tadler unterwegs, aber sie glaubt, Thomas und ich wollen sie verarschen.« Er blickte kopfschüttelnd auf das Handy in seiner Hand.

»Aber hat sie gesagt, wo sie ist?«, fragte Geyer und packte ihn am Arm.

»Auf dem Oktoberfest.«

»Auf der Wiesn? Scheiße.« Jetzt war es an Geyer, zu fluchen. »Das wird wie die Suche nach der Nadel im Heuhaufen.«

Sie setzten sich in ihr Auto, Bauer drehte den Schlüssel im Zündschloss und trat das Gaspedal durch, sodass Geyers Tür von selbst ins Schloss fiel. Die Polizistin legte sich fluchend den Gurt um. »Bring uns jetzt bitte nicht um«, forderte sie Bauer auf.

»Sie hat gesagt, sie wäre mit Tadler im Armbrustschützenzelt«, sagte Bauer, während er dicht an einem Lastwagen vorbeiraste, der keinen Platz gemacht hatte.

»Das ist eines der großen Bierzelte«, sagte Geyer. »Da sind sie unter Tausenden von Leuten. Vielleicht tut er ihr dort nichts.«

»Denk mal dran, was Ebert gemacht hat, als die Augsburger Kollegen in seine Wohnung gekommen sind«, sagte Bauer grimmig.

Geyer verzog das Gesicht. Dann zeigte sie auf die Straße vor ihnen. »Fahr dort vorn an der Ampel rechts.« Nachdem sie die Richard-Strauß-Straße erreicht hatten, konnte Bauer endlich richtig Gas geben. Geyer rief in der Zentrale an und gab die neuen Informationen durch. Außerdem ließ sie sich die Nummer des Service-Zentrums auf der Wiesn geben, wo auch die Münchner Polizei eine Zentrale eingerichtet hatte. Sie bat darum, einige Kollegen ins Armbrustschützenzelt zu schicken und dort auf alles Auffällige zu achten, bis sie da wären. Außerdem schickte sie das Bild von Tadler vom Handy aus an die Mobiltelefone der Kollegen und das Faxgerät im Service-Zentrum. Und schließlich gab sie Haaf Bescheid, wo Tadler und Amelang sich aufhielten.

»Wir informieren die anderen und kommen sofort«, kündigte Haaf an.

»So etwas Bescheuertes«, murmelte Bauer. »Da habe ich diese Frau am Telefon, und die glaubt, ich will sie verarschen.« Er schlug auf das Lenkrad ein und trat das Gaspedal bis zum Boden durch. »Scheiße. So eine verdammte Scheiße!«

Bauer und Geyer bogen in die Prinzregentenstraße und fuhren mit fast hundert Stundenkilometern auf den Friedensengel zu. In der Kurve um die große Statue kamen sie fast von der Fahrbahn ab.

»Verdammt noch mal«, fluchte Geyer überrascht. »Wenn wir hier in die Grünanlagen krachen, hat Amelang auch nichts davon.«

Sie schafften den nördlichen Bogen des Mittleren Ringes innerhalb einiger Minuten, scheuchten am Stachus die Fußgänger auf der Sonnenstraße auseinander, bogen in die Bayerstraße ein und rammten vor dem Hauptbahnhof fast eine Straßenbahn. Geyer hatte die Zähne zusammengebissen und klammerte sich mit weißen Knöcheln am Griff über der Tür fest.

»Da vorne links. In die Greifstraße«, forderte sie Bauer auf. Ein Strom von Fußgängern, viele in Trachten oder modischen Imitaten derselben, wälzte sich von der S-Bahn-Haltestelle Hackerbrücke kommend über die Brücke, die die Bayerstraße überquerte.

Wo die Greifstraße in die Theresienhöhe führte, dirigierte Geyer Bauer nach rechts. Der Fluss aus menschlichen Leibern überquerte dort die Straße in Richtung Theresienwiese, sodass er vom Gas gehen musste.

»Die lassen sich von einem Blaulicht kaum noch beeindrucken«, erklärte Geyer. »Dafür sind wir und die Kollegen vom Rettungsdienst zu häufig hier unterwegs. Fahr dort rechts ran.«

Bauer hielt an. Sie stiegen aus und überquerten die Theresienstraße, indem sie eine Lücke im endlosen Strom der Taxis nutzten. Von der Theresienwiese wehte der Festlärm herüber. Bauer und Geyer rannten den abschüssigen Grünstreifen hinunter, der das Wiesn-Gelände von der Straße trennte. Besinnungslos Betrunkene lagen unter den Bäumen und schliefen in der Abenddämmerung ihren Rausch aus. Vor den beiden Polizisten ragte die Rückseite eines der riesigen Bierzelte in den sich verdunkelnden Himmel – das erste in einer ganzen Reihe von Zelten, die sich rechts erstreckte und den Blick auf den Festplatz versperrte. Aus den Zelten drangen Musik und Stimmengewirr, immer wieder übertönt von Gesangsfetzen.

Bauer beugte sich zu Geyer hinüber. »Welches ist das Armbrustschützenzelt?« Die Polizistin wies auf die helle, breite Holzwand direkt vor ihnen. Auf der riesigen weißen Plane, die ab einer Höhe von etwa fünf Metern das steile Dach bildete, prangte der Name des Festzeltes. Durch ein Dutzend Fenster knapp unter dem Dach drang Licht nach draußen.

»Und wo sind die Kollegen, verdammt?«, rief Bauer.

»Vermutlich am Haupteingang«, sagte Geyer und umrundete den Lieferwagen einer Bäckerei vor dem Zelt. Sie liefen durch den Gang zwischen dem Armbrustschützenfestzelt und dem Nachbarzelt. Das Gedränge wurde dichter. Bauer nahm eng umschlungene Paare wahr, ein Betrunkener taumelte aus der Tür einer Toilettenanlage, die Hand noch im Latz seiner Lederhose. Eine Gruppe junger Leute kam ihnen singend und hüftschwingend entgegen. »Polizei! Machen Sie bitte Platz«, rief Bauer immer wieder. Aber die Leute nahmen sie kaum wahr. Als sie die Längsseite der Zelte hinter sich gelassen hatten, stießen sie auf die Wirtsbudenstraße, eine der zwei Hauptstraßen, die die Theresienwiese von West nach Ost durchquerten. Die breite Straße war gesäumt von Buden, die Filzhüte mit blauweißen Kordeln verkauften, Erinnerungs-T-Shirts, bayerische Plüschlöwen. Ein Geruch von Braten und Fisch hing in der Luft. Auf der gegenüberliegenden Seite der Straße befand sich eine zweite Reihe riesiger Bierzelte, dahinter reihten sich Fahrgeschäfte und Buden aneinander. Über die Dachfirste der Zelte hinweg glitzerten und blinkten die Lichter der Achterbahn und anderen Attraktionen. Sirenen und Hupen übertönten den Lärm aus den Zelten. Die zwei Polizisten kämpften sich zum Eingangsbereich des Armbrustschützenzeltes durch. Auf dem von Buden gesäumten Vorplatz drängten die Menschen gleichzeitig durch die zwei Eingänge hinein und hinaus. Von hier vorn wirkte das Bierzelt wie die aufgeblasene Version einer bayerischen Gaststätte, komplett mit Wirtshausschild und zwei Reihen von Balkonen aus gedrechseltem Holz, von denen Blumengirlanden herabhingen. Ein Streifenbeamter stand vor einer der blau-weiß gestreiften Buden.

»Drei Kollegen sind schon drin«, begrüßte er Bauer und Geyer. Zusammen gingen sie in das Zelt hinein, vorbei an den Wurst- und Käsebuden im Foyer. Dann wölbte sich über ihnen ein weiter Himmel aus grünen und weißen Planen. Menschen drängten sich um das Podest mit der Blaskapelle in der Mitte und auf den Galerien. Um diese Uhrzeit saß kaum noch jemand. Die meisten Besucher standen mit Maßkrügen in den Händen schunkelnd auf den Holzbänken, manche auch auf den langen Tischen. Der alberne, vielstimmige Gesang schallte von allen Seiten heran, unterlegt von einem elektrischen Bass und einem Schlagzeug, beide mehr zu spüren als zu hören. Lediglich in den seitlichen Abteilen hielten sich die Besucher vornehm zurück und beobachteten das Treiben. Eine stämmige Frau im Dirndl drängte sich an Bauer vorbei, eine unglaubliche Zahl voller Bierkrüge in den Händen. Die drei

Streifenbeamten, zwei Männer und eine Frau, die sich bereits im Foyer aufgehalten hatten, stießen zu ihnen. Geyer erklärte ihnen kurz, worum es ging.

»Wie sollen wir die zwei denn hier finden?« Geyer musste schreien, damit Bauer sie verstand. Der Soko-Chef hob die Hände. »Ich gehe rechts, du links. Durch die Reihen. Jeder nimmt zwei Kollegen mit.«

Geyer setzte sich in Bewegung. Die Leute waren in einer unglaublichen Stimmung. Jeder hatte seine Sorgen am Eingang abgegeben und beschlossen, wenigstens für einen Abend ganz bewusst die Kontrolle zu verlieren. Die Menschen sangen nicht nur alberne Lieder, sondern trugen auch alberne Kleidung. Der Oktoberfest-Schriftzug auf T-Shirts wechselte sich ab mit Trachtenjacken, dazwischen immer wieder Dirndl. Auf den Köpfen saßen spitze Filzhüte, Hüte in Form von Bierkrügen, Gamsbarthüte und Hüte mit Stoff-Hörnern.

Bauer musste in dem dichten Gedränge immer wieder Menschen unsanft aus dem Weg schieben, erntete dafür jedoch kaum böse Blicke. Wenn sich jemand mal umdrehte, dann mit einem kumpelhaften Lächeln auf dem Gesicht. Ein junger Mann sprach ihn auf Italienisch an und hielt ihm seinen Bierkrug hin. Bauer schüttelte den Kopf und drängte weiter, immer auf der Suche nach einem vertrauten Gesicht. Es war hoffnungslos. Von den meisten Menschen sah er sowieso nur den Rücken. Als er das Zelt einmal hin und zurück durchquert hatte, blieb er am Haupteingang stehen. Plötzlich sah er Klaus Haaf mit dem Kollegen von der Fünften hereinkommen. Er fing die beiden ab.

»Wir haben begonnen, durch die Reihen zu gehen«, erklärte er. »Elli ist auf der anderen Seite unterwegs.« Er wies nach links, wo die Kollegin sich, gefolgt von den zwei Streifenbeamten, gerade durch die Menge drückte. Sie begrüßte Haaf und schüttelte den Kopf.

»Keine Spur«, sagte sie. »Aber wir haben ja noch nicht viel gesehen.«

»Dann machen wir so weiter«, sagte Bauer. Sie teilten die noch zu kontrollierenden Reihen unter sich auf und stürzten sich erneut in das Gedränge.

Als Bauer die Mitte seiner Reihe erreicht hatte, schwappte von oben Bier auf ihn herab. »Sorry«, brüllte jemand. »Better wear a cap.« Australier, vermutete Bauer und versuchte, seine nassen Haare und das Bier, das in seinen Kragen tropfte, zu ignorieren.

Dann spürte er es. Unruhe. Die Aufmerksamkeit der Menschen richtete sich langsam und wellenartig auf etwas vor ihm. Er konnte nicht erkennen, was los war.

Dann übertönte ein furchtbarer Schrei die Gesänge. Die Geräuschkulisse veränderte sich. Der Gesang erstarb, nur vom Eingang klang er noch herüber. Das Rauschen irritierter Stimmen erfüllte das Zelt. Die Köpfe der Menschen auf den Bänken ruckten hin und her, ihre verwirrten Blicke wechselten zwischen dem Ort, von dem der Schrei gekommen war, und ihren ebenfalls erschrockenen Nachbarn.

Wieder übertönte ein Schrei den Lärm, gefolgt von einem unheimlichen Wutgebrüll. Jetzt verwandelte sich die Verwirrung um Bauer in besorgte Ratlosigkeit.

Das Ganze hatte nur zwei Sekunden gedauert. Dann verwandelte sich die Ratlosigkeit in Angst. Eine Druckwelle breitete sich von der Mitte des Zeltes aus. Die Menschen drängten von dort weg, schoben ihre Nachbarn vor sich her, stürzten, fluchten, schrien.

In wenigen Sekunden würde die Masse in Panik zu den Ausgängen stürmen. Bauer brachte den Fuß auf eine Bank und sprang hoch. Für einen Moment konnte er über die Köpfe der Menge hinwegsehen.

In etwa 15 Metern Entfernung hatte sich eine Lücke gebildet. Dort hockte Tadler wie auf dem Sprung und blickte mit einem furchtbaren, hasserfüllten Blick um sich wie ein gehetztes Tier. Dann sprang er. Wieder ein furchtbarer Schrei. Der Parasit in Tadlers Kopf hatte die Kontrolle übernommen. Und so reagierte Tadler auf die Menschenmenge um ihn herum mit reiner, destillierter Wut.

Ein Stöhnen erfüllte das Zelt. Wie Bauer befürchtet hatte, begannen die Menschen jetzt panisch in Richtung Ausgänge zu drängen. Hunderte hatten nur noch ein Ziel – um jeden Preis hinaus.

Es würde lebensgefährlich sein, sich von der Masse mitreißen zu lassen, und Bauer musste zu Tadler. Dort war auch Melanie Amelang!

Er drückte sich zwischen den Menschen hindurch zu einer der Tischreihen und kletterte hinauf. Nur wenige der flüchtenden Wiesn-Besucher waren ebenfalls auf die Tische gestiegen und drängten sich an ihm vorbei. Mühsam konnte er das Gleichgewicht halten.

Er erhaschte einen Blick auf den Ort, wo die Panik ihren Ursprung genommen hatte. Vier Menschen lagen wie im Auge eines Hurrikans zwischen den Bierbänken auf den blutgetränkten Holzbohlen des Bodens. Eine junge Frau lag ganz außen. Vermutlich Amelang. Und da … War das Elli? Die Polizistin lag ebenfalls dort und schien die Decke anzustarren.

Warum bewegte sie sich nicht?, dachte Bauer.

Auf dem Podest standen noch immer die Musiker und klammerten sich verwirrt an ihre Instrumente. Wo war Tadler? Bauer öffnete den Verschluss an seinem Pistolenhalfter.

In diesem Augenblick sprang der Professor direkt auf ihn zu, stieß ihn um, sprang über ihn hinweg. Bauer rappelte sich wieder hoch und sah, wie Tadler sich in großen, bizarren Sprüngen auf den Haupteingang zubewegte. Er rannte los, folgte der Bestie. Der Holztisch krachte unter seinen Füßen. Er konnte sehen, dass die Sicherheitsleute am Eingang versuchten, die Menschen, die plötzlich auf sie losstürzten, zu beruhigen. Sie bemühten sich redlich, die Flucht in geregelte Bahnen zu lenken, wie Bauer mit Respekt beobachtete. Aber sie hatten keine Chance. Die Woge von panischen Menschen brach über sie herein und riss sie mit sich. Vor dem brüllenden Tadler versuchten alle auszuweichen.

Als Tadler den Ausgang erreicht hatte, hatte sich vor ihm eine schmale Gasse gebildet. Bauer hatte es geschafft, dicht hinter dem Mörder zu bleiben. Im Foyer stürzten die Menschen vor Tadler zu Boden, und die Bestie stürmte über sie hinweg. Bauer folgte ihm weiter, trat ohne nachzudenken auf die Körper.

Dann war er draußen. Die Menschen stolperten in die Lücken zwischen den Brezelbuden und in die Wirtsbudenstraße hinein. Dort war der Strom der Wiesn-Besucher zu einem Halt gekommen. Jeder schaute neugierig und verwirrt herüber. Stimmengewirr, Rufe und Hilfeschreie übertönten den Lärm der Fahrgeschäfte. Bauer sah sich um und zog seine Waffe. Wo war Tadler jetzt? Wenige Meter vor dem Polizisten ließ jemand die Arme kreisen und brüllte vor Wut. Bauer begann erneut zu laufen.

Mit brutaler Gewalt riss Tadler eine Bresche in die Menge der Besucher. Die Menschen, die nicht schnell genug beiseitesprangen, wurden umgestoßen oder niedergeschlagen. Bauer konnte nur hin und wieder einen Blick auf Tadler werfen, der einen Vorsprung von vielleicht 15 Metern hatte. Langsam holte er auf. Durch lautes Rufen gab er sich als Polizist zu erkennen. Zwischen den Wiesn-Besuchern tauchten zwei uniformierte Polizisten auf. Bevor sie reagieren konnten, hatte Tadler sie umgestoßen. Auf Höhe der Bavaria hatte Bauer den Mörder fast erreicht. Der Professor wandte sich abrupt zur Seite. Bauer stolperte in eine Gruppe junger Frauen hinein und stürzte. Tadler drehte sich um. Für einen Moment konnte Bauer ihm in die Augen schauen. Der Ausdruck erinnerte ihn an ein Tier ohne Sinn und Verstand. Dann rannte Tadler weiter. Bauer rappelte sich auf.

Plötzlich tauchte vor ihnen das Riesenrad auf. Tadler lief am bunt beleuchteten Kartenhäuschen vorbei. Dann hielt er plötzlich an. Vor ihm blinkte das Blaulicht eines Streifenwagens. Die Polizei hatte begonnen, das Gelände abzuriegeln. Tadler sprang über den hüfthohen Holzzaun, der den Zugangsbereich zum Fahrgeschäft absperrte. Das Rad stand, um neue Passagiere aufzunehmen, die sich dicht vor den Kabinen drängten. Dann drehte es sich ein wenig, bis die nächsten drei Kabinen sich im Zugangsbereich befanden. Tadler stieß einige der Wartenden zur Seite und kletterte eine kurze Holztreppe hinauf, die sich nach links in die Höhe schwang. Normalweise wurde die Treppe benutzt, um eine vierte Kabine besetzen zu können. Doch im Augenblick war das Gerüst gesperrt. Tadler erreichte dort die Kabine, in die zuletzt Passagiere gestiegen waren, und zwängte sich hinein, während sich das Rad langsam weiterdrehte. Bauer sprang ebenfalls über den Zaun. Fassungslos beobachtete er, wie mehrere Menschen auf der anderen Seite aus der Kabine sprangen. Sie stürzten auf das Dach eines der Lastwagen, die die Schausteller dort abgestellt hatten.

Die zwei älteren Herren, die die Passagiere in die Kabinen einwiesen, hatten das Geschehen in dem Gedränge überhaupt nicht wahrgenommen. Ohne nachzudenken, rammte Bauer seine Waffe zurück ins Holster, rannte ebenfalls die Holzstufen hinauf. »Haltet das Rad an«, schrie er. Die Menschen direkt vor ihm drehten sich überrascht um. Einer tippte sich an die Stirn.

Als Bauer die kleine Plattform am Ende der kurzen Treppe erreicht hatte, griff er nach der Tür der nächsten Gondel, die an ihm vorbeikam. Er hielt sich fest und verlor den Boden unter den Füßen.

Mein Gott, dachte er. Was tue ich hier? Ich muss den Verstand verloren haben. Lass los, befahl er sich. Noch war er nicht sehr hoch.

Aber seine Hände gehorchten ihm nicht. Seine Beine begannen von selbst zu strampeln. Verzweifelt versuchte er sich hochzuziehen, während die Riesenrad-Gondel weiter stieg. Dann stoppte das Rad erneut. Endlich, dachte Bauer. Die Leute in der Gondel schauten ihn erschrocken an. Ein älterer Mann fasste nach seiner Hand. »Ich bin von der Polizei«, rief Bauer. Der Mann zuckte verständnislos mit den Schultern. Von oben, aus der Kabine, in die Tadler eingedrungen war, drangen Schreie.

»Ziehen Sie mich hoch«, sagte Bauer. Endlich fand sein Fuß Halt im Spalt unter der Kabinentür. Er drückte sich weiter nach oben, fasste den oberen Rand der Kabine und schob sich auf das Dach. Die Gondel schaukelte unter seinem Gewicht. Bauer lag flach auf den Bauch. Zwischen ihm und Tadler befand sich noch eine weitere Kabine. Vielleicht zwei Meter entfernt. Um Bauer herum blinkten bunte Lichter.

Dann ein Hilferuf. Bauer richtete sich auf. Mehrere Streben verbanden die Gondel mit dem riesigen Rad. Bauer setzte den Fuß auf eine der dicken Stangen und lehnte sich hinüber. Für einen Sekundenbruchteil stand er freihändig auf der Strebe, dann schwang er sich auf die Innenseite des Rades.

Was zum Teufel mache ich bloß, fragte er sich wieder und blickte hinunter auf den Platz vor dem Riesenrad. Er konnte kaum etwas erkennen. Die Glühbirnen um ihn herum blendeten ihn. Nicht nachdenken, befahl er sich und kletterte einige Meter weiter das

Rad hoch. Er erreichte die Streben, die das Rad mit der Kabine verbanden, in der Tadler war. Vorsichtig schwang er sich hinüber. Dann befand er sich auf dem Dach der Gondel. Aus dem Inneren konnte er hören, dass sich offenbar noch immer jemand gegen die Bestie verteidigte. Plötzlich ruckte die Gondel, und das Rad drehte sich wieder. Das gibt es nicht, fluchte Bauer. Hatten die tatsächlich nicht mitbekommen, was los war?

Er klammerte sich im Liegen an eine der Streben, schob die Beine über den Rand des Daches und in die Gondel hinein. Als er sich bis zur Hüfte in der Gondel befand, erhielt er einen Schlag. Jemand war gegen ihn gestoßen. Er ließ sich fallen und landete auf dem Boden zwischen zwei Bänken. Die Gondel hatte Platz für sechs Personen. Mit ihm befanden sich Tadler und eine Frau darin. Sie war schwer verletzt, so viel konnte Bauer erkennen. Tadler fuhr herum. Zorn blitzte in seinen Augen. Bauer tastete nach seiner Waffe. Aber wenn er hier schießen würde, dann würde er die Frau in Gefahr bringen.

Tadler wandte sich wieder seinem Opfer zu. Bauer war einen Augenblick fassungslos. Dann stürzte er sich mit bloßen Händen auf die Bestie, legte ihr den Arm um den Hals und drückte zu. Tadler schüttelte sich und versuchte weiterhin, die Frau zu überwältigen. Dann richtete er sich auf und warf sich zurück, sodass er zusammen mit Bauer gegen die Kabinentür krachte. Die Holzbretter bogen sich nach außen. Die Gondel begann zu schaukeln. Erneut warf sich Tadler zurück. Einige Scharniere der Türflügel brachen unter dem Gewicht der Männer aus dem Holz. Ein Spalt öffnete sich. Bauer ließ Tadler los und versuchte, mit den Händen Halt zu finden. Sein Oberkörper hing halb aus der zerbrochenen Tür. Über sich sah er den Sternenhimmel. Nur das Gewicht des Professors, der mit dem Rücken auf seinem Unterleib lag, verhinderte, dass er hinausstürzte. Dann bekam er die Türgriffe zu packen. Bitte lass sie halten, dachte er. Es gelang ihm, sich wieder ein Stück in die Kabine hineinzuziehen. Jetzt konnte er die Oberarme gegen den Türrahmen stemmen. Die Gondel schwang heftig hin und her. Bauer sammelte alle restliche Kraft. Für einen Moment kam die Bavaria-Statue in sein Blickfeld. Er zog die Beine an und drückte seinen Gegner mit den Knien hoch.

Tadler versuchte gerade, sich aufzurichten. Er verlor das Gleichgewicht, rutschte über Bauer hinweg und fiel durch die Tür. Im letzten Augenblick erwischte er mit der Hand eine der Streben außen an der Kabine.

Bauer wälzte sich auf den Bauch. Er wagte nicht, sich aufzurichten, da die Gondel noch immer stark schwankte. Er blickte zu Tadler hinunter, der mit einer Hand an der Seite der Gondel hing, eingerahmt vom bunten Leuchten der Wiesn und den dunklen Rechtecken der Bierzeltdächer. Von der mit Hunderten Glühbirnen besetzten Radnabe lösten sich konzentrische Lichtkaskaden, breiteten sich über die Speichen aus, stiegen bis zu ihnen hinauf und warfen ein grelles Licht auf den Mörder. In der Ferne konnte Bauer die Skyline der Innenstadt mit den Türmen der Liebfrauenkirche und dem Alten Peter erkennen. Vor den Bierzelten hatten sich Blaulichter zu einer funkelnden Sternenwolke verdichtet. Sirenengeheul schallte herüber.

Tadler befand sich nur eine Armlänge von Bauer entfernt. Die Bestie erwiderte Bauers Blick mit hasserfüllten Augen.

Dann veränderte sich etwas im Gesicht des Mörders. Überrascht beobachtete der Ermittler, wie sich die Züge seines Gegenübers langsam entspannten. Vor einer Sekunde hatte ihn eine gehetzte Bestie angestarrt. Jetzt war es, als würde das Tier in diesem Mann sich nach und nach zurückziehen und Tadler selbst in seinen Körper zurückkehren. Zugleich spürte Bauer auch in sich eine Veränderung. Eben noch hatte er sich nichts sehnlicher gewünscht, als dieses Ungeheuer in Menschengestalt in den Tod stürzen zu sehen. Jetzt beobachtete er sich überrascht dabei, wie er mit der linken Hand einen der Griffe in der Gondel umklammerte, sich selbst hinausschob, seine Rechte ausstreckte und Tadler am Handgelenk packte. Die Gondel hatte fast den höchsten Punkt ihrer Fahrt erreicht. Bald würde es wieder hinuntergehen. Bald würden sie in Sicherheit sein.

»Ich konnte es nicht stoppen«, sagte Tadler ruhig. »Wieder nicht.« Er sprach leise, doch Bauer konnte ihn gut verstehen. Er blickte ihn an und nickte. Der Professor verzog sein Gesicht und schaute in die Tiefe. Dann schaute er erneut hinauf zu dem Polizisten.

»Ich habe mir jedes Mal eingeredet, dass ich es nicht noch einmal so weit kommen lasse.« Er schüttelte den Kopf. »Aber ich habe mich selbst belogen. Es ist stärker als ich.«

»Aber wir wissen jetzt, was los ist«, sagte Bauer.

»Was los ist?« Tadler schloss die Augen. »Ich weiß, was los ist. Ich bin ganz offensichtlich wahnsinnig.« Bauer spürte, wie sich der Arm des Mannes langsam entspannte.

»Ich habe Frauen getötet«, sagte Tadler. »Und ich war zu feige, mich zu stellen.« Erneut schüttelte er den Kopf. »Besser, es ist Schluss«, sagte er.

Seine Finger lösten sich von der Stange. Bauer atmete tief ein und verstärkte seinen Griff um Tadlers Handgelenk. Dann hing die Bestie an seiner Hand. Bauers Arm schmerzte bis zur Achsel hinauf. Er spürte, dass ihn die Kraft verließ. Lange würde er Tadler nicht mehr halten können. Verzweifelt biss er die Zähne zusammen und drückte die Schulter gegen den Rahmen der Tür.

Plötzlich überfiel ihn eine seltsame Ruhe. Vielleicht sollte er sich einfach mit diesem Mann fallen lassen. Vielleicht hatte Tadler recht damit, ein Ende zu machen mit der Qual. Ich konnte es auch nicht stoppen, dachte er.

Wenn er jetzt loslassen würde … alle Leiden wären mit einem Mal vorbei, alle Rechnungen beglichen, alle Schuldgefühle verschwunden. Eine Zeile von Fontane fiel ihm ein:

Im Herzen tiefste Müdigkeit – Alles sagt mir: Es ist Zeit.

Er fühlte sich plötzlich ganz leicht. Es wurde still um ihn, er spürte nichts mehr, sah nichts mehr bis auf die Gesichter seiner Kinder, die plötzlich vor ihm auftauchten.

Er würde frei sein. Er würde endlich schlafen. Tief schlafen. Und wenn die Kirche recht hatte, würde er seine Kinder wiedersehen. Die Kinder, für deren Tod er genauso viel Verantwortung trug wie seine Frau. Oder genauso wenig, wenn Cynthia recht hatte. Cynthia. Verdammte Cynthia.

»Sie konnten nichts dafür«, stieß er zwischen den Zähnen hindurch. »Halten Sie sich fest.«

Tadler sah ihn nur an.

»Sie sind nicht verantwortlich für den Tod dieser Menschen«, fuhr Bauer fort. »Sie tragen keine Verantwortung. Jeder andere an Ihrer Stelle … Das weiß ich jetzt … Sie brauchen Hilfe … man kann Ihnen vielleicht helfen.«

Die Trauer in Tadlers Blick ging Bauer durch Mark und Bein.

»Ich weiß nicht, was Sie meinen«, sagte er. »Aber ich will nicht mehr mit dem leben, was ich getan habe.«

Er fasste mit der Linken nach Bauers Hand und schob seine Finger unter die des Polizisten. Bauer spürte, wie sich das Handgelenk aus seinem Griff löste. Sie hatten den höchsten Punkt des Riesenrads erreicht. Tadler fiel.

Bauer schloss die Augen. Von unten erscholl ein vielstimmiger Schrei. Der Ermittler schob sich in die Kabine zurück. Das letzte Opfer der Bestie lag dort und wimmerte. Bauer kroch zu ihr hinüber.

Als das Riesenrad anhielt und Adam und Haaf ihren Chef in der Kabine fanden, saß er dort auf dem Boden, die Sitzbank im Rücken, den Kopf einer schwer atmenden Frau im Schoß. Und die Polizisten konnten nicht verstehen, warum Hans Bauer um einen Mann weinte, den er nicht gekannt hatte und der zur Bestie geworden war. Doch Bauer weinte nicht um die Bestie allein. Er hatte endlich verstanden.

21. September, München

Bauer betrachtete die junge Frau, die auf dem Stuhl vor seinem Schreibtisch saß. Sie wirkte trotz der nächtlichen Ereignisse ruhig. Allerdings hielt sie sich mit der rechten Hand den linken geschienten Unterarm. Das Licht der Schreibtischlampe reichte nicht aus, um die mitternächtliche Dunkelheit zu vertreiben, die über Melanie Amelangs Gesicht lag. Sie bemerkte seinen Blick.

»Der Knochen ist gebrochen, aber das Gewebe scheint kaum verletzt zu sein«, sagte sie müde. »So ein Bruch heilt gut und ziemlich schnell, wenn man die Schulter ruhig hält.« Ihre Stimme klang betont sachlich. Aber ihre Augen hatten Probleme, sich auf einen Punkt zu konzentrieren.

»Was ist eigentlich passiert?«, fragte sie. »Tom … und Adrian, ich begreife das alles nicht.«

Bauer nickte. Es störte ihn, dass sich der große Schreibtisch zwischen ihnen befand. Die junge Frau wirkte, als wäre es gut, wenn jemand sie in den Arm nehmen würde. Es klopfte. Durch die Tür fiel helles Neonlicht aus dem Flur ins Büro und umrahmte die Silhouette von Cynthia Collins. Die Psychologin trat lautlos ein, schloss die Tür und blieb einen Schritt hinter Amelang stehen. Die junge Frau hatte nicht einmal aufgesehen.

»Professor Tadler hat Sie angegriffen«, sagte Bauer. »Aber wie kam es dazu?«

Die junge Frau stieß die Luft aus und blickte zur Decke.

»Wir waren in dem Bierzelt und hatten unseren Spaß«, flüsterte sie. »Eigentlich hätten wir unser Arbeitsessen gehabt. Aber uns war beiden nicht danach. Tadler war irgendwie fertig. Deprimiert. Da habe ich vorgeschlagen, aufs Oktoberfest zu gehen.« Ihre Stimme klang heiser. »Es war auch ganz lustig zuerst.«

»Und dann hat sich bei Tadler etwas verändert?«, fragte Collins. Sie stellte einen zweiten Stuhl neben Amelang und ließ sich darauf nieder.

»Er hat sich irgendwann auf die Bank gesetzt und den Kopf gehalten. Er hatte bereits vorher über leichte Kopfschmerzen geklagt. Ich dachte, er geht gleich. Dann hat sich diese Frau durch die Reihen gedrängt ...«

Elli, dachte Bauer und fühlte ein schmerzhaftes Ziehen im Bauch. Er stützte den Kopf in die Hände und versuchte, seine Gefühle zu kontrollieren.

»Sie hat gerufen, sie sei von der Polizei und noch irgendwas, das ich nicht verstanden habe. Und dann ist Tadler völlig ausgerastet.« Amelang verstummte. Bauer konnte sich den Rest denken. Tadler hatte die Kontrolle verloren, war Amok gelaufen mit Händen, Füßen und Zähnen.

»Möchtest du ein Glas Wasser? Wein? Kaffee? Oder etwas Stärkeres?«, fragte Collins. Die junge Frau ignorierte ihre Frage und wandte sich an Bauer.

»Sie waren das, der mir am Telefon gesagt hat, Tadler sei die Bestie, oder? Ich kann das noch immer nicht glauben.« Sie schüttelte den Kopf. »Hat es viele Verletzte gegeben, dort in dem Zelt?«

»Einige. Vor allem aufgrund der Panik«, sagte Bauer. »Drei oder vier Dutzend, soweit wir derzeit wissen. Einige Personen wurden außerdem am Riesenrad verletzt ...« Er stockte. »Und es hat eine Tote gegeben. Unsere Kollegin ...« Er brach ab. Melanie Amelang starrte in ihren Schoß.

»Melanie«, begann Collins und hob die Hand. Die Biologin drehte den Kopf und sah sie an.

»Es tut mir leid, aber es ist alles sogar noch viel schlimmer, als du glaubst«, erklärte Collins. »Kennst du einen Richard Miller?«

Amelang nickte verwirrt. »Natürlich. Das ist mein Exfreund.«

»Und kennst du einen Brian Delgado?«

Die junge Frau richtete sich auf. »Was soll das?«, fragte sie heiser.

»Wir sind während unserer Ermittlungen auf diese Namen gestoßen.«

Überrascht schaute Amelang die Psychologin an. »Was haben Richard und Brian mit einem Mörder zu tun?«

»Kennst du einen Martin Jameson?«

Die Biologin stand auf. »Was soll das alles?« Sie ballte wütend ihre Fäuste und fasste sich dann an die verletzte Schulter.

»Das heißt wohl ja«, sagte Collins leise. »Bitte setz dich wieder.«

Amelang blickte zornig von ihr zu Bauer. Dann wechselte der Ausdruck in ihrem Gesicht zu Ratlosigkeit. Sie setzte sich. Collins fasste nach ihrer Hand.

»Was ich dir jetzt sage, ist wirklich verrückt«, sagte die Britin. »Alles deutet darauf hin, dass sich Folgendes abgespielt hat: Du hast dich irgendwo mit einem mysteriösen Krankheitserreger infiziert. Dann hast du deinen Freund in Los Angeles angesteckt. Nachdem du dich von ihm getrennt hattest, hast du in Boston Brian Delgado und Martin Jameson aus Schottland kennengelernt. Und mit beiden geschlafen. Und du hast sie ebenfalls angesteckt.«

Fassungslos schaute Melanie Collins an. Dann entzog sie ihr die Hand. »Ich begreife nicht, was Sie meinen. Angesteckt womit? Ich habe Martin Jameson auf der Konferenz in Boston getroffen. Wir hatten eine schöne Nacht zusammen. Brian habe ich in einer Kneipe nach einem Ausflug in die Blue Hills getroffen. Und das war ein dämlicher Ausrutscher. Also wovon reden Sie? Ich bin nicht krank.«

»Richard Miller hat eine Frau auf Hawaii und eine zweite Frau in Los Angeles getötet. Er hat gestanden und sitzt im Gefängnis. Brian Delgado hat versucht, in der Nähe von Boston eine Frau umzubringen, und wurde dabei erschossen.«

»Richard hat …? Brian wurde erschossen?«, fragte Amelang.

Collins nickte. »Martin Jameson hat in seiner Heimat eine Familie fast vollständig ausgelöscht. Er hat ebenfalls gestanden. Und wir sind inzwischen überzeugt, dass Richard Miller darüber hinaus auf Hawaii eine Prostituierte infiziert hat, die diesen Krankheitserreger gleich an etliche Freier weitergegeben hat. Diese haben inzwischen begonnen, Frauen zu überfallen und zu töten. Es ist wie eine richtige Seuche, Melanie. Und Tadler hat offenbar einen Mann in Augsburg infiziert, den er gebissen hat. Und es gibt nur eine Verbindung zwischen den drei ersten Tätern.« Sie schaute zu Bauer hinüber und holte tief Luft. Dann blickte sie die junge Frau an.

»Und diese Verbindung bist du.«

Amelang verzerrte ihr Gesicht, als wollte sie laut lachen. Doch sie blieb stumm.

»Du hast sie mit etwas infiziert«, fuhr Collins fort.

Amelang runzelte die Stirn und schob das Kinn nach vorn. »Was ist das für ein Schwachsinn?« Sie stand auf. »Ich gehe jetzt besser. Diesen Quatsch will ich mir nicht länger anhören. Oder brauche ich einen Anwalt, damit ich gehen darf?«

Collins griff erneut nach ihrer Hand. »Wir machen keine Witze«, sagte sie leise.

»Das ist doch völlig verrückt«, flüsterte Amelang. »Richard, Brian und Martin. Und Adrian … sie alle haben Frauen umgebracht?«

Bauer nickte. »Miller und Jameson, ja. Delgado kam nicht dazu. Er hat versucht, eine Polizistin zu vergewaltigen, und die hat ihn erschossen.«

Amelang setzte sich wieder und sackte in sich zusammen, soweit der Schultergurt dies zuließ.

»Frau Amelang«, sagte Bauer leise. »Sie haben auch Thomas infiziert.«

Die junge Frau blickte auf und suchte seinen Blick. Aber er schaute auf seine verkrampften Finger. »Er ist auch durchgedreht. Und hat eine Frau überfallen.«

Sie schaute Bauer fassungslos an. Dann begann sie zu zittern. »Was …?«

»Er hat sie umgebracht«, sagte Collins leise. Alle Farbe wich aus Amelangs Gesicht. Collins legte den Arm um ihre Schulter. Mehrmals setzte die Biologin an, etwas zu sagen. Doch ihre Stimme versagte.

Die Psychologin drückte sie an sich. »Melanie, wir müssen wissen, wie du dich infiziert hast und wen du noch alles angesteckt haben könntest. Jeder könnte zu einem Mörder werden.«

Tränen liefen über die Wangen der jungen Frau, verschmierten den Eyeliner. Fast tonlos sagte sie schließlich: »Ich habe vor meinem Besuch bei Richard seit Jahren mit niemandem geschlafen außer mit ihm. Erst nachdem wir uns getrennt hatten …«

»Okay«, sagte Collins. »Dann hattest du auch keinen Verkehr mit Tadler?«

Amelang schüttelte energisch den Kopf.

»Und in Berlin? Wir haben dich dort verzweifelt gesucht.«

»Ich war bei alten Freunden auf dem Land«, sagte sie leise. »Ich habe darüber nachgedacht, wie das mit Thomas und mir …« Sie schüttelte den Kopf. »Ich habe mit niemandem sonst geschlafen.«

»Dann bleibt die Frage, wie sich Tadler und du infiziert haben.«

Die Biologin schaute Collins ratlos an.

»Vom Robert-Koch-Institut in Berlin haben wir erfahren, dass man sich mit bislang unbekannten Erregern am ehesten dort infiziert, wo Menschen nur selten hinkommen«, sagte Bauer. »In den Tropen zum Beispiel.«

Amelang sah ihn an und nickte. Sie schien zu ahnen, was er sagen wollte.

»Tadler und Sie, Sie sind offenbar Mitglieder einer Expedition in Afrika gewesen«, fuhr er fort.

»Im Kongo«, sagte sie leise. »O mein Gott.«

Bauer nickt.

»Was ist eigentlich mit Adrian?«, fragte sie.

»Er ist tot.« Bauer seufzte. »Die Serie ist beendet. Der Mann in Augsburg ist an multiplem Organversagen gestorben, und Thomas sitzt hier hinter Gittern. Wir hoffen, dass sich nicht noch weitere Personen angesteckt haben und der Parasit in Deutschland in eine Sackgasse geraten ist.« Er schaute der jungen Frau in die Augen. »Aber Thomas und Sie … Sie beide tragen den Erreger.«

22. September, Lihue, Hawaii

Endlich erreichten die ersten Sonnenstrahlen Lihue. Detective Sergeant Kupuka'a fühlte sich, als würde er aus einem Albtraum erwachen. Er bremste den Streifenwagen auf die vorgeschriebene Geschwindigkeit herunter. Die letzte halbe Stunde hatte er sich immer wieder dabei erwischt, wie er die Höchstgeschwindigkeit weit überschritten hatte. Dabei gab es keinen Grund für das hohe Tempo.

Er hatte sich sehnlichst gewünscht, dass die Nacht vorbei wäre. Jetzt war es endlich so weit. Es war der Morgen des 22. September, und es war nichts passiert. Kein einziger Mord war geschehen. Zumindest war keiner gemeldet worden. Erleichtert lenkte Kupuka'a den Wagen auf den Parkplatz vor der Polizeistation, streckte seine steifen Glieder und stieg aus.

Noch war es sowohl draußen als auch in der Station angenehm kühl. Aber es versprach ein warmer Tag zu werden.

Kupuka'a traf Police Lieutenant Henry Hackfield in seinem Büro. Der Chef der CIS schob einen Papierstapel zusammen und grinste Kupuka'a an. »Ich habe mal gehört, in Europa hätten die Nachtwächter in den Städten früher zu jeder vollen Stunde gerufen, es sei soundso spät und alles sei ruhig.«

Kupuka'a nickte. »Das hätten sie diese Nacht auch in Lihue rufen können. Gott sei Dank.«

Hackfield blickte auf die Unterlagen vor sich. »Hoffen wir, dass es wirklich vorbei ist. Wir haben es inzwischen mit insgesamt 19 Mördern zu tun sowie sieben, die wir wegen Mordversuch festgenommen haben. Elf Männer haben sich freiwillig gemeldet, nachdem wir die Öffentlichkeit über die Infektionsgefahr informiert haben. Wir kennen 14 Frauen, die sich bei den Männern möglicherweise angesteckt haben und den Erreger weitergeben könnten. Und letzte Nacht gab es keinen Vorfall mehr, der mit dieser Sache zu tun hat.« Er schaute auf. »Vielleicht ist der Albtraum zu Ende.«

»Für uns, ja. Nicht für die Infizierten.«

Hackfield nickte. »Natürlich. Wir halten alle betroffenen Männer vorerst noch fest. In Quarantäne sozusagen. Die Frauen werden direkt von den Experten der CDC betreut.«

»Was wird aus den Leuten?«

»Keine Ahnung. Wenn man diese Krankheit wie eine Schizophrenie betrachtet, dann müssen die Männer damit rechnen, vor Gericht zu kommen.«

Kupuka'a verzog das Gesicht. »Den Parasiten kann man ja schlecht verurteilen.«

»Früher wurden selbst Tiere öffentlich hingerichtet, wenn sie Menschen angefallen hatten«, entgegnete Hackfield. Kupuka'a schaute auf den Kalender, der auf Hackfields Schreibtisch lag. »Ich würde gern einige Tage freinehmen«, sagte er.

Hackfield nickte. »Ist klar.«

Am Ausgang traf Kupuka'a auf Detective Sergeant Minatoya. Die junge Frau lächelte ihn an, und er lächelte zurück. Es war das erste Mal, dass sie ihn so anschaute. Sicher war sie auch erleichtert darüber, dass die Amokläufe ein Ende zu haben schienen. Oder war ihre verschlossene Miene ihm gegenüber bisher nur eine Reaktion auf seinen eigenen Gesichtsausdruck gewesen? Wenn er ehrlich war, dann war er in den letzten Monaten in keiner guten Verfassung gewesen. Außerdem interpretierten manche Menschen seine Zurückhaltung als Arroganz. Die Überheblichkeit, die einem Adeligen als Einziges blieb, wenn niemand mehr etwas auf seine Abstammung gab.

Zum Teufel damit. Er gab selbst nichts darauf. Es war ihm doch auch völlig egal, ob die Gene der ursprünglichen Hawaiianer sich letztlich samt und sonders im Durcheinander eines bunten Bevölkerungsmischmaschs auflösen würden, in dem niemand mehr würde erkennen können, ob die Eltern nun Polynesier, Japaner, Angelsachsen, Afrikaner, Chinesen, Deutsche oder Inder waren.

»Würdest du mal mit mir essen gehen?«, fragte er sie im Vorbeigehen.

Minatoya nickte überrascht und blickte ihrem Kollegen hinterher, der mit weit ausholenden Schritten zu seinem Wagen ging. Als Kupuka'a einstieg, sah er aus den Augenwinkeln, dass Minatoya noch immer lächelte.

23. September, Quantico, Virginia

»Das ist die zweite gute Nachricht, die ich heute höre«, sagte Special Agent David Griffin in den Telefonhörer. »Heute Morgen hat mich Henry Hackfield vom Kauai County Police Department angerufen und mir mitgeteilt, dass die Mordserie in Lihue vorüber zu sein scheint.«

»Keine weiteren Toten?« Die Stimme des BKA-Beamten Koch tönte erleichtert aus dem Hörer. »Das ist gut. In Deutschland wird es nun hoffentlich auch keine weiteren Opfer mehr geben, nachdem die Bestie tot ist. Und wie sieht es in den übrigen Bundesstaaten aus? Gibt es Hinweise darauf, dass Delgado und Miller noch jemanden infiziert haben könnten?«

»Bislang sieht es nicht so aus«, antwortete der FBI-Beamte. »Die CDC-Leute haben getan, was nur geht, um alle möglichen Infektionswege zu überprüfen.« Er rührte mit dem Finger in seinem Kaffee. »Natürlich könnten die zwei noch mit einer Frau geschlafen haben, nachdem sie sich infiziert hatten. Aber Miller zumindest hat gesagt, er habe das nicht getan. Delgado kann natürlich nichts mehr sagen. Aber bislang gab es keine weiteren Morde, die an ihre Verbrechen erinnern. Damit bleibt noch die Kollegin in Boston, Wilkins. Sie hat nach eigenen Angaben seit dem Überfall ebenfalls mit niemandem mehr geschlafen. Sie wird auch von den CDC betreut.«

Koch seufzte. Die Polizistin hatte er schon völlig vergessen. »Ich habe mich übrigens über Interpol informiert«, sagte er. »Die Polizei in Frankreich und Italien, wo Miller nach seiner Hawaii-Reise war, weiß auch von nichts. Und die britische Polizei konnte alle Täter fassen und alle Morde, die als Bestien-Fälle in Frage gekommen sind, mit ihnen in Verbindung bringen.«

»Was wird jetzt aus diesen Menschen?«, fragte Griffin nachdenklich.

Das war eine gute Frage. Richard Miller saß im Gefängnis, genauso wie Martin Jameson, Scott Morrison und Stephen Gernsbacher in Schottland, 26 weitere Männer auf Hawaii und Thomas Born in München. Und sie alle warteten auf einen Prozess, bei dem eigentlich ein Parasit auf der Anklagebank sitzen müsste und nicht sie. Delgado war tot. Auch Ebert war gestorben. Elf Männer hatten sich vermutlich in Hawaii infiziert, ohne bislang gemordet zu haben, und standen unter Beobachtung, genauso wie einige ihrer Frauen. Und das Gleiche galt für Melanie Amelang und die Menschen, die Tadler auf dem Oktoberfest verletzt hatte, sowie die Schottin Eileen Bowmore.

»Wie geht es Ihrem jungen Münchner Kollegen?«, fragte Griffin. Die Nachricht, dass Thomas Born zum Mörder geworden war, hatte ihn erschüttert.

»Den Umständen entsprechend«, antwortete Koch. »Er sitzt natürlich in Untersuchungshaft und muss mit dem fertig werden, was er getan hat. Immerhin haben Ihre Leute von den CDC und ihre deutschen Kollegen vom Robert-Koch-Institut in Berlin inzwischen herausgefunden, um was für einen Parasiten es sich handelt.«

»Das ist die dritte gute Nachricht heute«, sagte Griffin. »Jedenfalls hoffe ich das. Wenn man den Feind kennt, kann man etwas gegen ihn tun.« Er machte eine nachdenkliche Pause. »Zumindest kann man es dann versuchen.«

»Eine schlechte Nachricht habe ich noch«, sagte Koch. »Eine der Kolleginnen in München ist bei dem Versuch, die Bestie festzunehmen, getötet worden.«

»Das tut mir leid«, sagte Griffin betroffen. »Bitte richten Sie das auch Hans Bauer aus.«

Sie verabschiedeten sich. Griffin setzte sich in einen der Sessel in seinem Büro, legte die Füße auf den Tisch und schlürfte seinen Kaffee. Er war froh, dass diese Sache vorüber war. Seit seinem Besuch auf Hawaii hatte er bereits wieder einen ganzen Stapel Gutachten erstellt. Ein Serienmörder in einer Kleinstadt in Louisiana war mit seiner Hilfe gefasst worden. Er war nur ein Werkzeug der Legislative, er half nur, die Drachen zu besiegen. Verurteilen mussten sie andere. Doch seine Gedanken gingen ihre eigenen Wege. Die Zahl der Verbrechen in den USA ging nicht zurück – daran veränderten keine schärferen Gesetze oder größeren Gefängnisse etwas. Griffin wusste, was notwendig wäre, um weiteres Morden und Vergewaltigen zu verhindern. Nicht ein einziges Mal hatte er einen Verbrecher getroffen, der aus einer intakten Familie gekommen war. Immer war im Leben dieser Menschen bereits ganz früh etwas furchtbar schiefgelaufen. Irgendwo war jemand einem Kind mit Verachtung, Hass, Nachlässigkeit, Erniedrigung begegnet, statt ihm das zu geben, was es gebraucht hätte: Zuneigung, Vertrauen, Liebe.

Diese Menschen hätten es in der Hand gehabt, einen Menschen zu retten – und damit vielleicht etliche Menschenleben. Sie hatten versagt und würden sich einmal vor Gott verantworten müssen. Andererseits trug vor Gott jeder die Verantwortung für das, was er tat. Auch die Verbrecher, denen Griffin begegnet war, hatten zum überwiegenden Teil gewusst, dass das, was sie taten, falsch war. Trotzdem hatten sie es getan. Aber mit einem Parasiten im Kopf? Und wenn ein Parasit einen Menschen in einen Mörder verwandeln konnte, in einen Zombie, der nur noch seinen mörderischen Gelüsten folgte … Griffin beschloss, dass nicht er die Entscheidung treffen musste, welche Bedeutung diese neue Erkenntnis hatte. Das war Sache anderer Leute. Er würde für die Opfer beten – und diesmal auch für die Mörder. Er beugte sich zu seinem Schreibtisch hinüber, zog einen Stapel Unterlagen heran, die eine Reihe von Morden in Kansas und Utah dokumentierten, und begann zu lesen.

25. September, München

»Es heißt, der Herr hat gegeben, der Herr hat genommen.« Die leisen Worte fanden ihren Weg durch die stille Kapelle, brachen sich an den kühlen, weiß verputzten Mauern und fanden ihren Weg in Borns Ohr.

»Doch was sollen uns solche Worte helfen? Auf die Knie falle ich nieder, aber nicht um zu beten oder anzubeten. Es ist Verzweiflung.«

Born sah erstaunt, dass Cynthia Collins sich tatsächlich vor dem Sarg hinkniete, der vor dem Altar aufgebahrt war.

»Woher, wohin? Was schert mich das! Du fehlst uns HIER«, fuhr die Britin mit leiser, aber eindringlicher Stimme fort. »Doch wer hört mich außer Euch, die Ihr mit mir Euren Zorn hinausschreien wollt?«

Neben ihr ließ sich auch Hans Bauer auf ein Knie nieder. Leise fuhr Collins fort. »Soll glauben, wem es hilft. Uns hilft hier nur, was uns zugleich vor Schmerz verzehrt: die Erinnerung an Dich und wie Du warst. Ich weiß, wo und was Du bist und bleiben wirst: ein Teil unseres Lebens.«

Sie wischte sich eine Träne aus den Augen.

»Wir Egoisten weinen um unseren Verlust. Weinen wir nicht um uns selbst! Darüber, dass wir eine Freundin verloren haben. Weinen wir um das, was Du verloren hast! Um jeden Tag, der Dir vorenthalten wurde. Aber wir wissen auch, welches Glück Du hattest. Du durftest leben und so etwas erleben, das allen kosmischen Wahrscheinlichkeiten widerspricht. Wir alle haben das Glück, leben zu dürfen in einem Universum der Leblosigkeit. Und wir wissen, was Du gewonnen hast. Denn: Wo wollen die, die ein Herz ihr Eigen nennen, denn anders hin in diesem Leben als hinein in die Herzen derjenigen, die ein Herz haben? Dieses Ziel hast Du erreicht.«

Die Britin hob die Hand, als wollte sie den Sarg grüßen. »Das hier ist kein Abschied. Wir nahmen Dein Lachen und lachen nun umso lauter, wir nahmen Deinen Ernst und denken tiefer nach. Du bist unsterblich, denn dank Dir sind wir nicht mehr wie zuvor. So wirst Du in uns weiterleben und über uns in jenen, denen wir begegnen.«

Collins senkte den Kopf. »Lasst uns am Grabe unserer Freundin schwören, dass wir versuchen wollen, so zu leben, dass auch an unserem Totenbett jemand diese Worte über uns sagen kann.«

»Amen«, sagte Bauer. Er stand auf und reichte Collins die Hand. Die Britin ließ sich von ihm aufhelfen. Sie standen noch eine Weile still vor dem Sarg, dann machten sie Platz für die nachrückenden Kollegen der Münchner Polizei, die einen letzten Blick auf Elli Geyers friedliches Gesicht werfen wollten. Seit fünf Tagen war seine Kollegin nun tot. Born, der direkt hinter Bauer gestanden hatte, verzichtete darauf, an den Sarg heranzutreten. Er hatte, wann immer er an die Kollegin dachte, ihr spöttisches Grinsen vor Augen. Das war angesichts der Tragödie natürlich unangemessen. Aber es war doch das Bild, das er von Elli Geyer hatte, und sie wäre vermutlich einverstanden gewesen, dass er so an sie dachte. Diese Erinnerung wollte er nicht durch den Anblick des künstlich herbeigeführten Ausdrucks der Entrückung auf dem Gesicht der Toten gefährden.

Mit den zwei Polizisten an seiner Seite, die ihn nicht aus den Augen ließen, verließ er die Kapelle. Melanie Amelang, die ihn zur Beerdigung begleitet hatte, folgte ihm. Die Sonne stand hell an einem strahlend blauen Himmel. Na also, es regnet nicht, dachte Born und wusste selbst nicht genau, wie er darauf kam. Freunde, Verwandte und Kollegen der Verstorbenen standen in Gruppen auf den Wegen zwischen den Gräbern. Der Friedhof war voll, wie immer, wenn eine Polizistin oder ein Polizist im Dienst getötet worden war. In der Nähe des Eingangs der Kapelle sah Born Ellis Mann. Er hatte Robert Geyer bislang nicht persönlich kennengelernt, nur Bilder von ihm gesehen. Geyer sah sehr traurig aus, und sehr alt. Menschen, die vermutlich zu seiner Familie gehörten, sprachen mit ihm, aber Born hatte den Eindruck, dass er im Geiste ganz woanders war.

Sie gingen zu Bauer und Collins hinüber, die darauf warteten, dass die Kollegin zu ihrer letzten Ruhestätte getragen würde.

»Das war … seltsam«, sagte er zu Collins. Sie schaute ihn fragend an.

»Was du am Sarg gesagt hast. Eindrucksvoll, aber seltsam. Wenn es Gott gibt, dann muss man sich fragen, wieso er zulässt, dass so wortgewaltige Atheisten auf der Welt wandeln.«

»Auf alle Fragen, die mit den Worten: Wie kann Gott nur zulassen, dass … beginnen, hat die Kirche eine einfache Antwort, die ihre Stärke und ihre Schwäche zugleich zeigt: Gottes Wege sind seltsam!«

»Wieso Stärke und Schwäche?«, fragte Born überrascht.

»Die Kirche gibt zu, dass sie keine Ahnung hat, was diesen Schöpfer eigentlich treibt. Und zugleich erweckt sie den Eindruck, als verstünde sie im Prinzip, was da vor sich geht.« Sie fuhr sich mit der Hand durch das Haar. Ihre unversehrte Gesichtshälfte war blass, Tränen hatten glitzernde Spuren darauf hinterlassen.

»Und eine Warnung an die Gläubigen ist es auch«, sagte sie leise. »Lebt nach Gottes Gebot, betet, aber verlasst euch nicht darauf, dass ihr im Diesseits davon etwas haben werdet. Ihr gehört dem Herrn, und aller Lohn wartet im Jenseits. Aus dem wir allerdings bislang noch keine Nachrichten bekommen haben.« Sie verzog das Gesicht.

»Du glaubst nicht an ein Leben nach dem Tod?«

Collins schüttelte den Kopf und blickte Bauer hinterher, der zurück zur Kapelle ging. Der Kriminalhauptkommissar war einer der Sargträger.

»Wie erträgst du den Gedanken, dass nach dem Sterben alles vorbei sein wird?«, fragte Born.

»Ganz einfach«, antwortete Collins und hakte sich bei dem jungen Polizisten und seiner Freundin ein. »Ich denke daran, dass es mir vor dem Akt meiner Zeugung – also im früheren Stadium der Nichtexistenz – auch herzlich egal war, dass es mich nicht gab. Ich gehe ein ins Nirwana – und zwar nicht nur in das der Buddhisten. Nicht nur meine Begierde, mein Hass und meine Unwissenheit werden erlöschen, sodass ich aus dem Kreislauf der Geburten erlöst werde. Nein, mein ganzes Sein wird sich auflösen, meine Atome werden von der Notwendigkeit, ICH zu sein, entbunden und finden einen neuen Platz im Ökosystem dieses Planeten. Erde zu Erde, Staub zu Staub, Asche zu Asche.« Sie zog die zwei jungen Leute in Richtung Kapelle, vor der sich die Trauernden zu einem Zug vereinigten, um dem Sarg zu folgen.

»Jemand, der nicht mehr ist, kann nicht vermissen, jemand zu sein«, fuhr Collins fort. »Er kann weder die Notwendigkeit sehen, sich eine Existenz zu geben, noch kann er gar versuchen, in der Begegnung mit dem Nichts seine Individualität zu finden.« Sie schüttelte den Kopf. »Wie komme ich jetzt auf dieses existenzphilosophische Geschwätz?«

»Aber der Glaube bietet doch Trost ...« Born dachte daran, wie sehr er hoffte, dass die junge Frau, die er getötet hatte, jetzt an einem besseren Ort wäre.

»Für den, der sich damit zufriedengibt, mit beruhigenden Lügen zu leben«, sagte Collins. Der Sarg wurde aus der Kapelle getragen. Born sah, wie Robert Geyers Beine nachgaben und die neben ihm Stehenden ihn stützten. Sie schlossen sich dem Trauerzug an. »Übrigens fliege ich heute Abend nach Hause zurück. Wir werden uns also heute noch verabschieden müssen«, sagte Collins.

»Das ist schade«, sagte Born. »Ich hätte noch eine ganze Reihe von Fragen.«

»Ich werden auf jeden Fall zur Verhandlung kommen«, sagte sie und rieb sich die vernarbte Gesichtshälfte. »Ich habe es dir versprochen.«

Als die ersten Schaufeln Erde auf das Holz prasselten, stiegen Born die Tränen in die Augen. Er ließ sie fließen und dachte daran, was Collins gesagt hatte: Wir weinen um unseren Verlust.

»Aber wir weinen auch um jeden Tag, der dir vorenthalten wurde, Elli«, sagte er leise. »Und vielen Dank für dein blödes Grinsen.«

26. September, München

Tom Born und Melanie Amelang saßen sich in einem der Büros der MK 3 gegenüber. Offiziell war das hier ein Verhör mit Bauer und Adam. Aber die holten sich gerade einen Kaffee. Schon seit einer halben Stunde.

Die zwei jungen Leute hielten sich an den Händen und sprachen über das normale Leben normaler Menschen. Ein Leben, das sie selbst auch gern führen würden. Sie gehörten nicht mehr dazu. So ähnlich musste es sich anfühlen, wenn man erfuhr, dass man HIV-positiv war, dachte Born. Vielleicht war es für ihn nicht einmal ganz so schlimm. Der Erreger, der ihn und Melanie befallen hatte, würde vermutlich ihr Leben nicht verkürzen oder ihn über die Anfälle hinaus krank machen. Und vielleicht konnten sie irgendwann sogar wieder zu einem halbwegs normalen Leben zurückkehren. Jedenfalls hatte Melanie ihm gegenüber so etwas angedeutet. Sie hatte ausgiebig mit Rainer Harms vom RKI telefoniert und war hier, um ihrem Freund die guten Nachrichten zu bringen.

Die Experten in Berlin und in Atlanta arbeiteten inzwischen zusammen mit einem großen Pharmaunternehmen daran, eine der Substanzen, die in der Landwirtschaft gegen Schleimpilze eingesetzt wurden, zu modifizieren, um sie für Menschen verträglich zu machen. Vermutlich versprach sich die Firma einen Werbeeffekt davon. Born war das egal. Hauptsache, es wurde etwas getan. Aber es würde noch Zeit brauchen. Jahre vermutlich.

Melanie hatte ihm erzählt, dass die Mediziner dem Parasiten den Arbeitstitel *Diaboloplasma hominidum* gegeben hatten. Teufelsgebilde der Menschenaffen.

»Und was macht dieser Schleimpilz nun eigentlich in unserem

Körper?«, fragte Born. »Warum verändert er unser Verhalten auf diese mörderische Weise?« Melanie selbst hatte dazu eine Theorie entwickelt.

»Durch die Manipulation des Wirtes versucht der Parasit seine Chancen auf Ausbreitung zu erhöhen«, sagte sie. »Das Problem ist, dass der eigentliche Wirt nicht der Mensch ist, sondern der Schimpanse.« Sie schlug die Beine übereinander und legte ihre Hände in den Schoß. »Der Parasit zwingt infizierte Männchen dazu, Weibchen zu vergewaltigen«, fuhr sie fort. »Vermutlich waren irgendwann alle Tiere in dem abgeschlossenen Tal im Kongo, in dem wir auf sie gestoßen waren, infiziert. Die Schimpansenpopulationen leben dort in einem gestörten, aber gerade noch überlebensfähigen System.«

»Aber die Männchen bringen die Weibchen dort nicht um?«, fragte Born.

Amelang schüttelte den Kopf. »Die Vergewaltigung eines Weibchens führt zur weiteren Ausbreitung des Schleimpilzes. Aber ihr Tod würde für den Parasiten eine Sackgasse bedeuten. Die Aggression der Schimpansen untereinander nimmt vermutlich keine tödlichen Ausmaße an. Aber Affen- und Menschengehirn sind sich zwar so ähnlich, dass der Schleimpilz eine Wirkung auf uns hat – unsere Denkorgane unterscheiden sich aber doch so weit, dass der Effekt bei Affen und Menschen etwas anders ist.«

»Und warum hast du, obwohl du infiziert bist, niemanden getötet?«

»Ich vermute, das hängt damit zusammen, dass die Hirnchemie bei Männern und Frauen sich etwas unterscheidet.« Sie legte den Unterarm unter ihre Brust. »Wir unterscheiden uns ja nicht nur in Äußerlichkeiten, sondern auch in unserem Verhalten, in unser ganzen Fortpflanzungsstrategie. Das spiegelt sich auch in der Organisation unserer Gehirne wieder. Und deshalb wirkt der Parasit auf die unterschiedlichen Geschlechter jeweils anders.«

Born dachte eine Weile nach. »Wenn die Aggressionen bei den Schimpansen nicht so groß sind, dass sie sich umbringen, warum haben sie dann einige von deinen Kollegen getötet?«

»Vielleicht kam zu ihrer schon außergewöhnlich hohen Aggressivität ein Gefühl der Bedrohung durch uns dazu.« Sie strich sich die Haare aus der Stirn und schaute ihn ratlos an. »Ich weiß es nicht. Bislang kennt man nur einzelne Fälle aus Uganda und Tansania, wo Schimpansen Menschen angegriffen und getötet haben. Das waren allerdings Babys und Kinder. Dass sie ausgewachsene Menschen gezielt angreifen, gab es nicht. Bis wir es erlebt haben.«

»Warum seid ihr eigentlich in dieses Tal hinunter?«

»Wir waren auf einer Tour zu einem See, wo angeblich noch Dinosaurier leben.« Sie berichtete Born von den kryptozoologischen Ambitionen Tadlers.

»Du hast mir die Geschichte von eurer Expedition nie zu Ende erzählt«, sagte Born. Amelang nickte, blieb aber stumm.

»Sadlair hatte euch das Leben gerettet?«, fragte er nach.

»Und Adrian hat ihm das Leben gerettet.« Sie sah ihn an. »Und wer weiß, ob dieser Schimpanse es nicht auch bis in die Hütte geschafft hätte. Dann hat Adrian auch mir das Leben gerettet.« Sie rieb sich die Schulter, dort, wo Born den seltsamen Abdruck gesehen hatte, über den sie ihm zuvor nichts hatte sagen wollen. Jetzt wusste er, woher die seltsamen punktförmigen Narben stammten, die ihm bei ihrem ersten Mal aufgefallen waren. Und was sie bedeuteten.

»Am Tag nach dem Angriff hat uns ein Hubschrauber der kongolesischen Armee abgeholt. Die Leichen von Gaines, Boonstra und Youngi haben die Soldaten auch mitgenommen. Aber nach Baya haben sie erst gar nicht gesucht. Unsere Wunden wurden versorgt, sind verheilt, und so lebten wir in Ruhe und in Frieden.« Sie seufzte. »Schön wär's.«

»Was macht Sadlair jetzt?«, fragte Born.

»Oh, der ist immer noch im Goualougo-Dreieck.«

Born schaute überrascht hoch. »Wirklich? Und beobachtet Schimpansen?«

»Und beobachtet Schimpansen.«

»Trotz seiner … Erfahrungen? Respekt.«

»Er hat mir gesagt, wenn ihn dieses Vieh schon eine Rippe gekostet hat, dann soll es ihn nicht auch noch die Doktorarbeit kosten.«

»Er ist nicht gebissen worden?«

Sie schüttelte den Kopf. »Und er hofft, dass der Schimpanse, der damals Gaines und Baya getötet haben muss, ins Tal zurückgekehrt ist. Sonst breitet sich der Schleimpilz möglicherweise unter den Tieren im Kongo aus.«

Eine Weile schwiegen sie gemeinsam.

Dann legte sich ein Lächeln über ihr Gesicht. »Aber das mit den Blutmessungen ist wirklich großartig, was?« Er nickte und dachte mit Erleichterung daran, was sie ihm gleich zu Beginn ihres Besuchs erzählt hatte. Einer der Experten von den CDC war auf die Idee gekommen, die Veränderung der cAMP-Konzentrationen im Blut von Richard Miller täglich mehrmals zu messen. Seine Erwartung, dass sich die Werte ständig veränderten, hatte sich erfüllt. Er hatte daraufhin sofort Blut der Patienten aus Lihue und Arden angefordert. Von Scott Morrison hatte er sogar Proben vom Tag des Anfalls sowie der zwei Tage davor und danach untersuchen können. Seine Daten wiesen darauf hin, dass die Konzentration des Botenstoffes am Tag vor dem Anfall langsam zunahm, am betreffenden Tag selbst extrem anstieg und danach wieder fiel. Behielt man die Daten im Auge, ließ sich der zu erwartende Zeitpunkt des Kontrollverlustes anhand dieses Sprunges offenbar genau bestimmen. Wenn ein Anfall bevorstand, dann würde sich das in den Blutwerten ankündigen. Born würde in Zukunft seine Daten und den Kalender genau im Auge behalten müssen. Aber er wäre dann keine Bedrohung für andere mehr, weil er sich früh genug in eine geschlossene psychiatrische Abteilung einweisen lassen könnte. Inzwischen war allen Betroffenen auch klar, dass die Infizierten dazu neigten, die Wirkung zu verleugnen. Es bestand also eine gewisse Gefahr, dass sie sich selbst nicht melden würden. Deshalb mussten die cAMP-Kontrollen von einer zweiten Person überprüft werden.

Ein weiteres großes Problem war natürlich, dass der Abstand zwischen den Anfällen sich auch bei Born irgendwann verkürzen würde, wie Tadlers Verhalten gezeigt hatte. Warum, war nicht klar. Aber Harms vom RKI war optimistisch, dass die cAMP-Konzentration in seinem Blut ihn auch dann noch rechtzeitig warnen würde.

Blieb noch die grundsätzliche Gefahr, den Erreger über einen normalen Geschlechtsverkehr zu übertragen. Das galt sowohl für die infizierten Männer als auch für die Frauen. Sie mussten in Zukunft genauso sorgfältig Vorsorge treffen wie zum Beispiel HIV-Infizierte. Darüber hinaus wurden sie psychologisch betreut. Aber irgendwann, hatte Harms versprochen, würde man ein Mittel gegen den mörderischen Erreger finden.

»Wann beginnt die Verhandlung?«, fragte Melanie plötzlich.

Born verzog das Gesicht. »In drei Monaten, heißt es. Ich werde vermutlich nach München-Stadelheim verlegt.« Er schüttelte den Kopf. »Vielleicht kann ich mich auch ins Klinikum in Haar einweisen lassen, in die Geschlossene.«

Amelang schaute ihn prüfend an. »Wie fühlst du dich bei dem Gedanken, dass du wegen Mordes vor Gericht stehen wirst?«

Born zuckte ratlos die Schultern. »Ich weiß nicht. Ich bin inzwischen so weit, dass ich mir halbwegs erfolgreich einrede, ich sei ja nicht verantwortlich. Mein Anwalt will auf Schuldunfähigkeit plädieren, und Cynthia ist schon dabei, ein Gutachten zu erstellen. Meine Chancen sind angeblich nicht schlecht.« Er lächelte unsicher. »Wenn klar ist, dass ich selbst überhaupt nichts dafürkonnte, was passiert ist, dann können die mich ja nicht wirklich zur Strafe einbuchten.«

»Das hört sich gut an«, sagte sie.

»Und wie stehst du zu einer Beziehung mit einem Mörder?«, fragte er.

Sie senkte den Blick. »Immer wenn mir der Gedanke kommt, muss ich daran denken, dass ich dich infiziert habe. Und die anderen. Dass mein Bedürfnis nach Sex ebenfalls durch diesen Parasiten ausgelöst wird. Ich bin genauso fremdgesteuert wie du …« Sie schaute auf und griff nach seiner Hand.

»Und wir Werwölfe müssen zusammenhalten«, flüsterte er.

Plötzlich hob sie die Arme, als würde sie wie ein Hund Männchen machen. »Wuff«, bellte sie. Dann begann sie, die Decke anzujaulen. Lachend fiel Tom ein. Wenn er eine Chance hatte, diese ganze Sache zu überstehen, ohne völlig den Verstand zu verlieren, dann mit dieser Frau.

3. Oktober, München

Bauer schaltete den Motor aus und lehnte sich in den Fahrersitz zurück. Es war ruhig hier. In der Ferne konnte er hin und wieder ein Auto hören. Um ihn herum erstreckte sich der riesige Komplex des Isar-Amper-Klinikums in Haar im Osten Münchens. Er zog die Handbremse an, löste den Sicherheitsgurt und öffnete die Tür. Aber er blieb noch sitzen.

Er hatte in seinem Leben schon viele schwierige Entscheidungen getroffen. Weil es um weitreichende Konsequenzen gegangen war. Weil er sie mit schwerem Herzen getroffen hatte. Oder weil sich Für und Wider die Waage gehalten hatten. Aber noch nie war ihm eine Entscheidung so schwergefallen wie die, die ihn heute hierhergebracht hatte.

Nun war er hier.

Er horchte in sich hinein. Nein, da war kein Ziehen in seinem Bauch. Er hatte nicht den Wunsch wegzulaufen. Im Gegenteil. Er fühlte sich leicht. Entspannt. Er hatte sich, so wie Cynthia es ihm einmal geraten hatte, in seine Frau hineinversetzt. Er hatte versucht, durch ihre Augen auf die Katastrophe zu blicken, die ihr Leben gewesen war. Plötzlich konnte er sie spüren, Simones tiefe Verzweiflung, das Gefühl der Wertlosigkeit, die tiefe Trauer darüber, dass nichts so zu sein schien, wie es sein sollte. Die Überzeugung, dass sie den Kindern nicht genug geben konnte. Dass sie ihrem Mann nicht genug geben konnte. Dass sich selbst hinter den fest verschlossenen Augen kein erlösender Schlaf einstellen wollte, sondern sich in ihrem Kopf gebetsmühlenartig ständig der Satz wiederholte: Du bist nichts wert.

Er hatte nicht begriffen, was wirklich los war. Er war zu sehr mit seinem eigenen Versagen als Vater beschäftigt gewesen.

Und er hatte ihr sogar Vorwürfe gemacht. Deutlich genug. Dabei hatte sie sich doch genauso gewünscht, für ihre Kinder da sein zu können, wie er – und einfach nur genauso versagt wie er.

Und dann hatte sie keinen Ausweg mehr gesehen. Er verstand es jetzt. Irgendwie. Die Qual war zu groß gewesen. Und zugleich hatte sie die Kleinen nicht allein zurücklassen können. Allein. Trotz ihres Vaters allein.

Natürlich war es ein Verbrechen gewesen. Aber hatte sie eine Wahl gehabt? Hatte sie sich ihr Verhalten ausgesucht?

Sie waren alle Marionetten, an deren Fäden von allen Seiten gezogen wurde. Hatte man nicht wenigstens über einige davon die Kontrolle? Nein. Wirklich nicht. Es war schwer, diesen Gedanken zu akzeptieren. Andererseits war doch die Hauptsache, dass man sich als Person, als ein Selbst mit einem Ich begreift. Dass unser Bewusstsein und unsere Entscheidungen in sich stimmig sind. Dass man trotz allem große, wichtige Entscheidungen treffen kann, egal, ob von einem rationalen Bewusstsein oder einem ebenso rationalen Unbewusstsein gesteuert. Dass es möglich ist, dass Menschen sich ändern. Auch wenn das niemals aus ihnen selbst heraus geschehen kann.

»Ich habe es jetzt endlich begriffen, Cynthia«, sagte Bauer leise. Der Schmerz, der Verlust, die Trauer würden nie vergehen. Trotzdem …

Er stieg aus. Mit sicheren Schritten überquerte er den Parkplatz, ließ das Hauptgebäude mit der Anmeldung rechts liegen, folgte dem Weg in Richtung Osten und erreichte schließlich Haus 60. Das rotgraue, erst kürzlich fertiggestellte Gebäude der Forensik lag flach hingestreckt hinter einem hohen Sicherheitszaun. Am Eingang brachte er die Formalitäten hinter sich. Dann führte ihn eine Pflegerin durch helle, lichtdurchflutete Gänge mit roten Decken und Böden. Die junge Frau sperrte eine Sicherheitstür auf und übergab ihn an einen der diensthabenden Ärzte. Bauer wusste, dass sich die 120 Plätze, die in der Anlage zur Verfügung standen, auf drei Sicherheitsstufen aufteilten: die besonders gesicherte forensische Station der Sicherheitsstufe A, den forensischen Rehabilitationsbereich der Sicherheitsstufe C und die Abteilung, in der er sich jetzt befand, die geschlossene Station mit Sicherheitsstufe B.

Nachdem sie einen kurzen Flur hinter sich gebracht hatten, blieb der Psychiater vor einer weißen Tür stehen.

»Weiß sie überhaupt, dass Sie kommen?«, fragte er Bauer. Der Polizist schüttelte den Kopf. Der Arzt sah ihn irritiert an. Aber er schwieg. Dann trat er an die Tür und klopfte leise. Von drinnen war nichts zu hören. Der Psychiater öffnete die Tür und schaute hinein. Dann winkte er Bauer zu, drehte sich um und ging.

Bauer betrat das kleine Zimmer mit hellblauen Wänden. Auf der gegenüberliegenden Seite befand sich ein schmales Fenster, davor ein Tisch, auf dem Bücher und Zeitschriften lagen. Zur Linken das Bett. Seine Frau saß darin, eingehüllt in ein weißes, weites Sweatshirt. Sie hatte die Arme um die Knie geschlungen und blickte ihn mit großen Augen an – überrascht, verunsichert, ängstlich.

Bauer setzte sich neben sie. Für einen Augenblick wusste er nicht, was er tun sollte. Er führte die Hand zu ihrer Wange und zog sie wieder zurück, bevor er sie berührte. Dann breitete er die Arme aus.

Sie fiel an seine Brust, klammerte sich an ihm fest und begann zu weinen. Bauer strich ihr sanft über das Haar. Er hatte es geschafft. Er fühlte sich so frei wie nie zuvor in seinem Leben.

»Es ist gut, Simone«, flüsterte er. »Ich bin wieder da.«

Dank

Bei der Arbeit an diesem Buch haben mich viele Menschen unterstützt und ermutigt. Ich danke Birgit Schmitz und dem ganzen Team von Kiepenheuer & Witsch für die tolle Zusammenarbeit. Richard Thiess, Erster Kriminalhauptkommissar am Kriminalfachdezernat 1 München, danke ich für die ausführlichen Auskünfte über die Arbeit einer Mordkommission. Prof. Hans-Ludwig Kröber vom Institut für Forensische Psychiatrie der Berliner Charité und Prof. Norbert Nedopil vom Klinikum Innenstadt der Ludwig-Maximilians-Universität München danke ich für das Material, das sie mir zum Thema forensische Psychiatrie und die Frage der Schuldfähigkeit überlassen haben. Prof. Wolf Singer vom Max-Planck-Institut für Hirnforschung in Frankfurt am Main und Prof. Franz Wuketits von der Veterinärmedizinischen Universität Wien möchte ich danken für die ausführlichen Gespräche zum Thema Freiheit des Willens. Prof. Peter Horn vom Department für Geo- und Umweltwissenschaften der Ludwig-Maximilians-Universität München danke ich für die Informationen über die Isotopenanalyse und den Hinweis auf den Naturreaktor Oklo. Und Hermann Bauer, Erster Polizeihauptkommissar bei der Polizeihundestaffel München, möchte ich danken für die Auskünfte über Fährten- und Mantrailerhunde. Zum Dank verpflichtet fühle ich mich auch etlichen anderen Experten, auf deren Arbeiten ich mich gestützt habe. Stellvertretend für sie möchte ich hier vor allem Prof. David Canter vom Centre for Investigative Psychology der University of Liverpool und Kriminalhauptkommissar Stephan Harbort vom Polizeipräsidium Düsseldorf erwähnen. Sollten in dem Buch trotz der Unterstützung sachliche Fehler enthalten sein, so bin allein ich dafür verantwortlich.

Von Andreas Weck-Heimann vom Tierkundemuseum in Dresden stammt der Name Diabotoplasma nominidum, dafür vielen Dank.

Danken möchte ich auch Christoph Biermann für die Steilvorlage. Vera Thiessat, Otto Hejduk sowie Roswitha und Michael Knorr möchte ich danken für viele Anregungen und die vielfältige Unterstützung.

Ganz besonders danke ich meiner Frau Silvia von Drach. Für alles. Für immer.

Mehr spannende Seiten ...

Frank Schätzing. Der Schwarm. Roman. Gebunden

Werner Köhler. Crinellis kalter Schatten. KiWi 1028

Drei Fälle, die unterschiedlicher nicht sein könnten, bringen Kriminalkommissar Jerry Crinelli um den Schlaf. Er bekommt es mit einem Gegner zu tun, dessen Kälte, Fanatismus und Überlegenheit ihn an seine Grenzen führt ...

»Werner Köhler lässt beim Lesen Filme entstehen.« *Express*

Volker Kutscher. Der nasse Fisch. Roman.
KiWi 1059

Berlin 1929: Kommissar Gereon Rath ermittelt zwischen illegalen Nachtclubs und politischen Straßenschlachten.

»Ein opulentes Sittengemälde.«
Der Spiegel

Volker Kutscher. Der stumme Tod. Roman.
Gebunden

Berlin 1930: Der Tod einer Schauspielerin führt Kommissar Gereon Rath in die Studios der Filmmetropole. Der Tonfilm erobert die Leinwände, und dabei bleiben viele auf der Strecke: Produzenten, Kinobesitzer – und Stummfilmstars ....

www.kiwi-verlag.de Kiepenheuer & Witsch

Michael Chabon. Die Vereinigung jiddischer Polizisten. Roman.
Gebunden

Auch so hätte die Geschichte verlaufen können: Nach dem Holocaust haben jüdische Flüchtlinge und ihre Nachkommen 60 Jahre lang den Distrikt Sitka in Alaska aufgebaut und sich eine eigene kleine Welt erschaffen. Detective Meyer Landsman ermittelt hier in einem Mordfall. In dem schäbigen Hotel, in dem er wohnt, wurde sein Zimmernachbar erschossen, und die Untersuchungen führen ihn zu den Gründungsvätern der Stadt, zu Schachmeistern und in religiöse Randbezirke.